Pramoedya
Ananta Toer

Spur der Schritte

Aus dem Indonesischen von
Giok Hiang Gornik

Unionsverlag
Zürich

Die Originalausgabe erschien 1985
unter dem Titel *Jejak Langkah*
bei Hasta Mitra Publishing House, Jakarta.
Die deutsche Erstausgabe erschien 1998
im Horlemann Verlag, Bad Honnef.

Im Internet
Aktuelle Informationen
Dokumente, Materialien
www.unionsverlag.com

Unionsverlag Taschenbuch 242
Diese Ausgabe erscheint
mit freundlicher Genehmigung
des Horlemann Verlags, Bad Honnef.

Rieterstrasse 18, CH-8027 Zürich
Telefon 0041-1-281 14 00, Fax 0041-1-281 14 40
mail@unionsverlag.ch

Umschlaggestaltung: Heinz Unternährer, Zürich
Druck und Bindung: Clausen & Bosse, Leck
ISBN 3-293-20242-X

Die äußeren Zahlen geben die aktuelle Auflage
und deren Erscheinungsjahr an:
1 2 3 4 5 - 05 04 03 02

1

Nun endlich konnte ich die Erde Batavias unter meinen Füßen spüren. Tief sog ich ihren Duft ein. Leb wohl, du Schiff. Leb wohl, du Meer. Lebt wohl ihr alle, die ich hinter mir gelassen habe. All die bitteren Erfahrungen, lebt wohl.

Hinein in die Welt Batavias – ab in das zwanzigste Jahrhundert. Auch du, neunzehntes Jahrhundert! Leb wohl!

Ich kam, um Ruhm, Glanz und Erfolg zu ernten. Nichts konnte mich daran hindern. Für mich galt die Parole veni, vidi, vici nicht. Ich kam nicht, um zu siegen, auch war es nie mein Ziel gewesen, über meine Mitmenschen zu herrschen. Jene, die Caesars Worte auf ihrem Banner trugen – sie hatten noch nie gesiegt. Sie gingen unter mit fliegenden Fahnen, als sie versuchten, das Reich der Glorie in nur einer Nacht zu errichten, wie einst *Bandung Bondowoso* die Tempelanlage Prambanan.

Es war niemand da, der mich abholte. Na und? Man sagt, daß nur der moderne Mensch in diesem Jahrhundert weiter kommen kann, in seinen Händen liegt die Zukunft der Menschheit. Wehrt man sich gegen die Moderne, wird man von allen Mächten dieser Welt unterworfen werden. Ich war nun ein moderner Mensch. Ich hatte mich befreit von allen alten Äußerlichkeiten und Ansichten.

Modern sein heißt aber auch einsam sein, die Einsamkeit eines Weisen, verurteilt, sich von allen überflüssigen Fesseln zu befreien: von der Sitte, vom Blut und vom Boden, wenn nötig, sogar von den Mitmenschen.

Was brauchst du einen, der dich abholt? Tu alles Notwendige ohne Hilfe! Wer Hilfe braucht, macht sich immer von anderen abhängig. Frei sein! Ganz frei. Nur die eigenen Belange werden einen binden.

Mit freiem Herzen, freiem Körper und freier Seele saß ich nun in einer Ecke der Straßenbahn. In Surabaya gab es so ein herrliches Fahrzeug noch nicht. Es fuhr auf Schienen. Das Gebimmel seiner Messingglocke trieb einem die Müdigkeit aus. Die grüne Klasse war völlig überfüllt, während die weiße Klasse, die erste Klasse, in der ich fuhr, nahezu leer war. Ich hatte nicht viel bei mir: einen alten Koffer, verbeult an vielen Stellen, eine Tasche und das Portrait einer Frau, in einer samtenen weinroten Hülle, die zusätzlich in ein Leintuch geschlagen war.

Die Straßenbahn glitt ruhig dahin. Ich hatte noch das Schaukeln des Schiffes in mir, als ob ich auf tausend Wellen reiten würde. Es wurde gemunkelt, daß die Straßenbahn demnächst mit elektrischer Kraft betrieben werden solle. Was für ein Unsinn! Wie sollte Elektrizität eine Straßenbahn in Bewegung setzen können!

Das Hafengebiet verlassend, schien die Straßenbahn sich in einem Sumpfgebiet zu verfahren. Hier und dort waren Unterholz und Gestrüpp zu sehen. Die Luft war mit dem Geruch faulender Blätter geschwängert. Affen schaukelten an den Ästen, ohne Furcht vor dem Gebimmel der Messingglocke zu haben. Einige sprangen fröhlich herum, während andere mit Zweigen auf mich zeigten. Wahrscheinlich hatten sie sich geeinigt, meine Erscheinung genauer unter die Lupe zu nehmen. In ihrer eigenen Sprache riefen sie sich zu: Da ist er, der Minke, der sich als moderner Mensch fühlt! Ja, das ist er, allein in der Ecke sitzend. Einen Schnurrbart hat er ja schon, aber sein Kinn ist noch ganz glatt! Ja, das ist er, der Einheimische, der sich lieber europäisch kleidet und sich als Europäer aufspielt. Auch in der Straßenbahn wählt er die weiße Klasse. Die erste Klasse!

Puh!

Das mußte die Villa »Goldener Stern« sein, berühmt aus den Geschichten über das Leben von Sklaven in der Zeit der *V.O.C.* Vielleicht ergäbe sich eines Tages eine Gelegenheit für mich, über einen von ihnen zu schreiben. Die Villa schien das einzige Schmuckstück in diesem Sumpfgebiet zu sein. Alles andere war langweilig und schien gänzlich uninteressant. Aber es waren diese Sümpfe, die einem Drittel der holländischen Truppen am Anfang ihrer Kolonialherrschaft das Leben gekostet hatten. Die Sümpfe hielten sich lange auf der Seite der Einheimischen. Aber sie waren es auch, die sechzigtausend Einheimische getötet hatten, die beim Bau der Stadt Batavia eingesetzt worden waren. Ein großer Teil davon Kriegsgefangene. Auch der berühmte Kapitän Bontekoe, der Sand und Steine von Tanggerang nach Batavia transportieren ließ, wäre fast am Sumpffieber gestorben.

»Wie heißt denn dieses Gebiet?« fragte ich den Schaffner auf malaiisch. Er war ein *Indo*, ein Eurasier.

Verärgert antwortete er: »Ancol.«

»Können diese Boote bis Batavia fahren?« fragte ich ihn auf holländisch.

»Natürlich, *Tuan*, wenn sie den Ci Liwung hinauffahren.« Er ging weiter Fahrscheine verkaufen.

Dann fuhr die Straßenbahn in die Stadt Batavia ein. Die Straßen waren genau so schmal wie in Surabaya, auch hier waren sie mit den gleichen weißgelben Sandsteinen gepflastert. Alte Gebäude aus der Zeit der V.O.C., manche fast zweihundert Jahre alt, säumten die Straßen. Die Straßenbeleuchtung wurde auch hier mit Gas betrieben. Die Gerüchte, daß Batavias Straßen schon asphaltiert seien, waren offensichtlich an den Haaren herbeigezogen. Wie viele Gerüchte wurden doch in dieser Welt in Umlauf gesetzt.

Batavia-Kota! Dies war also die Hauptstadt Ostindiens, von Generalgouverneur Jan Pieterz Coen erbaut. Auf Kosten von sechzigtausend Einheimischen. Wer hatte denn die Toten gezählt? Die Stadt, die einmal von den Soldaten *Sultan Agungs* umzingelt und angegriffen wurde, im Jahr 1692. Meine holländischen Schulkameraden hatten mich während des Geschichtsunterrichts über Ostindien öfter verspottet: Wie viele Soldaten von Sultan Agung waren bei dem Angriff dabei? Zweihunderttausend? Und wie viele hatte die V.O.C. gehabt, um Batavia zu verteidigen? Fünfhundert! Die Holländer hatten Kanonen. Agung auch! Warum haben dann die Soldaten deines Königs doch verloren? Ja, sie hatten tatsächlich verloren. Denn offensichtlich steht bis heute alles noch unter holländischer Herrschaft. Bis heute! Auch wenn Coen selbst während der Verteidigung der Stadt, die er gebaut hatte, an einer Krankheit gestorben war und sein Heimatland nie wiedergesehen hatte.

Zweihunderttausend Soldaten, sagten meine Schulkameraden. Noch dazu mit Kanonen! Ich glaubte, daß Agung sie tatsächlich benutzt hatte. Aber zweihunderttausend! Wer konnte das Gegenteil beweisen? Auch dafür sprechende Beweise wurden nicht geliefert. So blieb alles nur eine ungewisse Tatsache, mit der man andere erzürnen konnte.

Batavia, auch Betawi genannt, war in der Tat nicht so geschäftig wie Surabaya. Aber sauberer. An vielen Stellen standen Mülltonnen aus Holz, in die die Leute ihre Abfälle werfen konnten, anders als in Surabaya. Hier gab es auch überall kleine gepflegte Gärten mit Blumen, die das Leben mit ihrer Farbenpracht fröhlicher machten. So etwas gab es in Surabaya kaum, dort sah man nur Bambushäuser, die sehr eng beieinander standen, ständig in Feuergefahr. Überall lag Müll herum.

1901.

Die Zeitung, die ich noch am Hafen gekauft hatte, berichtete über Frauen aus *Priangan*, die nach Singapur, Hongkong und Bangkok verkauft wurden. Einen Augenblick fielen mir die Preise der Frauen wieder ein, die Maiko vor dem Gericht genannt hatte, worüber ich in »Garten der Menschheit« schon berichtet habe. Ich befreite mich sofort wieder von dieser Erinnerung. Wozu noch über die Vergangenheit nachdenken? Sie soll mir keine Last mehr sein. Helfen kann sie mir auch nicht mehr.

Ein anderer interessanter Bericht: Die chinesisch-malaiischen Zeitungen reagierten nach wie vor nicht auf die Forderung des Gouvernements, die neu eingeführte malaiische Rechtschreibung von Ch. van Ophuyzen zu verwenden. »Wir benutzen kein Schulmalaiisch, sondern Hochmalaiisch«, sagten sie. »Unsere Leser haben keine Gouvernementschule besucht. Dieses Konkursrisiko wollen wir nicht eingehen.«

Es wurde ebenfalls berichtet, daß die Anordnung der Post, welche die Anwendung der neuen Rechtschreibung bei malaiischen Briefen vorschrieb, zu Beschwerden führte. Keiner kümmerte sich um die Anordnung. Daraufhin drohte die Post, Sendungen, die der Anordnung nicht folgten, nicht mehr zu befördern. Es war wie der Versuch, das Meerwasser mit bloßen Händen aufhalten zu wollen.

Erst dann fiel meine Aufmerksamkeit auf den Leitartikel mit der riesengroßen Schlagzeile: »Japan fordert die Insel Subang samt ihrer Kohlegrube.« Unglaublich! Japan machte aufsehenerregende Sprünge. Hatte dieser Bericht wirklich Hand und Fuß? Dann ein Kommentar folgenden Tenors: Diese Witzfiguren werden langsam größenwahnsinnig. Dennoch wurde berichtet, daß die Marine es für nötig hielt, eine Notstandssitzung einzuberufen.

Die Straßenbahn fuhr friedlich weiter mit der bimmelnden Messingglocke. Batavia! Ach, Batavia! Nun bin ich bei dir. Du kennst mich noch nicht, aber ich dich! Aus dem Ci Liwung hast du einen künstlichen Kanal gemacht wie in Holland, mit hin und her fahrenden Booten und Flößen, die Baumaterialien aus dem Inland transportieren. Fast wie in Surabaya. Deine Gebäude sind wirklich groß und prunkvoll, aber meine Seele ist noch größer und prunkvoller, so dachte ich.

Früher standen entlang des Ci Liwung prachtvolle Häuser in Reih und Glied, sagte man. Nun war ein großer Teil zu Geschäften und Werkstätten umgebaut. Die meisten davon gehörten Chinesen. Inmitten all dessen gehöre ich nach wie vor der privilegierten Gruppe an: Ich trug Schuhe, während die meisten anderen barfuß gingen! Auf meinem Kopf trug ich einen Filzhut, die meisten anderen einen *Caping*, einen spitzen, aus Bambus geflochtenen Hut, oder ein Kopftuch. Ich war europäisch gekleidet, während die anderen meist weit geschnittene Hosen trugen, oben ohne noch dazu, oder sie trugen Pyjamas.

Es war wahrhaftig ein sehr bunter und fröhlicher Anblick. Ich war genauso fröhlich – wenn nicht gar fröhlicher. Wo seid ihr, ihr Mädchen aus Priangan, die ihr berühmt seid für eure Reize, eure Schönheit und eure samtweiche Haut? dachte ich. Ich hatte noch kein einziges gesehen. Kommt schon aus euren Häusern. Hier bin ich, rief ich innerlich. Wo sind die *Nyai Dasimas*, von denen *Francis* in seinem Buch schrieb?

Noch immer sah ich nicht, was ich suchte. Hier in der ersten Klasse saßen fast nur Indos, mit ihrer trockenen Haut und Arroganz im Übermaß. Neben mir saß eine alte Indo, die sich unentwegt am Kopf kratzte. Wahrscheinlich hatte sie vergessen, sich zu entlausen. Vor mir ein Mann im mittleren Alter, dünn, mit einem gewaltigen Schnauzer. Neben ihm ein Europäer, vertieft in seine Zeitung. Flüchtig las ich einen Bericht über einen holländischen Vortragskünstler, der in ein paar Tagen im Schauspielhaus in Pasar Baru einige holländische Gedichte und Shakespeare vortragen würde. Es wurde berichtet, daß er in den großen Städten Europas wie auch in Südafrika schon große Erfolg gefeiert hätte.

Nein! Ich werde die Zeit nicht mit Nachdenken verbringen. Ich werde mir Batavia anschauen und alles genießen. Oh, Batavia, ich kenne dich schon lange!

Delmans, Grobaks, Sados, Bendis, Landauers, *Victorias,* Dogcarts, die verschiedensten Pferdekutschen – Mitbringsel der Zuwanderer – fuhren überall auf den Straßen. Die Kutscher in allen möglichen und unmöglichen Gewändern. Auch Fahrräder! Sie waren schon längst alltäglich geworden! Auch ich wollte einmal ein Fahrrad besitzen. Wieviel würde es wohl kosten? Wie geschickt doch diese Radfahrer waren. Sie radelten ganz gemächlich und hatten den besten Ausblick.

Die Straßenbahn verließ nun das Stadtzentrum Batavias und fuhr in die Wald- und Sumpfgebiete Richtung Gambir. Hin und wieder hielt sie an, um Fahrgäste auszuspucken und andere zu verschlingen. Immer noch nichts Interessantes zu sehen.

»Noch nicht«, sagte der Chinese neben mir. »Gambir ist noch weit. Noch ungefähr eine Viertelstunde.«

In der grünen Klasse lärmten die Leute ununterbrochen.

»Was soll schon sein?« erklärte der geschwätzige Chinese. »Pferdewetten natürlich. Sind Sie das erste Mal in Batavia? Kein Wunder. Alle hier, Männer wie Frauen aller Nationalitäten, sind versessen auf Wetten. Hahnenkampf, Schafkampf, Würfeln, Lotteriespiel, bis hin zum Eidechsenkampf. Sobald der Gambirmarkt geöffnet hat, kommen Spieler aus allen Ecken des Landes zusammen. Ach, Sie müssen sich den Gambirmarkt unbedingt ansehen.«

»Was für Aufführungen gibt es denn in den Dörfern zu sehen?«

»In den Dörfern? Da gibt es *Cokek, Doger, Lenong, Gambang kromong,* allerlei Tanzvorführungen mit Gamelanmusik. In keiner anderen Stadt ist man so versessen auf Vergnügungen wie die Männer Batavias. Surakarta ist nichts dagegen. Mögen Sie *Keroncong*? Tuan Longsor ist der König der Keroncong. Sein Schnurrbart ist gewaltig, seine Stimme lieblich. Man sagt, er stammt von echten Portugiesen ab, er wohnt auch in der Nähe der portugiesischen Kirche.«

Mein Nachbar stieg aus. Damit war der Vortrag zu Ende und auch das Geschwätz. Ich war erstaunt, wie fließend ich schon Malaiisch sprechen konnte. Die Leute hatten mich verstanden, und ich sie auch.

Die alte Indo-Frau schaute mich interessiert an und redete mich auf malaiisch an: »Wo kommen Sie denn her?«

»Aus Surabaya.«

»Zum ersten Mal in Batavia?«

»Ja, Großmutter.«

»Schauen Sie«, sagte sie, während sie zum Fenster hinausdeutete. »Das ist der Klub ›De Harmonie‹, wo die Prominenten sich amüsieren. Es ist ein altes Gebäude. Da kommt nicht jeder rein. Man muß schon mindestens vierhundert Gulden pro Monat verdienen. Und wenn wir zweieinhalb Mal geboren würden, soviel Geld bekämen wir nie zusammen.«

Vierhundert Gulden! Mein ganzer Reichtum bestand im Augenblick nur aus einhundertundsiebzig Gulden und ein paar *Sen*. Und dafür hatte ich jahrelang sparen müssen. Wofür brauchte man denn vierhundert Gulden im Monat? Man könnte jeden Monat mehr als drei Fahrräder auf einmal kaufen! Vom Rest könnte man dann immer noch den ganzen Monat leben!

Große und solide Gebäude, schöne Kutschen, ein prachtvoller Anblick. Mein Einspänner von früher war dagegen nur ein Haufen Brennholz. Die Straßen hier waren so breit wie Fußballfelder. Und dann dort, die geschmeidige Brücke bei der »Harmonie«, mit Statuen geschmückt. Waren es Cupido und Venus?

»Wir sind jetzt in *Weltevreden, Nyo*. Gambir, wie die Leute aus Batavia sagen, die Endstation. Wo wollen Sie denn hin? Dort ist der Königplatz. Die Leute nennen ihn Gambirplatz, dort ist auch der Gambirmarkt. Diese Bahn hält nachher vor dem Bahnhof. Wenn Sie noch weiter wollen, müssen Sie umsteigen, in die Bahn in Richtung *Meester Cornelis*. Oder Sie nehmen einen Delman.«

Ich ließ meinen Blick über den Königplatz schweifen – der Stolz Ostindiens. Ein Quadratkilometer gut gepflegten Rasens ohne Blumen. Dort trafen und vergnügten sich die Einwohner Batavias, die Reichen wie die Armen, ob der Gambirmarkt nun geöffnet hatte oder nicht. Denn es war ein Heilmittel gegen Langeweile und wenn einem die Decke auf dem Kopf fiel.

»Weltevreden! Endstation!« rief der Schaffner erst auf holländisch und dann auf malaiisch.

Wie riesig doch der Gambir-Bahnhof war, wie ein ganzes überdachtes Dorf. Was die Eisenbahn hier wohl transportierte? Wahrscheinlich das Gleiche wie in Surabaya: Wohlstand und Glück aus den Dörfern heraus, für den Export. Und natürlich auch was für den Import: Dinge, die den Kummer um bereits verpfändeten Wohlstand und Glück vergessen machen sollten. Man muß sich stets der Voraussetzung bewußt sein, ohne die die großen Städte dieses modernen Jahrhunderts gar nicht hätten entstehen können: Sie sind auf den Überschüssen vom Handel mit Wohlstand und Glück gebaut.

Ein Delman brachte mich an mein Ziel.

Wie auch immer, ich reihte mich in die Gruppe moderner Menschen ein, der fortschrittlichsten Menschen dieses Jahrhunderts. Wolltest du dich vom Fortschritt abwenden, würdest du zertreten werden.

In der Innentasche meiner Jacke waren zwei meiner wichtigsten Papiere sorgfältig aufbewahrt: mein Schulzeugnis und das Einladungsschreiben der Ärzteschule. Sesam, öffne dich! Nicht nur Batavia, auch diese Ärzteschule mußte ihre Tore für mich öffnen.

Sesam! Sesam!

Ich hatte die Festung Batavia gestürmt.

Der Schuldiener lud den Koffer, die Tasche und das Portrait in seiner Schutzhülle aus und legte sie ordentlich in das Büro des Direktors.

Ich überreichte ihm die Einladung.

»Guten Tag! Wir haben schon lange auf Sie gewartet. Eigentlich sollten Sie doch schon letztes Jahr kommen, nicht wahr? Auch dieses Jahr haben Sie sich verspätet. Um eine Woche. Ich hoffe, Sie sind sich darüber im klaren, daß nur Ihre guten Zeugnisnoten Ihre Verspätung entschuldbar machen.«

Ich war gekränkt und fühlte mich sofort unwohl. Es gehörte sich nicht, so mit mir zu reden. Ich hatte noch gar nicht mit dem Studium angefangen und schon wollten sie mich fertigmachen.

»Sie sind Javaner, nicht?«

Schon wieder. Als er sah, daß ich nicht antwortete und ihn mit herausforderndem Blick ansah, fragte er nicht weiter. Er schob mir ein Blatt Papier zu und forderte mich auf, es zu studieren.

»Haben Sie verstanden?« fragte er. »Diese Regeln gelten von dem

Augenblick an, in dem Sie hier als Student aufgenommen worden sind und den Vorhof und die Schulgebäude betreten haben. Sie sind verpflichtet, sie zu befolgen.«

Ich hielt seinem Blick stand. Er merkte wohl, daß ich mich nicht so schnell einschüchtern ließ, auch nicht von der Hausordnung. Schnell fügte er hinzu: »Ich möchte nur, daß Sie Bescheid wissen. Es liegt an Ihnen, ob Sie bei Ihrem Vorhaben, hier Student zu werden, bleiben oder nicht.«

Ich blieb schweigend auf dem Stuhl sitzen und spielte mit dem Filzhut auf meinem Schoß. Ich hatte nur ein Ziel. Ich kannte nur eine Adresse: die *STOVIA*, die Schule zur Ausbildung von einheimischen Ärzten. Wie erniedrigend dies alles war.

Der Mann schien am Ende seiner Geduld zu sein und wollte seine Arbeit fortsetzen: »Nebenan ist ein Zimmer. Bevor Sie den Vertrag unterzeichnen, müssen Sie die eine Anordnung sofort befolgen.«

Ordnung mußte ja sein. Aber warum gleich so verletzend? Als javanischer Student mußte man traditionelle javanische Kleidung tragen: ein Kopftuch, eine geschlossene Jacke, ein Batiktuch und keine Schuhe – also barfuß.

»Haben Sie javanische Kleidung dabei?« fragte er.

Ich hatte sie tatsächlich bei mir, bis auf das Kopftuch. Wie beschämend, dies zugeben zu müssen.

»Habe ich nicht«, antwortete ich.

»Haben Sie Geld?«

Die Fragen wurden immer unverschämter. Dabei verdiente er sicher nicht mehr als siebzig Gulden im Monat.

»Wenn Sie kein Geld haben, können wir Ihnen einen Vorschuß geben, damit Sie sich die notwendige Ausstattung kaufen können.«

Also gut. Ich war entschlossen, hier zu studieren, und so entschuldigte ich mich, um mir die Ausstattung zu besorgen.

»Sie können Ihre Sachen hier lassen. Wir werden auf Sie warten«, sagte er. »Etwa dreihundert Meter von hier entfernt ist ein großer Markt, Pasar Senen. Dort bekommen Sie alles, was Sie brauchen.«

Verärgert ging ich fort.

Ich fand gleich einen Laden, wo ich ein Kopftuch kaufen konnte. Der Verkäufer, ein nörgelnder Araber mit schmalen, tief liegenden Augen, trug eine dicke schwarze und schmutzige Kappe auf dem Kopf.

Er verlangte anfangs einen viel zu hohen Preis. Schließlich bekam ich es für die Hälfte. Auch das war vielleicht immer noch zu teuer.

All das schien mir furchtbar ungerecht. Arzt zu werden, war nichts anderes, als eine Schraube in einer Maschine der Zuckerfabrik zu werden, wie mein neuer Freund auf dem Schiff sagte. Solch kleine Schikanen mußte ich auf mich nehmen. Würde ich stark genug sein, sie zu ertragen? Es grenzte jetzt schon an ein Wunder, daß ich dies alles mitmachte.

Zurück im Büro war ich immer noch verärgert und beleidigt. Ich ging in das »besondere« Zimmer, und ... Auf Wiedersehen, ihr europäischen Kleider! Erst zog ich meine Schuhe aus, dann die Hose und die Socken. Statt des Filzhutes trug ich nun ein Kopftuch. Ungewohnt, da ich es in den letzten Jahren nicht mehr getragen hatte. Die prachtvollen Füße, die bisher immer in Socken und Schuhen gesteckt hatten, sahen nun nackt auf dem kalten Fußboden wie Hühnerkrallen aus.

Wie ein begossener Vogel unterschrieb ich schließlich den Vertrag. Demnach würde ich vom Gouvernement eine monatliche Zulage von zehn Gulden bekommen, außerdem freie Kost und Logis im Internat. Dafür verpflichtete ich mich dazu, später genau so viele Jahre dem Gouvernement zu Wasser oder zu Lande zu dienen, wie das Studium gedauert hatte.

Ein einheimischer Büroangestellter brachte mich ins Internat. Neue Gerüche stiegen mir in die Nase – Alkohol und Kreosot. Nebenan war das *Ambon*-Krankenhaus, speziell für ambonesische Soldaten und ihre Familien.

Wir hatten gerade erst die Sachen unter meinem Bett verstaut, als die anderen Bewohner uns auch schon umstellten. Auf dem Bett gegenüber lag ein Koffer, auf dem ein Zeitungsausschnitt klebte, der mein Blut in Wallung brachte.

Bevor ich Zeit hatte, mich umzuschauen, kam ein großgewachsener Junge auf mich zu. Er schaute sich den alten verbeulten braunen Koffer aus Blech genauer an und schrie dann auf Indo-holländisch: »Schaut mal her! Nur ein stinkender Dorfjunge mit einem noch stinkenderen Koffer wie dem hier.«

Er schien der einzige im Internat zu sein, der Schuhe anhatte. Er war weder Sundanese, Javaner, Madurese noch Balinese, auch kein Malaie. Vielleicht war er wirklich ein Indo.

Unerwartet trat er mit seinen schweren Schuhen gegen meinen Koffer. Es war, als ob er mich getreten hätte. Es war wie ein Tritt gegen meine Selbstachtung, meinen Stolz. Der Koffer war verrutscht. Der Büroangestellte versuchte, den zweiten und dritten Tritt zu verhindern. Aber die anderen kamen ebenfalls näher, um es dem Jungen nachzumachen.

Na, läßt du dir das gefallen?

»Meine Herren«, schrie ich zornig, »Nicht meinen Koffer. Hier bin ich. Los, wagt es, ob einzeln oder zusammen, ist mir gleich.«

In meinem Leben hatte ich noch nie richtig gekämpft oder eine derart brutale Behandlung erlebt. Automatisch ging ich in Kampfstellung. Ich werde sie alle zusammenschlagen, dachte ich, wenn sie es wirklich wagen sollten! Mein Oberschenkel schaute aus dem Batiktuch heraus. Mit der linken Hand fing ich an, meine Jacke aufzuknöpfen. Mit den Augen sah ich die Meute herausfordernd an.

Es beeindruckte sie überhaupt nicht. Nein. Sie lachten gar vergnügt. Sie lachten mich aus! Mich!

Der einzige europäisch gekleidete Junge versuchte gar, in aller Ruhe an meiner Nase zu ziehen, als läge ein Gurkenkern auf ihrer Spitze. So eine Unverschämtheit! Als ich ihm mit der linken Faust ins Gesicht schlagen wollte, um dann gleich mit der Rechten seine Brust zu treffen, wich er geschickt aus. Ich trat einen Schritt vor, holte mit der rechten Hand aus und … fiel zu Boden, begleitet von lauthalsem Gelächter.

Ich wollte gleich wieder aufspringen und angreifen, aber ich konnte nicht. Sie hatten sich auf mich geworfen, lagen nun wie ein Berg auf mir und hielten meine Beine fest. Mein Batiktuch hatte sich gelockert, und meine Unterhose grinste mir weiß entgegen. So schnell hatten sie mich überwältigt.

Und das war noch nicht das Ende. Im Nu hatten sie mir die Kleider vom Leib gerissen. Bis auf meinen ledernen Gürtel und mein Kopftuch. Ich fühlte mich wie ein ausgespanntes Pferd.

»Na los, du Gockel, kräh doch noch mal!« höhnte der Indo-Junge.

Unter lautem Jubel ließen sie mich los. Wie einst Adam aus dem Garten Eden vertrieben wurde, rannte ich zu meinem Bett, um meine Blöße bedecken zu können.

»Gib ihm seine Kleider nicht!« schrie einer den Büroangestellten, der mir helfen wollte, auf malaiisch an. »Er soll noch eine Weile wie ein Wasserbüffel auf der Weide herumtrampeln.«

Und wieder brachen sie in lautes Gelächter aus.

»Komm doch, du Angeber, blök' doch!«

»Darauf könnt ihr lange warten«, dachte ich.

Gemeinsam zogen sie mich in die Mitte des Raumes, ich fühlte mich wie ein gerupfter Hahn. So nackt vor ihnen stehen zu müssen, nahm mir all meine Kraft. Ich konnte meine Hände nur dazu benutzen, meine Scham zu bedecken.

»Ein javanischer Held, nur mit einem Gürtel und einem Kopftuch bekleidet.«

»Nein, ein Hahn, der nicht mehr krähen kann!«

»Wir lassen ihn da stehen, bis morgen, bis der Direktor zur Inspektion kommt. Einverstanden?«

»Einverstanden!« jubelten sie laut.

Der europäisch gekleidete Junge kam noch mal auf mich zu und wollte mir die Hände wegziehen. Nun wurde es mir allmählich zu bunt. Ich mußte unbedingt etwas tun. Ich beugte mich zur Seite und ließ meinen Fuß nach oben schnellen. Ich traf ihn am Kiefer. Er torkelte nach hinten und spuckte Blut und zwei Zähne auf den Boden.

Der Jubel wurde noch lauter.

»Adam läuft Amok!«

Kämpfen war besser, als sich zu blamieren. Ich nahm meine Hände hoch und griff an.

»Meine Herren, nun reicht es aber«, rief der Angestellte. »Schluß jetzt. Wenn nicht, rufe ich den Herrn Direktor.«

»Hole ihn! Ja, melde ihm, was passiert ist! Dieser Kampfhahn hier ist wirklich ein bißchen wild.«

»Ja, hole ihn!«

Sie umzingelten mich.

»Na, los, greift doch an!« schrie ich.

Aber niemand berührte mich. Sie schienen nichts Böses im Sinn zu haben. Sie wollten mich nur ein wenig zum Narren halten. Sie standen nur herum und lachten. Und ich, der gerupfte Hahn, fing wieder zu krähen an: »So geht es also bei den Intellektuellen zu?« Sie schwiegen. »Habt ihr es so von euren Vorfahren gelernt?«

»Halt deinen Mund! Laß unsere Vorfahren aus dem Spiel.«

»Ihr glaubt also, ihr seid gescheiter als eure eigenen Vorfahren?«

Jemand warf mir mein Batiktuch zu. In aller Ruhe wickelte ich es mir wieder um die Hüfte, während ich weiter wachsam blieb.

»Vor den Leuten aus dem Dorf gebt ihr euch als Intellektuelle aus. Doch nicht mal die sind so primitiv wie ihr«, schimpfte ich weiter.

Ich behielt den Indo, der zwei Zähne verloren hatte, weiter im Auge, während ich zu meinem Bett ging. Niemand versuchte, mich daran zu hindern. Der Jubel war verstummt.

»Noch nicht mal der Teufel war so ein Schurke«, zeterte ich weiter, durch ihr Schweigen ermutigt. »Verschwindet jetzt«, schnauzte ich sie an.

Sie antworteten nicht und starrten mich einfach an. Sichtlich verwundert über meinen Wagemut, rührten sie sich nicht vom Fleck.

Ganz wie eine wichtige Persönlichkeit zog ich Gelassenheit heuchelnd meine Kleider wieder an. Dann ordnete ich meine Sachen unter dem Bett. Das Bild, noch immer in seiner samtenen weinroten Hülle, stellte ich über dem Kissen auf.

Der Büroangestellte war nicht mehr zu sehen. Sicherlich waren ihm solche Szenen längst vertraut. Er würde es bestimmt auch niemandem erzählen, außer vielleicht den Leuten aus seinem Dorf und vielleicht auch seiner Frau.

Auf der Matratze sitzend, blickte ich herausfordernd in die Runde. Nun lächelten sie alle freundlich und zeigten mir ihre Zähne auf die nette Art. Es würde keine Schlägerei mehr geben. Es hatte anscheinend nur eine Art Mutprobe sein sollen, die allerdings ein wenig außer Kontrolle geraten war. Sie waren grob gewesen und bereuten es nun offensichtlich.

Wagt es ja nicht noch einmal, so grob zu mir zu sein, dachte ich mir im stillen. Versucht bloß nicht, diesen vergammelten, ärmlich aussehenden Koffer zu verschandeln. Sein Inhalt ist viel wertvoller als ihr alle zusammen, ihr verfluchten künftigen Ärzte! Ihr wißt ja gar nicht, wen ihr vor euch habt. In diesem Koffer sind meine besten Gedanken aufbewahrt: Notizen, Briefe von Freunden, Liebesbriefe, Zeitungsausschnitte, meine Manuskripte – alles zusammen vielleicht mehr als zwei Kilo Papier. Habt ihr jemals so einen kostbaren Schatz besessen? Dann sind da auch noch andere wertvolle Briefe, wie ihr sie niemals bekommen werdet. Die Briefe meiner Mutter nicht mitgerechnet. Ich glaube kaum, daß ihr so eine großartige Mutter habt wie die meine. Und ich glaube auch nicht, daß ihr Erfahrungen gemacht habt, wie ich sie erlebt und in meinen Aufzeichnungen beschrieben habe. Ihr künftigen Beamten, ihr künftigen *Priyayis* …

Als ich merkte, daß keiner mich mehr ärgern wollte, fühlte ich mich verpflichtet, selbst auch wieder freundlicher zu ihnen zu sein: »Tut mir leid, daß ich dir zwei Zähne ausgeschlagen habe.«

Sie lachten. Ohne mich weiter um sie zu kümmern, fing ich an, meine Kleider aus dem Koffer in den Bettschrank zu legen. Sie schauten mir immer noch zu, als ob ich gleich zu zaubern anfangen würde.

»Die javanischen Kleider, die er anhat, sind seine einzigen«, sagte einer.

»Wahrscheinlich ist er ein *Londo Godong*, einer, der den Holländern gleichgestellt ist«, kommentierte ein anderer.

»Schaut mal, nur europäische Kleider!«

Ich tat, als ob ich nichts hörte. Als nächstes räumte ich die Bücher und die Papiere in den Schrank ein. Den leeren Koffer und die leere Tasche legte ich ganz oben auf den Bettschrank.

»Na so was!« schrie jemand schrill.

Ich drehte mich schnell um. Sie hatten das Portrait aus der Hülle geholt, und nun ging es schnell von Hand zur Hand.

»Die Blume, mit der das Jahrhundert Abschied nahm!« las jemand den Untertitel.

Als ich sah, wie sie mein geliebtes Portrait ohne meine Erlaubnis anfaßten, wurde ich rasend. Ich holte den Dolch aus dem Schrank, zog ihn aus der Scheide und schrie: »Legt es sofort zurück!«

Sie sprachen immer noch aufgeregt darüber.

»Oder muß ich erst diesen Dolch nach euch werfen?«

»Kommt Leute, legt das Bild zurück auf seinen Platz«, befahl jemand.

Plötzlich war es mucksmäuschenstill. Alle starrten mich an – und den Dolch in meiner Hand.

»Ich zähle bis drei«, drohte ich. »Wenn ihr es bis dahin nicht sorgfältig zurückgelegt habt, dann fliegt dieser Dolch.«

Ein kleiner dürrer Student steckte das Bild tatsächlich wieder in die Hülle und jammerte: »Die übertreiben es wirklich, *Mas*. Ich halte es hier auch nicht mehr lange aus.«

In diesem Augenblick wußte ich, daß ich einen Verbündeten gefunden hatte. Ich sah ihn an, während ich den Dolch in die Scheide zurücksteckte. Er glättete die Hülle und zupfte noch ein paar Fussel weg.

»Darf ich mich vorstellen, ich heiße Partotenojo. Aber sie sagen immer Partokleooo zu mir«, sagte er in schlechtem Holländisch mit starkem javanischen Akzent.

»Mas Partotenojo, belästigen sie dich oft?«

»So oft, daß ich schon glaubte, es nicht mehr ertragen zu können!«

»Wo ist deine Schlafstelle?«

»Dort in der Ecke.«

»Gibt es Regeln, die vorschreiben, wo einer zu schlafen hat?«

»Nein.«

»Gut. Dann schlaf doch ab jetzt neben mir«, schlug ich vor.

»Aber das Bett ist doch schon besetzt.«

»Dann muß der eben woanders schlafen. Sag ihm das.«

Partotenojo oder Partokleooo ging zu demjenigen. Der kam dann zu mir und sah mich mißtrauisch an.

»Du willst mir befehlen, daß ich die Schlafstelle von Partokleooo nehme?«

»Exakt!«

»Willst du hier den Anführer spielen?«

»Wenn du und die anderen es wollen, warum nicht? Hast du was dagegen, woanders zu schlafen? Ich helfe dir tragen. Belästigst du Partokleooo auch so gern? Damit ist es jetzt vorbei.«

Die anderen kamen zurück und umstanden uns. Der Junge beschwerte sich bei seinen Freunden über mich. Mein Befehl löste eine Diskussion aus. Der Indo mit den europäischen Kleidern war nicht mehr zu sehen. Er war wohl mit seinen Zähnen beschäftigt.

»Schau mal, ich habe dich gebeten umzuziehen, nicht weil ich hier den Anführer spielen möchte. Es sei denn, ihr zwingt mich dazu oder wollt es ausdrücklich. Ich kann es nur nicht leiden, wenn sich jemand auf Kosten anderer amüsiert.«

Sie berieten sich, danach halfen alle den beiden beim Umzug. Die Glocke, die das Mittagessen ankündigte, läutete. Die anderen rannten um die Wette. Nur ich und Partokleooo blieben zurück.

»Du hattest recht, Mas. Sie sind nur Intellektuelle in den Augen der Leute ihres Dorfes. Eine Gruppe von Halunken!« fluchte er. Er sprach mit starkem javanischen Akzent. Sein Holländisch war sehr schlecht, mit falschen und übertriebenen Betonungen.

»Du bist kein Absolvent der ...«, sagte ich.

»Der Lehrerschule, Mas.« Er sah mich erwartungsvoll an, als ob er sehr auf meinen Schutz hoffte.

»Komm, laß uns essen«, sagte er. Als er sah, daß ich keine Anstalten machte, zu gehen, fragte er: »Woher hast du denn das Portrait?«

»Ich habe jemanden damit beauftragt.«

»Das Bild ist sehr schön. Hast du sie mal gesehen?«

»Ja.«

»Kennst du sie gut?«

»Sehr gut.«

Ich ahnte nicht weshalb, aber er war sichtlich gerührt. Seine Augen schienen in die Ferne zu blicken. Seine Lippen bewegten sich fast unsichtbar, danach kamen seine Worte, langsam und zögernd: »Ich habe damals die Berichte über diese Frau gelesen. Zwar nicht ausführlich, aber es reichte, um mich wütend zu machen.«

»Ja.«

»Du hast mir noch nicht gesagt, wie du heißt.«

»Ich heiße Minke. Aber laß uns jetzt essen.«

Er sah mich immer noch fragend an. Als ich dann ging, folgte er mir. »Was das Portrait angeht, davon braucht keiner zu wissen.«

»Wie geht es ihr jetzt?«

»Sie ist gestorben, Parto.«

»Inna lillahi wa inna ilaihi rojiún«, rief er. Dann schwieg er.

Der Speisesaal war bereits voll mit Studenten aller Jahrgänge. Alle trugen ihre Stammeskleidung. Nur die Menadonesen und die Indos trugen europäische Kleidung. Die Sundanesen und Javaner unterscheiden sich nur an den Kopftüchern. Es war nur ein Malaie da. Er trug eine fezähnliche Samtkappe und einen halblangen Sarong. Die Mehrzahl aber trug Kopftücher.

Das Ereignis im Schlafsaal schien sich schon wie ein Lauffeuer verbreitet zu haben. Als ich hereinkam, starrten alle mich an. Hier und da flüsterten sie miteinander. Ich achtete nicht darauf und nahm mit Partokleooo zusammen Platz. Wir hatten uns gerade hingesetzt, als ein Diener kam und laut auf malaiisch fragte: »Ist hier ein Herr Minke?«

Partotenojo winkte, und der Mann kam zu uns. Zu Partotenojo sagte er sehr höflich: »Jemand hat nachgefragt, ob heute ein Student mit dem Schiff aus Surabaya gekommen sei.« Er reichte ihm ein bleistiftbeschriebenes Stück Papier. Ich schnappte es mir, so daß Parto es nicht lesen konnte.

»Ja, das bin ich«, sagte ich. »Wer ist der Gast?«

Der Diener und Partotenojo schauten mich an. Dann antwortete der Diener, immer noch höflich: »Es ist ein Holländer. Er unterhält sich gerade mit dem Herrn Direktor.«

»Gut, ich komme gleich nach dem Essen.«

Während des Essens sah mich Partotenojo unentwegt an. Er mochte wohl mehr über die Frau auf dem Portrait erfahren. Aber ich tat so, als würde ich es nicht bemerken.

Ich aß nur wenig. Die Auseinandersetzung hatte mir den Appetit verdorben. Bald verließ ich den Speisesaal und ging direkt zum Empfangsraum. Der Gast war niemand anderes als Ter Haar, jener Mann, den ich vor etwa einem Jahr auf dem Schiff kennengelernt hatte. Journalist der Zeitung »De Locomotief« aus Semarang.

»Ich freue mich, Sie wiederzusehen, Tuan.« Er reichte mir lächelnd die Hand und erzählte, daß er erst gestern von Semarang mit dem Zug gekommen sei. Er hatte meinen Brief bekommen. Heute morgen war er zum Hafen gekommen, um mich abzuholen, aber ich war bereits mit der Bahn nach Weltevreden unterwegs gewesen.

Auf seine gewohnt joviale Art erzählte er dies und jenes, bis der Direktor wiederkam und sich uns anschloß. Er stellte sich mir vor, als wenn ich nicht wüßte, daß er mein Direktor war und fragte: »Wie viele Pseudonyme benutzen Sie denn?«

Ich lachte.

»Ich bin stolz darauf, einen Studenten zu haben, der schreibt. Aber Ihre Aufgabe hier ist zu lernen. Sind Sie sicher, daß ihr Studium nicht beeinträchtigt wird, wenn Sie der Drang zu schreiben wieder überkommt?«

»Gerade weil er schreibt und so viel erlebt hat«, nahm mich mein Freund in Schutz, »wird er, glaube ich, ein sehr guter Student werden.«

»Das ist schon möglich, aber eine Ärzteschule ist eben anders, Tuan … wie soll ich Sie denn nennen?«

»Einfach Minke, Tuan.«

»Also, Tuan Minke, wie intelligent und wie reich an Erfahrung ein Student auch sein mag, er kann sein Studium hier nicht nur so nebenbei machen. Er braucht jede Sekunde dafür. Sie wissen, die kleinste Nachlässigkeit von uns kann töten. Sie sind bereits zu spät gekommen und haben noch einiges nachzuholen.«

»Herr Direktor«, unterbrach mein Freund. »Da er nun eh schon zu spät ist, kommt es auf ein, zwei Tage doch auch nicht mehr an? Ich bin hergekommen, um Sie zu fragen, ob ich ihn heute noch mitnehmen darf. Herr Minke darf sich diese große Gelegenheit nicht entgehen lassen. Was meinen Sie, Herr Direktor?«

»Was für eine Gelegenheit?«

»Nun, es ist derselbe Grund, der auch mich extra aus Semarang hierher geführt hat, Herr Direktor. Nämlich, den verehrten Herrn Ing. H. van Kollewijn, Mitglied der Zweiten Kammer, zu sehen.«

»Einer meiner Studenten soll ein Mitglied der Zweiten Kammer kennenlernen?«

»Heute Nachmittag wird der Gott der Liberalen, der radikale Gott der Liberalen, ein Treffen mit einigen geladenen Gästen veranstalten, im Klub ›De Harmonie‹«, fuhr mein Freund fort. »Er darf sich diese Gelegenheit nicht entgehen lassen.«

»Na, war meine Befürchtung nicht berechtigt? Sie haben noch gar nicht mit dem Studium begonnen, schon kommen die privaten Verpflichtungen. Was wird später sein?«

»So eine Gelegenheit ergibt sich nicht einmal alle fünf Jahre, Herr Direktor, lernen kann man jeden Tag.«

»Gut, nur dieses eine Mal«, antwortete er nachgebend. »Aber sind Sie denn nicht müde von der Reise?«

»Müdigkeit kann man mit acht Stunden Schlaf wieder wettmachen, meinen Sie nicht auch?« fragte mich mein Freund.

2

Ich hatte noch keine Gelegenheit gehabt, mir über die heutigen Erfahrungen und Eindrücke überhaupt Gedanken zu machen, geschweige denn, sie zu verarbeiten. Nicht einmal die Mittagsruhe wurde mir gegönnt. Die Jungs im Internat waren damit beschäftigt zu enträtseln, wer die Frau auf dem Portrait in der Hülle wohl war. Der Junge, an dessen Koffer ein aus einer Zeitung ausgeschnittenes Photo einer Frau klebte, versuchte Partotenojo auszufragen. Vielleicht hatte der meine Geschichte schon längst weitergegeben.

Sie hingen um mich herum und suchten nach einer Gelegenheit, mich auszufragen. Auch der Indo, der offiziell Wilam und inoffiziell William Merrywheater hieß, war wieder dabei. Sein Vater war ein englischer Großgrundbesitzer gewesen. Er war außerhalb *Buitenzorgs* von der *Pitung*-Bande ermordet worden. Seine Mutter, ein hübsches Mädchen aus Cicurug – vielleicht noch mit Nyai Dasima verwandt – wurde von der Bande entführt und konnte erst befreit werden, als die *Kompeni* die Bande zerschlagen hatte. Sie hatte ihren kleinen Sohn bei sich.

Ich beantwortete keine ihrer Fragen. Ich lachte nur. Aber eins wurde mir dabei klar: Die einheimischen Intellektuellen fingen an, Gefallen an europäischen Schönheiten zu finden.

Nun erfuhr ich auch, warum sie mich so hart rangenommen hatten. Sie wollten sich an mir rächen, dafür, daß der Lehrerausschuß den Beschluß gefaßt hatte, mich von den beiden Vorbereitungsjahren freizustellen.

Um Viertel vor Fünf am Nachmittag holte mein Freund mich dann ab. Die Jungs vom Internat begleiteten mich bis in den Vorhof. Das unangenehme Ereignis von heute morgen war bereits vergessen.

Die ganze Fahrt mit dem Delman wurde untermalt von einer einzigen Lobrede über van Kollewijn. Er schien ein großartiger Mensch zu sein, der Ostindien sehr gute Dienste erwiesen hatte. Es war ihm anscheinend gelungen, neue Lebensmöglichkeiten für die Einheimischen zu schaffen. Ja, auch wenn die Zuckerindustrie letztendlich am meisten von seinen Verdiensten profitiert hatte.

Ich wußte nicht viel von diesem Gott, nur seinen großen Namen hatte ich gelegentlich gehört. Ich versuchte mir vorzustellen, wie ein einziger Mann so viel verändern konnte! War er wirklich so brillant, besaß er wirklich solche Fähigkeiten? Wenn nicht, wie kam es, daß sie ihn so vergötterten? Wie den König der Könige, der über Leben und Tod bestimmen konnte. Dabei war er doch nur Mitglied der Zweiten Kammer. Seine einzige Aufgabe war zu reden. Sicherlich, er war sehr gewandt darin, trotzdem war es mir nicht gelungen, mir ein Bild von ihm zu machen. Ich mußte ihn erst einmal selbst sehen, selbst seine Worte hören.

Das Klubhaus »De Harmonie« war sehr beeindruckend. Groß, prächtig, pompös. Der Boden bestand aus riesigen schwarzen Steinplatten, in denen das Licht der kristallenen Kronleuchter, die an der Decke hingen, reflektiert wurde. Drinnen war es frisch und luftig. Die riesigen Holzmöbel waren mit prächtigen Schnitzereien verziert. Jede Garnitur stand für eine bestimmte Epoche. In einem der Räume standen drei Billardtische, bewacht von den Billardstöcken, die wie Speere einsatzbereit in ihren Halterungen standen. Dort hing auch ein Bild der Königin, auf dem sie alleine zu sehen war, gekleidet in ein langes Kleid und einen weißen, schwarzgefleckten Pelz, in einem geschnitzten goldenen Rahmen. Das Bild war größer als ich.

Dies Mädchen, das ich einst angebetet hatte, würde in Kürze in den Stand der Ehe mit Prinz Hendrik treten. Am 7. Februar 1901 nach holländischer Zeit oder dem 6. Februar nach ostindischer Zeit, an einem Freitag *Kliwon.* Im Klubhaus waren hierfür noch keine erkennbaren Vorbereitungen getroffen worden. Aber es würde sicherlich wieder ein großes Fest geben, so wie bei ihrer Krönung am 6. September 1898.

»Sie schauen sich das Bild der Königin gern an, aber Ihre Gedanken sind woanders«, ermahnte mich mein Freund. »Es besteht wahrhaftig eine gewisse Ähnlichkeit. Aber denken Sie nicht mehr so viel an sie. Ihre Zukunft liegt noch vor Ihnen.«

Dann änderte er blitzschnell das Gesprächsthema: »In diesem

Klubhaus«, belehrte er mich, »wurde erstmals das Feuer der liberalen Bewegung entfacht. Der Pfarrer Baron van Hoëvell hatte das Wort geführt. Er hatte die Einführung von Mittelschulen in Ostindien gefordert. Vor einem halben Jahrhundert schon! So lang ist das nun her. Der Generalgouverneur persönlich hat dann seine Verhaftung befohlen. Der Klub wurde von Soldaten umzingelt, mit Kanonen und allem – und das, nur weil einer die Mittelschule forderte. Van Hoëvell wurde verhaftet und in dem Palast eingesperrt, an dem Sie vorhin vorbeigefahren sind. Dann wurde er schnellstmöglich auf ein Schiff nach Holland verfrachtet und durfte nie wieder seine Füße auf ostindischen Boden setzen. Haben Sie seinen Namen jemals gehört?«

Ich konnte es nicht mit Sicherheit sagen. Vielleicht hatte ich mal von ihm gehört, es aber wieder vergessen. Also schüttelte ich den Kopf.

»Nichtsdestotrotz haben Sie es ihm zu verdanken, daß Sie die Mittelschule besuchen konnten. Und in zehn Jahren wird die Mittelschule nichts Besonderes mehr sein. In diesem modernen Zeitalter läuft alles viel schneller. Sie erinnern sich? Weil das Kapital gewonnen hat, weil der Wohlstand der Holländer ständig wuchs. Und das, was dieser Pfarrer Baron van Hoëvell getan hat, war nur der Anfang, der Ostindien zu dem veränderte, was es jetzt ist. Den Liberalen ist es gelungen, große Macht zu erlangen, vor allem nach dem Aufkommen ihres radikalen Flügels unter der Leitung unseres heutigen Gastes. Seinen Einfluß spürt man überall. Seine Stimme hallt voller Autorität, in Holland, in Ostindien und vielleicht sogar in Suriname.«

Meinem Freund war meine Unwissenheit nicht entgangen. Geduldig wiederholte er das wenige, was ich über *Multatuli* und *Roorda van Eysinga* wußte. Als er wieder bei van Hoëvell war und über dessen feurige Reden vor der Zweiten Kammer sprach und mit dem Aufstreben von van Deventer fortfuhr, war er Feuer und Flamme, als ob diese neue Gruppe der Liberalen letztendlich Ostindien in einer Nacht in ein Paradies verwandeln würde, wie einst Bandung Bondowoso die Tempelanlage Prambanan in einer Nacht gebaut haben soll. Sie riefen zum Widerstand gegen staatliche Plantagen auf. Forderten die Abschaffung der Zwangsarbeit! Skandierten: »Private Plantagen müssen her! Freie Wahl der Arbeit! Persönliche Entwicklung durch selbstbestimmte Arbeit! Freier Wettbewerb!« Des weiteren klagten sie

Wiedergutmachung an den Einheimischen in Form von menschenwürdiger Politik ein; was hieß, ihnen das Recht auf Freizügigkeit, Ausbildung und bessere Bewässerungssysteme einzuräumen!

»Ja, junger Mann«, sagte Ter Haar mit leiser und nachdrücklicher Stimme, »nur durch die freie Wahl der Arbeit kann den Einheimischen die menschliche Würde zurückgegeben werden. Selbstbestimmte Arbeit wird ihnen die längst vergessenen Kenntnisse und das Wissen zurückgeben, die durch von Ahnungslosen verfaßte Befehle und Verordnungen verdrängt wurden: Errungenschaften, die jahrhundertelang vergessen waren, wie das Tragen von Verantwortung. Freie Wahl der Arbeit wird sie vom Aberglauben und von der Angst vor Geistern, der Polizei und den Kompeni-Soldaten befreien. Und dann wird der wahre *Pribumi* zum Vorschein kommen.«

Und welchen Teil sollen die Einheimischen dabei übernehmen, wollte ich fragen, aber ich ließ es sein. Schließlich wäre ich derjenige gewesen, der diese Frage beantworten müßte, und nicht er. Das einzige, was ich über die Lippen brachte, war: »Raden Saleh Sjarif Boestaman …«

»Sie meinen den berühmten Maler?«

»Er hat bereits bewiesen, wozu Einheimische fähig sind.«

»Das ist richtig. Nur leider verbrachte er seine Zeit in Europa. Er ging in den Salons der Eliten in Frankreich, Holland, Deutschland und Belgien ein und aus, um selbst berühmt zu werden. Für sein eigenes Volk aber hat er nichts getan, was dessen Lage hätte verbessern können. Man sagt, als er nach Ostindien zurückkam, war er kein Einheimischer mehr, und ein Lehrer für sein Volk war er auch nicht geworden. Er hatte sich zu sehr verändert.«

Darin hatte er leider recht.

Er redete und redete. Ich verstand immer weniger und mußte mich immer häufiger am Nacken kratzen. Es schien kein Zusammenhang zwischen dem einen und dem anderen zu existieren. Seine Worte klangen wie die Beschwörungsformel eines Zauberers. Er sprach über die Debatten in der Zweiten Kammer und über die Probleme Ostindiens.

Als er merkte, daß mein Nicken immer tiefer und unsicherer wurde, beeilte er sich zu sagen: »Ach, vielleicht verstehen Sie dies alles noch nicht so gut. Ich werde Ihnen mal ein Buch über die Probleme

Ostindiens zuschicken. Gedruckt in Holland. Geschrieben von einem echten Liberalen. Sie können es dann in aller Ruhe studieren.«

Die Pendeluhr im Klub schlug einmal. Halb sechs. Ing. H. van Kollewijn war immer noch nicht zu sehen. Hin und wieder drang das Gebimmel des Delman und der Straßenbahn hinein in dieses große Gebäude.

»Er wird bestimmt gleich hier sein. Er scheint sich zu verspäten. Kurzum, die Liberalen sind die Kinder unseres Zeitalters. Die besten Kinder des Zeitalters, in dem das Kapital triumphiert – ein Zeitalter, in dem alles schon von und durch das Kapital bestimmt wird, in dem alle Leute alles besitzen können, wenn sie nur das Kapital dafür haben, nicht nur die Könige. Und um an das Kapital zu kommen, gibt es nur eine Möglichkeit, Tuan, selbstbestimmte und harte Arbeit.«

Das konnte ich verstehen. Und trotzdem hatte ich genug von diesen Belehrungen am falschen Ort und zur falschen Zeit.

Einige Europäer hatten sich bereits ordnungsgemäß am großen Tisch versammelt, ohne daß wir ihre Ankunft bemerkt hatten.

Kutschen hielten vor der Veranda des Klubhauses. Zwei Europäer öffneten die Tür der ersten Kutsche. Ein Mann stieg aus – das mußte General van Heutsz sein. Er trug eine Militäruniform ohne irgendwelche Rangabzeichen, Orden oder Waffen, auch sein Adjutant fehlte. Er ging nicht sofort hinein, sondern drehte sich um, um einem anderen Europäer beim Aussteigen zu helfen, einem sehr korpulenten Mann, der sicherlich mehr als hundertzwanzig Kilo wog. Sollte das nun der Gott der Liberalen sein, Ing. H. van Kollewijn? Der wie Bathara Narada, der Götterbote aus den Wayanggeschichten, aussah? Der durch Wohlstand dick geworden war?

Mein Freund, der Journalist von »De Locomotief«, ließ mich stehen und rannte hinaus, um bei dem Empfang dabei zu sein. Ach, was soll's, dachte ich, sie kennen mich ja doch nicht. Ter Haar sprach ehrerbietig mit dem dicken fetten Mann und begleitete schließlich beide in das Klubhaus hinein, zusammen mit den anderen Neuankömmlingen.

Ich bekam Herzklopfen, als General van Heutsz mich mit fragendem Blick musterte, während er an mir vorbeiging. Er schien mir den

Befehl geben zu wollen, ihn ebenfalls zu ehren, worauf er meinte, ein Recht zu haben. Und ich verbeugte mich.

»Ist hier auch ein Einheimischer anwesend?« fragte er Ter Haar, während er mich weiter ansah.

Ter Haar führte beide zu mir und sagte: »Entschuldigung, Herr General, Herr van Kollewijn, dies ist der junge Pribumi, der einiges auf holländisch geschrieben hat.«

»Ach!« rief der General. »Das ist er, Henk«, sagte er zu van Kollewijn. »Er bekommt langsam einen Bart. Es war ein Vergnügen, Ihre Artikel zu lesen«, erklärte er, während er mir die Hand reichte.

Die Geschichten über den *Aceh-Krieg*, die mir mein Freund *Jean Marais* früher erzählt hatte, fielen mir ein. Ich zitterte ein wenig, als ich seine Hand in meiner fühlte. Dies war also die Hand, die Tausende von Acehkämpfern getötet hatte, in ihrem eigenen Land, in dem sie geboren worden waren. Ich kann nicht beschreiben, wie ich mich in diesem Augenblick fühlte. Sein Bart, die Metallknöpfe an seiner Uniform ... alles wies mich darauf hin, ihn als einen Mörder zu erkennen, der rundum geehrt wurde.

Sein Händedruck war sehr stark und schmerzhaft. Er schüttelte mir einige Male die Hand, und als er sie losließ, fiel sie hilflos herunter. Unbewußt streifte ich sie an meiner Hose ab.

Ter Haar schaute weg, als er dies bemerkte. Van Kollewijn reichte mir schnell die Hand und betatschte meine Rechte, die er lange umklammert hielt, mit seiner wabbeligen linken Hand.

»Was haben Sie denn schon alles geschrieben?« fragte er schmeichelnd.

»Kurzgeschichten!« antwortete General van Heutsz. »Im heutigen europäischen Stil, Henk. Ich habe nicht gedacht, daß er noch so jung ist.«

»Kurzgeschichten? Du meinst sicherlich nicht im europäischen Stil, sondern im amerikanischen«, versuchte van Kollewijn zu korrigieren. »Was meinen Sie, Tuan?«

»Ich glaube, daß es mein eigener Stil ist, meine Herren«, antwortete ich.

Beide lachten fröhlich. Ich wußte nicht, warum.

»Er hat recht, meine Herren«, fügte Ter Haar hinzu, »er hat wirklich seinen eigenen Stil.«

»Wirklich sehr lobenswert«, meinte van Kollewijn, während er mich kopfschüttelnd ansah. Dann ließ er meine Hand los und klopfte mir auf die Schulter. »Kommen Sie, mein Herr.«

»Bitte nennen Sie mich Minke.«

»Sie sind Javaner?«

»Ja, mein Herr.«

»In welcher Regentschaft ist Ihr Vater?«

»B.«

»In der Nähe von Jepara, nicht wahr. Dort wohnt ein außergewöhnliches Mädchen. Kennen Sie sie?«

»Nur dem Namen nach, ja.«

Ter Haar, ich und die anderen begleiteten die beiden zu ihren Plätzen. Die Gäste, die schon am Tisch Platz genommen hatten, erhoben sich nun, um ihnen die Ehre zu erweisen.

Der Tisch war groß und oval, mit einem Leinentuch überzogen, grün wie im Gerichtsaal oder ein Billardtisch. Darauf lagen glitzernde silberne Aschenbecher. Sobald alle Platz genommen hatten, fühlte ich, wie sie mich von allen Seiten mit stechenden und vielsagenden Blikken anstarrten. Ich tat so, als würde ich es nicht bemerken.

Der Vorsitzende stellte uns erst General van Heutsz und dann van Kollewijn vor. Danach stellte er alle geladenen Gäste vor. Unter den Journalisten war eine Frau, *Marie van Zeggelen.*

»Ich habe schon lange nichts mehr von Ihnen gelesen, Fräulein van Zeggelen. Werden Sie noch viele Geschichten über die Heldentaten der Einheimischen schreiben?«

»Ich denke schon, Herr General.«

Keiner hielt es für nötig, mich vorzustellen. Der General und das Mitglied der Zweiten Kammer schauten mich an, danach sagte der erstere, während er mir ein Zeichen gab: »Darf ich nun den Anwesenden noch schnell einen jungen Schriftsteller vorstellen: Minke.«

Die Leute, die mir gegenüber saßen, schauten mich erstaunt an.

»Oder genauer gesagt: ein Autor von Kurzgeschichten«, korrigierte van Kollewijn auf seine Art, auf holländische Art.

Unter den Blicken all dieser wichtigen Leuten fühlte ich mich wie ein Affe im falschen Käfig. War es meine Hautfarbe, mein Alter oder meine bloße Anwesenheit? Wo war ich hier nur gelandet?

Der Vorsitzende, ein älterer Mann, der mir direkt gegenübersaß, nickte mit dem Kopf und sagte langsam: »So, meine Herren, lassen Sie uns nun mit der Tagesordnung beginnen.« Und er begann seine Rede.

Ing. H. van Kollewijn sei nach Java gekommen, um mit eigenen Augen zu sehen, welche Fortschritte Ostindien dank der Kampagne der Freien Demokratischen Partei innerhalb und außerhalb des Parlaments gemacht hatte.

Danach folgte eine Diskussion, deren Zusammenhänge ich nicht verstand. Ich fühlte mich wirklich fehl am Platz. Das Gerede nahm und nahm kein Ende. Zweimal schon waren Getränke serviert worden. Abwechselnd waren die Leute zur Toilette gegangen, aber die Diskussion ging weiter. Der Kanonenschuß um acht Uhr war bereits verstummt und die Trompete der Kaserne längst verklungen. Natürlich war ich der einzige, der keine Frage gestellt hatte. Ich schaute nur herum, um zu sehen, wer gerade sprach.

»Sie werden sicherlich noch andere Programmpunkte haben?« fragte der Vorsitzende.

»In der Tat. Ich bin lange nicht in meinem geliebten Ostindien gewesen«, sagte van Kollewijn. »Es wäre ein Fehler, nur wegen der Parteiangelegenheiten zurückzukommen.«

»Was sind Ihre Pläne, Exzellenz?«

»Unter anderem werde ich einige vielversprechende einheimische Intellektuelle treffen. Es ist wichtig zu wissen, wie sie den Beginn dieses neuen Jahrhunderts sehen und ob sie sich anpassen können oder nicht? Ob sie dieses neue Zeitalter begrüßen oder ablehnen?«

»Was für ein Zusammenhang besteht denn zwischen den einheimischen Intellektuellen und der Kampagne der Freien Demokratischen Partei, Exzellenz?« fragte einer.

»Die Bindung zwischen Holland und Ostindien wird von Tag zu Tag enger. Die Erfordernisse der Moderne werden diese beiden Länder immer näher zueinander bringen. Die Arbeitsbedingungen werden sichtlich besser. Auch in Ostindien. Wir wurden aufgefordert, auch die einheimischen Intellektuellen auf dieses neue Zeitalter vorzubereiten. Sonst hätte es keinen Sinn, die neuen Maschinen und Fabriken, egal wie hervorragend sie auch sein mögen, hierher zu bringen, wenn die Einheimischen nicht damit umgehen können.«

»Es reicht aber doch, wenn die Maschinen von den Europäern bedient werden?«

»Das war früher so. Jetzt entspricht das nicht mehr den Erfordernissen unseres Zeitalters. Sehen sie, meine Herren, bis jetzt sind die Maschinisten der Eisenbahn immer noch Europäer, es ist kein einziger Einheimischer unter ihnen. Sogar die Dampfwalzen werden immer noch nicht von Einheimischen gefahren, sondern von Indos. Aber die Ankunft der Eisenbahn in Ostindien hat nicht nur neue Anforderungen gebracht, sondern auch neue Gesetze, die sowohl von den Einheimischen als auch von den Europäern befolgt werden müssen. Warum sollen die Einheimischen immer nur die Last tragen, während die Erfordernisse und Gesetze von beiden getragen werden müssen?«

Je länger die Diskussion andauerte, desto verworrener wurde es für mich. Das Gefühl, nichts zu wissen, wurde immer stärker. Trotzdem tat ich mein Bestes, um allem folgen zu können. Van Kollewijn, der berühmt war für seine feurigen Reden. Es mußte der Mühe wert sein, seinen Worten zu lauschen.

Er wiederholte, was ich bereits in einem anonymen Pamphlet gelesen hatte, und zwar, daß die ersten Jahrzehnte des Zwangsanbaus Holland geholfen hatten, von seinen Schulden freizukommen, die der lang anhaltende Krieg in Europa verursacht hatte. Mit dem Gewinn aus dem Zwangsanbau wurden der Aufbau finanziert und auch Investitionen getätigt. Ostindien hatte dies alles nicht nur mit Geld, sondern auch mit dem Leben von Tausenden von Bauern bezahlt, die bei dem Zwangsanbau gestorben sind. Andernfalls wäre Holland wahrscheinlich bereits von der Erdoberfläche weggefegt worden.

»Wir stehen in Ostindiens Schuld, sehr großer Schuld, als Europäer, als Christen. Wir werden etwas Gutes für die Einheimischen tun müssen, um uns von unserer Schuld zu befreien. Wir dürfen nicht nur Regelungen treffen, die zu ihren Gunsten sind, sondern müssen sie auch mit Kenntnissen ausrüsten, damit sie dieser neuen Zeit begegnen können. Und die beste Brücke dafür sind die einheimischen Intellektuellen.«

»Exzellenz, mit welchen Intellektuellen werden Sie Kontakt aufnehmen?«

»Ich habe soeben die Bekanntschaft von Herrn Minke gemacht«, er nickte zu mir. »Ein junger Mann, der Kurzgeschichten schreibt, nicht in europäischem oder amerikanischem, sondern bereits im eigenen Stil, wie Herr Ter Haar sagt. Wirklich sehr lobenswert. Meine Herren, ich bin froh, diese Frage zu hören. Jetzt möchte ich Sie alle fragen: Sind die einheimischen Intellektuellen, die modernen Einheimischen, schon in der Lage, eine eigene Persönlichkeit zu bilden? Das ist vielleicht eine Frage, die bisher nie Beachtung gefunden hat. Das Entstehen einer Persönlichkeit ist auch ein Zeichen der Übereinstimmung zwischen dem Menschen und seinem Zeitgeist.«

»Was erwarten Sie von Herrn Minke?« fragte Marie van Zeggelen.

»Die Wissenschaft, meine Herren, wie hoch sie auch ist, hat keinen eigenen Charakter. Selbst die hervorragendste Maschine, gemacht von hervorragenden Menschen, hat keinen eigenen Charakter. Aber eine Geschichte, wie einfach sie auch geschrieben sein mag, steht für die Persönlichkeit eines Individuums, vielleicht sogar für die eines Volkes. Ist es nicht so, Herr General?«

General van Heutsz nickte schweigend.

»Sie selbst sind doch auch Schriftstellerin?« fragte Van Kollewijn zurück.

»Haben Sie schon mal etwas von Herrn Minke gelesen?«

»Nein, leider noch nicht. Aber der Herr General, und ich glaube, die meisten von uns hier haben schon etwas von ihm gelesen. Nicht wahr, Herr Ter Haar?«

»Sehr talentiert, sehr eigenständig. Wenn man den Autor nicht persönlich kennt, würde man sie für europäische oder amerikanische Geschichten halten, die ins Holländische übersetzt wurden, aber mit einem ostindischen touch.«

»Schon wieder ein Lob«, fuhr van Kollewijn fort.

»Welche einheimischen Intellektuellen werden Sie außerdem noch treffen?«

»Den Fußspuren des Direktors für Ausbildung und Kultur, Herrn van Aberon, folgend, möchte ich natürlich auch das Mädchen aus Jepara treffen.«

»Wie van Aberon werden Exzellenz, Mitglied der Zweiten Kammer, auch nach Jepara reisen?«

»So ist das viel interessanter. Ich werde sie nicht nur kennenlernen, sondern auch die Gelegenheit haben, zu sehen, wie sie lebt.«

»Sehr außergewöhnlich«, rief van Zeggelen. »Darf ich fragen, was Sie an dem Mädchen aus Jepara so interessant finden?«

»Sie hat nicht nur geschrieben und einfach irgendetwas erzählt, sondern sie hat ihr Leben einem Ziel gewidmet. Sie schreibt, nicht um selbst berühmt zu werden. Als eine geistige Tochter Multatulis hat sie auf ihre eigene Art und Weise für den Sieg der Menschlichkeit und gegen das Elend der Menschheit gekämpft.«

General van Heutsz hüstelte.

»Jede Unwissenheit hemmt den Wohlstand, sowohl in Europa, Amerika als auch in Ostindien, überall«, fuhr van Kollewijn fort. »Die Menschheit braucht den Wohlstand, um sich selbst als Mensch zu verwirklichen, in Übereinstimmung mit seiner Fügung«, er schaute verstohlen zu van Heutsz. »Darum sind die einheimischen Intellektuellen so wichtig.«

»Exzellenz, Sie verherrlichen die freie Arbeit. Was denken Sie über Frondienste? Muß man die auch abschaffen?«

»Frondienst ist ein traditionelles kollektives Arbeitssystem. In Ostindien wurde es für Dienste des hiesigen Landes und der Gesellschaft benutzt. Es ist Ersatz für die Steuern, mit einem Wert von siebenundeinhalb *Sen* je Arbeitstag. Es wird noch lange dauern, bevor man den Frondienst abschaffen kann, weil die Geldwirtschaft in den Dörfern noch sehr begrenzt ist. Nur in den Städten ist bereits viel Geld in Umlauf. Aber es ist von großer Wichtigkeit, daß man den Frondienst gerecht regelt. Es sollte nicht wieder vorkommen, was zur Zeit von Multatuli allgemein üblich war, daß jeder Staatsbeamte jeden jederzeit zum Frondienst abkommandieren kann.«

»Wenn der Frondienst als Steuerersatz mitgerechnet wird, Exzellenz«, fragte Ter Haar, »dann hieße das doch, daß die jährlichen Einnahmen von Ostindien in Wirklichkeit viel, viel höher sind, als in Zahlen ausgewiesen wird? Und wenn das so ist, bedeutet das nicht, daß das offiziell angegebene Jahreseinkommen falsch ist, weil es viel zu niedrig liegt?«

Ing. H. van Kollewijn schwieg. Schweiß bedeckte seine Stirn. Schnell wischte er ihn mit seinem Taschentuch weg. General van Heutsz klopfte mit den Fingern auf den Tisch. Marie van Zeggelen biß sich auf die Lippen. Alle Anwesenden, mit Ausnahme des Generals, warteten gespannt darauf, was van Kollewijn nun antworten würde. Aber er sagte nichts.

»Angenommen, Exzellenz, zehn Millionen Einheimische würden zum Frondienst abkommandiert, jeder zwanzig Tage pro Jahr, dann wäre das nicht erwähnte oder nicht zu belegende Einkommen aus Ostindien zehn Millionen mal zwanzig mal siebenundeinhalb Sen, das macht fünfzehn Millionen Gulden im Jahr. Dann muß man sich doch fragen, wo das viele Geld geblieben ist? Das ist aber noch nicht alles, Exzellenz. Ich habe gehört, daß die Einwohner in den Dörfern selbst für ihre Sicherheit sorgen müssen, was eigentlich die Aufgabe der Polizei wäre. Und dann ist da noch die Gemeinschaftsarbeit für öffentliche Projekte, so daß wir die fünfzehn Millionen Gulden im Jahr ruhig verdoppeln können. Sehen Sie, aus den Bewohnern der Dörfer wurden jährlich um die dreißig Millionen Gulden gepreßt. Als die Finanzen schlecht standen, hatte das Gouvernement in Erwägung gezogen, eine der Kleinen Sundainseln zu verkaufen, und hatte tatsächlich ein Angebot von einem Araber in Höhe von einhundertachtzigtausend Gulden bekommen. Mit dem unregistrierten Geld von nur einem Jahr hätten wohl zehn Sundainseln auf einmal gekauft werden können, Exzellenz. Werden Sie sich auch mit diesem Fall beschäftigen, sei es privat oder als Mitglied der Zweiten Kammer oder als Mitglied der Freien Demokratischen Partei?«

»Mit der Entwicklung der selbstbestimmten Arbeit in der nächsten Zeit werden die Leute ihre Steuern nicht mehr in Form von Arbeitskraft bezahlen müssen.«

»Richtig, Exzellenz, aber wenn wir sämtliche Frondienste zusammenzählen, die den Leuten auferlegt worden sind, seit Ostindien Staatseigentum wurde, sagen wir mal seit 1870, den Zwangsanbau gar nicht mitgerechnet, dann schuldet das Gouvernement Ostindiens, zusammen mit Holland, den Einheimischen dreißig mal dreißig Millionen Gulden, also neunhundert Millionen Gulden. Und wenn wir noch die zunehmende Korruption mitrechnen, kommen wir auf eine Milliarde Gulden. Wenn wir den Zwangsanbau auch noch dazunehmen, wird Holland niemals in der Lage sein, seine Ehrenschulden bei den Einheimischen einzulösen. Dann sind da noch Unsummen ungeklärter Fälle, von denen niemand weiß, was sich aus ihnen ergeben wird.«

Ich verstand zwar nur die Hälfte, aber ich sah wohl, daß nicht van Kollewijn, sondern Ter Haar der Gott war. Der junge Holländer mit der athletischen Figur hatte offensichtlich auch einen scharfen Verstand und zögerte nicht, den Riesenbetrug, dessen Opfer mein Volk geworden war, aufzudecken. Mich schauderte. Mir fehlten einfach die Worte. Ich wußte nichts. Ich war nichts.

»Schade, daß solche Probleme nicht in mein Reiseprogramm gehören. Aber ich werde mir auf jeden Fall eine Notiz darüber machen«, sagte van Kollewijn. Sein dicker Körper schien mir noch aufgedunsener, weiß wie eine dicke fette Made.

»Ja, wirklich sehr schade«, wiederholte Ter Haar. »Sind Sie nicht auch der Meinung, daß die Korruption derzeit noch genau so groß ist wie zur glorreichen Zeit der V.O.C.?«

»Die Korruption ist nichts Neues in Ostindien, vor allem in den Kreisen der einheimischen hohen Beamten«, mußte van Kollewijn zugeben. »Ist das nicht so, Herr General?«

»Es liegt wirklich nicht an mir, darauf eine Antwort zu geben. Leider«, antwortete van Heutsz.

»Die Hinterziehung von einer Milliarde Gulden in dreißig Jahren hat mit den Einheimischen überhaupt nichts zu tun. Muß man nicht als guter Christ immer seine Schulden zurückzahlen? Wann wird Holland seine Schulden zurückzahlen, nach dreißig Jahren Zwangsanbau, samt Zins und Zinseszins?«

General van Heutsz folgte nachdenklich dem Gespräch; man sah ihm aber auch seinen Überdruß an. Ich konnte ihn in aller Ruhe beobachten.

Die Fragen von Ter Haar blieben unbeantwortet. Van Kollewijn versuchte mit allen Mitteln, sich um die Antworten herumzuwinden. Der General bemerkte die schwierige Lage, in die sich sein Freund gebracht hatte. Während der entstandenen Gesprächspause wandte er sich an Marie van Zeggelen: »Fräulein Marie van Zeggelen schien sich mehr für andere Sachen zu interessieren.«

Die Frau nickte lächelnd: »Wenn der Herr Vorsitzende nichts dagegen hat.«

Der Vorsitzende schaute van Kollewijn fragend an. Der nickte zustimmend.

»Gut. Sie bekommen die Gelegenheit, Fragen an den Herrn General zu stellen, obwohl es eigentlich nicht auf der Tagesordnung steht.«

»Unter einer Bedingung, meine Herren«, fügte van Kollewijn

hinzu, »von diesem Treffen im kleinen Kreis darf nichts an die Öffentlichkeit weitergegeben werden, in welcher Form auch immer.«

»Wenn der Aceh-Krieg zu Ende geht, Herr General …«, begann Fräulein van Zeggelen.

»Aus der Sicht des Militärs ist der Aceh-Krieg bereits zu Ende«, unterbrach der General sie.

»Entschuldigen Sie. Aber wenn der Aceh-Krieg militärisch betrachtet zu Ende ist, sehen Sie dann einen Lichtblick für die Einheimischen? Können sie sich jetzt Hoffnung machen? Oder ist es gerade umgekehrt?«

»Das ist eine Sache des Gouvernements Ostindien. Es steht mir nicht zu, dies zu beantworten.«

»Ich verstehe. Aber ich frage nach Ihrer persönlichen Meinung.«

»Ich fühle mich geehrt«, van Heutsz nickte zufrieden. »Aber es ist nicht die Aufgabe eines einfachen Soldaten zu sprechen, schon gar nicht, Befehle zu erteilen.«

»Genau«, bestätigte van Kollewijn.

»Ich möchte trotzdem gern Ihre persönliche Meinung hören«, drängte Marie van Zeggelen.

»Meine persönliche Meinung? Natürlich habe ich eine, aber ich möchte sie nicht sagen.«

»Das verstehe ich. Aber fänden Sie es nicht angemessen, Ihren alten und neuen Bekannten Ihr Vertrauen zu schenken? Wie wäre das, Herr General, solange es keine militärische Geheimnisse sind?«

»Also gut, für die alten und neuen Bekannten. Alle Leute, die Zeitung lesen, wissen, daß der Aceh-Krieg sehr viel Geld gekostet hat. Ostindien hat fast alle seiner menschlichen Arbeitskräfte und all sein Geld für diese Eroberung aufgewendet. Jetzt, wo der Krieg vorbei ist, wird die Regierung natürlich anfangen, ihre Position zu stärken, für mehr Sicherheit und Ordnung zu sorgen und ganz Ostindien zu einer Einheit zu machen.«

»Sie meinen sicherlich nicht zu einer Einheit machen, sondern sich über ganz Ostindien *ausbreiten.*«

»Nein, zu einer Einheit machen.«

»Sie haben schon immer gerne andere Ausdrücke verwendet, die aber eigentlich das gleiche bedeuten«, hakte Marie van Zeggelen nach.

»Na, habe ich es nicht gesagt? Ein Soldat ist als Sprecher ungeeignet.«

»In der Tat, Herr General. Bewiesen ist dabei lediglich, daß Sie auch mit anderen Worten Ihre Meinung klar zum Ausdruck bringen können.«

Van Heutsz lachte schallend, während seine Augen die von van Kollewijn suchten. Dieser lächelte nur, als er sah, daß sein Freund schon wieder in die Enge getrieben wurde.

»Nachdem Sie nun einmal angefangen haben«, sagte das Mitglied der Zweiten Kammer, »müssen Sie jetzt auch fortfahren. So ist das nun mal.«

Alle Blicke richteten sich nun auf den General, den berühmten Eroberer von Aceh. Ich hatte schon die ganze Zeit sein Gesicht und seine Gesten beobachtet. Ich wollte gerne die typischen Kennzeichen eines Mörders an ihm entdecken.

»Es ist doch ganz einfach: Die Ausgaben, die früher für den Aceh-Krieg ausgegeben werden mußten, können nun für andere Sachen verwendet werden …«

Seine Gesten und die Art wie er sprach, konnten nur die Vermutungen bestätigen, daß demnächst wieder neue Kriege ausbrechen würden. Noch mehr Einheimische, nur mit Lanzen und Pfeil und Bogen bewaffnet, würden durch seinen Befehl in den Tod geschickt werden, wer konnte ahnen, wo es diesmal sein würde. Für die Einheit Ostindiens, mit anderen Worten: um das ostindische Großkapital zu sichern. Blut, Menschenleben, Sklaverei, Mißhandlungen, Räuberei, Erniedrigungen; ein Fingerschnippen dieses Mannes würde genügen. Er mußte nur mit einem Stock auf einen Punkt der Landkarte zeigen, und irgendwo in Ostindien würde die Hölle losbrechen und dabei das Leben der Einheimischen zugrunde richten. Die Überlebenden würden dann zu Fronarbeit verurteilt werden, um die Einnahmen des Staates zu vergrößern, nirgendwo vermerkt, nirgendwo angemeldet.

»Damit wir uns nicht mißverstehen«, fuhr van Heutsz fort. »Die Einheit Ostindiens bedeutet nicht dasselbe wie die Erweiterung Ostindiens. Aber es gibt tatsächlich einige Machtzentren, politische Enklaven in Ostindien, die die sie umgebenden Gebiete stören, die die Herrschaft der Königin bereits anerkennen.«

»Das sind aber unabhängige Staaten«, sagte Marie van Zeggelen, »genau wie Aceh, bevor es von Ihren Truppen erobert wurde.«

»Das sind keine Staaten, das sind Gebiete ohne Herrscher. Sie haben kein Geldsystem und keine Wirtschaft. Sie unterhalten keine Beziehung zur Außenwelt.«

»Es sind trotzdem freie Staaten«, widersprach Ter Haar, »Egal, wie klein und schwach sie auch sind.«

»Sie haben doch noch nicht mal eigenes Geld! Sie benutzen chinesische Münzen als Zahlungsmittel, oder wie die *Bataks* in Nordsumatra spanische Real«, antwortete van Heutsz.

»Das ist doch kein Maßstab. Einige haben sogar Beziehungen zum Ausland. Sie haben ihr eigenes Verteidigungssystem und sie haben ihre eigene Regierung. Ist es nicht so, verehrtes Mitglied der Zweiten Kammer, Herr van Kollewijn?«

Ingenieur van Kollewijn lächelte nur.

»Es sind Unruheherde«, erklärte der General ohne Zögern.

»Vielleicht finden diese kleine Machtzentren, daß eher wir die Unruheherde sind, Herr General.«

Van Heutsz lachte herzlich und nickte unentwegt. Er schien sich über die Probleme, die man ihm vor die Füße warf, königlich zu amüsieren.

»Dafür werden nun mal die Waffen hergestellt, gekauft und verwendet.«

Und wer keine Waffen herstellen, kaufen und verwenden konnte – das verstand ich nun –, sollte das Opfer sein.

»Steht *Nordost-Neuguinea* auch auf der Liste zur Vereinheitlichung Ostindiens? Und *Südost-Neuguinea*?«

Erneut lachte der General. »Ich erstelle überhaupt keine Listen, auch diese Liste hat es nie gegeben. Es hat sie auch noch keiner für mich geschrieben.«

»Außerdem«, fügte Ter Haar hinzu, »stellt Nordost-Neuguinea bereits eine schwere Belastung für Deutschland dar. Und Südost-Neuguinea für Australien. Nicht wahr?«

Dieses Treffen verlor immer mehr die Form eines Gesprächs und artete immer mehr zu einer Debatte aus. Van Kollewijn hielt sich schlauerweise zurück. Sein dicker Körper bewegte sich kaum, nur der Kopf nickte hin und wieder, und das nur mit Mühe.

»Auch *West-Neuguinea* bedeutet eine schwere Last für Ostindien. Aber wir wissen doch alle, daß sowohl West-, Nordost- als auch Südost-Neuguinea nur eine Frage des nationalen Prestige gewesen sind und keine Frage der Strategie, des kolonialen Wohlergehens oder der Gebietserweiterung waren.« Ter Haar drängte van Heutsz. »Sind die kleinen Enklaven auch nur eine Prestigefrage, oder sind sie eine Frage von Einflußgebieten, Herr General?«

»Prestige, Einfluß und Gebiet zugleich.«

»Die Ehrenschuld Hollands an Ostindien, die die Partei von Herrn van Kollewijn in der Kampagne erwähnt hat, ist also nur eine Utopie und Bestandteil einer Kampagne, die in Wirklichkeit aber niemals durchgeführt werden wird?«

Van Heutsz war sichtlich beleidigt. Sein Lachen versagte, seine Freundlichkeit verschwand. Sein Bart schwang hin und her.

»Wenn ich die Macht hätte, würde die Freie Demokratische Partei ihre Programme durchführen können, unter einer Bedingung natürlich, daß keine Kolonialkriege mehr geführt werden müßten, mit anderen Worten: diese Kriege müssen zuerst beendet werden.«

Es war klar, daß die Kolonialkriege weitergeführt werden sollten. Den Mörder vor mir dürstete es immer noch nach dem Blut der Einheimischen, dem Blut meiner Brüder und Schwestern.

»Entschuldigen Sie, meine Herren«, sagte schließlich der Vorsitzende, »Wir kehren wohl besser zu unserer ursprünglichen Tagesordnung zurück. General van Heutsz wird Ostindien so schnell nicht verlassen. Auch wenn es nicht einfach sein wird, können wir dann immer noch versuchen, ein weiteres Treffen zu arrangieren. Anders ist es mit Herrn van Kollewijn. In den zehn Jahren haben wir vielleicht gerade zweimal so gemütlich mit ihm reden können.«

Die Fragen wurden jetzt van Kollewijn gestellt, der sie in schnellem Tempo beantwortete. Van Heutsz, der immer noch wütend war, wurde absichtlich ignoriert. Jeder hatte nun einige wichtige Fragen gestellt. Nur ich hatte noch kein Wort gesagt. Die anderen würden bestimmt denken, daß ich mich minderwertig fühlte inmitten all dieser europäischen Würdenträger. Plötzlich richtete van Heutsz seinen Blick auf mich und fragte: »Herr Minke … Ihr Name ist leicht zu merken. Ihre Frage wird sicherlich nicht weniger wichtig sein«, er lächelte, wahrscheinlich um seine Wut zu verdrängen.

Ich stotterte nicht. *Alhamdulillah! Gelobt sei Gott!* Ich war der einzige Einheimische und der einzige Jüngere in dieser Gesellschaft. Der Respekt eines Generals, der Aceh unterworfen hat, ist trotz allem ein Respekt, sagt man. Ich fühlte, wie Ter Haar mich mit seinem Fuß stieß.

»Vielen Dank, Exzellenz. Was die selbstbestimmte Arbeit betrifft, Herr van Kollewijn, bedeutet das auch, daß man die Bauern, die ihre Ländereien nicht an die Zuckerfabrik vermieten wollen, einfach von ihrem Land verstoßen oder vertreiben kann?«

»Ich habe Ihre Frage nicht richtig verstanden«, sagte van Kollewijn, während er die Anwesenden einen nach dem anderen musterte. Sicher wollte er Zeit gewinnen, um seine Antwort zu formulieren. Oder er fand meine Frage dumm.

Ich wiederholte meine Frage, und immer noch antwortete er nicht. Meine Spannung wuchs, ich hatte Angst, daß er meine Frage nicht ernst nahm. War meine Frage falsch? Oder dumm? Es blieb still, eine quälende Stille. Es waren nur ein paar Sekunden, aber es schien mir wie eine Ewigkeit. Flüchtig sah ich noch, wie Marie van Zeggelen in ihrer Tasche wühlte, wie Ter Haar auf dem Stuhl hin und her rutschte. Warum kam immer noch keine Antwort?

»Geschieht denn so etwas immer noch?« fragte van Kollewijn schließlich. Seine Augen waren auf van Heutsz gerichtet.

»Ich habe noch nie etwas davon gehört, Exzellenz«, antwortete ein Journalist.

»Uns ist so ein Bericht auch noch nie zu Ohren gekommen«, sagte jemand anders.

Da hast du es, dachte ich. Ich mußte auf der Hut sein.

»Sie kommen doch aus einer Regentenfamilie?« fragte van Kollewijn.

»Das ist richtig, Exzellenz.«

»Dann überrascht mich Ihre Frage sehr. Pflegen Sie vielleicht Umgang mit den Bauern?«

»Nein, Exzellenz. Zufällig habe ich so etwas selbst gesehen, als es passierte.«

»Wo war das?« fragte van Kollewijn freundlich.

»In *Sidoarjo*, Exzellenz.«

»In Sidoarjo!« rief ein Journalist.

»Sie meinen, Sie haben selbst gesehen, was mit den Bauern in Sidoarjo letztes Jahr geschehen ist?« fragte plötzlich General van Heutsz mit übertriebener Höflichkeit.

Eine momentane Aufregung hatte mir den Mut gegeben, diese Tatsache, die geheim gehalten wurde, vorzubringen. Ter Haar stieß mich einige Male an den Fuß. Ich wußte wohl, daß er mich warnen wollte, vorsichtig zu sein. Aber ich nahm mir seine Warnung nicht zu Herzen: die Bauern, ihre Familien und ihre Freunde. Ich hatte ihnen etwas versprochen. Und so erzählte ich alles, von Anfang an, bis zum Ausbruch des Aufstandes, der so vielen Bauern den Tod gebracht hatte.

Als ich fertig war, ergriff Ter Haar eilig das Wort. »Sie müssen verzeihen«, sagte er, »aber Herr Minke ist Student an der STOVIA.«

»Sie meinen, daß Herr Minke nicht viel von unserem Rechtssystem versteht?«

»So ist es, Exzellenz.«

Plötzlich fielen mir meine Erfahrungen in der Vergangenheit ein, über die Verstrickung der Rechte, und mir wurde ein bißchen bang ums Herz. Dieser Gott vor mir würde mich damit sicherlich zur Strecke bringen. Er würde mich bestimmt anklagen, weil ich Zeuge dieses Ereignisses geworden war.

Die Atmosphäre war sehr angespannt. Und ich auch.

»Herr Minke versteht scheinbar wirklich nicht viel von den Rechten. Sie können deswegen Schwierigkeiten bekommen. Sie hätten es vorher melden müssen, bevor der Aufstand ausbrach, so daß die Zuständigen ihn hätten verhindern können.«

»Ich möchte nicht über den Aufstand an sich reden«, sagte ich laut, um meiner Angst Herr zu werden. »Meine Frage war: Bedeutet selbstbestimmte Arbeit auch, daß man die Bauern von ihrem eigenen Land verstoßen und verjagen kann?«

Von den Anwesenden schienen einzig Ter Haar und Marie van Zeggelen nicht über die Frage beleidigt zu sein.

»Ihre Frage und Ihre Geschichte sind vielleicht gar nicht so schlimm«, antwortete van Kollewijn, »aber trotzdem kann Ihnen die Geschichte Schwierigkeiten mit der Polizei bringen, mit der Anklage, Informationen zurückgehalten zu haben.«

»Entschuldigen Sie, Exzellenz, aber ich habe nichts mit der Polizei zu tun.«

»Sehen Sie, Herr Minke, es ist schwer zu sagen, daß man nichts mit der Polizei zu tun hat. Der ganze Staatssicherheitsdienst ist Sache der Polizei, deshalb hat jeder, vom Säugling bis zum Großvater, etwas mit der Polizei zu tun. Außerdem, Sie haben von der Sache gewußt, bevor es zum Aufstand kam. Und Sie haben es nicht gemeldet.«

»Das ist wahr, ich habe es nicht der Polizei gemeldet. Aber ich habe, lange bevor der Aufstand ausbrach, einen Artikel darüber geschrieben, der für alle gedacht war«, antwortete ich. Meine Angst verschwand mit meinen letzten Worten: »Aber meine Zeitung hatte abgelehnt, ihn zu veröffentlichen. Der Redakteur war sogar wütend geworden.«

Van Kollewijn nickte wie ein Gott, der über alles Bescheid wußte.

»Außerdem«, sagte ich weiter, »hat, soweit ich darüber informiert bin – ich hoffe, daß es nicht wahr ist –, die Polizei noch nie untersucht, wie es zu dieser Vertreibung der Bauern durch die Zuckerfabriken kommen konnte.«

»Kann ich Ihr Manuskript darüber lesen?« fragte General van Heutsz.

»Ich war zu der Zeit so enttäuscht, daß ich das Manuskript auf dem Heimweg in kleine Stücke zerrissen habe, Exzellenz«, antwortete ich.

Natürlich waren nun alle Augen auf mich gerichtet. Sie hielten mich sicher für einen unverschämten Jungen. Van Kollewijn hatte meine Frage nicht beantwortet. Auch van Heutsz nicht. Und der Vorsitzende, der sehr von sich eingenommen war, sah mich vorwurfsvoll an: Du bist hier noch nicht einmal eingeladen, du stinkender Pribumi, und hast es dennoch gewagt, dieses Treffen zu stören … Schließlich ergriff er das Wort: »Wir haben dieses Treffen bestens genutzt. Vielen Dank an seine Exzellenz, Herrn Ingenieur van Kollewijn, Exzellenz General van Heutsz und alle Anwesenden … Gute Nacht.«

Alle standen auf und warteten, daß die beiden hohen Gäste den Saal verließen. Der Vorsitzende begleitete sie nach draußen. Aber sie fuhren nicht gleich los. Sowohl van Heutsz als auch van Kollewijn gaben mir die Hand. »Es war mir ein Vergnügen, Ihnen zuzuhören«, sagte van Kollewijn.

»Sie sind sehr direkt, haben Mut und sind ehrlich«, sagte van Heutsz.

»Wie war es möglich, daß Sie an dem Treffen teilnehmen konnten?« fragte der alte Vorsitzende.

»Vielleicht können wir uns noch einmal privat unterhalten?« fragte van Kollewijn.

»Leider habe ich dem Direktor meiner Schule versprochen, meinen Studienrückstand nachzuholen, Exzellenz.«

»Herr Minke, in der Art und Weise wie Sie sprechen, meine ich, eine gewisse Verbitterung und Enttäuschung vom Leben zu spüren. Würden Sie annehmen, wenn ich Sie irgendwann einmal zu einem Gespräch einladen sollte?«

»Wenn der Schuldirektor es mir erlaubt, gerne, Exzellenz.«

»Gut. Ich werde versuchen, diese Angelegenheit zu regeln.«

Dann verließen sie das Klubhaus. Kaum waren die Leute weg, schon ging der alte Vorsitzende auf Ter Haar los. Er warf ihm vor, ein Ruhestörer zu sein: »Als Vorsteher dieses Klubhauses vertrete ich alle Mitglieder. Ich nehme Ihnen übel, daß Sie diesen Pribumi hier eingeschmuggelt haben. Sie kennen doch die Regeln.«

»Sie können ruhig zürnen, Herr Vorsitzender. Zumindest schienen der General und das Mitglied der Zweiten Kammer erfreut zu sein, seine Bekanntschaft gemacht zu haben. Er möchte ihn sogar wiedersehen.«

»Aber nicht in diesem Klubhaus.«

»Das hängt von Herrn van Kollewijn ab.«

»Verschwinden Sie!«

»Warum sollte ich auch länger hier bleiben? Um Bediensteter zu werden? Kommen Sie, Herr Minke, wir gehen. Und vielen Dank auch dem liebenswürdigen Herrn Vorsitzenden. Dies ist das erste Mal, daß ein Pribumi, und zwar nicht als Diener oder Lastträger, einen Fuß in dieses Gebäude setzt, das auf dem Land seiner Vorfahren gebaut worden ist. Gute Nacht.«

Wir verließen den alte Mann, der immer noch grummelte.

Im Delman begann Ter Haar: »Das nächste Mal müssen Sie vorsichtiger sein, wenn Sie über etwas reden, was mit Macht zu tun hat, in diesem Fall: über Zucker. Sie müssen sich wappnen, bevor Sie in den Kampf gehen. Ein Glück, daß der alte Vorsitzende einsichtig genug war.«

»Sie sind ihm also gar nicht böse?«

»Wozu denn? Er selbst hat doch versucht, die eigenen Regeln zu übertreten. Natürlich haben Sie nicht das Recht, dieses Gebäude zu betreten. Aber vielleicht hat er schlechte Augen oder er erhoffte für sich selbst mehr Lob und Ehre, so daß er nicht auf Sie geachtet hat. Oder vielleicht lag es auch einfach an unseren eigenen Glanzleistungen.«

»Sie haben mich vorhin also wirklich in ›De Harmonie‹ hineingeschmuggelt?«

»Ach, vergessen Sie es.«

»Und war es denn wirklich so gefährlich, was ich gesagt habe?«

»Nein, aber beängstigend. Sie haben Ihr Kriegsbeil geschwungen, ohne das Terrain zu kennen. Keine Sorge. Die können Ihre Geschichte natürlich frei interpretieren. Sie können denken, daß Sie mit den Aufständischen unter einer Decke steckten oder daß Sie gar der Führer des Bauernaufstandes gewesen sind. Wenn etwas passieren sollte, werde ich, Ihr guter Freund, Sie auf jeden Fall nicht im Stich lassen.«

Ich lauschte und prägte mir seine Worte ein. So wie ich einst jemandem mein Versprechen gegeben hatte, gab Ter Haar mir nun seines. Er war ein guter Freund. Und ein Mensch muß Freunde haben, sagte Mutter immer. Es ist wahr, Freundschaft ist stärker als Feindschaft. Ter Haar hatte sich als ein Liberaler erwiesen, der sich weigerte, im Dienste des Zuckers zu agieren, sondern bereit war, einzig für die Menschlichkeit einzustehen. Wie edel er doch war, wie eine Orchidee in der Dürre.

»Mit solchen hohen Herren umzugehen, ist, wie in einen Käfig voll wilder Tiere zu treten. Sie kämpfen miteinander, ohne jemals ihrer Opfer satt zu werden. Sie verlangen immer noch mehr. Ihre Herzen sind wie die Sahara, staubtrocken. Sie würden das Meer aufsaugen, wenn man sie hineinwerfen würde. Ich hoffe, Sie werden an meinen Rat denken, den ich Ihnen hier in diesem Delman gebe. Es ist dumm, unbewaffnet in eine Höhle voll wilder Tiere zu treten.«

Es war sehr still auf der Straße, es war schon nach elf. Nur die Gaslampen entlang der Straße wetteiferten noch mit dem Mond und den Sternen.

Remus, Romulus, trinkt von der Milch dieser Wölfin soviel ihr könnt, auf daß ihr schnell erwachsen werdet, um Rom zu gründen. Man sagte: Alle Europäer in Ostindien seien Wölfe. Wozu kam Ter

Haar nach Ostindien, wenn nicht, um Beute zu machen? Sei vorsichtig! Auch mit van Heutsz … Auch mit van Kollewijn. Auch mit Marie van Zeggelen, die mit den Einheimischen sympathisierte. Falls die Javaner jemals den Mut aufbringen, sich gegen die Holländer zu erheben, wie damals Sultan Agung, werden Ter Haar und ich uns wahrscheinlich nicht als Freunde, sondern als unversöhnliche Feinde gegenüberstehen.

Der erste Tag in Batavia war voll von schnell aufeinanderfolgenden Erlebnissen gewesen; ein Tag, den ich niemals in meinem Leben vergessen würde.

Als ich im Internat ankam, waren schon alle Lichter gelöscht. Es stand auch kein Essen für mich bereit …

3

Partotenojo oder Partokleooo half mir eifrig, ohne eine Gegenleistung zu erwarten, meinen Rückstand aufzuholen. Wie ein gelernter Schullehrer erklärte er mir die Lektionen, die ich verpaßt hatte. Zur Einführung wiederholte er die Rede des Herrn Direktor zur Eröffnung des neuen Schuljahrs: Die durchschnittliche Lebenserwartung der Javaner würde fünfundzwanzig Jahre betragen.

Ich war sehr erschrocken, als ich dies hörte. Er erzählte es mir flüsternd, während er sich mit dem Rücken zur Wand auf dem Bett ausgestreckt hatte.

»Bist du sicher, daß du das nicht falsch aufgeschrieben hast?« fragte ich.

»Ja. Soll ich nun weitermachen oder nicht? Also. Die Kindersterblichkeit bei den Javanern ist sehr hoch. Sie sterben an Krankheiten, die durch Parasiten verursacht werden. Das Leben eines Javaners ist demnach sehr kurz. Sie haben die Kenntnisse von den Heilmitteln ihrer Vorfahren in der langen Zeit der Unruhen verloren ...«

»Was bedeutet das: Zeit der Unruhen?«

»Naturkatastrophen, Räuberbanden von Einheimischen, die dauernd jene Gebiete terrorisierten, die noch nicht so stark unter holländischer Kontrolle standen ... auf diese Art haben sie ihre Heilkundigen verloren ... so wurde die Bevölkerung Javas den Parasiten ausgeliefert, von denen es hier am Äquator einige hundert Arten gibt. Dank des guten Willens der Regierung wird den Studenten nun Gelegenheit geboten, Medizin zu studieren, damit sie in Zukunft der Menschheit dienen können, damit das Elend bekämpft und gelindert werden kann ...«

»Wow! Das klingt ja alles sehr schön.«

»Jeder Student, der dieses Studium nicht abschließt«, wiederholte er die Worte des Direktors, »läßt in Wirklichkeit sein eigenes Volk im Stich und hat sein Gefühl für Menschlichkeit eingebüßt. Er müßte für seine Nachlässigkeit bestraft werden. Ein Arzt leistet großartige Arbeit und verdient es, von allen geachtet zu werden ...«

Und so weiter und so fort. Allmählich holte ich meinen Rückstand auf. Ein anderer Freund, der auch gerne half, war *Cupido's Boog.* Wegen seines Beinamens hätte man meinen können, daß er ein Indo oder Europäer sei. Aber er war ein echter Javaner. Er war der Sohn eines Beamten, des Veterinärs von Ponorogo. Seinen eigenen Namen hatte er abgelegt, nur die Lehrer benutzten ihn noch. Wir nannten ihn nie nur Cupido oder Boog, sondern immer Cupido's Boog. Am Anfang war er wütend über den Namen, aber als alle Studenten darauf beharrten, gab er nach.

»Was soll daran komisch sein«, meinte Partotenojo. »An mir ist auch nichts besonders, nur weil ich ein wenig klein geraten bin, nennen sie mich Partokleooo. Abgesehen davon sehe ich doch nicht schlecht aus und habe Charme? Schau doch Cupido's Boog an. Seine ist doch noch spitzer als die eines Europäers oder Juden.«

»Spitz?« fragte ich, »Was soll denn da spitz sein? Platt wäre ehrlich gesagt zutreffender.«

»Platt? Ja, wenn wir über seine Nase sprechen.«

Ich schnaufte beleidigt. Er hatte seine Oberlippe gemeint und nicht seine Nase.

Um ein Haar hätte ich auch einen Spitznamen bekommen. Als Ter Haar mich abgeholt hatte, hatten sie sich schon darauf geeinigt, mich Gemblung zu nennen, den Verrückten. Als ich am Morgen danach aufwachte, war der Schlafsaal bereits leer. Die Schuhe, die ich nicht mal mehr ausgezogen hatte – so müde war ich gewesen –, waren verschwunden. Der Spiegel zeigte mir ein Gesicht voll weißer und schwarzer Streifen aus gefärbtem Kokosöl. Ich hatte plötzlich einen Schnurrbart, der sich bis an meine Augenbrauen zwirbelte, und an meinem Hals hing ein Schild mit meinem neuen Spitznamen.

Aber sie nahmen ihn zurück, als sie hörten, welch hohe Persönlichkeiten ich getroffen hatte, die Positionen höher als ein Kasuarinenbaum bekleideten. Sie waren gezwungen, mich mit anderen Augen zu sehen, mit Respekt, selbst wenn ich in Wirklichkeit auf dem Treffen nur eine Randfigur war.

Und das war noch nicht alles. Als ich aufstand, entdeckte ich, daß sie das Portrait schon wieder aus der Hülle genommen hatten. Sie hatten es auch mit allerlei Kommentaren »geschmückt«, die sie auf ein Blatt Papier geschrieben hatten. Wer da wohl alles mitgemacht hatte? Sie mußten sich entschuldigen, als ich damit drohte, Schwierigkeiten zu machen. »Kein Intellektueller, woher er auch kommen mag, darf jemals die persönlichen Rechte eines anderen verletzen«, sagte ich. »Nur Barbaren tun so etwas, mögen sie auch noch so lange die Schule besucht und schreiben und lesen gelernt haben. Ich bin bereit, für meine Rechte zu kämpfen«, betonte ich erneut, »für den Fall, daß die Herren nichts von Rechten verstehen.«

Ich will hier aber nicht von den Streichen der Jungs erzählen, auch wollte ich nicht über die alltäglichen Geschehnisse in diesem Internat berichten, die so langweilig und manchmal auch recht ekelerregend waren. Inmitten all dieser Unannehmlichkeiten waren mir meine Freundschaften mit Cupido's Boog, mit Partokleooo und sogar mit Wilam ein großer Trost.

Wilam schien keinen Groll gegen mich zu hegen. Er war ein netter und hilfsbereiter Mensch. Aus seinem Mund, in dem nun zwei Zähne fehlten, kamen interessante Geschichten, vor allem über die Lächerlichkeit des Lebens englischer Grundbesitzer.

Das erste Mal erzählte er die folgende Geschichte: »Wißt ihr, warum in diesem Internat kein *Guling*, kein Rollkissen, erlaubt ist?« Er lachte fröhlich über seine eigene Frage.

»Dann hört mal gut zu, was ich euch erzähle. Der Guling, den ihr so gern in euren Betten habt, den werdet ihr nirgendwo sonst auf der ganzen Welt finden. Zumindest hat meine Mutter es mir so erzählt. Wer weiß, wie es in zehn Jahren aussieht. Die Einheimischen benutzen ihn auch noch nicht lange. Sie haben ihn von den Holländern übernommen. Alle Annehmlichkeiten, die aus Holland kommen, werden hier gleich nachgeahmt, vor allem von den hohlköpfigen Adligen. Die Engländer machen sich ständig lustig über diese Angewohnheit.«

»Also, von den Holländern, die hierher kamen, brachten nur wenige ihre Frauen mit«, fuhr er fort. »Die anderen Europäer hielten es genauso. So mußten sie sich hier eine Konkubine nehmen. Aber die Holländer sind für ihren Geiz bekannt. Sie wollen als reiche Leute in ihr Land zurückkehren, so nehmen sich viele von ihnen keine Konkubine. Als Ersatz benutzen sie den Guling – eine Mätresse, die wenigstens keinen Wind lassen kann. He, du, Kleooo, hast du jemals einen Guling in der alten javanischen Literatur gefunden? Bestimmt nicht. Und du, Sutan, gibt es das Wort in der malaiischen Literatur? Du brauchst gar nicht danach zu suchen. Das Wort existiert nicht! Der Guling ist eine echt holländische Erfindung – eine Mätresse, die keinen Wind lassen kann. Die Engländer sagen ›Dutch Wife‹ dazu …«

Bevor er seine Erzählungen beendete, rümpfte er immer die Nase und verzog die Lippen wie ein Ziegenbock.

»Und wißt ihr, wer das Wort als erster benutzte? Leutnant *Raffles*, der Generalgouverneur von Ostindien.«

»Und die Engländer«, fügte Kleooo hinzu, »wenn sie nach Ostindien kommen, dann ist das erste, was sie verlangen, eine ›Dutch Wife‹. Die Holländer halten gerade die Engländer für die größten Geizkragen der Welt, habgierig und knauserig und geben dem Guling einen anderen Namen: British Doll …«

»Du übertreibst, Kleooo!« riefen die anderen.

»Überhaupt nicht. Mein Vater hat zwanzig Jahre bei diesen Holländern gearbeitet«, gab er mutig an. Er hatte sich sehr verändert. Nun, da er Freunde hatte, die ihn auch vor den Schikanen der anderen schützten, hatte er wieder an Selbstvertrauen gewonnen.

Und ich selbst? Nur die Freundschaft mit einigen der Jungs hier tröstete mich in dieser Einöde.

Bereits nach vier Monaten hatte ich den gesamten Unterrichtsstoff nachgeholt, den ich durch meine Verspätung versäumt hatte. Es war nicht besonders schwer, und trotzdem spürte ich immer mehr, daß die Arbeit eines Arztes nicht das Richtige für mich sein würde. Von der ersten Unterrichtsstunde an mußten wir uns gewissen Dingen unterwerfen, lebenden und toten, mußten ihre Regeln und Eigenschaften auswendig lernen. Ich fühlte mich verloren zwischen all dem, was ich zu lernen hatte. Das Wissen, das sie uns vermittelten, gab mir das Gefühl, ein Nichts zu sein, und so untergrub es meine eigene Persönlichkeit. Vielleicht hatten jene recht, die mir früher abgeraten hatten. Ich schien für den Beruf des Arztes doch nicht geeignet.

Die Mehrzahl der Studenten mußte noch am holländischen Sprachunterricht teilnehmen. Zwei andere und ich waren davon befreit. Statt dessen mußten wir eine Regionalsprache erlernen. Ich wählte Malaiisch. Von Englisch, Deutsch und Französisch war ich ebenfalls freigestellt.

Und doch hatte ich keine Zeit zum Schreiben. Jede Stunde ging für das Studium drauf. Es blieb keine Minute, um das Leben zu genießen. Selbst zum Fahrradkauf fehlte mir die Zeit, ganz zu schweigen davon, das Fahren zu lernen. Es wäre so schön gewesen, doch leider hatte ich keine Zeit dafür. Und so blieb mein Erspartes unberührt in seinem Versteck.

Nach fünf Monaten bekamen die Studenten des ersten Studienjahres etwas mehr Bewegungsfreiheit. Sie durften Samstagnachmittag und den ganzen Sonntag dem Internat fernbleiben. Nur die beiden Vorbereitungsklassen kamen nicht in den Genuß dieses Luxus. Keiner ließ sich diese Gelegenheit entgehen. Außer Sikun gingen wir alle an den Wochenenden aus. Nach einigen Malen begann es mich allerdings zu langweilen, und ich zog es vor, in der Bibliothek zu bleiben, bis meine Freunde einer nach dem anderen wieder nach Hause kamen.

Und so wurde ich mehr und mehr zum Einzelgänger. Zwischen all dem vielen Unterricht, den Scherzen und dem Spaß, all den Schikanen und Schmeicheleien, der Angeberei und dem Geschimpfe um mich herum.

Nein. Die Ärtzteschule war nicht der richtige Ort für mich.

Unter den javanischen Studenten gab es nur zwei, die den Titel *Raden Mas*, den höchsten adeligen Titel, trugen. Vier trugen den Titel *Raden*, und die meisten einfach nur Mas. Nur einer trug gar keinen Titel: Sikun.

Er war ursprünglich Volontär im Büro des Regenten von Tegal gewesen, mit einem Gehalt von einhundertfünfundsiebzig Sen im Monat. Fünf Jahre lang, ohne jemals eine Gehaltserhöhung bekommen zu haben. Er hatte die Tochter eines Metzgers geheiratet und mit ihr zwei Kinder gezeugt. Der Metzger war stolz, einen Volontär zum Schwiegersohn zu haben und gab ihm alles, was er wollte. Die Gutmütigkeit seines Schwiegervaters nutzte er, um sich von einem verarmten Holländer unterrichten zu lassen. Von ihm hatte er Holländisch und andere Fächer aus der *HBS* gelernt. Er hatte an der staatlichen Prüfung teilgenommen und sie als letzter bestanden. Nun war er ein Student der STOVIA mit einem Taschengeld von zehn Gulden im Monat. Unverzüglich ließ er Frau und Kinder nach Batavia kommen. Jede Gelegenheit nutzte er, um mit seiner Familie zusammen zu sein, die nun in Tanah Abang lebte. Aber auch, um sein Selbstwertgefühl vor dem stechenden Hohn der adeligen Mitstudenten zu schützen.

Die Kinder von einheimischen Adeligen, die im Staatsdienst waren, hatten meist nur wenig Lust, etwas für die Menschlichkeit zu tun, so wollten sie auch nur ungern Arzt werden. Sie zogen Tätigkeiten vor, die ihnen Macht verliehen und Befehlsgewalt, wo sie nach oben buckelten und nach unten traten. Einmal bekam ich Besuch von meinem Bruder, der ironisch Mitleid darüber bekundete, daß ich nicht im Staatsdienst arbeiten wollte. Sein Verhalten verstärkte meine Motivation beim Studium beträchtlich. Seit er Polizeibeamter geworden war, war er noch unangenehmer. Ich wünschte ihm eine gute Reise. Auch auf den Dörfern gab es nicht nur einen Weg, nicht nur einen Pfad.

Auch die meisten meiner Freunde wunderten sich mitleidig, daß ich die Gelegenheit nicht wahrgenommen hatte, Regent zu werden, das höchste Amt, das ein Einheimischer bekleiden konnte! Wie hoch würde mein Gehalt später sein, wenn ich nach einem halben Dutzend Jahren die Schule absolviert hätte? Achtzehn Gulden monatlich im ersten Jahr! Dafür würde ich wahrscheinlich elf Stunden am Tag arbeiten müssen. Und das höchste Gehalt nach dreißig Jahren Dienst würde vierundachtzig Gulden monatlich betragen. Und das auch nur, wenn man mit meiner Arbeit zufrieden wäre.

Nun, derzeit konnte ein Junge mit zehn Gulden Taschengeld, plus freier Kost und Logis, einiges anstellen. Er konnte ein Fahrrad auf Raten kaufen oder fünf Gulden an die Familie schicken oder seinen Geschwistern die Schule finanzieren oder heiraten und einen bescheidenen Haushalt gründen, aber auch dies: Als Student der STOVIA konnte er viele Frauen verführen … Eine Stelle erwartete ihn bereits, ebenso ein Haus mit Möbeln, Transportmittel und Dienern. Er brauchte keine Arbeit zu suchen. Brauchte kein Volontär zu werden! Der beste Kandidat überhaupt. Nur studieren mußte man sechs Jahre lang! Mit Vorbereitungsjahren sogar acht. Nicht alle schafften es, in dieser Zeit abzuschließen und wurden alt beim Studieren. Nur die Besten schafften es in der vorgegebenen Zeit. Acht Jahre!

Und so gab es nicht wenige Studenten, die schon vor Monatsende pleite waren. Dann schlenderten sie – ich manchmal auch – an den Samstagabenden zum Waterlooplatz, um die Musik der Militärkapelle zu hören und nach den *Nyais* Ausschau zu halten, die dort mit ihren kleinen Kindern spazierengingen.

Alle Studenten der STOVIA hatten Basiskenntnisse über den Charakter dieser Frauen: Sie ließen sich leicht verführen, gaben gern Geld aus, machten öfters den Anfang und luden gerne Leute zu sich nach Hause ein, wenn der »Herr« gerade abwesend war. Sie fühlten sich einsam in einem Milieu, in das sie nicht gehörten und brauchten hin und wieder die Aufmunterung eines jungen Mannes aus ihrem eigenen Volk, so wie sie hin und wieder *Sambal* und *Lalap* brauchten.

Und die Jungen prahlten gerne mit ihren Erlebnissen mit dieser oder jener Nyai und mit dem, was sie alles bekommen hatten.

Geschichten, über die ich nur den Kopf schütteln konnte. All das war das Gegenteil von dem, wozu meine Mutter mich immer ermahnte: Vertraue niemals Frauen, die Geschenke von dir annehmen, mit Ausnahme von deiner eigenen. Und diese stämmigen jungen Männer um mich herum, die sich als Intellektuelle ausgaben, ungebunden, mit einem Taschengeld von zehn Gulden, buhlten nun um die Gunst dieser Nyais! Würde Mutter sie zu der Gruppe von Frauen rechnen, denen man nicht vertrauen konnte? Mutter sagte immer, daß solche Frauen im Grunde genommen Huren seien. Und solche Männer? Wahrscheinlich waren sie auch nur Prostituierte.

Mein Respekt vor Mutter wuchs. Ich fragte mich, ob sie jemals vor schweren Prüfungen gestanden und ob sie diese dann bestanden hatte. Und mein Respekt vor der einen Nyai, Nyai Ontosoro, wuchs ebenfalls: Sie blieb inmitten all dieser schrecklichen Prüfungen standhaft.

Allerdings fragte ich mich, ob ich denn soviel besser war als meine Kameraden? Nur weil ich noch feste moralische Prinzipien hatte? Wenn ich zurückdachte an meine eigenen Erfahrungen in der Liebe, waren sie rein, nicht besudelt durch materielle Absichten. Jetzt wurden sie zu Reichtum und innerem Halt. Aber du hattest einmal Geld von deiner Freundin in B. ausgegeben. Fünfzehn Gulden! plagte mich mein Gewissen. Das war doch, um ein Telegramm an sie zu schicken, und das Geld hatte ich ihr später zurückgegeben, erwiderte ich in Gedanken.

Und meine Kameraden trieben nun mit diesen Frauen einen Handel mit der Liebe! Vielleicht war es für sie nur ein Spiel, das ihnen Vergnügen und Geld einbrachte. Und trotzdem war es etwas Ernstes, auch wenn sie es nicht mit dem Herzen trieben. Nicht mit dem Herzen? Konnte man denn sein Herz in einen Schrank einschließen?

Ich fühlte mich nicht besser als sie, ich durfte es auch nicht. Alle sind gleich von Geburt, sagte Rousseau, der Vater der Französischen Revolution. Es war nur eine Frage von führen und geführt werden, von mitnehmen und mitgenommen werden.

Also, wenn du nun akzeptierst, daß alle Menschen gleich sind, warum benutzt du dann deinen Titel Raden Mas? Ach, das ist nur eine juristische Formalität. Damit können sie mich nicht so einfach vor ein einheimisches Gericht stellen.

Alles in allem fühlte ich mich immer einsamer, als ob ich keine Wärme für meine Umgebung aufbringen könnte.

Wenn wir am Samstagnachmittag aus dem Schulhof herauskamen, standen da immer allerlei alte Leute, die sich unsere Gesichter einprägten. Es waren Einwohner aus den Dörfern Ketapang, Kwitang und Abang Puasa. Die Mörder von Nyai Dasima. Sie waren auf Jagd nach künftigen Ärzten für ihre Töchter. Deshalb wurde auch Kwitang zum Jagdgebiet der Studenten. Aber nicht nur, weil dort viele Leute wohnten, die gerne künftige Ärzte in ihren Familien haben wollten, auch nicht wegen der Mädchen und auch nicht, weil dort alle Leute so viel Respekt vor den Studenten hatten, sondern weil jeder Student eine Familie brauchte, bei der er seine traditionelle Kleidung gegen europäische tauschen konnte, um wieder ein *Sinyo*, ein Indo-europäischer Junge, zu werden. Die europäische Kleidung verschaffte jedem eine neutrale Identität, darin konnte man sich freier bewegen, vor allem auf der Suche nach einer Nyai.

Später ging man dann zu dieser Familie zurück, um seine traditionelle Kleidung wieder anzuziehen, bevor man ins Internat zurückkehrte.

Alle Bewohner von Kwitang kannten diese Gewohnheit der Studenten, und es herrschte deshalb ein verbissener Konkurrenzkampf um die Gunst, sie bei sich bewirten zu können. Sie wurden von den Töchtern bedient, die sogar schon im heiratsfähigen Alter waren. Die Sitte, die Töchter vor der Hochzeit im Hause wegzuschließen, wurde durch die Ärzteschule gebrochen.

Ein Student brauchte nur mit dem Kopf nicken, um »ja« zu sagen, und schon hatte er am nächsten Tag eine Frau. Die erste oder die wievielte auch immer.

Ja, das war was mit diesen künftigen Ärzten!

Ich bildete da keine Ausnahme. Ich ging immer zu *Ibu* Badrun, einer alten Witwe, die mit zwei Adoptivsöhnen von der Rente ihres Mannes lebte. Meine Kameraden wunderten sich, daß ich mir ausgerechnet diese Familie ausgesucht hatte.

Wenn ich ausgehen wollte, ging ich zuerst dorthin, um meine europäische Kleidung anzuziehen. In javanischer Kleidung herumlaufen zu müssen, vor allem wenn die Sonne gerade am höchsten stand, war sehr unangenehm; mein Kopf fühlte sich dann immer wie ein Hügel mit tausend Wasserquellen an, der meine Kopfhaut zu sprengen drohte. Am schlimmsten war es aber, wenn ich gerade wieder mal Schuppen hatte, dann reichten keine tausend scharfen Fingernägel, um die Qual zu lindern. Und dann auch noch barfuß auf den Straßen laufen zu müssen, mit all den Pferdeäpfeln ... Bäh!

»*Denmas*, Ich verstehe nicht, warum Sie sich diesen Platz ausgesucht haben. Hier haben Sie doch gar keine Aussicht auf ein Mädchen. Soll ich jemanden suchen, mit dem Sie in Ruhe Tee trinken können?«

Und dann sagte sie noch, daß es für mich höchste Zeit wäre zu heiraten. Ich antwortete ihr, daß das Schicksal mir die Frau schon von alleine schicken würde. Sie lachte und fragte nie wieder.

Dort ließ ich nicht nur meine europäische Kleidung liegen, sondern auch mein Fahrrad, das ich auf Raten bei dem Fahrradladen van Hien in der Noordwijkstraße gekauft hatte. Alle Kinder aus der Gegend kamen um zuzuschauen, wie ich Fahrrad fahren lernte. Nach drei Tagen schaffte ich es endlich, dieses wunderbare Fahrzeug zu bändigen. Später machten alle meine Freunde es mir nach.

Es stellte sich heraus, daß das Haus von Ibu Badrun auch ausgezeichnet dafür geeignet war, mich ab und zu zurückzuziehen. Auch meine Briefe ließ ich an diese Adresse schicken. Hier kam mich Mutter dann auch besuchen. Dies war, als ich schon sieben Monate studierte. In der Mittagspause holte mich Taram, der ältere Adoptivsohn von Ibu Badrun, ab und sagte, daß ich Besuch von weither hätte. Und so traf ich dann diese edle Frau wieder. Sie sah mich ungläubig an. Ich grüßte sie ehrerbietig. Aber sie sah mich weiterhin verblüfft an. Mit ihren Augen streichelte sie mich vom Fuß bis zur Spitze meiner Kopfbedekkung. Dann atmete sie erleichtert auf und sagte: »Das habe ich nicht erwartet, Kind.«

»Was haben Sie nicht erwartet, Mutter?«

»Daß du freiwillig wieder Javaner geworden bist.«

»Verzeihen Sie mir, Mutter, ich tue dies nicht freiwillig, sondern weil es eine Vorschrift der Schule ist. Jetzt muß Ihr Sohn auch wieder mit bloßen Füßen laufen.«

»Dem Klang deiner Stimme entnehme ich, daß es dir nicht sonderlich gefällt, ein Javaner zu sein, Kind.«

»Ist es denn wirklich so wichtig, ein Javaner zu sein, Mutter?«

Noch bevor ich ausgeredet hatte, ließ ich mich zu Boden fallen. Ich sah, wie Mutter mit Tränen in den Augen hinauf zum Himmel starrte. Ich küßte ihre Füße und bat zum wiederholten Mal um Vergebung.

Ein Glück, daß Ibu Badrun kein Javanisch verstand.

»Jetzt verstehe ich, warum du so unglücklich bist, mein Sohn. Du bist selbst Schuld, du tust dir das alles selbst an. Die holländische Ausbildung hat dich deinen Ursprung vergessen lassen. Du fühlst dich in der Kleidung deines Volkes nicht wohl, du scheinst nicht mal mehr deine Mutter zu mögen, weil sie keine Holländerin ist.«

»Verzeihen Sie mir, Mutter.« Ich versuchte, sie am Weitersprechen zu hindern.

»Du magst das Wasser nicht, das du trinkst, und nicht den Reis, den du ißt.«

»Verzeihen Sie mir, Mutter, verzeihen Sie mir.«

»Vielleicht magst du es nicht mal, geboren worden zu sein.«

Ich konnte Mutter nicht am Sprechen hindern. Ihre Worte klangen verbissen, ich schauderte.

»Solange du sicher bist, daß es wirklich du bist, der hier vor mir steht. Nun weißt du auch, warum du so unglücklich bist. Ach, ich habe dir doch schon so oft gesagt: Du mußt lernen, dankbar zu sein. Das mußt du von jetzt an üben, Kind. Versuche doch, dankbar zu sein für alles, was du hast, was du bekommen und geben kannst. Du träumst zu viel. Du mußt lernen, dankbar zu sein, der Tag des jüngsten Gerichts ist noch weit.«

Ihre weiche Stimme dröhnte, mächtiger als der Donner der Götter und viel wirkungsvoller als die Zaubersprüche aller Medizinmänner. Die Stimme einer liebenden Mutter.

»Wenn du alles gehört hast, was ich gesagt habe, dann steh auf. Wenn nicht, dann bleib liegen, ich werde es wiederholen.«

»Ich habe alles gehört, Mutter. Jedes Wort, ich werde nichts vergessen.«

»Dann steh auf.«

Als ich mich aufgerichtet hatte, sah ich, daß sie mich immer noch voller Verwunderung anschaute.

»Du bekommst langsam einen Schnurrbart«, sagte sie plötzlich.

»Haben Sie mir vergeben, Mutter?«

»Eine Mutter vergibt ihrem Sohn immer, auch wenn der Sohn so einer ist wie du, der nur Leid und Elend über sich selbst bringen kann. Dein Kummer hat mich hierhergerufen, mein Sohn. Meine Briefe hast du nie beantwortet. Die Leute wollten mir nicht erzählen, was in der Zeitung über dich stand. Sie haben gelernt, dich zu vergessen. Du seist das Blut, das die Richter an sich gebunden haben, sagen sie. Aber dieses Blut ist mein Blut. Dein Vater verbot mir, nach Surabaya zu fahren, aber ich ging trotzdem, ohne auf seinen Zorn zu achten. Ich habe dich geboren und niemand anders. Bei deiner vorherigen Adresse warst du nicht mehr zu erreichen, und niemand konnte mir sagen, wo du bist.«

»Vergeben Sie mir, Mutter.«

»Ich vergebe dir immer, auch wenn du mich nicht darum bittest. Du brauchst immer nur Vergebung.«

»Mutter, ach, Mutter.«

»Ich bin so nah bei dir, und doch rufst du dauernd nach mir. Aber wenn ich weit weg bin und nach dir schreie, hörst du mich nicht.«

»Vergeben Sie mir, Mutter.«

»Man sagte mir, daß das schöne und luxuriöse Haus in Wonokromo jetzt jemand anderem gehört. Erst mit Hilfe einer Bekannten konnte ich die Adresse in Wonocolo herausfinden. Dort bin ich hingegangen. Sie wohnt jetzt in einem Bambushaus. Ich übernachtete bei ihr. Ich habe meine Schwiegertochter nicht getroffen. Ich hörte, sie sei weg. Ach, mein Sohn, fühlst du dich nicht erniedrigt, als Mann, einfach so von seiner Frau verlassen zu werden? Ich alte Frau mußte vor ihr weinen. Ist mein Sohn so wenig wert? Du hast jetzt einen Schnurrbart. Warum hast du Tränen in den Augen? Als du klein warst, hast du nicht so schnell geheult.«

Ich weinte tatsächlich. Ich wischte mir mit einem Taschentuch die Tränen ab.

»Du, du hast mir nie erzählt, was damals wirklich geschah.«

Ich schwieg, um meiner Ergriffenheit Herr zu werden. Wieviel Fehler habe ich an dieser edlen Frau begangen.

Sie hörte auf zu sprechen, als Ibu Badrun hereinkam und etwas zu trinken brachte. Ich war erleichtert über diese Veränderung. Nun mußte ich dolmetschen. Ein Gespräch zwischen zwei Frauen, sehr langweilig.

Meine Erleichterung wuchs, als es langsam auf vier Uhr zuging. Ich hatte nun eine Ausrede, mich zu entfernen, weil ich wieder in die Schule mußte. Ich versprach, um Erlaubnis zu bitten, diese Nacht außerhalb des Internats verbringen zu dürfen.

Es war aber nicht so leicht, diese Erlaubnis zu bekommen. Der europäische Beamte verbot es mir strikt. Es wäre egal, ob mein Vater, meine Mutter, meine Verlobte oder gar eine Leiche käme, sagte er frech.

»Dann brauche ich ja gar nicht erst um Erlaubnis zu fragen«, sagte ich.

Um zehn nach sieben kam ich wieder bei Ibu Badrun an. Ich wurde freudig empfangen, da der Gast und die Gastgeberin sich ohne Dolmetscher nicht verständigen können. Nun war er wieder da.

Mutter ließ sich gerade im Schlafzimmer massieren, so ging ich zu Ibu Badrun in die Küche. Ihre beiden Adoptivkinder waren beim Essen, danach spülten sie das Geschirr.

»Sie können doch nicht einfach in die Küche kommen, Denmas«, bemerkte Ibu Badrun.

»Was ist daran schlecht, *Bu?*« fragte ich.

»Gewöhnen Sie sich das nur nicht an, Denmas. Später, wenn Sie verheiratet sind, müssen Sie auf Ihre Frau Rücksicht nehmen.«

»Aber warum denn, Bu?«

»Sie wird spindeldürr werden, wenn Sie sich immer in der Küche einmischen.«

Als ich am nächsten Morgen zurück in die Schule kam, wurde ich sofort zum Herrn Direktor gerufen.

»Warum wurden Sie nicht von der Schule für einheimische Beamte aufgenommen?«

»Weil mein Betragen nicht ausreichte, Tuan.«

»Sie haben doch den Vertrag unterschrieben, daß Sie sich an die Hausordnung der Schule halten werden?«

»Das ist richtig, Herr Direktor. Und trotzdem wird die Regel, die Mutter zu ehren, durch diese Ärzteschule nicht aufgehoben.«

»Sie sind sehr hochnäsig geworden, seit Sie diese hohen Persönlichkeiten getroffen haben«, sagte er verärgert. »Denken Sie daran, das Betragen eines Studenten bestimmt die Laufbahn seiner zukünftigen Dienste mit.«

»Ich bin gezwungen worden, zwischen den Regeln hier und dem Gebot, die Mutter zu ehren, zu wählen. Ich habe mich für das zweite entschieden. Wenn das als hochnäsig und ungezogen betrachtet wird, dann vielen Dank. Dann heißt das, daß ich hier nichts Ehrenwertes lernen kann.«

Der Direktor schwieg und starrte mich verwirrt an.

»Die Entscheidung liegt bei Ihnen«, sagte ich dann.

»Schade, daß Sie so einen klugen Kopf haben, wenn nicht …«

»Und solange meine Mutter in Batavia ist, schlafe ich nicht im Internat.«

»Sie sind wirklich ein rebellischer junger Mann. Vielleicht werden Sie später mal ein großer Mann, vielleicht aber auch ein Verrückter, der sich seiner Umgebung nicht anpassen kann.«

Zufrieden, daß er mir die Leviten gelesen hat, schickte er mich wieder in die Klasse zurück. Und ohne nochmals um Erlaubnis zu bitten, schlief ich außerhalb.

In Kwitang erzählte Mutter mir von Dingen, die ich eigentlich schon wußte, ich nickte nur. So berichtete sie über einen neuen landwirtschaftlichen Betrieb in Wonocolo, mit großen langen Ställen. Die Frau des Hauses führte selbst den ganzen Bau, rannte fortwährend hierhin und dorthin, mal dahin, wo der Lagerraum gebaut werden sollte, dann wieder in den Stall zu den Kühen. Zwei Vorarbeiter kontrollierten das Fällen der Bäume, das Sägen der Bretter und die Zimmermannsarbeiten.

»Eine außergewöhnliche Frau!« lobte Mutter dann. »Ich sah selbst, wie einmal ein Holländer zu ihr kam und wie sie sich dann mit ihm auf holländisch stritt. Worum es ging, weiß ich nicht. Sie hatte auch ein neues Steingebäude gegenüber dem alten Haus errichten lassen.« Mutter bewunderte sie immer noch in ihrer Erinnerung.

»Eine Woche war ich dort. Sie ließ mich nicht wieder nach B. zurückgehen. Es war schön, bei ihr zu wohnen. Kein Javaner könnte jemals so arbeiten wie sie: so viel, so schnell und so vieles gleichzeitig. Und sie ist eine Einheimische! Am Nachmittag schrieb sie dann in diesem Bambushaus die Rechnungen. Und manchmal kümmerte sie sich um die Leute aus der Stadt, die gekommen waren, um sich Aufträge zu holen. Außergewöhnlich! Wirklich außergewöhnlich! Und obwohl sie so beschäftigt war, vergaß sie nicht, sich um ihren Gast zu kümmern.«

Mutter erzählte wie immer nichts von Vater oder meinen Geschwistern. Mein Bruder hatte ihr wohl auch nicht erzählt, daß er mich mal besucht hatte.

Bei einer anderen Gelegenheit sagte sie: »Du bist nicht mehr so lebhaft wie früher, Kind. Du träumst zu viel und hörst nicht auf das, was ich dir sage. Such dir doch eine Frau, eine echte javanische Frau, die dir hilft, dein Leid etwas zu mildern. Denkt nicht soviel über das Vergangene nach. Oder dachtest du, daß du keine Frau mehr bekommen kannst? Erinnerst du dich an die Geschichte, die ich dir erzählt habe, als du geheiratet hast?«

»Ich erinnere mich sehr gut daran, Mutter.«

»Komm doch in den Ferien nach Hause, such dir irgendein Mädchen aus, das dir gefällt.« Sie schwieg, um neuen Betel vorzubereiten. »Oder denkst du, daß nur eine Holländerin oder eine mit holländischer Abstammung würdig genug ist, deine Frau zu werden?«

»Nein, Mutter.«

»Du kommst also nach Hause in den nächsten Ferien? Oder muß ich dich holen kommen?«

»Das brauchen Sie nicht, Mutter. Ich werde es selbst regeln.«

»Heirate nicht ohne mein Wissen. Beleidige deine Mutter nicht. Habe ich dir jemals irgendwas verboten?«

»Noch nie, Mutter.«

»Warum hast du mir dann nicht erzählt, daß du nach Batavia wolltest? Bitte nicht schon wieder um Vergebung, ich vergebe dir immer. Ich weiß, daß du nicht glücklich bist. Du denkst immer nur an dich, wie deine holländischen Lehrer.«

Und dann kam die Frage, die noch schwieriger zu beantworten war als jede Prüfungsfrage, die mir jemals gestellt wurde: »Hast du deine Mutter nicht lieb?«

»Es gibt niemanden, den ich mehr liebe als Sie, Mutter.«

»Redest du mit deinen Lippen oder mit deinem Herzen?«

»Mit beiden, Mutter.«

»Warum versuchst du dann unentwegt, nicht mein Sohn zu sein?«

Ihre weiche Stimme und ihre tiefe Liebe waren eine Drohung für die europäischen Anschauungen, die schon anfingen, in mir Wurzeln zu schlagen. In der Tat fühlte ich mich wie ein Waisenkind des modernen Zeitalters, das keinen besonderen Wert auf das Band des Blutes legte, im alten Sinn des Wortes. Ich hatte Ostjava verlassen, um meine eigene Persönlichkeit zu entwickeln. Und nun stand Mutters Liebe und Zuneigung vor mir wie ein Richter ohne gleichen.

»Warum sagst du nichts, Kind? Du kannst nicht mehr mit deinem Herzen sprechen. Du bist ein *schwarzer Holländer* in javanischen Kleidern geworden. Wenn das dein Wille ist, dann soll es so sein. Ich werde es dir nicht verbieten. Aber was soll ich nur tun, damit ich dich weiter lieb haben kann?«

»Ach, Mutter, Liebe stellt doch keine Bedingungen. Sie werden mich lieb haben, so wie Sie es immer getan haben, früher, jetzt und für immer. Und geben Sie mir Ihren Segen, daß ich mein Ideal erreiche.«

»Sprich weiter, wovon du eben angefangen hast. Früher hattest du immer so viele Geschichten zu erzählen, daß du sogar Schriftsteller geworden bist. Und nun bist du ausgezehrt. Sprich, mein Kind.

Erzähl mir alles, daß ich dir wieder eine gute Mutter sein kann. Überlege nicht, ob es mir paßt oder nicht. Ich weiß, deine Welt liegt sehr weit entfernt von meiner. Aber vielleicht, vielleicht könnte ich dann trotzdem einen Hauch von dem verstehen, was du meinst.«

»Ich habe Ihnen mal von der Französischen Revolution erzählt.«

»Ich erinnere mich. Alle Menschen haben die gleichen Rechte, hast du damals erzählt. Was für ein Recht hat dann eine Mutter noch auf ihren Sohn?«

»Ihr Recht ist es, ihn zu lieben, ihn großzuziehen und zu erziehen.«

»Nicht mehr als das?«

Die Liebe trat hier als Ankläger und Richter zugleich auf. Was sollte ich denn antworten?

»Mein Ärmster, du fühlst dich gequält durch meine Fragen. Schau mal. Ich verlange nichts von dir. Ich will dich nur glücklich sehen, damit ich auch glücklich sein kann. Wenn ich dich so leiden sehe, dann leide ich umso mehr. Mach was du willst. Auch wenn du Holländer werden willst, werde ich nichts dagegen haben.«

»Haben Sie Erbarmen, Mutter, sagen Sie das doch nicht immer wieder«, rief ich meine Bitte mit wehleidiger Stimme. »Sie haben mich zur Schule geschickt, damit ich ein Javaner mit europäischem Wissen werde. Aber beides zusammen verändert einen Menschen, Mutter.«

»Ich verstehe, Kind. Aber sie sollten einen Menschen zum Guten verändern, nicht ins Gegenteil.«

»Geben Sie mir Ihren Segen, Mutter, segnen Sie mich.«

»Dann brauchst du doch nicht so zu leiden.«

»Ich leide nicht.«

»Glaubst du, ich kenne meine Kinder nicht? Ich kenne dich, seit ich dich trug. Ich kenne deine Stimme seit deinem ersten Schrei. Ohne deine Briefe zu bekommen, ohne dein Gesicht zu sehen, wußte mein Herz in der Ferne, was mit dir war. Du hast sehr viel leiden müssen, um zu werden, was du sein wolltest. Und nicht mal mit deiner Mutter willst du dein Leid teilen. So sind die Europäer, sie wollen alles selbst tragen. Ist das denn nötig, wo du doch noch eine Mutter hast?«

»Sagen Sie mir was, Mutter.«

»Du bist von der europäischen Krankheit befallen, mein Kind.

Der Krankheit, immer nur an sich zu denken. Das hast du selbst erzählt.«

»Mutter!«

»Das ist eine europäische Krankheit. Ist es nicht besser, zu lernen auch an andere zu denken? Habe ich nicht schon gesagt, daß du lernen solltest, dankbar zu sein? Nein, laß mich ausreden! Du hast früher selbst erzählt, für Europäer ist Dankbarkeit nur Schmeichelei. Sie sprechen nicht mit dem Herzen. Du bist auch schon so geworden, Kind. Ich werde deine Geschichten nie vergessen. Der Kluge möchte noch klüger werden, der Reiche noch reicher. Es gibt keine Dankbarkeit in ihrem Herzen. Sie leben in Eile und Hast, nur um immer mehr zu werden. Das hast du mir früher selbst erzählt. Sie leiden alle, weil sie Riesen sein wollen, weil sie Könige sein wollen. Erinnerst du dich?«

»Ich erinnere mich gut, Mutter.«

»Was nutzt dann die Lehre der Französischen Revolution?« Ihre Stimme klang immer noch so weich wie früher, soweit ich mich erinnern konnte. »Du sagtest, es ginge darum, die Menschen von dem Leid zu befreien, das andere Menschen ihnen aufbürdeten. Erinnerst du dich noch? Das ist nicht die javanische Art. Die Javaner machen etwas, weil eben alles seinen Lauf haben muß. Die Befehle kommen von Gott, von den Göttern, vom König. Und wenn sie die Befehle ausgeführt haben, sind sie glücklich, bis die nächsten kommen. Deswegen wissen die Javaner, was Dankbarkeit ist. Sie werden nicht dauernd irgendwohin gejagt durch den Dämon in ihrem Herzen.«

»Mutter, ich habe bis jetzt viel gelernt, und ich weiß, daß das Leben nicht einfach ist.«

»Welcher Lehrer sagt so etwas, mein Kind? Früher lehrten uns die Vorfahren, daß es nichts einfacheres gibt als das Leben: geboren werden, essen und trinken, wachsen, heiraten und Kinder kriegen. Und gute Werke tun.«

»Es existiert aber eine sehr große Kraft, die die Güte schluckt, ohne sie hinterher mit irgendwem teilen zu wollen.«

»Das wußten die Lehrer deiner Vorfahren auch schon. Sie nannten sie Buto, den Dämon. Es gibt viele Arten von Butos: Buto ijo, Buto terong, Buto glundung. Aber sie haben niemals gegen die Ritter deiner Vorfahren gewonnen.«

»Im Augenblick gewinnen sie aber ständig.«

»Weil sie in den Händen von falschen *Dalangs* sind.«

»Mutter, ich werde versuchen, ein guter Dalang zu werden.«

»Mein Kind ist Schriftsteller geworden. Jetzt will er auch noch Dalang werden. Was willst du danach noch werden? Auch Arzt willst du werden, was dir sicher auch gelingen wird. Es ist sehr viel, was du erreichen möchtest. Aber wieviel Elend willst du dir noch aufladen, um dadurch deine Fröhlichkeit zu verlieren? Was bleibt dann den anderen überlassen, den Göttern, Allah? Deine Vorfahren lehrten und haben gelernt, schlicht zu sein. Deine Lehrer lehren, daß die Menschen unbegrenzte Möglichkeiten haben. Deine Vorfahren konnten sehr gut ›Dankeschön‹ sagen, auch wenn sie es nicht aussprachen. Du hast gelernt, es einige Male am Tag zu sagen, aber dein Herz bleibt kalt.«

»Sie möchten nicht, daß ich Dalang werde?«

»Ob ich es möchte oder nicht, das spielt keine Rolle mehr. Deine Lehrer haben dich bereits in unzählige Richtungen und zu unzähligen Plätzen ohne Grenzen geführt. Als du klein warst, warst du verrückt nach Wayanggeschichten. Jetzt, wo du erwachsen bist, hast du sie alle vergessen. Na ja, du mußt es selbst wissen. Aber leide nicht so, denn Leiden ist eine Strafe.«

Wie weit lagen doch unsere Welten auseinander. Es war geschichtlich gesehen kein Abstand, aber was war es dann?

»Eine Strafe, mein Kind, erfährt jeder, der seinen Platz in der Ordnung des Lebens nicht finden kann. Wäre er ein Stern, dann wäre er eine Sternschnuppe. Wäre er ein Wald, dann wäre er ein verbotener Wald. Wäre er ein Stein, dann wäre er ein Nierenstein. Wäre er ein Zahn, dann wäre er ein schiefer Zahn. Ach, ich langweile dich mit meinen Worten. Geh und ruh dich aus.«

In der Tat, ich war es leid, diese Wellen von Mahnungen und Prüfungen anzuhören, die tonnenschwer auf meine Seele schlugen und die sie immer wieder wiederholte.

»Du weißt«, ergänzte sie noch, »ich sage dir das alles, nachdem du jetzt erwachsen und nicht mehr das Kind auf meinem Schoß bist. Nicht mehr lange, und du wirst eigene Kinder auf deinem Schoß haben. Wenn du so weitermachst, wirst du sie eines Tages nicht mehr als deine Kinder erkennen, wenn sie vor dir stehen, außer vielleicht an ihren Namen …«

Sie hatte noch nicht genug und fügte hinzu: »Glaube nicht so an die Französische Revolution. Was hast du gesagt, war ihre Parole? Gleichheit, Brüderlichkeit und Freiheit? Wenn das alles wahr wäre, Kind. Was haben dann die Holländer noch hier auf Java zu suchen? …«

Später, als ich zusammengerollt im Zimmer lag, auf dem Boden, auf einer Matte, die Adoptivkinder von Ibu Badrun in tiefem Schlaf, umwölkt vom Rauch einer Moskitospirale, pries ich mich glücklich, so eine gütige und willensstarke Mutter zu haben. Sie war eine javanische Frau, die auf ihre eigene Weisheit vertraute. Die Art von Frau, um deren Hand ich niemals wagen würde anzuhalten.

Vergeben Sie mir, Mutter, ich habe einen anderen Weg gewählt. Ich werde ihr einen langen Brief auf javanisch schreiben. Ihr es ins Gesicht sagen, kann ich nicht. Du hast recht, Mutter: Vor dir steht dein Sohn, den du nicht mehr kennst, nur noch seinen Namen …

Aber es ist keine Strafe, Mutter, nein. Das ist es nicht.

4

In der Tat hielt van Kollewijn es für nötig, von Semarang aus mit dem Zug bis Mayong zu fahren. Dort wurde er vom Resident-Assistenten von Jepara in einer Kutsche des Regenten abgeholt. Langsam fuhren sie in die Stadt hinein, wo Hunderte von Schulkindern ihnen auf der Straße zujubelten und dabei fröhlich die rot-weiß-blauen Fähnchen schwenkten. Das wohlbeleibte Mitglied der Zweiten Kammer und der ebenfalls kugelrunde Resident-Assistent nickten ihnen zu und winkten hin und wieder gönnerhaft. Schließlich traf die Kutsche in Jepara ein. Die Huldigungszeremonie anläßlich ihres Eintreffens fiel diesmal aus.

Eine Zeitung schrieb folgendes darüber: *Es ist das erste Mal in der Geschichte, daß einer javanischen Frau eine derartige Aufmerksamkeit zuteil wird. Sie wird von einem hohen Gast beehrt. Vor van Kollewijns Ankunft hatten die Töchter des Regenten auf der vorderen Veranda in Schaukelstühlen Platz genommen. Als die Kutsche mit dem hohen Gast im Vorhof eintraf, kamen sie, alle in schwarze Kebayas gekleidet, die Treppe hinunter, um ihn gemeinsam mit ihrem Vater zu begrüßen.*

Jene, die sich mit javanischem Adat auskennen, werden dieses Ereignis als einzigartig notieren; es war das erste Mal, daß einheimische Frauen einen fremden Mann willkommen hießen. Für die, die sich für Politik interessieren, ist dieses Ereignis ebenfalls einmalig; ein Mitglied der Zweiten Kammer besucht ein einheimisches Mädchen, das er gar nicht kennt. Nicht um sie um ihre Hand zu bitten, sondern um sich mit ihr über bestimmte Themen zu unterhalten. Niemand weiß, worüber sie sprachen, da kein einziger Journalist der Besprechung beiwohnen durfte.

Das war zu Beginn des Jahrhunderts eine Sensation, und ich glaubte, die Javaner würden noch sehr lange an dieses Ereignis denken. Dieses Treffen sollte zu einer nie mehr versiegenden Quelle für Träume, Interpretationen und Weissagungen werden. Erst später erfuhr man, daß das Mitglied der Zweiten Kammer ihr angeboten hatte, ihr Studium in Holland fortzusetzen. Und jeder Javaner, der davon erfuhr, fühlte sich verpflichtet, ebenfalls darüber nachzudenken. Aber mehr auch nicht.

Ich wunderte mich nicht sonderlich über das Angebot. Viel mehr erstaunte mich, wieviel Initiative das Mädchen besaß. Vielleicht wollte sie damit nur ihrer eigenen Situation entrinnen. Genau wie ich.

Aber welch Unternehmungsgeist!

Das Mädchen, das zwischen den Mauern der Regentenwohnung und hinter der Zäunen des Adats völlig isoliert lebte, hatte, als sie hörte, daß die Königin Wilhelmine den Bund der Ehe schloß, dieser ein Hochzeitsgeschenk überreichen wollen. Eine Teakholzkiste mit prächtigen Jepara-Schnitzereien, gearbeitet vom besten Schnitzer von Jepara, *Pak* Singo. Und so ging die Kiste auf die Reise. Von Jepara nach Batavia. Über den Resident-Assistenten von Jepara zum Generalgouverneur *Rooseboom*. Vom Generalgouverneur überquerte die Holzkiste das Meer und landete im Ministerium für die Kolonien. Schließlich überreichte der Minister sie der Königin zur Hochzeit. Die Anhänger von van Kollewijn sorgten dafür, daß dieses Ereignis einer breiten Öffentlichkeit bekannt wurde. In Holland mußte man einsehen, daß die Holzschnitzerei in Holland, ja in ganz Europa nicht mit der Holzschnitzkunst von Jepara zu vergleichen war, mit der Arbeit von Pak Singo. Man begann sich zu fragen, ob es nicht einer Überlegung wert sei, den Thron der Königin und die ganze Einrichtung des Empfangssaals mit Holzschnitzereien aus Jepara zu verzieren. Ja, als Javaner fühlte ich mich stark geschmeichelt, ich schwoll an vor lauter Vergnügen.

Im Nu kamen bei dem Mädchen aus Jepara Bestellungen aus Holland und Batavia für Holzschnitzereien an. Und bald waren aus den armen, erniedrigten, hilflosen Schnitzern aus Jepara hochgeehrte, reiche und gefragte Leuten geworden. Das Mädchen hatte Leben in ihren trostlosen Alltag gebracht, sie hatte ihre Situation verändert, ihnen die Armut und Hilflosigkeit genommen. Aber darüber wollte ich hier nicht schreiben, sondern über van Kollewijn. Die Gottheit fand, daß Holland Ostindien Dankbarkeit schuldete, und so setzte er die Leute mit seiner Großherzigkeit und seinem Gerechtigkeitssinn in Erstaunen. Mit seiner spitzen Zunge beschuldigte er die Regierung Ostindiens, einen Chinesen aus Cibinong zu Unrecht zum Tode durch Erhängen verurteilt zu haben. Der Unglückliche war in seinem

Grab längst zu einem Haufen Knochen geworden. Aber van Kollewijn behauptete nun, der Mann sei unschuldig!

Aber dann – nicht lange, nachdem der Hochverehrte diese edlen Töne hinausposaunt hatte –, als er eines Tages van Heutsz besuchen wollte, bestand er darauf, auf dem Weg nach Kutaraja in Padang Halt zu machen, nur um der Hinrichtung von einigen Leuten auf dem Paradeplatz zuzusehen. Plötzlich hatte er es selbst nötig, Menschen aufzuhängen. Es würden nur Verbrecher aufgehängt, behauptete er. Aber die Leute sagten: Verbrecher? Waren sie nicht nur Opfer, vom Arsch des Königs zermalmt?

Ich wußte nicht mehr, wer dies zuerst gesagt hatte. Aber von der Spitzzüngigkeit und Göttlichkeit van Kollewijns blieb nur noch ein Haufen Knochen neben denen des Chinesen aus Cibinong.

Neun Monate war ich nun Student, und der Überdruß wurde fast unerträglich.

An einem Nachmittag saß ich wieder einmal in der Bibliothek. Zum Zeitvertreib blätterte ich in einem Band Staatsblätter. Wer schaut sich schon so etwas an? Nur einer, der gerade von Langeweile geplagt wurde. Das Buch sah unberührt aus. Man roch sogar noch den Leim. Ich las: Die Gründung der Organisation der Chinesen in Ostindien mit Namen »Tiong Hoa Hwee Koan« im Jahre 1900 wurde hiermit für rechtmäßig erklärt … Na ja, was hatte es für einen Sinn, so etwas im Staatsblatt zu veröffentlichen? Als ich so darüber nachdachte, fiel mir plötzlich mein verstorbener chinesischer Freund wieder ein. Ich fragte mich, ob er vielleicht mit dieser Tiong Hoa Hwee Koan etwas zu tun gehabt hatte. Dann schoß es mir durch den Kopf, daß ich ja noch einen Brief von ihm abzugeben hatte. Für wen war er noch mal?

Mit der Erkenntnis, jemandem noch etwas zu schulden, verließ ich die Bibliothek. Ich kaufte alle chinesisch-malaiischen Zeitungen, die es gab. Es war kein Zufall, daß in den Zeitungen etwas über diese Organisation stand. Sie war die erste moderne Organisation in Ostindien, die vom Gouvernement anerkannt wurde. Sie hatte eine Grundschule gegründet, die einen anderen Lehrplan benutzte als den der Regierung. Die Kinder wurden zu modernen chinesischen Menschen erzogen, die ihre Kultur kannten und die bereit waren, in China weiterzustudieren. Sie lernten dort kein Holländisch, wohl aber Chinesisch und Englisch. Auch die Lehrer wurden namentlich erwähnt. Und der Lehrer für Englisch war: Ang San Mei.

Das Glück war auf meiner Seite. Ang San Mei, das war der Name, den ich gesucht hatte.

Gleich am nächsten Sonntag ging ich ihn suchen. Sehr früh am Morgen fuhr ich, den Brief meines Freundes in der Tasche, mit dem Fahrrad los. Es könnte eine interessante Begegnung werden. Vielleicht ist er ja ein echter Chinese, der nicht Malaiisch oder Holländisch spricht, von Javanisch ganz zu schweigen, dachte ich.

Ich wollte gerade in die schmutzige Gasse einbiegen, in der Ang San Mei wohnen mußte, als mir ein chinesisches Mädchen entgegenkam. Sie war schlank, fast dünn, hübsch, ein wenig blaß und hatte Mandelaugen. Sie lief schnell, ohne sich umzuschauen. Ihr Blick war stur nach vorne gerichtet. Mein Hals schien plötzlich wie festgeschraubt. Meine Augen wurden von ihrer Schönheit angezogen. Ich stieg von meinem Fahrrad ab. Als sie an mir vorbeilief, drehte ich mich um und schaute ihr nach. Meine Halswirbelsäule schien wieder zu funktionieren. Der Herr der Natur raunte mir zu: Bewundere ihre Schönheit, sieh ihren Gang, wie anziehend sie ist. Und schon war ich wieder der alte Frauenfreund, der ich war. Warum waren ihre Lippen so blaß? Wie fein und durchsichtig ihre Haut war, als ob man bis ins Fleisch hineinsehen könnte.

Ich wollte ihr am liebsten nachlaufen, sie ansprechen, sie kennenlernen. Aber nein, ich wußte ja, daß ihr Volk meist auf die Einheimischen herabsah, so gingen wir nur aneinander vorbei.

Ich ging weiter, schob mein Fahrrad und fühlte mich wie ein Pferd, das plötzlich einen vollgeladenen Wagen ziehen mußte. Sie war wirklich eine anziehende und hübsche Frau, mit einer fremder Art von Schönheit. Die Mandelaugen, die eigentlich gar nicht zu ihr paßten, machten sie nur noch anziehender.

Unter der angegebenen Adresse fand ich ein kleines Bambushaus, eingeklemmt zwischen zwei anderen Bambushäuschen. War sie vielleicht aus diesem Haus gekommen? Sie war von solcher Zartheit. Konnte eine so heruntergekommene Umgebung eine solche Schönheit hervorbringen? Ach, warum nur konnte ich das Bild von dem Mädchen mit dem weißen Kleid nicht mehr aus meinem Kopf verbannen?

Eine chinesische Frau, gekleidet in schwarze Bluse und Hose, ihre ebenfalls schwarzen Schuhe waren so klein wie eine Faust, kam schwankend auf mich zu. Ihr Malaiisch klang fremd und undeutlich. Sie sprach mit schneidender Stimme.

»Herr Ang San Mei?« fragte sie nochmal. »Hier wohnt kein Herr Ang San Mei.«

»Wissen Sie zufällig, wo dieser Herr wohnt?«

»Weiß ich nicht. Hier wohnt schon ein Ang San Mei, aber das ist kein Herr, sondern ein Fräulein.« Dabei musterte sie mich mißtrauisch. Meine Anwesenheit war nicht erwünscht, und diese Frau erwartete auch keine weiteren Fragen.

Ang San Mei war also ein Mädchen. Fräulein Ang.

Die Frau bat mich nicht herein, ganz zu schweigen davon, daß sie mir einen Platz anbot. Sie sagte nichts weiter. Ich suchte nach Worten, um mehr zu erfahren, aber sie verstand mich nicht. Dann sagte sie etwas, und diesmal war ich derjenige, der sie nicht verstand. Nie hatte ich gedacht, daß ich mal stumm werden könnte, so hatte ich auch nie die Zeichensprache gelernt. Ihr erging es ebenso. Und so starrten wir uns nur gegenseitig an. Meine Güte? Wie lang war sie wohl schon in Ostindien, ohne daß sie Malaiisch konnte?

Ich nahm den Umschlag mit der chinesischen Schrift aus meiner Tasche. Für Ang San Mei. Sie konnte aber auch nicht lesen. Sie war also auch noch Analphabetin. Sie nahm mir den Brief aus der Hand, ging hinein und kam nicht mehr heraus. So ein Unglück! Was sollte ich nun tun? Sollte ich etwa unverrichteter Dinge wieder abziehen?

Ich stand noch eine Weile geistesabwesend da, mit meinem stolzen Fahrrad an der Hand. Der unangenehme Geruch, der dem Rinnstein entströmte, begann mich zu stören. So hob ich das Fahrrad hoch, um es in dem engen Hof zu wenden. Mit dem hinteren Teil streifte ich den Zaun, ohne ihn zu beschädigen. Ich hatte mich kaum umgedreht, als ich plötzlich Auge in Auge der mandeläugigen Schönheit gegenüberstand. Diesmal war es nicht mein Hals, sondern ihr Hals, dessen Gelenke einrosteten. Ich nickte ihr zu und verließ den Vorhof. Als ich zurückschaute, sah ich sie hineingehen. Sie war also das Mädchen Ang San Mei. Aber um zurückzugehen, hatte ich nun keinen Grund mehr. Ich stieg nicht gleich auf mein Fahrrad, sondern ging langsam weiter. Irgend etwas mußte jetzt passieren.

Und richtig. Hinter mir hörte ich jemanden rufen. Sie hatte mich gemeint.

»Miste, Miste, kam bek, pliiis!«

Ich blieb stehen. Das war Englisch. Ich drehte mich um und sah, wie sie mir zuwinkte. Wie hypnotisiert drehte ich mein Fahrrad um und ging auf sie zu. Sie streckte mir ihre dünne Hand entgegen und sagte auf englisch: »Ich bin Ang San Mei. Ich habe schon lange auf Sie gewartet.« Sie hatte eine schöne Stimme.

»Haben Sie lange auf mich warten müssen, Miss?«

»Sie sind doch Herr Minke, wie es in dem Brief steht?«

Ihre Hand lag immer noch in meiner, und sie zog sie nicht zurück.

»Ja. Ich hatte leider bisher keine Zeit, um nach Ihnen zu suchen, Miss Ang.«

Höflich zog sie ihre Hand zurück und bat mich hineinzukommen.

Die Veranda war nur eineinhalb Meter breit. Dort stand eine Ruhebank aus Bambus. Wir setzten uns hin, nachdem sie sie mit einem Besen saubergemacht hatte.

»Als ich Sie vorhin am Eingang der Gasse sah, hatte ich gleich das Gefühl, daß Sie es waren, auf den ich so lange gewartet habe. Deshalb ging ich wieder zurück. Warum sind Sie erst jetzt gekommen? Ich kannte Ihre Adresse leider nicht!« Ihr Englisch war fließend und rein schulmäßig.

Ich versuchte ihr zu erklären, wie beschäftigt ich war. Sie glaubte mir.

»Ich möchte mich noch bei Ihnen und Ihrer Familie bedanken, für den Schutz, den Sie meinem verstorbenen Freund gewährt haben. Auch wenn ich sicher bin, daß er bestimmt nicht vergessen hat, sich persönlich bei Ihnen zu bedanken.«

Ich schaute ihre dünnen blassen Lippen und ihre strahlend weißen Zähne an. Ich schaute auf ihre Füße, die nicht eingebunden worden waren.

»Warum schauen Sie sich meine Füße an?«

»Oh, nichts, nur so.«

»Es war reiner Zufall, daß sie der Verstümmelung entgingen.«

»Ich habe gehört, verzeihen Sie, Miss, daß chinesische Frauen mit Füßen wie Ihren nicht mehr nach der Tradition erzogen werden.«

»Ich bin in einem katholischen Kloster in Shanghai aufgewachsen und erzogen worden.«

Das Mädchen war erstaunlich offen.

»Haben Sie dies jemals jemand anderem erzählt?«

Langsam schloß sie ihre Augen, dann lächelte sie und sah mich mit strahlenden Augen an: »Ich habe doch vor dem besten Freund meines Freundes nichts zu verheimlichen?«

»Vielen Dank, Miss.«

Sie sprach immer noch nicht von ihrem Freund, der ihr den Brief geschrieben hatte.

»Warum werde ich vom besten Freund meines Freundes Miss genannt? Sag Mei zu mir. Ich habe sonst niemanden mehr, der mich so nennt. Mein Freund mißtraute den meisten Menschen. Er hatte ein sehr feines Gefühl. Aber wem er vertraute, dem kann ich auch vertrauen.«

»Danke, Mei. Du bist wirklich außergewöhnlich«, sagte ich, immer noch über ihre Offenheit erstaunt.

»Danke.«

»Den Brief brauchst du nicht mehr zu beantworten«, sagte ich.

»Ja«, sie schwieg einen Augenblick, »in der Tat. Ich habe ihn noch nicht einmal zu Ende gelesen.«

»Weißt du schon, was mit ihm passiert ist?«

»Ja, ich weiß es«, sie schüttelte schwach den Kopf. Ich wußte nicht, was das zu bedeuten hatte. Dann bewegten sich ihre Hände, als wollte sie nach etwas Unsichtbarem greifen. »Ich habe es in der Zeitung gelesen.«

»Woher wußtest du, daß er dir einen Brief hinterlassen hatte?«

»Wie viele andere Menschen auch, glaube ich an den sechsten Sinn. Er war ein außergewöhnlicher junger Mann.« Es sollte ein Lob sein, aber ihre Stimme klang traurig. »Ich habe noch nie jemanden wie ihn getroffen.«

»Er hat Surabaya gewählt, weil es, wie er sagte, das schwierigste Gebiet war.«

»Er hat dir also vertraut.«

Ich nickte.

»Er schenkte sein Vertrauen nicht so schnell. ›Ich werde in das schwierigste Gebiet gehen‹, sagte er, bevor er mich verließ. ›Du wirst von mir hören, ich weiß noch nicht, wie. Wenn ich mich lange nicht melde, wird jemand zu dir kommen. Ich weiß noch nicht, wer das sein wird, aber dann wird er dir wahrscheinlich meinen letzten Brief überbringen.‹«

Sie erzählte weiter. Sie lobte ihn, wobei ihre Stimme immer trauriger wurde. Mit feuchten Augen sah sie auf meine Schuhe. Sie drehte sich um, um ihr Gesicht zu verbergen, und stand dann auf, als wollte sie weggehen. Sie wollte nicht, daß jemand sah, wie sie sich fühlte.

Ich schaute ebenfalls weg, um sie nicht ansehen zu müssen. Jetzt wußte ich, wie es um sie und meinen Freund gestanden hatte. Sie waren mehr als nur gute Freunde, die der gleichen Volksgruppe angehörten. Sie hatten eine innige Beziehung gehabt. Ich konnte nachfühlen, was sie verloren hatte.

»Ich bin sehr betrübt über das, was geschehen ist, Mei«, sagte ich.

»Danke. Du bist der einzige, der meinen Kummer teilt. Keiner wußte etwas von unserer Beziehung.«

Ich bekam immer mehr das Gefühl, daß ich dieses Mädchen schon seit langem kannte, wie eine Schulfreundin, mit der man jahrelang auf der gleichen Schulbank gesessen hat. Sie hatte ihre Gefühle schnell wieder unter Kontrolle und setzte sich neben mich. Sie nahm ihren Zopf, legte ihn auf ihren Schoß und spielte ziellos damit herum.

»Erzähl mir bitte, worüber er gesprochen hat«, sagte sie.

Ich erzählte ihr alles, genau so, wie ich es in meinem Tagebuch notiert hatte. Wie wir die Stadt verließen, nachdem er fortgegangen war. Wie er mir seinen letzten Brief hinterlassen hatte, und wie er danach von der *Thong-Bande* überfallen und getötet worden war. Sie hörte aufmerksam zu und unternahm keine Versuche, mein Englisch zu korrigieren.

Als ich fertig war, neigte sie ihren Kopf und seufzte. Ihre Stimme klang wie eine Klage: »Ich hatte nicht gedacht, daß seine Lage so schwierig war. Er hat es mir nie berichtet.«

Ich erzählte ihr noch, wie sehr ich ihn bewundert hatte.

»Hat er mal über die Thong von Surabaya gesprochen?«

»Nein.«

»Über *Yi He Quan*?«

»Auch nicht.«

Sie reichte mir die Hand, um sich abermals dafür zu bedanken, daß ich ihrem Freund Schutz gewährt hatte. Und nun war sie es, die meine Hand nicht loslassen wollte. Ihre Hände fühlten sich kalt an.

»Bist du krank, Mei?«

»Vielleicht, ich weiß nicht.«

»Soll ich dich zu einem Arzt bringen?«

Sie lachte und ließ meine Hand los. Ihre Zähne blitzten, sie schüttelte sanft den Kopf.

»Mach dir keine Sorgen. Übrigens, du willst doch selbst Arzt werden?«

»Ich bin erst im ersten Jahr, ich weiß noch nichts«, sagte ich. »Sag mal, auf welcher Schule warst du?«

»Auf einer katholischen Mittelschule.«

»Wo?«

»Habe ich doch gesagt, in Shanghai.«

»Warum bist du in einem Kloster aufgewachsen?«

»Ich war dort, solange ich denken kann.«

»Wie hast du denn deinen Freund kennengelernt?«

»Würdest du ihn bitte nicht mehr erwähnen«, sagte sie mit trauriger Stimme, dann wurde sie wieder fröhlicher. »Darf ich mit dir hoffen, daß du Erfolg hast mit deinem Studium?«

»Natürlich. Nur, es ist etwas langweilig.«

»Warum machst du dann weiter?«

»Weil ich nicht weiß, was ich sonst machen soll. Außerdem gibt es in Ostindien keine höhere Schule.«

»Du weißt nicht, was du machen sollst?« fragte sie erstaunt, und dann mit zutraulicher Stimme, die mein Herz höher schlagen ließ: »Als ob es in Ostindien nicht genug zu tun gäbe.«

Ich sah sie an. Irgendwie leuchteten ihre Augen, ich wußte nicht, warum. Plötzlich fühlte ich, wie die Mauer, die zwischen zwei Kulturen, zwei Nationen, zwischen mir als Javaner und ihr als Chinesin stand, durch irgend etwas, das ich nicht verstand und nur fühlen konnte, verschwand, wie verzaubert, als ob wir beide aus der gleichen Fabrik stammten, der Fabrik des modernen Zeitalters.

»Ich habe deinen Namen in der Zeitung entdeckt.«

»Derjenige, der das geschrieben hat, kannte mich nicht. Er hatte nur die Liste der Lehrer, glaube ich. Keiner kennt mich, es wäre auch überflüssig, und außerdem ist es mir so auch lieber.«

»Aber ich kenne dich.«

»Du hast mir eine Botschaft überbracht.«

»Ich verstehe, Mei.« Plötzlich hatte ich den Verdacht, daß auch sie illegal nach Ostindien eingereist war, so wie ihr verstorbener Freund. »Du scheinst aber mehr Erfolg zu haben.«

»Was meinst du mit Erfolg?«

»Die Gründung von Tiong Hoa Hwee Koan.«

»Ach, das. Das ist aber sehr unsicher. Heute oder morgen wird dort kein Platz mehr für mich sein. Die ältere Generation scheint überhandzunehmen. Ich unterrichte nicht, wie sie es wollen. Sie wollen, daß nur auf chinesisch unterrichtet wird.« Plötzlich fuhr sie auf. »Verzeih mir. Nun habe ich schon ein paar Mal gedacht, du wärst er. Eure Stimmen klingen so ähnlich, nur dein Englisch ist, glaube ich, besser. Ein Trugbild. Ich glaube, ich bin ein bißchen durcheinander.«

»Du bist müde, Mei. Ich sehe es dir an.«

»Wenn du nicht wirklich Arzt werden willst, was dann?« fragte sie plötzlich, um das Thema zu wechseln.

»Ein freier Mensch.«

Sie lachte vergnügt. Ich wußte nicht, worüber.

»Was ist daran so lustig, Mei?«

»Lustig? Was stellst du dir denn unter einem ›freien Menschen‹ vor? Doch wohl nicht, daß er gar keine Verantwortung zu tragen hat? Ich glaube nicht, daß du das sagen wolltest. Du machst bestimmt nur Spaß. Ein guter Freund von meinem Freund kann unmöglich so etwas sagen. Vielleicht hast du auch nur die falschen Wörter benutzt.«

Es beunruhigte mich, wie sie mich beobachtete. Sie lächelte, als sie es sah. Ihre Augen wurden schmal, bis sie fast nur noch zwei dünne Striche waren. So schien sie gar nicht mehr krank zu sein. Ihre blassen Lippen röteten sich plötzlich.

»Du darfst das Wort ›Freiheit‹, wie es in der Französischen Revolution benutzt wurde, nicht falsch verstehen«, begann sie plötzlich, mich zu belehren. Ich begriff nicht, warum sie ausgerechnet die Französische Revolution erwähnte. »Selbst die Franzosen interpretierten das Wort oft falsch. Sie dachten, sie könnten frei räubern, und glaubten, keine Verantwortung tragen zu müssen. Das Ergebnis war unbegrenzte Willkür. Groß waren sie nur für sich und im eigenen Land. Jeder Intellektuelle Asiens trägt in seiner Freiheit die immerwährende Pflicht, die eigene Nation weiterzubringen. Wenn nicht, wird Europa sie weiterhin terrorisieren. Siehst du das nicht auch so?«

Ich hörte in ihren Worten das Echo meines verstorbenen Freundes. Von wem lernten denn diese jungen Leute? Waren ihre Lehrer besser als die meinen?

»Eine falsche Haltung gegenüber diesen modernen Zeiten wird Europa zum Despoten werden lassen, der die ganze Welt beherrscht.«

»Was reden wir hier über so gewichtige Dinge?« fragte ich.

»Wir vertrauen uns doch? Bis jetzt hatte ich niemanden, mit dem ich mich darüber unterhalten konnte. Kann ich dich einen Moment allein lassen?« Sie stand auf, nickte lächelnd und lief dann geschmeidig ins Haus.

Dieses Mädchen mit ihrer zarten Schönheit war wie mein Freund. Hübsch, zerbrechlich, aber mutig genug, das eigene Land zu verlassen, um für ihre Ideale in ein fremdes Land zu gehen. Sie hatten nicht nur den Mut für ein Abenteuer, sondern waren auch mutig im Denken und im Handeln. Sie fürchteten sich auch nicht, Freundschaften zu schließen.

Ich vermutete, sie war hineingegangen, um den Brief zu Ende zu lesen.

Von drinnen hörte ich ihre klare Stimme: »Komm doch herein und setz dich hierher.«

Der Raum, den ich betrat, beengte mich; er war so breit wie das Haus, etwa drei Meter. Und ungefähr zweieinhalb Meter tief. Dahinter schien noch ein kleinerer Raum zu sein. Die Wand war aus Bambusgeflecht, mit Kalk gestrichen, der schon anfing abzubröckeln. Es waren nur zwei Möbel vorhanden: ein Tisch und eine Bank aus *Durian*holz. Auf dem Tisch lagen zwei chinesische Bücher. Der Tisch selbst war mit allerlei Berechnungen vollgekritzelt. Kein einziges Bild hing an der Wand. Aus den Nachbarhäusern hörte man Stimmen, nur in diesem Häuschen war es still.

Das Mädchen kam aus dem Hinterzimmer und trug nun eine lange Hose aus hellblauer Seide und eine ärmellose Bluse, auf die das

Bild eines Drachen gestickt war. In der blauen Kleidung wirkte sie noch blasser. Ihre Augen waren gerötet. Sie hatte geweint. In ihrer Hand hielt sie eine Schultasche. Sie setzte sich neben mich. Wortlos entnahm sie der Tasche ein chinesisches Buch und diesem einige Blätter.

»Schon zweimal habe ich Briefe von einem einheimischen Mädchen bekommen«, sagte sie. »Leider wurden sie in einer Sprache geschrieben, die ich nicht verstehe. Vielleicht kennst du den Absender. Kannst du sie für mich übersetzen?«

Der Brief war von dem Mädchen aus Jepara. Sie schrieb, daß sie in der Zeitung von zwei modernen chinesischen Mädchen gelesen hatte. Sie wollte sie gern kennenlernen und hatte ihre Adresse gesucht. Mit Hilfe von Freunden in Batavia hatte sie schließlich die Adresse von Ang San Mei bekommen. Nun wollte sie gerne Kontakt aufnehmen, um mit ihr Gedanken auszutauschen und mehr über den Stand der Emanzipation der chinesischen Frauen in Ostindien und China zu erfahren. Und ob das Schicksal der chinesischen Frauen genau so schlecht sei wie das Schicksal der Frauen ihres Volkes. Ob die chinesischen Männer auch polygam seien? Und ob die chinesischen Männer auch nur an ihr eigenes Vergnügen dachten und ihre Frauen eigenmächtig behandelten.

Aus diesem Brief erfuhr ich auch, daß das Mädchen, das neben mir saß, die Lehrerschule in Shanghai absolviert hatte und daß sie zwei Fremdsprachen beherrschte, Englisch und Französisch. Das Mädchen aus Jepara bedauerte, nur Holländisch sprechen zu können. Ihr Versuch, Englisch zu lernen, war leider gescheitert, weil kein Lehrer und keine Bücher aufzutreiben waren.

»Meiner Meinung nach«, schrieb sie in dem Brief, »verdient kein einziges Volk auf der Welt Respekt, solange dessen Männer ihre Frauen unterdrücken, wie es bei meinem Volk der Fall ist, und solange nur Säuglinge als liebenswert angesehen werden. Jeder hört mit Ehrfurcht den ersten Schrei eines Säuglings, wenn er auf die Welt kommt, danach aber kümmern sich die Väter nicht mehr darum, während die Mutter, sobald das Baby krabbeln kann, wieder zur Sklavin ihres Mannes wird. Ich verstehe einfach nicht, welchen ›Ehrbegriff‹ solche Männer haben und warum sie nicht begreifen, daß sie eben damit Schande über ihr Volk bringen.«

»Ein interessantes Mädchen«, war Meis Kommentar. »Sind die einheimischen Männer wirklich so, mein Freund?«

»Ich glaube schon.«

»Ja, in China ist es im allgemeinen genau so.«

»Dann bist du eine Ausnahme?«

»Nur weil ich im Kloster und nicht nach dem üblichen Muster erzogen wurde.«

»Bist du katholisch?«

»Ja. Ein Mensch, der vielleicht von seinem eigenen Volk verstoßen worden ist.«

»Aber du arbeitest doch für dein Volk. Das Volk, das dich verstoßen hat! Hast du ihm denn verziehen?«

»Unsere junge Generation arbeitet für China, und ihre Treue gehört dem Land. Die Junge Generation kämpfte gegen die Herrschaft der *Kaiserin Cixi*, die von den westlichen Kolonialherren unterstützt wurde. Das Mädchen aus Jepara will anscheinend bei den Bräuchen ihres eigenen Volkes anfangen. Das ist schade.«

»Beide sind wichtig«, sagte ich, »man könnte sich doch um beides gleichzeitig kümmern.«

»Das wäre zu schwierig. Was schreibt sie sonst noch?«

Ich sah sie an. Ihre Augen waren nicht mehr gerötet. Und so las ich ihr den zweiten Brief vor. Das Mädchen aus Jepara erzählte über die Emanzipation der Frauen in Europa. Sie sei mit dem Ziel und Zweck dieser Bewegung nicht einverstanden. Es schien ihr alles etwas übertrieben. Frauen und Männer müssen die gleiche Rechte haben und nicht mehr, schrieb sie. Jedes Recht mehr bedeute eine neue Unterdrückung.

Sie fragte, ob es falsch gewesen war, ihr zu schreiben, da sie keine Antwort bekommen hatte. Sie schrieb, daß sie jemanden kannte, der bereit wäre, ihr die Briefe zu übersetzen, falls sie in englisch geschrieben sein sollten. Weiterhin schrieb sie, daß sie einen Bruder hätte, der Englisch könnte und nächstes Jahr vielleicht sein Studium in Europa weiterführen würde, weil es in Ostindien keine weiterführende Schule gäbe. Er sei auch nicht ihr leiblicher Bruder, ihr leiblicher Bruder sei schon eher nach Europa gegangen und würde nächstes Jahr mit dem Studium an der Universität beginnen.

»Eine sehr fortschrittliche Familie«, kommentierte Mei.

Weiterhin schrieb sie, daß sie nur die Grundschule absolviert hätte. Danach sei sie zu Hause eingeschlossen worden, um auf ihre Hochzeit zu warten. Ihre einzige Freude seien die Bücher und die Briefe, die sie bekäme. Die Freunde, mit denen sie sich auch unterhalten könne, seien ihre Geschwister. Ihr Privatleben sei sehr einsam. Sie bewundere Fräulein Ang, solch einen großen Schritt gemacht zu haben und ihr Land ohne die Begleitung der Familie verlassen zu haben.

»Du hast Glück! Tochter der Sonne sein zu können«, schrieb sie weiter. »Unsere Mädchen werden erst dann frei, wenn ein Mann sie zur Frau genommen hat und sich dann wieder von ihr scheiden läßt. Ist das nicht schrecklich? Scheidung als Schlüssel, der die Tür zur Freiheit öffnet?«

Sie fragte das Mädchen Ang nach seiner Meinung über die Ehe. Sie meinte, die Ehe müsse der Quell intimster Beziehungen zwischen Mann und Frau sein, sei in Wirklichkeit aber nur eine Art formelles Treffen von kurzer Dauer, das ende, während man die schlechten Eigenschaften des anderen hinausposaune. Dadurch würden die Menschen doch noch unwürdiger und noch unehrenhafter? Ob es in China ebenfalls so sei?

»Noch schlechter«, antwortete Ang San Mei. »Als meine Freundinnen heirateten, wünschte man ihnen, daß ihre Ehe mit hundert Kindern und tausend Enkeln gesegnet würde. Die meisten Frauen heiraten mit solch einem Segen. Nur bei den Nebenfrauen ist dieser Segen nicht notwendig, trotzdem werden sie genügend Kinder bekommen.«

»Was hast du heute noch vor?« fragte ich plötzlich. »Mußt du nicht noch weg?«

»Dieser Tag ist für meinen Gast«, sagte sie. »Dieses Mädchen scheint mir reizend zu sein. Sie scheint nie an sich selbst zu denken.«

»Magst du sie?«

»Ich werde ihre Briefe beantworten. Würdest du mir helfen, ihn in der Sprache zu schreiben, die sie versteht?«

»Natürlich. Sag mir, was ich schreiben soll.«

»Jetzt?«

»Ja. Ich weiß nicht, wann ich wieder Zeit habe.«

Sie wurde unruhig. Sie hatte offensichtlich kein Papier.

»Schreibe doch ein Konzept auf englisch. Ich gehe inzwischen Papier kaufen.« Ohne auf eine Antwort zu warten, ging ich.

Es war aber gar nicht so leicht, einen *Warung* zu finden, der Papier verkaufte. Erst nach einer halben Stunde kam ich zurück. Sie hatte inzwischen die Antwort auf einem schmutzigen Packpapier fertig geschrieben. Ich tat so, als ob ich nichts merkte und übersetzte ihr Schreiben gleich ins Holländische. Sie selbst ging nach hinten und kam mit Avocadogetränken für uns wieder zurück. Als ob sie geahnt hätte, was ich mochte. Die beiden Gläser standen nebeneinander wie zwei einsame Liebende.

»Es ist bestimmt schwer, mit den beiden Gläsern vor Augen zu schreiben«, sagte sie. »Komm, laß uns erst trinken.«

Ich zögerte. Sie hatte das wenige Geld, das sie hatte, für so ein teures Getränk ausgegeben. Die Einheimischen kannten diese Frucht noch nicht so gut, sie wurde meist von Europäern gegessen. In Batavia gab es nur einen einzigen Europäer, der eine Avocadoplantage besaß. Die Einheimischen selbst bauten sie noch nicht an. Wir prosteten uns zu. Sie lachte, ihre Zähne blitzten. Wieder waren ihre Augen nur noch zwei schwarze Striche, darüber die langen Wimpern. Die Art, wie sie ihr Glas vorschob, um mir zuzuprosten, und wie sie ihr Kinn hob, machte mir Herzklopfen.

Eine weitere Art von Schönheit an einem anderen Ort, mit einem anderen Ursprung. Was bedeutet schon Schönheit? Warum faszinierte mich dieses Mädchen, das ich eben erst getroffen hatte, so? Warum beeindruckte sie mich so? Weil sie schön war? Eine Schönheit, die nicht nur Hülle war, sondern von einer starken Persönlichkeit und großem Wissen gestützt wurde. War es das?

Wie war ich erstaunt, als sie ihr Glas nicht an ihre Lippen brachte, sondern an meine. Wie auf Kommando brachte ich mein Glas an ihre Lippen. Noch bevor wir tranken, brachen wir in schallendes Gelächter aus.

»Warum hast du das gemacht?«

»Er hat es auch immer so gemacht.«

Natürlich meinte sie damit ihren Freund, aber ich sagte nichts.

Plötzlich schien sie wieder über irgend etwas nachzudenken. Ich brachte mein Glas an ihre Lippen und sie trank es schweigend. Auch ich trank aus ihrem Glas. Sie lachte wieder. Ob ihre Augen mitlachten? Ich konnte es nicht sehen.

Dann stellte sie das Glas auf die Bank neben mich. Ich folgte ihrem Beispiel und schrieb dann weiter.

»Mir scheint, daß viele malaiische Zeitungen über dich schreiben«, sagte ich.

»Vielleicht. Ich weiß aber nichts darüber.«

Ich schrieb weiter.

»Warum schreibst du ihr nicht auch einen Brief?« fragte sie.

»Du kannst mich ihr in deinem Brief vorstellen«, sagte ich.

»Dann füge es hinzu.«

Der Brief erzählte von den Frauen in China. In den Dörfern arbeiteten sie genau so schwer wie die Männer, aber eigentlich hätten sie es noch schwerer, da sie noch den Haushalt und die Kinder versorgen müßten. Dann noch das Gebären und die monatlichen Beschwerden. Sie täten alles, was die Männer auch tun, außer lesen und schreiben. Viele von ihnen zögen sogar in den Krieg, und manche würden sogar Heldinnen. Im allgemeinen seien sie, bis auf die Frauen der Oberschicht, gewohnt, zu arbeiten und mit Schwierigkeiten fertigzuwerden. Deshalb könnten sie überall leben.

»Und, meine Freundin, diese Welt hat noch nie davon gehört, daß eine Frau meines Volkes Selbstmord begangen hätte oder in einem anderen Land verhungert wäre«, schrieb sie am Ende. »Deshalb brauchst du dich nicht zu wundern, daß ich es wage, allein in ein anderes Land zu gehen. Du wärst wie ich, wenn du ein chinesisches Mädchen wärest. Ich denke, nur Frauen aus der Mittel- und Oberschicht sind von anderen abhängig. Auch auf Java. Ich glaube, die Bäuerinnen haben durch ihre Verpflichtungen in der Landwirtschaft, bei der Viehzucht und im Haushalt viel mehr Rechte. Je weniger Verpflichtungen ein Mensch hat, desto weniger Rechte hat er auch. Ich weiß noch nicht viel über die Frauen deines Volkes. Auch hatte ich noch keine Gelegenheit, mir die schöne grüne Landschaft im Landesinneren anzuschauen.«

Und so schloß ich den Brief ab.

»Ich werde ihn nachher gleich auf die Post bringen«, sagte ich.

»Du bist so nett.«

»Wie kann einer nicht nett zu dir sein? Sicherlich nur, wenn er dich noch nicht kennt. Mei, du bist es wohl gewohnt, in den Zeitungen erwähnt zu werden.«

»Ich weiß nicht. Soweit ich mich erinnern kann, war nur einmal eine Europäerin dagewesen, als wir unsere Schule eröffneten. Ich erinnere mich nicht mehr, wie sie hieß. Sie sprach englisch mit mir. Ich habe nur das Allernötigste erzählt, nichts über mich, nichts über meine Aktivitäten und auch nichts über meine Ausbildung.«

Ihr wurde bewußt, daß ich sie mit großer Aufmerksamkeit ansah. Sie erschien mir immer schöner, trotz ihrer mageren und blassen Erscheinung. Oder war es nur der Schürzenjäger in mir, wie ein Freund von mir sich ausdrücken würde? Nicht nur der Philogyn, der Frauenfreund? War es falsch, sich von solch einer ausgefallenen Schönheit angezogen zu fühlen? War es falsch, ein ästhetisches Gefühl und Drüsen im Körper zu haben?

»Warum siehst du mich so an?«

»Es ist nicht meine Schuld«, antwortete ich.

»Bin ich schuld?«

»Ja, du bist schuld. Du bist so reizend.«

»Wie viele Frauen haben diese Worte schon von dir gehört?«

»Und wie viele Männer hast du auf diese Art abgefertigt? Mit solch harten Worten?« fragte ich.

Sie lachte, und ihre Augen verschwanden wieder. Vielleicht hatte ich nun das Geheimnis ihrer Anziehungskraft entdeckt; es mußten die Grübchen sein. Sie sagte nichts mehr, was mich noch mehr hätte durcheinander bringen können. Schnell sprach sie mit zunehmender Freundlichkeit über andere Dinge. Danach bat sie mich, mit ihr zu Mittag zu essen. Wir gingen in das andere Zimmer, das die Küche zu sein schien. Ein weiterer Raum war nicht da.

Wir aßen dann auf einer Bank, deren Matte zusammengerollt war, in der Mitte das Kopfkissen. Es gab kein anderes Möbelstück, außer dem, was man zum Kochen und Essen braucht. Hinter der Küche war ein kleiner Hof, der zwei mal drei Meter groß war, umgeben von den hohen Mauern der Nachbarhäuser.

Nur wir zwei aßen. Es war das erste Mal im Leben, daß ich Nudeln mit Champignons, chinesischen Pilzen und ein wenig Fleisch aß. Es schmeckte mir ausgezeichnet. Aber es schien nicht zu dieser einfachen Bambushütte zu passen. Woher kam dies feine Essen inmitten dieser Armut? Ich sah, wie sie sich bekreuzigte, bevor sie mit ihren Stäbchen aß, während ich den Löffel benutzte. Durch das Fett der Soße glänzten ihre Lippen rötlich, und sie sah noch reizender aus als zuvor. An der Art, wie sie aß, sah ich, daß sie den ganzen Tag noch nichts zu sich genommen hatte.

Die Frau mit den kleinen Füßen war nicht mehr zu sehen. Wer weiß, wo sie hingegangen war. Während des Essens versuchte ich, das Rätsel dieses intellektuellen Mädchens zu ergründen, das mitten in dieser Armut lebte, so frei einen Mann empfing, den sie gerade erst kennengelernt hatte, und das noch nicht mal Papier zum Schreiben besaß. Ich hatte meinen Teller leer gegessen, sie auch. Ich hätte noch zwei weitere Portionen essen können, aber mir wurde klar, daß dieses dünne Mädchen vor mir weniger aß, um mich bewirten zu können.

Ich dachte an den Witwer von der Fähre, der die Familie Troenodongso mit den wenigen Bataten am Leben gehalten hatte, die er noch hatte.

Sie nahm die Teller und ging in die Küche, um sie abzuwaschen. Es gab wirklich nichts in diesem Haus. Auf der Bank lag eine Tasche. Halb leer. Darin bewahrte sie anscheinend ihr ganzes Hab und Gut auf.

Sie kam zurück, und wir setzten uns wieder auf die Veranda. Sie hatte offensichtlich noch nicht genug von meiner Gesellschaft. Und genau wie bei Khouw Ah Soe schien sie aufzuleben, wenn sie von der jungen Generation Japans und ihrer eigenen jungen Generation sprach.

»Mei«, rief ich, »kanntest du Khouw Ah Soe schon lange?«

Ihr Gesicht verdunkelte sich. Ich drängte sie nicht. Ich hörte, wie sie seufzte.

»Ein fantastischer Junge«, lobte sie wieder. »Ich habe immer für seine Sicherheit gebetet.« Ihre Stimme klang jetzt tief. »Und doch starb er, ohne seine besten Freunde bei sich zu haben.«

»Und weit weg von seiner Familie.« sagte ich.

»Er war Waise wie ich. Nur war er bei den Protestanten aufgewachsen.«

Es schien so, als wäre mein Freund mit Mei verlobt gewesen. Vielleicht waren sie auch zusammen illegal nach Ostindien gekommen.

Nachdem ihr Verlobter von der Thong-Bande in Surabaya getötet worden war, mußte sie die Stelle als Lehrerin annehmen.

Ich bereute es, sie wieder an ihn erinnert zu haben, nur weil ich mehr über ihre Beziehung wissen wollte. Schnell sprach ich über etwas anderes. Ich bemerkte nicht, daß die Sonne schon bald untergehen würde.

»Ich bin froh, daß du dir die Zeit genommen hast, hierher zu kommen. Noch froher bin ich, den Freund meines Freundes kennengelernt zu haben. Du mußt öfter kommen. Ich werde deine Hilfe brauchen, wenn wieder ein Brief kommt, den ich nicht verstehe und nicht beantworten kann.«

Das war das Zeichen für mich, aufzubrechen. Auch wenn ich es nur ungern tat.

Auf dem Weg nach Hause dachte ich nach; an diesem Abend würde sie wohl nichts mehr essen. Auch am folgenden Tag würde sie bestimmt wieder ohne Frühstück beginnen, wie heute auch. Sie war ja so mager und blaß. Hatte sie sich wirklich gefreut, daß ich gekommen war? Oder war es nur, weil ich der Freund ihres verstorbenen Verlobten war? Vom Geliebten verlassen, war sie nun auf sich allein gestellt und mußte mühsam ihren Lebensunterhalt verdienen. Aber sie schämte sich ihrer Armut nicht. Auch nicht vor mir.

Am folgenden Sonntag ging ich sie wieder besuchen und brachte diesmal einiges mit: Reis, Fleisch, Gemüse und Gewürze.

Ich fand sie in Gedanken versunken auf der Ruhebank vor der Veranda sitzend. Als sie mich sah, sprang sie fröhlich auf, um mich zu empfangen.

»Wir werden heute ein Festessen haben, Mei«, sagte ich und zeigte ihr, was ich mitgebracht hatte. »Laß uns in die Küche gehen und kochen.«

»Seit wann kannst du kochen?«

»Seit eben jetzt, mit dir. Du hast doch nichts vor heute?«

»Ich habe damit gerechnet, daß du kommst. Deshalb blieb ich zu Hause.«

»Kommen nachher noch andere Gäste?«

»Du bist der einzige, der hierher kommt.«

»Wo ist die Frau mit den kleinen Füßen hin?«

»Ach, das war nur eine Nachbarin.«

»Du lebst hier also allein?«

»Ich glaube, daß es so das beste ist.«

»Wie ist es mit dem Essen?«

»Ich bekomme es von der Nachbarin.«

Wir fingen an zu kochen. Um uns herum war nur tiefe Freude und Armut.

»In der Nähe eines intellektuellen jungen Mannes«, sagte sie, »fühle ich mich sicher. Die ungebildeten Männer meines Volkes betrachten die Frauen nur als Lustobjekt. Aber auch die Gebildeten sind manchmal nicht besser. Deshalb fühlen sich die intellektuellen Frauen in ihrer Nähe unwohl, manchmal auch schon von weitem, wenn sie ihre lüsternen Blicke sehen.«

Das war die Warnglocke für mich. Eigenartig, wie sie sich zu schützen wußte und wie sanft sie sich verschanzt hatte.

»Nicht alle Gebildeten sind so, wie du sie schilderst«, sagte ich.

»Alle Intellektuellen verhalten sich so, weil sie gebildet sind. Und wenn sie nicht so sind, dann folgen sie auch nur ihren Gelüsten.«

Sie hatte mich schon zurechtgewiesen, bevor ich überhaupt etwas verbrochen hatte. Du, Mei, du zwingst mich, korrekt zu sein. Ihre weiche Stimme und ihr sanfter Ton erinnerten mich an meine Mutter.

»Ich glaube, ich bin nicht so ein Intellektueller, wie du es dir vorstellst.«

»Wenn das so ist, hören wir lieber auf zu kochen«, sagte sie lachend, »außerdem kochst du ja gar nicht, du schwätzt ja bloß.«

Mir blieb nichts anders übrig, als mitzulachen, allerdings nicht ganz von Herzen.

»Warum lernst du nicht Malaiisch?«

»Ich habe schon damit angefangen.«

»Wie wäre es mit einem Spaziergang?«

»Sollen wir mit dem Kochen aufhören?«

»Ich meine heute Nachmittag«, sagte ich auf malaiisch.

Sie lächelte und murmelte eine Antwort, die komisch klang und die ich gar nicht verstand.

»Später«, sagte sie dann wieder auf englisch, »wenn es so weit ist.«

»Warum suchst du dir keine bessere Wohnung, Mei?«

»Diese hier ist gut genug. Ich werde nur fünf Jahre in Ostindien bleiben. Ich brauche nichts anderes.«

»Du scheinst dich in Ostindien nicht wohl zu fühlen?« Sie antwortete nicht. »Wir könnten doch hin und wieder mal einen Ausflug ins Landesinnere machen? Ein wenig frische Luft schnappen?«

»Sehr gern. Aber erst, wenn wir Ferien haben.«

Auch am folgenden Sonntag ging ich sie besuchen. Wieder brachte ich allerlei zum Essen mit. Aber Mei war nicht da. Am Zaun hing ein Zettel, auf dem sie sich damit entschuldigte, daß sie anderweitig zu tun hatte. Ich ließ meine Mitbringsel auf der Bank zurück und ging enttäuscht nach Hause. Wie sehr sehnte ich mich nach ihr. Wenn ich sie nicht jede Woche sehen könnte, würde ich mich nur nutzlos und unglücklich fühlen, und die Sehnsucht würde unerträglich sein.

Am vierten Sonntag ging ich absichtlich nicht hin. Auch am fünften nicht. Dann kam ein Brief von ihr.

Du fängst schon an, mich zu vergessen, schrieb sie, *obwohl du weißt, daß ich sonst keinen anderen Freund habe. Am dritten Sonntag habe ich lange gezögert, ob ich dich empfangen sollte oder nicht. Einige Chinesen haben mir gedroht, ich solle es ja nicht noch einmal wagen, einen Einheimischen zu empfangen. Deshalb habe ich versucht, eine andere Wohnung zu finden. Ich hatte Erfolg und bin umgezogen. Aber dann tauchte wieder das gleiche Problem auf. Nur weil ich ein Mädchen ohne Schutz und Familie bin, glauben sie, daß ich jedem gehöre. So zog ich wieder um und wohne nun bei einer ruhigen chinesischen Familie. Der Hausherr, der sah, daß ich alleine bin, dachte wohl, ich hege die Hoffnung, seine Nebenfrau zu werden.*

Es wäre alles anders, wenn mein verstorbener Freund noch da wäre. Eigentlich sollte ich genau so stark sein wie sonst. Aber in letzter Zeit hatte ich oft Angst und war verunsichert, als hätte ich fast all mein Selbstvertrauen verloren. Können wir uns an diesem Sonntag um neun Uhr morgens auf dem Bahnhof Kota treffen? Ich werde auf dich warten.«

Sie war noch nicht da, als ich ankam. Ich lief auf dem Bahnsteig auf und ab, damit sie mich sofort bemerkte. Ich war sehr unruhig. Ich dachte, vielleicht wollte sie sich nur über mich lustig machen. Aber dann sagte ich mir immer wieder, daß sie ja gar keinen Grund dazu hatte.

Nach etwa zehn Minuten kam ein kleiner chinesischer Junge auf mich zu und fragte ängstlich auf malaiisch: »Warten Sie auf die Frau Lehrerin Ang?« Er sah mich mit seinen weit aufgerissenen Mandelaugen an, während seine Hände mit einem schmutzigen Tennisball spielten.

Ich zögerte. Vielleicht war dieser Junge von den Chinesen geschickt worden, die sie bedroht hatten. Na ja. Dann sollten sie mich eben zusammenschlagen. Vielleicht brauchte Mei ja wirklich meine Hilfe.

»Ja.«

»Die Frau Lehrerin ist krank.« Er überreichte mir einen Brief.

»Woher weißt du, daß gerade ich auf sie warte?«

»Jemand in europäischer Kleidung, hatte sie gesagt, vielleicht mit einem Fahrrad, ein Einheimischer, trägt einen braunen Hut und heißt Minke.«

»Du bist ein kluges Kind«, sagte ich und kniff ihn in die Wange.

Ich las ihren Brief. Sie war tatsächlich krank. Zusammen mit dem Jungen fuhr ich zu ihrer Wohnung. In der Nähe des Hauses wollte der Junge abgesetzt werden. Er gab mir Anweisungen, wie ich zu dem Haus kam.

Die Bewohner des Hauses waren mißtrauisch, als sie einen Einheimischen ihren Vorhof betreten sahen. Was sollte es? Ich kam ja nicht, um sie zu besuchen.

»Hier wohnt tatsächlich die Lehrerin Ang San Mei. Aber sie ist gerade krank.«

»Deshalb will ich sie besuchen.«

Es war ihnen sichtlich unangenehm, einen Fremden ins Haus zu lassen. Aber als sie sahen, daß ich keine Anstalten machte, wegzugehen, brachte mich schließlich eine Frau, die ein Kind trug, mürrisch zu Mei. Ich hörte, wie sie meckerte. Es störte mich nicht. Sie würden durch mein Kommen keinen Schaden erleiden.

Mei lag auf dem Bett. Sie schlief. Die Frau zögerte noch mehr.

»Sie war meine Schulfreundin in Shanghai«, sagte ich.

Das schien sie ein wenig zu beruhigen. Vielleicht war sie selbst noch nie im Land ihrer Ahnen gewesen und empfand einen gewissen

Respekt vor jenen, die dort gewesen waren. Deshalb ließ sie mich ins Zimmer.

Auf dem Tisch neben dem Bett befanden sich eine verwelkte Blume und ein Glas Wasser. Ich vermißte den kleinen Junge mit dem Tennisball, der mir den Brief überbracht hatte. Er schien Angst zu haben, daß man von seiner Beziehung zu Mei erfuhr. Er war nirgends zu sehen, aber es war klar, daß er der Sohn der mürrischen Frau war.

Ich ging zu Mei. Sie hatte Fieber. Ich empfand Mitleid mit ihr. Auf dem Tisch standen keine Medikamente. Warum war sie so isoliert inmitten ihrer eigenen Landsleute, sogar inmitten dieser Familie? Hatte sie eine ansteckende Krankheit oder war sie so schwierig?

Ich setzte mich auf ihr Bett und nahm ihre Hand in die meine. Sie hatte sehr hohe Temperatur. Ihre blassen, blutleeren Lippen waren leicht geöffnet. Ich sah ihre Zähne, eine Reihe prächtiger Perlen.

Sie öffnete die Augen, sah mich an und legte ohne zu sprechen oder zu lächeln ihre andere Hand auf meine.

»Es tut mir leid, ich bin krank. Ich habe gehofft, daß du hierher kommst. Eine zu große Hoffnung. Schade, daß du noch kein Arzt bist.«

»Was sagte denn der Arzt über deine Krankheit?«

»Ich habe keinen Arzt und keine Medizin.«

»Du hast sehr hohes Fieber. Hast du ein bitteren Geschmack im Mund?«

Sie nickte.

»Warte, ich gehe schnell Medizin kaufen.«

Als ich mit den Medikamenten und dem Essen zurückkam, stand die Frau in Meis Zimmer. Sie empfing mich mit dem gleichen Mißtrauen in den Augen wie zuvor. Ich grüßte sie höflich, aber sie schien es nicht zu verstehen. Auch gut. Ich hatte schließlich nichts mit ihr zu tun.

Mei saß auf ihrem Bett und massierte ihren Kopf. Ich gab ihr zwei rote Chinintabletten und etwas Wasser zum Runterspülen.

»Das reicht mir jetzt. Nehmen Sie diese Frau mit, ich will sie hier nicht mehr haben«, sagte die Frau plötzlich auf malaiisch.

»Aber sie ist noch krank. Lassen Sie sie noch eine Woche hier bleiben«, sagte ich. »Ich werde nächste Woche kommen und sie abholen. Ist es gut so, Mei?«

Sie nickte. Sie schien nun etwas Malaiisch zu verstehen. Aber dann erschrak ich über mein eigenes Angebot. Wie sollte ich das denn bezahlen? Wo sollte ich sie denn unterbringen? Und ich verstand auch nicht, warum sie dem einfach zustimmte. Warum spielte ich nun, um sie zu beschützen, plötzlich den Helden? Dabei durfte sie noch nicht einmal an einem Ort wohnen, den die Regierung nicht vorher genehmigt hatte.

»Ich werde heute bei ihr bleiben«, sagte ich der Frau. »Seien Sie nicht verärgert. Warum wollen Sie eigentlich, daß sie so schnell von hier weggeht?«

Sie ging mürrisch davon.

Zufällig lag Meis Zimmer außerhalb des Haupthauses. Es befand sich neben der Küche, weil sie als Köchin angestellt war. Ein weiterer Zufall war, daß ich mein restliches Geld aus Surabaya in der Hosentasche hatte. Ich wollte nicht den Wohltäter spielen, aber als ich ihren Brief las, hatte ich eine Ahnung, daß sie in sehr großen Schwierigkeiten steckte, wie damals mein Freund. Vom eigenen Volk bekämpft. Und tatsächlich stand nichts zu Essen im Zimmer.

»Du bist so gut zu mir«, flüsterte sie schwach.

»Schlaf noch ein wenig, Mei«, sagte ich und half ihr, sich wieder hinzulegen. »Wo ist deine Decke?«

Sie tat so, als ob sie nichts gehört hätte, und schloß die Augen.

»Wo sind deine Kleider?« Bevor sie antworten konnte, hatte ich ihre Ledertasche geholt, die auf den Kissen lag.

Als sie es merkte, versuchte sie, mich daran zu hindern. Ich kümmerte mich nicht darum. Ich fand etwas Unterwäsche und das weiße Kleid, das sie damals getragen hatte. Ich nahm alles heraus und legte es über ihren Körper.

»Hast du keine Decke, Mei?« Sie gab keine Antwort. »So ist es viel wärmer. Du hast bestimmt schlimme Kopfschmerzen. Du mußt dich zwingen zu essen, Mei.«

»Ich habe keine Lust zu essen.«

»Malaria nimmt einem immer den Appetit, aber du mußt dich dazu zwingen«, sagte ich ermutigend. »Ich habe dir etwas zu Essen mitgebracht. Du darfst nicht so dünn werden.«

»Warst du auch so gut zu ihm?« fragte sie mit geschlossenen Augen.

Ich schob ihr das Essen in den Mund, als ob ich ein Baby fütterte.

»Schluck es einfach herunter, wenn du es nicht kauen magst.«

Sie schüttelte den Kopf, aber ich zwang sie weiter, bis sie alles aufgegessen hat. Sie schluckte es einfach hinunter, ohne vorher zu kauen.

»Bleib ruhig liegen, ich werde gleich wiederkommen.«

Ich ritt mein Fahrrad wie ein europäischer Ritter sein Pferd, um schnell die Prinzessin vor den Räubern zu retten. Ich war stolz, daß ich bankrott gehen würde, um einer hilflosen jungen Frau zu helfen. Ein ehrenvoller Bankrott. Ich ging entschlossen in einen Laden und kaufte Kekse, getrocknete Beilagen, Sirup, Fisch und Fleisch in der Dose, einen Öffner, ein Handtuch und eine Decke. Ich schätzte, daß es etwa für eine Woche reichen würde. Ich kaufte noch eine Dose Milchpulver und fertiges Essen für heute. Auch Vitaminpillen. Aber trotz der vielen Einkäufe war ich noch weit davon entfernt, bankrott zu sein.

Sie schlief nicht, als ich zurückkam. Ich tauschte die Kleidungsstücke gegen die dicke Decke und legte sie wieder in die Tasche zurück.

»Warum weinst du, Mei?«

»Warst du auch so gut zu ihm?« wiederholte sie ihre Frage.

»Was ist los, Mei?« fragte ich, als ob ich nicht verstanden hätte.

Sie schlug die Hände vors Gesicht, und ich hörte sie schluchzen. Sie dachte wohl an ihren verstorbenen Freund, und ich mußte ihre Gefühle respektieren.

»Laß, Mei, denk nicht mehr daran«, flüsterte ich ihr ins Ohr. »Er hat getan, was er konnte. Er hat seine Versprechen gehalten und seine Pflichten erfüllt. Er war ein ausgezeichneter junger Mann. Er war so mutig.«

Sie sagte nichts.

»Du mußt gesund und stark werden.«

Die Frau kam wieder herein, immer noch mit dem Kind auf dem Arm. Sie hatte mich wohl beobachtet, als ich mit den Einkäufen kam.

»Wenn Sie sie erst nächste Woche abholen, müssen Sie noch Miete zahlen.«

»Natürlich. Wieviel kostet es pro Tag?« fragte ich.

»Setali.«

»Was Sie nicht sagen. Wie in einem Gasthaus. Da sind dann aber die Mahlzeiten mit inbegriffen.«

»Wenn Sie damit einverstanden sind. Wenn nicht, möchte ich lieber mein Zimmer frei haben.«

»Na gut. Hier sind sieben *Tali.*« Ich gab ihr, was sie verlangte.

»Und noch drei dazu, weil sie seit drei Tagen krank ist.«

Ich hielt ihr einen glitzernden silbernen *Ringgit* hin.

»Ich hole erst das Wechselgeld«, sagte sie.

»Aber das brauchen Sie doch nicht. Nehmen Sie alles. Zehn Tali sind genau ein Ringgit.«

»Sie bekommen einen Tali zurück. Warten Sie.« Als sie zurückkam, gab sie mir die fünfundzwanzig Sen und nahm mir den Ringgit aus der Hand. Dann verschwand sie, ohne noch etwas zu sagen.

Lange sagte Mei nichts. Ich entfernte mich ein wenig, damit sie einschlafen konnte. Ich nahm Papier und Bleistift und begann zu schreiben. Schon seit langem wollte ich Mutter schreiben. In wenigen Tagen fingen die Ferien an, und ich hatte keine Lust, nach Hause zu gehen, da ich sah, in welcher Verfassung sich Ang San Mei befand.

»Vergeben Sie mir, Mutter. In diesen Ferien kann ich wirklich nicht nach Hause kommen. Ein Freund von mir ist erkrankt und muß versorgt werden. Ich bin sicher, daß Sie mir nicht böse sein werden. Sollte mein Freund bald wieder gesund sein, werde ich versuchen, so schnell wie möglich nach Hause zu kommen.«

»Minke«, rief Mei.

Ich ging zu ihr.

»Du mußt schlafen, Mei.«

»Hast du den Brief an das Mädchen schon abgeschickt?«

»Ja.«

»Darf ich wissen, was sie geantwortet hat?«

»Sie hat noch nicht wieder geschrieben. Mir scheint, sie wird es auch nicht tun.«

»Wie alt wird sie wohl sein?«

»Ein Jahr älter als ich.«

»Ist sie verheiratet?«

»Das weiß ich nicht. Vielleicht ja, vielleicht aber auch nicht.« Ich mußte im stillen lachen. Ang San Mei würde bald wieder gesund sein. Sie war wohl ein wenig eifersüchtig.

Sie fragte nicht mehr, und ich schrieb meinen Brief weiter. Ich hörte, wie die Frau nebenan kochte. Der Geruch von Schweinefleisch hing in der Luft. Ich hatte noch nie Schweinefleisch gegessen. Der Geruch war so schwer, daß ich Kopfschmerzen bekam. Ich dachte an Mutter, an ihre Worte, als ich das erste Mal nach Surabaya ging: »Du gehst nun in eine große Stadt, du wirst mit Menschen verschiedener Nationalitäten zusammenkommen. Du gehörst selbst zu einer Volksgruppe. Zeig ihnen, daß du ein guter und gehorsamer Javaner bist. Deine Vorfahren waren Moslems, auch dein Vater und deine Mutter. Iß niemals Schweinefleisch. Das ist noch das leichteste Gebot, mein Sohn, übertritt es nie. Es wird nicht schwierig sein. Auch ich habe es bis jetzt noch nie übertreten.«

Ang San Mei war eingeschlafen. Der Schüttelfrost war verschwunden. Nun standen Schweißperlen auf ihrer Stirn.

Den langen Brief an Mutter konnte ich fertig schreiben. Ich erzählte ihr von meiner Situation, meinem Studium, meinen Schulkameraden und von den Lehrern. Ich schrieb nichts von den Unterschieden zwischen Mutter und Sohn. Ich zeigte mich als ein gutes und gehorsames Kind, so wie Mutter mir immer eine gute Mutter gewesen war. Der Unterschied zwischen uns lag in der Ausbildung, der Art zu denken und den Zielen. Es war einfach eine Frage der Generationen. Mutter hatte nichts mehr zu verteidigen. Java verlor alles an Europa; seine Menschen, seine Erde und seine Gedanken. Das einzige, worin Java Meister war, war seine Unwissenheit über die große Welt. Java schloß sich ab.

Am Nachmittag wachte Mei auf, ich ging sofort zu ihr.

»Ich fühle mich jetzt besser«, sagte sie ruhig auf englisch, »du mußt unbedingt Arzt werden, Minke. Du wirst mal ein guter Arzt werden.«

»Sicherlich.«

»Du brauchst deinen Wunsch, Arzt zu werden, nicht mehr in Frage zu stellen«, sagte sie wieder. »Lerne nicht nur, weil du mußt. Wie viele von deinem Volk sind so krank wie ich jetzt bin.«

»Ich werde dich und sie alle kurieren, Mei.«

Sie lächelte freundlich, und ich lächelte zurück.

»Mit so einer Pflege kannst du alle Krankheiten heilen.«

»Natürlich. Weißt du, was passiert wäre, wenn du vorhin nicht gegessen hättest? Ich hätte es für dich gekaut und dich direkt aus meinem Mund gefüttert, so wie die Vögel es tun.«

»Das wäre für einen Arzt wohl ein wenig übertrieben«, sagte sie strahlend. »Wie willst du denn eine Wohnung für mich finden? In meinem Zustand kann ich es leider nicht selbst tun.«

»Mach dir darüber keine Sorgen«, sagte ich und dachte dabei an Ibu Badrun. »Es ist bald vier Uhr, Mei. Ich muß jetzt nach Hause. Iß ordentlich und vergiß deine Medikamente nicht. Wenn du nicht für dich essen willst, dann bitte für mich, so viel du nur kannst. Willst du tun, was ich dir sage, Mei?«

»Mit Freude, Minke. Du bist so gut zu mir.«

Bevor ich sie verließ, küßte ich sie auf die Wange. Kein Wort des Protests. An der Tür schaute ich zurück und sah, wie sie ihr Gesicht mit beiden Hände bedeckte. Ihr Schultern zuckten heftig.

Ich ging.

Mit dem Fahrrad fuhr ich schnell zurück nach Kwitang, zu Ibu Badrun.

»Sie ißt bestimmt anders als wir«, beschwerte sich Ibu Badrun.

»Das Gleiche, Ibu«, widersprach ich.

»Bestimmt hat sie auch andere Sitten.«

»Sie ist sehr höflich und hilfsbereit«, sagte ich.

»Und bestimmt spuckt sie ekelerregend.«

»Nein. Sie ist genauso wie ich, sie spuckt nicht.«

»Die Nachbarn werden es bestimmt nicht gutheißen.«

»Ich werde mit den Nachbarn sprechen.«

»Eine echte Chinesin«, beschwerte sie sich weiter. »Wahrscheinlich redet sie komisch.«

»Sie hat studiert, Ibu. Und sie lernt zur Zeit ernsthaft Malaiisch. Sie kann es zwar noch nicht, aber sie gibt sich sehr viel Mühe.«

»Und wenn sie eine schlechte Frau ist?«

»Machen Sie sich keine Sorgen, Bu. Ich bürge für sie. Wenn sich herausstellen sollte, daß sie nicht gut ist, werde ich sie ohne Erbarmen hinauswerfen.«

»Aber ihr seid doch noch gar nicht verheiratet, Den Mas?«

»Es geht nicht darum, Ibu. Sie ist eine gute Freundin.«

»Warum bleibt sie nicht bei ihren eigenen Leuten? Die mögen sie wohl nicht wegen ihres Verhaltens?«

»Sie ist Waise. Nur deswegen, Ibu.«

»Werden Sie sie später heiraten, Den Mas?«

»Wer weiß, Ibu. Gottes Willen kann man nicht vorausahnen.«

»Sie werden uns hier jeden Tag anstarren!«
»Nach einer Woche bestimmt nicht mehr, Bu.«
»Und wenn das Dorfoberhaupt es erfährt?«
Ich tat so, als ob ich das nicht gehört hätte.

In den nächsten sechs Tagen verließ ich kein einziges Mal die Schule. In den Pausen zog ich mich in die Bibliothek zurück. Ich las alles, was ich fand. Ins Internat ging ich nur, um zu schlafen, mich zu waschen und anzuziehen. Mir war klar, daß ich eine Verantwortung übernommen hatte, in einer Anwandlung von Gefühlen, einem einsamen Mädchen helfen zu wollen. Ich hatte es versprochen, ich würde es auch halten.

In der Nacht zum Sonntag kam Frage über Frage in mir hoch: Warum bekam das Mädchen keine Hilfe von der Schule, von ihren Kollegen, von der Tiong Hoa Hwee Koan? Sie hatte doch einen Vertrag über fünf Jahre unterschrieben.

Klar war nur, daß sie die Verlobte meines Freundes gewesen war. Und dieser Freund war unter falschem Namen eingereist. Ich hatte gehört, wie jemand sagte, daß er einen südchinesischen Namen hätte, obwohl er selbst aus dem Norden stammte. Bestimmt war Ang San Mei auch ein falscher Name. Wie hieß sie dann wirklich? Hatte sie auch einen südchinesischen Namen? Ach, warum machte ich mir so viele Gedanken um einen Namen? Wo ich selbst doch schon seit Jahren nur mit meinem Spitznamen gerufen wurde, selbst hier in Batavia. Und niemand schien etwas dagegen zu haben. Ich kannte sie als Ang San Mei, warum sollte ich mir um ihren wirklichen Namen Gedanken machen?

Um vier Uhr morgens schlief ich endlich ein. Aber nach einer Viertelstunde war ich wieder wach. Ich war unruhig, und so beschloß ich zu schreiben. Es war besser, als wieder ins Grübeln zu verfallen. So fing ich an, über das Mädchen, das von Übersee gekommen war, zu schreiben.

Sie arbeitete als Lehrerin, aber vielleicht nur, um in Ostindien bleiben zu können, schrieb ich, ohne ihren Namen zu erwähnen. *Ihr Verlobter war in Surabaya gestorben, und so verlor sie gleichzeitig den*

Geliebten und das Vorbild. Sie war in Batavia gestrandet – allein. Sie versuchte, sich so gut wie möglich ihren Landsleuten anzupassen. Sie sagte, die Chinesen, die schon seit Generationen in Java lebten, waren nicht so gut auf die Chinesen zu sprechen, die neu aus China kamen. Ihnen waren die frisch aus China eingereisten Chinesen genau so fremd wie die Einheimischen und die Europäer. Deshalb mußte sie zu ihnen Abstand bewahren. Wie einsam sie war. Sie wurde immer dünner und wußte nicht, was sie machen sollte.

Als die Morgenglocke läutete, hatte ich die Geschichte über unsere Bekanntschaft fertig geschrieben. Mein Stift glitt nur so über das Papier, und ich hatte das Gefühl, daß diese Geschichte mindestens genau so gut war wie die vorherigen. Es war meine erste Geschichte, seit ich in Batavia war. Um neun Uhr würde dieses Manuskript bereits mit der Post auf dem Weg zur Redaktion eines Verlages in Batavia sein, der eine der tonangebenden Zeitschriften in Ostindien herausgab. Ich mußte nur noch abwarten. Anschließend würde ich auf englisch eine Geschichte über meinen Freund schreiben.

Um sieben Uhr ging ich dann zu ihr. Es ging ihr schon viel besser, aber sie sah noch immer blaß und mager aus. Es war keiner zu Hause außer dem kleinen Jungen und Mei.

Ohne Mißtrauen kam er auf mich zu und erzählte, daß seine Familie nach Tanggerang gefahren sei.

»Heute wird die Lehrerin Mei von hier wegziehen. Die ganze Zeit war ich der einzige, der ihr geholfen hat«, berichtete er mir. »Wenn die Frau Lehrerin jetzt weggeht, habe ich niemanden mehr, dem ich helfen kann.«

»Es gibt noch viele andere Menschen, denen du helfen kannst«, sagte ich. »Leute, die krank sind oder Hilfe brauchen. Wie heißt du denn?«

»Pengki.«

»Du bist ein gutes Kind, Pengki.«

»Ein hilfsbereites und nettes Kind«, sagte Mei, während sie ihn in die Wange kniff. »Ich werde dich nicht vergessen, Pengki«, sagte sie auf malaiisch. Und dann, auf englisch: »Er war mein Schüler.«

Als er sah, daß wir im Aufbruch begriffen waren, fing er an zu weinen.

»Du hast doch Brüder und Schwestern. Du kannst ihnen doch

helfen«, sagte ich und streichelte seinen Kopf. »Möchtest du die Frau Lehrerin wiedersehen?«

Er nickte.

»Kannst du die lateinische Schrift lesen?«

Er nickte wieder.

Ich schrieb ihm die Adresse auf ein Stück Papier und gab es ihm.

»Aber es ist weit von hier. Du mußt mit der Straßenbahn fahren. Hast du Geld, um die Fahrkarte zu kaufen?«

Er schüttelte den Kopf, so gab ich ihm Setali, aber er wollte das Geld nicht annehmen.

»Du kannst kommen, wann du willst, aber du mußt vorsichtig sein. Frage immer erst deine Eltern um Erlaubnis.«

»Wird die Frau Lehrerin denn nicht mehr unterrichten?«

Ich übersetzte es für Mei. Das Mädchen ging vor ihm in die Hocke, legte ihm den Arm um die Taille und antwortete auf *mandarin*-chinesisch, was ich nicht verstand. Danach küßte sie ihn auf die Wangen. Sie stand auf und brachte ihn ins Haus. Wir bedankten uns noch einmal bei ihm und fuhren dann weg. Wir ließen ihn in Tränen zurück.

»Er wird uns bald vergessen haben«, sagte ich.

»Nein: Er wird dies sein ganzes Leben lang in Erinnerung behalten«, sagte Mei.

Wir fuhren mit dem Fahrrad nach Kwitang. Mei saß auf dem Gepäckträger. Die wenigen Dinge, die sie besaß, hielt sie auf dem Schoß, und sie selbst war auch nicht schwer.

Anscheinend war sie aus der Schule entlassen worden. Der Vertrag war einseitig gekündigt worden. Man hatte behauptet, sie sei ungehorsam gewesen und habe außerdem eine Beziehung zu einem Einheimischen unterhalten.

Ich wußte, daß ich vorläufig alle Verantwortung allein tragen mußte. Und ich tat es mit Freude.

»Hab keine Angst«, sagte ich, mehr um mir selbst Mut zu machen, »du bist nicht allein.«

»Aber du mußt Arzt werden.«

»Das ist nicht so wichtig«, sagte ich.

»Sag das nicht, denk an deine Familie, deine Eltern, an dich selbst und an dein Volk. Sie brauchen dich.«

Mein Volk braucht mich, sagte sie. Im Dunkeln saß ich auf der Bank vor Ibu Badruns Haus und sah ihr ins Gesicht, das immer noch sehr blaß war. Mein Volk sollte mich brauchen?

Sie hielt meine Hände fest, als hätte sie Angst, daß ich wegliefe.

»Mache dir keine Sorgen. Ich werde weiter studieren. Denk nicht daran. Du mußt erstmal wieder gesund werden.«

»Gib mir einen Monat Zeit. Wenn ich wieder bei Kräften bin, werde ich versuchen, etwas zu tun.«

»Denk nicht darüber nach«, sagte ich, »deine Gesundheit ist wichtiger als alles andere. Werde gesund. Vergiß den Rest.«

Theoretisch konnte ich sie sehr wohl unterhalten. Von der Schule bekam ich ja zehn Gulden Taschengeld. Wenn man die Miete von dreieinhalb Gulden und eineinhalb Gulden für die Medikamente abzog, hatte ich immer noch fünf Gulden übrig. Außerdem besaß ich auch noch meine Ersparnisse.

»Du wirst meinetwegen Schwierigkeiten bekommen.«

»Bin ich nicht dein Freund? Hast du kein Vertrauen zu mir, Mei?«

In der Dunkelheit konnte ich ihr Gesicht nicht sehen. Ich verabschiedete mich, doch sie hielt mich weiterhin fest.

»Ich muß ins Internat zurück. Morgen Nachmittag komme ich wieder.«

»Leidet dein Studium nicht darunter?«

»Denk nicht an solche Dinge.«

Sie küßte meine Hand, ließ sie los und stand auf.

»Geh bitte jetzt 'rein, Mei, du bist noch nicht kräftig genug.«

Ich brachte sie ins Haus und übergab sie Ibu Badruns Obhut. Danach ging ich ins Internat. Ich war erleichtert. Ibu Badrun hatte Mei vom ersten Augenblick an ins Herz geschlossen. Als ich ins Internat kam, war noch Essen für mich da, aber ich hatte keinen Appetit. Ich überlegte, was ich als nächstes zu tun hatte. Und bald hatte ich die Antwort gefunden: Ich würde fleißig Geld verdienen müssen. Ich würde wieder schreiben. Wie früher. Die Schule würde ich auf den zweiten Platz setzen müssen.

Ich ging in die Bibliothek und fing gleich an, über die tragischen Erlebnisse meines Freundes zu schreiben, ohne seinen wirklichen Namen zu nennen. Es wurde nur ein kurzes Stück. Danach las ich die Zeitung und ging zu Bett.

Am nächsten Tag, bevor ich Mei besuchte, ging ich nach Kramat. Ich ging in das Büro eines Anzeigenblattes und stellte mich vor. Herr Kaarsten empfing mich mißtrauisch. Ich überreichte ihm mein Manuskript, und er las es sich durch. Ja, er las es durch, aber nur flüchtig. Er nickte und bot an, mir meine Erzählung in bar abzukaufen: fünfundsiebzig Sen. Der Tagelohn des besten Kulis auf einer Zuckerrohrplantage.

»Entschuldigen Sie, mein Herr, so wenig habe ich noch nie für einen Artikel bekommen.«

»Seien Sie nicht beleidigt. Unsere Zeitungen werden kostenlos verteilt. Wenn Sie mehr haben wollen, müssen Sie sich an eine Tageszeitung wenden. Wir bekommen die leeren Seiten auch so voll. Aber wenn Sie in der Lage sind, Werbetexte zu schreiben, bekommen Sie für jede Werbung auf Malaiisch einen *Talen*, auf Holländisch drei Talen und auf Englisch eine *Rupiah*. Aber für Englisch haben wir kaum etwas da.«

Ich nahm mein Manuskript zurück und akzeptierte sein Angebot, einmal pro Woche für eine Stunde im Büro zu sitzen und auf Kunden zu warten. Ich arbeitete wieder wie früher, denn ich hatte das Geld sehr nötig.

Mir schien, daß Ang San Mei nie eine praktische Anleitung gehabt hatte, sie wußte nicht, wie sie mit ihren Kenntnissen Geld verdienen konnte. Seit ihrer Kindheit hatte sie ihr Leben darauf eingestellt, Lehrerin zu werden. Als sie mit ihrem Verlobten wegging, wurde sie Propagandistin, vielleicht auch einfach nur Hilfskraft bei der Organisation. Vermutlich ohne großen Erfolg. Nun war sie in einem fremden Land gestrandet und von ihren Freunden, die gestorben oder weit weg waren, zurückgelassen worden. Sie war wie ein Vogel mit gebrochenen Flügeln.

»Das macht nichts, Mei, zumindest habe ich meinen früheren Lebensgeist wieder«, tröstete ich sie. »Wenn du nur wieder gesund wirst, dann ist alles in Ordnung. Und ich bin froh, daß du so fleißig Malaiisch lernst.«

Zwei meiner Geschichten waren bereits veröffentlicht worden. Das Honorar, das ich bekommen hatte, war viel höher als jemals zuvor. Was aber weit wichtiger war: Die Leute in Batavia wurden auf mich aufmerksam. Zumindest bildete ich mir das ein. Und das bedeutete weiterschreiben, immer weiter, bis die restlichen Kräfte erschöpft waren. Ich wußte, daß ich immer dünner wurde, auch Mei ging es nicht besser. Ich bekam eingefallene Augen. Und Meis Lippen blieben nach wie vor blaß.

Dann kamen die großen Ferien. Ich wurde in die zweite Stufe versetzt. Niemand anders freute sich mehr darüber als Mei. Das Internat wirkte verlassen. Niemand war geblieben. Aber bevor sie fuhren, hatten sie es doch für nötig gehalten, Anspielungen über meine Beziehung mit einem chinesischen Mädchen zu machen und daß ich unmöglich in die Ferien gehen könnte.

Ich hatte ursprünglich gedacht, Intellektuelle würden sich nicht um anderer Leute Angelegenheiten kümmern. Aber weit gefehlt! Ihre alte Unverschämtheit war nur von einem dünnen Firnis von Ausbildung und Wissen überzogen, allzeit bereit, wieder hervorzubrechen. Einige hatten sogar versucht, mit Mei in Kontakt zu treten, weil sie sie für ein Straßenmädchen hielten. Und manche waren so unverschämt und schickten anonyme Briefe. Sie drohten sogar, mich anzuzeigen, mit ihr unter einer Decke zu stecken, die Wohnbestimmungen für die chinesischen Einwohner zu übertreten.

Bevor das Schuljahr zu Ende ging, rief mich der Direktor zu sich. Das Gespräch endete folgendermaßen: »Es wäre das beste, wenn Sie diese Beziehung beenden würden. Sie sollten sich auf Ihr Studium konzentrieren. Die Regierung war so großzügig und gab Ihnen die Möglichkeit zu studieren. Darüber sollten Sie sich im klaren sein.«

»Herr Direktor«, antwortete ich, »es ist richtig, daß ich eine Beziehung zu einem Mädchen habe, wie das bei einem jungen Mann so üblich ist. Es gibt da keinen Unterschied zu den anderen Freunden innerhalb und außerhalb des Internates, und auch zu Ihnen nicht. Es gibt überhaupt nichts, was mein Studium stören könnte. Meine Noten sind alle überdurchschnittlich.«

»Ihre Noten könnten aber schlechter werden.«

»Das kann aber jedem passieren, nicht nur mir. Aber sie können auch besser werden.«

»Sie sind so dünn. Sie scheinen mir nicht ganz gesund zu sein.«

»Ein Mensch kann nicht nur dünner werden, er kann auch jeden Augenblick sterben.«

Meine Beziehung zu Mei lief weiterhin ohne jegliche Probleme, nicht zuletzt dank der Hilfe des Dorfsoberhauptes. Die Störungen verschwanden eine nach der anderen. Mehr noch: Immer mehr meiner Geschichten wurden veröffentlicht. Und sogar der Herr Direktor war stolz darauf, einen Studenten zu haben, der der Öffentlichkeit bekannt war.

Ich nahm Mei mit nach B., um dort die Ferien zu verbringen.

»Der Boden scheint hier genauso mager zu sein wie in meinem Land«, kommentierte sie. »Nur pflanzen sie hier nicht so viele Blumen. Es gibt kaum Parks.«

Sie war froh, ins Landesinnere fahren zu können.

Ich brachte sie in einem Gasthaus unter, das einem Chinesen gehörte. Dann verließ ich sie, um zu meinen Eltern zu gehen.

Vater war unterwegs zu einer Audienz beim Residenten in Surabaya. Ich traf nur Mutter und meine Geschwister an.

»Du bist also doch nach Hause gekommen, mein Sohn?« begrüßte sie mich. »Warum bist du so dünn geworden? Noch dünner als früher.«

Ich fürchtete schon, sie würde wieder mit ihrer endlosen Fragerei anfangen – keine normalen Fragen, sondern Fragen, die sich mir ins Herz bohrten und dort ein Durcheinander hinterließen, das mich zwang, sie noch mehr zu verehren und zu lieben. Aber sie fragte nicht, sie bat mich ganz rührend, sie flehte mich an: »Du bist doch schon erwachsen, *Gus.* Ach, warum muß ich dich immer noch so nennen? Sag mir, mein Sohn, was für Probleme hast du?«

Ich erzählte ihr alles, was ich über Mei wußte. Ich traute mich nicht, ihr dabei ins Gesicht zu sehen. Ich hatte meine Geschichte schon eine Weile beendet, während sie beharrlich schwieg.

»Mutter, ist diese Beziehung eine Sünde?«

»Wirst du sie zur Frau nehmen, mein Sohn?« fragte sie traurig.

»Was sonst könnte ich tun, Mutter?«

»Es gibt hier viele Töchter von Regenten, die darauf warten, daß du sie um ihre Hand bittest, aber du magst sie bestimmt nicht. Du hast schon immer eine Neigung für das Besondere gehabt.«

»Seien Sie deswegen nicht traurig, Mutter.«

»Nein, mein Kind. Ich bin glücklich, und ich bin noch glücklicher, wenn auch du glücklich bist. Die Könige deiner Vorfahren hatten immer davon geträumt, eine Prinzessin aus China oder *Champa* heiraten zu können. Es wäre ihnen eine Ehre gewesen. Aber sie hätten sie niemals zu ihren Königin gekrönt.«

»Mutter, ich brauche nur eine Königin.«

»Aber sie hat eine andere Religion als du.«

»Die Könige meiner Vorfahren hätten doch auch nicht die gleiche Religion gehabt wie sie, Mutter?«

»Vielleicht. Na ja, darüber braucht man wohl nicht mehr zu diskutieren, wenn du sie sowieso schon magst. Wann willst du heiraten?«

»Das hängt von Ihnen ab, Mutter.«

»Du darfst jederzeit und überall heiraten.«

»Tausend Dank für Ihren Segen. Darf sie kommen, um Ihnen zu huldigen?«

»Hast du sie denn mitgebracht, mein Sohn?«

»Ich habe sie in einem Gasthaus untergebracht.«

»Laß mich meine Tochter, die chinesische Prinzessin, heimholen.«

Wir fuhren los, um sie abzuholen.

Mei saß gerade im Gästezimmer, allein, in ihrem besten Kleid. Sie sah frisch aus, wie eine Statue aus Marmor. Sie trug ein weißes Kleid mit rotem Kragen.

»Mei, Mei, Mutter ist gekommen, um dich abzuholen.«

Das Mädchen lächelte und ging auf Mutter zu. Sie verbeugte sich, um sie zu ehren, beide Hände vor der Brust und mit nach vorn geneigtem Kopf.

»Ist das meine Tochter?« fragte Mutter auf javanisch.

Mei schaute mich aus den Augenwinkeln fragend an. Ich übersetzte.

»Hier ist Ihr Kind, Mutter. Ang San Mei ist mein Name«, sagte Mei.

»Warum bist du nicht gleich nach Hause gekommen? Warum mußtest du erst in dieses Gasthaus gehen? Als ob du hier keine Mutter hättest.«

»Ich konnte es ja nicht wissen, Mutter, ich bin doch nur eine Fremde.«

»Wer hat dir beigebracht, dich als Fremde zu fühlen? Komm jetzt mit nach Hause, Kind.« Sie legte Mei den Arm um die Schultern und führte sie zur Kutsche, die vor dem Gasthaus gewartet hatte.

Ich gab dem Wirt noch den Auftrag, ihre Sachen zu packen und die Rechnung dem Regenten zu schicken.

Mutter behandelte sie wie ihr eigenes Kind. Sie übertrieb ein wenig, um alles wieder gutzumachen, was sie bei ihrer ersten Schwiegertochter versäumt hatte. Sie selbst bereitete das Zimmer für ihr neues Kind vor. Sie rief all meine Schwestern, damit sie ihr Gesellschaft leisteten und ihr beibrachten, sich javanisch zu kleiden. Mutter ließ auch alle verfügbaren Gamelanspieler holen, damit sie etwas vorspielten, obwohl es nicht Montag war.

Mei fühlte sich innerhalb meiner Familie sehr wohl. Im stillen betete ich, daß Vater nicht so bald nach Hause käme. Die Atmosphäre hätte sich durch seine Ankunft sofort verändert. Daß ich Medizin studieren wollte, hatte schon damals einen Zornausbruch hervorgerufen. Wie würde es erst mit diesem chinesischen Mädchen sein?

Drei Tage lang verbrachten wir unsere Ferien wie ein Prinzenpaar. Es kamen auch keine Briefe mehr von allerlei Beamten wie früher, die sich um einen Schwiegersohn bemühten. Arzt zu sein, bedeutete schlechthin, dienen zu müssen. Er hatte keinerlei Macht. Er war von niedrigem Rang.

Am Abend vor unserer Abfahrt legte Mutter ein Brillantkollier um Meis Hals und steckte ihr einen Brillantring an den Finger.

Ang San Mei wollte ablehnen. Aber ich riet ihr, es nicht zu tun. Sie fügte sich und nahm schließlich an. Mutter schenkte ihr auch Batikstoffe, die sie selbst hergestellt hatte. Auch besondere Kräutermischungen, speziell für Frauen. Und fragte: »Wann werdet ihr nun Mann und Frau?«

Mei warf mir einen Seitenblick zu. Wir hatten noch nie darüber gesprochen. Ich hatte auch noch nicht um ihre Hand angehalten.

Ich sagte Mei, sie sollte Mutter folgendes fragen: »Wann glauben Sie, wäre es das beste, Mutter?«

Aber Mei antwortete: »Bin ich denn gut genug, Ihre Tochter zu werden?«

»Gut genug, um die Frau eines guten Mannes zu werden«, antwortete Mutter. »Also, wann werdet ihr nun heiraten?«

»Ich weiß es noch nicht, Mutter«, erwiderte Mei.

»Sicherlich bald, Mutter«, übersetzte ich.

Mei schaute mich verstohlen an und sagte: »Ich traue deinen Übersetzungen nicht. Du grinst ja die ganze Zeit.«

»Ich habe gesagt, daß wir bald heiraten werden«, sagte ich auf englisch. »Dies soll gleichzeitig ein Heiratsantrag sein. Ich hoffe, daß du nicht ablehnen wirst.«

»Warum sagst du mir das erst jetzt? Traust du dich nicht, wenn deine Mutter nicht dabei ist?«

»Du grinst ja selber«, sagte ich, »Ich glaube, du hast meinen Heiratsantrag schon erwartet.«

»Über was streitet ihr euch?« fragte Mutter.

»Sie möchte neun Kinder haben, Mutter«, sagte ich und übersetzte es anschließend ins Englische.

Mei wurde ganz rot. Sie sah zu Boden und flüsterte: »Vor deiner Mutter bist du ja sehr mutig.«

»Ach, fast hätte ich es vergessen«, sagte Mutter und rief nach meiner kleinen Schwester. »Es gehört sich nicht, daß so ein schönes Mädchen keine Ohrringe trägt.« Als meine Schwester kam, sagte sie zu ihr, »*Nduk*, gib mir bitte deine Ohrringe, als Andenken für deine neue Schwester. Ich werde dir später andere geben, ja.«

Aber als sie sie an Meis Ohren anstecken wollte, ging es nicht. Sie zögerte.

»Um Gotteswillen«, rief sie. »Deine Ohren sind ja gar nicht durchstochen.«

Ich hatte selbst nie darauf geachtet. Aber in der Tat, sie hatte keine Ohrlöcher.

»Wie soll ich dir denn nun diese Ohrringe anstecken?«

»Das ist doch nicht nötig, Mutter«, sagte ich.

»Nicht nötig? Ein Mädchen, das keinen Schmuck an seinen Ohren trägt? Was sind denn das für Sitten? Es sei denn, sie kann es sich nicht leisten«, sagte sie böse zu mir. Dann nahm sie Meis Hände und hielt sie fest. »Warum bist du eigentlich so dünn? Warum seid ihr beide so entsetzlich dünn?«

»Es gibt immer Zeiten, in denen man dünn ist«, antwortete ich.

»Natürlich, aber dann gibt es auch einen Grund dafür«, sagte Mutter schnell. »Ich habe noch nie von einer Lehre gehört, die besagt: werdet gemeinsam dünn.«

»Was sagt Mutter?« fragte Mei.

»Sie sagte, du wärst noch hübscher, wenn du ein bißchen dicker wärst.«

»Wenn ich wieder zur Ruhe gekommen bin, Mutter, werde ich auch wieder zunehmen«, sagte Mei.

»So dünn wie ich bin, Mutter«, übersetzte ich für Mutter, »bin ich viel flinker und leichter. Warum soll ich unnötig viel Fleisch an mir herumschleppen?«

»Was du da redest. Seid sorgsam und haltet euch an die Regeln im Leben, dann werden aus euch noch edle Menschen. Ja, und ich hoffe, daß alles in Erfüllung geht, was ihr euch wünscht.«

So hatten wir die schwierige Aufgabe, Mutter gegenüberzutreten, hinter uns gebracht, ohne ihre Gefühle verletzt zu haben.

Anschließend ging unsere Reise nach Jepara.

Jepara. Die Stadt, die so oft in der Geschichte erwähnt wurde, lag nun still und verlassen da, als hätte sie in den vergangenen Zeiten nie eine wichtige Rolle gespielt. Selbst der Wohnsitz des Regenten sah wie der verlassene Unterschlupf eines Tigers aus. Es war nichts Interessantes zu sehen. Aber wir wußten, daß in diesen stillen Häusern Holz, Schildpatt und Horn mit Pfauenfedern zu kleinen schönen kostbaren Kunstgegenständen verarbeitet wurden. Das einzige Relikt aus der Vergangenheit, das wir zu sehen bekamen, war eine Festung. Man nannte sie Benteng Portugis, die Festung der Portugiesen.

Ich hatte vor langer Zeit von einem Dorf hier in der Gegend gehört, dessen Einwohner portugiesisches Blut hätten. Ihre Mädchen und Jungen sollten sehr hübsch sein, aber keiner von ihnen konnte lesen und schreiben, noch nicht einmal der Dorfälteste.

»Ja«, bedauerte das Mädchen, das wir besuchten. »Der Glanz der vergangenen Zeiten ist aus Jepara verschwunden. Jetzt ist es nur noch ein stilles Eckchen, das längst in Vergessenheit geraten ist.«

Sie empfing uns zusammen mit einer ihrer jüngeren Schwestern, die meist schweigend zuhörte und kaum das Wort ergriff.

Wir sprachen Holländisch, und wie schon so oft, mußte ich übersetzen.

»Ihr Holländisch ist sehr gut«, lobte sie mich. Ohne auf meine Reaktion zu warten, fuhr sie fort: »Ich bin jedem jungen einheimischen Mann dankbar, der eine Frau zu respektieren weiß. Sie gehören bestimmt dazu. Schade, daß ich noch keine Gelegenheit hatte, Ihren Brief zu beantworten.«

Sie war flink und sprach schnell.

»Sie müssen glücklich sein«, wandte sie sich an Mei, »als eine freie junge Frau.«

»Diese Freiheit, meine Freundin, ist das Ergebnis von sehr harter Arbeit und starken inneren Kämpfen.«

Das Mädchen aus Jepara meinte, daß es ihr klar sei, daß jeder Mensch diese Freiheit haben könnte, wenn er sich nur dafür einsetzen würde. Aber auch nur, solange es nicht auf Kosten der elterlichen Zuneigung ging. Was bedeutete schon Freiheit, wenn die Eltern, die uns geliebt und gehegt hatten, darunter leiden müßten? Dann hätte man das Leiden nur auf jemand anderen abgeschoben.

Ich hatte den Eindruck, daß sie mehr zu sich selbst sprach. Sie kämpfte darum, ihrer Gedanken so gut wie möglich Herr zu werden. Auch schien sie mir sehr einsam zu sein. Die Einsamkeit eines modernen Menschen, die Einsamkeit eines Individuums. Tragisch, aber nur von ihm selbst lösbar. Andere konnten höchstens einen Rat geben.

Als sie erfuhr, daß Mei ihre Eltern nie gekannt hatte und daß sie seit ihrer Kindheit Waise war, biß sie sich auf die Lippen und schaute weg. Alle wußten, daß sie ihren Vater sehr liebte und daß auch ihr Vater sie mehr liebte als ihre anderen Geschwister. Sie war seine Perle, sie hatte die Eltern, die Familie und den Namen berühmt gemacht. Sie hatte Leben in das Schnitzereigewerbe von Jepara gebracht. Aber sie war auch eine moderne Einheimische – eine von wenigen –, die selbständig dachte und sich von vielen alten Normen verabschiedet hatte. Ihre Gedanken wurden von ihrer Umgebung nicht immer verstanden, manchmal wurde ihnen sogar heftig widersprochen. Ihre Gedanken waren zwar frei, aber sie fühlte sich von ihrer Umgebung gefangen. Die Freiheit ihres Denkens wurde durch die väterliche Liebe begrenzt. Sie hatte nicht die Kraft, sich selbst von ihr zu befreien. Sie verkörperte die Tragödie der Übergangszeit. Sie war ein

Opfer des neuen Zeitalters. Sie litt genau so wie ihresgleichen unter der Unterdrückung durch die Männer.

»Wenn du frei wärst«, fragte Mei weiter, »was würdest du tun?«

Sie sagte, um sie herum wäre nur Elend, das die Folge von Dummheit und Unwissenheit war. Und über ihr seien Klugheit, Wissenschaft, Macht im Übermaß, die gerade dieses Elend verursachten und danach trachteten, das dem so bliebe.

»Das klingt ja sehr buddhistisch«, sagte Mei.

Lachend antwortete sie: »Das Elend ist keine Idee, sondern eine Folge. Das heißt aber nicht, daß keine Freude da ist. Wo Elend ist, ist auch Freude. Aber das Elend hier ist wie eine Art Gerüst, das Rückgrat des Lebens. Man spürt es nicht immer, wenn man es nicht besser weiß. Aber sobald man es durchschaut hat, leidet man noch mehr darunter, weil man nichts dagegen tun kann. Deshalb flüstern die Holländer so oft: Selig sind die Unwissenden, weil sie weniger leiden. Selig sind die Kinder, die noch kein Wissen brauchen, um verstehen zu können.«

»Nicht alle Kinder«, sagte Mei. Sie erzählte, daß sie eine harte Kindheit gehabt hatte, weil sie elterliche Liebe nicht gekannt, dafür aber viele Verpflichtungen und strengen Unterricht gehabt hatte und vor allem unter eiserner Disziplin erzogen worden war. »Ich glaube, die beste Zeit im Leben eines Menschen ist die Zeit, in der er die Freiheit, die er sich selbst erkämpft hat, nutzen kann.«

Das Mädchen sah Mei aufmerksam an und schien eifersüchtig zu sein in Anbetracht ihrer äußerlichen Mängel. Sie war mollig und etwa vier Zentimeter kleiner als Mei. Ihr Gesicht war rund, während Meis eher oval war.

Dann sagte sie: »Vielleicht ist das wahr. Wenn man die Freiheit erstmal hat, kann man auch frei über seine Mißerfolge klagen. Ohne diese Freiheit kann man nur im stillen klagen und dafür sorgen, daß die geliebten Menschen nichts davon erfahren. Aus Liebe.«

Ihre Stimme wurde immer herzzerreißender. Ich hielt es nicht länger aus, mit diesem außergewöhnlichen Mädchen zu sprechen, das nur ein Jahr älter war als ich. Ich konnte den Berg ihrer Leiden verstehen. Als ein moderner Mensch, als ein Mädchen, das gelernt hatte zu denken, sah sie nun ihr eigenes und das Leiden ihresgleichen und ihres Volkes. Ihre jüngeren Schwestern waren alle schon verheiratet.

Sie wurde übergangen und konnte nun zuschauen, wie ihre jüngeren Schwestern durch die Heirat frei wurden und in Erwartung ihrer Hochzeit nicht länger in der Wohnung eingeschlossen waren, eine Art Hochzeitsgeschenk der Königin, während sie weiterhin durch den Adat, durch die Liebe ihrer Eltern und durch ihren Zustand als alte Jungfrau in Gefangenschaft gehalten wurde.

»Sie hatten doch ein Angebot, in Holland weiterstudieren zu können?« fragte ich.

Ja, das sei nun kein Geheimnis mehr, sagte sie. Aber was könnte sie in Holland erreichen? Würde sie nicht noch mehr von der Realität abkommen, noch mehr der eigenen Umgebung entfremdet?

Sie wandte sich an Mei und erklärte, daß Mei und sie verschiedene Ausgangspunkte hätten. Sie hatte eine glückliche Kindheit, Mei nicht. Sie hätte bereits eine Idee entwickelt, um die Kindheit zur glücklichsten Zeit für jedes Kind ihres Volkes zu machen. Sie wolle sie unterrichten, sie erziehen … Sie stotterte fast vor innerer Aufregung und Nervosität. Die Nervosität eines modernen Menschen. Sie wollte den Kindern eine Grundlage geben, anhand derer sie später als Männer, durch objektive Betrachtung, Frauen respektieren konnten.

Sie hatte sich bereits Stichpunkte notiert, wie sie ihre Ideen verwirklichen könnte. Aber dann fügte sie hinzu, daß sie sich im klaren darüber sei, daß sie ohne Freiheit nichts erreichen konnte. Während es in Priangan, sagte sie, schon einer jungen Frau gelungen sei, eine Schule zu gründen, die ihren Träumen entsprach. Diese hieße Dewi Sartika. Sie würde versuchen, ihr zu schreiben. Wie es denn in China damit aussähe? Ob man dort auch schon damit begonnen habe?

»Ich glaube nicht«, antwortete Mei. »Aber es gibt immer mehr Lehrerinnen in China.«

»Warum denn nicht?«

»Die Intellektuellen unseres Landes meinen, daß es etwas Wichtigeres zu tun gäbe: die Freiheit Chinas als Ganzes zu erringen.«

Das Mädchen aus Jepara war erstaunt. Und ich verstand ihre Verwunderung. Die Intellektuellen in Ostindien wußten im allgemeinen nichts über China und die Chinesen. Der Unterricht in Geographie beschränkte sich auf die Namen der Provinzen und Städte sowie der großen Flüsse und der Grenzen. Ansonsten wurde gelehrt, daß China ein freies Land sei, wenn auch mit einigen Einschränkungen. Auch ich verstand erst mehr von diesem Land, seit ich öfter mit Mei zusammen war. Die Ausbildung der Kinder, so wie das Mädchen aus Jepara sich das vorgestellt hatte, wurde in Anbetracht des Ganzen als weniger dringend betrachtet. Zumindest, wenn Mei recht hatte.

»Ich meine, glückliche Kinder, auch glückliche Erwachsene würden sich inmitten eines Meeres von Unglücklichen wohl ein wenig fremd fühlen. Die Glücklichen würden ihr Glück entweder heucheln, oder sie wären wirklich glücklich darüber, so viele andere unglücklich zu sehen.«

»Ist es unmoralisch, glücklich zu sein?«

»Ich weiß nicht, was ich darauf antworten soll«, sagte Mei.

Das Mädchen aus Jepara schien nachzudenken und nickte kaum wahrnehmbar. Sie dachte viel nach und diskutierte gern mit anderen. Sie war sehr demokratisch und ließ auch Widerrede gelten. Sie meinte, daß auch andere ein Recht auf eine eigene Meinung hätten. Die Art, in der sie sprach, zeugte von großer innerer Unruhe, deren Grund ich nicht erkennen konnte.

Sie sagte außerdem, daß alles seinen Anfang habe. Und der Anfang sei nichts anderes als gute Ausbildung und Erziehung für die Kinder. Es sei eine Lebensweisheit, daß jede Mutter ihre Kinder gut erziehen sollte, nur manchmal seien sie sich dessen nicht bewußt. Deshalb bräuchten sich die Alten nicht einzumischen, wenn sie nicht mehr in der Lage seien zu helfen. Sie sah uns abwechselnd an und wartete auf Widerspruch oder Zustimmung oder beides zugleich.

»Das ist aber nicht alles, meine Freundin«, sagte Mei, »das ist nur eine von vielen Möglichkeiten. Auch die Erwachsenen und die Alten müssen eine Ausbildung und Erziehung bekommen. Man muß auch Geld auftreiben. Ohne das kann man höchstens fünf bis sechs Leute unterrichten, so daß man nicht mal in tausend Jahren damit fertig würde.« Ihr Gesicht strahlte. Ihre Blässe war verschwunden. »Wir haben da unsere eigenen Methoden.«

Ich übersetzte die Frage des Mädchens an Mei, die sie gleich beantwortete: »Eine Organisation, eine Vereinigung bilden. Viele Menschen, zig, hunderte oder sogar tausende, zusammen bilden sie einen unsichtbaren Riesen, mit einer Kraft, die größer und stärker ist als die Summe aller Mitglieder ...«

Ich übersetzte und übersetzte.

»… mit den Händen, Füßen und dem Weitblick, den Fähigkeiten und Widerstandskräften eines Riesen …«

Sie erzählten und erzählten, und ich übersetzte.

Was der Anfang aller Anfänge wäre, wenn nicht die Erziehung und Ausbildung? Gleichzeitig Lehrer und Schüler zu sein. Lieben und geliebt werden. Alles sei das Ergebnis eines Kampfes, der nicht immer nur von kurzer Dauer sei. Die traditionelle Liebe, die nicht auf die noch komplexere Zukunft gerichtet würde, sei auch ein Fehler, der beseitigt werden müßte. Und um die richtige Liebe zu erreichen, wäre auch wieder ein Kampf nötig, Mut und genaues Handeln. Es gäbe überall Liebe, auch unter den Tieren. Wie sollte ein Mensch ohne Liebe das Leben ertragen können?

Erneut hatte ich den Eindruck, daß das Mädchen gerade mit seinen eigenen Gefühlen und Gedanken kämpfte – die Tragödie eines modernen Menschen, der keinen Ausweg aus den Verwicklungen seiner eigenen Gedanken finden konnte. Auch tausend Götter könnten einen nicht davon befreien. Man mußte es schon selbst tun, stand irgendwo geschrieben. Die Götter waren nicht mehr so großzügig wie zu Zeiten unserer Vorfahren. Im modernen Zeitalter hatten die Menschen die Verantwortung selbst übernommen. Sie hatten sie den Göttern entrissen. Es gibt keinen *Deus ex machina* mehr wie in den Erzählungen der Vorfahren. Der moderne Mensch wird von seinen eigenen Gedanken getrieben, und er kann ihnen nicht mehr ausweichen, nachdem er die Verantwortung für sich selbst den Göttern aus der Hand gerissen hatte. Letztendlich sei die Liebe auch eine Materie, wenn auch abstrakt, und alle Materie hätte den Menschen zu gehorchen … es liege am Menschen selbst, von der Materie Gebrauch zu machen.

»Keiner meiner europäischen Freunde hat jemals so gesprochen«, sagte das Mädchen aus Jepara. »Deine Gedanken sind sehr unerbittlich.«

»Nicht unerbittlich, es ist nur eine Folge der Notwendigkeit: Alle Materie muß unserem Willen gehorchen, sowohl die konkrete als auch die abstrakte.«

»Es klingt wie die Unterwerfung der Naturgesetze.«

»Es ist nur ein Teil davon.«

Das Gespräch wurde immer ernster, und ich übersetzte weiter. Wie auch immer, ich hatte Respekt vor dieser Frau, die nur die Grundschule besucht hatte, doch von ihren hochfliegenden Gedanken gefangen gehalten wurde, ohne einen Ausgleich in ihrer Umgebung, gefangen von der Liebe ihrer Eltern. Und trotzdem hatten all ihre Gedanken ihren Ursprung in der Liebe zu allen Mitmenschen. Sie meinte, sie würde niemals aus diesem Gefängnis freikommen können und dies auch niemals versuchen. Es war wahrhaftig eine Tragödie. Eine so junge Frau, die ewig unter den eigenen Gedanken würde leiden müssen. Wenn sie einen Heiratsantrag bekäme, würde sie sich sehr schnell anders entscheiden können. Sie erlaubte sich aber nicht, aus dem Kreis der Liebe hinauszutreten, um in einen Kreis ohne Liebe einzutreten. Sie konnte sich nicht mit dem Schicksal der javanischen Frauen abfinden, die nichts anderes waren als der Besitz ihres Mannes. Sie widersetzte sich solchen Lebensformen und verlangte nach neuen Grundlagen. Sie wußte, was sie wollte, war aber nicht stark genug, es zu erreichen.

Ich tat besser daran, mich nicht einzumischen, obwohl das Problem nicht uninteressant war. Ja, es war sogar eines der vielen Probleme dieses modernen Zeitalters.

Plötzlich fragte das Mädchen aus Jepara, was Mei denn die ganze Zeit gemacht habe. Eigenartigerweise fragte Mei zurück, was sie denn die ganze Zeit gemacht hätte. Das Mädchen antwortete, daß es das in ihrer Situation Mögliche gemacht habe, und das war schreiben, für die Allgemeinheit und für sich. Danach lud sie Mei ein, eine Zeitlang als ihr Gast in Jepara zu bleiben.

»Das würde ich schrecklich gern, nur ist es im Augenblick nicht möglich.«

Sie fragte mich, wo ich denn arbeitete, und ich erwiderte, daß ich noch die Ärzteschule besuchte. Sie war froh, dies zu hören. Sie erzählte mir von ihrem Bruder, der in Europa sei, und empfahl mir, mit ihm zu korrespondieren.

Ich warf ein: »Ich habe Ihre Artikel in ›*Bintang Hindia*‹ und ›De Hollandsche Lelie‹ gelesen. Sehr interessant.«

Sie strahlte.

Mei sagte, daß ich ebenfalls schriebe.

»Ach ja? Für welche Zeitung denn?«

Sie reichte mir zum zweiten Mal die Hand. Sie sprach nicht über jenen Brief, den sie an einen ihrer Freunde geschrieben hatte, in dem sie über mein früheres Erlebnis berichtete. Auch ich tat so, als ob ich nicht davon wüßte.

»Werden wir nicht zu spät kommen?« fragte Mei plötzlich.

Das Mädchen aus Jepara war gerade in Hochform, als das Gespräch doch noch auf das Schreiben kam. Aber die Zeit erlaubte es wirklich nicht mehr. Zum Abschied schüttelten sich die beiden Mädchen herzlich die Hand. Und ich hörte sie leise sprechen: »Du hast Glück, meine Freundin, daß du das werden kannst, was du dir wünschst, und tun kannst, was du für richtig hältst, für dich und für dein Volk.«

»Ja, ich habe hart dafür kämpfen müssen«, antwortete Mei.

»Ja.«

Sie nahm auch von mir Abschied. Ich schaute in ihre Augen. Die Augen dieser Frau, die von der Liebe gefangen gehalten wurde, schrien nach einer anderen Liebe, die sie bisher nicht kennengelernt hatte.

Unsere Kutsche verließ Jepara und fuhr Richtung Mayong. Als wir schließlich im Zug nach Semarang saßen, sagte ich: »Sehr tragisch.«

»Sie könnte sehr viel erreichen, viel mehr, als sie denkt.«

»Schade«, flüsterte ich.

Danach fuhren wir weiter nach Bandung.

Mei war sehr froh über die Reise. Aber sie blieb mager und blaß. Sie litt an Blutarmut und war immer noch ein bißchen kränklich. Während der Fahrt plapperte sie ununterbrochen und bewunderte die Landschaft. Sie scheute sich nach wie vor, Malaiisch zu sprechen, obwohl ich immer wieder versucht hatte, damit anzufangen. Sie plapperte weiter, während ich sie nur schweigend ansah.

Ein Mädchen aus einem fernen Land folgte dem Verlobten in den Kampf. Ohne Familie. Groß geworden in einem Kloster. Und ich war verrückt nach ihr. Vielleicht liebte sie immer noch ihren früheren Geliebten oder dessen Seele. Vielleicht wartete sie die ganze Zeit auf meinen Heiratsantrag, um ihn sogleich abzulehnen. Und ich, ein

Mann, ein Bewunderer und Verehrer der Schönheit, der noch nie die Liebe gefühlt hatte, über die er schon so oft gehört und gelesen hatte, konnte nichts anderes tun, als sich in dieses Mädchen mit seiner ganz eigenen Art von Schönheit zu verlieben.

Hin und wieder versuchte ich zu erraten, was ich ihr bedeutete, meist jedoch ohne Erfolg. Ich hatte immer davon geträumt, ein freier Mensch zu sein. Sie aber hatte mich von Anfang an zurechtgewiesen. Sie selbst war ein einfaches Mädchen, voller Idealismus. Was hielt sie wohl von sich? Das wußte ich auch nicht. Sie würde sich wohl für hübsch halten, wie jede junge Frau es tat, wenn sie vor einem Spiegel stand, und die eigenen Mängel verleugnen. Wenn das der Fall wäre, hielte sie mich dann nur für einen Sklaven ihrer Schönheit?

Sie zog ihr Gesicht vom Fenster zurück.

»Du hast mich ja die ganze Zeit angeschaut«, sagte sie verlegen. »Woran denkst du denn gerade?«

»Ich dachte gerade darüber nach, was wäre, wenn du jetzt schon meine Frau wärst.«

»Du hast mir doch noch gar keinen Heiratsantrag gemacht«, wandte sie ein. »Das vor deiner Mutter …«

»Du wirst dich doch nicht über meinen Heiratsantrag lustig machen? Hier in einem Zug, Mei?«

Sie neigte ihren Kopf und spielte mit ihren Fingern auf dem Schoß. Selbst mit geschlossenen Augen wußte ich, daß sie versuchte, ihre Gefühle zu verbergen. Ich hatte schon gemerkt, daß solche Gespräche sie immer an die Vergangenheit erinnerten, an ihren verstorbenen Freund.

»Es gefällt dir doch in Ostindien, und du willst doch hier bleiben, oder?«

»Für mich ist es überall gleich. Wo meine Freunde sind, dort ist mein Land. Ohne Freunde wäre dies alles nicht zu ertragen. Auch im eigenen Land nicht.«

»Mei, willst du meine Frau werden?«

»Ich bin so dünn und kränklich. Alle sagen, daß ich zu dünn bin.«

»Ich werde dir ein guter Arzt sein.«

»In sechs, sieben Jahren?« sie sah mich an, dann setzte sie sich neben mich und flüsterte im Kampf gegen den Lärm des knarrenden Waggons: »Du wirst es bereuen, mich zu heiraten, Minke. Du wirst sehr viel Schwierigkeiten bekommen. Wie auch immer, wenn ich wieder gesund bin, möchte ich dir gerne helfen, so gut ich nur kann. Nur, meinst du, daß ich jemals wieder gesund werde?«

»Es geht dir schon viel besser als vor sechs Monaten.«

»Ich möchte deinen Heiratsantrag annehmen, Minke. Ich wäre sehr glücklich. Aber glaubst du, daß es möglich ist?«

»Du weißt doch, daß wir immer offen miteinander sind.«

»Denk noch mal darüber nach. Was bedeute ich für dich? Du wirst von deinem Volk mehr gebraucht als von mir. Schau dir diese Wälder an.«

»In diesem Augenblick hat kein einziger Baum in der Welt etwas mit uns zu tun.«

Ich hielt ihre schmalen Hände fest. Sie zitterten. Im Herzen hatte sie meinen Heiratsantrag schon angenommen, nur im Kopf vielleicht noch nicht.

Als sie sah, daß ich schwieg, fing sie an, wie eine Mutter zu reden, voller Liebe und Sorge: »In sechs oder sieben Jahren wirst du Arzt sein. Die Kranken deines Volkes werden zu dir kommen. Sie sind alle arm und können dich nicht bezahlen. Aber du hast ja nicht vor, reich zu werden. Somit wirst du auch ein Teil der Armut deines Volkes werden. Muß ich dich denn noch mehr belasten? Nein, ich glaube nicht. Du wirst dann auch viel besser verstehen, daß nicht nur der Körper deines Volkes durch Armut krank geworden ist, sondern auch seine Seele, allerdings durch eine andere Art von Armut, durch die Armut an Wissen und Kenntnissen. Und du wirst sie auch davon kurieren. Dank dir soll das Volk ein großes Volk werden. Wie kann ich dir denn dabei helfen? Ich bin sicher, du verstehst das.« Sie atmete tief durch. Dann fuhr sie fort: »Jetzt wirst du dich wahrscheinlich fragen: Was verbindet uns denn, wenn nicht die Zukunft?«

»Mei, wenn das so ist, dann bist du einverstanden, daß wir heiraten.«

»Du hast eine gute Mutter, Minke«, antwortete sie.

Und so wurde unsere Trauung vor einem Lebai, einem islamischen Geistlichen, vollzogen. Dies geschah außerhalb von Bandung, um neun Uhr morgens.

Wir bekamen ein herrliches Hochzeitsgeschenk: Die Buren in Südafrika hatten endlich gegen England verloren. Zehn Jahre lang hatten sie gegen die unbesiegbarste Armee auf der Welt gekämpft. Diese holländischen Bauern, die Buren, die zwei kleine Republiken gegründet hatten, die Republik Transvaal und die Republik Oranje Vrijstaat, hatten sich am Ende ergeben.

England besaß nun noch mehr Macht, noch mehr Kolonien.

Die Buren waren seinerzeit nach Südafrika ausgewandert, um ein neues, besseres Leben anzufangen. Dann kamen die Engländer. Die Buren flohen über dem Fluß Vaal und gründeten die beiden kleinen Republiken. Als sie in Transvaal dann Goldvorkommen entdeckten, beschlossen die Engländer zurückzukommen, und der Krieg war unabwendbar.

Gold! Hoffnung! Niederlage für die Kleinen und Schwachen. Sieg für die Großen und Starken.

»Alle Welt wurde durch die Engländer in Aufruhr gebracht, auch mein Land. Die Kaiserin Cixi konnte nicht dagegenhalten und arbeitete sogar mit ihnen zusammen. Nun hat ein neues Jahrhundert angefangen. Wir werden jetzt die Jahre zählen, in denen die Europäer noch die Macht über die Völker der Farbigen haben.«

Solche Worte hatte ich noch nie zuvor in meinem Leben gehört.

»Soviel Elend hat Europa dieser Welt schon gebracht.« Dann erzählte sie von Sir John Hawkins, einen Engländer, der als erster den Handel mit Sklaven aus Afrika in Amerika begonnen hatte. Vierzig Millionen Afrikaner waren in der Zeit danach in die Sklaverei verschleppt worden oder durch sie untergegangen.

Auch diese Geschichte kannte ich nicht. Ich hatte noch nie etwas darüber gelesen oder gehört, weder in der Schule noch sonstwo.

5

Als wir wieder in Batavia waren, wurde Mei langsam gesund. Ihre Blässe verschwand. Und als Ehefrau eines Einheimischen bekam sie wegen der Wohnung keine Schwierigkeiten mehr.

Mit Ibu Badrun verstand sie sich immer besser, obwohl zwischen den beiden eine Kluft von Nationalität, Glauben, Adat und Sprache bestand. Mei versuchte, so gut sie konnte, sich anzupassen.

Ibu Badrun verbat ihr, in der Küche zu arbeiten. So beschäftigte sie sich mit anderen einfachen Tätigkeiten im Hause. Ibu Badrun wollte, daß meine Frau gesund, dick und strahlend wurde. So behandelte sie Mei wie ihre eigene Tochter.

Mei schien sich nicht so viel aus ihrer Gesundheit zu machen. Übereifrig lernte sie Malaiisch, sogar mit dem Akzent von Batavia. Sie machte gute Fortschritte. Aber dann kam die alte Krankheit wieder: die Unzufriedenheit, von anderen abhängig zu sein, selbst wenn es der eigene Ehemann war. An einigen Tagen in der Woche gab sie vormittags Kindern von reichen Chinesen in der Umgebung von Kramat Privatunterricht in Mandarin-chinesisch und Englisch. Wenn ich abends aus dem Büro des Anzeigenblattes zurückkam, saß sie meist wartend da und las in einem Buch, von dem ich kein einziges Wort verstand. Danach saßen wir zusammen und plauderten über die Geschehnisse des Tages oder über etwas, was sie eben gelernt hatte. An solchen Abenden lernte ich viel über China.

Ich erfuhr nun die Hintergründe, warum sie nach Ostindien gekommen war, auch wenn sie sich selbst nicht direkt mit dem in Verbindung brachte, was sie erzählte. Sie und ihr Verlobter waren – meiner Meinung nach – tatsächlich aus China geflüchtet, nachdem der Aufstand von Yi He Quan einige Jahre zuvor niedergeschlagen worden war. Er wurde von der Kaiserin Cixi mit Hilfe der westlichen Handlanger in China unterdrückt. Und obwohl der Aufstand mißlungen war, blieben die Organisationen am Leben und waren nach wie vor gegen die *Qing*-Dynastie. Sie war Mitglied einer dieser Geheimorganisationen, die den Aufstand mitgetragen hatten. Ich wußte aber nicht welcher. Sie hatte einmal einige Namen genannt, die ich aber nur schwer behalten konnte. Damit sie nicht mißtrauisch wurde, hatte ich nie gefragt, wie man sie schrieb. Wenn ich sie notierte, dann hießen sie ungefähr: Pai Lian Chiao oder der Weiße Lotus, Siao Tao Hui oder die Vereinigung der kleinen Messer, Ke Lao Hui oder die Vereinigung der älteren Brüder, und viele andere mehr, die ich mir nicht merken konnte. Dem Namen nach könnte sie ein Mitglied des Weißen Lotus oder Pai Lian Chiaos sein, weil der am besten zu ihr paßte.

Sie hatte auch einmal vage erwähnt, daß die stärkste geheime Vereinigung auf Java die der Thong wäre. Eine Organisation, deren Anführer nach dem mißlungenen *Tai Ping*-Aufstand gegen die Qing-Dynastie geflüchtet waren. Mitte des letzten Jahrhunderts. Offensichtlich mochten die Thong die neuen Flüchtlinge nach dem Aufstand Yi He Quan nicht, am wenigsten die des weißen Lotus, die nicht nur die Qing-Dynastie stürzen wollten, sondern auch ein neues China in Form einer Republik forderten.

Aus ihrer Geschichte – oder besser gesagt aus ihren Bemerkungen – schloß ich, daß es in China momentan brodelte, alles instabil war. Anders als Japan, das immer stärker und prachtvoller wurde. Und wenn ich mir mein eigenes Land ansah, dann konnte ich die Stabilität in Ostindien sehen – die Stabilität der holländischen Macht.

Ihre Geschichten waren immer großartig, in Form und Inhalt. Deshalb schämte ich mich immer ein wenig, wenn sie mich danach fragte, was ich denn gelesen oder in der Schule erfahren hatte. Aber ihr überhaupt nichts zu erzählen, wäre auch falsch gewesen. So erzählte ich ihr von Diwan, einem Dauerpatienten in unserem Krankenhaus. Er war Patient und gleichzeitig Gefangener. Er lebte in einer Zelle, weil er als Bedrohung für die Gesellschaft angesehen wurde. Er litt an Satyriasis, Gonorrhöe und Syphilis. Außerdem hatte er einhundertneunzehn Vergewaltigungen auf dem Kerbholz; von einundfünfzig Menschen und ansonsten Tieren.

Sie schauderte, als sie das hörte. Ich wartete auf ihre Frage, was Satyriasis sei. Aber sie fragte nicht.

»Was hatte er für einen Beruf?«

»Er war Altwarenhändler.«

»Was für eine Ausbildung hatte er?«

»Er ist Analphabet.«

»Wenn er studiert hätte, wäre er bestimmt noch gefährlicher. Erinnerst du dich an das, was das Mädchen aus Jepara über das Gerüst des Lebens gesagt hat? Solche Geschichten wären viel interessanter als Satyriasis und Geschlechtskrankheiten.«

»Aber das ist die Geschichte eines künftigen Arztes. Diwan hat jetzt auch noch Hämorrhoiden.«

»Was ist denn daran so wichtig?«

»Es ist wichtig, Mei. Seinetwegen werden wir unsere Prüfung bestehen oder sitzenbleiben.«

»Ach, du.«

»Deshalb ist es auch wichtig, daß du die Geschichte anhörst, die nicht zur Grundlage des Lebens gehört. In der Symptomatologieprüfung wird er immer als Patient genommen. Ein Student kann durchfallen, wenn er vorher nicht nett zu ihm war und ihm Essen oder Geld zugesteckt hat. Er würde so tun, als ob er eine andere Krankheit hätte, und die Diagnose wäre falsch.«

»Aber sie kennen doch schon alle seine Krankheiten?«

»Er hat noch eine ganze Schubkarre voll anderer Krankheiten.«

»Ich mag lieber Geschichten über Menschen mit gesundem Verstand. Auch wenn sie körperlich so krank wären wie ich.«

»Aber vergiß nicht, daß es auf dieser Welt sehr viele Kranke gibt, Mei.«

»Entschuldige, natürlich muß man die Kranken heilen. Aber einen Zerstörer der Gesellschaft und des Lebens braucht man doch nicht zu heilen, nur damit er sein Tun wieder aufnehmen kann. Eine defekte Lebensgrundlage zu kurieren oder auszutauschen, wäre wohl wichtiger, als einen kranken Menschen zu heilen.«

»Was wird dann aus den Patienten? Wer wird sich dann um sie kümmern?«

Sie lachte.

»Warum lachst du, Mei?«

»Das ist eine Sache für andere Ärzte. Mein Mann wird mehr tun, als nur den kranken Körper heilen, denn er wird auch die verkommene Grundlage des Lebens heilen. Du wirst immer an die Worte des Mädchens aus Jepara denken müssen.«

Und so wurde es mir langsam klar, daß ihre Geschichten über Tai Ping, Yi He Quan, über die Vereinigung des weißen Lotus, des kleinen Messers und der älteren Brüder, über die Thong und alles andere das Ziel hatten, mir die Grundlage des Lebens zu zeigen.

Wenn ich um neun Uhr abends ins Internat zurückging, begleitete sie mich bis zum Tor. Sie blieb dann dort stehen, bis Ibu Badrun sie rief: »Bleib nicht zu lange draußen«, erst dann ging sie hinein.

Wenn ich sah, daß sie nicht mehr dort stand, beschleunigte ich meine Schritte.

1904 war ein wichtiges Jahr in unserem Leben.

Wie könnte man es nicht wichtig nennen? Wie ein Blitz aus heiterem Himmel kam eines Tages ein Brief für mich, adressiert an die Schule. Auch die Angestellten und Studenten der Schule waren in Aufruhr: Ich hatte eine Einladung vom Algemeene Secretarie, dem Sekretariat des Generalgouverneurs, bekommen, um beim Empfang zur Ernennung von General van Heutsz zum neuen Generalgouverneur von Ostindien, als Nachfolger von Rooseboom, dabei zu sein.

Nur wegen dieses einen Briefes sahen mich die Leute nun mit anderen Augen an: respektvoll, verwundert und erstaunt. Der Direktor und die Lehrer drängten, daß ich mich angemessen kleidete, um so unsere Schule in den Augen der Gesellschaft in Ehren zu halten.

An dem bewußten Abend ging ich mit meiner Frau zum Rijswijk-Palast. Ibu Badrun hatte meine Frau javanisch eingekleidet. Auch ich trug javanische Kleidung, so wie es in der Einladung gestanden hatte; jeder sollte in der Tracht seines Volkes kommen.

Bevor wir losfuhren, bewunderte Ibu Badrun immer wieder meine Frau. Sie konnte sich aber nicht genug darüber auslassen, daß Mei keine Löcher in den Ohren hatte, so daß sie keine Ohrringe tragen konnte.

Auf dem Vorhof des Palastes standen die Geladenen, alle in Schwarz, in Reih und Glied: die Residenten und Resident-Assistenten, die Sultane, die Regenten, die Direktoren aller Ministerien, die Administratoren der Plantagen und Import-Export-Unternehmen, die Konsuln. Und unter all diesen Prominenten standen meine Frau und ich. Wer würde sich da nicht wundern! Ich … ein Prominenter.

Einer nach dem anderen wurde nun namentlich aufgerufen. Sie stiegen dann die Palasttreppe hinauf, während die Adjutanten des Generalgouverneurs weitere Namen aufriefen. Nur die Konsuln und die Residenten wurden nicht aufgerufen. Sie bildeten die erste Gruppe, die hineinging. Danach kamen die Regenten an die Reihe. Einer nach dem anderen wurden sie aufgerufen, und endlich kam der dran, auf den ich die ganze Zeit gewartet hatte: mein Vater. Er trat aus der Gruppe hervor, leicht und aufrecht, wie wenn er auf Wolken ginge. An seinem Rücken stak, für jeden sichtbar, der *Keris* in seinem edelsteingeschmückten Gürtel. Mit der linken Hand hielt er seinen *Kain* hoch. Die Brillanten am Griff seines Keris glänzten, die anderen Regenten herausfordernd. An seinem Gürtel glänzten neun Arten von Edelsteinen. Er lief mit eleganten Bewegungen die Marmortreppe hinauf, den Blick direkt auf die Empfangshalle des Palasts gerichtet.

»Mein Vater«, flüsterte ich Mei zu.

»Wie soll ich mich verhalten, wenn ich vor ihm stehe?«

»Hoffentlich passiert das nicht, Mei.«

»Das ist nicht gerade die richtige Einstellung.«

»Ich mag einfach keine Patriarchen, wer sie auch sind.«

»Aber er ist doch dein Vater.«

»Du hast nie einen Vater gehabt, Mei.«

Mein Name wurde aufgerufen, und wir stiegen die Treppe hinauf. Der jüngste der Geladenen mit seiner Frau, die Mandelaugen und eine Haut wie Marmor hatte, ganz in Schwarz. So, wie sie neben mir ging, zog sie gleich die allgemeine Aufmerksamkeit auf sich. Wer ahnte, daß sie illegal nach Ostindien gekommen war!

Die prominenten Damen und Herren um uns trugen auch alle Schwarz. Die Frauen hielten Fächer aus Sandelholz in ihren Händen, aus Pfauenfedern, aus japanischem Papier mit goldenen und silbernen Bildern darauf, aus Silber mit Edelsteinen verziert oder aus Seide. Alle glänzten und glitzerten, auch meine Frau. Der Raum selbst war durch die elektrischen Lampen heller als der Tag. Nirgendwo war ein Schatten zu sehen. Die Luft war voll von Düften aus aller Welt, vor allem aus Paris. Sie hatten all ihre Schmuckstücke aus der Verwahrung herausgeholt. Nun glitzerten sie noch auffälliger auf dem schwarzen Hintergrund.

Mitten unter all diesen Prominenten aus Ostindien sah sich ein Mann unruhig um. Mein Vater. Er hätte an diesem Abend die Gruppe der Regenten wahrscheinlich gern verlassen, als er hörte, wie der Name seines Sohnes aufgerufen wurde. Er wollte sich wohl vergewissern, ob er sich nicht verhört hatte. Jener Sohn, von dem er so wenig hielt, wurde mit den gleichen Ehren empfangen wie er selbst, wie ein Fürst.

Er konnte es nicht verstehen. Ich übrigens auch nicht.

Bevor wir losgefahren waren, hatte ich meiner Frau zugeflüstert: »Wir begeben uns in die Höhle des Löwen.«

Als sie hörte, in welch erlauchte Kreise wir gebeten worden waren, hatte sie gelacht: »Einem Empfang des Mannes beizuwohnen, der dein Volk dauernd erniedrigt, kann nicht schaden. Laß uns hingehen.«

Nun waren wir in der Höhle der Löwen. Und all die schwarz Gekleideten waren die Löwen. Wir waren nur Zuschauer, lebende Zeugen.

»Warst du jemals bei so einem großen Empfang dabei?«

Sie schüttelte den Kopf. Sie sah so hübsch und so frisch aus, wie eine aufgehende Blume. Ich war stolz, daß so viele Blicke auf sie gerichtet waren. Sie schien aber daran gewöhnt zu sein. Sie fühlte sich nicht fremd und verhielt sich ganz normal.

Es ist nicht nötig, einen offiziellen Empfang, sei er groß oder klein, zu beschreiben. Sie sind überall gleich, eine Ansprache nach der anderen, ein Wort des Willkommens, Hände schütteln, offizielle Fotos, viele Hurras, alkoholische Getränke, Gelächter, übertriebener Luxus.

Nur diesmal war es ein bißchen anders. Als ich dem neuen Generalgouverneur die Hand schüttelte, schien er mich noch zu kennen.

»Ach, Herr Minke«, sagte er, als sei er nicht der höchste Beamte und Stellvertreter der Königin in Ostindien. »Der Schnurrbart steht Ihnen gut. Es ist schade, daß wir uns so lange nicht gesehen haben. Sie haben doch nichts dagegen, wenn wir uns irgendwann einmal miteinander unterhalten?«

»Natürlich nicht, Exzellenz«, antwortete ich. »Darf ich Ihnen meine Frau vorstellen?«

Er reichte ihr die Hand.

»Sie haben einen sehr guten Geschmack. Meine Glückwünsche«, sagte er.

»Herzlichen Glückwunsch zu Ihrer Ernennung«, sagte Mei auf englisch.

»Danke schön. Vielen Dank.«

Durch das Gespräch war die Reihe hinter uns zum Stillstand gekommen. Vor mir sah ich meinen Vater, der uns aufmerksam beobachtete. Er würde uns vielleicht beschimpfen, weil wir uns vor einem Generalgouverneur nicht verbeugt hatten. Dem General und Gewinner des Aceh-Krieges. Wir hatten uns sogar getraut, mit ihm zu lachen, wie mit einem alten Bekannten.

Nach den Glückwünschen wurde die Zusammenkunft etwas ungezwungener. So konnte Vater sich zu uns gesellen.

Wir saßen in der Nähe einer Säule, die mit Schleifen in den drei Farben der holländischen Flagge geschmückt waren. Mei schaute sich um. Es waren keine Bekannten von uns unter den Prominenten. Wir gehörten in der Tat noch nicht zur Gruppe der Wildtiere. Da geschah, was ich befürchtet hatte: Vater kam zu uns.

Ich begrüßte ihn ehrerbietig, was er wohlwollend zur Kenntnis nahm.

»Und das hier ist meine Frau, Ihre Schwiegertochter«, stellte ich Mei vor.

Meine Frau faltete zur Begrüßung ihre Hände vor der Brust.

»Warum besucht ihr nicht Mutter in B.?« fragte er Mei.

»Ich befolge nur, was mein Mann mir sagt«, übersetzte ich ihre Antwort.

»Was ist das für eine Sprache, mein Sohn?«

»Englisch, Vater.«

»Gott ist mächtig, eine Schwiegertochter, die Englisch spricht!« und zu mir: »Was sucht du dir doch immer für merkwürdige Frauen.«

Das Ergebnis war, daß wir nach dem Fest zusammen in einem Wagen zu seinem Hotel fuhren, dem »Hotel des Indes«. Er war überaus freundlich und stellte meiner Frau sehr viele Fragen. Er gab jemandem den Befehl, uns nach Hause zu bringen, und bestellte uns für den nächsten Morgen wieder zu sich. Er versprach, uns einen Wagen zu schicken. Er schien mich nunmehr als seinesgleichen zu akzeptieren, als hätte es den Menschen, dessen Tyrannei mein Herz vernarbt hatte, nie gegeben.

Mir war wohl bewußt, daß dies alles nur kam, weil ich vom Allgemeene Secretarie eingeladen worden war.

Am nächsten Tag ging Mei alleine zu ihm. Während der Arbeit im Büro des Anzeigenblattes stellte ich mir die Szene vor: zwei Menschen, die sich nicht miteinander verständigen konnten. Ich genoß dieses Bild und lachte darüber. Sie würden wahrscheinlich die ganze Zeit vor sich hin murmeln, die Köpfe schütteln und einander angrinsen. Vielleicht wäre Vater auch klug genug, einen Übersetzer aus dem Hotel zu nehmen. Aber so eine Idee wäre ihm bestimmt nie gekommen.

Als ich bei Ibu Badrun ankam, erwartete mich etwas ganz anderes: Dort saß Vater in Zivil. Ibu Badrun war in der Küche beschäftigt und bereitete gerade das Essen zu. Sie hatte, um den Regenten zu ehren, nicht weniger als drei Hühner geschlachtet. Mei leistete Vater Gesellschaft und war im Übermaß mit Schmuck behängt. Sicher hatte Vater ihn für sie im Schmuckgeschäft des Hotels gekauft. Es waren keine einfachen Schmuckstücke. Sie waren ganz im Stil javanischer Edelmänner, die jemandem ihre Gunst erweisen wollten. Es war ihm gleichgültig, ob er später seine Schulden in Raten und mit viel Mühe abzahlen mußte. Hauptsache, sein Ansehen war weithin ersichtlich.

Vater empfing mich wie seinesgleichen. Er verlangte nicht von mir, auf dem Boden zu sitzen. Wir saßen alle drei auf Stühlen. Er war ungewöhnlich freundlich, vielleicht weil er stolz darauf war, daß auch wir eine Einladung zum Empfang erhalten hatten. Er würde es bestimmt überall herumerzählen: Noch nicht mal Regent und schon so geehrt. Er durfte mit van Heutsz reden und lachen. Keinem seiner Söhne war jemals so eine Ehre erwiesen worden, von den Schwiegertöchtern ganz zu schweigen.

Er war nicht beleidigt, auf gleicher Höhe mit uns sitzen zu müssen. Mei war die Erste, der diese Ehre zuteil wurde. Zum ersten Mal fühlte sich Vater nicht erniedrigt, wenn man sich nicht vor ihm verneigte. Vielleicht ahnte er schon, daß zu Zeiten seiner Enkel das Ritual der Verbeugung von dieser Erde und aus Java verschwunden sein würde. Nur Menschen, die in ihren Herzen noch Sklaven waren, würden daran festhalten.

Er fragte nach Meis Herkunft.

»Sie wurde in diese Welt geboren, ohne ihre Eltern zu kennen.« –

Er nahm dies wie eine Offenbarung auf – »Sie wurde in einem Waisenhaus in Shanghai erzogen. Sie hat die pädagogische Hochschule absolviert und kam nach Java, um mich zu suchen.«

»Ihr kanntet euch also schon aus Briefen?«

»So ist es, Vater.«

»Mir scheint, daß das Meer heutzutage kein Hindernis mehr darstellt für die Zusammenkunft zweier Menschen. Es ist eine andere Zeit«, sagte er, und zu Mei: »Wann kommt ihr nach B.? Ich und Mutter werden ein großes Hochzeitsfest für euch arrangieren.«

»Ich glaube, das ist nicht nötig, Vater.«

»Es wird ein noch größeres Fest als bei der Ernennung eines Regenten sein.«

Anscheinend wollte er all seine Ungerechtigkeiten mir gegenüber wiedergutmachen, indem er sich bei anderen in noch größere Schulden stürzte. Ach, wie leicht waren doch diese javanischen Edelmänner zu durchschauen!

»Tausend Dank, Vater.«

»Bereut ihr denn nicht, daß ihr sie nicht gefeiert habt?«

»Es geht nicht darum, Vater. Die Situation erlaubt es nun mal nicht. Ich bin mit meiner Arbeit und der Schule beschäftigt, und meine Frau kann ihre Schüler nicht im Stich lassen.«

»Beide arbeiten und studieren! Wozu lernt und arbeitet eine Frau, wenn sie schon verheiratet ist? Es schmälert doch deine Ehre als Mann, wenn deine Frau auch arbeiten muß.«

Nun wurde es schwierig. Wir antworteten nicht.

»Nur bei den Bauern im Dorf arbeiten Männer und Frauen. Oder bei den kleinen Kaufleuten. Doch ein Bauer oder ein Kaufmann bekommt niemals eine Einladung von seiner Exzellenz, dem Generalgouverneur. Ihr räumt der Ehre nicht den richtigen Stellenwert ein.«

Als sie sah, daß die Stimmung umschlug, entschuldigte sich Mei, um Ibu Badrun in der Küche zu helfen. So bekam der Patriarch Gelegenheit, sich als König aufzuführen.

»Ihre Worte haben meine Frau beleidigt«, sagte ich drohend.

Er schien sich wieder im Griff zu haben, er saß in sich gekehrt, schob sein Kopftuch zurecht und flüsterte dann: »Das kommt davon, wenn man keine javanische Frau heiratet.«

»Jetzt haben Sie auch mich gekränkt.«

»Dich?«

Er sah sich um, aber da war nichts, kein Mensch, der ihn hätte unterstützen können. Er war ein Fremder in dieser Umgebung.

»Habt ihr deswegen nicht erzählt, daß ihr geheiratet habt?«

»Wir beide heirateten um unserer Selbst willen«, sagte ich kurz. »Ob es gut oder schlecht war, wir werden die Verantwortung tragen. Wir mischen uns nicht in anderer Leute Angelegenheiten und wollen auch nicht, daß andere sich in unsere Angelegenheiten einmischen.«

Er hatte sichtlich Mühe, sich länger zu beherrschen. Seine Freundlichkeit verschwand. Und als er sah, daß ich nichts mehr zu sagen hatte, sprach er leise: »Wenn das also euer Wunsch ist, gut, dann macht, was ihr wollt. Eltern können nur für die Sicherheit, das Glück und den Frieden ihrer Kinder beten, mehr nicht.«

Das Abendessen verlief schweigend. Es wurde auch danach kein Wort mehr gesprochen. Vater ging zurück in sein Hotel, zweifellos mit gemischten Gefühlen. Es war das erste Mal, daß ich sein Patriarchat nicht anerkannt hatte.

Das war nicht das einzige wichtige Ereignis im Jahre 1904.

Die Ernennung von van Heutsz zum Generalgouverneur hatte die unabhängigen Staaten in den Nischen von Ostindien beunruhigt. Der Krieg würde auch auf diese Nischen übergreifen. Das war nicht schwer vorauszusehen. Viele Einwohner dieser freien Staaten verließen diese sogar und flüchteten in die Gebiete Ostindiens, die bereits von Holland beherrscht wurden, nur, um sich von der Pflicht zu drücken, ihr eigenes Land gegen einen übermächtigen Gegner verteidigen zu müssen.

Van Heutsz und die ganze Armee Ostindiens hatten wohl begriffen, daß diese kleinen Staaten Angst vor ihren Gewehren und Kanonen hatten. Doch wollte er vorläufig keine Gewalt anwenden und unternahm nichts. Sicherlich nicht, weil diese Staaten ihre ganzen zweiundsiebzig Kanonen gegen ihn gerichtet hatten, sondern weil er seine Gutmütigkeit und Menschlichkeit beweisen wollte: Er verbot die Witwenverbrennung auf Bali. Frauen durften nicht länger lebendig verbrannt werden, um der Seele ihres verstorbenen Mannes in die Ewigkeit zu folgen. Er wurde dafür in den höchsten Tönen gelobt, vor allem in Europa. Die Abschaffung der Sklaverei wurde vom Gouvernement ebenfalls demonstrativ durchgeführt.

Gerüchte, deren Ursprung man nicht genau kannte, besagten, daß diese Maßnahmen nur ergriffen worden waren, um eine militärische Aktion zu decken, die sicherlich sehr blutig verlaufen würde. Man wartete und war sich sicher, der Krieg würde kommen. Es gab bestimmt Gründe dafür, daß ausgerechnet ein General zum Generalgouverneur ernannt wurde – höchster Machtträger Ostindiens, Stellvertreter des Königreichs der Niederlande. In Südafrika waren die kleinen Republiken Transvaal und Oranje Vrijstaat dem britischen Imperium einverleibt worden. Warum sollte Holland diesem Beispiel nicht folgen?

Aber vorläufig passierte erst mal gar nichts. Die Drohungen Japans und Rußlands hatten Ostindien mehr erschreckt als man gedacht hatte. Deutschland, Frankreich, England, Rußland und Japan hatten alle ein Auge auf die Kohlegruben in Sabang, Nord-Sumatra, geworfen. Van Heutsz würde keinen einzigen Schuß abfeuern, solange die Kanonen auf den Schiffen der konkurrierenden europäischen Staaten jederzeit Ostindien in Brand setzen konnten. Das war die »Sabang-Politik«, sagte man, deshalb war ein General zum Generalgouverneur ernannt worden. Sabang als Devisenbringer durfte nicht auf Kosten von ganz Ostindien verteidigt werden.

Die militärische Aktion blieb aus. Dafür kam etwas anderes: die Durchführung eines Propagandapunktes der Liberalen im Bereich der *Ethischen Politik*: die Umsiedelung.

All diese Gerüchte entnahm ich dem Anzeigenblatt. Eines Nachmittags kam ein Pfarrer in weißem Talar, zusammen mit einem Mann, der ein rot verbranntes Gesicht hatte. Das Kreuz an der Brust des Pfarrers schien seinen Bart zu stützen. Beide waren Europäer. Sie nahmen gleich Platz und setzten, ohne auf irgendjemanden zu achten, ihre Auseinandersetzung fort. Auf deutsch.

»Unmöglich, mein Herr«, erwiderte der Pfarrer. »Van Heutsz ist ein Soldat. In seinem Schädel gibt es nur Waffen, und das bißchen Hirn, was da sonst noch Platz hat, setzt er dafür ein, mit ihnen zu töten.«

Der Herr mit dem nachlässig geknöpften weißen Hemd und der weißen Hose drückte seine Zigarre im Aschenbecher aus und sagte: »Gerade weil er so wenig Hirn hat, fürchtet er den Mörder, der noch schlimmer ist als er selbst. Wie viele Kriegsschiffe hat Ostindien? All ihre Schrauben und Muttern sind schon locker. Und wie viele Kriegsschiffe hat Holland? Selbst wenn es Hundert mehr wären, könnten sie Ostindien aus zehntausend Meilen Entfernung nicht retten.«

»Aber Holland ist doch Englands Verbündeter! Der Herrscher der Meere!«

»Sobald van Heutsz auch nur eine Kugel auf die kleinen Staaten abschießt, Herr Pfarrer, wird einer der konkurrierenden Staaten kommen und diesem Kleinstaat helfen. Er wird keinen Schuß abfeuern, bevor nicht der Krieg zwischen Rußland und Japan losbricht. Alle Mörder haben Angst vor den noch schlimmeren ihrer Art.«

Mein Chef gab mir ein Zeichen. Ich ging zu ihnen und fragte sie in meinem gebrochenen Deutsch, ob ich ihnen helfen könnte. Sie verstummten augenblicklich und gingen, ohne sich zu verabschieden.

Nachdem er die Übersetzung des Gesprächs angehört hatte, wiederholte mein Chef, was er schon so oft gesagt hatte: »Sorge dafür, daß alle Kunden es begreifen: Es wird keinen Krieg geben! All den Deutschen, Belgiern, Schweizern oder Engländern, die ihre Plantagen oder Minen verkaufen wollen. Es wird keinen Krieg geben! Auch mit der Unterstützung von den Liberalen und den Ethikern wird van Heutsz Ostindien nicht auf Spiel setzen.«

Eine Botschaft, die ich jedem Kunden vorsingen sollte.

Krieg oder nicht? Jede Woche hieß es: Umsiedelung. Immer wieder Umsiedelung. Umsiedelung javanischer Bauern – eine Kaste, die nur noch Grünzeug aß und keinen Nutzen mehr für die Kasten der Fleischesser hatte. Bei den Tieren bleiben die pflanzenfressenden nach wie vor Futter für die fleischfressenden. Aber in der Welt der Menschen? Die Menschen hatten Kultur. Sie würden sich nicht alles auf einmal schnappen. Man konnte sich freikaufen, auch in Raten. Und so versprach van Heutsz den Emigranten: Für alles würde gesorgt: Transport, Arbeitsgeräte, Küchengeräte und Verpflegung für sechs Monate. Die Schulden könne man in Raten abbezahlen, in Übereinstimmung mit dem Geist der menschlichen Zivilisation. In den Dörfern wurde fleißig Propaganda betrieben, aber nur wenige

Bauern konnten sich von ihrer Scholle losreißen. Denn die Erde, so besagte ein Sprichwort, war für die javanischen Bauern mit einer bindenden mystischen Kraft geladen, selbst wenn die Erde ihnen gar nicht mehr gehörte. Jene, die sich losrissen, gehörten zu der Gruppe von Pflanzenfressern, die kein Blatt mehr finden konnten, da kein Segen mehr auf ihrer eigenen Erde lag.

Zucker! ereiferte sich Ter Haar in einem seiner Briefe. *Zucker braucht Land. Zucker vereint die Menschen, die nach Lampung gebracht worden sind, um dort den Mangel an Bewohnern und Lebensmitteln zu beheben, die man dort braucht, um die Sundastraße zu schützen. Aber glaube bloß nicht, daß van Heutsz von selbst auf die Idee gekommen wäre. Zucker verstärkt somit die nördliche Verteidigungslinie. Denn aus dem Norden kommt alles, was stärker ist.*

Herr Kaarsten hielt mir zum wiederholten Male vor: »Es gibt keinen General, der Aceh unterwerfen kann, außer van Heutsz. Der Mann mit dem Herzen aus Stahl kann alles erreichen, was er will. Selbst ein Tiger würde vor Angst seine Barthaare verlieren, wenn er vor ihm stünde. Schauen Sie mal diese Umsiedelung an. Hat er jemals die Leute dazu gezwungen? Ja, er hat manchmal ein weiches Herz, wie ein Schaf. Er empfand Mitleid, als er sah, daß die Bauern kein eigenes Grundstück und kein geregeltes Einkommen hatten. Und nun? Jetzt dürfen sie soviel Wald roden, wie sie nur können, das Grundstück gehört dann ihnen, sie erhalten sogar noch Kapital dazu.«

»Er ist in der Tat großzügig. Aber wem gehört denn der Wald?«

»Dem Staat natürlich. Ja, Herr Minke, nun werden die Entscheidungen nicht mehr durch Waffen allein erzwungen. Nicht durch *Pasopati* und auch nicht durch *Rujakpolo*, sondern durch Genies, die sie geschickt bedienen können. Auch Sie, wenn Sie Waffen besäßen und sie geschickt anwendeten, könnten in dieser Welt bestimmen. Jeder kann das, sogar eine Katze.«

»Eine Katze?«

»Oder ein Leguan. Man muß die Waffen noch nicht einmal selbst besitzen. Man bekommt sie auch auf Kredit.«

Noch in diesem Jahr, berichtete Herr Kaarsten, würde van Heutsz versuchen, auch den zweiten Slogan der liberalen Ethischen Gruppe in die Tat umzusetzen: die Erziehung. Er wolle Grundschulen für die Dorfkinder errichten. Er tue wirklich alles, um die Unterstützung der *Vrijzinnig Demokratische Partij* zu bekommen.

Der Krieg zwischen Rußland und Japan brach aus. Die *Tsushimastraße* wurde Zeuge vom Untergang der russischen Flotte. Japan gewann auf dem Meer die Oberhand. Die Verbündeten beider Parteien mischten sich nicht ein. Und die Kohlegruben in Sabang konnten frei von jeglicher Bedrohung wieder Devisen einbringen.

Bevor ich das alles hatte verarbeiten und meine Schlußfolgerungen daraus ziehen können, geschah wieder etwas Neues. In der Schule hatten sie etwas Neues in den Lehrplan aufgenommen: einen allgemeinen »Vortrag« durch Außenstehende, und jeder Interessierte war willkommen. Jeder hatte das Recht, seine Meinung zu sagen, Anregungen zu geben und Kritik zu üben.

»Eine Demonstration der Demokratie«, sagte ich zu Mei, als ich sie fragte, ob sie mitkommen wolle. Ich verstand schon ein wenig, was es mit der Demokratie auf sich hatte. »Es wird sicherlich sehr interessant werden. Stell dir vor, alle dürfen ihre Ansichten vertreten, jeder kann Vorschläge machen und Kritik üben. Wie im Märchen. Das wird dich doch bestimmt interessieren?«

Den »Vortrag« hielt ein ehemaliger Student der Ärzteschule, ein pensionierter javanischer Arzt aus dem *Kraton* von Yogyakarta.

Er war klein, dünn und schon ein wenig buckelig. Er trug einen Anzug mit hohem Kragen und ein Kopftuch, wie es in Yogyakarta üblich war. Sein Schnurrbart war lang und hing zu beiden Seiten seines Mundes herunter. Seine Augen waren ein wenig eingefallen, aber sie strahlten, dem Alter zum Trotz. Er kam in den Saal und verbeugte sich in mehrere Richtungen. Ihm folgten einige Lehrer, die alle Europäer waren. Er schien ein echter Priyayi von der alten Sorte zu sein. Seine Bewegungen waren geschmeidig, genau wie seine Worte und seine Stimme.

Zusammen mit seinen Begleitern setzte er sich in die vorderste Reihe. Er erhob sich, nachdem er von einem der Lehrer vorgestellt worden war. Gebeugt lief er zum Rednerpult, verbeugte sich vor den

Lehrern und Schülern, rückte noch sein Kopftuch zurecht und strich nacheinander die Ärmel seines Anzuges glatt, dann legte er beide Hände auf das Rednerpult, hüstelte ein-, zweimal, lächelte väterlich und begann dann in Holländisch mit einem schweren javanischen Akzent: »Möge Gott Sie alle segnen, die Lehrkräfte, die Studenten und alle Anwesenden. Ich bin froh, Sie alle bei dieser Gelegenheit kennenzulernen. Ich danke Ihnen, daß Sie Ihre Zeit geopfert haben, um meine einfachen Worte zu hören. Ich hoffe sehr, mit meinen Worten nicht nur Ihre Ohren zu erreichen, sondern auch Ihre Herzen.«

Ich übersetzte das Notwendigste für meine Frau.

»Wie langsam er spricht«, flüsterte sie.

»Du mußt Geduld haben, wenn du einen Javaner der oberen Schicht vor dir hast, der eine echt javanische Ausbildung gehabt hat, mündlich und schriftlich«, flüsterte ich zurück.

»Was will er denn mit dieser Unbeholfenheit vorbringen?«

»Woher soll ich das wissen? Laß uns diese Demonstration der Demokratie anschauen.«

Der javanische Arzt aus dem Kraton führte seine Rede fort.

Die jetzige Ärzteschule sei viel fortschrittlicher als vor dreißig Jahren. Das medizinische Wissen und die Kenntnisse seien gewachsen. Man wisse immer mehr über die neuen Krankheitserreger, die Bazillen und die Bakterien, dank der besseren Methoden, sie zu kultivieren. Außerdem schienen ihm die Studenten von heute viel tüchtiger, begabter und interessierter zu sein.

Ein zufriedenes Gemurmel kam von den Studenten.

»Er weiß genau, was er sagen muß«, kommentierte Mei.

Natürlich seien die Lehrer auch viel klüger geworden, hätten mehr Wissen und seien weiser. Deshalb steige auch die Zahl der Studenten.

Der Mann sprach mit so schwerem javanischen Akzent, daß die nicht-javanischen Studenten Mühe hatten, ihr Lachen zu unterdrükken. Ich selbst fragte mich, was man von einem pensionierten alten javanischen Arzt, dürr, beinahe kraftlos und mit einer so schweren Zunge, wohl lernen könnte. Der Anfang war nichtssagend, langweilig und uninteressant. Noch langweiliger für mich, da ich dieses ermüdende Gerede auch noch übersetzen mußte. Fast bereute ich, Mei mitgenommen zu haben.

Seit mehr als dreißig Jahre habe er nun als Arzt praktiziert, fuhr er fort. Unter den Studenten sei bestimmt keiner, der schon vierzig Jahre alt war. Vierzig Jahre sei das beste Alter, versicherte er. In diesem Alter beginne man zurückzuschauen und sich selbst zu fragen, welchen Beitrag man als intellektueller Mensch dem Leben geleistet habe. Habe man nur die Kranken geheilt oder auch etwas gegen das »kranke« Leben getan? Die Studenten könnten sich sicherlich schon vorstellen, daß solche Fragen irgendwann einmal auftauchen würden. Der Grund sei einfach. Studenten seien Intellektuelle, sie würden bevorzugt, weil sie sich mehr Wissen aneignen könnten als der Rest der Bevölkerung. Intelligente und kluge Leute würden ihre Aufmerksamkeit außer auf die Wissenschaft vor allem auf die Probleme des täglichen Lebens richten. Er komme nicht umhin, über die wichtigen Aspekte des Lebens nachzudenken, dessen Probleme zu lösen und Beiträge zu leisten. Die wichtigen Aspekte des Lebens, sagte er weiterhin, seien: das Wohlergehen, das Elend, die Sicherheit, das Glück, das Leiden, Liebe und Zuneigung, die Treue, die Wahrheit, die Gerechtigkeit, die Stärke … In ein paar Jahren würden die Studenten als Ärzte praktizieren und mit einem dieser Aspekte besonders konfrontiert werden, dem Leiden. Dem allerschlimmsten Leiden, in dem sich Armut und Machtlosigkeit miteinander verknüpften.

Seine Worte wurden schneller, hatten mehr Inhalt bekommen und wurden interessanter.

Während er als Arzt praktizierte, habe er einen Teil seines Verdienstes auf der Bank beiseite gelegt. Wer wußte, wozu das gut sein konnte. Er lebe nun von seiner Rente. Seine Ersparnisse habe er nicht angerührt. Und nun, im Alter, da die Kräfte bereits nachließen, kämen die großen Probleme des Lebens auf ihn zu, manchmal gleichzeitig, manchmal unerwartet, unbemerkt von jenen, die von so etwas nichts wußten. Er wisse nicht, ob unter den Studenten jemand ahnte, was dieses Etwas sein könne.

Die Leute lachten über seine Art zu reden. Und dieses Lachen schien ihm noch mehr Mut zu verleihen.

Dieses Etwas sei überhaupt nicht zum Lachen.

Das Lachen wurde noch lauter, auch Mei lachte mit.

Denn dieses Etwas, das er meinte, sei nichts anderes als die Entstehung des Bewußtseins eines Volkes. Und nicht die Ohnmacht des Volkes.

Das Lachen verstummte augenblicklich.

Er wies nach Norden. Dort liege bereits ein asiatisches Land, das aufrecht und ehrenvoll dastehe und von allen Nationen der Welt als gleichberechtigt anerkannt sei. Welcher asiatischen Nation außer Japan erwiese man noch diese große Ehre? Wir seien sehr weit weg von Japan, aber wir könnten seine Wellen spüren. Wir, die darüber Bescheid wüßten. Das Antlitz der Welt werde verändert durch Japans Aufstieg. Nur die, die es verstünden, könnten sich der Bedeutung dessen klar werden. Es sei schade, wenn es unter den Studenten jemanden gäbe, der darüber nichts wüßte. Wer unter der Studenten, oder überhaupt in Ostindien, wüßte wirklich über die Bedeutung dieses Aufstiegs Bescheid?

Er sah die Zuschauer in der ersten Reihe an, die Lehrer, dann alle Anwesenden. Er bekam keine Antwort.

Er schien darüber enttäuscht zu sein. Er fuhr fort: Weder die einheimischen Indos noch die Einheimischen, die den Holländern gleichgestellt waren, hätten dies verstanden. Es seien die Chinesen gewesen, die es als erste verstanden. Sie antworteten auf den Aufstieg Japans mit der Gründung einer Organisation, die das Land durch Erziehung und Ausbildung zum Blühen bringen sollte. Diese Organisation heiße Tiong Hoa Hwee Koan, T.H.H.K., die erste moderne Organisation in Ostindien, eine soziale Organisation.

Er stellte die Frage, was eine soziale Organisation denn bedeute. Wieder bekam er keine Antwort.

Es hieß, daß sie nach demokratischer Art geführt werde. Sie bekomme außerdem die Anerkennung der Autorität des Landes, die des Gouvernement Ostindiens, und mehr noch, diese moderne Organisation sei juristisch den Europäern gleichgestellt. Somit sei diese Organisation auch eine juristische Institution.

Die Organisation sei im Jahre 1900 gegründet worden, als die Einheimischen noch den tiefen und herrlichen Schlaf der Unwissenheit schliefen, der bis jetzt immer noch anhalte. Er entschuldige sich, falls er sich geirrt habe. Zwei Jahre, nachdem die Chinesen sich erhoben hätten – nachdem sie sich ihrer Unterlegenheit gegenüber Japan klar wurden –, folgten ihnen die Araber in Ostindien mit der Gründung ihrer Organisation *Sumatra Batavia Alkhairah*. Die Einheimischen schliefen immer noch.

In der Aula war es nun totenstill. Die Leute achteten nicht mehr auf seinen schweren Akzent und seine komische Art zu reden.

Die Organisation der Araber sei vor zwei Jahren gegründet worden, im Jahre 1902. Und nun, 1904, sei die Sumatra Batavia Alkhair bereits von einer noch effektiveren Organisation, die die gleichen Rechte hatte wie Tiong Hoa Hwee Koan, Jamiatul Khair, überholt worden. Sowohl die Chinesen wie auch die Araber hätten es sich zum Ziel gesetzt, ihre Nationen zu erziehen, damit sie sich diesem modernen Zeitalter anpassen könnten. Die Tiong Hoa Hwee Koan lasse moderne Lehrer aus China und Japan kommen und die Jamiatul Khair solche aus Tunesien und Algerien. Würde man wie bei einem Fußballspiel die Tore zählen, dann hätten die Einheimischen 0:4 gegen die Chinesen und 0:2 gegen die Araber verloren. Und die Araber 2:4 gegen die Chinesen. Es würde erst dann 4:4 stehen, wenn die Einheimischen noch in diesem Jahr anfangen würden, eine Organisation zu gründen.

Er richtete seine Aufforderung an die Anwesenden als Studenten der Ärzteschule, als jene Söhne der Nation, die zu den bestausgebildeten Intellektuellen zählten. Er holte ein weißes Taschentuch aus seiner Jackentasche und wischte sich den Mund ab. Es stand kein Glas Wasser auf dem Pult, und je durstiger er wurde, desto öfter wischte er sich den Mund ab. Weiterhin stellte er die Frage, ob die Studenten der STOVIA diesen Rückstand von vier Jahren gegenüber den Chinesen und zwei Jahren gegenüber den Arabern duldeten. Sie müßten noch in diesem Jahr eine Organisation gründen, sonst würden die Einheimischen niemals jemanden haben, der sie vor dem Gesetz vertreten und der sein Volk verteidigen könnte. Es wäre traurig, wenn unter den Studenten – den Einheimischen mit der besten Ausbildung – keiner das Gefühl hätte, daß es etwas zu verteidigen gebe. Arzt zu werden im Dienste der Allgemeinheit und der Menschlichkeit allein sei nicht genug! Er rief auf, sofort mit der Gründung einer sozialen Organisation zu beginnen, um den Kindern des Volkes zum Fortschritt zu verhelfen, sie vorzubereiten für die modernen und fortschrittlichen Zeiten, ihre eigene Zukunft.

Er erzählte, daß ihm dieses Bewußtsein auch erst im Alter gekommen sei, als er den schnellen Fortschritt der Chinesen gesehen habe, die mit der Gründung von T.H.H.K. die Einheimischen weit hinter sich gelassen hätten. Dann die Araber, die versuchten, ihren Rückstand aufzuholen. Aber was sei mit den Einheimischen, schliefen sie alle noch? Was würde denn aus dieser Nation werden, wenn sie nicht sofort damit anfinge?

Es sei an einem prächtigen Morgen gewesen, als er gerade spazierengegangen sei und über all dies nachgedacht habe, setzte er seine Geschichte fort, als ein Unfall ihn aus seinen Gedanken aufgerüttelt habe. Nicht weit von ihm sei jemand von einem Dokar angefahren worden. Ohne schnelle Hilfe wäre der Mann verblutet. Er habe ihm geholfen und ihn ins Krankenhaus gebracht. In dem Augenblick sei ihm klar geworden, daß er den Einheimischen nur deshalb habe ins Krankenhaus bringen können, weil dieser sich nicht habe wehren können. Wenn er jeden Tag nur einen einzigen Patienten behandelt hätte, wären es in den zehn Jahren seiner Dienstzeit mehr als dreißigtausend gewesen. Davon sei weniger als ein Prozent freiwillig zu ihm gekommen. Mit leichten Erkrankungen sei keiner zu ihm kommen. Fast alle waren Analphabeten. Sie seien nur zu ihm gekommen, wenn äußere Umstände sie dazu gezwungen hatten, wenn sie in Unfälle auf offener Straße verwickelt waren oder die örtliche Behörde sie ins Krankenhaus transportieren ließ. Ein Teil von ihnen sei ihm unter der Hand gestorben, weil sie zu spät gekommen und nicht mehr zu retten gewesen waren. Die Mehrzahl sei nach der Behandlung in ihre Gesellschaft zurückgekehrt. Der Räuber habe wieder geraubt. Der Schreiber sei an seinen Tisch zurückgekehrt. Der Entführer, der europäische Unternehmen außerhalb Javas mit Arbeitskräften versorgte, habe wieder Menschen entführt.

Eines Tages, auf dem Heimweg vom Krankenhaus, sei er zu der Schlußfolgerung gelangt, daß er in den vielen Jahren seiner Praxis als Arzt keinen nennenswerten Beitrag für sein Volk geleistet habe. Natürlich sei ein Arzt ein sozialer Arbeiter. Aber dabei sei es geblieben, und er habe geglaubt, er könne nicht noch mehr für sein Volk tun. Das Volk, das weiterhin in Schlaf versunken sei, mit schönen, aber wirren Träumen. Und an dem Tag habe er beschlossen, daß die Einheimischen nicht so bleiben könnten. Ein Arzt dürfe nicht nur die Krankheiten des Körpers behandeln. Er müsse auch die Seele seines Volkes, in Unwissenheit befangen, wieder aufrichten. So sei er an jenem Tage nicht gleich nach Hause gegangen, sondern nach links abgebogen und auf die Bank geeilt. Er habe all seine Ersparnisse aus dreißig Jahren abgehoben. Nicht viel. Ein javanischer Arzt sei eben kein europäischer Arzt, deshalb seien seine Ersparnisse nicht gerade üppig gewesen. Als javanischer Arzt habe er auch kein freies Honorar berechnen dürfen. Er habe nur sein monatliches Einkommen gehabt.

Trotzdem, von dem ersparten Geld reise er nun durch ganz Java, spreche mit den wichtigsten einheimischen Herrschern im Lande und bäte sie um ihre Mitarbeit bei der Gründung einer einheimischen Organisation.

»Nun stehe ich vor Ihnen, meine Herren. Auch ich habe früher hier studiert. Aber als alter Mann und pensionierter Arzt möchte ich Ihnen jetzt zurufen: Besinnen Sie sich. Verlassen Sie Ihr Ruhekissen und schauen Sie gut hin. Mit klaren Worten: Fangen Sie an, meine Herren. Je größer der Rückstand ist, desto schwieriger wird es sein, ihn aufzuholen. Wir werden immer weiter hinter Japan zurückstehen. Die Demütigung unseres Volkes wird in Zukunft nicht geringer werden. Es wird immer nur der Diener aller Gäste dieses Landes sein.«

Er schwieg erschöpft.

»So ähnlich waren auch die Ansichten der jüngeren Ärzte unserer Bewegung«, flüsterte Mei. »Es ist bestimmt kein Zufall, daß gerade die Ärzte sich dieser Probleme zuerst bewußt werden.«

Und der alte Mann fuhr fort: »Wenn ein Arzt einen Mörder wieder gesund macht, damit dieser wieder morden kann, dann hat er auch als Arzt die moralische Verantwortung als Mittäter ...«

Die Studenten, die sonst immer Unruhe stifteten, vergaßen ihre Angewohnheit und waren still. Jedes dieser schwer und langsam ausgesprochenen Worte war ein rollender Granitstein, der schwer auf die Herzen der Anwesenden drückte.

»Aber ein Arzt hat nicht die Macht, einen Mörder, den er geheilt hat, am Morden zu hindern. Er ist dazu gar nicht befugt. Wenn er den Mörder töten würde, wäre es nur ein toter Mörder. Wenn er ihn aber nicht tötet, weil er nicht das Recht dazu hat, würde später mehr als ein Mensch getötet. Aber ich rate euch Studenten, kein Tanca-Doktor zu werden. Wer weiß, wer Doktor Tanca war?«

Keiner wußte es.

»Es ist wissenswert. Tanca war ein Arzt, der vor etwa 700 Jahren in der Zeit von Majapahit seine Patienten ermordete. Es hieß, eines

Tages sei der König von Majapahit, Kala Gamet Jayanegara, krank geworden. Manche sagten, es war eine Hautkrankheit, manche behaupteten aber, es waren Magenbeschwerden. Tanca sollte ihn operieren. Ja, auch damals wurden schon Operationen durchgeführt. Kaum, daß die Menschheit aus mehr als tausend Menschen bestand, hatte man schon angefangen zu operieren. Der König wurde operiert. Mit oder ohne Auftrag, Tanca tötete den König, um den Unruhen im Lande ein Ende zu setzen. Solche Ärzte wie Tanca gab es schon immer. Er war nicht der einzige. Unsere Welt kommt jetzt in ein modernes Zeitalter. Keiner hat mehr die Verantwortung für alles zugleich, wie zu Tancas Zeiten. Unsere Verantwortung beschränkt sich nur auf unsere eigene Arbeit ...«

»Er holt zu weit aus«, flüsterte ich Mei zu.

Während seiner jahrelangen Praxis, fuhr er fort, habe er oft Leute mit edlem Herzen geheilt, dann dachte er, Anspruch auf ein bißchen Glück zu haben, da jener mit seinem Edelmut wieder seine Umgebung beglücken würde können.

Die moderne Welt würde das Leben so spezifizieren, daß die Menschen einander fremd würden. Man treffe sich nur noch, wenn es etwas zu regeln gebe, oder durch Zufall. Man könne nicht mehr so leicht erfahren, ob der Mensch, den man pflegte, edel sei oder nicht. Wir könnten es nur ahnen. Edelmut sei ein Ergebnis guter Erziehung, die zur Grundlage guter und nobler Taten würde. Die Völker in Ostindien hätten ihre Töchter und Söhne noch nicht erzogen. Unser Volk lebe noch in einer Welt von Unwissenheit; niemand könne etwas Großartiges für sich aufbauen, schon gar nicht für sein Volk.

»Aber!« rief er plötzlich mit lauter Stimme. Natürlich habe er nicht vor, die Großartigkeit der Völker Ostindiens zu ignorieren. Das Problem sei, daß die alten traditionellen Werte durch die modernen Zeiten bereits anfingen, ihre Gültigkeit zu verlieren. Was früher als gut und nobel gegolten habe, würde eine andere Form bekommen, und wenn die Form sich änderte, änderte sich auch der Inhalt. Es gäbe keinen Inhalt ohne Form und keine Form ohne Inhalt.

Die Aufgabe eines einheimischen Arztes sei es, nicht nur den kranken Körper zu heilen, sondern auch die Seele, und somit die Zukunft zu formen. Wer sollte es tun, wenn nicht die Intellektuellen? War der individuelle Sieg über die Umgebung durch individuellen Einfluß nicht das Merkmal eines modernen Menschen? Die starken Individuen sollten sich einigen, um ihr schwaches Volk zu fördern, Licht in ihre Dunkelheit zu bringen und den Blinden die Augen zu öffnen.

Ein Individuum, wie fortgeschritten es auch sei und welch hohes Ansehen es auch genieße, könne aus zwei Gründen aufhören, sich zu entwickeln, und von den uralten Traditionen verschlungen werden, die schlecht und rückständig seien: Mangel an Gelegenheit und Mangel an Mitteln für die Entwicklung. Die Völker Ostindiens seien zu arm. Deshalb sei es die Pflicht der Wohlhabenden, die armen einheimischen Kinder, vor allem die begabten, finanziell zu unterstützen und ihnen eine moderne Ausbildung zu ermöglichen. Diese solle sie auf den stetigen Wandel vorbereiten, damit sie ihm nicht später zum Opfer fielen.

Für all diese Arbeit brauche man eine Organisation, eine große Vereinigung, die dies alles regelte und finanzierte, egal ob das Kind, dem geholfen werden mußte, das Kind eines Priyayis, eines Zimmermannes oder eines Bauern sei.

Dann erzählte er, daß er in vielen großen Städten in Java dazu aufgerufen habe, diese Organisation zu gründen. Daß er die einheimischen Persönlichkeiten, die genügend Bildung hatten, aufgesucht habe. Niemand habe reagiert. Er fühle sich wie ein Wanderer, der in der Wüste schrie. Nun riefe er die Studenten der STOVIA auf: Gründen Sie eine Organisation, jetzt gleich. Vereinigen Sie sich! Wenn heute nicht damit begonnen würde, würde das Volk Ostindiens weiterhin in Unwissenheit leben.

Er trat vom Pult zurück und schien am Ende seiner Kräfte. Erst als er wieder bei den Lehrern Platz genommen hatte, bekam er etwas zu trinken. Er leerte das Glas in einem Zug.

Danach gab es die Gelegenheit, Fragen zu stellen. Aber die neue Sitte, vor der Allgemeinheit eine Frage stellen zu dürfen, kannten die Einheimischen noch nicht, auch ich nicht. Und so fragte niemand etwas.

Vielleicht wurde es dem javanischen Arzt traurig zu Mute, als er sah, daß diese Demonstration der Demokratie nichts gebracht hatte. Abermals bat er um Fragen. Aber die Wege, wie eine moderne Organisation aufzubauen sei, waren uns so wenig bekannt wie der Erreger der Lepra.

Dann stellte Mei mir einige Fragen, und ich gab sie weiter: »Zuerst verzeihen Sie mir, Herr Doktor, daß ich nur so wenig verstanden habe. Wie soll die Organisation denn aussehen, die Sie sich vorgestellt haben? In Japan wurde jedes gebildete Individuum, das sein Land und Volk liebte und ihm diente, vom Kaiserreich finanziert. In China wurden sie von der Organisation der Schüler und Studenten, die überall in der ganzen Welt Spenden gesammelt hat, unterstützt. Wie sollte denn die Organisation in Ostindien am besten aufgebaut werden?«

Ohne genau hinzusehen, wußte ich, daß die Studenten sich umschauten, nicht um mich zu sehen, sondern meine Frau. In der Tat wußte keiner, daß wir schon seit einigen Jahren verheiratet waren. Ihre Blicke beunruhigten mich, vor allem weil die Frage von Mei kam. Ich bemerkte, wie die Augen meiner Frau strahlten, angesichts der Tatsache, daß nun in Ostindien etwas Neues verwirklicht werden sollte. Seit wir verheiratet waren, hatte sie schon mehrmals versucht, mich zu überreden, eine Organisation zu gründen. Aber ich wußte nicht, wie ich es anfangen sollte. Sie drängte mich, mit meinen besten Freunden darüber zu reden. Aber ich hatte keine guten Freunde. Ich war dauernd mit meinen und unseren Angelegenheiten beschäftigt.

Der javanische Arzt ging nochmals zum Rednerpult. Er erzählte ausführlich und chronologisch, was das Kaiserreich Japan getan hatte, um sein Land und Volk zu modernisieren, angefangen bei der gewaltsamen Ankunft von Admiral Perry im Hafen von Yokohama.

Das meiste, was er erzählte, kannte ich schon. Nur wußte ich nicht, wie diese Ereignisse miteinander verkettet waren, so daß sie zu einem Berg von großartigen, gewaltigen und interessanten Handlungen führten.

Er gab zu, nicht viel über die Organisation der Schüler und Studenten in China zu wissen, aber er berichtete von anderen Organisationen, von denen ich noch nie etwas gehört hatte. All das übersetzte ich für Mei. Er erzählte auch, daß diese Organisationen viele junge Leute in die ganze Welt schickten, legal oder illegal, überall dorthin, wo eine chinesische Bevölkerung existierte.

Mei ergriff meine Hand.

Er erzählte auch davon, daß vor einigen Jahren ein Chinese in Surabaya umgebracht worden war, daß der Ermordete einer dieser Ausgesandten gewesen und vermutlich von der Alten Generation umgebracht worden war, die eine Erneuerung und Modernisierung in jeglicher Form ablehnte. Die Ausgesandten seien nicht nur Jungen, sondern auch Mädchen. Wie auch immer sei die Gründung von Tiong Hoa Hwee Koan in Ostindien ein Sieg für diese Organisation, den sie trotz des Widerstandes der konservativen Gruppen erlangt habe.

Mei flüsterte mir, nachdem sie mich mit dem Ellbogen angestubst hatte, den Namen Dewi Sartika ins Ohr. Wieder gab ich es weiter: »Was halten Sie von den Aktivitäten von *Nyi* Dewi Sartika in Cicalengka?«

Er nickte mit dem Kopf und lobte die Frau aus Priangan. Er hoffe, daß sie überall ein Vorbild sei, nicht nur den Frauen, sondern auch den Männern. Er bedauere, noch nicht die Zeit gefunden zu haben, ihr einen Besuch abzustatten, um sie seiner Hochachtung zu versichern. Aber die Initiative einer einzelnen, die höchstens von der Familie oder vielleicht gar nur vom Ehemann unterstützt wurde, könne nicht viel bringen. Nur eine Organisation, eine große Organisation könne das.

»Und wie finden Sie das Mädchen aus Jepara?«

Er meinte, sie sei ein Individuum, das mit seinen Fähigkeiten eigentlich den Himmel erreichen und sich der Erde bemächtigen könne, nur leider sei sie sich nicht klar darüber, welche Kräfte sie besaß. Er verneigte sich tief, betete leise und sagte dann: »Leider ist diese außergewöhnliche Frau vor einiger Zeit verstorben.«

Mei schrie auf. Schnell hielt sie sich ihr Taschentuch vor den Mund.

»So jung?«

Ach, was war denn nicht möglich auf dieser Welt? Der alte Mann war nach Rembang gefahren, um sie zu treffen, um ihr über sein Vorhaben zu berichten. Aber als er ankam, war die vordere Veranda bereits voller Leute, die zur Beerdigung gekommen waren. Er kannte Dokter Ravenstein, der das Mädchen gepflegt hatte. Er hatte ihm zugenickt und war dann gegangen. Er würde das Mädchen aus Jepara nie mehr sehen können. Diese kluge und noble Frau war gestorben, die ganze Regentschaft war in Trauer. Inna lillahi … diese strahlende Seele war zum Herrn zurückgekehrt. Sie war eine außergewöhnliche Frau. Es gab keinen Mann, der gegen sie ankommen konnte.

Durch die Mitteilung über den Tod dieser Frau wurde der Aufruf des javanischen Arztes in seiner Wirkung abgeschwächt. Die Diskussion wurde unterbrochen. Keiner sagte mehr etwas. Zum Schluß versuchte der alte Mann, seinen Aufruf zu wiederholen: Gründen Sie eine Organisation! Fangen Sie einfach an! Lernen Sie dann durch die Praxis, wie eine moderne Organisation funktionieren muß.

Der alte Mann, ein Rufer in der Wüste, war bereit, uns um sechs Uhr Nachmittag in seinem Hotel zu empfangen. Vielleicht tröstete ihn unser Besuch.

Wir gingen zu Fuß nach Hause.

»Vielleicht kennt er auch eure Namen, Mei.«

»Die Namen schon, aber die Leute nicht«, antwortete sie tapfer.

Ich wußte, daß sie nie davor Angst hatte, von der Polizei wegen illegaler Einwanderung verhaftet zu werden.

»Sei nicht verärgert. Schau, ich wollte auch nie wissen, wie du wirklich heißt.«

»Vielen Dank. Wir leben doch nicht schlecht, oder?«

Wir hatten stillschweigend ein Abkommen geschlossen, niemals über Namen zu sprechen und auch für unbestimmte Zeit keine Kinder zu bekommen. Sie schien sich sehr sicher zu sein, daß keiner jemals erfahren würde, wer sie wirklich war.

Ich erinnerte mich noch an den Brief, den ich für sie übersetzen sollte. Einen Brief an das Mädchen aus Jepara, bevor es einen Regenten geheiratet hatte. Genau zu der Zeit, als die Gerüchte am stärksten waren: Der Generalgouverneur hatte dem Residenten von Mitteljava den Auftrag erteilt, ihrem Vater ein Zeichen zu geben, daß es höchste Zeit sei, seine Tochter, die schon längst im richtigen Alter war, zu verheiraten. Zu jener Zeit war sie wahrscheinlich die einzige, die nichts von diesen Gerüchten wußte. Alle Studenten der STOVIA hatten Bescheid gewußt. Auch Mei hatte ich die Geschichte erzählt.

Sie gab nur diesen Kommentar: »Das glaube ich gern. So etwas könnte in Ostindien passieren und auch in jedem anderen unterentwickelten Land.«

Es hieß weiter, der Resident von Mitteljava hätte eine Liste von Heiratskandidaten aufgestellt, für dieses moderne Mädchen, das einsam in Abgeschiedenheit lebte, dessen Gedanken trotzdem viele Leute erreichten, sowohl im eigenen Land als auch im Ausland. Sie mußte verheiratet, auf dem Ehebett zum Schweigen gebracht werden.

Als die Gerüchte sich zuspitzten, bekam Mei einen Brief von ihr. Sie habe sich entschlossen, ihre Eltern nicht zu enttäuschen und deshalb den Mittelweg gewählt. Sie werde heiraten, um sich dann scheiden zu lassen. Der einzige Weg, um ihre Ideale zu verwirklichen und sich weiterentwickeln zu können. Einen anderen gebe es nicht.

Nun war sie frei, vollkommen frei.

Als wir uns am Abend mit dem pensionierten javanischen Arzt trafen, wurde er von Mei erst einmal mit einer Reihe von Fragen bombardiert: Von wem er die Informationen über die Jungen und Mädchen, die aus China nach Ostindien geschickt worden waren, bekommen habe? Wo er den Bericht über den Jungen gehört habe, der in Surabaya ermordet worden war? Wie seine Beziehungen zu dieser Organisation seien?

Der javanische Arzt machte keine genauen Angaben. Er erwähnte einigen Namen der Alten Generation. Die Junge Generation habe nun mit einer Welle von Racheaktionen gegen die begonnen, die an der Ermordung des Jungen in Surabaya beteiligt gewesen waren. In Surabaya seien Unruhen ausgebrochen, Blut sei geflossen. Alles geschehe unter den Chinesen, ohne daß die Polizei sich einmischen könne. Die Jungen beider Organisationen seien illegal nach Ostindien gekommen.

Ursprünglich sei es bei den Unruhen nur darum gegangen, ob die Chinesen einen Zopf tragen sollten oder nicht. Eine Bande von Chinesen habe ihre Landsleute angehalten, nur um ihnen die Zöpfe abzuschneiden. Aber hin und wieder geschehe es, daß dem Opfer kein Haar gekrümmt werde, dafür sei der Angreifer grün und blau geschlagen worden. Dann habe der *Silat* gesprochen.

Ob die Polizei denn keinen von ihnen verhaften könne? Das wisse er nicht.

6

Dr. van Staveren erklärte uns, daß die Erkenntnisse über den Syphilisbazillus durch die Untersuchungen des deutschen Zoologen Fritz Schaudinn bestätigt wurden. Bei seinen Untersuchungen war er von einem anderen deutschen Experten für Syphilis aus Bonn, Dr. Eric Hoffmann, unterstützt worden. Es war ihnen gelungen, den Treponema Pallidium und Syphilis sehr genau von den Gonokokkus Gonorrhöe zu unterscheiden. Im allgemeinen leidet ein Syphilitiker auch an Gonorrhöe, so daß man für sehr lange Zeit diese beiden Krankheiten für ein und dieselbe gehalten hatte.

Die Geschichte dieses bösen Bazillus war lang. Er verbreitete sich epidemisch in Europa, kurz nachdem Kolumbus aus dem neu entdeckten Land Amerika zurückgekehrt war. Er breitete sich zuerst in Spanien und Italien aus, was zur Vermutung führte, daß Kolumbus' Matrosen die Syphilis aus Amerika mitgebracht hätten. Dann ging sie weiter nach Frankreich und Deutschland über. Einige Jahre danach überfiel sie auch die Niederlande und Griechenland, England und Schottland, schließlich auch Rußland und Ungarn. Die Fortsetzung der Geschichte bei uns: Diwan wurde aus der Zelle geholt und zum Beobachtungsobjekt für Treponema Pallidium und Gonokokkus gemacht.

Als wir am Abend zusammen vor dem Haus in Kwitang saßen, erzählte ich Mei von Fritz Schaudinn und Eric Hoffmann und auch von Diwan.

Diesmal wurde sie nicht nervös. Sie schaute mich an, als würde sie auf weitere interessante Geschichten warten. Aber ich hatte keine mehr zu erzählen.

»Du hast es also noch nicht gehört?«

»Was denn?«

»Ich habe heute Mittag bei meinem Schüler eine chinesische Zeitung gelesen ...«

Im Norden war der Krieg ausgebrochen. Rußland schickte seine Armee in endlosen Zügen durch die Wälder und den Schnee Sibiriens in die *Mandschurei.* Die Welt außerhalb Europas war schon großenteils von Europa kolonialisiert worden, bis zu den kleinsten Inseln mitten im Ozean. Rußland wollte nicht länger zurückstehen.

In der Überzeugung, daß sie Japan sehr schnell würden zurückschlagen könnten, beluden die Russen die nächsten Waggons mit Medaillen. Für die Helden, die bald den Sieg erringen würden. Was könnte eine Armee von asiatischen Gelbhäuten schon groß ausrichten? Sie würden bestimmt gleich in die Knie gehen. Eine große Flotte war inzwischen aus den nördlichen Häfen aufgebrochen und machte eine Reise um die halbe Welt. Durch die Kohleblockade hatten sie es schwer. Durch die Straße von Malakka fuhren sie nach Wladiwostok, um Japans Angriffslinie auf dem Meer abzuschneiden.

Japan wollte natürlich auch nicht ohne Kolonien sein. Ein Land, das kein anderes Volk ausbeutete oder kein anderes Land ausplünderte, genoß nur wenig Ansehen auf dieser Welt.

In Batavia wurde die japanische Flagge Hinomaru an jedem japanischen Geschäft, Friseur, Trink- und Gemischtwarenladen gehißt. Der Name Japans ertönte überall.

»Nein, ich habe nirgends darüber gelesen«, sagte ich.

»Ich glaube nicht, daß es ein Schwindel ist.«

Im Leseraum unserer Schule gab es keine einzige holländische Zeitung, die darüber berichtete. So glaubte ich nicht so sehr daran.

Eine Woche später berichteten aber auch die holländischen Zeitungen einen Bruchteil dessen, was Mei mir erzählt hatte. Die malaiischen Zeitungen folgten nach. Die Nachricht breitete sich aus wie Wasser; sie sickerte langsam von oben nach unten durch. Alle waren neugierig, wie der Krieg zwischen einem Riesen und einem Zwerg wohl ausgehen würde. Die, die mit den Wayang-Geschichten groß geworden waren, hielten zu Japan. Ihre Vorfahren hatten sie gelehrt, daß keiner als Held geboren wurde, Zeit seines Lebens würde er etliche Prüfungen bestehen müssen.

Auch ich war sehr aufgeregt. In der Schule wurde über nichts anderes mehr gesprochen und diskutiert als über die Berichte aus den Zeitungen. Der Fudschijama mit seinem ewigen Schnee tauchte deutlich vor unseren Augen auf.

Eines Abends, als ich das Gefühl hatte, genug darüber zu wissen, berichtete ich Mei über den Verlauf der Schlacht auf den Gewässern um Tsushima. Über die alten Matrosen und die Admirale, die sich geschworen hatten, für den Kaiser zu siegen oder zu sterben.

Sie war froh über meinen Bericht. Sie sah mich an, ohne auch nur ein einziges Mal zu blinzeln. Damit hatte sie schon immer meine Begierde geweckt. Aber diesmal ging sie gar nicht darauf ein.

»Was ist denn daran so bewundernswert?« fragte sie kühl. »Egal wer siegt, Rußland oder Japan, in beiden Fällen wäre es weder ein Sieg noch eine Niederlage für die Menschlichkeit. Sie sind beide Wölfe, die sich um die Beute streiten.«

Schnell erzählte sie vom Aufkommen des britischen Imperialismus, der mit der Erfindung der Dampfmaschine durch James Watt begonnen hatte. Es war der Beginn einer neuen Epoche der industriellen Revolution, des Anhäufens von Kapital und der Trennung zwischen Arbeit und Kapital, was zur Folge hatte, daß die farbigen Völker zum Jagdwild des englischen Kapitals wurden.

»Minke, ich glaube, es war kein Zufall, daß du mir über die Treponema Pallidium – habe ich es richtig gesagt? – und den Gonokokkus erzählt hast. Sie sind genau wie der englische und japanische Imperialismus. Beide machen mit dieser Welt das gleiche wie die Bazillen mit Diwans Körper. Was ist? Warum schaust du so?«

»Schau, Mei. Ich denke, ich verstehe, was du meinst. Aber da ist etwas, was du scheinbar nicht sehen willst: Wie kannst du dieses asiatische Volk nicht bewundern, das so klein ist, und es trotzdem wagt, sich gegen die Europäer zu stellen, mit den vielen Menschen und der Macht, die sie haben?«

»Japan ist nicht viel kleiner als England. Menschen essen Dinge, die kleiner sind als ihr Mund. Die Bazillen aber machen genau das Gegenteil, so wie England und Japan auch.« Sie sprach leise, aber ihre Stimme klang hart und brannte voller Haß. »Du erinnerst dich sicherlich noch an das, was das Mädchen aus Jepara über das Gerüst des Lebens gesagt hatte. Diese Bazillen fressen nicht nur das Fleisch auf, sondern das Gerüst gleich mit! Du müßtest es eigentlich besser wissen als ich«, sagte sie giftig. »In den letzten dreihundert Jahren waren die Länder, die die Europäer unter ihre Kontrolle gebracht haben, immer viel viel größer als ihr eigenes Land. Die Kleinen müssen nicht immer verlieren, im Gegenteil, sie unterwerfen oft die Größeren. Ein kleiner Bazillus kann sogar einen Elefanten zu Fall bringen.«

Ich bereute die Begeisterung, die mich beim Erzählen erfaßt hatte. Sie hatte einen anderen Standpunkt und eine andere Art, die Dinge zu sehen.

»Ich glaube, wir werden uns in diesem Fall nicht einigen können. Schau, die beiden Krankheiten, von denen du mir erzählt hattest, haben in Wirklichkeit keine Nationalität. Beide suchen nur Opfer, denn ohne Opfer werden sie selbst sterben. Wir brauchen uns nicht auf die Seite Japans zu schlagen. Du weißt, daß wir die Qing-Dynastie bekämpfen, auch wenn wir vom gleichen Volk stammen. Nicht nur, weil sie mit diesen Bazillen zusammenarbeitet, sondern weil sie selbst auch ein böser Bazillus ist. Verzeih mir, aber ich hoffe, du verstehst mich?«

Der mögliche Sieg Japans über Rußland beunruhigte Ang San Mei ebenso wie damals meinen verstorbenen Freund. Vielleicht hatten sie beide recht. Wenn Japan erst einmal Rußland geschlagen hätte, würde es auch die Mandschurei verschlingen, und danach wäre China an der Reihe.

»Japan wird nicht nur mein Land verschlingen, sondern auch alle anderen asiatischen Ländern, die hilflos und von den Europäern noch nicht beschlagnahmt worden sind. Vielleicht werden sie sogar die Länder beanspruchen, die die Europäer schon im Mund hatten.«

Wir waren mit unserem Gespräch noch nicht fertig, als ein Schulkamerad von mir kam und mich bat, schnell mit ihm auf die Straße zu gehen. Dort wartete eine prächtige Kutsche auf mich. Ein Europäer in Zivil gab mir einen Brief. Er war wieder einmal vom Allgemeene Secretarie. Ich überflog den Brief. Der Mann bat mich einzusteigen.

Einige Minuten später saß ich auf einem Gartenstuhl dem Generalgouverneur van Heutsz gegenüber. Es ging auf den Abend zu.

»Es ist eine Freude, Sie wiederzusehen«, fing er an. »Was macht Ihr Studium? Wo nehmen Sie nur die Zeit her? Haben Sie trotz allem noch Zeit für Ihre Frau? Sie haben in letzter Zeit so viel geschrieben. Sie sehen, ich bin einer Ihrer Leser, man könnte fast sagen, einer Ihrer Bewunderer.«

»Exzellenz ...«

Bei diesem inoffiziellen und unerwarteten Treffen legte er mir zwei Fragen vor: Wie dächte ich, der einheimische Intellektuelle, über den Sieg Japans – falls Japan gewänne –, und was erhofften sich die einheimischen Intellektuellen von diesem fortschrittlichen Zeitalter? Was wären sie zu tun bereit?

Ich fühlte mich wie ein Schuljunge, der vergessen hatte, seine Hausaufgaben zu machen und nun vor der Klasse aufgerufen wurde.

Van Heutsz verstand meine Unsicherheit und sagte: »Sie müssen mir nicht sofort antworten. Wenn Sie möchten, schreiben Sie die Antwort in einem schönen Artikel. Egal in welcher Zeitung, ich werde ihn zu lesen bekommen. Bitte tun Sie dies, noch in diesem Monat. Es wird sicherlich Ihr Studium ein wenig beeinträchtigen, aber wie ich gesehen habe, können Sie Ihre Zeit schon sehr gut einteilen. Ein Schriftsteller sieht oft Aspekte, die der Allgemeinheit entgehen.«

Dieses Treffen dauerte nicht länger als eine Viertelstunde. Als wir fertig waren, schenkte er mir noch ein paar Bücher von Multatuli, die er schon bereitgestellt hatte.

Ich ging nicht zum Internat zurück, sondern fuhr direkt nach Kwitang. Mei war nicht da. Das verwunderte mich. Ibu Badrun versicherte mir mehrmals, daß dies das erste Mal wäre, daß meine Frau abends noch mal ausgegangen sei. Sie habe sie um Erlaubnis gebeten und gesagt, daß sie erst um Mitternacht oder auch später zurückkommen würde. Sie habe den Schlüssel für die Vordertür mitgenommen.

»Erst wollte ich sie nicht gehen lassen«, sagte Ibu Badrun entschuldigend, »aber sie sagte, mein Mann wird mich verstehen und mir die Erlaubnis geben, und so gab ich sie ihr. Verzeihen Sie mir, wenn ich einen Fehler gemacht habe.«

Ibu Badrun wußte nicht, wo sie hingegangen war. Ich auch nicht. Ich ging in unser Zimmer und legte mich hin. Ich war sehr unruhig. Plötzlich bekam ich einen Anfall von Eifersucht. Unser ruhiges Leben war plötzlich bedroht, von jetzt an und für immer. Wenn der Mensch erst einmal eifersüchtig ist, dann gibt es nichts mehr, kein vernünftiges Wort, keinen triftigen Grund, was ihn heilen kann.

»Ich glaube nicht, daß sie etwas anstellt. Sie ist doch so ein gutes Kind«, sagte Ibu Badrun. Aber auch sie wurde langsam unruhig.

Die Eifersucht wurde zu einer Klaue, die sich immer tiefer in mein Fleisch bohrte. Gerade in dieser Nacht hätte ich sie so gebraucht. Ich wollte mit ihr über van Heutsz' Fragen sprechen. Das ging nun also nicht. Aber ins Internat zurück wollte ich auch nicht. Van Heutsz' Fragen gerieten durch das, was ich meiner Frau unterstellte, völlig in den Hintergrund.

Ich löschte das Licht und rollte das Moskitonetz herunter. Während ich so dalag, versuchte ich mein Herz zu beruhigen: Mei wird bestimmt nichts Unüberlegtes anstellen, sie ist eine bedachte Frau. Aber Eifersucht hat ihre eigenen Regeln. Sie ist wie ein flackerndes Feuer in der Spreu. Mit oder ohne Spreu. Ich spürte nur die Hitze. Schließlich schlief ich doch noch ein.

Um drei Uhr morgens wurde ich plötzlich wach. Ich hörte sie in einer fremden Sprache vor sich hin murmeln. Vielleicht fragte sie sich, wer das Moskitonetz heruntergerollt hatte. Sie stieg im Dunkeln ins Bett und erschrak, daß jemand im Bett lag.

»Mei!« sprach ich sie an, »wo kommst du denn her?«

Sie blieb neben dem Bett stehen.

»Ich weiß, daß du böse sein wirst. Verzeih mir.« Sie schaltete das Licht ein.

»Woher kommst du?« fragte ich noch einmal, während ich aufstand.

»Es tut mir leid, aber es hat keinen Zweck, jetzt Ärger zu machen.«

Ich nahm sie bei den Schultern und schüttelte sie: »Antworte jetzt. Woher kommst du?«

Sie sah mich ruhig an, als sei nichts geschehen: »Ich weiß, du wirst nicht wissen wollen, wohin ich dieses Mal gegangen bin und wohin ich die nächsten Male gehen werde. Du weißt ganz genau, was mich beschäftigt.«

In diesem Augenblick wurde mir klar, daß ich die Verlobte meines ehemaligen Freundes vor mir hatte – ein Mädchen, das nicht sich selbst gehörte, sondern sich und ihre Jugend einem gemeinsamen Ideal geopfert hatte. Ihr weiches und trauriges Gesicht glich einem Stein, poliert von der Verzweiflung über die Sympathie, die die Welt Japan entgegenbrachte, in diesem Krieg gegen Rußland, irgendwo im Norden. Ihre Verzweiflung war etwas Abstraktes, das sie in ihren Vorstellungen zu etwas Konkretem gemacht hatte: dem Schicksal ihres Landes und ihres Volkes.

Schweigend legte ich mich wieder ins Bett. Sie machte das Licht aus und legte sich neben mich. Mir fiel ein, daß sie bestimmt seit mittags nichts mehr gegessen hatte.

Plötzlich umarmte sie mich.

»Mein Mann, vergib mir. Ich kann nicht anders. Wenn nicht die

Chinesen selbst, wer sonst soll dann für das Land arbeiten? Du wirst doch das gleiche tun, für dein Land und dein Volk?«

Ach, welch Worte, und erst der Ton! Ich fühlte, wie meine Eifersucht dahinschmolz. Vorläufig nur? Oder für immer?

»Du hast noch nicht gegessen, Mei.«

»Ich bin müde«, antwortete sie mir noch und schlief, mich umarmend, sofort ein.

Ich selbst konnte keinen Schlaf mehr finden. Meine Gedanken schwirrten umher. Wie bewunderte ich doch die Frau, die jetzt meine Frau war. Sie war ein Teil von mir geworden. Ihre Schmerzen waren auch meine Schmerzen. Und von diesem Tag an, ja, von diesem Tag an wußte ich, daß sie nicht mir, sondern diesem Etwas, das weit weg im Norden lag, ihrem Land und ihrem Volk, ihren Idealen treu sein würde. Und ich würde sie nicht begleiten können. Wie verschlungen doch die Wege des menschlichen Herzens sind. Sie umarmte mich immer noch, so daß ich mich nicht zu bewegen traute. Sie brauchte ihren Schlaf. Ich hatte kein Recht mehr auf diesen schmalen Körper, vielleicht auch nicht auf ihr Herz, noch nicht einmal teilweise. Sie gehörten mir nicht mehr. Mei, ach, Mei!

Am Morgen wußten wir beide, daß unsere Ehe ihrem Ende nah war. Sie würde sich immer weiter von mir entfernen, bis wir uns eines Tages nicht mehr sehen würden. Für immer. Sie ging völlig auf in ihrem Enthusiasmus, den Kampf der jungen Generation ihres Volkes zu gewinnen.

Bevor ich das Bett verließ, küßte ich sie. Sie schlief noch. Es war das erste Mal, und ich empfand es als Abschiedskuß. Langsam öffnete sie die Augen.

»Mein Mann«, rief sie, noch halb im Schlaf. Diesen Ausdruck benutzte sie erst seit den letzten Stunden. Ihre Stimme war ruhig, fast emotionslos, sie lag noch im Bett. »In den Jahren unserer Ehe waren uns Gesundheit und Glück vergönnt. Welche Frau wäre nicht glücklich, deine Frau zu sein? Mein Mann, du hast ein großes Herz und bist voller Verständnis. Du hast mir nie weh getan. Bald wirst du Arzt sein. Ich fürchte, ich werde dir nicht immer zur Seite stehen können. Ich muß arbeiten, sehr hart arbeiten.«

Es klang wie ein Abschied. Für immer.

»Ich verstehe, Mei. Geh jetzt baden.«

»Geh du zuerst. Du mußt noch zur Schule.«

Und so badete ich zuerst. Als ich aus dem Badezimmer kam, wurde ich mit Pisang goreng – in Öl gebackene Bananen – und Kaffee empfangen, danach ging sie selbst baden.

Als sie sich dann neben mich gesetzt hatte, sagte ich zu ihr: »Heute Abend möchte ich über den möglichen Sieg Japans mit dir reden.«

»Verzeih mir, über diesen Sieg gibt es nichts zu reden, wir müssen sofort an die Arbeit. Wir stehen den japanischen Bakterien gegenüber. Sei nicht böse, wenn du mich heute Abend nicht antriffst. Ich werde meinem Mann stets treu bleiben. Laß keinen schlimmen Verdacht aufkommen, der unser Verständnis als Mann und Frau beschmutzen könnte.«

Bei ihren Worten hatte ich das Gefühl, daß wir uns heute Abend nicht mehr sehen würden, niemals mehr. Wie oft hatte mich in den letzten Stunden dieses Gefühl schon beschlichen.

Das machte mich sentimental. Es war eine Vorahnung.

Ich schaute sie schweigend an, während sie sich anzog. Sie stand vor mir wie ein Wesen aus einer anderen Welt, das ich gerade eben erst kennengelernt hatte. Ihre Lippen nahmen die gleiche Blässe an wie damals, als wir uns in der Stadt das erste Mal getroffen hatten. Die Anstrengung der gestrigen Nacht beeinträchtigte bereits ihre Gesundheit. Und sie bemerkte es noch nicht mal.

Gedankenverloren lief ich zurück zur Schule.

Die Nachricht über den Brief der Algemeene Secretarie sorgte für neuen Aufruhr in der Schule. Der Direktor rief mich zu sich. »Sie waren also beim Herrn Generalgouverneur, dem Stellvertreter der Königin in Ostindien! Sie scheinen immer wichtiger zu werden. Dürfen wir wissen, worüber gesprochen worden ist? Hatte es etwas mit der Schule zu tun?«

Meine Antwort nahm er mit Begeisterung auf. Er erklärte sich bereit, mir bei der Suche nach den nötigen Materialien zu helfen, um meine Antwort zu vervollständigen. Er schlug vor, ein Treffen der Studenten zu veranstalten, um ihre Meinungen zu sammeln. Ich hielt die Idee für gut, wollte aber nicht, daß sie erfuhren, worüber ich schreiben sollte. So erklärte sich der Herr Direktor bereit, eine Liste von Fragen zusammenzustellen, die die Studenten schriftlich beantworten konnten. Damit war ich einverstanden, und ich bat ihn bei dieser Gelegenheit um die Erlaubnis, eine Woche lang außerhalb des Internats schlafen zu dürfen. Diesmal gab er sie mir bereitwillig.

Die Liste mit den Fragen wurde sofort gedruckt, um gleich am nächsten Tag verteilt zu werden.

Nachdem ich zehn Werbetexte für das Anzeigenblatt fertiggestellt hatte, ging ich gleich nach Kwitang. Mei schrieb gerade, auf dem Tisch lagen bereits vier oder fünf chinesisch beschriebene Blätter. Schweigend stellte ich mich hinter sie und streichelte ihr Haar.

»Bist du das?« fragte sie ohne aufzuschauen. »Ich bin fast fertig.«

Ich legte meine Hände auf ihre Brüste, sie schrieb ungestört weiter.

»Du scheinst auch gut schreiben zu können«, sagte ich.

»Dies sind doch nur vorläufige Notizen, nicht wie das, was du schreibst«, antwortete sie.

Sie beendete ihre Arbeit und ging in die Ecke des Zimmers. Ohne weiter auf mich zu achten, begann sie, von jedem Blatt fünfzig Kopien zu drucken.

»Mach doch ein wenig schneller, ich möchte mit dir reden.«

»Ich habe es dir gestern schon gesagt: Ich muß arbeiten! Schon seit langem habe ich dich gedrängt, dem Aufruf des javanischen Arztes nachzukommen, aber du und deine Kollegen, ihr wollt ja immer noch keine Organisation bilden. Und jetzt? Jetzt hast du nichts, was du machen könntest. Schau dir dieses Schreiben an: hier sind fünfzig Exemplare! Gleich werden sie bei fünfzig Adressen sein, und morgen werden es bereits fünfzig mal fünf sein. Das ist nur theoretisch, in Wirklichkeit sind es vielleicht ein paar weniger oder auch mehr. Und dann werden sie auch noch mündlich weitergegeben. Sie werden die allgemeine Meinung beeinflussen. Dies ist auch eine Bakterie, aber kein böses Protozoon, sie bekämpft sogar den Gonokokkus und die Trepanoma Pallidium.«

»Diese Art zu arbeiten kennt doch bereits jeder.«

»Ja«, antwortete sie. »Es ist in der Tat einfach. Sogar die kleinen Kinder kennen es und könnten es nachahmen. Aber ohne Organisation würde kein einziges Exemplar an die Adresse kommen und schon gar nicht sich vermehren.«

»Über die Zeitung ist es doch einfacher, Mei, da muß man sich nicht soviel Arbeit machen.«

»Nicht jeder hat eine Zeitung. Außerdem gehören die Zeitungen gerade der Alten Generation, die gegen uns arbeitet. Jetzt entschuldige mich, ich muß weg.«

Sie steckte die Papiere in die Tasche, die bis jetzt ihre Kleidertasche war, stellte sich vor den Spiegel, puderte sich und kämmte sich das Haar.

»Ich möchte heute die ganze Nacht mit dir zusammensein«, sagte ich.

»Ich werde mein Bestes versuchen«, und weg war sie.

»Den ganzen Tag hat sie nur gelesen und geschrieben«, stöhnte Ibu Badrun. Ihrer Stimme nach hatte sie Mitleid mit mir.

»Sie hat etwas zu erledigen, Ibu. Ich habe sie beauftragt.«

Ich fing an, die Antworten auf van Heutsz' Fragen zusammenzustellen. Die Antworten der Studenten würden höchstens als Ergänzung dienen. Außerdem würde ich sie erst morgen haben. Was konnte man schon von ihnen erwarten, sie wollten ja nur Beamte werden und jeden Monat ihr Gehalt empfangen.

Das Schreiben ging mir nicht so leicht von der Hand wie sonst, wenn ich selbst bestimmen konnte, was ich schreiben wollte. Bei jedem Satz blieb ich stecken, weil ich die Problematik nicht beherrschte. Jedes Mal, wenn ich nicht weiterkam, tauchten die geliebten Menschen in meinen Gedanken auf. Ihre Ansichten kamen in Strömen, rein, ohne jeden Verdacht, kämpften gegeneinander, umarmten sich und standen in Reih und Glied. Ich kam mit dem Schreiben einfach nicht weiter.

Als ich gedankenverloren vor mich hinsah, um einen Satz zu formulieren, legte Mei ihre beiden Hände auf meine Brust. Ich griff danach, sie waren eiskalt.

»Du bist schon zurück?« Ich stand auf, umarmte und küßte sie. Meine Armbanduhr, die auf dem Tisch lag, zeigte zwölf Uhr.

»Du warst viel zu lange draußen, Mei. Es ist schon spät. Denk an deine Gesundheit.«

»Ich habe chinesisches Essen für dich mitgebracht.«

»Damit ich Schweinefleisch esse?«

»Nein. Habe ich etwas von Schwein gesagt? Du bist in letzter Zeit so mißtrauisch und wirst immer schnell böse. Es ist schon zwölf Uhr, und du liegst noch nicht im Bett. Komm.«

Wir aßen schweigend. Hin und wieder schauten wir uns mit durchdringenden Blicken an. Ihr Blick versuchte, mein Herz zu erforschen und meiner das ihre.

»Du bist doch nicht eifersüchtig?« fragte sie mich direkt. »Eifersüchtig. Ich habe nie gedacht, daß mein Mann meinetwegen eifersüchtig sein kann.«

Wir waren mit dem Essen fertig, und Mei sprach weiter: »Seit meiner Kindheit wurde ich zur Korrektheit erzogen, ich habe es mir zu Herzen genommen: Eine korrekte Haltung ist die Grundlage der Tugend für jeden Menschen, der Beziehungen mit anderen Menschen hat und braucht.«

Ich mochte die Art nicht, wie sie heute nacht sprach. Sie suchte nur nach einer Ausrede, um ihr Verhalten zu rechtfertigen.

Am nächsten Tag ging ich mit einem Stapel Antworten der Studenten in das Büro des Anzeigenblattes arbeiten. Es waren dreiundzwanzig Texte, die ich bearbeiten und gleich fertigstellen mußte. Werbetexte. Mein Chef hatte sein Unternehmen erweitert, er warb nun auch in der allgemeinen Zeitung. Mit dem Geld, das ich mit diesen dreiundzwanzig Texten verdiente, würden wir einen ganzen Monat leben können. Es war zwei Uhr nachts, als ich endlich damit fertig wurde. Ich ging sofort nach Kwitang.

Es war stockdunkel. Es hieß, irgendwo wäre ein Defekt in der Gasleitung. Die Straßenlaternen waren alle aus. Einige Meter vor mir liefen zwei Leute in schwarzen Hosen. Waren es vielleicht Verbrecher? Ich verlangsamte meine Schritte. Sie bogen in die Gasse ein, in die auch ich mußte. Danach bog einer in eine andere Gasse ab, der andere blieb ein Weilchen vor Ibu Badruns Haus stehen. Von der Art, wie er lief, und von der Gestalt her konnte es nur Mei sein. Ich beschleunigte meine Schritte.

»Wie langsam du läufst«, grüßte sie mich.

»Kommst du jetzt erst nach Hause, Mei?«

»Ich habe lange vor deinem Büro gewartet.«

Wir gingen hinein. Es war schon zu spät, um die Antworten der Studenten zu studieren. Ich war am Ende meiner Kraft. Auch in dieser Nacht brachte Mei etwas zu essen mit, und wir aßen schweigend.

»Ich hoffe, du bist nicht schon wieder eifersüchtig.«

Auch diesmal gefiel mir die Art, wie sie sprach, nicht, auch wenn ich begriff, daß sie nur wollte, daß ich gegen meine Eifersucht ankämpfte.

Erst am nächsten Abend konnte ich mich mit den Antworten der Studenten beschäftigen. Mei war nicht da, und ich war allein im Zimmer. Ich las sie eine nach der anderen. Ich hatte recht gehabt, kein einziger der Fragebögen war interessant genug, um genauer studiert zu werden. Noch einer und noch einer. Einige waren ein bißchen besser – der von Wardi zum Beispiel, der in der Schule auch Putut genannt wurde, weil er klein und mager war und weil er immer sang und frech war. Von Wilam war nichts dabei. Er hatte die Schule nur ein Jahr lang besucht, danach verließ er Ostindien und ging nach Indien. Der Fragebogen von Partotenojo, auch Partokleooo genannt, war vollkommen wertlos. Er hatte überhaupt keinen Begriff von heute und morgen. Die Antworten von Wardi und Tjipto waren einigermaßen interessant, aber viel zu persönlich. Kurz und gut, ich konnte keine von ihnen verwenden.

Als ich am nächsten Abend aus dem Büro kam, sah ich den Schatten von Mei. Ich ging nicht, wie ich vorhatte, nach Kwitang, sondern verfolgte sie. Mitten auf der Straße blieb sie plötzlich stehen, wie um mir Gelegenheit zu geben, sie genauer zu betrachten. Sie war wie ein Mann gekleidet. Mit der schwarzen Hose und der schwarzen Bluse sah sie wie ein Kung Fu-Kämpfer aus, nur etwas zu mager. Früher hatte mein Großvater immer gesagt: Vor einem hageren Kung Fu-Kämpfer muß man sich besonders in acht nehmen, je schlanker sie sind, desto gefährlicher sind sie auch! Ich wußte nicht, ob mein Großvater das ernst gemeint oder nur geflunkert hatte, auf jeden Fall hatte ich nicht das Gefühl, daß ich meine Frau fürchten müßte. Schon gar nicht, als ich sah, wie sie sich mit einem hochgewachsenen und kräftigen Mann traf, und beide gemeinsam in ein Restaurant gingen.

Ich ging ebenfalls hinein, setzte mich hinter eine Säule und bestellte etwas zu essen.

Mei, meine Frau, saß in einer Ecke mit einem Chinesen, den ich noch nie zuvor gesehen hatte. Sie redeten und lachten, flirteten und zwinkerten sich zu. Ich hatte keine Ahnung, worüber sie sprachen. Ich konnte meine Eifersucht kaum noch zügeln. Es war, als griffe eine Hand in meine Brust und versuchte, mein Herz zu zerquetschen.

Aus der Ferne sah Mei viel hübscher aus, aber auch blasser, wie eine

Strohpuppe, die jederzeit auseinanderfallen konnte, wenn eine grobe Hand sie berührte. Neben ihr saß der Mann, kräftig und groß.

Ich rührte mein Essen nicht an. Ich wußte, daß Schweinefleisch dabei war. Ich unterdrückte meinen Ekel. Mei und ihr Freund hatten nun fertig gegessen. Der junge Mann wollte das Essen bezahlen, aber Mei schien das nicht zu wollen. Sie begannen, in einer Sprache zu streiten, die ich so wenig verstand wie das Schicksal der Menschen. Meine Eifersucht legte sich ein wenig. Sie war mir treu geblieben, dachte und betete ich gleichzeitig. Nur, bis wann?

Sie gingen hinaus. Schnell bezahlte ich mein Essen.

»Schmeckt Ihnen unser Essen nicht?« fragte der Besitzer des Restaurants.

»Nein, es fehlte nichts«, antwortete ich.

»Aber Sie haben nichts davon gegessen.«

Ich rannte nach draußen. Da gingen sie nebeneinander her, aber nicht zu eng. Plötzlich sah ich wie der Mann nach Meis Hand griff und wie Mei diese Hand wegschob. Wie lange hast du das schon ausgehalten, Mei? Und wie lange willst du das noch aushalten? Ja, ich war eifersüchtig. Man sagt, Eifersucht ist eine Leidenschaft, die mit Eifer sucht, was Leiden schafft. Andere sagten, daß sie der Liebe erst die Würze gäbe. Liebte ich Mei wirklich? Oder fühlte ich mich nur verletzt, weil meine Rechte nicht respektiert wurden?

Sie verschwanden in einer Kutsche in Richtung Kota. Ich blieb am Straßenrand zurück. Ich konnte sie nicht weiter verfolgen, weil keine leere Kutsche in der Nähe war. So schlenderte ich zurück nach Kwitang. Dort schrieb ich die Antwort für van Heutsz fertig. Ich las sie nochmals und nochmals und steckte sie schließlich in einen Umschlag, um sie am nächsten Tag auf die Post zu bringen.

Am nächsten Morgen war Mei nicht da, als ich aufwachte. Es war das erste Mal, daß sie nicht nach Hause kam, seit wir verheiratet waren.

Mit traurigem Gesicht fragte mich Ibu Badrun, wo meine Frau denn sei. Ich antwortete, daß ich sie zu einer Kur außerhalb der Stadt geschickt hätte. Sie glaubte mir nicht. Sie erklärte mir, es wäre ihr nicht recht, wenn ihre Familie durch das schlechte Benehmen der

Untermieter in Verruf käme. Ich versicherte ihr, daß Mei nichts Verkehrtes getan hätte.

»Früher war sie ein gutes Mädchen, gehorsam, und kam zu rechten Zeiten nach Hause. Jetzt sieht man sie kaum noch, und sie scheint viel lieber unterwegs zu sein.«

Sie tat, als bemerkte sie nicht, daß sie mich mit ihren Worten beleidigte und sagte nachdrücklich: »Noch nicht mal ihr eigener Mann weiß, wo sie hingegangen ist. Sie sollten gut auf sie aufpassen, Denmas, bevor es zu spät ist.«

Ja, die Freude, das Glück und der Friede in unserer Ehe waren hiermit zu Ende. Du mußt nun lernen, deinen Verlust zu akzeptieren, warnte mich mein Herz. Das Mädchen, das früher so hilflos gewesen war, hatte nun, nachdem sie einige Jahre Privatunterricht gegeben hatte, ihr Schlachtfeld wiedergefunden. Ohne dein Wissen hat sie viele Leute kennengelernt. Keinen einzigen kanntest du, nicht einmal dem Namen nach. Vielleicht hat sie bis jetzt auch gar keinen Privatunterricht gegeben. Träume nicht vom Glück der Ehe. Du bist toll vor Eifersucht. Du hast sie verloren. Deine Hoffnungen schwinden. Auf was wartest du noch, Minke?

Ich ging zurück ins Internat, fest entschlossen, vorläufig nicht mehr nach Kwitang zu kommen. Wenn Mei mich sehen wollte, kam sie in mein Büro in der Kramatstraße. Ihr Gesicht war klar, wurde aber immer blasser. Ihre Augen waren leicht gelblich. Es war offensichtlich, daß sie zu wenig schlief.

Jedes Mal, wenn sie kam, gab ich ihr meinen ganzen Tageslohn. Sie zählte dann das Geld ab und schrieb den Betrag in ein Notizbuch. Ein Viertel davon gab sie mir dann zurück für meine Einkäufe.

Monate vergingen.

Nach fast einem Jahr fragte sie mich eines Tages: »Warum kommst du nie nach Hause?«

»Wen soll ich denn dort treffen? Schau mal, Mei, du bist nur noch Haut und Knochen, deine Augen werden immer gelber. Ich mache mir Sorgen. Hör doch für eine Weile damit auf, bleib doch mal zu Hause. Aber, du mußt es selbst wissen.«

»Verzeih mir. Gib mir noch drei Monate Zeit. Danach werde ich wieder ganz für dich da sein. Ich weiß, daß ich in der letzten Zeit –

auch nach chinesischen Maßstäben – nicht nett zu dir gewesen bin. Aber du weißt, daß ich dir sehr dankbar bin. Du hast mir nie verboten, mich für mein Land und Volk einzusetzen.«

Dann ging sie wieder fort, wer weiß wohin, und ich ging zurück ins Internat.

Wir wurden beide immer dünner. Ich wurde immer nachdenklicher. Jedesmal wenn ich Mei traf, sah ich, daß ihre Augen immer gelber wurden. Die Anzeichen einer Gelbsucht machten sich immer deutlicher bemerkbar. Ich respektierte ihre Treue zu ihrem Land und ihrem Volk. Wie viele Männer hatten sie wohl schon berührt, ohne meine Erlaubnis und mein Wissen? Ich konnte mir nicht vorstellen, daß solche Dingen nicht geschehen waren. Erst dachte ich daran, ihr kein Geld mehr zu geben. Aber so etwas tat ein Intellektueller doch nicht! Ich mußte besser als meine Eltern und Vorfahren sein. Ich mußte meinen Pflichten als Ehemann nachkommen.

»Mei, geh doch bitte zum Arzt.«

»Sehe ich denn krank aus?«

»So ist es. Warte nicht zu lange. Höre diesmal auf mich.«

Danach kam Mei die ganze Woche nicht. Sie war wahrscheinlich zusammengebrochen, dachte ich. Jetzt würde sie mich brauchen.

Langsam lief ich nach Kwitang. Da lag sie tatsächlich. Am ganzen Körper gelb.

»Mei!« rief ich und umarmte sie. »Du bist krank.«

Sie weinte. Sie wußte, daß ihre Krankheit schon weit fortgeschritten war. Ihre Leber war bereits stark vergrößert. Diese Krankheit würde sie ins Grab bringen. So sicher wie das Ticken einer Uhr. Weder mein medizinisches Wissen noch meine Welt würden sie davor retten können.

»Ich dachte, du wolltest mich nicht mehr sehen, mein Mann. Ich bin deine Frau, aber du hast meine Treue mit meinem Land teilen müssen.«

Sie weinte leise.

»Weine nicht, Mei. Ich habe dich immer bewundert. Du konntest das tun, was ich nicht konnte.«

»Ich weiß, du bist nicht gekommen, um mich zu tadeln.«

»Natürlich nicht, warum hast du keine Nachricht geschickt?«

»In Kürze wirst du Arzt werden. Du wirst nicht mehr viel Zeit haben. Kommst du, um mich zu heilen?«

»Natürlich, Mei. Warst du schon beim Arzt?«

Ich untersuchte ihren ganzen Körper, ihre Augen, ihr Herz, ihren Blutdruck und die Schwellung in ihrem Bauch.

»Nein, ich bin zu keinem Arzt gegangen. Ich wußte, daß du mich heilen wirst. Du, mein Mann.«

»Natürlich, Mei. Ich werde dich wieder gesund machen. Wo sind denn deine Freunde? Warum kümmern sie sich nicht um dich?«

»Keiner weiß, wo ich wohne«, antwortete sie. »Sie brauchen es auch nicht zu wissen.«

Sie mußte unbedingt ins Krankenhaus. Mei, ach, Mei, mein Mädchen mit den Mandelaugen und der samtenen Haut. Was ist nur aus dir geworden.

»Laß mich um dich weinen. Du aber«, sagte sie rauh, »weine nicht um mich. Du wirst bald Arzt sein. Laß dich von diesen Tränen nicht davon abbringen.«

Ibu Badrun schien sich nicht mehr um Mei zu kümmern. Obwohl sie sah, daß ich da war, kam sie nicht. Als ich aus dem Zimmer kam, um sie zu sprechen, machte sie ein saures Gesicht. Ich war mir meiner Schuld bewußt.

»Verzeihen Sie mir, Ibu, daß ich Ihnen soviel Schwierigkeiten gemacht habe.«

»Ja, was habe ich denn falsch gemacht, Denmas, daß es so enden mußte?«

»Tausendmal Entschuldigung, Ibu, es war alles meine Schuld.«

»Wie soll es nun weitergehen?«

»Ich weiß, daß Ibu meine Frau nicht mehr mag. Aber glaube mir, Ibu, ihr Verhalten war ohne Tadel.«

»Auch Sie sind die ganze Zeit nicht nach Hause gekommen.«

»Ich habe sehr viel zu tun, mit meinem Studium und meiner Arbeit.«

»Aber es war nicht nur deswegen.«

»Morgen bringe ich meine Frau ins Krankenhaus«, sagte ich.

Mei rief mich aus unserem Zimmer.

Ich ging hinein. Sie winkte mich näher heran.

»Du brauchst mich nicht ins Krankenhaus zu bringen. Ich möchte in deiner Nähe bleiben. Nur du kannst mich wieder gesund machen.«

Sie vertraute mir viel mehr als irgendjemand anderem.

»Gib du mir die Medizin. Nicht jemand anders.«

Mei verlangte das Unmögliche von mir.

»Ich weiß, daß du noch kein Arzt bist. Aber ich möchte dich als Arzt sehen, verstehst du?«

»Ich werde dir ein Rezept schreiben, Mei, sei beruhigt. Ich bin dein guter Arzt.«

Sie wollte mich wie einen richtigen Arzt sehen. Vielleicht war das ihr letzter Wille.

Ich schrieb ein Rezept und bat das Adoptivkind von Ibu Badrun, es in der Apotheke einzulösen.

Ich selbst blieb bei ihr. In ihrem hilfloses Zustand wirkte sie hübscher denn je.

»Ich werde bei dir bleiben, Mei, auch wenn du morgen im Krankenhaus bist.«

»Wenn du nur bei mir bist«, antwortete sie. Ich nickte. »Du mußt Arzt werden, mein Mann. Ein sehr guter Arzt.«

Zwei Stunden vergingen, und das Kind war immer noch nicht mit der Medizin zurück. Wenn sie gemerkt haben, daß das Rezept falsch war, bin ich verloren, dachte ich. Als der Junge schließlich kam, war er in Begleitung der Polizei.

»Haben Sie dieses Rezept geschrieben?« fragte der Polizist.

»Ja, richtig.«

»Wer ist denn krank?«

»Meine Frau.«

»Sind Sie Arzt?«

»Zukünftiger Arzt.«

»Sie sind also noch kein Arzt?«

»Nächstes Jahr erst«, erwiderte ich wütend.

»Gut, dann kommen Sie bitte mit«, befahl er.

»Meine Frau ist schwer krank«, flüsterte ich.

»Sie müssen wegen der Sache erst eine Erklärung abgeben.«

»Es ist gut. Geh mit ihm«, sagte Mei. »Macht dir um mich keine Sorgen.«

Ich schämte mich nicht, vor Mei abgeführt zu werden, obwohl ich wußte, daß ihr Vertrauen in mich dadurch verschwand oder doch geringer werden würde. Natürlich hätte ich das Rezept nicht ausschreiben dürfen, aber ich wollte, daß sie Vertrauen zu mir hatte. Ich hatte es nicht aus Dummheit geschrieben. Was nun auch geschah, sie würde wissen, daß ich mein Möglichstes getan hatte. Laß das Rezept eine Veränderung in dieses düstere Leben bringen.

Sie schlossen mich in eine Zelle. Noch am gleichen Abend wurde ich verhört. Nur ganz kurz. Als sie feststellten, daß ich in der Tat bei der STOVIA war, gaben sie mir einen besseren Platz und wurden auch etwas höflicher.

Am nächsten Morgen kam der Direktor mich holen. Er brachte mich in sein Büro und verlangte, daß ich ihm alles genauestens erzählte. Ich erzählte ihm alles, auch daß ich selbst auf meine Frau aufpassen müßte.

»Sie wissen, daß Sie der einzige sind, der immer wieder die Anordnungen der Schule mißachtet?«

»Das weiß ich sehr gut, Herr Direktor.«

»Wie werden Sie jetzt ihre Frau finanzieren?«

»Sie wissen, daß die Chancen für meine Frau sehr gering stehen. Es sei denn, Gott hat es anders beschlossen. Und Sie wissen auch, daß ich meine Pflichten als Mann erfüllen muß.«

»Wovon wollen Sie die Unkosten decken?«

»Ich werde mein bestes versuchen.«

»Sie gefährden dadurch Ihr Studium, außerdem haben Sie ein Rezept gefälscht.«

»Ich habe nichts gefälscht. Ich weiß, was für Medikamente sie braucht. Es mag sein, daß ich das Gesetz überschritten habe, aber gefälscht habe ich nicht.«

»Also gut, kümmern Sie sich um Ihre Frau, so gut Sie können. Sie können jederzeit von Ihren Vorlesungen wegbleiben.«

Zwei Monate lang lag meine Frau im Krankenhaus. Das Absaugen des Eiters aus ihrem Bauch zog eine Infektion nach sich, die die Krankheit nur verschlimmert hatte. Jeden Morgen und Abend ging ich sie besuchen. Ich sah, daß sie zunehmend schwächer wurde. Sie sprach immer langsamer und leiser.

Zum Schluß gab es eine weitere Komplikation: eine Harnvergiftung.

»Versprich mir, daß du wirklich Arzt wirst«, sagte sie jedesmal, wenn wir uns trafen. »Verzeih mir, daß ich dir soviel Schwierigkeiten gebracht habe. Versprich mir, daß du ein guter Arzt sein wirst, für dein Volk, das immer noch in Armut lebt und erniedrigt wird. Heile den Körper der Menschen und ihren Geist, stell die Grundlagen ihres Lebens aufrecht und weck sie aus ihrem Schlaf.«

Sie bekam keine Proteine mehr, nur noch Glukose.

»Sei jetzt still, Mei. Du wirst eines Tages wieder gesund werden.«

In diesen Tagen hatte ich mein Studium total vernachlässigt, vor allem die Praktika konnte ich nicht mehr nachholen. Ich blieb jede Nacht bei ihr.

Eines Morgens um drei sah ich, wie sie ihre Lippen bewegte. Sie wollte noch etwas sagen, aber sie war zu schwach. Ich hielt ihre Hand, die nur noch Haut und Knochen war. Sie starb ohne ein Wort.

Ich ging wieder zur Schule wie früher. Ich wußte, daß ich dieses Jahr nicht versetzt werden würde. Ich war innerlich gebrochen. Ich lebte wie eine Maschine: Das war es wohl, was sie mit Geduld, Gottvertrauen und noch einem ganzen Waggon voll von ähnlichen Ausdrükken meinten. Zumindest geschah dies alles nur, weil ich meine Pflichten erfüllen wollte, als Mensch, als Ehemann, als künftiger Arzt und als Intellektueller. Keiner konnte mir die Schuld geben. Hätte ich nicht heiraten sollen, bevor ich fertig studiert hatte? Wer maßt sich an, über die Beziehung zweier Menschen zu urteilen? Daß Mei und ich uns getroffen hatten, sie aus einem fernen Land und mit völlig anderer Kultur, es geschah alles ohne unseren Willen.

Die anderen Studenten hatten früher öfters nach der Gesundheit meiner Frau gefragt. Meine Augen und meine eingefallenen Wangen waren ihnen Antwort genug. Auch ihr Beileid war ehrlich. Sie gaben mir nacheinander die Hand, um mir ihr Beileid zu bekunden. Ich nahm ihre Hände, und sie waren kalt wie mein Herz.

Durch meine traurigen Augen sah alles traurig aus, das Fenster, die Tür, das Bett und die alten Kleider, die an den Haken hingen.

Die Luft, die ich einatmete, roch noch nach Kokosöl, gemischt mit Ylang-Ylang und Jasmin, das ich immer in Meis Haare gerieben hatte, während sie krank war. Vor meinen Augen sah ich sie immer noch auf dem Bett im Krankenhaus liegen, hilflos. Immer noch hörte ich ihre leise Stimme, die mir immer wieder sagte, daß ich Arzt werden müßte.

Ach, Mei, nicht einmal deinen echten Namen wußte ich. Sie ging mit dem Wissen, daß ich sie niemals gekränkt hatte, weder ihr Herz, noch ihren Körper. Für dich, Mei, für dich hatte ich gearbeitet, studiert und ein Rezept geschrieben, bevor ich es durfte. Und nun warst du fort. Ich hatte dir nie unrecht getan, Mei. Daß ich mein Studium vernachlässigte, das war weder deine Schuld noch meine. Es war einfach ein Mißgeschick gewesen.

Im Herzen hatte ich mich auf etwas vorbereitet, aber etwas anderes geschah.

Der Direktor saß an seinem Tisch. Vor ihm lagen ein paar Unterlagen unter einer Tintenflasche und einem Lineal.

»Herr Minke«, sagte er, »zuerst möchte ich Ihnen, auch im Namen der ganzen Schule, allen Lehrern und Studenten, unser Beileid aussprechen zum Tode Ihrer Frau.«

»Vielen Dank, Herr Direktor.«

»Dennoch sind da einige Schwierigkeiten, die leider unvermeidbar sind. Ich selbst kenne Ihre Noten und Ihr Verhalten. Sie sind ein eigensinniger Mensch, der sich seinen Weg selbst sucht. Ich habe versucht, dem Schulrat zu erklären, daß sogar der Generalgouverneur an Ihnen Wohlgefallen findet.«

Eine lange Rede, die zu nichts Gutem führte.

»Der Schulrat meinte, daß Sie zwei so grundsätzliche Regelverstöße begangen haben, daß niemand dafür garantieren könne, ob Sie jemals ein guter Arzt im Sinne des Gouvernements werden könnten. Sie sind aus der Schule entlassen. Wenn das Schuljahr zu Ende ist, müssen Sie die Schule und das Internat verlassen.«

Ich würde niemals Arzt werden, Mei, schrie ich in meinem Herzen, verzeih mir, Mei, ich werde mein Versprechen nicht halten können.

»Warum sagen Sie nichts? Bereuen Sie es jetzt?«

»Bevor sie starb, hat meine Frau mir mehrmals aufgetragen, ein guter Arzt zu werden.«

»Leider sind für Sie nun alle Möglichkeiten verschlossen.«

»Ja, da kann man wohl nichts machen.«

»Das war noch nicht alles. Hier ist Ihre Entlassungsbescheinigung.«

Ich nahm den Brief und steckte ihn in die Tasche, ohne ihn gelesen zu haben.

»Und diesen Brief müssen Sie noch unterschreiben.«

Ich las den Brief. Es wurde verlangt, daß ich die Kosten von Studium und Internat für fünf Schuljahre (jeweils nur elf Monate) zurückbezahle. Alles in allem wären es insgesamt zweitausendneunhundertsiebzig Gulden, davon könnte ich mir zwei luxuriöse Steinhäuser kaufen, komplett mit Innenausstattung. Unter dem Brief stand: bar in voller Höhe oder zu bezahlen in … Monaten.

»Sie können versuchen, beim Generalgouverneur vorzusprechen, vielleicht erreichen Sie dort etwas.«

»Ich werde alle meine Schulden bezahlen.«

»Werden Sie sich an Ihren Vater wenden?«

»Nein.«

»An den ehemaligen Resident-Assistenten?«

»Nein.«

»An den Generalgouverneur?«

»Nein.«

»Werden Sie es selbst bezahlen? Unmöglich. Selbst als Arzt hätten Sie nur ein Gehalt von zehn bis zwanzig Gulden bekommen. Wenn Sie es in Raten zahlen, werden Sie mindestens zehn Jahre dafür brauchen.«

Ich unterschrieb den Brief, mit dem Versprechen, innerhalb von drei Monaten den Betrag zurückzuzahlen.

Der Direktor machte große Augen und rief: »Tausend Gulden im Monat! Wie wollen Sie das schaffen? Noch nicht mal die Lehrer hier wären in der Lage, soviel aufzubringen. Seien Sie vernünftig, Herr Minke, machen Sie keine Schwierigkeiten, es könnte juristische Folgen haben.«

»Lassen Sie nur. Darf ich jetzt gehen?«

»Wissen Sie wirklich, was Sie tun?«

Ich stand auf und ging zur Tür. Er rannte hinter mir her und hielt mich an der Schulter fest und sah mich mit seinen braunen Augen an. Danach senkte er den Blick und sagte nichts mehr.

Ich ging ins Internat und packte heimlich meine Sachen zusammen. Das Internat war während der Vorlesung leer. Der Bedienstete half mir, die Sachen auf eine Kutsche zu laden.

»Sie sind nicht der einzige, der so etwas erleben muß«, sagte er mir tröstend.

Die Kutsche fuhr nach Kwitang. Ich ging in Meis Zimmer. Es sah unverändert aus. Mir wurde es schwer ums Herz. Ich sah Mei wieder vor mir, mit all ihrer Güte, ihrem Lächeln, ihrem Mund, ihrer Stimme. Mei! Mei! Ich erinnerte mich an unser erstes Treffen in der Bambushütte: ein fremdes Mädchen inmitten ihrer Landsleute. Damals war sie krank, deshalb brachte ich sie in dieses Zimmer …

Meine Kehle war plötzlich wie zugeschnürt, und ich mußte weinen. Wie still und einsam dieses Leben doch ohne dich ist, Mei.

»Denken Sie nicht mehr soviel an sie, Denmas«, tröstete mich Ibu Badrun.

Diese tröstenden Worte stachen mir nur noch mehr ins Herz. Wer soll denn sonst an sie denken, wenn nicht ich? Sie, die weder Vater, Mutter noch Geschwister gekannt hatte?

»Denken Sie nicht mehr so viel an sie. Sonst machen Sie sich nur selbst kaputt«, sagte sie nochmals. »Überlassen Sie alles dem Herren der Schöpfung. Wir Menschen führen nur Seinen Willen aus.«

Worte, die bei jedem Todesfall gesagt werden, sie enthielten für mich mehrere Bedeutungen und vergrößerten nur meinen Schmerz. Was hast du in deinem kurzen Leben in Wirklichkeit erreicht, Mei? Du hast dich hartnäckig für dein Land und dein Volk eingesetzt, etwas abstraktes, das nur in deinem Kopf existierte. Dein Land und dein Volk, das dich nicht einmal gekannt hat! Du warst krank, als wir uns trafen, nun wurden wir durch eine Krankheit wieder getrennt, diesmal aber für immer. Fast fünf Jahre waren wir verheiratet, Mei. Lang genug, um zu wissen, daß du eine liebenswerte Frau warst. Ein Edelstein, der meinem Leben Glanz gegeben und mich eifersüchtig gemacht hat. Das alles ist nun vorbei, nachdem der Tod, der große Meister, gekommen ist und mich in Verwirrung zurückgelassen hat.

In der zweiten Woche meiner Trauer kam unerwartet Mutter zu Besuch. Sie betrat mein Zimmer und umarmte mich: »Das Schicksal meint es nicht gut mit dir, mein Sohn. Was hast du denn getan? Zweimal hast du geheiratet, zweimal wurdest du verlassen.«

Ich kniete vor ihr und küßte ihre Füße.

»Was fehlt denn an dir, mein Sohn, daß es so enden mußte? Noch nicht mal ein Kind hat sie dir hinterlassen. Du hast mir nicht von ihrer Krankheit berichtet. Du hast mich nicht wissen lassen, daß ihr geheiratet habt. Auch nicht, daß sie tot ist. Wie weit haben wir uns doch voneinander entfernt. Als dein Vater nach Batavia kam, hast du ihm auch nicht die Ehre erwiesen.« Sie zog mich hoch und ließ mich auf dem Bett Platz nehmen: »Nach Hause willst du auch nicht.«

»Sprechen wir nicht mehr darüber, Mutter.«

Sie schaute mich durch ihre Tränen an.

»Reicht es nicht, daß ich für deine Gesundheit und dein Glück gebetet habe? Warum mußte alles so kommen?«

»Mutter, wir werden nicht mehr darüber sprechen. Ihr Sohn wird all dies ertragen.«

Lange schaute sie mich schweigend an.

»Du bist noch blasser als früher«, fing sie wieder an. »Ich will nicht, daß du so leidest, Kind. Du weißt, dich so zu sehen, schmerzt mich mehr als dich selbst. Viel mehr als bei deiner Geburt.«

Um zu verhindern, daß es so weiterging, nahm ich sie mit nach draußen. Vor Ibu Badrun mußte sie sich ein bißchen mehr beherrschen. Wir setzten uns an den Eßtisch, auf dem nichts lag, nicht einmal eine Tischdecke.

Sie fragte Ibu Badrun, wie unser Leben denn bis jetzt gewesen war. Die beiden Frauen, die sich nicht verständigen konnten, redeten viel, aber aneinander vorbei. Ich sah in Mutters Augen, daß sie sehr beunruhigt und über mein Schicksal wirklich unglücklich war. Als beide merkten, daß ich keine Lust hatte, als Übersetzer zu fungieren, schwiegen sie.

Ich ging wieder ins Zimmer. Kurz darauf kam Mutter nach.

»Seien Sie meinetwegen nicht traurig, Mutter«, sagte ich schließlich. »Ich habe ein glückliches Leben mit Ihrer Schwiegertochter gehabt. Wirklich, Mutter. Sie war leise in mein Leben gekommen und ist ebenfalls leise aus meinem Leben verschwunden. Ich bereue es nicht. Ich habe ihr nie weh getan, weder ihrem Körper noch ihrem Herzen. Ich habe sie gepflegt bis zur letzten Minute.«

»Du bist so dünn geworden.«

»Lassen Sie nur, Mutter, ich habe gerade eine traurige Zeit hinter mir. Nun will ich die Vergangenheit hinter mir lassen.«

Am nächsten Morgen verließ ich schon sehr früh das Haus. In der Nacht hatte ich mich entschlossen, das Geld aufzutreiben, um die fast dreitausend Gulden Schulden zurückzuzahlen. Dafür brauchte ich ein wenig Geld als Kapital. Mein Chef bei dem Anzeigenblatt bot mir eine feste Anstellung an, nachdem er gehört hatte, daß ich aus der Schule entlassen worden war. Ich mußte das leider ablehnen. Er bot mir zwanzig Rupiah Vorschuß an, die ich gerne annahm. Alle Leute im Büro waren nett zu mir und sprachen mir ihr Beileid aus. Sie boten mir ihre Hilfe an. Alle waren sie so nett zu mir, Mei, deinetwegen.

Ich nahm mir vor, ich schwöre es im Herzen, fortan auch immer freundlich zu den Menschen zu sein, die freundlich zu mir sind.

Bei der Post schickte ich ein Telegramm nach Surabaya, nach Wonocolo. Ich schrieb von meinem Mißerfolg, daß ich aus der Schule entlassen worden war und über mein Geldproblem. Ich erzählte nichts über meine Heirat mit Mei und daß sie gestorben war.

Zu Hause drängte mich Mutter nach wie vor, nach Hause zu kommen. Ich lehnte mit allen Mitteln ab. Ich würde Batavia nicht verlassen. Ich würde alles wieder aufbauen, was kaputt gegangen war. Ich versprach noch nicht einmal, daß ich nach Hause kommen würde. Auch auf Mutters Aufforderung, mich wieder zu verheiraten, gab ich keine Antwort. Ich wußte, daß meine Gleichgültigkeit sie traurig machte. Um dies alles zu beenden, sagte ich schließlich: »Geben Sie mir fünf Jahre Zeit, Mutter.«

»Fünf Jahre! Was kann nicht alles in fünf Jahren geschehen, Kind. Vielleicht hat der Allmächtige mich bis dahin schon zu sich gerufen.«

»Ich werde Tag und Nacht beten, daß Er Ihnen ein langes Leben beschert.«

Mutter war seit acht Tagen bei Ibu Badrun. Da traf ein Scheck über dreitausendfünfhundert Gulden aus Surabaya ein. Ich ging zur Bank, um ihn einzulösen, danach ging ich sofort zum Büro für Staatsfinanzen und bezahlte meine Schulden. Anschließend ging ich zum Herrn Direktor und zeigte ihm die Bestätigung, daß ich meine Schulden bezahlt hatte.

Er schien sehr überrascht. Ich hatte auch das Gefühl, daß er die Entscheidung, die über mich gefällt worden war, bereute. Leise sagte er: »Eigentlich war es ein bißchen viel verlangt. Warum haben Sie nie protestiert? Soll ich mich um einen Erlaß bemühen?«

Ich antwortete nicht.

»Was haben Sie jetzt vor?«

»Ich möchte nur ein freier Mensch sein, Herr Direktor. Ich werde diese Entlassung als ein Geschenk Gottes betrachten.«

Ich riß den Schuldschein, den er mir gab, in Stücke und warf sie in den Papierkorb.

Auf dem Hof umringten mich meine ehemaligen Kommilitonen. Ich zeigte absichtlich ein klares und fröhliches Gesicht. Sie bedauerten, daß ich das letzte Schuljahr nicht würde beenden können.

»Ein freier Mensch zu werden, paßt besser zu mir, als ein Arzt im Dienste des Gouvernements zu sein. Wir sehen uns später in der Gesellschaft wieder.«

Mutter ging enttäuscht nach B. zurück, weil ich sie im unklaren gelassen hatte, wie es mit mir weitergehen würde. Sie wußte, daß ich ihren Wünschen nicht nachkommen konnte. Nun, da ich kein Arzt werden konnte, eröffneten sich mir tausende neuer Möglichkeiten. Eine Überreaktion drängte mich zum Übertreiben: zu tun, was ich schon immer tun wollte!

Ich mietete absichtlich ein großes Haus neben der Schule in Ketapang, dort, wo sehr viele einheimische Studenten zur Miete wohnten. Bei einer Versteigerung holte ich mir ein paar prächtige Möbel. Ich stellte absichtlich zur Schau, daß ich mein Scheitern nicht bedauerte, sondern daß ich im Gegenteil noch stolz darauf war, kein Regierungsarzt werden zu müssen.

Ich nahm das Portrait aus der weinroten Hülle und hängte es im Wohnzimmer auf. Wie eine Königin sah sie aus, noch erhabener als die Königin Wilhelmina. In mein Schlafzimmer hängte ich das Portrait von Ang San Mei. Es war nicht so gut gelungen und schlecht gemalt. Ein Nachbar in Kwitang, der Mei einige Male gesehen hatte, hatte das Bild für mich gemalt. Eine Woche lang hatte er daran gearbeitet. Jeden Tag war ich einige Stunden bei ihm gewesen. Die Farbkombination stimmte nicht ganz, aber die Konturen waren richtig.

In den folgenden Wochen wollte ich meine Freiheit genießen: keine Verpflichtungen, keine Bindungen und keine Arbeit. Herr Kaarsen war schon dreimal dagewesen und hatte Arbeit mitgebracht. Dreimal hatte ich ihm erklärt, daß ich eine lange Pause machen wollte. Und jedes Mal, wenn er kam, hatte er das Portrait aus Surabaya bewundert: Die Blume, mit der das Jahrhundert Abschied nahm.

Bei seinem vierten Besuch fragte er schließlich: »Dürfte ich dieses Gemälde für etwa eine Woche ausleihen, Herr Minke?«

»Leider nein.«

»Darf ich es dann mieten?«

»Auch nicht.«

»Kann ich es dann von einem Maler kopieren lassen?«

»Leider auch nicht.«

»Wieviel verlangen Sie für eine Kopie?«

»Dieses Gemälde ist nur für mich persönlich. Es tut mir leid.«

»Das ist sehr schade. Es wäre ein schönes Bild für die Ankündigung eines Theaterstückes. Was ist denn Ihre Begründung? Es ist doch nur ein Bild?«

»Seine Geschichte kann man nicht mit Geld bezahlen.«

»Na gut. Und wie sieht es mit der Arbeit aus, Herr Minke?«

Er erinnerte mich an den Vorschuß, den ich schon angenommen hatte.

»Ich bin bereit, diesen Vorschuß zurückzugeben.«

»Das meine ich nicht. Ihre lange Abwesenheit hat der Firma viele Verluste eingebracht. Sie lehnen ab, fest angestellt zu werden, obwohl die Firma so einen guten Ruf hat. Jetzt ist auch noch der Zirkus aus England da, und es gibt noch mehr Arbeit. Ich habe es mir gründlich überlegt. Ich mache Ihnen einen Vorschlag. Wenn Sie möchten, können Sie der zweite Mann in der Firma werden, ohne Kapital. Damit werden Sie doch einverstanden sein.«

Ohne lange zu überlegen, stimmte ich zu. Der Vertrag wurde sofort aufgesetzt und unterschrieben. Ich bekam ein Monatsgehalt von fünfundsiebzig Gulden. Dies gab mir das Gefühl, mehr wert zu sein als ein Regierungsarzt mit zehn Jahren Arbeitserfahrung.

Nachdem Kaarsen gegangen war, schaute ich mir das Bild im Wohnzimmer noch einmal an, dann ging ich schlafen.

Immer wieder mußte ich das Portrait von Ang San Mei anschauen, und jedesmal wurde ich in die Vergangenheit zurückversetzt. Immer noch klang es mir in meinen Ohren: Du mußt Arzt werden! Ich schüttelte den Kopf. Es ist mir mißlungen, Mei. Deine Erwartungen waren vergeblich.

In der Tat galt der Beruf des Arztes bei den einheimischen Intellektuellen als der, der die meisten wissenschaftlichen Kenntnisse verlangte. Man mußte schon einen hellen Kopf und einen starken Willen haben, um es zu schaffen. Nur Auserwählte konnten die STOVIA absolvieren. Aber Mei, Arzt sein ist nicht der einzig gute und erhabene Beruf. Auch die Arbeit eines Werbefachmannes ist nicht schlecht, wenn auch nicht so erhaben. Mei schien mir widersprechen zu wollen. Wirklich Mei, es ist vielleicht nicht erhaben, aber man verdient mehr als ein Regierungsarzt mit zehn Jahren Arbeitserfahrung. Die Arbeit ist angenehm und sauber. Und man ist nicht von der Regierung abhängig. Frei zu sein, Mei, ist viel wichtiger.

Die Mandelaugen meiner Frau an der Wand würden nie mehr zwinkern, und trotzdem empfand ich ihren Glanz wie beim ersten Mal, als sie mir riet, eine Organisation zu gründen.

Wirst du dein Volk weiter in seiner Unwissenheit lassen? Wer wird anfangen, daran etwas zu ändern, wenn nicht du?

Ich dachte wieder an ihre Ansichten, ihr Bemühen und ihre Selbstaufopferung. Sie hatte nie erzählt, was sie damit erreicht hatte. Sie erzählte immer nur von der Jungen Generation, von ihrem großen Enthusiasmus, ihren Zielen und Überlegungen. Sie war gegen die Bakterien des englischen Imperialismus, der Verbreitung des japanischen Imperialismus, des Kaiserreiches Cixi, das sie als eine andere Bakterie ansah. Sie sprach über den Aufruf des javanischen Arztes, die Lebensgrundlagen des Mädchens aus Jepara … Der alte Mann sollte nicht der Rufer in der Wüste der Intellektuellen bleiben. Er hatte seine Ersparnisse aus dreißig Jahren dafür geopfert. Sie hatte gehofft, mein Herz wäre nicht die Sahara, die Gobi oder die Kalahari.

War es richtig, daß einer wie ich diese angenehme Stelle als zweiter Mann in der Firma von Herrn Kaarsen annahm? Natürlich. Die Arbeit für das Anzeigenblatt brachte mir neues Wissen: Ich lernte, wie die Kapitalisten und die Beamten zusammenarbeiten. Natürlich auf Kosten der Schwachen und Schwächsten. Ich hatte nicht gedacht, daß die Versteigerung von Waren eine Art von verschleierter Bestechung war! Wenn ein Beamter woandershin versetzt wurde, war es üblich, daß er seine ganze Einrichtung versteigern ließ, bevor er an den neuen Ort zog. Die europäischen und chinesischen Unternehmer und die Geldverleiher schätzten dann die Wichtigkeit der Person für den Handel und die Plantagen. Je höher sein Rang, desto höher auch die Summe, die bei der Versteigerung erzielt wurde. Der Resident von Ostsumatra zum Beispiel hatte bei solch einer Versteigerung mehr als dreiundvierzigtausend Gulden einkassiert! Ein Tintenfaß hatte fünfhundert Gulden eingebracht, ein Globus sechshundertfünfzig Gulden, ein Lineal einhundertzwanzig Gulden und so weiter. Und wer hatte sie gekauft? Unternehmer, die hofften, gute Geschäfte mit ihm machen zu können. Die versteigerten Dinge konnten sogar noch höhere Beträge erzielen, wenn der Beamte dafür bekannt war, hart gegen die Einheimischen vorzugehen, was weitere Vorteile für die Unternehmer mit sich bringen würde. Die Bauern, die ihre Grundstücke, und diejenigen, die ihre Freiheit verloren hatten und sich als Lohnarbeiter verdingen mußten, hatten nur die Wahl zwischen zwei Möglichkeiten: Amok zu laufen oder zu beten, daß es einmal anders würde, worauf sie lange warten konnten.

Mein ganzes Leben zog wieder an mir vorbei. Was hatte ich nicht schon alles erlebt? Die Leute, die ich getroffen hatte, die einfachen Menschen und die Intellektuellen, alle hatten sie mich ohne ihr Wissen in das Leben eingeführt. Ich empfand Scham und Verwirrung, als ich an all die Kurse, Erklärungen, Lehren und Hoffnungen von Ter Haar dachte. An die Flüche der Leute über den Aceh-Krieg … und wie Marie van Zeggelen die Befreiungskämpfe in Aceh und Bugis verherrlichte. An das anonyme Schreiben über die Fronarbeit und die Tausende von Opfern, die dabei zu Tode gekommen waren. Ein Vierteljahrhundert dauerte nun schon der Widerstand Acehs gegen die Holländer – auch Frauen und Kinder hatten sich an den Kämpfen beteiligt! Ich dachte an Multatuli, Rooda van Eysinga und van Hoëvell. An den habsüchtigen »Zucker« und die Brutalität seiner Administratoren. An die Aufstände der Bauern auf Java, die immer wieder durch »Zucker« unterdrückt wurde. An die Bauern aus Batak Karo, die für Tabak und Gummi vernichtet wurden! An das Schreiben *»Die Millionen aus Deli«* von einem Juristen Namens J. van den Brand, der in Ostsumatra gearbeitet hatte. Er hatte die rüden Praktiken der Unternehmer gegen die Arbeiter auf den Tabakplantagen dort aufgedeckt. Vielleicht weil er ein guter Christ war, der nicht mit ansehen konnte, wie seine Landsleute die Einheimischen ausbeuteten, oder weil ihn die Folgen der Ethischen Politik der radikalen Gruppe auch getroffen hatte. Zumindest hatte sich die holländische Regierung dazu genötigt gefühlt, jemanden hinzuschicken, Richter J. L.T. Rhemrev, der an Ort und Stelle den Wahrheitsgehalt dieser schweren Anschuldigungen erforschen sollte. Es stellte sich heraus, daß die Zustände der Plantagenarbeiter in Ostsumatra noch wesentlich schlimmer waren, als in den Berichten von van den Brand geschildert wurde. Deshalb wurden die Untersuchungsergebnisse von Rhemrev auch nie veröffentlicht. Der Minister für das Kolonialwesen, J. T. Cremer, der früher selbst als Administrator bei der Deli-Gesellschaft gearbeitet hatte, konnte nur erklären, daß die Mißstände in Ostsumatra, wie sie van den Brand kolportierte, während seiner Tätigkeit dort noch nicht aufgetreten wären. Er meinte, daß das heiße tropische Klima wohl die Moral der Weißen dort beeinflußt hätte.

Der Minister hatte es sich leicht gemacht, eine einfache Erklärung zu finden, als ob das Klima in Ostsumatra sich verändert hätte, seitdem er die Insel verlassen hatte. Für Tabak hatten die einheimischen Machthaber Land an die Unternehmer verschachert und somit der Adat der Weitervererbung des Landes in Ostsumatra völlig zunichte gemacht. Seit mehr als dreißig Jahren hatten die habgierigen Sultane tausende von Hektar Adat-Land als Konzessionsland an die Tabak- und Gummiunternehmern vergeben.

In der Sumatra Post konnte man schreckliche Berichte über die Habgier der europäischen Plantagenbesitzer lesen, die immer mehr vom fruchtbarsten Boden in Ostsumatra haben wollten … Und über einheimische Beamte, die das eigene Volk unterdrückten …

Ich sprang von meinem Bett auf und ging auf das Bild von Ang San Mei zu. Es war für mich zu einer Art Götzenbild geworden.

Im letzten Brief von Ter Haar hatte gestanden: Behalte van Heutsz gut im Auge. Er ist ein großer Kolonialist. Vergiß nicht: Er ist zwar ein General, hat aber noch nie einen internationalen Krieg gewonnen. Es war ihm bis jetzt nur gelungen, die Einheimischen zu unterwerfen. Selbst Aceh lag noch nicht zu seinen Füßen. Beeinflußt vom Sieg der Japaner war der Widerstand sogar noch heftiger geworden.

»Ich werde dies alles nochmal studieren müssen, Mei!«

7

Ich stöberte noch einmal in meinen Tagebüchern. Ich holte die alten Briefe wieder heraus und legte dann alles, was mir nach wie vor unwichtig erschien, zur Seite. Ich begann, die rotmarkierten Artikel in den Zeitungstapeln, die in meinem Arbeitszimmer lagen, durchzuarbeiten. Langsam bekam ich wieder einen Überblick über die vergangenen Zeiten. Am interessantesten blieben die Briefe von Ter Haar, von seinem ersten Brief an. Wenn ich sie der Reihe nach sinngemäß wiedergeben sollte, dann ungefähr so:

Herr Minke,

Ich bin nun in Semarang. Herr Ing. H. van Kollewijn erlaubte mir nicht, ihn bis Jepara zu begleiten. Auch jetzt ist immer noch nicht klar, worüber dort gesprochen wurde. Als er nach Semarang zurückkam, konnte ich ihm keine einzige Erklärung aus dem Mund locken.

Es wäre falsch zu glauben, daß das Treffen ohne Bedeutung war. Egal, was ein Mitglied der Zweiten Kammer macht, es hat immer etwas mit seiner Arbeit zu tun, selbst wenn er sich nur mit einer Hausangestellten unterhält.

Das Mädchen schien das Interesse vieler Gruppen geweckt zu haben. So war sein Besuch dort auch nur einer von vielen gewesen. Vielleicht erinnern Sie sich noch daran, wie es war, als sie das erste Mal gezwungen worden war, zu heiraten. Haben Sie überhaupt davon gehört? Bei den Journalisten war es zumindest kein Geheimnis mehr. Sie litt unter sehr starken Depressionen und wurde schwer krank. Die Leute dachten schon, sie würde mit ihrer Familie brechen und zu den Protestanten überlaufen. Die Besuche von Dr. N. Adriani und später von Dr. Bervoets, dem Gründer des ersten Missionskrankenhauses in Mojowarno, waren auch nur stellvertretend für bestimmte Gruppen.

Schade, daß bis jetzt immer noch unklar ist, was damals geschah. Trotzdem, notieren Sie es für sich.

Was ist mit Ihnen? Haben Sie mit der liberalen Gruppe in Batavia Verbindung aufnehmen können? Die Diskussionen, an denen Sie teilnehmen konnten, waren sicher sehr interessant. Es ist in der Tat schade, daß es in Ostindien immer noch keine liberale Zeitung gibt. »De Locomotief« muß sich sehr zurückhalten, um nicht zwischen das Zuckersyndikat und das Syndikat für Allgemeine Landwirtschaft *zu geraten. Wir müssen lernen, die Korallenriffe der Regierung und der Großkonzerne und die anderen Untiefen unter der Meeresoberfläche, die unsere eigenen Erwartungen darstellen, zu umschiffen.*

Trotz allem bleibt unsere Zeitung die Nummer Eins in ganz Ostindien. Wir haben die meisten Abonnenten und werden als zuverlässige Informationsquelle betrachtet.

Möchten Sie nicht einmal nach Semarang kommen? Ich werde Sie zur Vereinigung der Indos, Soerja Soemirat, eine der größten und erfolgreichsten sozialen Organisationen in Ostindien, mitnehmen. Sie werden sehr viel aus den Erfahrungen von Soerja Soemirat lernen können. Sie hat schon eine Werkstatt, eine technische Schule, ein Waisenhaus und einige einfache Unternehmen gegründet. Sie werden erstaunt sein, wie diese armen Mischlinge sich gegenseitig helfen, durch produktive Arbeit und mit Handel. Sie wollten nicht vom Gouvernement oder den großen Unternehmen abhängig sein. Sie lernen und lehren, selbständig zu sein …

Seine nächsten Briefe könnte man so zusammenfassen:

Erinnern Sie sich noch an unser Gespräch in dem Delman, nach dem Treffen in »De Harmonie«? Van Heutsz bekam offensichtlich Unterstützung von der liberalen Gruppe. Vielleicht hatte er sich damals schon mit Ing. H. van Kollewijn geeinigt. Vielleicht wird er schon bald zum Generalgouverneur ernannt. Wenn dies eintritt, wird es ein Teufelsbündnis zwischen der Freien Demokratischen Partei und dem Militär in Ostindien geben.

Nach diesen Briefen ging Ter Haar zurück nach Holland. Er schrieb von dort nur noch über seine Gesundheit und private Aktivitäten. Anfang 1904 kam er zurück nach Ostindien und schaute im Internat vorbei. Er sagte, daß van Heutsz ganz bestimmt Generalgouverneur werden würde. Beim Militär würde Unsicherheit herrschen. Van Heutsz war Sieger beim Kampf der Generäle. Er warf ihnen den Posten des Oberbefehlshabers zu, um den sie sich streiten konnten, und nahm den Sitz als Generalgouverneur für sich. Ein schlauer Mann. So bekam er den höchsten Posten in Ostindien und würde bis zu seinem Tod die Tribute der Residenten kassieren können, die er selbst ernannt hatte.

Einige Monate, nachdem van Heutsz tatsächlich Generalgouverneur von Ostindien geworden war, schrieb Ter Haar folgendes:

Wir können nur beten, daß seine Idee von der Einheit Ostindiens keinen Krieg bedeutet. Mit dem Ende des Aceh-Kriegs hat Ostindien nun seine ganze militärische Kraft wieder. Er kann sie für alles verwenden. Und wenn er wirklich seinen Plan ausführt, können wir nur hoffen, daß keine neue Hölle in den kleinen unabhängigen Staaten entstehen wird. Ich machte mir schon Sorgen, als ich in den militärischen Kreisen in Semarang hörte, daß nach Aceh nun Bali an die Reihe kommt.

Das Militär in Semarang rechnete damit, daß die Balinesen genauso fanatisch sind wie die Aceher, auch wenn sie eine andere Religion haben. Die Einheimischen haben sich in der ganzen Geschichte schon immer gegenseitig an den Haaren gezogen. Die Kolonialmacht mußte sich nur in den Streit einmischen, um als Sieger über beide herauszukommen. Das Prinzip Divide et impera war nur dummes Gerede. Seit zwölf Jahren schon hatten die Holländer ein freundschaftliches Bündnis mit dem Königreich von Buleleng und Singaraja, um ganz Bali zu unterwerfen …

Dieses Schreiben erinnerte mich an zwei Berichte über Bali. Den einen über das Verbot der Witwenverbrennung und den anderen über den Raub des Handelsschiffes Sri Kumala, das am Strand vom Gumicik, in der Nähe von *Sanur*, Den Pasar, gestrandet war.

Er schrieb weiter:

Die Gesetze Ostindiens gelten auf Bali nichts. Das Verbot der Witwenverbrennung war nur eine Propaganda für Europa bezüglich der Humanität ihres Rechts. Holland hat keine effektive Macht, auch nicht in Buleleng, bei ihrem Verbündeten.

Die Balinesen sind ein stolzes Volk und hören nicht auf die Verbote.

Die Berichte in den Zeitungen sind wahr: Ostindien hat erklärt, daß das Handelsschiff Sri Kumala *von Balinesen aus der Nähe des Dorfes Sanur geplündert worden ist und daß sie die ganze Besatzung ermordet haben. Vertreter der Regierung aus Batavia und Surabaya sind nach Den Pasar gekommen, um einen Schadenersatz von zehntausend Ringgit zu verlangen.*

Herr Minke, ich glaube, daß das alles nur ein Trick des Militärs ist, das unter van Heutsz steht, um einen neuen Krieg zu beginnen, um Bali zu unterwerfen. Sie suchen nur einen Vorwand. Sie müssen einen Vorwand haben, um angreifen zu können, so denkt eben ein Europäer. Nicht wie die Könige in Asien; die greifen die Nachbarländer auch ohne Grund an, praktizieren einfach das Recht des Stärkeren. Die Europäer müssen immer einen Anlaß haben, auch wenn dieser nur vorgetäuscht ist. Das ist eine Sache des Verstandes und nicht der Moral, was für die Einheimischen keine Rolle spielt. Ich wette eins zu zehn, van Heutsz wird seinen Traum von einem einheitlichen Ostindien wahr machen.

Erinnern Sie sich, wie van Zeggelen über van Heutsz gespottet hat? Die Frau hatte nicht unrecht. Wenn ein Krieg zwischen Ostindien und Bali ausbrechen sollte, wird sie, glaube ich, nach Bali kommen und mit den balinesischen Helden sympathisieren, so wie sie mit den Buginesen und den Acehern sympathisiert hat.

Oder glauben Sie, daß die Balinesen gewinnen werden?

Eigentlich würden die Balinesen gewinnen können, wenn sie in den letzten Jahren nicht so nachlässig geworden wären. Haben Sie gewußt, daß vor etwa zwanzig Jahren der Waffenhandel in Singapur durch die Konkurrenz der Kaufleute aus Bali und Aceh durcheinandergeraten ist? Aceh bezahlte mit Dollars, die es mit Pfeffer verdient hatte, Bali mit dem Export von Sklaven. Die chinesischen Händler in Singapur hatten aber bereits genug Sklaven und Konkubinen. Bali verlor in diesem Wettbewerb, und die Waffen strömten nach Aceh. Als Holland mit Aceh im Krieg lag, war Bali unaufmerksam geworden. Es sah keine Notwendigkeit, sich weiterhin zu bewaffnen. Und nun ist es zu spät. Bali wird verlieren. Es gibt nichts, was darauf hindeutet, daß Bali den Krieg gewinnen kann. Wir können nur beten, daß es nicht zum Krieg kommt.

Miriam de la Croix hatte mir aus Holland geschrieben, daß sie einen achtunddreißigjährigen verwitweten Juristen geheiratet hatte.

Wenn du mir schreibst, benutze bitte nicht meinen alten Familiennamen, schreibe jetzt an: Mir Frischboten. Mein Mann ist in Bandung geboren. Er kann sehr gut Sundanesisch und Malaiisch, nur leider kann er kein Javanisch. Er träumt davon, nach Java zurückzukehren und dort eine Praxis aufzumachen.

Ich habe viel von dir erzählt, und er möchte dich gerne kennenlernen.

Ich höre Gerüchte, daß in Bali sehr gespannte Zustände herrschen. Ist das wahr? Die hiesigen Zeitungen berichten nichts darüber. Es sind nur Gerüchte, die vor allem von der Börse kommen. Wenn es stimmt, was hältst du davon?

Ach ja, ich habe vergessen dir zu schreiben, diese indische Schriftstellerin, Marie van Zeggelen, ist im Augenblick in Holland und hält Vorträge über den Aceh-Krieg. Ich war bei einem dieser Vorträge. Sie verherrlicht die Frauen von Aceh, die zusammen mit ihren Männern auf das Schlachtfeld zogen, verwundet wurden und sogar starben. Und daß dies nicht in Europa passiert ist, wo doch im Augenblick so laut über die Gleichberechtigung der Frau diskutiert wird.

Sie erzählte von der Treue der Aceh-Kämpfer zu ihrem Vaterland, ihrem Volk und ihrer Religion. Sie erzählte von ihren Niederlagen, die sie ohne Klagen ertrugen – einem Krieg, den man mit dem Burenkrieg in Südafrika oder Kriegen in Europa nicht vergleichen kann – ein typischer Krieg für Aceh, der Tag und Nacht andauerte. Seit drei Jahrhunderten der einzige Krieg in Ostindien, in dem es um die Freiheit ging.

Man sagt, Vater übrigens auch, daß die Balinesen viel aus der Niederlage Javas gelernt hätten. Sie werden sich nicht so leicht unterwerfen lassen. Ist es wahr, daß Ostindien Bali überfallen wird? Erzähle mir etwas von den Balinesen, von den mutigen Männern und den vielseitigen Frauen.

Ich antwortete Mir mit den Auskünften, die mir Ter Haar gegeben hatte. Ansonsten hatte ich nichts darüber finden können. Auch in den Zeitungen wurde fast nichts darüber berichtet.

Ter Haar hatte folgendes geschrieben:

Ich werde Ihnen etwas über Bali erzählen, was ich in Erfahrung bringen konnte.

In der Tat gibt es darüber nicht viel zu lesen. Wenn ich später die Gelegenheit habe, dorthin zu kommen, werde ich vermutlich mehr darüber berichten können.

Der Abgesandte Ostindiens, der nach Den Pasar gekommen war, hat inzwischen ein Treffen mit dem Minister von Klungkung, I Goesti Agoeng Djelantik, gehabt. Es geschah genau das, was van Heutsz erwartet hatte. Djelantik weigerte sich, Schadenersatz zu leisten. Es hieß, die Antwort stamme vom König von Klungkung, I Dewa Agoeng Djambe aus Puri Asmarapura, Klungkung: »Wir werden Schadenersatz mit den Spitzen unserer Speere leisten.«

Und so wurde van Heutsz der Weg geebnet, Bali anzugreifen.

Eine Kompanie wurde bei Sanur und zwei bei Kuta an Land gesetzt. Beide mit dem Auftrag, Den Pasar anzugreifen.

Wenn Sie Gelegenheit haben, die nächste Militärzeitschrift zu lesen, werden Sie vielleicht einen besseren Überblick bekommen. Allerdings dürfen Sie nicht alles, was dort veröffentlicht wird, als die reine Wahrheit betrachten.

Das Schicksal der Länder, denen die modernen Errungenschaften bislang vorenthalten wurden, ist wirklich bemitleidenswert. Sie werden niemals gewinnen können, wie tapfer sie auch sein mögen. Schauen Sie Bali an. Das Königreich Klungkung hat keinen nennenswerten Handel. Das bedeutet, daß es keine ausreichende Armee unterhalten kann. Sich nur auf die Treue des Volkes zu verlassen, ist in dieser modernen Zeit unmoralisch, vor allem wenn das Volk bis jetzt nur als Quelle für den Reichtum des Königs und seiner Familie gedient hat. Obwohl, ja, obwohl die Dichter und die Priester in ihren Lehren die Treue, die Religion und die göttliche Abstammung der königlichen Macht mit einbezogen haben, werden sie verlieren.

Vielleicht sind Sie anderer Meinung. Wenn das so ist, würden Sie sie mir schreiben?

Ich hatte ihm geantwortet, daß ich mit meinem Studium viel zu beschäftigt sei und keine Zeit hätte, darüber nachzudenken. Außerdem hätte ich zu wenig Ahnung, um mit ihm darüber diskutieren zu können. In seinem folgenden Brief hatte er mir dann vorgeworfen:

Wie können Sie so gleichgültig sein gegenüber einem Volk in Ostindien, das gerade von solch einem Unglück getroffen wird? Können Sie darin nicht auch Ihr eigenes Unglück erkennen? Es sind Balinesen, aber es sind Ihre Volksgenossen. Sie haben die gleiche Hautfarbe wie Sie, sie trinken das gleiche Wasser und essen den gleichen Reis. Daß Sie für Ihr Studium viel zu lernen haben, ist überhaupt keine Entschuldigung. Schon allein diese Gleichgültigkeit bedeutet, daß Sie die Kompeni dabei unterstützen, das balinesische Volk zu unterwerfen. Können Sie sich nicht mal ein paar Minuten freinehmen, um Ihre Sympathie für dieses Volk zu zeigen, und mit Ihren Freunden darüber sprechen?

Er hatte recht. Die Balinesen gehören irgendwie auch zu meinem Volk. Aber ich hatte wirklich keine Gelegenheit, mit meinen Kommilitonen darüber zu sprechen. Sie waren alle mit ihren eigenen Dingen beschäftigt. Noch nicht einmal Zeitungen lasen sie. Zeitungen waren teurer als Zigaretten, und die meisten bevorzugten das letztere. Und ihre Stellung als künftiger Amtsarzt genügte ihnen. Schließlich hatte ich mit niemandem darüber gesprochen. Nicht einmal mit meiner Frau.

Mir Frischboten brachte ein anderes Problem zur Sprache:

Mein Mann hatte Stimmen im höchsten Ausschuß vernommen, daß die Regierung Ostindiens einen Sultan samt seiner Familie von den Molukken nach Java verbannt hätte. In die Gegend von Sukabumi. Ist das wahr? Was ist eigentlich wirklich geschehen?

Der Brief erinnerte mich an das Mädchen aus Jepara. Vielleicht war Mir mit ihren Fragen, ohne daß es ihr bewußt wurde, zu einer Informationsquelle für Ing. H. van Kollewijn, Mitglied der Zweiten Kammer, geworden. Generalgouverneur Rooseboom hatte es für nötig gehalten, das Mädchen aus Jepara in den Stand der Ehe zu zwingen, um es zum Schweigen zu bringen. Wie war es mit Mir? Und wie stand es mit mir? Wurde ich, ohne daß ich es wußte, von den Leuten in Holland auch für Informationen benutzt? Zumindest über Ter Haar?

Was machte Mir Frischboten also wirklich? Wer außer mir bekam diese Fragen gestellt?

Auf der andere Seite, wie kam es, daß ich keine einzige Frage beantworten konnte? Wie kam es, daß sie viel mehr über Ostindien wußten als ich?

Und wie immer war das alles durch das Studium und die Arbeit verdrängt worden. Ich hatte Mir Frischboten nicht geantwortet. Ich hatte ihre Frage auch nicht an Ter Haar weitergeleitet. Deshalb hatte sie mir längere Zeit keinen Brief mehr geschrieben. Aber Ter Haar hatte mir weiterhin geschrieben.

In seinen folgenden Briefen war er nicht mehr so hart mit mir zu Gericht gegangen:

Man kann Ihnen tatsächlich keine Schuld geben. Daß Sie nicht viel über Ostindien wissen, ist eigentlich nicht verwunderlich. Es ist die Arbeit eines Journalisten, Nachrichten zu sammeln und Informationen zu suchen. Ein Student erhält seine Informationen von Lehrern und aus Büchern.

Vor einer Woche sind zwei Bataillone der Kompeni Semarang nach Bali entsandt worden. Ungewiß bleibt, wie viele es aus den anderen Gebieten sind. Offensichtlich hat die Kompeni es schwer auf Bali, obwohl der Abstand zwischen Sanur und Den Pasar nur sechs und zwischen Kuta und Den Pasar nur elf Kilometer beträgt. Sie kämpfen schon seit zwanzig Tagen, und Den Pasar ist immer noch nicht gefallen. Wissen Sie, was das bedeutet? Speere, die Feuerwaffen zwanzig Tage lang Widerstand leisten können? Sie sollten stolz auf diese Tatsache sein. Zwanzig Tage, mein Herr!

Eine Woche nach diesem Brief hatte es dann auch in der Zeitung gestanden: Den Pasar war gefallen. Ich hatte noch einmal nachgerechnet, wie viele Tage vergangen waren, seit die Kompeni das erste Mal in Bali eingefallen waren. Dreißig Tage hatten sie gebraucht, bis die Stadt endlich gefallen war.

Die Botschaft, die hinter der Nachricht von Ter Haar stand: Es war ein mutiger Kampf gewesen, den man mit keinem Krieg in der menschlichen Geschichte vergleichen konnte. Der König von Klungkung, I Dewa Agoeng Djambe, hatte alle seine Familienangehörigen und alle Untertanen, Männer wie Frauen, in Den Pasar aufgerufen, den Puputan-Krieg zu führen; den Kampf bis zum letzten Mann.

Die Männer und Frauen Ihres Volkes, die tapferen Balinesen, sind auf das Schlachtfeld gezogen, Herr Minke. Die Frauen mit ihren Säuglingen auf dem Rücken trugen Speere oder Keris und stürzten sich nach vorne wie die fliegenden weißen Ameisen auf das Feuer. Keine von ihnen kam wieder zurück, alle blieben sie da, gebadet im eigenen Blut und dem ihrer Säuglinge.

Als ich das hörte, Herr Minke, habe ich mein Haupt gesenkt, um die Helden zu ehren, von denen ich keinen einzigen kannte. Plötzlich wuchs meine Liebe zu diesem mutigen Volk. Schade, daß Sie Ihren Unterricht nicht verlassen können. Ich habe vor, nach Bali zu gehen und hätte Sie gerne mitgenommen. Sie hätten die Geschichte dieses unglaublichen Heldentums schreiben können. Schade, daß ich kein Schriftsteller bin.

Mit dem Fall von Den Pasar hat Bali sich noch lange nicht ergeben. Die zentrale Regierung in Klungkung hat sich noch nicht ergeben und konnte noch nicht unterworfen werden und blieb noch unangetastet. Der Krieg würde noch dauern …

Wenn Marie van Zeggelen mir schreiben würde, hätte sie wohl geschrieben: Der Krieg auf Bali wurde nicht für die Freiheit geführt wie der Aceh-Krieg. Es ist eine alte Art der Kriegführung, wie in ganz Ostindien, die gegen die Vorherrschaft der Holländer.

Immer wieder las ich Ter Haars Brief. Tagelang wartete ich auf die Fortsetzung. Je öfter ich ihn las, desto faszinierter war ich von den mutigen Balinesen. Sie verfügten nicht über die europäische Technik und waren trotzdem bereit, ihr Kostbarstes zu opfern, nämlich ihr Leben, ihre Seelen, nur um sich den Holländern nicht unterwerfen zu müssen. Und in der Schule, die ich nun verlassen hatte, waren sie schon glücklich, wenn sie in ein paar Jahren das Dasein eines beamteten Arztes führen konnten – eines Arztes im Dienste der Macht, die nun auf Bali herumtobte. Für die »Einheit« Ostindiens!

Ich würde niemals dieser Regierung, dieser mörderischen Macht dienen. Ich verließ meinen Arbeitstisch, ging in mein Schlafzimmer und stand vor Meis Bild.

»Schade, daß ich mit dir noch nie darüber gesprochen habe. Du bist gegangen, ohne zu wissen, daß ein Volk sich gegen Europa gewehrt hat und ausgerottet wurde, Männer, Frauen und ihre Kinder …«

Das Bild schwieg.

Was mußte ich nun tun? Der Kampf in dieser modernen Zeit – plötzlich fielen mir die Worte von Ter Haar wieder ein – braucht ebenfalls moderne Mittel: eine Organisation. »Wir müssen ein Riese werden«, sagte damals der pensionierte javanische Arzt. Auch Mei: »Eine Organisation ist stärker als die einzelnen. Gründe eine Organisation! Dein Herz ist doch keine Wüste?«

Aber wenn all mein Volksgenossen wie die Helden im Puputan-Krieg fallen sollten, auf eine moderne Art … Wie sollte das geschehen?

»Fang mit der Organisation an! Jetzt, sofort!« schrien Mei, der javanische Arzt, Ter Haar. Aber wie? Wie … ?

»Fang an, und du wirst die Antwort bekommen«, hallte Meis Stimme wieder.

Mit gesenktem Kopf ging ich zu meinem Tisch zurück. Ich nahm mein Notizbuch heraus und schrieb folgende Worte: Heute werde ich anfangen.

An jenem Abend kamen einige Studenten der Ärzteschule mich besuchen und saßen unter dem Portrait der Blume, mit der das Jahrhundert Abschied nahm. Das Zimmer füllte sich mit dem Qualm ihrer Zigaretten. Eine Bedienstete lief hin und her und versorgte die Gäste. Unter ihnen waren auch Studenten, die weit unter mir waren. Es waren insgesamt sechzehn.

Wie immer ging das Gespräch um Frauen, ein unerschöpfliches Thema. Ein Student, der zum ersten Mal da war, hörte schweigend zu, während er das Portrait anstarrte.

»Du scheinst von dem Bild sehr angetan zu sein«, sagte einer.

Der Junge schaute weg und sagte nichts. Er saß weiter grübelnd da.

»Du bist doch sonst so fröhlich«, meinte ein anderer.

»Können wir nicht über etwas Wichtigeres reden?« schlug ich vor. Und bevor jemand protestieren konnte, fing ich an: »Weiß jemand unter euch etwas über Bali?«

Keiner wußte etwas. Nicht einer.

Es wurde still. Die Fröhlichkeit war dahin. Ich erzählte ihnen von Bali, von den Kämpfen um Den Pasar und dem Puputan-Krieg.

»Noch nie ist auf Java ein so heldenhafter Krieg geführt worden, auch nicht in Europa.«

»Aber letztendlich haben sie doch verloren«, rief Partokleooo dazwischen.

»Sie haben nur deswegen verloren, weil die Voraussetzungen ungünstig waren. Als Menschen und Helden sind sie viel ehrwürdiger als die Kompeni.«

»Vielleicht. Aber sie haben verloren«, blieb Partokleooo, der noch nie eine Zeitung gelesen hatte, hartnäckig bei seiner Meinung. »Diese Voraussetzungen sind nur Ausreden. Wer sich gegen die Kompeni wehren will, muß erst die richtigen Voraussetzungen schaffen.«

»Ich verstehe, was du meinst«, sagte Tjipto. »Du willst über die Voraussetzungen reden.«

Der Student mit dem runden Gesicht, der Bewunderer des Portraits der Blume, mit der das Jahrhundert Abschied nahm, lächelte und sah mich mit strahlenden Augen an, sagte aber weiterhin nichts.

»Fang doch an«, sagte Tjipto ermutigend.

Da begann ich über die Voraussetzungen zu sprechen, die ein schwaches und unterentwickeltes, sehr unterentwickeltes Volk wie unseres bräuchte, um in diesem modernen Zeitalter überleben zu können.

»Die Erfüllung dieser Voraussetzungen macht jemanden oder ein Volk modern. Die erste Voraussetzung ist die Kenntnis der modernen Wissenschaften, dann kommt der Aufbau moderner Organisationen und zuletzt die moderne Technologie.«

»Ein wenig Kenntnis der modernen Wissenschaften haben wir bereits«, sagte jemand.

»Aber noch keine moderne Organisation«, fügte ich schnell hinzu.

»Du hältst die moderne Technologie für weniger wichtig?« fragte einer unzufrieden.

»So ist es. Was wir jetzt brauchen, ist eine moderne Organisation.«

»Der pensionierte javanische Arzt hatte keinen Erfolg mit seinen Versuchen«, unterbrach Partokleooo.

»Nicht ganz. Seine Stimme lebt in den Herzen bestimmter Leute weiter. Nur hat noch keiner damit angefangen, sie in die Tat umzusetzen«, unterstützte mich Wardi.

»Auf jeden Fall ist mein Herz keine Wüste für seinen Aufruf«, sagte ich. »Ich denke, daß das bei den meisten von uns so der Fall ist.«

»Du hast gut reden«, widersprach Partokleooo. Er war kein Angsthase mehr wie früher. »Du studierst jetzt nicht mehr und wirst nicht von den Lehrern gejagt. Warum hast du nicht schon früher so gesprochen?«

»Bis jetzt hat jeder nur vom Organisieren gesprochen«, meldete sich der Junge mit dem runden Gesicht plötzlich zu Wort, »aber keiner traut sich, damit anzufangen.«

Die Hausangestellte kam herein, rutschte auf dem Fußboden auf mich zu und sagte: »Herr, der Schlosser ist gekommen.«

Ich entschuldigte mich und ging nach hinten.

Der Schlosser war ein junger Chinese. Ich führte ihn in mein Zimmer und zeigte ihm den Kleiderschrank, den er für mich öffnen und für den er mir einen Ersatzschlüssel machen sollte.

»Das hier ist der Schrank«, sagte ich gleichgültig.

Er ging nicht gleich zum Schrank, sondern blieb wie gefesselt vor Meis Bild stehen. Er schaute kurz zu mir und wieder auf das Bild, erst dann ging er zögernd auf den Schrank zu. Er nahm einen großen Schlüsselbund aus seinem Pyjama und probierte einige aus. Keiner paßte. Erst dann nahm er den Dietrich und öffnete die Schranktür.

Er schaute den Dietrich genauer an und machte einen Abdruck davon in weichem Paraffin, dann fertigte er eine Vorlage aus einem Stück Blech und probierte sie aus.

»Morgen bekommen Sie den neuen Schlüssel«, sagte er dann.

Statt sofort hinauszugehen, blieb er noch einmal vor dem Bild stehen. Er sah mich an und fragte unschuldig: »Sie hängen das Bild einer chinesischen Frau hier auf?«

»Kennen Sie sie?«

Er schaute mich vorwurfsvoll und mißtrauisch an. Er bejahte meine Frage nicht, verneinte sie aber auch nicht. Vielleicht war dieser Schlosser ein Mitglied der Jungen Generation und Meis Freund. Genauso gut konnte er aber auch der Alten Generation angehören. Wenn dem so war, dann wollte er vielleicht meine Frau ermorden oder entführen. Aus seinem Interesse ließ sich auf jeden Fall eines schließen. Ob er jetzt der Jungen oder Alten Generation nahe stand, sie hatten beide das gleiche Ziel: Mei zu finden.

»Sie ist gestorben«, sagte ich.

Er stockte und biß sich auf die Lippen.

»Sie hieß Ang San Mei. Sie haben sie gesucht, nicht wahr? Sie war meine Frau.«

Er wurde unsicher. Ich vermutete, daß er Meis Freund war.

»Als sie krank war, hat keiner ihrer Freunde sie besucht.« Er senkte den Kopf. »Sie auch nicht. Sie ist in Frieden in meinen Armen gestorben.«

Er sagte nichts, als hätte er mich nicht verstanden und verabschiedete sich mit noch immer gesenktem Kopf. Ich begleitete ihn nach draußen bis auf die Straße.

Dann ging ich zu meinen Gästen zurück. Von meinem Stuhl aus konnte ich sehen, daß der Schlosser zögerte. Ein paar Mal blieb er stehen und schaute zum Haus zurück. Vielleicht kam er auch illegal aus dem fernen Land wie Mei und ihr Verlobter. Vielleicht war er auch ein neuer Helfer, der gerade nach Java gekommen war. Aber vielleicht war er einfach ein Student, der jetzt in Batavia als Schlosser herumlief. Ob Schlosser oder nicht, vielleicht leistete er gerade Großes für sein Land und sein Volk, das ihn auch nicht kannte.

Vielleicht sprach auch er fließend Englisch wie mein verstorbener Freund und Mei. Dabei wirkte er so ärmlich!

Mein Volk wurde nicht von einem anderen Volk unterdrückt wie dein Volk im Augenblick, hallte Meis Stimme in mir nach. Deine Arbeit wird schwerer sein als meine. Und du wirst sie anders angehen müssen. Und bis jetzt hast du immer noch nicht damit angefangen.

Der Schlosser verschwand aus meinem Blickfeld.

»Meine Herren«, fuhr ich fort. »Vor zwei Jahren war der pensionierte javanische Arzt bei uns. Er hatte seine gesamten Ersparnisse ausgegeben, um unserem Volk die Augen zu öffnen. Damals sagte er uns, daß wir bereits vier Jahre hinter der chinesischen Gruppe, den Tiong Hoa Hwee Koan, und zwei Jahre hinter den Arabern zurück waren. Jetzt müssen wir zu diesem Rückstand zwei weitere Jahre dazuzählen. Was wollen wir jetzt also tun?«

Während meiner Abwesenheit waren sie zu keiner Einigung gekommen. Schließlich rieten sie mir, damit zu beginnen, weil sie unmöglich ihr Studium vernachlässigen könnten. Sie wären nicht in der Lage, die Schulden zu bezahlen, falls sie entlassen würden.

»Das ist schade. Natürlich wollte ich euch nicht von eurem Studium abhalten. Aber denkt doch trotzdem darüber nach, meine Herren. Die Chinesen haben Lehrer aus China und Japan kommen lassen und die Araber aus Tunesien und Algerien. Diese blieben hart und lehrten kein Holländisch, sondern Englisch. Ihre Absolventen setzten später ihre Studien in Singapur oder in anderen englischsprachigen Ländern fort. Sie werden als Intellektuelle erster Klasse nach Ostindien zurückkehren. Wir werden noch weiter in Rückstand geraten. Bis jetzt haben wir nichts unternommen. Überhaupt nichts.«

Das Gespräch hatte ihnen das gesellige Beisammensein verdorben. Die Fröhlichkeit war verschwunden. Der Junge mit dem runden Gesicht schaute wieder schweigend auf das Portrait.

»Das ist doch nur ein Bild«, neckte einer.

Es war noch nicht neun Uhr, als sie langsam Richtung Internat schlenderten. Als die Trompete der Kaserne ertönte, war keiner mehr da. Meine Schuld. Sie hatten noch kein Bedürfnis nach einer Organisation.

Am folgenden Nachmittag kam der Schlosser wie versprochen wieder. Nachdem er mir den Schlüssel ausgehändigt hatte, überwand er sich und fragte: »Seien Sie nicht böse, mein Herr, aber dürfte ich erfahren, wo Ihre Frau begraben ist?«

Wenn ich es ihm erzählte, würden er und seine Freunde vielleicht kommen und mich um Erlaubnis bitten, sie aus dem islamischen Friedhof zu versetzen. Nein. Sie wurde dort beerdigt, wo ich ein Stück Land für sie gekauft hatte und für mich selbst eines Tages. Ich würde ihm nichts erzählen.

Er drängte nicht.

»Hat sie vielleicht etwas Schriftliches hinterlassen?«

»Ja.«

»Darf ich das mal sehen?«

Ich wußte, daß ihre Freunde mehr Anspruch auf diese Papiere hatten als ich. Ich ging hinein, um den neuen Schlüssel auszuprobieren, er paßte tatsächlich. Ich holte Meis Unterlagen heraus und gab sie ihm.

An der Tür stehend, las er sie aufmerksam. Ich wußte nicht, was darin stand. Ich nutzte die Gelegenheit, um ihn besser zu beobachten: ein freier Mensch, eine billige Arbeitskraft, die sich aber für diese Papiere interessierte und sich ganz seinem Land und Volk zur Verfügung stellte. Keiner kann sein Land und Volk lieben, wenn er nicht weiß, was darüber geschrieben worden ist, hörte ich Mei sagen, wenn er die Geschichte nicht kennt, schon gar nicht, wenn er sich noch nie mit ihr beschäftigt hat.

Der junge Chinese hatte sich an den Küchentisch gesetzt, trank den Kaffee und aß die Pisang goreng, die ihm angeboten wurden. Ich stand immer noch vor ihm. Seine Tasche aus Leinen, die einst weiß gewesen sein mochte, lag an seinem Fuß. Als er alles gelesen hatte, blieb er einen Augenblick lang in Gedanken versunken, dann sah er mich an.

»Was hat sie denn geschrieben?« fragte ich auf englisch.

»Es ist nicht für Sie«, antwortete er auf malaiisch.

Also verstand er doch Englisch.

»Das habe ich mir gedacht«, sagte ich auf malaiisch. »Aber was schrieb sie denn?«

»Es ist nicht für Sie bestimmt«, blieb er hartnäckig.

»Na gut. Du kannst die Papiere mitnehmen.«

Er verbeugte sich, nahm die Papiere und seine Tasche und ging. Ich folgte ihm mit meinem Blick. Seine einfache Kleidung war alt aber sauber. Wie schlicht er doch schien. Dabei konnte er eine moderne Sprache. Er war ein Intellektueller. Was für eine Kraft trieb ihn dazu, für sein Land und Volk, die so fern waren, zu arbeiten und dabei selbst in Armut zu leben?

Ich fragte mich, wieviel Kraft ich selbst besaß. Ich müßte das auch können! schrie ich innerlich.

Ich wollte damit beginnen. Mit den Studenten der Ärzteschule war es mir mißlungen. Ich mußte die Methode des alten javanischen Arztes anwenden: aufrufen, erklären und sich auseinandersetzen. Aber an wen sollte ich meinen Aufruf richten? Sollte ich öffentliche Veranstaltungen organisieren? Oder die Leute einzeln ansprechen? Und wenn ja, wen?

Ich wählte das letztere.

In Gedanken über die Leute, die ich treffen mußte, ging ich aus dem Haus und lief in Richtung Kwitang. Mich an die Worte meines früheren Freundes Marais erinnernd, fing ich an, das Leben in den Dörfern zu beobachten. Mit den Menschen, die hier lebten, konnte man bestimmt nicht über eine moderne Organisation reden. Sie wußten überhaupt nichts über ihr eigenes Land. Sie kamen ja auch kaum aus ihren Dörfern heraus. Sie lasen nie Bücher. Sie waren Analphabeten. Ihre Vorfahren kannten nur die *Babad*, die Chronik, in der die Helden noch großartiger dargestellt wurden als die Götter. Und trotzdem hatten sie verloren, sie waren von der Kompeni besiegt worden.

Kleine Kinder spielten wie immer auf der Straße, nur mit einem Tuch bekleidet. Ein Haarschopf auf dem Kopf und Rotz um den Mund. In einigen Jahren würden sie zu Jugendlichen heranwachsen, ebenfalls Analphabeten. Nur wenige von ihnen würden schreiben und lesen können und Aufseher der anderen werden. Der größte Teil von ihnen würde an einer Parasitenkrankheit sterben. Würden jene, die überlebten, das Alter von vierzig Jahren überhaupt erreichen? Und wenn sie dann noch lebten und die vielen Krankheiten überstanden hatten, würden sie es dann besser haben als in ihren jungen Jahren? Würden sie weiterhin unter der Kokosnußschale von Gottes Allmacht leben, ohne jemals einen Vergleich gehabt zu haben? Selig sind die geistig Armen. Das Wissen, die Vergleichsmöglichkeiten, dadurch kann der Mensch seinen Platz und den der anderen bestimmen. Der Vergleich würde Unruhe mit sich bringen.

In einer Gasse lag die Lederwerkstatt von *Bang* Da'im. Seine Arbeiter arbeiteten von neun Uhr morgens bis neun Uhr abends. Mit entblößtem Oberkörper stellten sie Pferdezaumzeug und Sandalen her. Ich ging oft an dieser Werkstatt vorbei. Keiner von ihnen kannte mich persönlich, auch wenn sie wußten, wer ich war. Erst da dachte ich darüber nach: Wenn der Hauptverdiener seinen Arbeitsplatz nicht verlassen durfte, wie würde es dann mit seiner Frau und den Kindern zu Hause sein?

Der Besitzer des Dokar-Unternehmens verbeugte sich grüßend und lächelte freundlich. Er trug ein chinesisches Hemd und hatte sich einen *Sarong* um den Hals gewickelt. Er war wohl gerade auf dem Weg zur Opiumhöhle. Seine Lippen waren blau und die Augen eingefallen. Und dort stand der gefürchtete *Mat* Colek an der Warungstür. Man sagte, er sei ein Räuber, ein Dieb und ein bezahlter Mörder.

Vielleicht so einer wie Abang Puasa in Francis' Geschichte von »Nyai Dasima«. Offensichtlich betrachtete er die Welt als seine private Farm, wie die Bakterien des englischen, europäischen und japanischen Imperialismus. Er grüßte ebenfalls. Vielleicht erinnerte er sich noch an meine Hilfe, als sein Kiefer ausgerenkt war und er seinen Mund nicht mehr schließen konnte. Wenn ich ihm früher nicht geholfen hätte, hätte er sich vielleicht nicht mehr um seine »Farm« kümmern können. Und dort lief *Mak* Romlah, Sirih kauend und den roten Speichel auf die Straße spuckend. Sie war die Chefin eines Freudenhauses und hatte immer viel zu tun.

Die jungen Männer in ihren Pyjamas verließen gerade ihre Häuser, um ihr Glück zu versuchen, während niemand genau wußte, wohin die verschleierten Mädchen gingen. Was ging in den Köpfen dieser Jungen und Mädchen vor? Heiraten, Kinderkriegen, die Rotznasen großziehen, sich scheiden lassen und dann wieder heiraten?

Während weit im Norden die Japaner die Russen geschlagen hatten.

Mir war immer noch nicht eingefallen, mit wem ich mich treffen könnte.

Ich schaute zurück in meine Vergangenheit. Nicht alles war in so geordneten Bahnen verlaufen wie ein Zug in seinen Schienen. Die Leute um mich herum hatten nie das gekannt, was ich kannte. Sie hatten vielleicht auch nie die Schulbank gedrückt. Sie kümmerten sich um nichts anderes als ihre Ernährung und Vermehrung. Wie die Tiere auf einer Farm! Sie wußten noch nicht mal, wie tief sie gesunken waren und daß dort draußen eine Riesenkraft wuchs und sich entwickelte, die alles verschlang, ohne jemals satt zu werden. Sie wußten es nicht. Und wenn sie es gewußt hätten, hätte es sie nicht interessiert.

Inmitten dieser Menschen fühlte ich mich wie ein allwissender Gott. Ihr weiteres Schicksal war zu bemitleiden. Sie waren nur Zuchtvieh der Verbrecher und des Imperialismus. Es mußte etwas getan werden! Irgend etwas! War eine Organisation wirklich die einzige Lösung? Ich fand keine Antwort. Ich wußte es nicht. Und wenn eine Organisation gegründet war, was dann?

War es ihnen denn besser gegangen, bevor die Holländer die Erde und die Menschen Ostindiens in ihren Klauen hatten? Der Lehrer in der Schule hatte gesagt, dies sei nicht der Fall gewesen, es sei ihnen noch schlechter gegangen. Die Fürsten hätten sich nie für die Gesundheit und das Wohl ihrer Untertanen interessiert. Alles, was sie gekonnt hätten, sei das Plündern gewesen und ihr Volk Zwangsarbeit verrichten lassen, um ihr eigenes Vermögen zu mehren. Unglücklicherweise mußte ich meinem Lehrer recht geben.

Ibu Badrun drängte mich, wieder zu heiraten. Sie gab mir eine ganze Liste und sagte: »Eine, zwei oder drei gleichzeitig sind für Sie auch noch angemessen, Denmas, besser als eine Konkubine zu haben.«

Ich verließ ihr Haus gleich wieder. Ich sah nun in Gedanken so eine Konkubine vor mir. Wie überall wurde eine Konkubine schief angesehen, sie wurde nur wenig besser als eine Hure eingestuft. Nur wenn sie die Konkubine eines Ausländers war, sah es etwas anders aus. *Mama in Surabaya* hatte bewiesen, daß eine Frau als Konkubine auch einen höheren sozialen Stand erreichen konnte. Einen höheren als die Frauen, die rechtmäßig geheiratet hatten. Mutter schämte sich nie, in ihrer Nähe zu sein. Durch meine Heirat gehörte sie sogar zur Familie. Die Kinder solcher Konkubinen wurden gegenüber den einheimischen Kindern gar bevorzugt behandelt. Sie erhielten eine europäische Erziehung und übernahmen die besten oder die schlechtesten Eigenschaften ihrer Eltern. Waren sie erst erwachsen, akzeptierte die Gesellschaft sie doch. Die Konkubinen und die Huren nutzten eben das einzige Kapital, das sie hatten: ihren Körper. Der Resident von Ostsumatra, hatte nicht auch er gehurt? Mit seiner Macht? Und mit vielem anderen mehr? Und diese ganze Reihe einheimischer Könige, hatten nicht auch sie sich mit ihrer Macht bei den Holländern prostituiert? Und bei den europäischen Plantagenunternehmen? Sie hatten ganze Dörfer samt ihren Einwohnern vermietet. Und wofür? Für Geld, Geld und nochmals Geld, ohne daß sie etwas dafür tun mußten. Natürlich war ein Risiko dabei. Aber was war schon ohne Risiko? Auch das Leben ist volles Risiko. Jeder Zahn im Zahnfleisch geht ein Risiko ein.

Ach, warum kamen mir die Konkubinen mit ihren Kindern und die Huren in den Kopf? Das war eben auch ein Problem! Hatten sich mein verstorbener Freund, Ang San Mei, der Schlosser und seine Freunde jemals mit der Problematik dieser Konkubinen und der Prostitution beschäftigt? Was hätte ihre Organisation geantwortet, die sie so verherrlichten? Wie wären sie vorgegangen? Wie? »Alles, was wir bekämpfen, stammt aus ein und derselben Quelle«, hatte Mei einmal gesagt, »unserer eigenen Rückständigkeit, dem dummen Stolz eines Volkes, übertrieben und grundlos. Und unsere Kaiserin ist das Symbol dieser Rückständigkeit, die Kaiserin und all ihre Macht- und Verwaltungsapparate. Das Kaiserreich muß durch eine Republik ersetzt werden.«

War das eine Garantie für alles?

»Man muß irgendwo anfangen«, wiederholte sie stets.

Am Ende der Gasse stritt sich eine Frau mit ihrem Ehemann. Die kleinen Kinder schauten zu. Die Frau warf ihrem Mann vor, er würde nichts verdienen, während immer mehr Kinder kämen, und nun hätte er auch noch eine weitere Frau geheiratet.

Wodurch war das Leben dieser Frau zur Hölle geworden? Wie konnte sie auf diese Art leben? Was hatte dann das Leben noch für einen Sinn, wenn alles so war?

Als ich nach Hause kam, ließ ich Vordertür und -fenster schließen. Ich wollte keinen Besuch. Egal wen. Ich mußte all dies erst einmal überdenken. Mein Stift glitt über das Papier. Die Stimme des javanischen Arztes, jene von Mei und von Ter Haar erzählten abwechselnd vom Aufbau Japans bis zu seinem Sieg, von unserem ersten Treffen bis zum letzten Abschied für immer. Daß nur ein fortgeschrittenes Volk gut zu sich selbst sein könne, und sei es noch so klein. Die Regierung Ostindiens wollte das Wissen und die Kenntnisse nur sehr teuer an die Einheimischen verkaufen. Die Einheimischen mußten selbst etwas tun.

Ich sprang von meinem Stuhl auf und hinterfragte die Richtigkeit dieser logischen Überlegung. Ich dachte weiter darüber nach.

Ein Postbote kam und verlangte meine Unterschrift für ein Einschreiben. Vom Schuldirektor. Eine Einladung, das Studium fortzusetzen? Was bedeutete denn die Schule jetzt noch für mich? Es war aber etwas anderes: Eine Entschuldigung, daß sie mir zu viel berechnet hatten. Beigefügt war eine Bescheinigung, daß ich das zuviel bezahlte Geld beim Amt für Staatsfinanzen abholen könne: achthundertfünfundsechzig Gulden.

Ich würde sie Mama zurückgeben.

Ein gutes Zeichen. Es war ein gutes Zeichen.

Keine einzige Zeitung war bereit, meinen Artikel abzudrucken. Alle lehnten kühl ab. Die Redakteure, die ich schon lange kannte, gaben mir meinen Artikel kommentarlos zurück. Schließlich kam ich zu einer kleinen Zeitung, die ohne Werbung und im kleinen Format erschien. Der Redakteur fragte mich, nachdem er den Artikel gelesen hatte: »Wie sollten die Einheimischen Ihrer Meinung nach also sein? Sollen sie Weiße werden?«

»Sie sollten auf dem gleichen Niveau stehen wie Ihr Volk, nicht mehr und nicht weniger«, antwortete ich.

»In unserer Zeitung ist kein Platz für so etwas. Die Zeitung, die diesen Artikel drucken würde, muß erst noch geboren werden.«

Kommers Warnung war also richtig. Über die üblichen Wege war es schier unmöglich, das Los der Einheimischen zu verbessern. Die Einheimischen mußten selbst etwas tun. Diesen Grundsatz mußte man einfach akzeptieren.

Der Schreiber, den ich für eine Woche angeheuert hatte, war mit seiner Arbeit fertig. Er hatte meine Übersetzung der Statuten und der Haushaltsvorschriften der Tiong Hoa Hwee Koan kopiert, die ich mit eigenen Gedanken ergänzt hatte, dazu einen einleitenden Brief und einen Aufruf zur Gründung einer Organisation. Von allem dreiundzwanzig Exemplare.

Ich las die Kopien noch einmal durch, und der Schreiber steckte sie in Umschläge. Ich schrieb die Adressen, und er klebte die Briefmarken darauf.

»Bring sie jetzt gleich zur Post«, sagte ich, »danach kommst du wieder hierher.«

Nach zehn Minuten war er wieder da. Damit war seine Arbeit getan. Er mußte nur noch entlohnt werden, dann konnte er nach Hause gehen.

»Tuan«, sagte Sandiman, »wenn Sie mit meiner Arbeit zufrieden sind, dann …« Er sprach nicht weiter.

»Was ist denn, Sandiman?«

»Sind Sie mit meiner Arbeit zufrieden, Tuan?«

»Du hast keinen einzigen Fehler gemacht.«

»Lassen Sie mich für Sie arbeiten.«

»Ich kann dir keinen monatlichen Lohn bezahlen.«

»Ich habe noch keine Familie. Sie können mir soviel geben, wie Sie können.«

»Zehn Gulden?«

»Sehr gern, Tuan.«

»Und wenn ich gerade kein Geld habe, was dann?«

»Das überlasse ich Ihnen.«

»Und wenn ich keine Arbeit für dich habe?«

»Arbeit wird es immer geben, Tuan. Ich kann auch den Boden fegen.«

»Und wenn ich keinen Reis mehr kaufen kann?«

»Ich glaube nicht, daß es so weit kommen wird.«

Und so bekam ich einen Helfer.

Er war in *Solo* geboren und aufgewachsen. Sein Bruder war Soldat in der Legion von *Mangkunegaran*. Einige Male hatte er ihm angeboten, ebenfalls in die Legion einzutreten. Aber er mochte das Soldatenleben nicht. So war er nach Batavia gekommen, um Erfahrungen zu sammeln.

»Warum suchst du dir keine Arbeit in der Zuckerfabrik?«

»Nein, Tuan«, er sprach immer Malaiisch.

»Was erwartest du dir für die Zukunft, wenn du bei mir arbeitest?«

»Über meine Zukunft mache ich mir keine Gedanken.«

»Na gut, das ist dein eigenes Problem.«

Er hatte auch noch keine Unterkunft, und so wohnte er bei mir. Er bekam ein Zimmer im hinteren Teil des Hauses. Er besaß nur, was er auf dem Leib trug. Er verbeugte sich nicht, wie andere Javaner es tun. Und hob den Daumen nicht hoch, wenn er jemanden höflich zu etwas auffordern wollte. Er sprach kein Pasar-malaiisch, die Umgangssprache. Es war eindeutig, daß er die Schule besucht hatte.

In den nächsten Tagen erwies er sich als ein guter Helfer. Wenn ich aufstand, lag die Zeitung schon neben dem Kaffee und meinem Frühstück im Vorzimmer. Er schrieb alle eingegangenen und ausgehenden Briefe auf. Er wischte den Boden, fegte den Vorhof, ordnete die Gartensteine, putzte die Fensterrahmen und rückte die Tische und Stühle zurecht, als wäre ich ein großer Herr, von dem man viel Geld erwarten konnte.

Als ich eines Mittags nach Hause kam, gab er mir einen Stapel Briefe. Es waren Reaktionen auf meinen Aufruf und außerdem ein Brief von Ter Haar. Nicht alle hatten geantwortet. Nur vier signalisierten Unterstützung. Einer, der sich wirklich dafür interessierte, war der Regent von Serang.

Der Regent von Serang war unter den Intellektuellen bekannt als ein Schüler von *Dr. Snouck Hurgronje.* Er war der junge Mann, den Mir gemeint hatte, als sie über das Versuchskaninchen des holländischen Gelehrten sprach. Versuchskaninchen oder nicht, alle einheimischen und europäischen Intellektuellen hatten Ehrfurcht vor ihm. Nicht nur, weil er immer nur Neunen für sein Französisch bekam, sondern auch, weil er sehr viel Selbststudium betrieb und jedem gegenüber seine Meinung auszusprechen wagte.

Wenn eine so respektierte Persönlichkeit die Gründung einer Organisation befürwortete und auch mitwirken wollte, dann hätten die anderen einheimischen Intellektuellen keinen Grund mehr, mißtrauisch oder gleichgültig zu sein. Die Leute würden in Strömen eintreten. Er würde mein Trumpf sein.

Am folgenden Tag überließ ich Sandiman das Haus. Nichts wie fort nach Serang.

Es war eine lange Reise mit dem Zug. Der Regen drang immer wieder in die Maschine der Lokomotive ein, so daß sie stotterte und qualmte, hin und wieder sprühte sie auch Funken. Erst am Abend kam ich in Serang an, so war ich gezwungen, in einer einfachen Herberge zu übernachten.

Ich war überzeugt, daß der Regent, der eine westliche Erziehung genossen hatte, ein moderner Mensch war. Sicher anders als Kartawidjaja, der Regent von Lebak, während der Zeit, als *Eduard Douwes Dekker* dort Kontrolleur war, wie er in seinem Buch *Max Havelaar* beschrieben hatte. Er sollte der erste Javaner sein, der einen Familiennamen trug. Sicherlich jemand, mit dem man sich leicht über viele Dinge unterhalten konnte.

Ein Bote brachte mich in den Vorhof des Regentensitzes. Und bei Gott! Auch von mir wurde erwartet, daß ich auf allen vieren zu seinem Sitzplatz kriechen sollte. Die Fortsetzung war natürlich eine Reihe von Verbeugungen. Wie war so etwas zwischen zwei modernen Menschen möglich? Ich konnte diese Gewohnheiten aus Urzeiten nicht mehr akzeptieren.

Der Bote verbeugte sich vor mir und entfernte sich.

Sollte ich meine Pläne aufgeben? Das wäre sehr einfach. Aber ich brauchte diesen Mann. Die Organisation würde das Vertrauen der Allgemeinheit bekommen, wenn er sie guthieße und vielleicht sogar Mitglied würde. Diese Taktik durfte ich nicht so einfach aufgeben. Die Organisation mußte gegründet werden, sie mußte Erfolg haben.

Ich zog meine Schuhe aus, rückte mein Kopftuch, meinen Kain und mein Hemd zurecht und kroch auf allen vieren zu dem Platz, den ich zugewiesen bekommen hatte. Ich kroch! Wenn auch noch nicht wie eine Schnecke, aber ich kroch!

Der Vorhof war wie alle andere Vorhöfe auf Java, auch die Verzierungen. Ich setzte mich auf den Boden, vor einen Stuhl. Was sollte dieses Theater?

Ich durfte nicht beleidigt sein, es ging um die Organisation. Automatisch hob ich meine Arme zu einem ehrerbietigen Gruß, als er kam und seinen Platz einnahm. Als ich meine Hände wieder unten hatte, hörte ich seine Stimme in schnellem Holländisch: »Sind Sie es, Raden Mas?«

»In der Tat, *Gusti Kanjeng*.«

»Sei gesegnet, Raden Mas.«

»Tausend Dank, Gusti Kanjeng«, antwortete ich, wobei ich ihn erneut ehrerbietig grüßte. »Möge Gusti Kanjeng reichlich Gesundheit zuteil werden.«

»Ich habe Ihren Brief bekommen und Inhalt und Ziel begriffen, Raden Mas.«

»Tausend Dank für Eure Aufmerksamkeit, Gusti Kanjeng. Ich bin gekommen, um weiter darüber zu sprechen, wenn Gusti Kanjeng Zeit hat und dazu bereit ist.«

»Sehr interessant. Wann soll diese Organisation denn gegründet werden und wie soll sie heißen?«

»Das soll auf einer Versammlung beschlossen werden, die noch einberufen werden muß. Wenn Gusti Kanjeng bereit ist, anwesend zu sein …«

Meine Worte wurden durch schallendes Gelächter unterbrochen. Mir schien, daß sogar sein Kain mit zitterte.

»Der Regent von Serang soll an so einer Sitzung teilnehmen? Raden Mas! Für was hältst du denn den Regenten von Serang? Für deinesgleichen?«

Dies war also der Mensch, der berühmt war für seine Klugheit, dessen Note für Französisch nie schlechter als neun gewesen war, der Autodidakt, ein ehrwürdiger Mann, ein Intellektueller, modern und respektiert?

»Tausendmal Entschuldigung, Gusti Kanjeng.«

»Vor zwei Jahren saß auf dem Platz, auf dem du jetzt sitzt, ein alter pensionierter javanischer Arzt. Er war nur ein Mas. Er brachte das Gleiche vor wie du jetzt. Meine Antwort war die Gleiche: Für was hältst du den Regenten von Serang? Du bist zwar ein Raden Mas. Trotzdem bleibt meine Antwort die gleiche.«

Mein Blut fing an zu kochen. Ich hob meinen Kopf und schaute ihm ins Gesicht: »Ich kam hierher, um einen Intellektuellen zu treffen, um mit einem Intellektuellen zu sprechen, um mit ihm Gedanken auszutauschen, und nicht, um die Größe von irgendjemanden zu würdigen. Ich dachte, Sie hätten ernsthaftes Interesse, wie es in Ihrem Brief stand. Glauben Sie, ich sei hierher gekommen, nur um Sie zu bewundern?«

Automatisch stand ich auf, während ich ihm weiter ins Gesicht sah. Ich sah, wie seine Augen vor Wut funkelten; ein Einheimischer hatte es gewagt, vor ihm zu stehen.

»Vielleicht kann ein pensionierter javanischer Arzt Ihre Beleidigung hinnehmen. Ich aber nicht. Es gibt kein Gesetz, das besagt, daß einer vor Ihnen auf dem Boden sitzen soll und sich verbeugen muß, wie ein Sklave. Guten Morgen.«

»Raden Mas!« rief er mich zurück.

Ich blieb stehen und drehte mich um. Ich sah, wie er sich von seinem Sitz erhob. Ich ging zu ihm zurück und sagte: »Wenn Sie mir böse sind, weil ich das Protokoll nicht eingehalten habe, können Sie mich ja bei Gericht verklagen.«

»Das dürfte kein Problem sein. Trotzdem, ein gut gemeintes Treffen sollte man auch gut ausgehen lassen«, er streckte mir die Hand hin.

Ich schüttelte sie. In dem Augenblick merkte ich, daß meine Hand vor Wut zitterte, so wie seine zitterte, im Versuch, seine Wut zu beherrschen.

»Was Sie da vorhaben, ist eigentlich eine gute Sache, aber ...«

»Ich suchte im Regenten von Serang den gebildeten Einheimischen und nicht den Regenten der Holländer.«

»Du vergißt, ein Mensch ist nicht, was seine Ausbildung war, sondern das, was er tut, was für eine Funktion er hat. Du vergißt, daß ich ein Regent bin.«

Ich ließ ihn auf dem Vorhof stehen, mit dem Schmerz in seinem Herzen, den seine eigene Arroganz verursacht hatte. Ich verließ Serang sofort. Vielleicht war der pensionierte javanische Arzt zwei Jahren zuvor sogar noch tiefer verletzt als ich. Das war also das Ergebnis meines ersten Versuches.

Ich brauchte einige Tage, um mich von dieser Beleidigung zu erholen. Ein Glück, daß ich einen Brief von Ter Haar bekam, der mir wieder Mut machte. Diesmal aus Bali.

Herr Minke, nun da Den Pasar gefallen ist, werden die Holländer ihren Angriff auf Klungkung weiterführen und somit ganz Bali unterwerfen.

Überall auf Bali konnte man den Heldenmut spüren. Ich blieb in Den Pasar, um die weiteren Maßnahmen der Kompeni zu verfolgen. Aber sie verboten mir mitzukommen. Mit Hilfe von Leutnant Colijn durfte ich schließlich doch noch die Truppe begleiten, die sich in Richtung Klungkung, etwa fünfzig Kilometer von hier, bewegte.

Sie hatten für die sechs bis elf Kilometer bis Den Pasar zwei Monate gebraucht. Über die Leichen von Männern, Frauen, Kindern und Säuglingen waren sie marschiert. Und um Den Pasar selbst zu unterwerfen, hatten sie dreiunddreißig Tage gebraucht. Wie viele tausend Leben mehr würden die fünfzig Kilometer bis Klungkung fordern?

Den Pasar lag still und verlassen. Die Toten bewegten sich nicht mehr. Und die Überlebenden, Männer, Frauen und Kinder, verließen ihre

Heimatdörfer in Richtung Osten. Ungefähr viereinhalb Kilometer von der Stadt entfernt bauten sie einen Wall auf einem Hügel, von Schluchten umgeben, den sie Gelar Toh Pati *nannten.*

Das Bataillon, das Den Pasar eingenommen hatte, wurde fast ausgelöscht. Es wurde immer wieder Nachschub geschickt. Der Mut der Kompeni sank. Leutnant Colijn mußte ununterbrochen seine Männer ermutigen. »Nehmt und raubt alles, was ihr von den Balinesen nehmen und rauben könnt: ihr Leben, ihr Hab und Gut, ihre Frauen! Plündert, was zu plündern ist.«

Es war faszinierend zu sehen, wie die Balinesen kämpften. Es gibt nicht viel zu erzählen, denn dieser Krieg ist anders als der in Aceh. Die Truppen mußten sich auf einem freien Feld bewegen. Es gab kein Leben weit und breit außer Bäumen und Insekten, und plötzlich lagen die Soldaten in ihrem Blut. Ein Keris oder ein Speer steckte in ihren Körpern. Sie wußten nicht, woher der Angriff gekommen war. Wie Chamäleons paßten die Balinesen sich der Umgebung an.

Um Gelar Toh Pati zu erobern, griff die Kompeni gleichzeitig aus drei Richtungen an. Sie wurde fast vollständig niedergeschlagen, auch ihr Kapitän. Vorläufig ließen die Holländer es dabei bewenden. Von balinesischen Verrätern wußten sie, daß die Verteidigung von Gelar Toh Pati sehr stark war, vier Kilometer lang, mit vielen Verteidigungsschichten. Die Holländer haben vor, Hilfe von außerhalb der Kompeni einzusetzen, und zwar die Legion von Mangkunegaran.

Um Klungkung zu unterwerfen, muß man durch Toh Pati durch. Wer weiß, in wie vielen Jahren sie es schaffen, da durchzukommen.

Ein hervorragendes Volk, das ohne Angst einer modernen Truppe entgegentritt. Ein Volk, auf das Sie stolz sein können, Herr Minke …

Sein Lob für das balinesische Volk regte mich an und wirkte beschwingend. Er konnte sehr gut schreiben. Er hatte es geschafft, in mir Sympathie für das Volk zu erwecken, das van Heutsz unterwerfen wollte. Wenn ganz Ostindien sich früher schon wie Aceh und Bali gewehrt hätte, wäre es vielleicht schon so weit wie Japan. Aber nun hatte Java keine Männer mehr. Alle waren schon von den Fürsten und der Kompeni eingezogen worden und auf den Schlachtfeldern umgekommen.

»Sandiman!«

Er war gerade dabei, das Fahrrad zu putzen. Vom Fenster aus sah ich, wie er den Lappen auf die Lenkstange legte, seine Hände am Brunnen wusch und zu mir kam. Vor mir stehend nickte er wie ein Soldat.

»Warst du selbst auch einmal Soldat bei der Legion?« fragte ich vortastend.

»Welcher Legion, Tuan?« ging er darauf ein.

»Mangkunegaran natürlich.«

»Das stimmt, Tuan, fünf Jahre.«

»Was für einen Rang hattest du?«

»Nur einen niedrigen, Tuan.«

Von seiner Art her, die nicht typisch javanisch war, vermutete ich jedoch, daß er einen höheren Rang gehabt haben müßte. Er konnte sehr gut von seiner Legion erzählen.

»Hast du schon mal gehört, daß auf Bali im Augenblick Krieg ist?«

»Ja, habe ich, Tuan.«

»Hat deine Familie irgend etwas damit zu tun?«

»Mehr oder weniger, Tuan, Sie haben recht.«

»Bist du entlassen worden oder bist du desertiert?«

Einen Augenblick lang schaute er mich scharf an. Ich wurde langsam argwöhnisch, daß er auf der Flucht war.

»Ich werde es niemandem erzählen«, sagte ich ihm ermutigend. »Du bist zu ehrlich zu mir. Mit anderen hättest du damit Schwierigkeiten haben können.«

»Vielen Dank, Tuan.«

»Du hast also schon die Gerüchte gehört, daß die Legion nach Bali abgezogen werden soll?«

»Das wußten alle schon längst.«

»Das heißt, daß du nicht damit einverstanden bist?«

»Nicht nur das, und ich war nicht der einzige. Unsere Pflicht ist nur, Mangkunegaran zu verteidigen. Der Krieg auf Bali hat mit Mangkunegaran nichts zu tun. Wir sind nicht in die Legion eingetreten, um auf Bali zu sterben. Wir haben oft darüber geredet. Die Leute sagen, daß Bali und Java die gleichen Vorfahren haben. Warum sollten wir also gegen sie kämpfen?«

»Wenn du dich zwischen Bali und den Holländern entscheiden solltest, für wen würdest du dich entscheiden?«

»Für keinen von beiden. Aber gegen Bali werde ich nicht kämpfen.«

»Gut. Mach jetzt das Fahrrad fertig. Kannst du eigentlich damit fahren?«

»Noch nicht, Tuan.«

»Dann mußt du es lernen.«

Ich nahm die Briefe, in denen stand, daß sie die Bildung einer Organisation befürworteten, und machte mich damit auf den Weg zur ersten Adresse, die mir vielversprechend erschien: Der *Patih* vom Bezirk Meester Cornelis. Den Namen des Regenten von Serang hatte ich schon von der Liste gestrichen. Auch die Namen von drei anderen Regenten. Sie hätten sich wahrscheinlich alle wie der Regent von Serang verhalten. Ich mußte eine Stufe tiefer suchen.

Und ich hatte recht. Der Patih von Meester Cornelis war viel höflicher. Er bat mich, mit ihm an seinem Schreibtisch zu sitzen.

»Sie sind es, Raden Mas?« fragte er auf malaiisch. »Ihren Brief habe ich mit einigen Kollegen eingehend studiert. Diese wiederum haben dann mit anderen Kollegen außerhalb meines Gebietes darüber gesprochen. Gratuliere, Raden Mas, der Großteil nahm ihn positiv auf. Wenn ein Distriktoberhaupt damit einverstanden ist, dann machen automatisch auch seine Untergebenen mit.«

»Vielen Dank, Herr. Und was ist Ihre persönliche Meinung?«

»Ich selbst? Ich habe gehört, daß Sie schon viel Erfahrung im Journalismus haben. Sicher wissen Sie besser Bescheid als ich. Sie haben einen sehr guten Überblick über die Probleme im Ausland und in Ostindien und wissen sicher, was für uns alle gut ist. Es muß wahrhaftig jemand kommen, der dem Volk zeigt, wie es sich entwickeln und sein Leben verbessern kann. Es ist ein sehr ehrenvolles Vorhaben, Raden Mas, Schulen und Internate einzurichten und die Einheimischen über die geltenden Gesetze zu informieren. Sicherlich haben Sie auch vor, eine eigene Zeitung zu gründen?«

»Das wird sich auf der Sitzung zeigen, Tuan.«

»Sehr gut. Da ist noch etwas, Raden Mas. Natürlich nur, wenn Sie es hören möchten ... Da wäre ein reicher Mann von unbedeutendem Rang, der schon lange davon träumt, so etwas zu tun. Nur wegen seiner niedrigen Position zögerte er, damit anzufangen. Er war schon immer ein Wohltäter, der bereit war, gute Werke zu unterstützen ... Versuchen Sie doch, mit ihm Verbindung aufzunehmen. Ein Mann wie er ist viel wirksamer als hundert solcher Leute wie ich, obwohl ich einen höheren Rang habe.«

Der Mann, den er meinte war der *Wedana* von Mangga Besar: Thamrin Mohammad Thabrie.

Ein Wedana! Ein Distriktoberhaupt! Gleich versuchte ich, seine Ausbildung einzuschätzen. Sicherlich hatte er nur die Grundschule besucht, verstand kein Holländisch und wußte nichts von der Welt. So nahm ich ihn nicht so ernst.

»Und Sie selbst, werden Sie uns helfen, die Organisation aufzubauen?«

»Versuchen Sie erst, mit dem Wedana von Mangga Besar Verbindung aufzunehmen. Wenn er damit einverstanden ist, wird alles viel leichter zu regeln sein.«

Mehr wollte er nicht sagen. Deshalb verabschiedete ich mich. Er brachte mich noch nach draußen.

Ich nahm das Fahrrad und ging zu den anderen Adressen, dabei versuchte ich, weitere Informationen über Mohammad Thabrie, der offensichtlich großen Einfluß auf den Patih von Meester Cornelis hatte und ihn beeindruckte, zu bekommen.

»Der Wedana von Mangga Besar? Er ist ein Großgrundbesitzer«, sagte einer.

»Thamrin Mohammad Thabrie? Er ist ein frommer Mann«, meinte ein anderer.

»Ein großzügiger Mann«, sagte ein Dritter und erzählte, daß er ihm aus einer Schwierigkeit geholfen hatte, so daß er weiterhin sein Amt ausüben konnte.

Er schien bei den Priyayis ziemlich bekannt zu sein, nicht nur als Wedana, sondern auch als Mensch.

In der Nähe seines Hauses fragte ich in einem Warung nach weiteren Informationen.

»Er besitzt überall Häuser«, sagte der Warung-Besitzer. »Es heißt, es sind mehr als hundert. Außerdem noch ein Delman-Unternehmen. Man erzählt, er habe auch eine Schiffahrtsgesellschaft, die er jemand anderen führen läßt ...«

Vielleicht jemanden wie Mama. Sicherlich sehr interessant. Ich folgte dem Gedankengang des Patihs von Meester Cornelis, daß dieser Mann der Schlüssel zur Gründung einer Organisation sein könnte.

Mein Mut stieg wieder.

Der Vorhof des Wedana war sehr geräumig. In der Sitzecke warteten schon zwei Leute auf ihn.

»*Assalamu* …«

Ein Bediensteter kam von der Seite des Hauses, noch mit einem Besen in der Hand.

»Ist Tuan Thamrin da?« fragte ich.

»Ja, Tuan, bitte nehmen Sie Platz.«

Ich ging hinein, setzte mich zu den anderen Gästen und wartete, bis ich an die Reihe kam. Ein Wedana hatte bestimmt viel zu tun. Mir blieb genug Zeit, den Vorhof unter die Lupe zu nehmen.

Es sah anders aus als bei anderen Wedanas. Außer dem Bild der Königin über der Eingangstür hing da noch das Bild eines Mannes, der dem ehemaligen britischen Leutnant, dem Generalgouverneur auf Java, ähnlich sah, Sir Thomas Stamford Raffles. Ich schaute mich weiter um, aber mein Blick kehrte immer wieder zu dem Bild zurück. Was hatte der Hausherr mit Raffles zu tun? In keinem anderen Haus hing so ein Portrait. Oder war es doch nicht Raffles?

Währenddessen überlegte ich, warum dieser Mann so viel Einfluß hatte. Wegen seines Reichtums? Wegen seiner Großzügigkeit? Oder vielleicht, weil er klug war? Wahrscheinlich eines davon oder alles zusammen.

Erst nach einer Stunde kam ich an die Reihe. Der letzte Gast bat mich in den Raum, den er gerade verließ.

Ich ging in das Büro innerhalb des Vorhofes und blieb an der Tür stehen. Vor mir stand ein Indo mit einem *Peci*, er trug ein weißes chinesisches Hemd und einen Sarong aus *Samarinda*, seine Brille saß ganz vorne auf der Nasenspitze. Er empfing mich mit einem Lächeln und freundlichen Worten, sein Malaiisch hatte den Akzent von Batavia: »Kommen Sie doch herein, Tuan.«

Ich ging auf ihn zu und reichte ihm die Hand.

»Sie kommen sicherlich wegen einer wichtigen Angelegenheit. Sie sind das erste Mal hier.«

Ich betrachtete sein maisgelbes Haar, das hier und da schon ergraute. Er lächelte immer noch. Mit seiner Hand wies er mir einen Platz zu.

»Tuan Thabrie?«

»Das ist richtig. Was kann ich für Sie tun?«

Ich begann, auf Holländisch den Zweck meines Kommens zu schildern. Er entschuldigte sich, daß er kein Holländisch sprach. So unterhielten wir uns auf malaiisch weiter.

»Der Patih von Meester Cornelis hat Sie also zu mir geschickt?« sagte er gedankenverloren. »Er kommt tatsächlich öfters hierher, hatte aber bisher nie etwas Wichtiges vorzutragen. Darf ich erfahren, um was es geht?«

Ich erzählte ihm von meinem Anliegen, eine Organisation zu gründen, von ihren Grundlagen und Zielen. Schweigend bot er mir eine kubanische Zigarre an, wie es bei den hohen europäischen Beamten üblich war.

»Was der Patih für gut hält, finde ich auch gut«, sagte er bescheiden.

Hinter der Brille sah man seine hellbraunen Augen. Bestimmt hatten sich schon viele über seine hellbraunen Augen gewundert. Er nahm seine Brille ab, wischte sie mit seinem Taschentuch sauber und setzte sie wieder auf.

»Sie wollen also eine Syarikat gründen?«

»Syarikat! Was bedeutet das, Tuan?«

»Sind Sie Moslem?«

»Natürlich, Tuan Thamrin.«

»Beten Sie?«

»Leider nein, Tuan Thamrin.«

Er lächelte wieder und nickte, danach sagte er:

»Laa syariika lahuu ...« Er sprach fließend ein Zitat aus dem *Iftitah-Gebet,* »es gibt keine Verbündeten für Ihn, für Allah. Syarikat, mein Herr, bedeutet Genossenschaft, eine Interessenvereinigung.«

»Welche Bezeichnung ist nun besser, Tuan? Organisation oder Syarikat, Bund oder Vereinigung.«

»Natürlich ist Syarikat besser. Erstens, weil es aus dem Arabischen, der Sprache des Korans, stammt. Zweitens, weil es die Menschen an das Wort ikat, binden, erinnert. Drittens, weil es kürzer und einfacher ist als Vereinigung. Viertens, weil es nichts mit einem Bund zu tun hat. Syarikat bedeutet viel mehr, als nur sich zu sammeln, während eine Vereinigung eher *eine Ansammlung von Leuten mit der gleichen ›Laus‹ ist.«* Er lachte über seinen eigenen Witz.

»Sie haben auf Anhieb die richtige Bezeichnung gefunden«, lobte ich.

Er schien sich über meine Anerkennung zu freuen.

Das Treffen verlief angenehm, vom Rauch der Havannas umhüllt und mit üppigem Essen. Er versuchte, den Eindruck eines guten Moslems zu wecken und zitierte immer wieder Sätze aus dem Koran. Das war sein gutes Recht. Es war seine Welt und ein Teil seiner Persönlichkeit.

Während einer Pause fragte ich: »Vielleicht habe ich mich geirrt, aber ist der Mann auf dem Portrait über der Tür nicht der britische Generalgouverneur Thomas Stamford Raffles?«

»Sie haben sich nicht geirrt.«

Mir fiel die Ähnlichkeit zwischen den Namen Thomas und Thamrin auf.

»Sie sehen ihm irgendwie ähnlich.«

»Deshalb habe ich auch sein Bild dort aufgehängt.«

»Raffles ist als kluger und weiser Mann bekannt. Vielleicht sind Sie deshalb auch so weise wie er.«

»Insya Allah. So Gott will.«

»Ihre Vorname haben auch die gleiche Anfangsbuchstaben wie seine Name: Thomas- Thamrin.«

Er lachte. Dann kam er wieder auf das ursprüngliche Thema zurück: »Ich bin bereit, für die Syarikat zu arbeiten, die das Gute anstrebt. Ich bin auch bereit zu helfen, solange es nicht gegen das Gesetz verstößt.«

Noch am gleichen Tag ging ich wieder zum Patih von Meester Cornelis.

»Wenn er damit einverstanden ist, Raden Mas, dann ist alles klar. Viele Menschen fühlen sich ihm verpflichtet. Wenn er ja sagt, dann werden die anderen auch ja sagen. Sie sollten schon mal anfangen, so viel Einladungen wie möglich zu schreiben, und ein Konzept für die Statuten vorbereiten. Schreiben Sie auf malaiisch. Nur ein oder zwei Einheimische können Holländisch. Sie können mir etwa einhundert Einladungen geben.«

»Da muß ich mir erst einmal überlegen, wo ich so viele Menschen unterbringen kann.«

»In meinen Hof passen mehr als zweihundert Leute.«

Ich war einverstanden, und er war froh, daß seinem Platz so eine große Ehre erwiesen wurde.

»Sie haben recht. Diesem Vorhof wird eine große Ehre zuteil, weil die Syarikat, die hier gegründet werden soll, die erste moderne Organisation der Einheimischen sein wird. Und wir sind die ersten Initiatoren.«

Er war mit meiner Reaktion zufrieden. Und die Unterhaltung kam wieder auf Thamrin Mohammad Thabrie zurück.

»Ja, er ist in der Tat wie ein Europäer. Aber in seinem Herzen und seiner Seele ist er ein echter Einheimischer. Er ist in der ärmlichen Gegend Batavias groß geworden und erhielt auch dort seine Erziehung. Seine Ausbildung war ein wenig besser als die seiner Spielkameraden.«

»Warum hat er das Portrait von Raffles aufgehängt?«

»Raffles hat, als er in Batavia war, seine Frau verloren ...« Er zögerte, schließlich sagte er doch: »Sie wurde in *Jati Petamburan* beerdigt«, danach sagte er nichts mehr. »Ach, das war nur ein Zufall. Sein Vater sah Raffles sehr ähnlich. Zumindest sein Gesicht ... Je mehr Sie mit den Menschen von Batavia umgehen, desto besser werden Sie ihn kennenlernen.«

Während ich nach Hause radelte, erinnerte ich mich wieder an die Geschichte, die über die Regenten von Kedu erzählt wurde; sie wären die Nachkommen von Generalgouverneur *Daendels*. Na ja, es sollte mir egal sein, wer wessen Nachkomme war. Als Maßstab galt immer noch, wie er sich seinen Mitmenschen gegenüber verhielt.

Als ich zu Hause ankam, gab ich Sandiman sofort den Auftrag, mit der Vervielfältigung der Einladungen zu beginnen. Die Arbeit dauerte bis zwei Uhr nachts. Er war Feuer und Flamme.

»Ich wünschte, so etwas würde in Mangkunegaran passieren.«

»Warum fängst du nicht damit an?«

»Keiner weiß, wie man so etwas anfängt.«

»Jetzt weißt du es.«

»Jetzt weiß ich es, aber wer soll denn damit anfangen? Wer soll denn jemandem wie mir vertrauen? Außerdem, an wen soll man sich wenden? Wenn ein Verbrecher aus Versehen eine Einladung bekommt und sich auch damit einverstanden erklärt, Mitglied zu werden, was dann? Und so reden und reden die Leute in Mangkunegaran nur. Darf ich bei der Versammlung dabei sein, Tuan?« fragte er plötzlich.

»Natürlich, wir werden zusammen hingehen.«

Es war einer der schönsten Tage meines Lebens. Gott hatte mir beigestanden, die Versammlung auf dem Vorhof des Patihs von Meester Cornelis zu führen. Es waren mehr Leute gekommen, als eingeladen worden waren. Die Priyayis aus drei Verwaltungsbezirken kamen. Manche hatten ihre Kinder dabei. Sie gingen noch zur Schule. Manche hatten auch ihre Frauen dabei. Säuglinge waren ebenfalls zu Genüge da. Gelächter der Kinder. Das Weinen der Säuglinge, durstig von der Hitze, das sofort an der Brust der Mütter verstummte.

Der Patih von Meester Cornelis saß auf dem Ehrenplatz und beteiligte sich nicht an dem Gespräch. Thamrin Mohammad Thabrie saß bescheiden unter den anderen Anwesenden in der mittleren Reihe.

Leckerbissen wurden ununterbrochen herumgereicht. Ich war der einzige Redner. Niemand meldete sich zu Wort.

Ich sprudelte die Worte von Leuten heraus, die ich kannte, von denen ich gelesen hatte. Zwei Tatsachen erwähnte ich absichtlich nicht: den Krieg in Aceh und auf Bali.

»Wir werden diese Organisation Syarikat Priyayi nennen, weil die Priyayi die Gruppe von Einheimischen darstellen, die am meisten fortgeschritten sind und das meiste Wissen haben. Sie alle können lesen und schreiben. Sind Sie damit einverstanden?«

Auch dieses Mal bekam ich keine Antwort. Mit ihren Blicken suchten die Anwesenden den Patih von Meester Cornelis.

»Und die Syarikat wird Malaiisch verwenden, weil alle Priyayi Malaiisch verstehen. Sind Sie hiermit einverstanden?«

Wieder antwortete keiner. Vielleicht war ich die Wiederholung des pensionierten javanischen Arztes, der Rufer in der Wüste der Herzen der Anwesenden.

Der Patih bemerkte meine Enttäuschung. Er stand auf, stellte sich neben mich und bat mich um Erlaubnis zu sprechen.

»Ihr, die hier alle anwesend seid! Ihr steht nicht vor einem Patih, auch nicht vor einem König, auch wenn der Platz der Vorhof eines Patihs ist. In dieser Versammlung gibt es keinen Patih, keinen Wedana, keinen *Mantri.* Alle sind gleichgestellt. Also, wer damit einverstanden ist, soll es sagen, und wer nicht, soll es auch sagen. So, wer ist mit der Gründung der Syarikat Priyayi einverstanden?«

Keine Antwort. Auch Thamrin Mohammad Thabrie saß still auf seinem Platz.

»Tuan Thamrin Mohammad Thabrie, Wedana von Mangga Besar, sind Sie vielleicht damit einverstanden?«

Plötzlich stand Thamrin auf. Alle Leute schauten zu ihm.

»Mehr als einverstanden, hiermit lasse ich mich als erstes Mitglied einschreiben.«

»Na also. Wer ist sonst noch damit einverstanden?«

Alle Anwesenden standen auf, sogar die kleinen Kinder, nur die Säuglinge schliefen weiter.

»Auch ich bin damit einverstanden und lasse mich als Mitglied Nummer … alle sind einverstanden, nicht wahr? Also, als Mitglied Nummer zweihundertneunzig vielleicht.«

Nun hörte man die Anwesenden erleichtert lachen.

»Seid ihr auch einverstanden, daß Malaiisch die Sprache der Syarikat sein wird?«

»Einverstanden! Einverstanden!« Das ganze Vorhof bebte vor Begeisterung.

»Hiermit ist die Gründung unserer Syarikat also beschlossene Sache?«

»Ja! Ja! Ja!«

»Jetzt sprechen sie um die Wette«, flüsterte der Patih.

»Das macht nichts«, flüsterte ich zurück.

»Gut«, sagte der Patih wieder zu den Anwesenden. »Morgen werden wir beim Gouvernement die Anerkennung beantragen. Jetzt muß jeder, der Mitglied werden will, Namen, Adresse, Alter und Beruf auf die Liste schreiben.«

Sandiman verteilte die bereits vorbereiteten Blätter, jede Reihe bekam eins.

Innerhalb einer halben Stunde, unter dauerndem Gemurmel, wurden vierhundertzweiundachtzig Namen registriert, inklusive der vierjährigen Kinder, die nun auf den Schößen ihrer Mütter schliefen. Auch gut so. Aber keine einzige Frau hatte sich eingetragen.

Es war einfach zu erraten, wer an diesem Abend zum Vorsitzenden gewählt werden wurde: Thamrin Mohammad Thabrie. Ich selber wurde zum Sekretär gewählt. Die Versammlung ging unter den Wolken der dunklen Nacht zu Ende. Alle Anwesenden gingen mit leichtem Herzen nach Hause. Es donnerte und blitzte. Rücksichtslos schüttete es vom Himmel herunter. Sandiman machte sich an die Arbeit, Anmeldeformulare zu vervielfältigen. Sobald sie trocken waren, wurden sie adressiert. Noch in der gleichen Nacht wurden sie zur Post gebracht. Sie gingen in alle großen Städte auf Sumatra, Borneo, den Molukken, aber vor allem Java.

Die Anmeldungen strömten in wenigen Tagen herein. Aus Java, Madura und von den anderen Inseln. Sandimans Begeisterung aber schien sich gelegt zu haben.

»Denkst du über irgend etwas nach?« fragte ich. »Hast du Probleme?«

»Nein, Tuan. Nur, na ja, wie soll ich es sagen? Diese Syarikat Priyayi, eigentlich dürfte ich doch gar nicht mitmachen.«

»Du bist doch Mitglied, du hast dich doch schon eingeschrieben.«

»Ich habe mich aber noch nie als ein Priyayi gefühlt.«

Seine Worte erschreckten mich, aber gleichzeitig war ich verärgert.

»Warum hast du auf der Versammlung nichts gesagt?«

»Was sollte ich denn sagen, Tuan? Ich bin nur ein ehemaliger Soldat. Ist ein Soldat auch ein Priyayi?«

»Zu welcher Gruppe gehören deiner Meinung nach die Soldaten?«

»Woher soll ich das wissen, Tuan. Ich denke, die Soldaten von Mangkunegaran werden auch nicht wissen, ob sie Mitglied werden können oder nicht.«

»Ach, so ein guter Gedanke. Warum hast du das nicht auf der Versammlung gesagt?«

»Ich weiß nicht einmal, was Priyayi bedeutet, Tuan.«

Ehrlich gesagt, ich wußte es auch nicht so genau.

»Und jetzt, wo ich Mitglied bin, bin ich nun ein Priyayi oder nicht?«

»Jetzt, wo du rechtmäßig Mitglied bist, weißt du nun, was Priyayi eigentlich bedeutet?«

»Auch wenn ich nicht rechtmäßig Mitglied bin, weiß ich nicht, was es bedeutet.«

»Wenn es so ist, dann bleibst du einfach weiter Mitglied.«

»Trotzdem habe ich im Herzen ein ungutes Gefühl, Tuan.«

»Wenn genügend Würze dran ist, wird es später auch gut schmecken, oder?«

Er war immer noch verunsichert. Ich umso mehr. Diese Syarikat würde keine Mitglieder aus den unteren Schichten bekommen, wegen des Namens Priyayi. Auch die Kaufleute würden sich zurückhalten. Aber was konnte man jetzt noch tun, der Name war schon anerkannt worden. Das Gouvernement hatte ihn auch schon im Staatsblatt genehmigt und bekanntgegeben. Die Syarikat war schon als rechtliche Institution anerkannt worden, gleichgestellt mit einer europäischen juristischen Person.

Und so verging das Jahr 1906 mit einer neuen Botschaft.

8

Die Arbeit eines Sekretärs in einer Organisation gleicht der Arbeit einer Webmaschine. Ideen aus acht Windrichtungen muß er mit der Idee aus der Mitte, der neunten Windrichtung – seiner eigenen Idee – verknüpfen. Das Ergebnis ist ein Gewebe all dieser Ideen, in dem sich das Leben in einer Gesellschaft widerspiegelt.

Als Sekretär einer rechtlich anerkannten Organisation – die den Europäern gleichgestellt war – besaß ich plötzlich sehr viel Bewegungsfreiheit. Als ob kein Schritt, den ich tat, diese kolonialisierte Erde mehr berührte. Als wäre ich nun auch ein rechtmäßiger Miteigentümer dieser Erde geworden. Die Erfahrung, das Wissen, die Weisheit, vor allem aber der Enthusiasmus fürs Leben trugen dazu bei, daß meine Persönlichkeit zu einem Riesen wurde, dessen Kraft größer war als die Summe der Kräfte aller Mitglieder zusammen. Mein Selbstvertrauen durchdrang die Erde bis zum Mittelpunkt. Nur mein Einkommen nahm ab. Ich wurde immer mehr von meinen Ersparnissen abhängig, die zusehends dahinschwanden. Aber nur Menschen mit schwachem Herzen und schwachen Knien hofften, irgend etwas umsonst zu bekommen. Was bekommt man schon umsonst? Man muß für alles immer bezahlen.

Die Idee, uns mit gedrucktem Material unendliches Gehör in der Gesellschaft zu verschaffen, traf bei der Leitung der Syarikat auf Zustimmung. Aber mit welchem Kapital? Jeder künftige Abonnent mußte einen Vorschuß bezahlen, für ein viertel, ein halbes oder ein ganzes Jahr und bekam dafür eine Aktie. Eine Aktiengesellschaft wurde gegründet. Der Notar konnte eine schnelle Legitimation des Justizministeriums erreichen. So erschien endlich die Wochenzeitschrift *Medan*. Eigentum der Einheimischen! Sie gehörte weder den Holländern noch den Chinesen noch anderen Immigranten, sondern ganz allein den Einheimischen! Es war geschehen, was geschehen mußte. Mit Einigkeit kann man alles erreichen. Alles!

Als ich alleine in meinem Schlafzimmer war, kamen mir die Tränen, ohne daß ich es wollte. Ich hatte eine neue Welt gefunden: Kapital aufzubauen mit den Spenden von Einheimischen – Menschen, die gerade noch so zurechtkamen. Die Spenden sparten sie sich vom Munde ab, aber sie gaben sie von Herzen. So entstand das Kapital. Eine neue Welt. Eine neue Geburt.

In mein Tagebuch schrieb ich folgendes: Wer kann voraussagen, wie das Neugeborene wird? Wird es ein Prophet? Ein Gauner? Oder wird es einfach nur die Zahl der Weltbevölkerung vermehren, ohne jede Bedeutung?

Alles wurde nach dem alten Schema gemacht: auf Priyayi-Art. Wie das Mädchen aus Jepara gesagt hatte: »Wenn ein Regent es tut, dann tun es auch alle seine Untergebenen. Während der Regent selbst nur seinen holländischen Residenten nachahmt. Den Vorgesetzten nachzuahmen, gilt als weise. Egal, ob der Vorgesetzte der Teufel oder ein noch unbekannter Geist aus der Hölle war. Indem man den Vorgesetzten nachahmt, entgeht man der Last der Verantwortung, die sowieso schon gering genug ist.«

Vier Regenten hatten bereits die *Medan* abonniert. Dies war mehr wert als das eigentliche Kapital. Innerhalb von nur drei Monaten hatten wir schon eintausendfünfhundert Abonnenten, verstreut über ganz Java, einige große Städte auf Sumatra und Celebes. Mehr als zweitausend konnte die Druckerei gar nicht verkraften.

Zumindest, Nyo, auch wenn es erst der Anfang ist, bist du ein Aufklärer. Trauere deiner gescheiterten Arztkarriere nicht nach. Du bist der erste Einheimische, der so etwas macht, schrieb Mama aus Wonocolo, nachdem sie die ersten Ausgaben bekommen hatte. Sie abonnierte gleich für zwei Jahre. Auch eine, die mehr Mißerfolg als Erfolg bei der Abonnentensuche hatte. *Deine Zeitung bietet Aufklärung über Recht und Gesetz. Viele Priyayis brauchen das, um es besser umgehen zu können. Du selbst bist schon Opfer der Gesetze geworden. Es gibt Gesetze, die gerecht sind, aber auch solche, die nur der Unterdrückung dienen. Manche Regeln verstärken das noch. Erinnerst du dich, wie sie dich früher unterdrückt haben? Sei auf der Hut. Nicht, daß du mit deiner Aufklärung die Unterdrückung noch schlimmer machst.*

Und ihr anderer Brief: *Was? Wer bezweifelt denn, daß du mit reinem Herzen und gutem Willen angefangen hast? Aber glaubst du, daß das reicht? Reines Herz und guter Wille und die Fähigkeit, danach zu handeln, gerade danach suchen doch die Banditen. Das alles ist nicht genug,*

Nyo, noch lange nicht. In der Realität haben bis jetzt viele Menschen Jesus dazu benutzt, andere zu unterdrücken. Sei auf der Hut!

Die meisten unserer Abonnenten waren Leute, die sicher weiterkommen wollten, indem sie alle Regelungen wohl befolgten und den Gesetzen gehorchten. Die Herausforderungen kamen just von Mama. Jeden Tag kamen von ihr Briefe, die über verschiedene Regelungen Aufklärung verlangten. Mama forderte weitaus mehr. *Man kann es nicht vermeiden,* schrieb sie in einem ihrer unzähligen Briefe. *Aber muß man denn immer nur für die anderen bereit sein? Es gibt viel wichtigere Dinge, die vielleicht ausschlaggebender sind als Regeln und Gesetze.*

Das Bedürfnis der Abonnenten nach juristischer Aufklärung wurde immer stärker. Dem Patih von Meester Cornelis wuchs dies alles über den Kopf. Wir mußten einen europäischen Anwalt für zwei Stunden pro Woche einstellen. Sandiman arbeitete sich fast zu Tode, um die Antworten von Mr. D. Mahler auf die Fragen der Abonnenten zu notieren. Ein Glück, daß er ein freundlicher und hilfsbereiter Mensch war.

Mein Mann interessiert sich für deine Schwierigkeiten, die rechtlichen Fragen zu beantworten, schrieb Mir Frischboten. *Wären wir in Batavia, hätte er dir mit Freude geholfen,* con amor. *Und nicht nur für zwei Stunden die Woche, sondern bei jeder Gelegenheit.*

Und Mr. D. Mahler mußten wir ein Drittel des Gewinns bezahlen, den der Betrieb abwarf.

Ein Drittel des Gewinns? schrieb Mama. *Das ist unverschämt. Das Gouvernement will, daß seine Beamten die Gesetze richtig ausführen und sie richtig befolgen, warum mußt du dies mit einem Drittel von deinem Gewinn bezahlen? Ich glaube, daß das ein Witz ist, auch wenn ich mich da nicht auskenne. Oder bist du es vielleicht, der sich lächerlich macht? Es liegt im Interesse des Gouvernements. Sie müßten es bezahlen. Nicht du.*

Währenddessen breitete sich die *Medan* weiter nach Sumatra und in die Küstenstädte Borneos, Celebes' und der Molukken aus. Die Abonnenten außerhalb Javas machten auch nicht wenig Schwierigkeiten. Sie verlangten nach malaiischer Sprache, wie sie sie in der Schule gelernt hatten. Einer Sprache, die nach allen Regeln der Kunst grammatikalisiert war, und nicht der Umgangssprache, die wurzellos im regelfreien Raum hing.

Widerstrebend erklärte sich die Druckerei bereit, mehr für uns zu drucken. Die Auflage wurde auf über zweitausend erhöht. Schließlich kamen bis zu dreitausend Anmeldungen, aber die Druckerei konnte beim besten Willen nicht nachkommen. Die neuen Abonnenten kamen nicht aus der Schicht der Priyayi, die bereits ihren Sättigungspunkt erreicht hatte, sondern aus den Kreisen von Kaufleuten und Unternehmern, sowohl einheimischen als auch fremden, die durch den Handel die malaiische Umgangssprache gelernt hatten.

Thamrin und der Patih lehnten nach wie vor den Gebrauch von Schulmalaiisch ab, auch nachdem sie die Sättigung bei den Priyayis sahen. Wir benutzten weiterhin die Umgangssprache. Jetzt wurden auch viele Dorfoberhäupter Abonnenten, auch die Indos auf den privaten Plantagen. Und schließlich sahen sich sogar die Europäer gezwungen, die *Medan* zu kaufen.

Nach einiger Zeit kamen auch einige Anklagen, die wir zu bearbeiten hatten. Wir mußten Mr. D. Mahler noch mehr bezahlen, weil er statt zwei nun vier Stunden für uns arbeitete.

Ich habe nach Amsterdam telegraphiert, schrieb Mama aus Surabaya, *an unsere Firma dort, um Informationen über Mr. Frischboten zu bekommen. Vielleicht kann er anstelle von Mr. D. Mahler für euch arbeiten. Nur glaube ich, daß ihr eure Auflage noch erhöhen müßt. Hast du nicht vor, deine eigene Zeitung herauszugeben?*

Eine eigene Zeitung! Das war wie im Märchen. Eine Zeitung, die jeden Tag erschien! Schon die Ausgabe einer Wochenzeitschrift brachte uns zum Wirbeln.

Ihr habt immer mehr Arbeit? Das ist ein gutes Zeichen. Stell noch mehr Leute ein. Oder hast du vor, mit deinem Unternehmen reich zu werden? schrieb Mama wieder. *Nimm alle Anklagen auf, die nach Gerechtigkeit schreien. Nur dir vertrauen sie ihre Sache an. Das ist eine Ehre für dich, Nyo. Aber wenn du dich weiterhin nur um Aufklärung bemühst, dann arbeitest du eigentlich auf eigene Kosten für das Gouvernement. Das ist nicht mehr lustig, sondern traurig für so einen wie dich! Fang mit einer Zeitung an! Das Leben besteht nicht nur aus Gesetzen und Regeln!*

Eigenmächtiges Handeln bei der Eisenbahn, auf den Plantagen und in den Büros des Gouvernements, Entführungen von Mädchen und Ehefrauen durch die örtlichen Beamten, die ihr Amt mißbrauchten, waren Hilferufe, die uns erreichten. Mr. D. Mahler arbeitete jetzt sechs Stunden pro Woche. Und die *Medan* wurde zum Schutzengel der Einheimischen in Ostindien.

Wir mußten neue Leute einstellen, unter anderem einen alten Freund, Wardi oder Kutut. Und trotzdem blieb Arbeit liegen.

Einige Male kam Thamrin, um sich zu erkundigen, wie es mit der Umsetzung des Programms stand, ein Internat und eine Schule einzurichten. Es wurde eine Sitzung der Leitenden einberufen. Die Entscheidung: Ein Komitee wurde eigens zur Durchführung dieser Pläne gebildet, außerdem wurde ein Fonds gebildet, der begabte Schüler, die selbst kein Geld hatten, unterstützen sollte. Dies alles sollte durch das Fondskomitee *»Kemajuan«* geregelt werden, dessen Gründung eine Woche später vor dem Notar Herr Wilhelmsen bestätigt wurde. Thamrin spendete aus seiner eigenen Tasche soviel Geld, wie gereicht hätte, um zweimal nach Mekka zu fahren und zwei Hektar Land zu kaufen. Einen Monat später wurde der Mann, der für den Fonds verantwortlich war, von der Polizei inhaftiert, weil er das ihm anvertraute Geld beim Wetten in Pasar Gambir veruntreut hatte.

Ich blieb bei meiner Arbeit. Den Briefen, die jeden Tag kamen, entnahm ich überhaupt erst, wieviel Hilfe die Menschen gegen die Ungerechtigkeit brauchten. Manche Briefe stammten sogar von Beamten des Gouvernements, die eigentlich selbst an der Macht waren. Es war immer noch wie zur Zeit von Multatuli, die ein halbes Jahrhundert her war. Ich begriff immer mehr, wie sehr die Einheimischen vom Gouvernement und seinen Beamten unterdrückt wurden, wie sie von Gaunern und betrügerischen Händlern ausgenommen wurden, was oft das Gleiche war.

Wie schön wäre es, wenn du wenigstens noch lebtest, Mei …

Das Jahr 1907 wäre schnell vorübergegangen, wenn nicht etwas geschehen wäre, das mich tief beeindruckte.

Eines Abends lag ich faul auf meinem Liegestuhl aus Rattan, neben mir stand ein kleiner Tisch. Sandiman spielte gerade auf dem Phonograph Lieder einer Verdi-Oper – Rigoletto. Seit drei Monaten hatte ich mir angewöhnt, mir die Zeit zu nehmen, europäische Musik zu hören. Eine Gewohnheit, die ich von Mama und ihrer Tochter übernommen hatte.

Vielleicht kam es durch diese alte Gewohnheit in Surabaya, daß Verdi immer die alten Erinnerungen in mir hochbrachte. An Mama, an ihre Tochter, an ihr Unternehmen, an all die Freude, die in einer Tragödie endete.

Natürlich konnte ich die europäische Musik noch nicht so genießen, wie es beim Gamelan der Fall war. Aber die Musik rief viele Gedanken und Erinnerungen in mir wach. Der Gamelan dagegen führte mich zur Schönheit und dem leidenschaftslosen Gefühl des Friedens, in einen Zustand, in dem die Gedanken in ewigen Schlaf geschaukelt werden.

Als der Phonograph das Lied »Die letzte Rose des Sommers« wiedergab und ich zufällig meine Augen öffnete, sah ich eine Kutsche mit zwei Pferden vor dem Haus anhalten. Ein Indo-Mädchen stieg aus und half einem kleinen Jungen aus der Kutsche. Danach kam eine einheimische Frau, die wiederum einem Europäer herunterhalf. Und dieser Herr benutzte eine Krücke.

Marais! Jean Marais! Er kam zu Besuch aus Surabaya! Und diese einheimische Frau mußte *Mama* sein. Ich sprang auf. Mama! Richtig, sie war es! Ich ging hinaus, um sie zu empfangen.

»Mama! Ach, Jean! Wer hätte gedacht, daß ihr mal herkommt? Kein Brief, keine Ankündigung!«

Jemand berührte mich an der Schulter, und ich drehte mich um.

»Onkel«, das Indo-Mädchen begrüßte mich auf französisch. »Hast du mich schon vergessen?«

»*Maysaroh!* Bist du das?« rief ich aus. »Du bist ja schon eine junge Dame geworden!« Und sie küßte mich auf die Wangen, wie es bei den Europäern üblich war.

»Und das hier ist Rono. Du hast ihn sicher schon vergessen. Rono Mellema.«

Ich überlegte kurz und versuchte mich daran zu erinnern, wer Rono Melemma war.

»Rono!« rief ich. »Jetzt erinnere ich mich.« Ich hob ihn hoch und schaute ihm in die Augen. Seine Augen waren blau wie die von Robert.

»Wie geht es dir, *Nak?* Es scheint dir besser zu gehen«, sagte Mama.

»So Gott will, Mama, so Gott will.«

Ihre Stimme war sehr süß und weich. Ich war tief berührt. Die eindrucksvollste Frau, die ich jemals im Leben getroffen hatte, eine Göttin, die mir mit ihrer Weisheit und Hilfsbereitschaft immer durch schwierige Zeiten geholfen hatte. Deus ex machina ...

Stotternd brachte Jean Marais ein paar freundschaftliche Worte auf französisch heraus: »Du bist jetzt ein wichtiger Mann geworden.«

»Kommt doch herein«, bat ich und stellte Rono wieder auf den Boden.

Sandiman nahm schnell ihre Gepäckstücke von der Kutsche herunter. Währenddessen grübelte ich immer noch, warum die beiden Familien zusammen nach Batavia gekommen waren. Wollte Mama ihr Geld zurückhaben? Aber Jean Marais? Wollte er zurück nach Frankreich?

»Ihr übernachtet doch hier, nicht wahr?« fragte ich.

»Wo denn sonst, wenn nicht bei dir?« antwortete Mama wie immer auf holländisch.

Wir gingen alle hinein. Im Wohnzimmer blieben alle plötzlich stehen, bis auf Rono Mellema, der sich gleich auf einen Stuhl gesetzt hatte. Sie standen wie angenagelt vor dem Portrait »Die Blume, mit der das Jahrhundert Abschied nahm«. Ich blieb auch stehen. Ich konnte ihre Gefühle verstehen.

»Schade, daß sie dich nicht begleiten konnte, Nak«, sagte Mama mit rauher Stimme und wandte ihren Blick von dem Portrait.

»Laß nur, Ma.«

»Du hängst ihr Bild immer noch auf? Quält es dich nicht?«

Jean Marais kam zu mir und legte seine Hände auf meine Schultern. Seine Stimme war tief: »Wir sind so glücklich, und du ... Warum steckst du ›Die Blume, mit der das Jahrhundert Abschied nahm‹ nicht in die Hülle zurück?«

»Ich bin auch glücklich, Jean, wirklich. Das sind eure Zimmer. Sucht sie euch selbst aus.«

Sandiman trug ihre Sachen in die Zimmer. Mama begann sogleich, das Haus zu inspizieren, die Möbel, den Wandschmuck, dann ging sie in die Küche und redete mit den Bediensteten. Ich konnte nicht hören, worüber sie sprachen.

Als sie aus der Küche kam, fragte sie sofort: »Du bist also immer noch allein? Wie kommt das? Es geht dir jetzt wieder gut. Du brauchst eine Frau und Kinder, mindestens zwei oder drei. Hast du irgendwo eine Geliebte?«

»Nein, Ma.«

»Vergiß dieses Bild und heirate. Ein Mann allein ist nicht gut«, dann ging sie mein Zimmer inspizieren.

Mein Herz klopfte. Sie würde das Bild von Ang San Mei sehen. Und richtig: »Komm doch mal her, Nak!« rief sie mich zu sich.

»Wer ist diese chinesische Frau?«

»Meine Frau, Ma.«

»Ich habe sie noch nicht gesehen. Du hast mir nie von ihr erzählt.«

»Sie ist gestorben, Ma.«

»Nak!« rief sie. »Du hast kein Glück im Leben. Du mußt wieder heiraten. So ein hübsches Mädchen, auch wenn sie Schlitzaugen hat und ein bißchen mager ist.«

»Sie hat mir keine Kinder hinterlassen, Ma.«

»Und warum hast du mir nie etwas davon erzählt? Ist sie wirklich gestorben oder hat sie dich verlassen? Versuche nicht, irgend etwas vor mir zu verbergen.«

»Was sollte ich denn verbergen, Ma? Sie ist gestorben, ohne Kinder.«

Nun erkannte ich ihre Stimme, den Strahl ihrer Augen, und ihren Gesichtsausdruck, der immer voller Liebe war, wieder. In den sieben Jahren war sie nur wenig gealtert, unverändert behende und freundlich.

»Sagt es mir ehrlich, Kind, halte nichts zurück: Ist sie dir weggelaufen?«

»Nein, Ma, wirklich nicht. Sie ist gestorben.«

»War sie dir untreu?«

»Sie war mehr als nur treu, Ma.«

»Du verheimlichst mir was.«

»Was denn, Ma.«

»Da ist irgend etwas. Du hängst ›Die Blume, mit der das Jahrhundert Abschied nahm‹ im Wohnzimmer auf. Und in deinem Zimmer hängst du ihr Bild auf. Da ist ein Geheimnis zwischen euch.«

Ich verstand nicht, was sie meinte. Und wußte noch weniger, was ich ihr antworten sollte. Mamas scharfen Augen entging nichts. Und so erzählte ich ihr alles. Sie nahm jedes Wort in sich auf, während sie Ang San Mei anschaute.

»Sie war also die Verlobte dieses Chinesen? Ein bewundernswertes Mädchen. Sie verließ ihre Heimat, um freiwillig in einem fremden Land zu sterben. Was macht dich also traurig, Nak? Du hast doch alles für sie getan.«

»Ich bin überhaupt nicht traurig, Ma. Außerdem habe ich jetzt schon ihre Nachfolgerin gefunden.«

»Du wirst also wieder heiraten?«

»Nein, Ma. Mit meiner neuen Arbeit bin ich schon zufrieden.«

Wie eine Mutter ihrem Kind, drückte sie mir ihre weichen Fäuste an den Kopf.

»Du meinst, du willst es mir nachmachen, arbeiten und immer nur arbeiten? Hast du gedacht, ich sei mit meiner Arbeit glücklich? Du irrst dich, Kind. Du hast es nicht als Ganzes gesehen. Ich hatte zwei Kinder, auch wenn beide gestorben sind. Und jetzt habe ich meinen Enkel. Keiner kann sagen, daß ich nicht genug getan hätte. Und trotzdem, Kind, für eine Frau ohne einen Mann, ohne einen Lebensgefährten, der immer in ihrer Nähe ist, wird das Leben immer einsamer.«

Ich begriff auf einmal, daß Mama über sich erzählen wollte und meinen Zustand als Ausgangspunkt nahm: Sie und Jean Marais hatten geheiratet.

»Gratuliere, Mama!« Ich reichte ihr die Hand.

Ihre Augen strahlten.

»Du verstehst mich also, Kind. Du darfst mich nicht falsch verstehen.«

Ich ging aus dem Zimmer, um auch Jean Marais zu gratulieren. Er saß im Wohnzimmer und war immer noch ganz in der Betrachtung des Bildes versunken, das er vor ein paar Jahren selbst erschaffen hatte.

»Ich glaube, man braucht bis jetzt immer noch nichts zu verändern«, sagte er, als er mein Kommen bemerkte.

»Ihr habt mich nicht benachrichtigt«, sagte ich. »Ich gratuliere dir, Jean.«

Mama kam nach und setzte sich zu uns, sie rückte die Krücken ihres Mannes zurecht, die an der Lehne standen.

Maysaroh kam aus ihrem Zimmer, wo sie ihre Sachen ausgepackt hatte, und setzte sich auch zu uns.

»Du hast jetzt einen dicken Schnurrbart, Onkel«, sagte sie auf französisch.

»Ja, May, ich bin jetzt schon alt.«

»Alt? Du siehst gut aus mit deinem Bart. Wer sagt denn, daß du alt bist?«

»Soll ich dich etwa fragen, ob du meine Frau werden willst?« fragte ich.

Sie schrie auf und zwickte mich in den Oberschenkel. Ihr Gesicht wurde rot. Mama lächelte, und Jean Marais schaute verlegen drein.

»Was wäre daran falsch, wenn du es magst?« sagte sie.

Ihr Vater, Jean Marais, schaute betreten nach draußen.

»Ich gehe nach Frankreich, Onkel«, sagte May immer noch auf französisch, »nach Paris.«

»Deswegen willst du weder Javanisch, Holländisch noch Malaiisch sprechen?« fragte Mama.

»Du gehst zurück nach Paris, May?« und ich sah Mama und Jean abwechselnd an.

»Ja, Kind, wir haben geheiratet und werden jetzt gehen.«

»Mama, ihr geht also auf Hochzeitsreise nach Frankreich?«

»Nein, keine Hochzeitsreise, Kind. Ich habe so viel gehört und gelesen über dies Land, in dem alle Menschen vor dem Gesetz gleich sind. Nicht wie hier in Ostindien. Es heißt auch, daß dieses Land die Freiheit, die Gleichheit und die Brüderlichkeit verehrt. Du kennst es auch. Jetzt will ich es mit eigenen Augen sehen. Ob es auf dieser Erde wirklich so etwas Schönes gibt?«

Natürlich wußte Mama, daß der französische Imperialismus genau so schlecht war wie jeder andere. Frankreich hatte auch ständig die Ziele der Revolution verraten. Aber ich wollte ihr die Stimmung nicht verderben.

»Mama!« rief ich.

»Ja, Nyo, wir gehen zu viert nach Frankreich.«

»Na, Onkel, jetzt hast du es selbst gehört.«

Rono Mellema sah mich schweigend an – vielleicht beobachtete er meinen Schnurrbart –, als ob er einen Zauberer auf dem Jahrmarkt beobachten würde. Oder vielleicht dachte er auch über etwas nach.

»Und warum sagst du nichts, Rono?« fragte ich ihn auf javanisch.

»Ich gehe auch mit«, antwortete er auf maduresisch.

Wie glücklich und zufrieden diese neue Familie aussah. Und ihre Reise basierte sicherlich auf Mamas finanziellem Erfolg.

»Willst du nicht mit nach Frankreich kommen und dort May heiraten?« fragte Mama.

»Ach, Mama!« protestierte Maysaroh und kniff Mama in den Arm.

»Schau mal deine Tochter an, Jean, wie sie sich freut, in der Nähe ihres Freundes zu sein.«

»Wer sagt, daß er mein Freund ist?« verteidigte sich May und zwickte Mama mehrmals. Ihr Gesicht war in tiefes Verlegenheitsrot getaucht.

Jean Marais sagte gar nichts, als ob er in Gedanken weit fort wäre. Mir wurde es nun auch peinlich, als ich bemerkte, wie die hübsche May mich heimlich ansah.

Ihre Haut war nicht zu weiß. Wahrscheinlich das Erbe ihrer Mutter. Ihr langes Haar war lockig. Zusammengehalten von einem goldenen Kamm, der mit Smaragden verziert war. Ihre Ohrringe und das Medaillon waren aus Gold mit Brillanten, hier und da mit einigen Smaragden kombiniert. Früher wurden diese Sachen getragen von … Ach, was nutzte es, noch einmal daran zu denken? Ihr Parfum war auch das gleiche wie Annelies'. Vielleicht hatte Mama das alles so arrangiert, um meine alten Erinnerungen wieder zu wecken.

Nun wurde mir klar, daß sie May, bevor sie von Bord gingen, noch einmal geschmückt und angezogen hatte – ich sollte sie sehen als …

»Sag doch was, Jean«, sagte Mama auf malaiisch, und dann wiederholte sie es umständlich auf französisch.

Mama konnte also schon etwas Französisch!

Jean Marais antwortete nicht.

»Wir haben viel über dich gesprochen, Kind«, fing Mama wieder an. »Über dich und May.«

»Diejenige, die es angeht, hat nie etwas gesagt«, sagte Marais. »Nur du machst einen Aufstand daraus.«

Maysaroh stand auf und rannte in ihr Zimmer, wobei sie die Tür hinter sich zuknallte, wie ein Mensch, der sich vor der Welt verstekken möchte.

»Sie wird trotzdem versuchen, hinter der Tür zu lauschen«, sagte Mama.

Mama wollte also, daß ich und Maysaroh heiraten. May hatte es schon begriffen, und Jean hielt sich raus.

Als ich zu Jean schaute, blickte er wieder aus dem Fenster.

»Ich bin viel zu beschäftigt, Ma, um wieder ans Heiraten zu denken.«

»Hör zu, Kind. Wir gehen fort und wissen nicht, wann wir wiederkommen. Wenn du kein Verlangen danach hast, dann lassen wir es sein. Aber falls du Interesse hast, sitzt Jean jetzt vor dir. Laß diese Gelegenheit nicht ungenutzt verstreichen.«

»Gibt mir Zeit, darüber nachzudenken, Ma.«

Mama schien enttäuscht. Sie meinte es gut. Ich hatte selbst nichts dagegen, Maysaroh zu heiraten. May würde tun, was ihr Vater sagte. Alles hing von mir ab. Aber ich wollte gar nicht daran denken, im Gegenteil: Ich machte mir Sorgen, daß Mama das geliehene Geld zurückverlangen könnte. Und keiner wußte besser als ich, daß man schon den Boden des Geldtiegels sehen konnte.

»Ich habe Mama noch nicht mal alles Geld zurückgegeben.«

»Hör zu, Kind, die Leute mögen deine Zeitschrift. Sie sagen aber, daß sie nicht umfassend genug berichte und einseitig sei. Du meinst es doch auch, Jean?«

»Ja«, antwortete er und schwieg wieder.

»Ich habe dir bereits geraten, eine eigene Zeitung zu gründen, hast du schon darüber nachgedacht?«

»Es gab noch keinen Einheimischen, der versucht hat, eine Zeitung herauszugeben!«

»Du hast die Ehre, damit anzufangen.«

»Dazu braucht man aber sehr viel Kapital, Ma.«

»Ich bin doch bei dir! Wieviel brauchst du?« fragte sie mich herausfordernd. »Du brauchst deine Schulden auch noch nicht zurückzahlen. Reichen dreitausend Gulden?«

Ich schwieg gedankenverloren und schämte mich vor Jean.

»Das reicht. Du bist also einverstanden. Fang doch gleich mit der Arbeit an.«

»Ja. Ich bin sicher, du schaffst es«, riet mir Jean. »Du hast die Fähigkeit, du hast die Erfahrung, du wirst überall Erfolg haben.«

»Zumindest ist es mir schon mal gelungen, nicht Arzt zu werden«, sagte ich.

»Das war nur Glück im Unglück«, sagte Mama. »Wenn du Erfolg gehabt hättest, hätten sie dich vielleicht nach Borneo geschickt oder auf ein Schiff, wie du sagtest, und bestimmt wärst du nicht Leiter der *Medan* geworden. Die Syarikat Priyayi wäre auch nie gegründet worden.«

Ich war froh, daß sie nicht mehr vom Heiraten sprach. Aber es war nur von kurzer Dauer, schon fing sie wieder an: »Morgen um zwei Uhr mittag läuft unser Schiff aus. Wir werden in Amsterdam landen, weil wir erst nach Huizen gehen wollen. Später fahren wir mit dem Zug weiter nach Paris. Wir werden morgen um neun Uhr von hier aufbrechen.«

»Wenn ihr nach Huizen geht, Ma«, bat ich, »dann besorgt bitte einen Kranz für mich, den schönsten, den ihr kriegen könnt, und schreibt mit silberner Tinte auf eine rote Schleife ›Aus Batavia‹. Das ist alles, Ma.«

»Natürlich, Kind. Du siehst, wir haben nicht so viel Zeit, um uns zu unterhalten. Wenn du das Gefühl hast, daß ich dich dränge, dann nur, weil wir so wenig Zeit haben. Jetzt sag mal etwas zu Jean, jetzt wo wir uns gegenübersitzen, damit ich weiß, daß du nicht leidest. Oder soll ich es selbst Jean erzählen, und du hörst zu?«

Wie offensiv war doch diese Frau geworden. War das ihr wirklicher Charakter? Ließ ihr Erfolg sie glauben, sie könne mir ein Matriarchat aufzwingen? Oder war es nur, weil sie mich glücklich sehen wollte? Oder wollte sie sich gar von einer Stieftochter befreien? Stimmte es, daß dies unsere einzige Gelegenheit war und daß die Entscheidung drängte? Und ich, obwohl ich mir als Schriftsteller einen Namen gemacht und hunderttausende von Worten in die Gesellschaft herausgesprudelt hatte, und nun gezwungen werden sollte, einen Heiratsantrag zu machen, warum kam mir kein einziges Wort über die Lippen?

»Also gut«, sagte Mama schließlich. »Du siehst jetzt selbst, Jean, daß er Maysaroh zur Frau haben will. Er schämt sich, bei dir um die Hand deiner Tochter zu bitten. Er wird deine Tochter glücklich machen. Du kannst mich als seine Mutter annehmen. Außerdem kennst du ihn doch selbst gut, nicht wahr?«

Wie offensiv Mama doch geworden war.

»Laß ihn doch selbst sprechen«, sagte Jean auf französisch.

»Jetzt rede doch, Kind. Oder fällt dir das Reden immer noch so schwer wie früher?«

Alle guten Vorsätze der ganzen Welt schienen über mir zusammenzubrechen. Ich kannte May, seit sie klein war. Ich hatte sie an der Hand genommen, wenn wir in die Schule gingen und zusammen in der Bendi saßen. Und jeder, auch wenn er nicht so auf die Schönheit achtete oder kein Frauenfreund war, jeder konnte sehen, daß May ein gesundes, fröhliches, anziehendes Mädchen und wohlgestaltet war. Wie alt war sie wohl? Siebzehn. Ohne Erfahrung, verwöhnt, Einzelkind und vom Vater sehr geliebt.

Sie bekam Jeans ganze Liebe – eine Garantie dafür, daß ihr Herz rein und einfach war, frei von schwierigen Komplexen. Aber was sollte ich denn zu meinem alten Freund sagen, der mir hier plötzlich als Schwiegervater in spe vorgestellt wurde? Und warum gab ich Mamas Wunsch, ohne lange zu überlegen, nach?

»Entschuldige, Jean. Wie viele Jahre sind wir nun schon Freunde? Es fällt mir schwer, dir irgend etwas zu sagen. Ich würde mich sehr geehrt fühlen, wenn ich dieses Leben mit deiner Tochter als meiner Frau krönen könnte. Verzeih mir meine holprige Ausdrucksweise.«

Jean Marais holte tief Atem und schaute wieder weg. Er sah nun plötzlich alt aus. In der Tat konnte er nichts dagegen tun. Er schien voll von Mama abhängig zu sein. Er mußte sein Geschäft aufgeben. Plötzlich bereute ich, Mamas Wunsch nachgegeben zu haben. Wie beschämend wäre es, wenn ich abgelehnt würde, vielleicht würde es gar zu einer Verschlechterung der Beziehung zwischen Mama und Jean führen. Es war wirklich eine unverantwortliche und charakterlose Tat. Warum war ich denn nun so geworden? War ich durch die Anwesenheit dieser außergewöhnlichen Frau zum Schatten meiner selbst verkümmert? Warum mußte ich mich ihr denn unterwerfen? Warum mußte ich denn Jean damit belasten? War ich im Grunde genommen ein Opportunist? Oder war es nur wegen meiner Schulden?

»Ich habe nur ein Kind«, sagte Jean plötzlich auf französisch. »Maysaroh ist es gewohnt, immer bei mir zu sein. Schon als Kind hat sie ihre Mutter verloren. Du weißt es ja selbst.«

»Du hast vor, nicht mehr nach Ostindien zurückzukehren?«

»Ich weiß es nicht. Aber warum muß ich denn nur an mich denken?« widersprach er sich selbst. Schließlich stand er mühsam auf und rief: »May! May! Komm doch heraus, Liebste.«

Aber Maysaroh kam nicht, sie gab auch keine Antwort.

Mama stand auf, ging an Mays Tür und klopfte an. Sie sagte auf holländisch: »Komm heraus, Liebste, dein Vater braucht dich.«

Die Tür wurde zögernd geöffnet. Ich sah nicht mehr zur Tür, sondern zu Jean. Vielleicht war es der schwerste Augenblick seines Lebens zu sehen, wie jemand ihm sein geliebtes Kind wegreißen würde. Mit gerunzelter Stirn schaute er zur Tür.

»Warum bist du nicht herausgekommen, May? Wovor fürchtest du dich? Komm, Liebste!« Mama legte ihren Arm um May und führte das Mädchen zu dem Stuhl neben mir.

»Du bereust deine Worte nicht?« fragte Jean.

»Wenn du sie nicht bereust, dann bereue ich sie auch nicht, Jean.«

»May!« sagte Jean liebevoll. »Du kennst ihn schon von klein auf. Warum senkst du deinen Kopf? Ich will dein Gesicht sehen, deine Augen.«

Ich selbst vermied es, May anzuschauen. In meiner Erinnerung war sie noch das kleine Mädchen, das geweint hatte, als ich nach einem Streit mit ihrem Vater nach Hause hatte gehen wollen. Ich hatte sie auf den Arm genommen, und sie hatte mich zurück ins Haus gebeten, um mich mit ihrem Vater zu versöhnen.

»Du weißt es schon, May, eben hat er mich um deine Hand gebeten. Ich habe noch nicht geantwortet. Ich überlasse es dir. Ich möchte dich nicht zwingen, ja oder nein oder überhaupt etwas zu sagen. Es bleibt allein dir überlassen.«

Maysaroh schwieg. Lehnte sie ab? Würde ich mich schämen müssen? Und, aus welchem Grund würde sie »ja« sagen?

»Du kannst jetzt, morgen oder später in Frankreich antworten«, fügte Jean hinzu.

Die Spannung stieg. Niemand sprach. Mama stand auf und ging nach hinten.

»Jean, ich habe es nicht gesagt, weil Mama mich gedrängt hat«, sagte ich, um die Spannung zu mindern.

»Natürlich nicht. Du brauchst eine gute Frau. Wir reisen morgen ab. Ich habe das Gefühl, daß ich nicht mehr hierher zurückkommen werde. Natürlich muß man die kurze Zeit so gut wie möglich nutzen.«

»Ich verstehe, Jean.«

»Und wie ist es mit dir, May?«

»Ich möchte noch in Paris studieren.«

»Du möchtest also den Heiratsantrag nicht beantworten?«

»Noch nicht, Papa. Sei mir nicht böse, Papa. Und sei nicht enttäuscht, Onkel. Ich darf doch noch studieren, oder?« sagte May leise und vorsichtig.

Mir wurde schwarz vor Augen. Vielleicht hatte Jean auch mein Gesicht gesehen, das vor Scham abwechselnd blaß und feuerrot geworden war.

»Wirst du es auch bestimmt nicht bereuen, May?« fragte Jean noch einmal.

»Papa, mein liebster Papa.« Ich sah Maysaroh aufstehen und ihren Vater umarmen. »Ich will gerne Onkel heiraten. Gerne, Papa. Aber nicht jetzt.«

»Sag es ihm bitte selbst.«

»Du hast es gehört, nicht wahr, Onkel?«

Die Sonne schien wieder in meinem Leben. Nein, ich brauchte mich nicht zu schämen. Ich sah May ruhig an. Sie würde meine Frau werden. Sie kam zu mir, kniete wie eine Javanerin vor mir und hielt meine rechte Hand in ihren Händen.

»Ich will gerne deine Frau werden, Onkel, nur nicht jetzt. Verzeih mir.«

Ich stand auf und zog sie mit hoch, damit sie neben mir Platz nahm.

»Jean, May, vielen Dank für diese Antwort. Ihr sollt nicht denken, daß mein Antrag auf Drängen oder den Rat von jemand anderem geschehen ist. Es war mein eigener Wunsch. Und May, vielleicht morgen oder übermorgen oder wann immer du deine Meinung ändern solltest, dann sag es mir. Wenn du in Paris bist und viele andere Menschen kennengelernt hast und deine Meinung änderst, denke daran, es gibt jemanden, der immer auf deinen Brief wartet.«

Als alle persönlichen Probleme ausgesprochen waren, wurde der Abend doch noch gemütlich. Rono Mellema ging schon früh schlafen. Mama gesellte sich wieder zu uns.

Wir sprachen absichtlich nicht über die Vergangenheit. Sowohl Mama, Jean als auch ich redeten nur über die Zukunft. May sagte nicht viel.

Zum Abschluß sagte Mama: »Mach dir keine Sorgen, Kind. Ich möchte jetzt schon gerne deine Zeitung lesen – eine Zeitung, die für die Einheimischen, deine Volksgenossen, eintreten wird. Das soll aber nicht heißen, daß du dein Wochenblatt aufgeben sollst. Das hat schon einen guten Namen bei denen, die mehr über Rechte und Gesetze wissen möchten. Aber ich halte das nicht für deine richtige Arbeit. Eine Tageszeitung, Kind, eine Tageszeitung. Ich werde mich um einen Rechtsanwalt bemühen, der keine zwei Gesichter hat. Die Informationen über Mr. Frischboten sind erfreulich. Vielleicht ist er bereit, dir zu helfen. Du mußt versprechen, mir zu telegraphieren, wenn die dreitausend nicht reichen.«

Gegen Mitternacht ging ich glücklich in mein Zimmer. Alles Gute war auf einen Schlag gekommen. Nur weil ich bereits damit angefangen hatte. Alles andere würde von alleine kommen. Alles brauchte seinen Anfang. Und der Anfang war gemacht.

Trotzdem schämte ich mich: In der Nähe dieser Frau war ich wieder zu einem charakterschwachen Schatten meiner selbst geworden. Vielleicht hatte sich Herr Mellema früher auch ihrer Hartnäckigkeit unterwerfen müssen. Vielleicht war er auch nur ein Schatten ihres Willens gewesen, wie ich jetzt. Außerstande, sich zu wehren. Eigentlich hätte Mama ein Mann sein müssen. Ich begriff langsam, daß auch Jean Wachs war in ihrer Hand.

Wie immer wollte ich mir das Bild von Mei ansehen, bevor ich zu Bett ging. Das Bild war nicht an seinem Platz. Ich suchte unter dem Bett. Nichts. Ich fand es auf dem Schrank in ein Stück Stoff gehüllt. Mama hatte es weggelegt. Nicht unter das Bett, sondern auf den Schrank!

Mei, du hattest den Platz der Blume, mit der das Jahrhundert Abschied nahm, eingenommen. Nun soll dein Platz von Maysaroh Marais eingenommen werden. Sei mir nicht böse … Du warst doch nie sentimental, oder?

Ich hing das Bild wieder dahin, wo es hingehörte. Ich sah mir ihr Gesicht noch einmal genau an. Wie ein Wesen von einem anderen

Stern. Ihr Lächeln (ich hatte den Maler gebeten, sie lächelnd zu malen), ihr Blick aus den Mandelaugen, als ob sie das ganze Leben lang nie die Welt klar gesehen hätte, immer nur mit halben Herzen, durch einen Spalt. Alles von morbider Blässe umgeben.

Ich schämte mich, als ich versuchte, meinen Gefühlen nachzugehen: hatte ich sie wirklich geliebt? So wie die Menschen es erzählen und wie es in den Büchern beschrieben war? Mußte man denn auch lernen, so zu lieben, wie die Leute es beschreiben, was auch immer nur vage und undeutlich war? Konnte eine Frau denn sterben, weil sie zu wenig Liebe, im Sinne der Allgemeinheit, bekommen hatte? Von der dann schließlich nur noch ein Portrait übrigblieb, das man anbetete, wie ich es tat mit der Blume, mit der das Jahrhundert Abschied nahm und Mei? Würde von Maysaroh zum Schluß auch nur ein Bild im Schlafzimmer bleiben?

Oh Gott! Lehre mich die Liebe, so wie die anderen sie kennen. Man sagt, Liebe sei die Quelle von allem …

Sie waren abgereist: Jean Marais, Sanikem Marais, Maysaroh Marais und Rono Mellema. Nach Frankreich.

Das Haus und mein Herz fühlten sich leer und verlassen.

Sandiman und Wardi waren mit der Herausgabe einer Tageszeitung einverstanden. Mit Thamrin Mohammad Thabrie konnte man nicht mehr rechnen, nachdem er vom Fonds »Kemajuan« enttäuscht worden war. Der Patih von Meester Cornelis ebenfalls.

Durch diesen Finanzskandal mit dem Fonds hatte die Syarikat Priyayi ihre Glaubwürdigkeit bei den Mitgliedern verloren, von denen man Beiträge erhofft hatte. Es wurde bereits gemunkelt, daß die Organisation nur aufgebaut worden war, um privat Gewinne zu machen. Ein zusätzliches loses Blatt, das die Ausgaben der Organisation enthielt, mußte als Anhang beigefügt werden. Man konnte zwar nicht alle Ausgaben veröffentlichen, zum Beispiel die Ausgaben für Mr. D. Mahler, aber den Leuten war es egal. Sie wollten nur die *Medan* lesen. Die Veröffentlichung wurde mit Gleichgültigkeit zur Kenntnis genommen.

Einmal schlug ich eine Konferenz vor, aber es kamen keine erfreulichen Antworten. Neue Beiträge konnten auch nicht mehr erhoben werden. Die Raten für eine ganze Menge Aktien wurden nicht mehr bezahlt. Die Kosten mußten aus der eigenen Tasche getragen werden. Die Organisation begann zu kranken. Die Priyayis beschäftigten sich lieber mit hübschen Tanzmädchen und verbrachten ihre Zeit mit Glücksspielen. Dann kamen überhaupt keine Beiträge mehr. Die Priyayis gingen wieder ihren alten Gewohnheiten nach.

Währenddessen verbreitete sich die *Medan* immer weiter. Das Blatt schien überlebensfähig zu sein. Es wurde immer mehr Berichterstattung über aktuelle Probleme gefordert. Die Leute wollten mehr, immer mehr. Sie wollten nicht nur, daß ihre Interessen vertreten wurden, sondern auch, daß sie ihre Kenntnisse erweitern konnten. Nicht mehr durch die Organisation, sondern durch schriftliche Aufklärung in der Öffentlichkeit, um so zu einem realistischeren Bewußtsein zu kommen. Sie hofften, daß die allgemeine Meinung und die gedruckten Tatsachen, die man nicht verdrehen konnte, sie vor Mißbrauch und Unterdrückung durch die Vorgesetzten, vor den weißen und braunen Kolonialherren schützen würden.

Die Leute brauchten nun ein einheimisches Tagesblatt.

»Die Zeit, eine Tageszeitung herauszugeben, ist gekommen«, sagte ich zu Wardi und Sandiman. »Schade, daß man mit der Organisation nicht mehr rechnen kann. Sie sind zu nichts mehr zu bewegen. Ich werde die Zeitung selbst herausgeben.«

Wardi war einverstanden, nur glaubte er nicht, daß wir dazu befähigt waren. Er lächelte lieber, als seine Meinung zu sagen.

»Vielleicht kann ich noch nicht mal mehr beim Wochenblatt weiterhelfen«, sagte Wardi.

»Ich verstehe. Von dem Wochenblatt kann man schlecht leben, es war nur Arbeit aus Liebe.«

Er half mir weiter, wenn auch nicht mehr von ganzem Herzen.

Die Lage veränderte sich ständig. Die Zeitungsleser in Ostindien stellten sich gewissermaßen auf die Zehenspitzen, um das große Ereignis besser beobachten zu können.

Generalgouverneur van Heutsz hatte eine eindeutige Erklärung veröffentlicht: Die kleinen unabhängigen Länder in Aceh, Celebes, den Molukken und den Kleinen Sundainseln sollten die *Korte Verklaring*, eine kurze Erklärung, unterschreiben, daß sie fortan unter dem Schutz Ostindiens stünden. Diese kleinen unabhängigen Länder nannte er »Landschappen«. Es waren freie Staaten, die von einem König oder vom Adat regiert wurden.

Die Zeitungen schrieben unter anderem: Die Unwissenheit, die Kriminalität und die Barbarei, die in den Landschappen herrschten, könnten vom ostindischen Gouvernement, das die europäische und christliche Kultur vertrat, nicht länger hingenommen werden. Die Gesetze Ostindiens müßten zu ihren Gesetzen werden, was ihre Bevölkerung und ihre Herrscher an Ostindien bände.

Hinter der Korte Verklaring, die nur aus ein paar Zeilen bestand, standen die Einheiten der Kompeni mit ihren Kanonen, Gewehren und Bajonetten, die bereit waren, die freien Länder zu erobern, die sich Ostindien noch nicht unterwerfen wollten. Der große Friedhof der Kompeni in Kotaraja, Aceh, war ein historisches Relikt der Gewaltsamkeit des Kolonialkrieges. Solche Friedhöfe sollten nun auch auf Celebes, den Molukken und den Kleinen Sundainseln errichtet werden.

Bevor er im kommenden Jahr sein Amt niederlegte, wollte van Heutsz seinen Traum von einem ungeteilten Ostindien verwirklichen. Obwohl der Krieg auf Bali, den er seit seiner Amtsübernahme im Jahre 1904 führte, immer noch nicht zu Ende war! Obwohl, ja obwohl das Königreich Klungkung bereits gespalten war, stand der König von Klungkung immer noch tapfer auf seinen Beinen.

Bevor Ter Haar seinen schweren Verletzungen erlag, die er sich bei einem Angriff auf die Festung Toh Pati zugezogen hatte, hatte er noch Gelegenheit gehabt, mir vier oder fünf Briefe zu schreiben. Ich wußte nicht, was für eine Waffe seinen Tod verursacht hatte. Eins aber war sicher. Es war die scharfe Waffe eines Balinesen gewesen. Er hatte große Sympathie für die Balinesen empfunden und konnte sich ihnen doch nicht nähern. Und er war ja mit den feindlichen Soldaten gekommen. Es war schwierig abzuschätzen, was für einen Tod er gestorben war. Ein Held war er sicherlich nicht. Aber ein Unterdrükker auch nicht. Er war gestorben, weil er wissen wollte, wie die Balinesen ihr Land und Volk verteidigten! Er war aus Neugier gestorben!

Einer seiner Briefe erzählte ein wenig über die Hintergründe des balinesischen Krieges:

Während der ruhmvollen Zeit von Majapahit hatte der Reichsminister Gajah Mada *vier Könige eingesetzt. Sri Juru wurde König von* Blambangan. *Sri Bhimacili wurde König von* Pasuruan. *Sri Krisna Kepakisan wurde König von Bali und Putri Kaneja wurde Königin auf* Sumbawa.

Sri Kresna Kepakisan, der König von Bali, war ursprünglich der Oberberater von Gajah Mada gewesen. Nach seiner Amtseinführung ging er nach Bali, gefolgt von einhundertvierzehn javanischen Kriegsführern. Unter anderem Arya *Wang Bang und Arya Kutawaringin.*

Gelgel wurde als Zentrum des Königreichs Bali ausgewählt. Dort bauten sie einen Palast, den Palast Swecapura. Und so existierte dieses alte Königreich bis zu seinem Nachfolger I Dewa Agung Djambe, der seinen Sitz nun im Palast Asmarapuri in Klungkung hatte. Vierhundertfünfzig Jahre lang! Asmarapuri selbst war von 1710 bis heute Regierungszentrum, mit acht kleinen Fürstentümern unter sich.

Aber 1892 konnten die Holländer das kleine Königreich Buleleng aufhetzen, sich von Asmarapuri loszureißen und – noch mehr – es als Feind zu betrachten. 1908 hatten die Holländer soviel Einfluß auf den König von Gianjar, daß er bereit war, einen Angriff auf die Festung Toh Pati zu wagen. Er umzingelte und eroberte sie schließlich. So war nun der Weg für die Holländer frei, Klungkung anzugreifen. Die Truppen der Kompeni landeten an der Küste von Kusamba. Klungkung wurde aus drei Richtungen angegriffen. Gianjar, der die Zentralregierung in Klungkung verraten hatte, griff ebenfalls an.

Die Soldaten der Kompeni und die Truppen von Gianjar mußten eine Strecke von sieben Kilometern hinter sich bringen, um Klungkung angreifen zu können. Der König von Klungkung hatte allen Männern, Frauen und Kindern befohlen, mit der Waffe in der Hand bis zum letzten Blutstropfen zu kämpfen. Der Gong Ki Sekar Sandat wurde bereits mehrmals geschlagen. Der heilige Keris des Königreiches I Pecalang und I Tan Kadang war gezogen worden, als Zeichen dafür, daß es bereit war für den Kampf…

In seinen nächsten Briefen schrieb Ter Haar folgendes:

Der starrköpfige General scheint bereits ungeduldig zu werden, weil

Bali immer noch nicht gefallen ist. Wenn Bali in der Nähe eines anderen Landes liegen würde, wie es bei Aceh der Fall war, dann könnte dieser Krieg noch Jahrzehnte dauern, und es wäre noch nicht mal sicher, ob die Holländer ihn gewinnen würden. Aber dieses tapfere Volk bekommt keine Hilfe von außen, weil es so abgelegen lebt. Und trotzdem habe ich so meine Zweifel, ob van Heutsz seinen Traum verwirklichen kann, denn die Balinesen, die auf der Insel Lombok leben, bleiben ihrem König nach wie vor treu. Sie weigern sich aufzugeben, anders als ihre Landsleute auf Java.

Der Krieg schleppte sich weiter fort. Einer nach dem anderen würden sie fallen, weil sie nicht gegen den Kugelhagel der Kompeni ankommen konnten. Wie anders war doch van Heutsz im Vergleich zu dem anderen großen kolonialen Helden *van der Wijck.* Um Nordcelebes zu erobern, ließ er das eine Dorf gegen das andere kämpfen. Jedes Dorf besaß fünfzehn bis vierzig Soldaten, die für die Sicherheit des Dorfes sorgten. Mit Zigarren kaufte er die Dorfvorsteher und schürte Feindschaft zwischen ihnen. Ein Dorf nach dem anderen fiel in seine Hände, mit Hilfe von nur einer Handvoll Soldaten. Und van der Wijck wurde berühmt als der Eroberer von Nordcelebes.

Van Heutsz mit Kugeln und Korte Verklaring, van der Wijck mit Zigarren. Es gibt wohl durchaus verschiedene Wege, um einen Staat zu erobern. Aber die Ziele sind die Gleichen; auf der ganzen Welt ist ein kolonialistischer Wettlauf zwischen den europäischen Völkern im Gange. Es geht um das Prestige der Nationen. Dies zu vergrößern, unternehmen sie gewaltige Raubzüge, begierig, den Reichtum dieser Erde auf- und ihre Menschen auszusaugen.

Ekelerregend.

»Ein vereintes Ostindien wäre ideal«, hatte ein Journalist Anfang des Jahres 1908 geschrieben. »Aber stellt es nicht eine zusätzliche Belastung für die Regierung dar?«

Van Heutsz gab keine Antwort. Im Gegenteil, andere Stimmen waren zu hören: »Die, die sich weigern, werden ihre Verweigerung teuer bezahlen.«

»Was heißt das, teuer bezahlen?«

»Wie nach dem Padri- und Java-Krieg. Sobald der Krieg zu Ende war, wurde in Westsumatra und Java die Zwangskultivierung eingeführt.«

»Aber die Völker auf den Kleinen Sundainseln, den Molukken und Zentralcelebes sowie in Sangir und Talaud sind nicht so gute Bauern wie die in Westsumatra und Java.«

»Sie werden es werden müssen.«

Ein neuer Gedanke kam auf, mindestens genau so gewaltig wie der erste: »Wenn die Korte Verklaring von der christlichen Kultur Europas inspiriert wurde, warum muß sie dann mit militärischer Gewalt durchgesetzt werden? Warum nicht mit Hilfe von Lehrern, Priestern, Ingenieuren und Geld?«

Das Gouvernement bevorzugte eben die ihm vertraute Art, die es bereits eingesetzt hatte, seit es in Ostindien Fuß gefaßt hatte, und: »Nur auf diese Art können sie den guten und ehrenhaften Willen der Regierung verstehen. Sünde und Verbrechen dürfen nicht länger in den kleinen Ländern wüten, die noch nicht unter dem Schutz der Königin stehen. Finanzielle Hilfe? Die Völker in Ostindien waren schon immer korrupt. Sie waren korrupt, seit sie denken können, vom Medizinmann bis zu den Händlern, von den Bauern bis zum König. Sie kennen den Wert des Geldes nicht. Sie kennen nur ihre eigenen Begierden. Nur die ostindische Macht kann sie erziehen. Nur die Kompeni versteht ihren Charakter.«

Große Worte machten die Runde in offiziellen Gesprächen und allgemeinen Unterhaltungen. Offen oder auch geflüstert. Bei einer Pressekonferenz hatte ich – der einzige dunkelhäutige Journalist – als einziger keine Frage an van Heutsz gerichtet. Als das Interview zu Ende war, saß ich noch eine Weile da und machte mir Notizen.

Da wendete sich Generalgouverneur van Heutsz an mich und sagte: »Ach, Herr Minke. Sehr schön, daß Sie mich nicht mit Fragen bombardiert haben. Es hätte schwierig für mich werden können.« Er lachte. »Sie wissen, die letzte Frage ist immer die Schwierigste!«

Als er sah, daß ich immer noch keine Frage stellen wollte, reichte er mir die Hand, während seine Augen auf die weißen Journalisten gerichtet waren.

»Meine Herren, dies hier ist Herr Minke, ein Schriftsteller und Journalist, der sein Arztstudium nicht beenden konnte und jetzt dem Gouvernement mit seinem Wochenblatt *Medan* dabei hilft, die

Bevölkerung über ihre Rechte aufzuklären und zu unterstützen. Vielen Dank, Herr Minke. Ich habe Sie mit Ihrem Schnurrbart fast nicht erkannt.«

Er lachte freundlich und nicht übertrieben. Seine Stimme dröhnte wie Donnerhall. Mamas Warnung wurde nun von Generalgouverneur van Heutsz selbst bestätigt. In meinem Herzen schämte ich mich zu Tode.

»Vielen Dank, Exzellenz.«

»Ich weiß, daß Sie eine sehr wichtige Frage haben.«

»Eine sehr einfache, Exzellenz«, antwortete ich. Und die Frage kam von alleine. »Das Vorhaben des Gouvernements, das Verbrechen und die Sünden in den kleinen Staaten auszurotten, ist wirklich edel. Die Bevölkerung dort wird somit Schutz und Fortschritt erhalten, aber sie wird auch ihre Freiheit und Unabhängigkeit verlieren ...«

»Sie dürfen nicht vergessen, sie ist noch nie unabhängig gewesen. Und frei schon gar nicht. Frei und unabhängig waren nur ihre Herrscher, das Volk diente ihnen nur als Sklaven«, griff van Heutsz an.

»Darüber herrscht kein Zweifel, Exzellenz. Aber wie würden Eure Exzellenz ihre Lage bewerten, im Vergleich zu Java, das seit dreihundert Jahren unter dem Schutz des Königreichs von Holland steht und immer noch in Unwissenheit und Dunkelheit lebt, dazu aber auch noch seine Freiheit und Unabhängigkeit verloren hat?«

Der Generalgouverneur lachte schallend, so daß seine Schulter bebten. Aber er lachte nicht, weil meine Frage seine Lachnerven gekitzelt hätte.

»Meine Herren. Java und Sumatra dürfen Sie nicht als Vergleich nehmen. Diese beiden Inseln stellen besondere Territorien dar, sie sind die zentralen Territorien. Wenn Sie etwas vergleichen wollen, dann nehmen Sie Nordcelebes und Ambon. Deren Bevölkerungen sind so fortgeschritten, daß man sie von den Europäern kaum mehr unterscheiden kann. Sie können alle selbst sehen, wie mutig und treu sie sind. Aber wie ist es mit Sumatra und Java? Auf diesen beiden Inseln vergeht kein Tag ohne eine Verschwörung einiger Adliger. Hat man sie zur Ordnung gebracht, dann sind es die Landbesitzer. Und nach ihnen kommen die Gelehrten und die kleinen Bauern. Ach, Herr Minke, Sie haben doch selbst mal von den Unruhen in Sidoarjo gesprochen? Wenn auf Sumatra und Java nicht immer Unruhe gestiftet würde, hätte ihre Bevölkerung bereits in fünf Jahren das gleiche Niveau wie die Menschen in Ambon und Nordcelebes.«

Der Gesprächsleiter wollte das Interview nun beenden. Aber van Heutsz schien mit seiner Erklärung noch nicht zufrieden zu sein. Er fragte die Journalisten: »Hat einer von Ihnen jemals von einer Gruppe rebellierender Bauern gehört, die sich die Samin nennen?«

Keiner antwortete.

»Sie rebellierten zur gleichen Zeit, als der Aceh-Krieg ausbrach. Seit einem Vierteljahrhundert! Auch sie werden in Kürze ihre Lektion erhalten.«

Damit war das Interview zu Ende.

In der frischen Nacht radelte ich langsam nach Hause. Über mir hing der Himmel voller Sterne. Um mich herum war nur die nächtliche Stille Batavias. Den ganzen Weg entlang brannten Lichter, die Gaslaternen und die Petroleumlampen der Straßenverkäufer. Nur in meinem Herzen brannte kein Licht und leuchtete kein Stern. Stockfinster war es dort. Ich schämte mich vor der Erde unter mir, dem Himmel über mir, vor jedem Menschen um mich herum. Mama hatte mich gewarnt. Jetzt sagte es der Generalgouverneur selbst: Ich hatte dem Gouvernement mit meiner Wochenzeitung *Medan* geholfen, während dort drüben im Osten meine Volksgenossen, die Balinesen, ihr Leben durch die Kanonen und Gewehre der Kompeni verloren, die auf seinen Befehl abgefeuert wurden. Seinem: van Heutsz! Wo konnte ich mein Gesicht verbergen? Was hatten meine Bemühungen bisher bewirkt?

Ich fühlte mich so klein und bedeutungslos. Ein *Troenodongso*, der verletzt vor der Kompeni geflohen war, verstand es vielleicht alles besser als ich, ein Intellektueller. Er hatte gekämpft, war verwundet worden und hatte verloren. Aber er hatte niemals dem Gouvernement geholfen so wie ich in den letzten zwei Jahren. Mama nicht. Pandji Darman auch nicht. Jean Marais hatte sich auch einmal geschämt, weil er im Aceh-Krieg mitgewirkt hatte. Und ich, ich hatte dem militaristischen van Heutsz geholfen.

Bin ich denn nicht mehr als ein Hund?

So rede doch, warum schweigst du, Herz? Du?

Gut. Ich bin nicht nur kein Hund. Ich werde auch nie einer sein. Ich bin ich, kein Hund. Nein! Glaube mir. Nein!

He, du, Radfahrer, der du da alleine auf der Straße fährst! Du magst den Generalgouverneur nur nicht, weil er Holländer ist. Schau dir doch die Kompeni an, der größte Teil besteht doch aus deinen eigenen Volksgenossen? Was wäre, wenn van Heutsz aus deinem Volk wäre und die meisten in der Kompeni Holländer oder Europäer? Würde das dann einen Unterschied machen? Was denkst du? Wie würdest du dich dann verhalten? Oder wenn die ganze Kompeni nun aus deinem eigenen Volk bestünde, und van Heutsz auch dein Volksgenosse wäre und sie die Einheit Ostindiens zum Ziel hätten. Was würdest du dann sagen? Du einsamer Radfahrer! Wenn du selbst Generalgouverneur wärst, würdest du dir dann nicht auch die Einheit Ostindiens wünschen? Wenn du van Heutsz für schlecht hältst, was hältst du dann von Sultan Agung, der das gleiche getan hat wie van Heutsz und noch nicht einmal die Einheit Ostindiens als Ideal hatte?

Diese Gedanken taten mir weh. Ich begann schneller zu radeln. Bleibt auf der Strecke, ihr wilden Gedanken! Laßt mich in Ruhe.

Als ich in der Druckerei ankam, war ich noch immer voller Scham. Sandiman und Wardi saßen schon dort und erwarteten mich.

»Die Druckerei will unsere neueste Ausgabe nicht drucken«, erzählte Sandiman.

Soll diese Zeitung doch verrecken, hätte ich am liebsten geschrien. Statt dessen sagte ich: »Gut. Wir haben nicht das Recht, sie dazu zu zwingen. Es gibt keinen bindenden Vertrag zwischen uns. Da ist nichts zu machen. Wir müssen eine andere Druckerei finden. Kommt, laßt uns erstmal nach Hause gehen.«

Lustlos verließen wir die Druckerei.

Hinter mir hörte ich höhnisches Gelächter.

»Dreht euch nicht um«, sagte ich.

Aber das Lachen wurde immer lauter und noch höhnischer. Offensichtlich darauf angelegt, daß wir uns umdrehten. Als ich mich schließlich umwandte, hörte das Lachen schlagartig auf. Hinter mir stand ein großer bärtiger Indo. Seine Hände spielten mit einem Rattanstock. Eine Mütze bedeckte seine Stirn. Er sah uns mit großen Augen an und schnitt eine Grimasse.

»Die letzten Tage von Pompeji sind gekommen«, murmelte er auf holländisch.

Das Wort Pompeji erinnerte mich an eins meiner Bücher, »Die letzten Tage von Pompeji«, das ich einst an *Robert Suurhof* ausgeliehen und bis jetzt noch immer nicht zurückbekommen hatte. Und dann diese murmelnde Stimme ... Ich bekam eine Gänsehaut. War er das ...? Ich sah mich noch einmal um, der Indo ging uns immer noch nach. Und tatsächlich: Es war Robert Suurhof.

Ich eilte zu meinem Fahrrad. Wardi und Sandiman begriffen, daß etwas los war und begleiteten mich. Ich fand mein Fahrrad auf dem Boden liegend, alle Speichen waren verbogen.

Das habe ich nun davon, daß ich van Heutsz geholfen habe, schrie ich im Herzen. Wenn du wüßtest, Mama, was mir heute abend passiert ist, würdest du mir nicht mehr helfen. Du hättest drei Tage und drei Nächte lang geschimpft und meine Qual nur noch vergrößert. Und Pandji Darman hat mich damals schon vor Robert Suurhof gewarnt. Nun bedroht er mich.

In dieser Nacht konnte ich nicht schlafen. Weder »Die Blume, mit der das Jahrhundert Abschied nahm« noch das Bild von Ang San Mei konnten mich inspirieren. Beide blieben leblos. Sandiman hatte ich aufgetragen, am nächsten Tag die Beschädigung meines Fahrrades anzuzeigen, und Wardi sollte sich nach einer neuen Druckerei umschauen, reine Routinearbeit.

Was wird nun aus der *Medan*? Muß ich diese beschämende Arbeit weitermachen? Ter Haar hat nie ein Wort über meine Zeitung verloren. Er schrieb immer nur über das Heldentum der Balinesen. Vielleicht hielt er nichts von meiner Arbeit. Warum verstehe ich das erst jetzt? Nachdem er durch die Waffen der Balinesen den Tod fand?

Als ich am nächsten Morgen aufwachte, waren Sandiman und Wardi schon unterwegs, um ihre Aufträge zu erledigen. Ich fing an, noch einmal über den Inhalt der Zeitung nachzudenken, deren Herausgabe nun gefährdet und deren Inhalt fragwürdig geworden war. Und was hatte Robert Suurhof mit dieser Druckerei zu tun? Warum wollte er die Herausgabe dieser Zeitung verhindern, obwohl sie doch von van Heutsz als hilfreich für das Gouvernement angesehen wurde?

Ich hatte noch keine Antwort gefunden, als Wardi zurückkam und erzählte, daß alle Druckereien, die von Europäern geleitet wurden, es ablehnten, für uns zu arbeiten. Ebenso die Druckereien der Chinesen. Nur eine Druckerei, die einem Araber gehörte, erklärte sich dazu bereit, aber unter der Bedingung eines zweijährigen Vertrages.

»Brauchen wir denn auch noch unsere eigene Druckerei?« fragte ich.

»Die Druckerei der Araber hätte die Arbeit auch ohne Vertrag angenommen, aber dann nur für viel Geld.«

Wie auch immer, ich gab die *Medan* nur ungern auf, nachdem wir sie zwei Jahre lang mit so viel Mühe am Leben gehalten hatten.

»Dann nimm an«, sagte ich, und er ging, dies zu erledigen.

Sandiman kam eine Stunde, nachdem Wardi gegangen war, zurück. Die Polizei hatte ihn zu der Stelle geführt, wo mein Fahrrad beschädigt worden war, und er konnte die Verhaftung eines Arbeiters, der die Tat begangen haben sollte, miterleben.

»Gleich wird ein Polizist kommen, um Ihr Fahrrad als Beweisstück abzuholen.«

»Sandiman!« rief ich, ohne auf seine Meldung zu achten. »Traust du dich, nach Solo zurückzugehen, um deine alten Freunde und deinen Bruder bei der Legion von Mangkunegaran zu treffen?«

»Wenn ich weiß, um was es geht.«

»Du hast damals selbst die Gerüchte darüber gehört, daß deine Legion nach Bali verschickt werden sollte. Jetzt sind die Gerüchte noch lauter geworden. Es ist nicht unmöglich, daß Holland sein Vorhaben durchführen wird. Sie werden den Krieg bis nach Lombok ausweiten, weil Lombok Klungkung die Treue geschworen hat. Sie werden sehr viele Soldaten brauchen.«

»Ja, ich verstehe. Ich werde sofort abfahren.«

»Was willst du dann dort tun?«

»Was Sie von mir erwarten.«

»Und was erwarte ich?«

»Ihren Abmarsch zu verhindern.«

»Gut. Fahr morgen früh.«

Diese Unterhaltung wurde durch ein verdächtiges Brummen unterbrochen. Es wurde immer lauter und kam näher. Wir schauten beide zur Straße. Eine große Kiste mit vier Rädern hielt vor unserem Haus.

»Ein Automobil!« schrie ich aufgeregt.

Wir rannten aus dem Haus und gingen auf das Fahrzeug ohne Pferd zu. Bevor wir bei der Pforte ankamen, standen bereits viele Leute um das Fahrzeug herum. Es sah wie eine normale Kutsche aus, nur ohne Pferde. Die Räder waren aus Holz. Das Verdeck war nach hinten geklappt. Hinter ihm war noch eine Spur von Rauch und eine Staubwolke zu sehen.

Das war sicher das erste Automobil in Ostindien. Aber wem gehörte es?

Ein Europäer in grüngelber Uniform mit dazu passender Mütze und Schuhen stieg aus und ging auf mein Haus zu. Ein anderer Europäer blieb hinter dem Lenkrad sitzen.

»Wohnt hier ein Herr Minke?« fragte der erste auf holländisch. »Ach, Sie sind es selbst? Was für ein Zufall.« Und er überreichte mir einen Brief vom Algemeene Secretarie, eine Aufforderung von van Heutsz, unmittelbar nach Buitenzorg zu kommen und bei dieser Gelegenheit das neue Fahrzeug kennenzulernen.

Die Probleme schwanden vorerst dahin, wurden ersetzt durch die Erregung, mit einem Automobil, wahrscheinlich dem ersten in ganz Ostindien, zu fahren. Hinter uns ging eine Staubwolke in die Höhe. Und schwarzer Rauch. Überall standen die Leute und schauten zu. Vor mir unterhielten sich die beiden Europäer mit Mühe, denn der eine sprach Englisch und der andere Holländisch. Der Mann hinter dem Lenkrad sprach Englisch und versuchte, dem anderen zu erklären, wie man das Fahrzeug des zwanzigsten Jahrhunderts bedienen mußte. Und das Fahrzeug fuhr in die Höhle des Löwen, wie Ter Haar es immer genannt hatte, nach Buitenzorg.

Das dröhnende Automobil fuhr schneller als die Eisenbahn. Als ob Sang Hyang Bayu, der Windgott, es wie eine Dose vom Himmel herunterschleudern würde, so daß alles, was darin war, zitterte und bebte. Auch die Steigung bewältigte es mit Leichtigkeit. Bergab sauste es, ohne zu fürchten, daß unter seinem Gewicht ein Bein brechen würde wie bei einem Pferd. Auch der Blick aus dem Fenster auf den Wegesrand unterschied sich von dem aus einem Zugfenster. Es ging so schnell wie der Wind!

Schon in weiter Ferne machten uns die Leute Platz: Kutschen, Frachtkarren, Fahrräder, Fußgänger. Alle blieben stehen, um uns zu bewundern, sogar die Pferde und die Kühe. Nur einmal floh ein

Dokar in die Reisfelder. Als wir in Buitenzorg einfuhren, standen dort noch mehr Bewunderer. Jeder wollte der erste sein, um davon berichten zu können.

Das Automobil hielt im Garten an. Der Generalgouverneur saß in Zivilkleidung allein auf einem weißen Gartenstuhl aus Rattan. Ich stieg aus und verbeugte mich vor dem wilden Tier in seiner Höhle. Er reichte mir die Hand.

»Na, Herr Minke! Wie war die Fahrt mit dem Automobil? Hat es Ihnen gefallen?«

»Ein unvergleichlicher Genuß, Exzellenz, dieses Produkt der modernen Zeit.«

»In Kürze wird es in Batavia und Buitenzorg davon wimmeln. Bestimmt werden auch Sie eins besitzen.«

»Wie soll denn das möglich sein, Exzellenz?«

»Warum nicht? Jeder kann so ein Ding bestellen und kommen lassen. Ohne Ausnahme. Aber setzen Sie sich erst mal hin. Warum stehen Sie immer noch herum?«

Nachdem ich mich gesetzt hatte, bedankte ich mich zunächst einmal für die große Ehre, die mir zuteil geworden war, und daß er sich Zeit genommen hatte, mich zu empfangen.

»Ja. Hier können wir endlich in aller Ruhe miteinander sprechen. Wie soll ich Sie nennen? Mit Ihrem Pseudonym oder Ihrem echten Namen?«

»Mit meinem echten Namen, Exzellenz.«

»Ach, dies ist kein offizieller Empfang, lassen Sie die Exzellenz lieber beiseite.«

»Gut, mein Herr.«

»Ich möchte von Mann zu Mann mit Ihnen reden, Herr Minke. Das Gouvernement hofft inständig, daß die einheimischen Intellektuellen dem Gouvernement bei seiner Arbeit helfen, und zwar bei der Durchführung der Ethischen Politik, um die Schuld des Gouvernements an Ostindien zu tilgen. Sie haben es sicher selbst gesehen. Um die Armut auf Java zu verringern, haben wir eine Anzahl von Javanern mit ihren Familien nach Lampung umgesiedelt. Die Straßen und die Eisenbahnverbindungen in Java gehören zu den besten auf der Welt – was Sie nicht ignorieren dürfen. Und dann sind da noch die Wälder, wie riesige Gärten, die schönsten in der ganzen Welt. Das ist keine

Angeberei. Und dann kommt dazu noch die Erweiterung der Bewässerungssysteme, um den Ertrag der Ernte auf der gleichen Fläche zu vergrößern. Die Frage der Ausbildung bedürfte tatsächlich noch einer genaueren Untersuchung. Vor allem in bezug auf die Kosten. Das Gouvernement hofft natürlich, daß das Ergebnis dieser Ausbildung nicht nur die Art von Fragen ist, wie die, die Sie gestellt haben.«

»Sie scheinen zu vergessen, daß ich in meinem ganzen Leben erst zwei Fragen an Sie gestellt habe; das erste Mal, als Sie noch General waren, und das zweite Mal jetzt als Generalgouverneur.«

»Ja, aber Sie haben mich vor der Öffentlichkeit befragt, und die Fragen waren sehr scharf ...«, er lächelte und schluckte einige Male. »Vielleicht war Ihnen die Schärfe dieser Fragen nicht bewußt. Die Bemühungen des Gouvernements werden von keinem großen Nutzen sein, wenn Sie nur solch scharfe Fragen hervorbringen. Das wäre auch für die Einheimischen kein Gewinn.«

Er wollte also nicht gestört werden bei der Verwirklichung seiner Idee von der Einheit Ostindiens. Er hatte beschlossen, ein Mörder ohne Ankläger zu werden. Er wollte, daß jeder seine Taten guthieß. Daß überall die Helden starben, sollte ebenfalls bejubelt werden. Erst lobte er mich, daß ich mit meiner Arbeit dem Gouvernement geholfen hatte, und nun erklärte er mir sein Unbehagen über meine Art, ihm Fragen zu stellen. Ein wildes Tier, das nur auf sein eigenes Wohl bedacht war. Wie meine königlichen Vorfahren. Die einheimischen Könige, die er kritisiert hatte.

»Sie verstehen, was ich meine?«

»Ich versuche es gerade.«

»Ach. Sie sind doch intelligent genug«, sagte er freundlich lächelnd. »Aber ich bin Ihnen wirklich dankbar für die Hilfe, die Sie mit Ihren Erklärungen in der *Medan* geleistet haben. Warum erschreckt Sie das so? Das braucht es nicht. Ich bin sicher, daß wir gute Freunde werden können, finden Sie nicht?«

»Natürlich. Warum nicht?«

Er reichte mir die Hand, während er aufstand. Ich wertete das als Zeichen der Freundschaft. Wozu soll diese Zeremonie nun wieder gut sein? Ein Generalgouverneur will sich mit einem machtlosen Einheimischen anfreunden? Die Stimme meiner Mutter warnte mich: Sei auf der Hut! Auch die Stimme Ter Haars hallte nach: Du kommst den

Krallen des wilden Tieres immer näher. Sei vorsichtig, was jetzt wie ein freundschaftliches Streicheln aussieht, konnte sich in einen tödlichen Griff verwandeln, unerwartet, weich oder hart, er bringt auf jeden Fall den Tod. Ein Mörder funktioniert nur auf eine Art: Töte, was sich dir in den Weg stellt.

»Sie entwickeln sich ja jeden Tag weiter. Sie bekommen immer mehr Einfluß auf die breite Masse, bei den Priyayis, Kaufleuten und Unternehmern. Ich habe Ihnen in aller Öffentlichkeit gedankt, nicht wahr? Jetzt möchte ich Sie zur Vorsicht mahnen. Es ist nicht schwierig, vorsichtig zu sein. Jeder kann das. Als ein einflußreicher Mensch sollte man vorsichtig mit seinem Einfluß umgehen.«

»Vielen Dank für Ihr Kompliment, aber ich glaube nicht, daß ich über so viel Einfluß verfüge.«

»Das ist seltsam, daß Sie Ihre eigene Kraft so gar nicht abschätzen können. Darin liegt eben die Gefahr, daß Sie sie dann falsch anwenden.«

»Nochmals vielen Dank, ich werde es berherzigen.«

»Was werden Sie künftig unternehmen?«

Ich wurde unsicher, als ich an den Auftrag dachte, den ich Sandiman gegeben hatte.

»Ich habe Sie nicht ganz verstanden.«

»Sie haben sicherlich größere Pläne.«

»Wenn Sie das meinen, und wenn das Gouvernement nichts dagegen hat, dann möchte ich eine Tageszeitung herausgeben.«

»Sehr gut!« Er lachte zufrieden. »Das habe ich mir gedacht. Sie hatten mit Ihrem Wochenblatt bereits Erfolg, mit der Tageszeitung werden Sie noch mehr Erfolg haben.«

»Ich wollte, ich könnte selbst daran glauben.«

»Sehr schön. Sie werden es mir vielleicht nicht glauben, wenn ich Ihnen erzähle, daß ich mir immer die Zeit nehme, um Ihre Artikel auf malaiisch und Ihre Geschichten auf holländisch zu verfolgen. Können Sie Ihr Malaiisch nicht einfacher und verständlicher machen?«

»Vielen Dank. Werden Sie mir auch künftig Ihre Meinung über meine Artikel mitteilen?«

»Habe ich das nicht schon mehrfach getan? Wenn ich Ihr Vorhaben gutheiße, Ihr Wochenblatt in eine Tageszeitung umzuwandeln, dann ist das doch auch ein Lob, oder? Sie haben das erste einheimische Wochenblatt herausgegeben. Sie haben Erfahrung. Sie werden auch keine Schwierigkeiten haben, die erste einheimische Tageszeitung herauszugeben. Brauchen Sie dafür vielleicht Hilfe?«

»Im voraus vielen Dank, mein Herr.«

»Kurz und gut, Sie wissen, daß das Gouvernement nicht zögert, den Lebensstandard und das Leben der Einheimischen zu verbessern: durch Umsiedelung, bessere Bewässerungssysteme und Ausbildung. Die weitere Entwicklung wird von den nächsten Schritten des Gouvernements abhängen. Gegen das Gouvernement zu opponieren, ist eine altmodische Denkweise, die nur Unglück bringt. Sie können unmöglich gewinnen. Eine Million Dumme können keinen Zug in Bewegung setzen, aber ein moderner Mensch kann das.«

Wie ausführlich der Generalgouverneur mich doch belehrte.

»Ich verstehe das alles und bin auch damit einverstanden.«

»Wenn Sie in die Dörfer gehen, werden Sie sehen, wie ein Gong herumgeschleppt wird und der Ausrufer in den Gassen seine Bekanntmachungen verliest. Die moderne Zeit braucht nur eine Zeitung. Deren Nachrichten müssen sich ihre Zuhörer nicht entlang den Straßen suchen. Sie kommt heimlich in die Häuser.«

»Das ist richtig.«

»Sie können irgendwo in einem stillen Kämmerlein schreiben, und ein paar Stunden später sind bereits Tausende, ja Zigtausende von Menschen in Gedanken mit dem beschäftigt, was Sie geschrieben haben. Dies alles ist nur durch moderne Technik und Wissenschaft möglich geworden ...«

»Und durch Organisation, mein Herr.«

»Ja, durch Organisation der Arbeit. Sie als einziger fortschrittlicher einheimischer Intellektueller stehen ganz vorne, Sie werden gehört und sind ein Vorbild. Sie sind sich doch Ihrer Position bewußt? Ihr Einfluß wird die Fortschritte Ihres Volkes in Kürze mitbestimmen können. Was brauchen Sie, um Ihre Zeitung herauszugeben?«

»Soweit bin ich noch gar nicht, Tuan.«

»Wie sieht es mit den Kosten aus?«

»Das ist nebensächlich.«

Van Heutsz lächelte freundlich.

»Sie sind ein kluger Mensch. Alle anderen würden sich erst um die Kosten Sorgen machen und dann erst um die Durchführung. Wenn

Sie Kapital brauchen, wird das Gouvernement Ihnen gern aushelfen, teilweise, vielleicht sogar ganz.«

»Tausend Dank, mein Herr.«

Ich hörte Mama flüstern: Er wird dich auf deinen eigenen Wunsch hin zum Agitator machen; er wird deinen Einfluß ausnutzen, ohne dafür zu zahlen. Sei vorsichtig, nicht daß dein Können, dein Einfluß und deine Erfahrung einem falschen Ziel dienen.

»Wie sieht es mit der Syarikat Priyayi aus?«

»Sie ist noch nicht ganz so, wie wir sie uns vorstellen.«

»Aller Anfang ist schwer. Aber der Anfang ist schon die halbe Arbeit, sagt ein Sprichwort. Sie werden mit der Sturheit der Priyayis konfrontiert werden, die mit ihrer Position schon zufrieden sind. Ihre Wünsche beschränken sich auf eine Gehaltserhöhung und eine Beförderung. Sie müssen noch härter arbeiten. Wie sind die Werke von Multatuli? Sind sie nicht großartig?«

»Zumindest hat er eine eigene Art der Betrachtung, des Denkens und seinen eigenen Stil.«

»Er gefällt Ihnen, nicht wahr? Ich glaube, es gibt niemanden, der Ostindien wirklich kennen kann, ohne seine Werke gelesen zu haben. Ostindien nicht zu kennen, bedeutet aber auch, nicht zu wissen, was man dafür unternehmen muß. Früher haben viele Leute ihn verhöhnt, ohne ihn je gelesen zu haben. Es waren altmodische Kolonialherren. Multatuli kannte Ostindien sehr gut, auch das damalige Holland und dessen Seele. Aber das Ostindien von heute ist nicht mehr das, was es zu Multatulis Zeit war. Auch das heutige Holland nicht.«

Sein Vortrag dauerte, ohne daß ich es merkte, bereits mehr als zwei Stunden, ich war des Zuhörens müde. Und wahrhaftig, eine Autorität brauchte immer Zuhörer. Sie fühlten sich wichtig, wenn sie sprachen, noch wichtiger, wenn kein Widerspruch kam.

»Die Zeiten haben sich geändert, mein Herr, die Ansichten der Kolonialherren haben sich auch geändert. Nach unserer neuesten Einschätzung müssen die Einheimischen im Vorteil sein. Dieser Vorteil soll auch den Landschappen zu Gute kommen, die bis jetzt von ihren eigenen Herrschern unterdrückt und in Unwissenheit gehalten worden sind. Ostindien wurde einst von Majapahit vereinigt. Danach brach es wieder auseinander. Jetzt ist das Gouvernement in der Lage, es erneut zusammenzubringen. Viel konkreter und viel größer als in der Zeit von Majapahit. Und viel effektiver. Unter dem Schutz von Gesetzen, die den Einheimischen Sicherheit und Schutz für sie selbst und ihr Hab und Gut verspricht.«

»Jeder ist davon überzeugt, daß Sie es schaffen werden und sogar noch mehr als das.«

»Vielen Dank, Herr Minke. Nicht der Generalgouverneur macht das, sondern die Strömungen der Zeit. Außerdem … aber, Sie reden ja ganz anders als in der Frage, die Sie bei der Pressekonferenz gestellt haben.«

»Das ist nur eine Frage des Standpunktes, den man in der jeweiligen Zeit einnimmt.«

»Wo standen Sie zu der Zeit? Auf der Seite der Landschappen?«

»So ungefähr.«

Er lachte wieder und fragte: »Übernachten Sie in einem Hotel?«

»Natürlich.«

»Sie sollten besser in Buitenzorg wohnen.«

»Glauben Sie, daß das notwendig ist?«

»Ach, es war nur ein Vorschlag. Sie wären dann leichter zu erreichen.«

Das wilde Tier lud mich schon ein, in der Nähe seines Käfigs zu bleiben. Damit ich leichteren Zugang hätte? Damit ich genau so wild würde wie er, oder war ich nur ein Köder? Es gäbe noch eine dritte Möglichkeit: Ich sollte Zeuge werden. Im stillen sagte ich mir in der Art von Ter Haar: Ich brauche kein Opfer, Herr General, Herr Generalgouverneur, ich habe nie vorgehabt, ein wildes Tier zu werden.

Das Ende des Treffens war ärgerlich. Noch einmal bat er mich, mein Malaiisch zu vereinfachen, damit die Leser es besser verstünden, vor allem aber er selbst.

Meine Einladung bei van Heutsz verursachte eine Welle von Neid und Eifersucht bei der kolonialen Presse. Es wurde mir völlig unmöglich gemacht, noch irgendeinen meiner Artikel in ihren Zeitungen unterzubringen. Die Druckereien der Europäer machten ihre Türe dicht. Und einer von denen, die dahinter steckten, war Robert Suurhof.

Es gab nur noch eine Möglichkeit: Ich mußte meine eigene Tageszeitung herausgeben.

Leb wohl, koloniale Presse!

9

Mama hatte sich mit Herrn Frischboten geeinigt. Er würde eine Praxis auf Java eröffnen und gleichzeitig meiner Zeitung helfen. Sein Gehalt würde von Mamas Unternehmen in Holland bezahlt. Später wäre er damit einverstanden, sich sein Gehalt auf Java auszahlen zu lassen, direkt von unserem Unternehmen.

Eines Tages kamen Mir und ihr Mann zu mir nach Buitenzorg. Sie hatten mich nicht benachrichtigt, wann sie in Batavia ankommen würden. Plötzlich standen sie vor der Tür.

Mir hatte einen geblümten Seidenrock an und war seit damals noch bleicher geworden. Ihre Wangen waren gerötet. Sie trug ihr Haar nicht mehr offen wie früher, sondern geknotet, mit einem roten Band.

»Es ist schön, wieder in Ostindien zu sein«, sie reichte mir die Hand. »Vor allem aber, dich zu treffen. Das hier ist mein Mann.«

»Herzlich willkommen. Herr Frischboten. Herzlich Willkommen. Bitte setzt euch.«

»Ich bin auch froh, wieder in Ostindien zu sein«, sagte ihr Mann mit tiefer und schwerer Stimme. Er nuschelte nicht so wie die anderen Europäer.

Wir hatten uns augenblicklich angefreundet. Es war, als wären wir schon immer gute Freunde gewesen.

»Wo ist denn deine Frau?« fragte Mir.

»Ich habe keine Frau mehr, Mir.«

Wir beide unterhielten uns über die Vergangenheit, und Hendrik Frischboten sah vom einen zur anderen, ohne uns ins Wort zu fallen. Sie erzählte mir, daß ihre Schwester einen Kanadier geheiratet habe und mit ihm nach Kanada gegangen sei. Ihr Vater sei Verwalter einer Plantage in Französisch-Guayana geworden. Ein europäischer Vogel, der überall hinfliegen könne. Und dort, wo er sich niederließ, dort besaß er auch die Macht.

»Sie sind in Priangan geboren, nicht wahr?« fragte ich Hendrik.

Langsam und träge nickte er. Überhaupt war sein ganzes Auftreten das eines Faulenzers. Er war dick und wabbelig und hatte ein rundes

Gesicht. Seine Wangen hingen schlaff herunter wie bei einem alten Mann. Sein Kinn wiederum war spitz. Von seinem Mund aus gingen scharfe Linien nach unten. Seine Augen waren pechschwarz wie die eines Einheimischen, mit schweren Lidern, die sich nie ganz zu öffnen schienen.

So ein Unglück, er schien mir faul zu sein. Vielleicht hatte Mama doch den falschen Mann ausgesucht.

»Schade, daß ihr nicht geschrieben habt, wann ihr ankommen würdet. Wir haben für euch noch gar kein Haus gesucht. Wenn ihr nichts dagegen habt, könnt ihr erst mal hier wohnen, bis wir ein Haus für euch gefunden haben. Außerdem ...«

Ich erzählte, daß unsere Tageszeitung bald erscheinen würde. Sie würde in der Naripanstraße No. 1 in Bandung gedruckt werden.

»Wir haben hier einen Verwandten. In Bandung wäre es noch einfacher. Dort haben wir unser eigenes Haus«, sagte Hendrik.

»Sprecht jetzt nicht über die Arbeit«, intervenierte Mir. »Wir sind nicht gekommen, um darüber zu reden.«

»Wie wäre es, wenn ihr hier übernachtet?«

»Eine sehr gute Idee. Hendrik, du hast doch nichts dagegen? Wir können uns dann sofort ausruhen.«

»Überhaupt nicht«, antwortete Hendrik faul, »aber nur wenn es keine Umstände macht.«

In diesem Augenblick fragte ich mich, wie die flinke Mir so einen lahmen Mann hatte heiraten können?

Sie würden in meinem Haus wohnen, bis die Sache in Bandung geregelt wäre. Am gleichen Nachmittag, als ich keine Zeit hatte, weil ich beim Generalgouverneur vorsprechen sollte, kamen sie mit ihrem Gepäck an. Sie hatten nicht viel bei sich, nur zwei Koffer und eine Bücherkiste. Als ich vom Palast, der weniger als hundert Meter vom Haus entfernt lag, nach Hause kam, fand ich Mir alleine im Vorhof sitzen. Hendrik Frischboten war gerade irgendwo spazieren.

Sie war sichtlich froh, mich zu sehen. Sie ließ mich gar nicht erst zum Umkleiden hineingehen.

»Du scheinst einsam zu sein, warum heiratest du nicht?«

»Alles zu seiner Zeit, Mir. Warum fragst du?«

Sie sah mich an, ohne zu zwinkern, dann sagte sie: »Ich wünschte, mein Mann hätte einen Schnurrbart wie du.«

»Du bist anders als früher, Mir. Erinnerst du dich, als wir uns über Gamelan und Gongs unterhielten?« fragte ich.

»Natürlich. All das gehört nun zur Vergangenheit. Nachdem ich so viel von Madame Marais gehört habe ... Ach, diese Frau ... alle redeten sie über die Theorie der Assoziation, über den Gamelan, alles Unsinn und Quatsch. Jetzt bin ich froh, dich so wiederzusehen. Sogar der Generalgouverneur braucht deine Freundschaft. Wer hätte das gedacht?«

»Worüber redest du überhaupt?«

»Eine einheimische Frau! Deine Mama! Sie hat meinen Mann überzeugen können, mit dir zusammenzuarbeiten. Mein Mann, ein Jurist, hat ihre Ratschläge angenommen! Ein doppeltes Glück für mich, Minke.« Sie schwieg einen Augenblick, dann fügte sie schnell hinzu: »Sie hat so viel Erfolg mit ihrem Unternehmen, trotz des vielen Unglücks, das ihr widerfahren war. Ihr Unternehmen ist kein kleiner Warung!«

So interessant ihre Geschichten über Mama, über ihren Mann und über sie selbst auch waren, irgend etwas stimmte nicht. Je länger sie redete, desto mehr häuften sich die zusammenhanglosen Sätze. Sie schien ihr Konzentrationsvermögen verloren zu haben. Irgend etwas fehlte ihr, schien unvollendet zu sein.

»Hast du noch keine Kinder, Mir?«

Sie schüttelte den Kopf, ging aber darauf nicht näher ein.

»Komisch, die Welt scheint auf dem Kopf zu stehen«, sagte sie, als ob sie laut dächte. »Als wir uns früher trafen, warst du der Junior und ich der Senior. Jetzt treffen wir uns wieder, und du bist mein Chef, unser Chef geworden.«

»Wir sind nicht Arbeitgeber und -nehmer, Mir. Wir arbeiten zusammen.«

»Es ist das gleiche, Minke, nur anders ausgedrückt.«

»Bereust du es?«

»Nein. Ich bin froh, wieder in Ostindien zu sein. Und noch mehr, weil ich dich wiedersehe, so wie ich es mir erhofft habe, du übertriffst sogar meine Erwartungen. Du bist hoch hinaus in den Himmel geflogen, ohne fremde Hilfe, nur aus eigener Kraft. Ich bewundere dich.«

»Du siehst es falsch, Mir. Ich habe mich nicht nur aus eigener Kraft so entwickelt. Viele gute Menschen haben mir dabei geholfen, auch du. Sogar jetzt noch, du und dein Mann. Wie könnte sich ein Mensch ohne Hilfe entwickeln?«

Sie sah mich andächtig an. Mir war nicht mehr das Mädchen, das ich früher kannte. Sie war eine Ehefrau geworden, die von anderen Dingen träumte.

»Warum schaust du mich so komisch an, Mir?«

»Im Augenblick zweifle ich ein bißchen. Du kommst gerade aus dem Palast des Generalgouverneurs. Du stehst ihm offenbar nah.«

»Deine Vermutung ist nicht richtig. Ich bin und bleibe ein Untertan Ostindiens.«

»Erinnerst du dich an Papas und unsere Hoffnung früher? Wir hofften, daß du später ein Vorkämpfer deines Volkes würdest. Aber deine Freundschaft mit van Heutsz ... Wir sind gekommen, um mit dir zusammenzuarbeiten, wie du vorhin sagtest, und nicht, um Arbeitnehmer und -geber zu werden.«

»Ich verstehe dich nicht, Mir.«

»Daß wir letztendlich hierher gekommen sind, nur um Handlanger des Gouvernements zu werden und nicht, um dir zu helfen ...«

»Wenn du das meinst, Mir, dann brauchst du dir keine Sorgen zu machen. Van Heutsz braucht diese Freundschaft, um meine Gedanken zu erfahren. Vielleicht hält er mich für einen Vertreter der einheimischen Intellektuellen. Er verhält sich wie früher Doktor Snouck Hurgronje zu Achmad Djajadiningrat.«

»Du gehst also wirklich deinen eigenen Weg?«

»Warum zweifelst du daran?«

»Verheimlichst du uns nichts?«

»Doch, Mir, und zwar, daß ich euch bewundere. Daß ihr Europa verlassen habt, um mit mir zusammenzuarbeiten.«

»Meinst du das ernst? Ist das nicht nur leeres Gerede?«

»Nimm meine Hand, Mir. Ich belüge dich nicht.«

Sie nahm meine Hand und setzte sich wieder. Sie schien immer noch mit irgendeinem Gedanken beschäftigt zu sein.

»Ich möchte über etwas anderes sprechen. Aber es ist vielleicht noch nicht die richtige Zeit dafür«, sagte sie leise. Es klang wie ein einsamer Schrei in der Wüste.

Sie hatte Schwierigkeiten. Vielleicht Schwierigkeiten in ihrer Ehe.

»Warum hast du dein Kind nicht mitgebracht, Mir?«

»Wir haben doch kein Kind.«

»Auch kein Adoptivkind?«

Sie schüttelte den Kopf. Im Licht der elektrischen Lampe sah ihr europäisches Gesicht mager und scharf aus. Ihr Kopf hatte eine schöne Form. So hatte Gott das Gleichgewicht bewahrt. Ihr Nasenspitze glänzte im Licht. Sie war so spitz, als ob Gott sie absichtlich so geformt hatte, um der Menschheit zu zeigen, wie ein rechter Winkel aussah. Sie war ungezwungener und älter geworden, was sie anziehender machte. Sie war drei oder vier Jahre älter als ich. Oder vielleicht auch nur zwei. Vielleicht waren wir sogar gleichaltrig. Ihr Haut war leicht gerötet von der tropischen Sonne auf der Fahrt von der Aden-Bucht nach Batavia und hatte einen blonden Flaum, den ich nicht mochte.

»Warum schaust du mich so an? Bin ich zu dick?«

»Nein, Mir. Du bist immer noch so schlank wie früher.«

»Du lügst. Ich habe drei Kilo zugenommen.«

»Das sind drei Kilo Polster. Du bist immer noch so schlank wie früher. Du bist größer geworden. Das wird der Grund sein.«

Sie sprach anders als früher. Früher hatte sie versucht, mich zu ergründen. Nun brauchte sie Aufmerksamkeit für sich.

Sie lächelte plötzlich ohne Grund. Aus Höflichkeit lächelte ich mit. In diesem Augenblick kam Hendrik mit einem Stock in der Hand von seinem Spaziergang zurück.

Er nickte mir zu. Mir stand auf, ging zu ihrem Mann und klopfte ihm auf die Brust, die ein wenig feucht von Schweiß war.

»Zieh ein anderes Hemd an, Liebster. Es dauert noch, bis du dich an das Klima hier gewöhnt hast.«

Hendrik nickte und ging ins Haus, begleitet von seiner Frau.

Ich blieb allein auf meinem Stuhl sitzen und bewunderte die innige Harmonie dieses Pärchens. Der Mann behandelte seine Frau nicht wie eine Sklavin, und die Frau unterwarf sich nicht völlig ihrem Mann, wie es bei den oberen Schichten meines Volkes üblich war. Wie schön mußte solch eine Ehe sein. Ich würde wohl niemals eine Frau aus meinem Volk bekommen, so wie ich sie mir vorstellte.

»Bist du mit deiner Arbeit noch nicht fertig?« fragte Mir. Sie hatte sich neben ihren Mann gesetzt, der nun ein frisches Hemd trug.

»Ich arbeite nicht. Ich denke nur ein wenig nach.«

»Minke hat die Ärzteschule besucht«, sagte Mir zu ihrem Mann. »Du kannst ihn wegen deiner Gesundheit fragen.«

»Aber ohne Abschluß, Herr Frischboten«, fügte ich schnell hinzu. »Und ich habe mein Studium niemals fortgesetzt.«

Der Jurist reagierte nicht auf unsere Worte. Er nickte nur abwesend.

»Sie gehen gerne spazieren«, sagte ich, um ein Gespräch anzufangen.

»Ja.«

»Sein Arzt hat ihm dazu geraten, je schneller desto besser«, fügte Mir hinzu.

»Sind Sie krank?«

»Nein, aber ich muß mich viel bewegen.«

Ich begann, etwas über diese Familie zu erfahren, und das wenige reichte schon, um mich vermuten zu lassen, daß irgend etwas nicht stimmte. Ihre Einigkeit und Harmonie waren vielleicht nur die äußere Fassade dieser Mängel.

»Zumindest wird Ostindien dir gut tun, nicht wahr, Liebster? Hendrik ist hier geboren ...«

Hoffentlich ist es kein Nervenleiden, betete ich im stillen. Dann wäre nämlich die Zusammenarbeit von geringerer Bedeutung. Aber Mama würde mir bestimmt niemanden mit einem Nervenleiden schicken. Wegen seines Gesichtsausdrucks wurde ich das Gefühl nicht los, daß seine Seele sich in einem zermürbten Zustand befand. Er war noch nicht alt. Höchstens vierzig. Aber eine große Müdigkeit sah man deutlich in seinen Augen.

»Ruhen Sie sich hier in Buitenzorg gut aus, bevor Sie mit der Arbeit anfangen«, sagte ich. »Sie brauchen sich nicht zu beeilen. Wenn Sie es für nötig halten, ein oder zwei Monate machen auch nichts aus. Machen Sie es, wie Sie es für richtig halten.«

»Vielen Dank. So eine Gelegenheit hätte ich in Europa wirklich nicht haben können. Mich auszuruhen, bevor ich mit der Arbeit anfange.«

Damit war unsere Unterhaltung für diesen Abend beendet, und wir sagten uns gute Nacht. Ich schaute noch zu, wie sie in ihr Zimmer gingen. In Harmonie. Aber vielleicht war diese hohl ...

Sandiman kam mit einem Studenten der Ärzteschule. Er war schon einige Male bei mir gewesen. Er hatte ein rundes Gesicht und hatte meist auf das Bild der »Blume, mit der das Jahrhundert Abschied nahm«, geschaut.

»Sie erinnern sich bestimmt noch an mich«, sagte der Student vorsichtig auf holländisch.

»Natürlich. Aber Ihren Namen habe ich vergessen. Verzeihen Sie mir.«

»Tomo, Raden Tomo.«

»Ach ja, Raden Tomo«, sagte ich, obwohl ich seinen Namen nie gekannt hatte.

»Ich komme, weil ich Sie etwas fragen möchte, und um bei dieser Gelegenheit auch Ihr neues Zuhause zu sehen.«

»Vielen Dank, so sieht es also bei mir aus.«

»Das Haus ist viel größer und besser als das andere in Batavia.«

»Es war Zufall, das Haus stand leer.«

»Es hieß, daß dieses Haus ein Geschenk des Generalgouverneurs war.«

Was!! So weit gingen also die Gerüchte.

»Der Generalgouverneur schuldet mir überhaupt nichts. Er hat keinen Grund, mir ein Geschenk zu machen.«

»Man sagt, der Generalgouverneur hätte sich öffentlich bei Ihnen bedankt, stimmt das?«

»Das stimmt. Auf einer Pressekonferenz. Aber es ist zu weit hergeholt, das mit meinem Haus in Zusammenhang zu bringen.«

»Sie sind doch mit dieser Exzellenz befreundet, nicht wahr?«

»Der Generalgouverneur bat um diese Freundschaft. Ich bin nur ein einheimischer Untertan Ostindiens.«

»Ihrer Antwort entnehme ich, daß es Ihnen unangenehm ist, seinen Dank und seine Freundschaft zu bekommen.«

»Ich überlasse es Ihnen, das zu beurteilen.«

Raden Tomo schwieg gedankenverloren und ließ seine Blicke schweifen, dann fragte er: »Sie hängen dieses Portrait nicht mehr auf?«

»Sie mochten das Bild?«

»War nur so eine Frage. Ich bin wegen etwas anderem gekommen.«

»Hoffentlich kann ich Ihnen helfen.«

All das wurde von Sandiman mißtrauisch beobachtet.

»Wie geht es der Syarikat Priyayi jetzt?«

»Nicht so gut, Herr Tomo. Die Syarikat hatte sich nicht so entwikkelt, wie ich es mir erhofft hatte. Ich habe wohl die falschen Leute angesprochen. Die Mitglieder sind Priyayis, die ziemlich passiv sind, keine eigene Initiative und keine Lebenslust besitzen. Sie wollen ihr Leben in Ruhe im Dienste des Gouvernements verbringen. So sollte es eigentlich nicht sein. Aber, na ja, dieser Fehler ist eben passiert.«

»Vielleicht haben Sie durch den Fehler neue und bessere Ideen bekommen.«

»Ich habe sehr viel über diesen Fehler nachgedacht. Es gibt da tatsächlich eine neue Idee.«

»Darf ich fragen, wie sie aussieht?«

»Die Syarikat hat sich nicht entwickeln können, weil ihre Mitglieder zu träge sind. Die Masse sollte aus den enthusiastischen jungen Leute bestehen, die die Hoffnungsträger sind, und nicht aus Priyayis, die in ihrem Dienst für das Gouvernement erstarrt sind. Freie Menschen ...«

»Wie wird es also mit der Syarikat Priyayi weitergehen?«

»Sie scheinen Interesse an dieser Organisation zu haben.«

»Seit Sie uns vor zwei Jahren dazu aufgerufen haben, habe ich Ihre Initiative und die Entwicklung der Syarikat Priyayi immer verfolgt. Ich habe mir sogar Gedanken darüber gemacht, warum diese Organisation sich nicht so entwickeln konnte, wie es in ihrer Satzung steht.«

»Vielleicht war es auch mein persönlicher Fehler: Ich bin kein guter Organisator. Ist es nicht so, Sandiman?«

»Man kann ein Steinhaus nicht ohne Steine bauen«, antwortete er in Rätseln. »Auch ein Holzhaus kann man nicht ohne Holz bauen.«

»Man kann ein Steinhaus auch bauen, wenn man keine Steine hat, aber dann muß man sie zuerst herstellen«, antwortete ich. »Man bräuchte dann noch einen guten Ingenieur, und das Haus würde auch stehen. Ich bin eben kein Ingenieur, auch wenn ich versucht habe, einer zu sein. Auch das Arztwerden ist mir nicht gelungen.«

»Wir sollten nicht über die Mißerfolge reden«, schlug Sandiman vor. »Herr Tomo wollte doch eigentlich über neue Möglichkeiten sprechen.«

»So ist es. Sie erwarten scheinbar auch nicht mehr viel von der Syarikat Priyayi. Ich hoffe, daß Sie nicht beleidigt sind, wenn ich über diese neue Möglichkeit spreche, über eine neue Organisation, von jungen Menschen aufgebaut, die voller Hoffnung sind?«

Man betrachtete die Syarikat als gestorben. Ob es natürlich war oder nicht, war nicht wichtig. Man brauchte auch nicht traurig darüber zu sein. Ein Mißgeburt sollte besser sterben.

»Man kann die Entwicklung nicht forcieren.«

»Vielen Dank, Herr Minke. Wenn es eine Initiative in dieser Richtung gäbe, wären Sie bereit, sie zu unterstützen?«

»Als ein Mensch mit Idealen ist das sogar meine Pflicht.«

»Wenn Herr Minke Hilfe verspricht«, betonte Sandiman, »dann werden Sie sie auch bekommen. *Sabda Pandita Ratu*, einmal ausgesprochen, zieht man die Worte nicht wieder zurück, sondern setzt sie um.«

»Dann muß ich Ihnen wohl glauben«, flüsterte Raden Tomo. »Vielleicht sind die Geschichten über Ihre Beziehung zum Generalgouverneur doch übertrieben.«

»Sie hätten lieber, daß diese Gerüchte wahr wären?«

»Zumindest ist alles einfacher, wenn man mit der Strömung geht.«

Sandiman bekam große Augen.

»Herrn Sandiman scheint dies nicht zu gefallen. Ich habe tatsächlich darüber nachgedacht«, versuchte Raden Tomo seinen Standpunkt zu erklären, »alles, was wachsen will, muß sich der Umgebung anpassen. Die Umgebung bestimmt das Wachstum.«

»Entschuldigen Sie mich«, sagte Sandiman. Er stand auf, verschwand im Hinterzimmer und kam nicht mehr zurück.

»Herr Sandiman scheint wirklich nicht damit einverstanden zu sein. Ich denke, daß meine Überlegungen wissenschaftlich genug sind. Sie entsprechen dem Gesetz des Lebens.«

»Zumindest haben Sie eine Meinung.«

»Es ist keine Meinung, die sich schnell gebildet hat. Ich habe sie aus der Erfahrung der Syarikat gezogen. Bleiben Sie dabei, daß Sie mithelfen werden?«

»Sabda Pandita Ratu.«

Er ging zufrieden nach Batavia zurück. Sandiman kam enttäuscht wieder heraus. Er setzte sich gleich vor mich hin.

»In Yogya und Solo wird ebenfalls über Ihre Freundschaft mit dem Generalgouverneur gemunkelt. Sie sagen, daß Sie dieses große Haus geschenkt bekommen haben, dazu noch einen Europäer und seine Frau als Diener. Stimmt das?«

»Fängst du an, mißtrauisch zu werden, Sandiman? Wir arbeiten zusammen aufgrund gegenseitigen Vertrauens wie bisher. Du bist nach Yogya gefahren, auch aufgrund dieses Vertrauens. Wie kannst du mir jetzt mißtrauen?«

»Weil ich auch das Recht auf meine eigene Sicherheit habe, Herr.«

»Glaubst du, daß ich das Zeug zum Verräter habe?«

»Zumindest kann mir durch Ihre Befehle allerlei passieren, während Sie durch Ihre Freundschaft mit dem Generalgouverneur immer in Sicherheit sein werden.«

»Es ist deine Sache, mit meinen Gedanken und Taten nicht einverstanden zu sein. Du bist nicht mit mir einverstanden, weil ich Tomos Meinung nicht widersprochen habe, der im Strom der Macht zum Ufer fahren möchte. Ich glaube, daß er nicht unrecht hat. Er strebt nach Leben und Wachstum, soweit es die Organisation betrifft. Wenn die Wurzeln und der Stamm erst mal kräftig und reif genug sind, dann werden sie durch Stürme und Orkane noch gestärkt werden.«

»Ich bin nicht damit einverstanden, Herr.«

»Natürlich hast du das Recht, anderer Meinung zu sein, aber zwing deine Meinung nicht anderen Leuten auf. Tomo hat auch nicht das Recht, dich zu deinem Einverständnis zu zwingen. Zumindest hat er sich seine Meinung durch langes Überlegen und aufgrund von Erfahrungen gebildet.«

Sandiman blieb unzufrieden.

»Was wird also aus unserer Arbeit in Solo?«

»Das ist unsere Arbeit, nicht Tomos.«

»Ich möchte jetzt noch nicht darüber berichten.«

»Dann berichte vorerst nichts.«

Er schien verärgert, verabschiedete sich und ging nach Batavia, zu meinem alten Haus.

Außerhalb meiner direkten Umgebung geschahen große Ereignisse. Am Ende seiner Amtsperiode regierte van Heutsz mit purer Gewalt. Der Aufstand der Bauern in Mitteljava, die sich die Samin-Gruppe nannten und deren Stützpunkt das Dorf Klopoduwur im Süden von Blora war, wurde mit Waffen niedergeschlagen. Es waren einfache Bauern, fünfzigtausend an der Zahl. Nach einem Vierteljahrhundert Widerstand mußten sie nun die bittere Erfahrung der Niederlage machen. Sie warfen die scharfen und stumpfen Waffen fort und griffen zu einer neuen Waffe. Einer Waffe, die noch stumpfer war: nämlich dem sozialen Widerstand gegen alle Bestimmungen und Befehle des Gouvernements. Sie weigerten sich, Steuern zu zahlen, sie weigerten sich, Frondienste und ähnliche Arbeiten zu verrichten, und sie ließen sich freiwillig in die Gefängnisse einliefern. Sie rodeten die Wälder und bauten Häuser, ohne die Genehmigung des Gouvernements einzuholen. Das Gouvernement wußte sich keinen Rat mehr. Schließlich beschloß es, ihnen ihre neue Lebensart zu lassen, solange sie nicht zur Waffe griffen und die Sicherheit und Ordnung des Gouvernements störten.

In Klungkung, Bali, eröffnete die Kompeni eine große Offensive. Die Dörfer fielen, eines nach dem anderen: Kusamba, Asah, Dawan, Satera, Tulikup, Takung, Bukit Jambul … Der König von Klungkung, I Dewa Agoeng Djambe, samt Frau und Kindern, allen Verwandten und Untertanen trugen weiße Kleider; sie waren bereit, zusammen zu sterben. Fest entschlossen gingen sie aus dem Palast und ihren Häusern und warteten an der Grenze im Umkreis von sechs Kilometern um Klungkung auf die Ankunft der Kompeni.

In Minangkabau war ein weiterer Aufstand gegen die Frondienste und Steuern ausgebrochen.

Die freien Staaten, die kleinen unabhängigen Enklaven, die vom Gouvernement Landschappen genannt wurden, fielen einer nach dem anderen van Heutsz in die Hände, ohne daß sie sich wehrten, ohne Krieg: Sumba, Sumbawa, das Binnenland Timor, Zentralcelebes, Borneo …

Der Widerstand in *Tapanuli* wurde mit dem Tod von Si Singamangaraja als beendet erklärt. Schon seit 1876 hatte Holland versucht, seine Macht dort zu festigen. Der Tod Si Singamangarajas wurde begleitet von zahllosen Beleidigungen und Hohn seitens der Kolonialherren, die vor allem die jungen Einheimischen trafen. Es ging nach alter kolonialistischer Tradition: die hilflosen Verlierer wurden verhöhnt und verspottet, vor allem jene, die ihr Leben verloren hatten. Die schlimmste Beschimpfung mußte natürlich Si Singamangaraja erleiden. Er sei wie alle anderen einheimischen Fürsten auch. Wo er auch hinkäme, könne er es nicht lassen, Frauen zu rauben. Es wurde berichtet, daß er, bevor er starb, das Mädchen Natingka, die Tochter des Königs von Pardopur und Verlobte des Königs Nawaolu, geraubt hätte. Haß führte zur Schmach, Wohlgefallen zum Lob.

Was mein Leben unmittelbar betraf, so war die Tageszeitung *Medan* bereits in Bandung erschienen. Die Leute verbreiteten das Gerücht, daß dies ein Geschenk von van Heutsz wäre. Solange es nur Gerüchte blieben, konnte man nichts dagegen tun. Öffentlich in der Zeitung zu widersprechen, wobei der Name des Generalgouverneurs, der die Königin in Ostindien vertrat, genannt werden mußte, das ging eben nicht.

So ist Ostindien, schrieb Mama aus Paris. *Die Zeitungen trauen sich nicht, die Wahrheit zu schreiben. Sie haben Angst, verboten oder mundtot gemacht zu werden, während die gierigen Priyayis alle in ihren Positionen erstarrt sind. Wie du selbst sagtest, können die Beamten nur bestrafen. Das Leben wird durch Gerüchte beherrscht. Jeder kann zum Opfer werden, ohne sich wehren zu können. Du mußt dem ein Ende setzen, mein Sohn. Sorge dafür, daß dein Tageblatt das einzige Blatt in Ostindien wird, das nur für die Wahrheit, die Gerechtigkeit und das Volk arbeitet. Frischboten ist ein ehrlicher Jurist, er wird dich aus vollem Herzen unterstützen. Auf den ersten Blick mag er vielleicht unsympathisch erscheinen. Aber achte nicht auf das Äußere. Er kennt Ostindien sehr gut. Er hat mir mal gesagt: Ostindien ist eine Fabrik für Priyayis, eine Fabrik für Beamte. Es hat noch keinen einzigen Führer hervorgebracht, es sei denn, jemand mache sich die Mühe, außerhalb des Gouvernements selbst einer zu werden.*

Daß man Frischboten vertrauen konnte, stand nun außer Zweifel. Dank seiner hatten wir das Problem mit dem Pressebüro gelöst, das sich geweigert hatte, uns Berichte über wichtige Ereignisse im Inland zu liefern. Nur Berichte über Geschehnisse im Ausland hatten wir bekommen. Aber die einheimischen Leser interessierten sich nicht so sehr für das, was außerhalb ihrer Welt geschah. Wir konnten uns keine

Journalisten leisten, so war der einzig mögliche Weg, an die Inlandberichte zu kommen, eine eigene, eine merkwürdige Presseagentur zu eröffnen. Die *Medan* bot jedem Einheimischen, beamtet oder nicht, die Gelegenheit, seine Schwierigkeiten zu artikulieren. Und zwar in jeder Angelegenheit. Frischboten hatte angeboten, alle eingehenden Fälle zu bearbeiten. Die Leute konnten sich kostenlos Rat holen. Unter den Namen der Zeitung ließ ich eine Erklärung drucken: Offen für die Meinungen und Probleme aller Einheimischen.

Innerhalb von drei Monaten kam es in unserer Redaktion auf der Naripanstraße 1 in Bandung zu einem Kommen und Gehen von Leuten aus verschiedenen Städten. Sie kamen, um über ihre Unterdrückung, Enteignung und Mißhandlung durch die weißen oder dunkelhäutigen Beamten des Gouvernements zu klagen. Manchmal steckten auch beide unter einer Decke. Das Verwaltungsbüro in Buitenzorg war ebenfalls damit beschäftigt, die Leute aus den Dörfern zu empfangen, die um Gerechtigkeit baten. Nicht nur rein rechtlich, sondern auch mit gesundem Menschenverstand. Sie wurden zur Nachrichtenquelle der *Medan.* In nur drei Monaten hatten wir das Vertrauen der Allgemeinheit gewonnen. Und nach diesen drei Monaten erschien auch Sandiman wieder in Buitenzorg.

Er kam eines Nachmittags: »Ich muß jetzt leider zugeben, daß ich keinen Grund mehr habe, Ihnen zu mißtrauen.« Er fing an, mit Wardi in Bandung zu arbeiten.

Er hatte seinen Auftrag in Solo und Yogya ausgeführt, obwohl er mir damals noch mißtraute. Unsere Tageszeitung hatte sein Vertrauen in mich wiederhergestellt. Er hatte mit seinem Bruder, der Unteroffizier bei den Mangkunegaran war, Kontakt aufgenommen. In dieser Zeit waren die Vorbereitungen für den Abmarsch der Legion nach Lombok in vollem Gange. Die Unteroffiziere der Legion waren sich einig, nicht gegen ihre Brüder auf der anderen Seite Javas zu kämpfen.

In dieser Zeit voller Ereignisse hätte ich beinahe gar nicht mehr an Maysaroh gedacht, wenn sie mir nicht so oft geschrieben hätte. Einmal schrieb sie: *Mama ist jetzt hochschwanger, und das Kind wird wohl in diesen Tagen geboren werden. Sie hofft, die ersten Ausgaben deiner Tageszeitung noch lesen zu können, bevor sie das Kind zur Welt bringt.*

Sie schien die letzte Sendung noch nicht empfangen zu haben. Vielleicht, weil eines der Schiffe des Rotterdamschen Lloyd gesunken war.

Rono Mellema geht schon in die Schule, schrieb sie weiter. *Ich selber sollte ein Jahr lang einen Französischkurs besuchen, um in das Gymnasium aufgenommen zu werden. Ich fand diesen Kurs sehr langweilig. Und so habe ich damit aufgehört und nehme jetzt Musikunterricht, Geige.*

Ihr vierter Brief war etwas besonderes: *Onkel, ich fange an, mich in Paris wohlzufühlen. Ostindien scheint dagegen ein unendlicher Dschungel zu sein. Wir gehen gerne auf der Place de la Concorde und in der Cité spazieren, man sagt, es ist das Herz von Paris. Überall gibt es Paläste und Gärten. Überall gibt es Musik und Gelächter. Überall gibt es Autos und Straßenbahnen.*

Onkel, ich glaube nicht, daß ich wieder nach Ostindien zurückgehen werde. Mama sagt, hier ist es viel ruhiger, und es gibt nicht so viel Unwissenheit. Was soll aus unserer Beziehung werden?

Was würde aus unserer Beziehung? Was war das überhaupt für eine Beziehung? Ich hatte mein Leben nun ganz dem geliebten Kind, der *Medan*, gewidmet. Der Tageszeitung und ihrem Bruder, dem Wochenblatt.

Die Leser waren immer noch unzufrieden. Wir gaben eine Sonntagsausgabe heraus. Die erste in Ostindien! Niemand, ob weiß, braun oder gelb, hatte je eine Sonntagsausgabe herausgegeben.

Diese Tageszeitung mußte schmackhaften und aufregenden Lesestoff für die Einheimischen bieten, vom Lebensgeist der Wahrheit und Gerechtigkeit beflügelt. Wir übertrafen innerhalb von nur drei Monaten die Auflage des »Preanger Bode« und der »Nieuws van den Dag« in Batavia.

Voller Stolz jubelte ich innerlich oft: Meine Volksgenossen, nun habt ihr eine eigene Tageszeitung, in der ihr euer Leid klagen könnt. Zögert nicht. Es gibt keinen Verbrecher, der sich im Licht der Öffentlichkeit nicht schämen würde! Ihr habt jetzt die *Medan*, in der ihr eure Meinung und Gedanken sagen könnt, in der jeder von euch Sympathie und Gerechtigkeit erfahren kann. Ich, Minke, werde euren Fall vor Gericht bringen!

Unsere Beziehung, May, antwortete ich, *das überlasse ich dir. Ich bin an diese Erde, die Menschen und das Volk Ostindiens gebunden. Ihnen möchte ich mich widmen. Nur hier in Ostindien kann ich etwas Sinnvolles aufbauen. Woanders wäre ich vielleicht nur ein vertrocknetes Blatt im Wind. Entscheide du, May.*

In einigen Wochen, Herr Minke, schrieb Ter Haar, der anscheinend doch nicht getötet worden war, sondern nur schwer verwundet neben Leutnant Colijn lag, *werde ich Ostindien für immer verlassen. Ich werde versuchen, vorher in Bandung vorbeizukommen, in Ihr Büro. Ich verfolge die ganze Zeit Ihre Tageszeitung, nur leider kann ich das Malaiisch, das Sie benutzen, noch nicht genießen. Was die Typographie anbelangt, so ist sie für ostindische Maßstäbe gut genug, wenn man bedenkt, daß es keine Ausgabe aus der Hauptstadt ist. Aber leider ist die Schrift für eine Tageszeitung zu groß, so daß nur wenig auf eine Seite paßt. Versuchen Sie doch, die Schrift kleiner zu machen. Es sieht dann sicherlich auch besser aus.*

So, er verlangte nach noch kleinerer Schrift. Er war eben ein echter Holländer und kein Einheimischer. Er wollte nichts davon wissen oder wußte nicht, daß sich Einheimische keine Brille leisten konnten. Deshalb gingen die Priyayis mit fünfundvierzig in Rente. Dadurch konnten sie sich erst recht keine leisten.

Einige deiner Ausgaben aus dem ersten Jahr haben wir endlich erhalten. Zufällig habe ich einen Freund, der Journalist ist. Ehrlich, er wunderte sich, daß ein Einheimischer in Ostindien eine eigene Zeitung herausgibt. Er dachte, daß du und deinesgleichen immer noch übereinander herfallen. Er wunderte sich noch mehr, als er hörte, daß du die Arztausbildung nicht abgeschlossen hast.

Er fragte, ob es in Ostindien Gymnasien oder Mittelschulen gäbe. Ich verneinte. Er konnte nur staunen, und ehrlich gesagt: ich auch. Mit Vergnügen übersetzte ich einige deiner Artikel ins Französische. Er sagte – sei aber nicht enttäuscht –, es seien keine Berichte nach europäischem Maßstab. Es seien Kurzgeschichten. Ich sagte ihm, daß man in Ostindien eben solche Berichte verlangt; dort steht etwas über das Ereignis, über die Zeit, über das Wer und Warum, und auch ein Kommentar, dessen Richtigkeit keine Rolle spielt. Den einheimischen Lesern in Ostindien sei es gleich. Sie brauchen den Kommentar nur fürs Gerede, um darüber schimpfen zu können. Er sagte: wie traurig. Trotzdem nutzte er deine Artikel aus der Medan *für seine Berichte. Wie einmal, als er einen Bericht über den Aufstand auf den Philippinen, ähnlich dem in Ostindien, schreiben sollte. Der Aufstand wurde auf seinem Höhepunkt von den Amerikanern niedergeschlagen. Dagegen gibt es in den französischen Kolonien in Amerika, Afrika und Asien nichts dergleichen. Was du da machst, ist nicht nur einfach, eine Tageszeitung herauszugeben, sondern der Anfang der Selbstbestimmung. Sonst würde man deine Zeitung nicht lesen, und sie wäre nicht mehr am Leben. Du bist ein Pionier, auch wenn du noch nicht sehr weit gekommen bist. Sei glücklich. Ich bin stolz, einen Freund wie dich zu haben,* schrieb Jean Marais.

Mein Herz schwoll an wie ein Berg. Mein geliebtes Kind hatte schon die Berichterstattung in Frankreich erreicht, ungeachtet der Form und des Inhalts. Lobeshymnen sind schwierig zu beantworten. Wohingegen Beleidigungen und Herausforderungen automatisch einen Mechanismus auslösen, der zu allen möglichen Ideen, Verhaltensweise und Aktionen führt, zusammengepackt in eine Reihe von Worten. Für Lobpreisungen gibt es nur ein Wort: Dankeschön. Auch ich bedankte mich für alles, was er für mich getan hatte: Er hatte mir Französisch beigebracht und mich über die Werte, die Pflichten und das Verhalten eines Intellektuellen gegenüber seiner Umgebung und seinem Volk belehrt. Er hatte mich den Unterschied zwischen einer Kolonie Europas und einem freien Europa gelehrt. Das freie Europa hatte die Kolonien erst geschaffen und blieb groß. Die Kolonien aber waren dazu verdammt, weiterhin Kolonien zu bleiben.

Nyo, schrieb Mama, *wie glücklich bin ich, dir zwei Neuigkeiten mitteilen zu können. Erstens hast du eine süße kleine Schwester bekommen. Jean nannte sie Jeanette. Ein javanischer Name würde nicht zu ihr passen, denn sie sieht sehr europäisch aus. Auch Jean ist sehr glücklich über sein zweites Kind. Ich muß noch hinzufügen, daß wir nun alle französische Staatsbürger geworden sind. Zweitens erfüllt es mich mit Stolz, deine Tageszeitung zu lesen. Auch wenn sie ein wenig zu einfach ist, kann ich sie genießen und darin das Leben meines Volkes verfolgen. So etwas bietet mir keine der kolonialen Zeitungen. Gratuliere, mein Sohn! Jetzt beginnst du, der Mensch zu werden, der du immer sein wolltest. Du hast deinen Weg gefunden, dich und deine Gefühle auszudrücken. Trotz allem mache ich mir um deine Sicherheit Sorgen. Das Leben in Ostindien ist wie in einem Dschungel. Erinnerst du dich an einen Mann namens Darsam? Ohne ihn hätte unser Unternehmen damals unmöglich bestehen können. Die Banditen, ob weiß, braun oder gelb, sie hätten uns immer wieder gestört und belästigt. Hast du schon darüber nachgedacht? Wenn nicht, dann tue es bitte jetzt. Es wird sehr viele Menschen geben, die sich von dir und deinen Aktivitäten gestört fühlen. Frischboten wird dir ein tüchtiger Freund sein. Nimm ihn überallhin mit. Vertraue nicht auf deine Freundschaft zum Generalgouverneur van Heutsz. So nett er manchmal auch sein kann, er wird Unheil über dich bringen, wenn du erst mal sein Hemd beschmutzt hast. Denk daran, mein Sohn.*

Sie sind alle gleich, die weißen und die braunen Priyayis; die Stimmen aus ihren Mündern sind nur der Nachhall ihrer Teller. Hör, wie ihre Teller klingen, dann weißt du auch, wie es um den Inhalt ihrer Töpfe und ihres ganzen Schranks steht.

Wenn du keine Übereinstimmung mit Frischboten findest, telegraphiere mir sofort. In Paris haben wir einen netten holländischen Juristen kennengelernt. Er hat vor, in Ostindien ein Büro zu eröffnen. Seine Mutter ist Französin. Seit seiner Kindheit lebt die Familie in Armut. Er weiß, was Armut bedeutet.

Onkel, schrieb Maysaroh. *Darf ich singen lernen?*

Natürlich, May, antwortete ich, *fühle dich nicht an mich gebunden. Mit Mama in deiner Nähe wirst du das werden, was du dir wünscht. Sie ist eine Göttin, die das Innere der anderen versteht. Folge ihrem Rat und ihrer Fürsorge, und du wirst es nicht bereuen.*

Herr Minke, schrieb Ter Haar, *verzeihen Sie mir, daß ich weder in Bandung noch in Buitenzorg vorbeikommen kann. Ich habe niemanden gefunden, der mich hinbringt, und deshalb kann ich nicht kommen. Ich werde direkt nach Europa reisen. Bevor ich dieses Land verlasse, erlauben Sie mir noch eines zu sagen: Benutzen Sie Ihre Tageszeitung nicht, um Ihren persönlichen Ambitionen freien Lauf zu lassen. Ihre Tageszeitung und Sie selbst sind nun Eigentum ihres Volkes, des Volkes von Ostindien, geworden.*

Ein Eigentum des Volkes von Ostindien! Eine Ehre, aber gleichzeitig eine Versklavung. Wie jeder andere auch mochte ich die Ehre. Ich würde diese Ehre annehmen, aber gleichzeitig würde ich auch meine Position als Sklave annehmen müssen, der niedrigste Sklave im Dienste des Volkes.

Sandiman, Wardi, ich und die Ausgaben von *Medan*, der Tageszeitung und der Wochenzeitschrift, liefen wie auf Rollen.

Da kam wieder ein Brief von Maysaroh: *Onkel, erlaube mir in dieser friedlichen Nacht dir von ganzem Herzen zu danken für alles, was du für Papa und mich in den schwierigen Jahren in Surabaya getan hast. Wenn du nicht immer zu uns gekommen wärst … Papa erzählt oft, wie gut und edel du zu uns warst. Ich höre gerührt zu. Während seiner Erzählungen wurde uns klar, daß wir dich in unendlich schöner Erinnerung behalten werden. Wir werden dich unser ganzes Leben lang nicht vergessen. Wie können wir uns jemals revanchieren? Mama erzählt oft von einem reinen Herzen, das niemals etwas zurückverlangt. Und das ist dein Herz, sagte Mama. Auch ich sehe dich als Edelmann. Möge Gott dir ein langes Leben, Gesundheit und Erfolg geben …*

Ich las den Brief nicht zu Ende. Warum begann ein junges Mädchen einen Brief an ihren Verlobten mit solchem Lob? Solche Briefe hatten meist ein verletzendes Ende, wie der Schwanz eines Rochen.

Liebenswürdige Exzellenz Hauptredakteur, schrieb ein anderer. Was sollte das nun wieder? Ich kam noch nicht mal dazu, darüber zu lachen. Dieses Ende war nicht das eines Rochen, es war die Klage eines hilflosen Menschen. Ich las weiter: *Würden Exzellenz meinen unwürdigen Fall annehmen und mir bitte bei meinen Schwierigkeiten helfen? Ich hatte eine Tochter von neun Jahren, Marjam hieß sie und ging in die dritte Klasse der* Angka Satu-*Schule. Eines Tages war sie in der Schule eingeschlafen. Woraufhin der Lehrer sie verprügelte. Danach war mein Kind vier Tage und Nächte lang bewußtlos. Dann starb sie. Wir waren noch in Trauer, ich und meine Frau, als auch noch der Lehrer zu uns nach Hause kam und mich wegen des Verhaltens meiner Tochter bedrohte. Sie hätte sich unmöglich benommen und somit die Arbeit eines beamteten Lehrers, der extra aus Holland geholt worden war, erschwert …*

Das Blut rauschte in meinem Kopf. Der Brief kam aus Bandung. So nahm ich einen Delman und fuhr zu dem armen Mann. Das Haus war düster. Der Hausherr war ein Beamter des Forstamtes. Als er meinen Name hörte, ließ er sich auf die Knie fallen, um mich zu begrüßen. Ich verbat mir das. Er sagte, der Lehrer würde bestimmt gleich kommen.

Kurz darauf kam er tatsächlich. Er sprach sehr grob auf malaiisch und setzte sich vor mich hin, ohne daß ich ihn dazu aufgefordert hatte. Er war ein großgewachsener Holländer mit dichtem blonden Haarwuchs auf den Armen.

»Ist das der Lehrer, den du meinst?« fragte ich den Hausherrn auf sundanesisch.

»Wer ist dieser Mann?« fragte der Lehrer den Hausherrn auf malaiisch.

Der Hausherr traute sich nicht zu antworten. Daraufhin antwortete ich an seiner Stelle auf holländisch: »Ich bin derjenige, der dich vor Gericht bringen wird. Ich werde dich anklagen. Du bist kein Lehrer, du bist ein Mörder!« Ich zeigte mit meinem Finger auf seine Nase. »Du Lügner! Verschwinde!«

Der große Mann wurde ganz klein und beugte sich vor wie eine alte Puppe. Er nahm seine Schultasche und lief zur Tür, er drehte sich noch einmal um, bevor er verschwand.

»Wir werden ihn anklagen. Steh jetzt auf, knie nicht vor mir. Hab keine Angst vor dem Gericht. Komm jetzt mit mir.«

»Wohin, Exzellenz?«

»Ich bin keine Exzellenz. Komm mit in mein Büro, ich werde alles in die Wege leiten.«

Er lehnte ab, er hatte Angst, seine Arbeit und seine Rente zu verlieren.

»Du bist also nicht bereit, den Lehrer zu verklagen?«

»Ich habe wirklich Angst.«

»Ich werde auch so Anzeige erstatten. Du wirst trotzdem vor Gericht erscheinen müssen.«

»Lassen Sie mich da bitte 'raus.«

Ich fand Hendrik Frischboten mit einem Klienten beschäftigt. Ich gab ihm den Brief des Mannes.

»Reichen Sie bitte Anklage ein. Ich habe den Mann und den Lehrer bereits getroffen.«

Dann ging ich zu meinem Tisch zurück und las Maysarohs Brief weiter: *Mein Geigenlehrer hat mir geraten, singen zu lernen. Er meinte, meine Stimme sei schöner als der Klang der Geige. Deshalb lerne ich jetzt auch noch singen. Jetzt erst weiß ich, daß man auch das Singen lernen muß.*

Ich hoffe, ich langweile dich nicht mit den Geschichten über meinen Alltag. Papa erinnert mich immer wieder daran, jeden zu ehren, der gut zu uns, zur Menschheit im großen und ganzen war: meine Lehrer, die Philosophen und die Schriftsteller. Unter ihnen ist ein Name, an den ich mein Leben lang denken und den ich in Ehren halten werde. Du weißt sicher, wie er heißt. Das bist du selbst, mein zukünftiger Mann.

Warum hörten diese Lobpreisungen nicht auf? Paris konnte ihr alles bieten. Ostindien war nur ein Dschungel dagegen, und ich nur ein Affe unter vielen Millionen von Affen. Warum also diese Wagenladung von Lobpreisungen?

Und deshalb habe ich mich fest entschlossen, Sängerin zu werden. Als Sängerin werde ich dir von keinem großen Nutzen sein, auch Ostindien nicht. Aber, wenn ich Erfolg haben sollte, dann wäre ich wenigstens für Frankreich von Nutzen.

Mama sagt, du wärst ein glücklicher Mensch, weil du von deinem Volk gebraucht wirst. Wie glücklich wäre ich, wenn ich später von Frankreich gebraucht würde. Du wirst für mich beten, nicht wahr, Onkel? Und du wirst nichts dagegen haben?

Du hast so viel Erfahrung und Menschenkenntnis. Du bist bestimmt bereit, den kleinen Traum, den wir gemeinsam hatten, aufzugeben. Onkel, verzeih deiner Maysaroh. Sie wird dich niemals vergessen. Ich bereue die Tränen nicht, die ich tagelang vergossen habe, bevor ich den Mut fand, diesen Brief zu schreiben.

Jeden Tag lege ich frische Blumen an dein Bild, damit ich weiterhin dich und die Blumen als eine Einheit anschauen kann, so wie du mit deiner Güte eine Einheit geworden bist. Verzeih mir, wenn ich andere Träume habe …

Wie hatte sie sich doch damit gequält. Tagelang hatte sie mit sich gekämpft, um den Mut zu finden, diesen Brief zu schreiben. May, du bist nun Französin. Laß Frankreich dich und deine Zukunft formen. Nur eine Sache stand nun für mich fest: Die *Medan*, in all ihren

Erscheinungsformen, mußte weiter leben, sich weiter entwickeln, wie ein Adler, und alle Einheimischen Ostindiens würden in ihrem Schatten Schutz finden. Die Auflage stieg von zweitausend auf vier-, fünftausend. Noch nicht einmal die kolonialen Zeitungen hatten dies je erreicht.

Die kolonialen Zeitungen wurden neidisch und starteten einen intensiven Angriff. Jacobsen van den Berg, der Papierimporteur, bei dem wir immer unser Papier gekauft hatten, wollte uns plötzlich nicht mehr beliefern. Wir waren gezwungen, bei einem chinesischen Importeur zu kaufen, zu einem höheren Preis natürlich. Zum Schluß mußten wir gar selbst aus Stockholm importieren. Gleichzeitig mußten wir ein Geschäft eröffnen, das Schreibwaren verkaufte und Agent für unsere Zeitungen wurde. Die Presseagenturen wollten uns nur noch die banalen Geschichten liefern. Es war ein Glück, daß unsere Leser kein großes Interesse an Auslandsmeldungen hatten. Sie konnten warten, bis wir Berichte aus den ausländischen Zeitungen übernommen hatten. Wir brauchten immer mehr Mitarbeiter. Borsumij bot uns Papier an, als wir es selbst importierten. Wir lehnten dankend ab.

Aus allen Ecken erreichten uns Klagen. *Medan* wurde als Tatsache und Beschützer der Einheimischen akzeptiert. Sie hatte die doppelte Aufgabe, die aus der Situation im allgemeinen und den sozialen Nöte der Einheimischen im speziellen entstanden war. Auch merkwürdige Briefe erreichten uns, zum Beispiel folgender: *Mischen Sie sich nicht in diese Sache ein. Sie können sich unmöglich selbst verteidigen.*

Der Brief war eine Reaktion auf die Klage der Arbeitervereinigung der Kakaoplantagen im Gebiet Jepara gegen deren Verwalter, Herrn Meyer, dem unsittliche Handlungen an den Familienangehörigen der Arbeiter vorgeworfen wurden, die noch schlimmer waren als das, was Vlekkenbaaij einst in Tulangan getan hatte. Daß Meyer von der Existenz der Arbeitervereinigung erfahren konnte, deutete auf geheime Beziehungen zwischen dem Staatsanwalt, der die Klage angenommen hatte, und Meyer selbst hin. Der Bezirksstaatsanwalt hatte den Fall eingestellt. Deshalb wandte sich die Arbeitervereinigung an uns, und Frischboten begann, den Fall zu bearbeiten.

»Wenn Herr Meyer nicht vor ein ordentliches Gericht gestellt werden will, sind wir bereit, ihn vor das Gericht der *Medan*-Leser zu stellen, das aus unzähligen Richtern und Staatsanwälten besteht, europäischen und einheimischen.«

So mußte der Bezirksstaatsanwalt den Fall wieder aufnehmen, und Herr Meyer kam ins Gefängnis.

Wir nahmen unsere Doppelaufgabe mit Freude an. Nicht ich, sondern das Leben Ostindiens selbst zwang uns dazu.

Eine der Anklagen, die wir bearbeitet hatten, war augenscheinlich falsch gewesen. Ich war hereingelegt worden und kam vor Gericht. Es kam zu Unruhen, als ich mich dem einheimischen Gericht verweigerte. Als ein Raden Mas, jemand mit adliger Herkunft, hatte ich Anspruch auf das *Forum privilegiatum.* Die einheimischen Richter und Staatsanwälte konnten ihre Spielchen nicht mit mir treiben.

Hendrik Frischboten kümmerte sich sofort um meinen Fall. Wir versuchten, den Schreiber des gefälschten Briefes zu finden. Wir hatten Erfolg, und ich wurde freigesprochen. Jemand hatte diese Sache angezettelt, und dieser Jemand war niemand anders als Robert Suurhof.

Zögere nicht und suche dir jemanden wie Darsam, schrieb Mama, *du wirst es bereuen, wenn du unvorsichtig bist.*

Es kamen immer mehr Leute, die um Hilfe baten. Frischboten stand ihnen allen zur Verfügung, auf sundanesisch, malaiisch und auf holländisch. Er, der so schlapp und träge gewirkt hatte, als hätte er kein Selbstvertrauen, entpuppte sich als feuriger Diener der Wahrheit und Gerechtigkeit.

»Machen Sie sich keine Sorgen«, sagte Frischboten, »überlassen Sie mir alle Fälle der Einheimischen. In jeder Kolonie auf der ganzen Welt werden Missetaten begangen, auch von den Kolonialherren. Die europäische Kolonialherrschaft kann noch niederträchtiger sein als die der primitivsten Einheimischen in den hintersten Winkeln Papuas. Vertrauen Sie der Bildung nicht zu viel. Auch ein guter Lehrer kann einen Schurken aufziehen, der überhaupt keine Prinzipien kennt. Erst recht, wenn der Lehrer selbst im Grunde genommen ein Schurke ist.«

Die Fälle, mit denen wir uns beschäftigten, bestätigten seine Worte. Die Verbrechen der Europäer waren gravierender und weitaus schlimmer.

»Alles hat seinen Ursprung in der Politik der Kolonialisten, die sie schon vor fünfhundert Jahren betrieben haben, wobei Gewalt die einzig treibende Kraft war: Unterdrücken, Zwingen, Töten, Rauben und Ausrotten. Und das alles im Namen von ›Ruhe und Ordnung‹. Nur die modernen europäischen Staaten gehorchen nicht mehr dieser Horden-Politik. Sie sind keine Wilden mehr.«

Onkel, schrieb Maysaroh wieder, *ich habe deinen Brief bekommen. Eines Abends, als Papa und Mama gerade zusammensaßen und Zeitung lasen, fragte ich sie, ob ich sie stören dürfte. Papa legte die Zeitung und die Brille weg. Mama auch. Auf ihrem Schoß lag Jeanette und schlief. Erst zögerte ich noch. Da fragte Mama, ob ich Schwierigkeiten hätte.*

Die Frage erleichterte mir den Anfang und so antwortete ich: »Nein, Ma. Ich möchte euch nur meinen Brief an Onkel in Bandung vorlesen.« Nach meinem Brief las ich ihnen auch deine Antwort vor, die damit endete: »Du bist nun Französin, laß Frankreich dich und deine Zukunft formen.«

Mama fragte: »Du meinst, eure Beziehung sei nun beendet?« Ich antwortete mit einer Gegenfrage: »Wäre das eine Sünde?«

Mama antwortete nicht sofort. Wir wissen beide sehr genau, daß es Mama war, die sich am meisten gewünscht hatte, daß wir unsere Zukunft teilen sollten. Ihr schien es, daß alles einfacher werden würde, wenn wir zusammen blieben.

Die gute Mama ist immer um uns besorgt. »Laß mich erst das Baby ins Bett bringen«, antwortete sie. »Sprich solange mit deinem Vater.« Sie ging ins Schlafzimmer und kam nicht wieder. Papa sagte: »Es hängt allein von euch beiden ab. Ich habe nicht das Recht, mich einzumischen, liebe May.«

Ich hatte solche Sorgen, Mama traurig gemacht zu haben. Deshalb ging ich zu ihr ins Zimmer. Sie lag bei Jeanette. Ich setzte mich ans Bett und fragte vorsichtig, ob ich sie enttäuscht hätte. Langsam antwortete Mama: »May, ich glaube, ich habe einen Fehler gemacht. Ich kam in die große Welt als ein Mädchen, das von seinen Eltern an einen völlig fremden Mann verkauft wurde, alles war mir fremd: der Mann, seine Sprache, sein Volk, seine Gewohnheiten und sein Adat. Ich dachte, daß das, was ich für euch getan habe, viel besser wäre als meine eigenen Erfahrungen. Deshalb hielt ich es für gut. Erst heute weiß ich, daß das, was ich getan habe, überhaupt nicht gut für dich, für euch war. Verzeih dieser alten Frau, die das nicht erkannt hat, May.

Ich bekam das Gefühl zu ersticken, als ich hörte, wie Mama ihr Tun bereute. Diese weise Frau hatte sich bei mir entschuldigt. Wer bin ich denn? Ich konnte es nur schwer in Worte fassen: »Was bin ich schon im Vergleich zu dir, Mama? Du brauchst dich doch nicht bei mir zu entschuldigen?« Mama stand auf und streichelte meinen Kopf, als ob ich noch ein Säugling wäre. Dann sagte sie: »Und wenn ich dich selbst geboren hätte, hätte ich mich auch entschuldigt, May. Hast du schon mit Papa gesprochen?« Ich nickte. »Was du für dein Leben für gut hältst, ist auch gut für deinen Vater und deinen Onkel in Bandung.«

Diesen Brief hatte ich nie beantwortet, und ich schrieb May auch nie wieder.

Ich weiß, daß du nicht zerbrechen wirst, schrieb Mama, nur alte Zweige brechen. Die jungen biegen sich auch im Sturm. Denn nur Dumme kämpfen dagegen.

Ach, Mama, es ist kein Sturm da. Zumindest noch nicht. Vielleicht kommt er, aber jetzt noch nicht. Ich bin gerade so erfolgreich … Auch wenn ich weiß, daß es einmal zu Ende sein wird. Aber jetzt noch nicht, Ma.

Währenddessen begann die Kompeni, in die Sechs-Kilometer-Zone um Klungkung einzudringen, die von den balinesischen Helden bewacht wurde. In ihren weißen Kleidern waren sie bereit zu sterben. Kein einziger wich diesem Kampf aus. Der Krieg um Klungkung, dem letzten balinesischen Königreich, dauerte mehr als vierzig Tage, und alle Leser in Ostindien verfolgten ihn mit bangem Herzen.

Klungkung fiel, aber Lombok erhob sich, um den Kampf aufzunehmen.

10

Ein Abgesandter von Raden Tomo kam nach Bandung, um mich aufzufordern, mein Versprechen einzulösen. Ihm und seinen Schulkameraden war es gelungen, eine Organisation zu gründen, wie der alte pensionierte Arzt sie empfohlen hatte. Wie auch ich sie empfohlen hatte. Die Name der Organisation war *Boedi Oetomo.* Was fast die Übersetzung von Jamiatul Khair war, also soviel bedeutete wie »das Streben nach dem Schönen, Edlen«. Und das war kein Zufall. Dem Brief waren Kopien der Statuten und des Etats beigelegt worden. Alles war in gutem Holländisch geschrieben. Er ließ fragen, ob die *Medan* Propaganda für diese neue Organisation machen könnte.

»Wir haben keine Einwände. Schicken Sie uns das Material. Nur eine Frage, warum benutzt diese Organisation einen javanischen Namen? Ist sie nur für Javaner?«

»Das ist richtig. Sie soll nur für Javaner sein, weil wir Javaner sind, jeder kennt die Sprache und den Adat, alle haben den gleichen Ursprung und die gleichen Vorfahren, die gleiche Kultur und deshalb ähnliche Gefühle.«

»Und warum wurden dann die Statuten und der Etat auf holländisch geschrieben?«

»Es wäre leicht, sie ins Javanische zu übersetzen.«

»Wenn das hier eine javanische Organisation ist, warum schreibt ihr nicht zuerst auf javanisch? Danach könnt ihr sie für die anderen ins Holländische übersetzen.«

»Ach, das ist doch einfach. Das ist nur eine technische Frage.«

»Und warum sprechen Sie Holländisch mit mir und nicht Javanisch?« Er antwortete nicht. »Sie sind doch Student der Ärzteschule, nicht wahr? In welchem Jahr sind Sie?«

»Im dritten.«

»Nicht-Javaner können also nicht Mitglied werden?«

»Nein, das geht nicht.«

»Und was ist mit Javanern, die kein Javanisch können?«

»Ich glaube, das geht.«

»Warum nur glauben? Steht es nicht in den Statuten? Und was ist mit Nicht-Javanern, die Javanisch können? Geht das vielleicht auch? Und wie steht es mit denen, die nicht Javaner sind, aber schon seit Generationen auf Java leben, so daß sie schon wie Javaner sind? Und was ist, wenn nur ein Elternteil javanisch ist? Wie kann man denn überhaupt beweisen, ob jemand ein Javaner ist oder nicht?«

Er schien verwirrt zu sein. Meine Frage waren nur eine neue Version von Sandimans Fragen über die Syarikat.

»Wie definiert die Boedi Oetomo überhaupt javanisch?«

Er antwortete immer noch nicht.

»Gemäß Boedi Oetomo und auch Ihrer Meinung nach, bin ich nun Javaner oder nicht?«

»Natürlich sind Sie Javaner. Und wir hoffen, daß Sie unserer Organisation beitreten.«

»Aber ich sage meine Meinung lieber auf Malaiisch oder Holländisch, eigentlich fast nur auf Holländisch. Selten auf Javanisch. Wie ist es dann?«

»Zumindest bleiben Sie Javaner. Wir hoffen nicht nur, daß Sie unserer Organisation beitreten, sondern auch, daß Sie aktives Mitglied werden.«

»Entschuldigen Sie, daß ich soviel frage. Wie auch immer, wir werden das Material der Boedi Oetomo auf jeden Fall veröffentlichen.«

Erst als er weg war, bemerkte ich, daß Sandiman und Wardi die ganze Zeit unser Gespräch verfolgt hatten.

»Und du, Sandiman, hast du schon über die Balinesen und die Menschen auf Lombok nachgedacht?« fragte ich

»Ja. Sie geben sich alle Mühe, Javaner zu werden, auf welche Art auch immer. Währenddessen werden die Javaner überall hingeschickt, nach Aceh, Bali und ganz Ostindien, um das dortige Volk zu bekämpfen. Die Ambonesen, Menadonesen und Timoresen wiederum werden nach Java geschickt, um die Javaner zu bekämpfen. Und in Batavia, dort sind die Javaner damit beschäftigt, sie selbst zu werden.«

Wardi sagte nichts.

»Sie sind Intellektuelle«, sagte ich.

Sandiman unterbrach mich: »Das ist es doch gerade. Was wollen sie eigentlich?«

»Mas«, fiel Wardi ein, »ich glaube, Mas Sandimans Frage ist berechtigt. Neulich bekam ich einen Brief aus Den Haag. Einige ostindische Studenten haben eine Organisation gegründet: die *Indische Studenten Vereinigung*, ISV.«

»Dies scheint mir richtiger zu sein. Indisch. Ostindisch! Es geht um Ostindien, und die Javaner sollten sich nicht einkapseln. Leider gibt es noch keine Organisation, die Malaiisch als die Sprache Ostindiens hervorhebt.«

»Es hieß, Sosro Kartono, der Bruder von *Kartini*, hat die Organisation gegründet. Die Organisationssprache ist tatsächlich Holländisch.«

»Er hat das richtige Konzept für die ostindischen Völker. Ich glaube, er hat die nötige Grundlage, später Führer zu werden. Ein Führer des Volkes von Ostindien.«

Ich las den Begleitbrief des Leiters von Boedi Oetomo, unterzeichnet von Raden Tomo selbst: *Wir beginnen mit Mitgliedern gleicher Kultur. Ich glaube, daß das zeitgemäßer ist als eine multinationale Organisation. Ich habe gemerkt, daß Sie nach der Erfahrung mit der Syarikat den Gedanken von »einer Nation« aufgegeben und sich gleich mit dem »multinationalen« Gedanken beschäftigt haben. Ich mache mir Sorgen, daß Sie Ihr Gelübde »Sabda Pandita Ratu« nicht werden einhalten können.*

Über diese Sorge mußten Sandiman und ich herzlich lachen. Wir drei wurden Mitglieder.

Medan wurde auch zum Forum der B.O. Innerhalb kürzester Zeit war die B.O. in ganz Java und darüber hinaus bekannt geworden.

Wir hatten unsere Meinungen über die Boedi Oetomo. Aber letztendlich entwickelte sie sich doch anders, als wir dachten.

Während der Ferien ging ein Teil der Studenten der Ärzteschule, die Mitglieder der B.O. waren, überall hin und machte Propaganda. Sie hatten vor allem in Solo und Yogyakarta und in den Gebieten der Mangkunegaran und Paku Alam außergewöhnlichen Erfolg. In Mangkunegaran ließen sie den Samen auf den Boden fallen, den Sandiman schon bereitet hatte. Mit Hilfe der Mitglieder der Legion Mangkunegaran wurde dieser Same wie ein Funke vom Wind in die Paläste der Prinzen getragen und ging dort auf. Und sobald ein Prinz sich zu seiner Mitgliedschaft bekannte, zogen alle Familienmitglieder, Untertanen, Diener und Bekannten nach. Als die anderen Städte und Dörfer erfuhren, daß die Prinzen von Mangkunegaran und Paku Alam in die B.O. eingetreten waren, folgten sie unmittelbar ihrem Beispiel.

Ich wertete dieses Ereignis als unbegreifliches Wunder. Dorfoberhäupter, Sekretäre und sogar Lehrer waren bereit, die Aufnahmegebühr von einem Ringgit zu bezahlen, was etwa dem anderthalbfachen Monatslohn eines Lehrlings entsprach. Sogar die Lehrlinge, die noch nicht mal sicher waren, jemals zum Sekretär ernannt zu werden, verkauften ihre Wertgegenstände, um die Aufnahmegebühr aufbringen zu können.

Die Syarikat hatte niemals so viele Propagandisten gehabt. Sie war nie richtig erwacht. Bei der B.O. lief es ganz anders: Überall in den Dörfern wurde dazu aufgerufen, der B.O. beizutreten, weil nur die B.O. für eine europäische Erziehung der Kinder sorgen würde. Ohne diese Ausbildung würde man niemals Priyayi werden können.

In dieser modernen Zeit wird jeder ohne europäische Erziehung Bauer bleiben. Er wird sich niemals hocharbeiten können. Spendet deshalb, was ihr erübrigen könnt für Schulen, in denen holländisch unterrichtet wird! Boedi Oetomo wird dafür sorgen!

Eine merkwürdige Propaganda, vor allem, weil es nicht stimmte und irreführend war. Wardi, ich und andere, die mehr europäische Erziehung genossen hatten, als die B.O. jemals würde erteilen können, lehnten dies ab. Wir wollten weder Priyayis noch Beamte des Gouvernements werden, wir wollten keine Lohnempfänger und keine Sklaven werden.

In anderen Städten benutzten sie eine andere Propaganda: *Werde Mitglied der B.O. Mit der B.O. werden wir das Schicksal der Javaner gemeinsam verbessern. Wir werden unsere Kultur und Bildung verbessern und die Ehre unseres Volkes hochhalten. Nicht alle eure Kinder können in der Angka Satu-Schule aufgenommen werden, schon gar nicht in die* E.L.S. *Die B.O. wird aus eigener Kraft Schulen für eure Kinder bauen.*

Die Boedi Oetomo hatte Erfolg mit ihrer Propaganda. Ihre Komitees schossen wie Pilze aus dem Boden, überall in den Städten Mittel- und Ostjavas. Die anderen Studenten der Ärzteschule, die nicht in die Dörfer gingen, organisierten den ersten Kongreß von Boedi Oetomo. Die Komitees, die in großer Eile gebildet worden waren, entsandten ihre Vertreter nach Batavia.

Gewaltige Reden wurden gehalten: Die Boedi Oetomo wird sofort holländische Schulen gründen, die den selben Lehrplan haben werden wie die des Gouvernements!

Das, was sie ihren »Kongreß« nannten, war zu Ende. Tomo und seine Freunde wurden vom Direktor der Ärzteschule ermahnt. Sie sollten sich entscheiden: die Organisation oder das Studium.

Die Mahnung verhallte wirkungslos. Sie hatte keine Kraft. Die zukünftigen gebildeten Priyayis – so lautete der Propaganda der Studenten – werden in Kürze bei der Ernennung von Beamten eine echte Konkurrenz darstellen. Die Prinzen und Regenten, die die Gefahr für ihre Kinder erkannten, beeilten sich, Mitglied bei der B.O. zu werden. Mit dem Ziel, die Gefahr für den Status ihrer Kinder, die von den Führern der B.O. ausging, zu mindern. In Batavia verlegten die Studenten der Ärzteschule ihre Organisationsarbeit vom Schulgelände weg. Die bei uns eingegangenen Meldungen bestätigten die harten Konkurrenzkämpfe zwischen den Prinzen und den Regenten. Die Residenten beobachteten das alles nur von oben.

Sowohl die Gründung der B.O. als auch die der Syarikat waren von der Rede des pensionierten javanischen Arztes inspiriert worden. Die Syarikat wurde inmitten der Priyayis geboren und war dort auch gestorben. Die B.O. wurde im Internat der Ärzteschule geboren, um neue Priyayis in die Welt zu setzen, und kaum geboren, lebte sie in einer Gesellschaft, die sich nach ausgebildeten Priyayis sehnte.

Die Syarikat war gestorben und hatte die *Medan* hinterlassen, die zu einem *Waringin* heranwuchs. Das war zumindest meine Meinung. Die Auflage stieg. Trotz der Erfahrung nur weniger Jahre konnten wir uns mit den kolonialen Zeitungen der Europäer messen. Die B.O. plante, ihre erste Schule in Batavia zu gründen. Dafür schrieben sich viel mehr Schüler ein als Leute für die Armee. Die Syarikat hatte nichts dergleichen erreicht.

Man brauchte Zeit, um alle diese Entwicklungen zu verstehen. Van Deventer, der Vorkämpfer der Ethischen Politik, war der Meinung, daß die B.O. die Auferstehung der javanischen Jugend bedeutete. Die Oberschicht Ostindiens lauschte aufmerksam. Die B.O. durfte weiterleben. Und noch merkwürdiger: Es war niemand anders als *Douwes Dekker*, der fleißig für die B.O. Propaganda machte, sowohl in Holland als auch in Ostindien. Die Syarikat aber war gestorben, sie hatte nicht einmal ein Grab!

Auch die B.O. konnte dieses Schicksal ereilen. Im ersten Jahr strahlte sie noch, und die Leute wurden von ihrer Vitalität verzaubert. Aber solange sie nicht aus der Mentalität der Priyayis herauskam, würde deren Sturheit sie viel schneller einholen, als daß sie vorwärtskam.

Meine Bedenken und der Versuch, begreifen zu wollen, was geschehen war, entstanden nicht aus Eifersucht. Die Syarikat hatte verloren. Tomo versuchte nun bewußt, mit der Strömung ans rettende Ufer zu kommen, in Übereinstimmung mit den Regeln des Lebens. Mit den ersten Schritten hatte er Erfolg. Aber es blieb die Frage, ob die B.O. auch die nächsten vier oder fünf Jahre durchhalten würde. Eine Chance hatte sie nur, wenn sie bereit war, Mitglieder und Gedanken, die nicht aus den Kreisen der Priyayis stammten, zu akzeptieren. Die Priyayis bildeten schon immer eine gesonderte Kaste mit eigener Denkweise, die immer Schutz bei der Autorität des Gouvernements suchte. Der Beitritt der Prinzen, anderer Adeliger aus Mangkunegaran und Paku Alam und der Regenten in die B.O. war Garant dafür, daß die Ideale der javanischen Jugend nur von kurzer Dauer sein würden.

Die ersten Erfolge, wie der Aufstieg Japans, hatten die Chinesen angespornt, die Chinesen wiederum die Araber, die Araber die Einheimischen. So würde der Erfolg der B.O. ebenfalls die anderen Völker Ostindiens anspornen. Ostindien würde voller Organisationen verschiedener Völker sein. Das Ideal einer multinationalen Organisation, das ich unbewußt in die Welt gebracht hatte, war unerreichbar geworden und geriet immer mehr in Vergessenheit. Die Leute würden sich nicht mehr um die kümmern, die nicht zu ihrem Volk gehörten: Bali, Sumba oder Minangkabau würden von der Kompeni ausgeplündert und unterworfen werden, oder von anderen Nachbarvölkern. Van Heutsz würde mit seinen Gewehren und Kanonen das Gebiet Ostindien vereinigen können.

Wenn wir der Strömung der Macht folgten, mußten die unterworfenen Völker sich dann nicht vereinigen?

Es war leicht zu verstehen, warum die B.O. eine multinationale Organisation ablehnte. In ihrem Chauvinismus fühlten sich ihre Mitglieder durch ihre Kultur und Sprache den anderen Völkern Ostindiens überlegen. Aber auch die Völker außerhalb Javas hatten ihren Chauvinismus. Selbst die Malaien in Batavia, deren Ursprung nicht mehr genau festzustellen war, fühlten sich den anderen Völkern auf Java überlegen. Wo mochte dies alles hinführen?

Und diejenigen, die von den gleichen Ideen beseelt waren wie ich – der Idee eines multinationalen Volkes –, welcher Organisation sollten wir uns denn anschließen? Was wir jetzt brauchten, war eine ostindische Organisation.

Ich kam vorläufig zu dem Schluß, daß die B.O. sich von den anderen Völkern in Ostindien isolierte. Sie begrenzte ihren eigenen Lebensraum. Java war nicht Ostindien. Dort lebten viele verschiedene Völker, deshalb wäre eine multinationale Organisation eigentlich selbstverständlich gewesen. Selbst Java war eine multinationale Insel. Ostindien war eine Kolonie, die viele Völker umfaßte. Dies war eine Realität. Die Vereinigung, wie van Heutsz sie plante, war letztendlich nur der letzte Schritt zur Festigung der kolonialistischen Herrschaft.

Bevor ich meine Bedenken über die B.O. zu Ende gedacht hatte, kam ein Brief von deren Leitung, in dem diese anfragte, ob ich zur Verstärkung der Organisation in den Verwaltungsrat aufgenommen werden möchte.

Es war einfach zu begreifen, was dahinter stand: Tomo und seine Studienkameraden konnten unmöglich voll für die Organisation arbeiten. Außerdem brauchten sie meine Zeitung.

Als ich nach Batavia kam, bedankte ich mich für das Angebot. Ich trug ihnen vor, wie die beste Organisation für Ostindien meiner Meinung nach sein sollte. Sie lächelten höflich, um mich an meinen Mißerfolg mit der Syarikat zu erinnern. Und sie boten mir nach wie vor einen Sitz im Verwaltungsrat an.

Ich antwortete ebenfalls mit einem höflichen Lächeln und verabschiedete mich. Die Herren würden lernen müssen, die Realität zu sehen: Ostindien bestand aus vielen Völkern und nicht nur aus Javanern. Keiner würde mich von dieser Idee abbringen können. Vielleicht war es nicht nur van Heutsz' private Ambition, Ostindien zu einigen. Vielleicht war er, ohne daß es ihm bewußt war, nur ein Werkzeug der Geschichte. Es war bestimmt kein Zufall, daß er Majapahit erwähnt hatte, das Ostindien auch schon einmal vereinigt hatte.

Mit diesen Gedanken besuchte ich unsere Verkaufsstellen in Kota, Sawah Besar, Gambir und Meester Cornelis.

Ich ging Thamrin Mohammad Thabrie besuchen, aber er war nicht zu Hause. Auch der Patih von Meester Cornelis war nicht da. Es hieß, er sei gerade beim Regenten, um eine Lösung des Konflikts in der Bevölkerung um den Fall Rawa Tembaga zu finden.

Am Abend versuchte ich nochmals, Thamrin zu treffen. Er schien über meinen Besuch erfreut zu sein. Er bat mich nicht wie sonst in sein Büro, sondern empfing mich auf der Veranda. Er trug ein weißes chinesisches Hemd und einen buginesischen Sarong. Sein *Kopiah* deutete darauf hin, daß er gerade vom Beten kam.

»Wie Sie auch, bin ich froh, daß die Syarikat zumindest eine Erbschaft hinterlassen hat«, sagte er schließlich, nachdem er immer wieder dem Thema »Organisation« ausgewichen war. »Die Zeitschrift existiert immer noch. Jetzt geben Sie sogar eine Tageszeitung heraus.«

Die Veranda war von einer elektrischen Lampe hell erleuchtet. Sein Gesicht und sein Lächeln waren rein, wie bei Menschen, die all ihre weltlichen Probleme Gott überlassen haben und für jede Freude dankbar sind, wie klein sie auch sein mag.

»Trotzdem hat irgend etwas in unserer Organisation nicht gestimmt«, sagte ich. »Was meinen Sie?«

»Wie kann sie denn in Ordnung sein, wenn ihre Mitglieder nicht in Ordnung sind?«

»Wir haben wohl die falschen Leute angesprochen.«

»Ein gemeinsamer Fehler, der uns teuer zu stehen kommt.«

»Ja, sehr teuer. Sie haben sicher schon von der B.O. gehört.«

»Aus Ihrer Zeitung.«

»Sie bewegt sich auch nur in Kreisen der Priyayis und zukünftigen Priyayis. Und sie besteht nur aus einem Volk: den Javanern.«

Er war der Meinung, daß ihr das gleiche Ende beschert würde wie der Syarikat.

»Ich glaube, diesmal wird es anders sein. Die Prinzen von Mangkunegaran und Paku Alam und einige Regenten helfen mit.«

Thamrin lachte. Ich konnte ihn nicht von seiner Meinung abbringen, deshalb erzählte ich ihm nicht, was Sandiman mir gemeldet hatte: Die Prinzen und die Regenten hätten anderes im Sinn. Die Zeit würde die Antwort geben, ob es wahr war. Sandiman und seinen Brüdern war es gelungen, die Legion zu beeinflussen. Eine Untergrundbewegung war entstanden. Nicht nur, daß sie ablehnten, nach Bali und Lombok geschickt zu werden, sie träumten davon, Mangkunegaran und Paku Alam zum Leuchtfeuer von Java zu machen, zum Zentrum für die javanische Kultur und das javanische Volk, mit der Legion als Basis und Aushängeschild.

»In unserer Organisation war der höchste Priyayi nur ein Patih«, sagte ich.

»Wie wäre es, wenn wir nicht mehr darüber reden würden?«

»Einverstanden. Aber die Mißerfolge der Syarikat lassen mir keine Ruhe. Glauben Sie, die Syarikat hätte sich besser und normaler entwickelt, wenn ihre Mitglieder nicht nur Priyayis gewesen wären?«

»Sie haben immer noch nicht genug.«

»Nein, weil man von Anfang an schon die Fehler der B.O. sehen kann. Erstens haben sie nur Priyayis als Mitglieder, und zweitens wollen sie die Tatsache nicht anerkennen, daß in Ostindien viele andere Völker leben. Was meinen Sie dazu?«

»Ich glaube, es ist nicht ausschlaggebend, ob in Ostindien ein Volk oder mehrere Völker leben. Trotzdem, man müßte nach Faktoren suchen, die sie vereinigen könnten.«

»Sehr richtig. Einen Faktor, den alle gemeinsam haben.«

Er sagte nichts mehr, bis jemand kam und uns etwas zum Essen und Trinken brachte. Er forderte mich auf, mich zu bedienen, schien aber weiterhin keine Lust zu haben, das Gespräch fortzusetzen.

»Was meinen Sie, wäre dieser Faktor?«

»Die Religion. Der Islam.«

Eine unerwartete Antwort. Er hatte den Faktor Ausbildung nicht in die Überlegung einbezogen. Ich stellte ihm noch einige Fragen, aber er hatte offensichtlich kein Interesse mehr. Da ich keine Lust hatte, zum zweiten Mal enttäuscht zu werden, verabschiedete ich mich und nahm seine Idee bezüglich der Religion mit.

Zurück in Buitenzorg dachte ich weiter darüber nach. Der Prophet hatte sein Volk vereint. Die Mehrheit der ostindischen Bevölkerung war moslemisch. Aber hatten die nichtchristlichen Völker denn nicht überall auf der ganzen Welt die Überlegenheit des christlichen Europa anerkennen müssen? War das dadurch gekommen, daß sie selbst den Fortschritt nicht genügend gefördert hatten? Was bedeutete eine Einheit ohne Fortschritt? Bliebe da nicht nur eine Gruppe von Menschen mit gleichem Bewußtsein übrig? Und wäre die Stärke, die sie erreicht hatten – falls sie überhaupt Erfolg hätten –, nicht nur ein massiver Stein, den man nicht von seinem Platz bewegen konnte, bis Dynamit ihn zertrümmerte?

Ausbildung und Fortschritt mußten die führenden Faktoren sein. Islam und Ausbildung! Allein die Ausbildung könnte die Fackel sein.

Die B.O. als eine Ein-Volk-Organisation hatte in ihrem ersten Jahr viel Erfolg. Es war ihr auch gelungen, sich von der restlichen Bevölkerung Ostindiens zu isolieren. Sie vergaß die Tatsache, daß Ostindien ein Vielvölkerstaat war. Wenn diese Organisation aufgrund einer Religion gegründet worden wäre, so gab es in Ostindien doch die unterschiedlichsten Religionen. Viele hatten auch gar keine Religion, sie verehrten ihre Ahnen. Welcher Faktor würde Ostindien wirklich vereinigen können?

Wie so oft schon, tappte ich nun wieder im Dunkeln.

Da ereignete sich in Surabaya etwas Außerordentliches. Niemand konnte ahnen, daß ein solch kleines Ereignis solch große Folgen haben könnte, und alles nur wegen eines Prinzips!

Ein chinesischer Kaufmann war zu einem europäischen Handelsunternehmen gegangen, um Waren einzukaufen. Es kam zu Mißverständnissen, und der chinesische Kaufmann wurde beleidigt und weggeschickt. Die Leute hatten vergessen, daß die Chinesen durch die Gründung von Tiong Hoa Hwee Koan im Jahre 1900 zu einer gewaltigen Kraft geworden waren. Sie hatten im Handelsbereich große Fortschritte gemacht. Sie hatten die Einheimischen, die Araber und andere ostasiatische Völker weit hinter sich gelassen – in jedem Bereich. Ihre Solidarität untereinander und ihre Einigkeit isolierte sie immer mehr von den anderen Bevölkerungsgruppen Ostindiens.

Innerhalb nur weniger Wochen ereignete sich Erstaunliches. Alle chinesische Kaufleute in Surabaya – später dann auch in den anderen Städten – weigerten sich, Waren von europäischen Großhandelsgesellschaften abzunehmen. Innerhalb nur weniger Monate mußte die erwähnte Gesellschaft Konkurs anmelden. Drei weitere größere europäische Handelsgesellschaften folgten nach. Dies führte zu Panik bei den großen internationalen Banken und zu Konfusion in der Weltwirtschaft. Der Einfluß war überall spürbar, in den Städten, sogar in den Dörfern.

»Ein Boykott, Herr Minke«, sagte Frischboten und erzählte mir, wie es dazu gekommen war, daß solche Aktionen Kapitän Boykotts Namen trugen. »Nicht nur die Starken haben Macht, auch die Schwachen, wenn sie sich organisieren. Und nur durch Organisation können die Schwachen ihre eigentliche Kraft entfalten. Boykott ist die Verwirklichung der Kraft der Schwachen.«

Sein Enthusiasmus wirkte ansteckend. Es klang alles so einfach. Es war, als ob man alles erreichen könnte, indem man die Schwachen organisierte. Ich war mir sicher, daß auch ich es schaffen könnte, morgen, übermorgen oder jetzt gleich.

»Das einzige, was zählt, ist die ›unity of mind‹, die Einigkeit im Geiste«, fügte er hinzu. Weitere Voraussetzungen nannte er nicht. Weder Religion noch Ausbildung, schon gar nicht die Stellung in der Gesellschaft. Nur die gleiche Gesinnung und die Solidarität der Schwachen. Und daß die Schwachen gerade deswegen so viele gleiche Interessen hätten, weil sie eben schwach waren. Das war das einzige, was sie vereinigen konnte.

Ich schrieb einen Leitartikel über den Boykott und ließ ihn gleich drucken.

Man mußte die Bewegung der Chinesen studieren und Beziehungen zu ihnen knüpfen. Wir konnten aus ihren Erfahrungen lernen. Wir mußten diese Kraft auf alle unterworfene Völker Ostindiens übertragen. Ich würde eine Fülle von Materialien brauchen, um ein Leitbuch über diese Bewegung schreiben zu können. Ich hatte die Idee, daß die Schwachen mit dieser neuen Waffe nicht nur gegen die großen holländischen Handelsgesellschaften ankommen konnten, sondern auch gegen das Gouvernement. Die Samin hatten schon damit begonnen. Keinen einzigen Sen hatte das Gouvernement jemals von ihnen bekommen. Und es konnte nichts dagegen tun. Wenn alle Völker in Ostindien sich vereinigen würden und einen totalen Boykott gegen das Gouvernement durchführten, würden die Holländer dann nicht ihre sieben Sachen packen müssen und verschwinden?

Drei Tage nachdem der Leitartikel erschienen war, kam die Meldung über ein weiteres großes Ereignis: Die Legion von Mangkunegaran wurde mit dem Zug nach Surabaya transportiert. Ihr Ziel: Bali und Lombok. In Surabaya aber weigerte sie sich, auf die Schiffe zu gehen. Den Holländern war es nicht gelungen, sie gegen ihre eigenen Brüder in den Kampf zu schicken. Eine weitere Meldung über den Boykott: die Samin streikten weiter.

Am gleichen Tag erhielt ich zwei Briefe, die damit zusammenhingen. *Wir wissen, sehr geehrter Herr Redakteur, daß es auf Bali mehr Frauen gibt als Männer. Die Männer werden dort verwöhnt, damit sie jederzeit als Held in den Krieg ziehen können, danach kehren sie nicht mehr zurück zu ihren Frauen und Kindern oder ihren Liebsten. So, wie die Kampfhähne auf Bali. Aber auch die Frauen sind bereit, durch Kugeln ihr Leben zu lassen. Doch wenn die Kanonen und die Gewehre der Kompeni anfangen zu schießen, dann fliehen sogar die Schutzgeister. Nicht einmal der Teufel kommt gegen die Kompeni an. Ihre Kanonen lassen jedes Herz erzittern, selbst das Herz von Hanuman, dem Affenkönig im* Ramayana.

Ich selbst habe drei Töchter. Wenn wir gegen unsere Brüder oder gar unsere Schwestern kämpfen müßten, dann wäre es, als würden wir gegen unsere eigenen Kinder kämpfen. Denn diese Mädchen haben den gleichen Traum vom Leben, ob sie nun auf Bali leben oder auf Java. Sie würden gegen uns kämpfen, genau wie ihre Männer, Liebsten oder Väter.

Wenn ich gegen sie gekämpft hätte und zurückkäme, was sollte ich dann meinen Kindern erzählen? Ich wüßte noch nicht einmal, wie ich anfangen sollte. Deshalb weigerten wir uns, auf die Schiffe zu gehen. Wir wollen nicht wie Kampfhähne auf den Schlachtfeldern von Bali und Lombok eingesetzt werden.

Wir sind bereit, bestraft zu werden. Wir werden uns weiterhin weigern, abzufahren. Wir werden in Surabaya bleiben oder nach Solo zurückgehen.

Wir möchten Sie darum bitten, diesen Brief anonym zu veröffentlichen. Hochachtungsvoll.

Der zweite Brief: *Sehr geehrter Herr Redakteur, erlauben Sie uns, Ihnen unser Herz auszuschütten. Wir, die Legion von Mangkunegaran, haben uns geweigert, auf die Schlachtfelder geschickt zu werden. Wir lehnten es ab, gegen unsere Brüder zu kämpfen. Wenn wir nicht jetzt damit anfangen, werden die Javaner immer dazu benutzt werden, ihre Brüder außerhalb Javas zu erobern. Bereits zu viele von uns sind bei den Kriegen in Aceh, in den Gebieten der Minangkabau, der Batak und der Bugis und auf Bali gestorben, und nun auch noch auf Lombok. Sei es, um Wälder zu erschließen, Felder und Reisfelder anzulegen oder Minen zu graben, um Straßen zu bauen oder Plantagen zu erschließen. Überall waren die Javaner dabei. Es gibt keine Stahlbrücke außerhalb Javas, die nicht von Javanern gebaut worden wäre. Aber der Krieg ...*

Eigentlich waren diese Briefe nicht an mich gerichtet, sondern an alle Völker Ostindiens. Der Boykott der chinesischen Kaufleute, der Streik der Legion von Mangkunegaran und der Samin ... Alle drei wären ohne Organisation nicht möglich gewesen. Sogar die Samin- Bauern wußten sich auf ihre Art zu organisieren. Die Bauern! Die niedrigste Gruppe in der Gesellschaft! Sie organisierten sich und ... streikten! Während die Intellektuellen erst noch lernen mußten, sich zu organisieren. Sie konnten noch keine Erfolge vorweisen. Auch mir war es letztlich nicht gelungen. Was war nun der Faktor, der sie zusammenhielt?

Vier Jahre waren vergangen, seit jener javanische Arzt uns aufgerufen hatte, eine Organisation zu gründen. Schade, daß er nichts über die Voraussetzungen gesagt hatte oder über die Vielfalt der Völker. Die B.O. hatte sich für eine Ein-Volk-Organisation entschieden. Nur ich tastete weiter in der Dunkelheit nach einem Weg, um vorwärts zu kommen.

Ein Abgesandter der B.O. kam in die Redaktion, um mir eine Einladung für deren zweiten Kongreß zu bringen, der noch im gleichen Jahr in Yogyakarta stattfinden sollte.

»In einem Jahr zwei Kongresse?« fragte ich.

»Es geht nicht anders. Die B.O. wächst rasant, als wäre sie aus dem Erdinneren eruptiert. Es war nicht mal ein Jahr, sondern sieben Monate!« antwortete er stolz. »Ohne Ihre Anwesenheit wäre der Kongreß nicht vollständig. Vor allem, weil die B.O. ihren Erfolg großenteils Ihrer unschätzbaren Hilfe zu verdanken hat.«

»Sie kommen hierher als Vertreter der B.O., einer javanischen Organisation. Warum sprechen Sie dann Holländisch, wenn ich Sie fragen darf?«

»Aus praktischen Gründen.«

»Sie meinen also, daß Javanisch nicht praktisch ist?«

»Sie scheinen Ihre alte Frage wiederholen zu wollen.«

»Sie haben auch das letzte Mal nicht geantwortet.«

»Wir wollen uns doch nicht streiten, oder?«

»Überhaupt nicht. Es ist doch so, daß diese Organisation eine javanische Organisation ist. Und damit meine ich die javanische Kultur, nicht nur die Insel Java. Ich möchte gerne wissen, wer nach javanischen Maßstäben den höheren Rang hat: ein Zeitungsredakteur oder ein Arzt oder künftiger Arzt? Wenn mein Rang höher ist, dann müssen Sie mit mir Kromo, Hochjavanisch, sprechen. So sind doch die Regeln in der javanischen Sprache, nicht? Ich möchte mich nicht mit Ihnen streiten, ich möchte es nur wissen, weil die Javaner doch unheimlich empfindlich sind, was ihren sozialen Stand angeht.«

»Ich habe damals versprochen, dieses Problem vor die Ratssitzung zu bringen. Entschuldigen Sie, daß ich es noch nicht getan habe«, sagte er immer noch auf holländisch.

»Na gut. Wird auf dem zweiten Kongreß offiziell auch Javanisch gesprochen?«

»Wir werden darüber sprechen.«

»Gut, ich nehme Ihre Einladung an.«

»Vielen Dank. Alle Unkosten für die Reise, Übernachtung und Sonstiges wird die B.O. tragen.«

»Das ist nicht nötig. Geben Sie das Geld dem Fonds für den Aufbau von Schulen in Yogyakarta. Dort gibt es doch noch keine Schule der B.O.?«

Er fuhr zurück nach Batavia. Ein paar Tage später fuhr ich nach Yogyakarta. Es war Dezember im Jahr 1908.

Während ich im Zug saß, der schon seit vierzehn Jahren diese Strecke fuhr, fragte ich mich immer wieder, wie die B.O. es geschafft hatte, soviel Geld einzusammeln, um zwei Kongresse innerhalb von sieben

Monaten veranstalten zu können. Hatten die Adligen und Kaufleute von Solo und Yogya, die berüchtigt für ihren Geiz waren, überredet werden können, diese Organisation zu finanzieren? Hatten sie wirklich gespendet? Ich wunderte mich immer noch über Sandiman. Er hatte sich den Weg zu den Herzen der Legionäre, Prinzen und Kaufleute gebahnt. Schade, daß zwischen mir und ihm immer noch der »javanische Teufel« stand; der Teufel der gesellschaftlichen Hierarchie, der Teufel der Machthaber von unbewohnten Gebieten, der Teufel, der den einen Javaner vom anderen trennt und umgekehrt.

Eigentlich sollte Sandiman mein Freund sein und nicht mein Diener. Die Macht des javanischen Teufels mußte gebrochen werden.

In Kroya mußten wir alle in einen anderen Zug umsteigen, der Richtung Yogyakarta fuhr. Ein neuer Passagier setzte sich neben mich. Er war javanisch gekleidet: weißes Hemd, Kopftuch und mit breiter Falte an seinem Kain. Er trug schwarze Ledersandalen und hatte einen geschnitzten schwarzen Stock bei sich.

Als der Zug abfuhr, nahm er die *Medan* aus seiner Tasche und begann, ohne großes Interesse darin zu blättern.

»Fahren Sie nach Yogya?« fragte ich auf Malaiisch.

Er sah meine europäischen Kleider an und nickte freundlich. Aus seinem Verhalten und aus der Tatsache, daß er erster Klasse fuhr, schloß ich, daß er ein hoher Beamter sein mußte.

Plötzlich verschwand sein Lächeln. Er sah mich mit großen Augen an und fragte zögernd, jetzt auf holländisch: »Entschuldigen Sie, es mag sein, daß ich mich irre, aber waren Sie nicht auf der Ärzteschule?«

»Das ist richtig«, antwortete ich nun auch auf holländisch.

»Ja, sieh mal. Hast du mich schon vergessen?«

»Na so was. Du bist es also?« rief ich. »Wie könnte ich dich vergessen?« während ich versuchte, mich zu erinnern, wer er sein könnte.

»Bist du jetzt Arzt in Kroya geworden?« fragte ich ratend.

»Schon seit zwei Jahren.«

Seit zwei Jahren Arzt. Wie war es möglich, daß ein javanischer Arzt erster Klasse fuhr?

»Gehst du auch zum Kongreß der B.O.?«

»Du auch?«

Es stellte sich heraus, daß er in der Ärzteschule zwei Jahre über mir gewesen war. Er besaß riesige Reisfelder in Karanganyar. Nach dem

Kongreß wollte er dort vorbeischauen. Er gab mir seine Adresse, Mas Sadikoen, jetzt einer der Leiter der B.O. in Kroya. Er arbeitete im staatlichen Krankenhaus. Er erzählte, wie großartig seine Organisation wäre. Wenn nichts dazwischen käme, würden sie im kommenden Jahr mit dem Bau einer holländischen Grundschule beginnen.

»Nur leider ist es schwierig, geeignete Lehrer zu finden«, sagte er. »Falls du jemanden kennst … Er bekäme bei uns das anderthalbfache dessen, was ihm das Gouvernement bezahlen würde.«

»Du kannst doch eine Annonce aufgeben.«

»Daran habe ich auch schon gedacht. Jetzt, wo wir hier zusammensitzen, möchte ich dir noch für alles danken, was du für uns getan hast.«

»Wofür denn?«

»Deine Zeitung. Auch in Kroya habt ihr vielen Leute geholfen. Ich muß dir noch mein Bedauern aussprechen, daß ich deine Frau nicht retten konnte. Ich arbeitete damals im Krankenhaus, als deine Frau dort eingeliefert wurde. Du hattest nicht viel Zeit, um bei ihr zu bleiben. Wie war es möglich, daß ein zukünftiger Arzt eine Frau mit solchen Komplikationen haben konnte? Du hast doch selbst Medizin studiert. Eigentlich mußtest du doch alle Anzeichen der Krankheit kennen.«

»Wir waren beide zu beschäftigt.«

»Wer ist das nicht?«

»Laß uns nicht mehr von der Vergangenheit sprechen«, schlug ich vor.

Ein Stück trauriger Vergangenheit kehrte in meine Erinnerung zurück. Hier nun saß jemand, der einige Stunden lang für Mei gesorgt hatte. Seine Worte klangen vorwurfsvoll. Er setzte mich auf die Anklagebank, als Ehemann, der nicht gut zu seiner Frau war. Mehr noch: als einen unzulänglichen Intellektuellen, der nicht genügend Aufmerksamkeit für die Frau aufgebracht hatte, die ihm so nah gestanden hatte.

»Ja. Laß uns nicht mehr über die traurige Vergangenheit sprechen. Aber sie hat mir ein paar Worte gesagt, die ich bis jetzt nicht vergessen kann. In gutem Malaiisch sagte sie: ›Wozu trösten Sie mich? Ich werde nicht mehr gesund werden. Ich habe von der Welt gesehen, was ich sehen wollte. Und ich habe getan, was ich tun wollte.‹ Sie bereute ihren Zustand nicht und war bereit zu sterben. Sie sprach mehr zu sich selbst als zu mir. Es war wie eine Abrechnung mit ihrem Leben.«

Je länger er darüber sprach, desto mehr wurde ich in die Vergangenheit gezogen. Es war mir unangenehm. Alles war bereits zu Ende gewesen, als Gott uns auseinandergerissen hatte. Und der Tod lag nicht in meiner Verantwortung.

»Hast du gewußt, daß deine Frau farbenblind war?«

Farbenblind? Ich hatte es nicht gewußt. Sie hatte also nie die Schönheit der vielen Farben sehen können. Wie wenig hatte das Leben ihr gegeben. Keine gute Gesundheit, kein langes Leben, und offensichtlich auch keine Farben. Und sie hatte alles, was sie besaß, der Welt gegeben. Ich verneigte mich, um ihre Seele zu ehren, wie wenig kannte ich sie. War es möglich, daß Mei farbenblind war? Einige Tage, bevor ich aus der Ärzteschule entlassen worden war, hatten wir über das Problem diskutiert, warum Mädchen, die Analytikerinnen werden wollten, vom Farbentest befreit wurden. Man vermutete, daß die Wahrscheinlichkeit der Farbenblindheit bei Frauen viel geringer ist. Dem weiteren Verlauf ihrer Argumentation hatte ich nicht mehr folgen können.

Mein Mitreisender redete immer noch. Ohne Ende. Er schien nicht zu merken, was in mir vorging. Und ich würde bis Yogya weiter neben ihm sitzen und all seine Geschichten anhören müssen, die er sicherlich schon hunderte von Malen anderen erzählt hatte.

»Deine Zeitung ist wirklich bewundernswert. Weißt du, wie man in Kroya einem hohen Beamten droht? ›Ich werde es dem Chefredakteur der *Medan* erzählen.‹ Und schon ist das Problem gelöst.«

»Welch ein Glück, daß Ostindien nun eine einheimische Zeitung hat«, antwortete ich. »Zumindest wird die Lage dadurch nicht noch schlimmer.«

»Ich bin immer noch von deinem Artikel über den Boykott überrascht. Er stellt die Ansichten der Intellektuellen völlig auf den Kopf, vor allem die der Priyayis. Ob es richtig war, die Allgemeinheit darüber zu informieren? Eines Tages werden sie davon Gebrauch machen, auch wenn es im Augenblick noch nicht klar ist, gegen wen.«

»Die B.O. verehrt doch die Demokratie?«

»Wir haben noch nicht darüber gesprochen.«

»Und du? Bist du damit einverstanden?« drängte ich. »Eine moderne Organisation basiert doch auf einer demokratischen Wahl und der Freiwilligkeit.«

»Natürlich, aber wir wissen auch, daß die Demokratie keinen Boykott braucht.«

»Demokratie bedeutet, daß jeder das Recht hat, alles zu wissen, was wir, die Intellektuellen, wissen. Hast du Angst davor, daß die anderen wissen, was du weißt?«

»Das meine ich nicht. Du gibst den Menschen eine Waffe in die Hand, die sie gar nicht nötig haben.«

»Wenn er sie nicht braucht, wird er sie aufbewahren. Wenn er sie braucht, dann wird er sie benutzen.«

»Aber wozu? Um gegen das Gouvernement zu kämpfen?« hakte er nach. »Bist du nicht der Liebling von Generalgouverneur van Heutsz?« sagte er und lehnte sich aus dem Fenster.

Ich hörte wieder, wie die Eisenbahn knarrte, ich spürte wieder, wie sie zitterte. Mein Körper spürte, wie die Bank hin und her schwankte. Als er seinen Kopf wieder hereinzog, fragte ich ihn: »Erinnerst du dich noch an Tanca?« Er nickte, ohne mich anzusehen. »Auch die medizinischen Kenntnisse landen nicht selten in den falschen Händen. Sie werden dann nicht zum Heilen benutzt, sondern zum Töten.«

Plötzlich befand ich mich wieder in der Welt der Priyayis. Er schaute mich mit großen Augen an, als wäre ich sein Untergebener. Ich hatte wohl eine empfindliche Stelle berührt. Hatte er als Priyayi nicht einen höheren Status als ein Selbständiger?

»Ist es schicklich, so etwas einem Gouvernementsarzt zu sagen?«

»Mehr als das, Koen. Die Geschichte über Doktor Tanca wurde uns zukünftigen Ärzten erzählt, in Gegenwart von Dozenten. Waren deine Dozenten damals weniger wert als ein zukünftiger javanischer Gouvernementsarzt, der du nun bist? Ich spreche im allgemeinen. Bist du nun böse?«

»Du vergißt, daß ich ein Beamter des Gouvernements bin. Der Liebling des Generalgouverneurs sollte besser wissen, wie man mit einem Beamten des Gouvernements sprechen muß.«

»Also gut. Das heißt, daß der Kongreß, zu dem wir jetzt gehen, ein Kongreß von Priyayis ist, die im Dienste des Gouvernements stehen?«

»Sei vorsichtig. Auch die Prinzen, ebenfalls Vertreter des Gouvernements, werden dabei sein.« Er sprach immer mehr im Ton eines Priyayi. »Ein Glück, daß du nicht zu den führenden Mitgliedern gehörst. Mit deiner Demokratie könntest du unserer Arbeit, die Kinder des Volkes auszubilden, schaden. Gib uns zwanzig Jahre – möge Gott uns soviel Zeit geben –, und die Boedie Oetomo wird dieses Volk verändern und aufbauen.«

Der Schwätzer verschanzte sich nun hinter seiner Priyayi-Arroganz. Diese Sorte von Menschen war es also, die ich versucht hatte, zu organisieren, und die sich nun unter der Fahne der B.O. zusammengeschart hatten. Ich schloß die Augen und sah mich in einer Traumwelt wieder. Aber der Gedanke, der immer noch offenen Auseinandersetzung aus dem Weg gegangen zu sein, zwang mich, meine Augen wieder zu öffnen.

Ich fügte hinzu: »Auch die Priyayis im Dienste des Gouvernements und die Prinzen sind nicht mehr wert als jene, die keine Priyayis und keine Prinzen sind.«

»In der Tat braucht man eine Ausbildung, um erkennen zu können, was erhaben ist und was nicht. Du bist doch aus einer Regentenfamilie? Hat man dich nicht gelehrt, zwischen einem Kind von der Straße und einem Schulkind zu unterscheiden? Die Schulkinder werden doch dazu erzogen, die Priyayis, die Beamten, die Fürsten und ihre Familie zu ehren und zu achten?« Sein Gesicht war schon rot vor Wut.

»Und was für eine Würde haben dann die Menschen, die nicht zu den Priyayis und den Fürsten gehören? Haben sie denn überhaupt keine Ehre? Sind sie denn nur Abfall?«

»Wenn jeder ehrenvoll und gut sein sollte, dann gäbe es sicherlich keine Würde mehr.«

»Wenn der eine erhaben ist und der andere nicht, dann hat der eine wohl dem anderen seine Würde geraubt.«

»Es hat nichts mit rauben zu tun«, antwortete er unsicher. »Wir wurden in eine Welt geboren, in der die Fürsten und ihre Familie, das Gouvernement und ihre Priyayis leben. Manche sind erhaben, manche nicht, und manche sind gar zu verachten. So ist die Welt nun mal. Es gibt Frauen, und es gibt Männer. Es gibt Höhen und Tiefen. Es gibt die Erde, und es gibt den Himmel. Es gibt Arme, und es gibt Reiche. Du hast doch auch in der Schule gelernt, daß jede Bewegung von plus nach minus geht ...«

»Und daß es bei den Menschen auch eine Bewegung von minus nach plus gibt, die man kämpfen nennt? Hast du das vergessen, Koen? Oder hat die B.O. das vergessen? Die B.O. will doch nicht das Bestehende erhalten: die Armen arm, die Dummen dumm und die Kranken nur noch auf den Tod warten lassen.« Und da ich mich in der letzten Zeit regelmäßig mit dem Islam beschäftigte, fügte ich noch hinzu: »Und all die Gebete, was bedeuten sie? Sie sind doch auch Bewegungen von minus nach plus? Weißt du, was Beten heißt? Eine Bitte an Gott, eine Bewegung von dem niedrigsten Minus nach dem höchsten Plus.«

Ich schloß absichtlich meine Augen und gab vor, gähnen zu müssen. Durch meine Wimpern hindurch sah ich, wie er auf seine Lippen biß, den *Medan* herausholte und zu lesen begann.

Ich war immer noch sehr beunruhigt. Waren das nun die einheimischen Intellektuellen? Wozu sollte eine Organisation gut sein, wenn nicht, um etwas in die positive Richtung zu bewegen? Wenn Sadikoen, dieser javanische Gouvernementsarzt, den Geist der B.O. vertrat, würde die Organisation ein Billardverein ohne Billardzimmer werden.

Ich hörte Sadikoen hüsteln. Einmal. Zweimal. Scheinbar hatte er nun eine Idee und wollte mich wecken. Ich bevorzugte es aber, auf das Rattern des Zuges zu achten und sein Zittern zu spüren. Er wußte nicht, daß die B.O. ohne Sandiman das gleiche Schicksal erlitten hätte wie die Syarikat. Wie könnte es auch zu einem anderen Ergebnis kommen, wenn das Material das gleiche geblieben war? Wenn ein Unterschied bestand, dann nur in der Führung, die sich aus jungen Priyayis zusammensetzte. Auch die B.O. wurde durch die »demonstration-effect«- Mentalität vorwärts getrieben, jene Neigung, sich hohe Beamte zum Vorbild zu nehmen, alles was sie taten, als Modeerscheinung zu betrachten, sogar ihre Lebensart nachzuahmen. Sobald ein hoher Beamter Mitglied der B.O. wurde, folgten alle seine Untertanen nach. Wurde früher die Religion nicht genau auf diese Art auf Java verbreitet? Und hatten die Fürsten nicht ebenfalls auf diese Art sich selbst, und somit ihr Land und Volk, den Holländern ausgeliefert?

Ich war froh, daß die Begegnung mit Sadikoen so ertragreich war. Es war mir gelungen, die Fehler der Vergangenheit besser zu verstehen und mir ein besseres Bild zu machen, wie ich in Zukunft vorgehen müßte. Jeder Fehler kann korrigiert werden.

Wie immer waren die Waggons nicht ganz voll. Schon gar nicht im Schnellzug Batavia- Surabaya, den sich die meisten, die keinen hohen Rang bekleideten oder große Unternehmen besaßen, gar nicht leisten konnten. Schon gar nicht die erste Klasse. Unter den Fahrgästen waren auch nur wenige Europäer.

Durch die Augenlider sah ich, wie Sadikoen aufstand und wegging. Vielleicht mußte er mal. Kurz darauf kam er wieder in Begleitung eines Mannes, der wie ein Arbeiter gekleidet war. Dieser blieb neben Sadikoen stehen. Beugte sich ehrfurchtsvoll und traute sich nicht, in seiner Nähe zu sitzen. Das gehörte sich für einen mit seinem Status nicht.

Sadikoen hüstelte zweimal, um mich zu wecken. Ich öffnete die Augen, als wäre ich eben erst aufgewacht.

»Ich bin wohl eingeschlafen.«

»Lang genug«, sagte Sadikoen, was sicherlich nicht stimmte, »hier ist jemand, der mit dir sprechen möchte. Er kümmert sich um die Bremsen der Züge und ist auch Mitglied der B.O. von Kroya.«

»Meine Name ist Ja'in, Herr«, sagte dieser auf javanisch zu mir.

Ich schaute verstohlen zu Sadikoen. Es schien ihn nicht zu stören, daß er auf Kromo zu mir sprach.

»Laß uns lieber Malaiisch reden«, sagte ich.

»Gut, Herr.«

»Setzt dich hier hin, neben mich«, forderte ich ihn auf.

»Sie entschuldigen mich, Herr. Aber ich bleibe lieber hier stehen. Ich bin es von der Arbeit gewöhnt zu stehen. Seien Sie mir bitte nicht böse. Ich bin auch ein Abonnent der *Medan*. Zufällig hat Herr Doktor mir erzählt, daß Sie auch hier sind. Warum sollte ich also diese Gelegenheit nicht nutzen?«

»Was willst du?« fragte ich und stand auf.

»Bleiben Sie doch sitzen, Herr«, bat er.

Ich blieb stehen. Sadikoen beobachtete uns.

»Viele meiner Kollegen haben jeder für sich oder zu mehreren ein Abonnement der *Medan*. Wir sind sehr froh darüber, Herr. Wir mögen die *Medan* nicht nur, sie ist auch unser Führer. Schon dreimal haben Sie unseren Kollegen von der Eisenbahn helfen können. Die Ausgabe über unsere Rechte und auch die Sonntagsausgaben waren herrlich. Sie haben uns wirklich viel geholfen.«

Solche Lobreden waren immer langweilig. Aber ich mußte sie mir anhören. Meist endeten sie mit einer scharfen Kritik oder mitleiderregenden Bitten, je nachdem, wie es anfing. Je höher das Lob, desto schärfer war auch das Ende. Und ich mußte sie mir anhören, wie Droogstoppel im Max Havelaar von Multatuli. Denn wer wußte schon? Eines Tages brauchte man seine Stimme? Oder seine Unterstützung? Oder gar seine Zustimmung?

»Herr, die *Medan* hat nun eine Tageszeitung und eine Zeitschrift zur Aufklärung über das Rechtswesen. Ich möchte fragen, ob die *Medan* nicht auch eine eigene Zeitschrift für uns, die bei der Eisenbahn arbeiten, herausgeben könnte?«

»Ein Spezialzeitschrift?«

»Natürlich, Herr, so eine, wie die, die die *S.S.Bond* herausgibt.«

»Aber die S.S.Bond kannst du doch lesen?«

»Die ist auf holländisch, Herr, und das können wir nicht. Außerdem ist die Zeitschrift nur für Mitglieder, und wir Einheimischen dürfen gar nicht beitreten.«

Erst da verstand ich, daß die S.S.Bond eine rassistische Organisation war, nur für Europäer und Indos.

»Gib mir Zeit, darüber nachzudenken, Ja'in«, antwortete ich.

»Die *Medan* würde ganz bestimmt keine Verluste machen, Herr, denn alle Eisenbahnarbeiter haben ein gutes Einkommen. Sie möchten gerne weiterkommen. Wenn nicht Sie, wer soll uns dann helfen?«

Niemand außer der *Medan* würde ihnen hier helfen können. Wieder einmal sollten wir mit etwas Neuem beginnen. Hatten wir erst mal damit angefangen, würde es als ein Geschenk an das Volk angesehen. Eine Forderung, die schwer auf uns lastete. Akzeptierte man die eine, dann kämen viele andere nach. Wenn du früher den leichteren Weg gegangen und Amtsarzt geworden wärst, vielleicht im Krankenhaus, auf dem Schiff oder im Militärhauptquartier, dann hättest du nicht so viel Arbeit gehabt. Aber du hattest dich entschieden. Jedes Wort von dir, gesprochen oder geschrieben, ist ein Test deiner Fähigkeiten und bringt dich an die Grenze der Bereiche, in denen das Recht gilt, dachte ich mir im stillen.

Ja'in sprach weiter über das Leben der Eisenbahnarbeiter, über ihr Freud und Leid, ohne große Hoffnung, jemals befördert zu werden, denn die guten Positionen blieben den Europäern vorbehalten. Der einzige Trost war die Möglichkeit, sich weiterzubilden und Kenntnisse über die Welt zu sammeln. Sie würden niemals die Chance bekommen, von den festgelegten Gleisen abzuweichen.

Danach verbeugte er sich und verabschiedete sich von uns, in großer Eile verließ er den Waggon. Kurz darauf tauchte der Schaffner auf und verlangte nach den Fahrscheinen.

Mas Sadikoen gab ihm seinen Fahrschein, ohne ihn eines Blickes zu würdigen. Der Schaffner nahm ihn mit einer Verbeugung in Empfang: »Ach, der Herr Doktor fährt nach Yogya?«

»Ja. Hmmm. Könntest du bitte nach meiner Frau schauen.«

»Gut, Herr. Gute Reise, Herr Doktor.«

Der Schaffner verschwand durch dieselbe Tür, durch die auch Ja'in verschwunden war.

Mas Sadikoen sah mich immer noch an.

»Bist du über meine Antworten von vorhin verärgert?« fragte ich ihn, ohne auf seinen Rang Rücksicht zu nehmen.

»Vielleicht. Zumindest hast du seltsame Ansichten, die ich erst noch verdauen muß.«

»Du schaust mich an, als wäre ich ein Affe, der sich auf den Jahrmarkt verirrt hat.«

»Mag sein. Ich wundere mich stets über dich: Du scheinst überall berühmt zu sein. Leute kommen zu dir und bitten dich um deine Hilfe, deinen Beistand.« Plötzlich wechselte er das Thema. »Ach ja, in Kroya wohnt ein Indo, der schon seit langem deine Bekanntschaft sucht. Soviel ich weiß, besitzt er ein Haus in Kroya, ist aber selten dort. Im Augenblick hat er Urlaub. Er arbeitet am Holländischen Konsulat in Djidda, in Saudi-Arabien. Ein echter Indo. Wärest du bereit, ihn kennenzulernen?«

»Will er auch etwas von mir?«

»Sicher. Wie die anderen auch.«

»Warum geht er nicht zur B.O.?«

»Er ist ein Indo. Er wollte in Kroya Mitglied werden. Wurde aber abgelehnt. Er stellte einen Antrag bei der Zentrale in Batavia. Dort wurde er auch abgelehnt. Nun geht er nach Yogya. Aber nicht, um am Kongreß teilzunehmen, sondern um zu protestieren.«

»Und? Was hat das nun mit mir zu tun?«

»Er hat einige Vorschläge, die er mit dir besprechen möchte. Ein sehr interessanter Mann, überhaupt nicht langweilig. Er heißt Hans. Seinen Nachnamen kenne ich nicht. Ich habe ihn beim Kartenspiel kennengelernt.«

Mas Sadikoen musterte mich nach wie vor, als wäre ich ein Strafgefangener. Der Zug ratterte ruhig dahin. Reisfelder, Gärten und Dörfer zogen schnell an uns vorbei. Noch schneller die Telegrafenmasten.

»Dieser Indo ist wirklich einmalig. Er besteht darauf, daß wir ihn Pak *Hadji* nennen. Immer, wenn ich ihm begegnete, trug er einen Kopiah. Er selbst nennt sich Hadji Moeloek.«

»Die Moslems werden böse auf ihn sein.«

»Er war schon zweimal in Mekka. Er arbeitet ja in Djidda, wie ich schon sagte. Du darfst nicht vergessen, sein Arabisch ist mindestens so gut wie das derjenigen, die die Koranschule besuchen. Nächsten Monat wird er wieder nach Djidda zurückkehren.«

»Er hat sicherlich viele Erfahrungen?« sagte ich.

»Er erzählt die interessantesten Geschichten.«

»Also, es würde mich reizen, ihn kennenzulernen.«

Ja'in ließ sich nicht mehr blicken. Erst als wir in Yogya ankamen, sah ich ihn an der Ausgangstür warten.

»Viel Erfolg beim Kongreß, Herr.« Er verbeugte sich und ging dann wieder zu seiner Arbeit zurück.

Der zweite Kongreß der B.O. in Yogyakarta war die erste große Sitzung, an der ich je teilgenommen hatte. Die Aula der Lehrerschule war gerammelt voll. Alles war neu; die Organisation, die in Batavia Boedi Oetomo genannt wurde, hieß hier in Yogya plötzlich Boedyatama; der Präsident der Organisation aus Batavia, Raden Tomo, hielt seine Rede auf holländisch, er hatte nie Unterricht in Javanisch gehabt, er konnte sich auf javanisch überhaupt nicht ausdrücken. Um Gottes Willen! Die Regenten und Prinzen lächelten. Die sechs Offiziere der Legion Mangkunegaran sahen sich wortlos an. Der pensionierte javanische Arzt, nun der Vorsitzende des Kongresses, hatte den Namen in Boedyatama geändert. An den Seiten des Gebäudes waren zusätzliche Überdachungen angebracht. Die vordere Veranda war ebenfalls vergrößert worden. Ein denkwürdiges Ereignis.

In der ersten Reihe saßen natürlich die Adligen und die hohen Beamten des Gouvernements Ostindien, außerdem die des Sultanats und des Residenten von Yogya, einschließlich des Residenten selbst. Geordnet nach Rang und Stellung: der pensionierte Regent von Karanganyar, Tirtaningrat, Vorsitzender der *Tirtayasa*, einer örtlichen Organisation in Karanganyar, und der erste Javaner, der auf eigene Initiative eine traditionelle Organisation und Schule gegründet hatte, daneben der Regent von Temanggung, Blora, Magelang und Yogyakarta, danach kamen die Patihs einiger Regentschaftsbezirke, schließlich einige Lehrer und eine Reihe von Schülern der Mittelschulen und Fachschulen, künftige Priyayis neuester Art. Bis auf einige, die keine Javaner waren, waren sie alle wie Priyayis gekleidet. Die Adligen aus Yogyakarta trugen Jacken aus Stoffen, die vor Ort hergestellt worden waren. Die anderen weiße Jacketts. Nicht alle trugen ihren Keris, wie sonst bei offiziellen Empfängen. Viele hatten gewagt, schwarze oder braune Lederpantoffeln zu tragen, außer denen, die sowieso europäisch gekleidet waren. Und jeder hatte eine Aktentasche bei sich, als wären sie bei der Arbeit im Büro des Gouvernements.

Die Säulen waren in den holländischen Nationalfarben geschmückt, rot-weiß-blaue Schleifen und Ficuszweige umrankten sie. Der ganze Saal war mit Palmblättern dekoriert.

An der Seite waren drei Reihen Stühle für die Journalisten aus ganz Java bereitgestellt: einheimische, holländische, malaiische und chinesische. Unter ihnen befand sich auch Kommer. Ich saß dort ebenso wie Douwager.

Inmitten dieser Leute, vereinigt durch dasselbe Ziel und das gleiche Bewußtsein, fühlte ich mich als Teil von ihnen. Mein Herz füllte sich mit Stolz. Das Stimmengewirr aus dem Saal vereinte sich mit meinem Herzschlag. All die bunten Farben spiegelten meinen eigenen Enthusiasmus. Die Vibrationen, die in der Luft lagen, entsprachen ganz den meinen. Alles war so groß, so eigenartig. Groß vor allem deshalb: Die Javaner schienen nicht mehr zu wissen, was niederknien, sich verbeugen und huldigen hieß. Unglaublich!

Der Präsident des Kongresses, der alte pensionierte javanische Arzt, eröffnete die Sitzung wie ein Geistlicher aus dem Wayang, der gerade von seiner Meditation in den Bergen zurückgekehrt war. Er erläuterte die Bedeutung von »Boedyatama« und empfahl allen, Holländisch zu lernen, denn es sei eine Waffe. Danach versuchte er, den Zuhörern zu erklären, daß es auf Java nun nicht mehr nur die zwei Klassen gäbe, die Priyayis und die Bauern, sondern daß eine dritte dazugekommen sei, nämlich die Mittelklasse.

»Geht zur Schule! Macht eine Ausbildung!« rief ein Schüler aus der Schule für einheimische Beamte. Er sprach Schulmalaiisch, und niemand verstand ihn. »Die Fremden kamen auf unsere Insel und wurden reich. Nicht weil sie klug waren, sondern weil wir dumm waren. Geht zur Schule!«

»Nehmt euch ein Beispiel an Europa!« rief der javanische Arzt aus dem Kraton Surakarta. Das Ganze weitete sich zu einer Diskussion aus. Die Frage war: Fühlten sich die Javaner nun reif genug, um ohne die Europäer auskommen zu können? Waren es nicht eher die Europäer, die Java brauchten? Weshalb seien sie sonst gekommen?

Darauf Raden Tomo: »Das Gouvernement hat viele Grundschulen und Fachschulen gegründet. Wir sind ihm dankbar, aber es genügt nicht. Wir brauchen mehr Schulen, aber das Gouvernement kann sich das nicht leisten. Wir müssen selbst versuchen, unseren Kindern zum Fortschritt zu verhelfen. Wir sollten nicht darauf warten, daß das Gouvernement Mitleid bekommt und mehr Schulen für uns baut.«

Damit war die Eröffnung des Kongresses beendet. Der javanische Arzt aus Kroya hatte noch nichts gesagt. Er war der Neunte in der Rangfolge.

Zurück im Hotel machte ich mir ein paar Notizen. Alles drehte sich um die Rolle der Priyayis. Ich hatte genau so gedacht, als ich die Syarikat mitgegründet hatte: daß allein die Priyayis der Schlüssel zum Fortschritt seien. Dieser Ansatz erwies sich dann aber als der Schlüssel zu unserem totalen Mißerfolg.

Unerwartet bekam ich an diesem Abend Besuch von einem Regenten. Dem Regenten von Temanggung! Er verlangte keinen Kniefall von mir, um ihm die Ehre zu erweisen. Er kam direkt zur Sache; er hatte ebenfalls eine Organisation gegründet, eine traditionelle namens *Sasangka Purnama*. Ohne Statuten, ohne Etat. Er war unzufrieden, weil die Organisation sich außerhalb von Temanggung nicht weiter entwickeln konnte. Ein außergewöhnlicher Mann, dieser Regent: Er kam zu mir, um meine Meinung zu hören, die eines Nicht-Priyayi noch dazu. Was aber noch verblüffender war: Er konnte die Idee verstehen und auch akzeptieren, daß es in Ostindien mehr Völker gab als nur die Javaner. Daß selbst die Chinesen und die Araber dazugehörten. Er sah wie ich die Notwendigkeit einer multinationalen Organisation.

Der Entwurf der Statuten und des Etats wurde sehr schnell angenommen. Dreizehn Kandidaten für die Präsidentschaft wurden vorgeschlagen: fünf Regenten, zwei javanische Ärzte, vier Lehrer, ein Major aus Paku Alam und ein Architekt. Die einzigen Kandidaten, die ich kannte, waren der javanische Arzt Tjipto Mangoenkoesoemo und der Regent von Serang, Djajadiningrat.

Wir saßen in der Vorhalle der Schule, während wir auf das Ergebnis der Präsidentenwahl warteten, und nutzten die Zeit, um einander kennenzulernen. Ein junger Mann, seinem Alter und der Art, wie er sein Kopftuch trug, seinen bloßen Füßen, seiner hier und da kaum sichtbar geflickten Jacke und der breiten Falte seines Kains nach zu urteilen vielleicht noch ein Lehrling, kam auf mich zu und bat mich, mit ihm in einen Warung zu gehen. Es sei wichtig, sagte er. Zwischen zwei Tassen Kaffee und umgeben vom Duft gebratener *Tape* und frisch geernteter Durianfrüchte, nahm er ein Blatt Papier aus seiner Jackentasche, an der eine Uhr mit Kette noch fehlte. Er gab es mir und schwieg. Wie ein niedriger Priyayi vor einem höheren saß er gebeugt und mit gesenktem Blick da. Er bezahlte, entschuldigte sich und verschwand.

Meine Hände zitterten, als ich das Stück Papier las; es war die Kopie eines geheimen Briefs des Algemeene Secretarie. Van Heutsz riet dazu, den Regenten von Karanganyar bei der Wahl zu unterstützen, damit garantiert sei, daß die B.O. in die richtigen Hände falle. So weit reichte also sein eiserner Griff.

Mit einem Streichholz steckte ich die Kopie in Brand. Ich konnte mir nicht vorstellen, daß der junge Lehrling imstande war, solche holländischen Sätze im Stil einer offiziellen Instruktion zu formulieren. Er schien mir nicht der Typ zu sein, der Unterlagen fälschte, um eine Sensation heraufzubeschwören. Solche Möglichkeiten in Betracht zu ziehen, war das erste, was mein Betreuer mich damals gelehrt hatte, als ich bei der Zeitung anfing. Dieser Lehrling war vielleicht beim Regenten tätig und konnte einigermaßen Holländisch. Was geschehen würde, war sonnenklar: Der Regent von Karanganyar, Tirtokoesoemo, würde alle anderen Kandidaten zur Seite drängen. Auch Tomo und den pensionierten javanischen Arzt.

Und so kam es dann auch. Ein Lehrer für javanische Sprache, Mas Ngabehi Dwidjosewojo, wurde Sekretär. Tjipto Mangoenkoesoemo, der javanische Arzt aus Demak, wurde Schatzmeister. Auch hier trat van Heutsz als Gewinner zutage.

Auf dem »Kongreß« war die wichtigste Eigenschaft der Javaner zementiert worden: Man schmeichelte sich ständig, indem man sich andauernd über den feinen javanischen Adat und den hohen Stand ihrer Wayangkunst äußerte. Kurzum, es war nur eine Schlußfolgerung möglich: Die Javaner waren den anderen überlegen.

Die wenigen Vorschläge und Fragen, die von den immer weniger werdenden Anwesenden kamen, wurden besprochen. Gehörten Sunda und Madura auch zu Java? Wenn das der Fall wäre, dann könnte man die javanische Sprache nicht als Sprache der Organisation nehmen. Man kam zu keinem Entschluß. Es wurde vorgeschlagen, Malaiisch für die, die kein Javanisch konnten, zu benutzen. Und was war mit den Javanern, die außerhalb Javas und Maduras wohnten? Konnten sie auch Mitglied werden? Keine Antwort. Und die Javaner, die sich europäisiert hatten? Keine Antwort. Und die mit nur einem javanischen Elternteil, wie die Indos, was war mit denen? Keine Antwort. Und all die Chinesen innerhalb des Königreichs und auch außerhalb, die durch und durch Javaner geworden waren? Keine Antwort. Und die Europäer, die sich gut mit der javanischen Sprache und Kultur auskannten, wie Herr Wilkens, der ebenfalls anwesend war? Man schaute nur schweigend in seine Richtung. Mir schien, als spräche hier Sandiman gleichzeitig aus vielen Mündern. Vielleicht waren es auch die Stimmen der Offiziere der Legion Mangkunegaran in Zivilkleidung.

Es herrschte Übereinstimmung darüber, daß die B.O. ihre eigenen Presseorgane benötigte. Ein Lehrer versuchte auf lustige Art darzustellen, wie wichtig die Arbeit des Lehrers sei. Ohne Lehrer würden die Javaner wieder in die Wildnis zurückkehren. Aber als Anleitung hätten sie nur einfache Schulen, die zwar für die Aneignung von

Lehrmethoden adäquat seien, aber immer wieder die gleichen Inhalte vermittelten. Währenddessen entwickelte sich die Welt ohne Pause weiter. Wenn hier Tag war, dann war in Amerika Nacht. Die Menschheit schläft nie und schreitet weiter voran …

Als nächstes wurde vorgeschlagen, Douwager die Leitung des neuen Blattes der B.O. zu übertragen.

»Ich möchte den Chefredakteur der *Medan* als Kandidaten vorschlagen, er ist hier ebenfalls anwesend …«

Der nachfolgende Applaus war eine Ehre für mich und die einheimische Journalistik. Der Lohn für all die Mühe und Arbeit. Ich hatte Mühe, meine Tränen zurückzuhalten. Es war ein sehr schöner Augenblick … diese Ehre. Plötzlich meldete sich Douwager auf holländisch: »Ein Einheimischer kann doch keine Zeitung, kein Tageblatt, keine Zeitschrift oder was für eine Art von Publikation auch immer, leiten!«

Alle Anwesenden schwiegen. Einer nach dem anderen verließen sie die Aula. Auch ich. Auf dem »Kongreß« würde für mich keine Mehrheit zu finden sein. Kommer kam in meine Herberge, um mich seiner Sympathie zu versichern.

»Sie haben mich gelehrt, Malaiisch zu benutzen.«

»Sie haben Großartiges geleistet.«

»Was machen Sie jetzt?«

»Noch immer das gleiche.« Ein Hauch von Enttäuschung war in seiner Stimme zu hören. Vielleicht hatte er in der letzten Zeit einige Mißerfolge gehabt. Bei der Arbeit oder in anderen Dingen.

Als letzte Anmerkung für diesen Abend schrieb ich folgendes in mein Notizbuch: Die B.O. wurde in Batavia gegründet; in weniger als einem Jahr waren die Jüngeren zur Seite geschoben worden. Die Organisation wurde nach Yogya verlegt und fiel in die Hände der Älteren … Wo sich dann jeder für den Größten hielt.

11

Das Gasthaus Bogowonto war voll belegt. Ich mußte mein kleines Zimmer mit drei weiteren Kongreßteilnehmern teilen. Überall roch es muffig. Es fehlte an Stühlen, auf denen man gemütlich hätte sitzen können. Man gab sich aber gar keine Mühe, mehr Stühle zu organisieren oder sie zu mieten. Gemütlich war es dort wahrhaftig nicht. Überall waren Wanzen, das Moskitonetz schien nie gewaschen worden zu sein, die Matratzen und Laken waren voller Flecken. Und die Kopfkissen erst, wer weiß wie viele Hunderte von Male Speichel und Sabber darauf getropft waren. Eine bessere Bleibe war aber nicht zu finden gewesen. Alle Hotels waren voll.

Als Hans alias Hadji Moeloek zusammen mit Sadikoen zu Besuch kam, war ich daher gezwungen, mit ihnen in den Warung nebenan zu gehen. Hadji Moeloek war auf den ersten Blick tatsächlich ein interessanter Mann. Er trug eine Hadjikappe und war europäisch gekleidet, komplett mit glänzenden, eindeutig im Ausland hergestellten schwarzen Schuhen. Seine Uhrkette war viel zu dick und erinnerte mich an ein Schiffstau. Seinem Äußeren nach war er ein echter Indo. Er war nicht sehr groß, vielleicht zwei oder drei Zentimeter größer als ich, nur ein wenig breiter.

»Mas Sadikoen hat mir schon viel von Ihnen erzählt«, sagte ich zur Begrüßung.

Er lachte zufrieden; das Lachen eines Mannes, der sich seiner Stärke nicht ganz sicher war.

»Es freut mich, Sie kennenzulernen«, sagte er. »Es gibt tatsächlich vieles, was ich mit Ihnen bereden möchte. Ich hoffe, Sie sind bereit, mir zuzuhören.«

»Sicherlich etwas Wichtiges«, entgegnete ich, »sonst hätte Sadikoen dieses Treffen nicht arrangiert.«

»So ist es. Aber lassen Sie mich erst einmal etwas über mich erzählen. Ich bin in Parakan geboren und dort auch aufgewachsen. Ich ging in Salatiga zur Schule, wäre aber viel lieber in Parakan geblieben. Ich besuchte die H.B.S. in Semarang und studierte anschließend fünf Jahre Landwirtschaft und Plantagenanbau in Holland, danach kam ich zurück nach Java. Zehn Jahre lang wechselte ich von einer Plantage zur anderen, bis ich die Nase voll hatte. Danach wurde ich Matrose und verdingte mich auf den Schiffen der Schiffahrtsgesellschaft Semprong Tiga. Sie transportierten hin und wieder Pilger aus Ostindien und Südafrika. Ja, die Moslems in Südafrika sind Nachkommen von einst Verbannten aus Ostindien und Leuten aus Indien.«

»Sind Sie selbst auch Moslem?«

»Ich bin nur ein *Muallaf*«, lachend schaute er in Richtung Sadikoen. »Ist es nicht so, Herr Doktor?«

»Was bedeutet ›Muallaf‹?« fragte Sadikoen zurück.

Hans alias Hadji Moeloek ging nicht auf seine Frage ein und fuhr fort: »Es ist so, Herr Redakteur, ich habe sehr lange darüber nachgedacht und es immer wieder abgewogen. Vielleicht ist es verkehrt, oder ich gehe von falschen Voraussetzungen aus. Aber wenn ich mich irre, müssen Sie mir verzeihen und mich korrigieren.«

»Was meinen Sie mit verkehrt, sich irren?« fragte ich verständnislos.

»Meiner Meinung nach ist etwas verkehrt, wenn schon der Gedanke falsch ist. Anders ist es, wenn man sich irrt. Man hat die richtige Idee, setzt sie aber falsch in die Tat um. Das nenne ich ›sich irren‹. Ist es nicht so?« fuhr er begeistert fort.

»Wenn Sie das meinen, können Sie recht haben.«

»Es ist so. Der Einfluß Europas auf die Einheimischen Ostindiens geschah nicht auf direktem Weg. Europa und Ostindien stellen zwei völlig verschiedene Welten dar, sowohl von der Form als auch vom Inhalt her. Weil Europa sich als stärker herausstellte, mußte Ostindien sich den neuen Siegern anpassen. Ist es nicht so?«

»Sie haben nicht unrecht.«

»Es ist so. Ach, wäre es Ihnen vielleicht lieber, wenn wir uns auf holländisch unterhielten?«

»Nein, Malaiisch ist gut.«

»Na gut. Herr Doktor, Sie sind auch damit einverstanden?«

»Warum nicht?« fragte Sadikoen zurück.

»Was möchten Sie essen, meine Herren?« fragte die Wirtin des Warungs.

»*Gulai kambing*, wenn die Herrschaften einverstanden sind?« fragte ich sie einladend.

»Verzeihen Sie mir, aber ich habe genug von Ziegenfleisch«, antwortete Hans alias Hadji Moeloek.

»Ich habe hohen Blutdruck, für mich ist Ziegenfleisch zu fettig«, fügte Sadikoen hinzu.

»Haben Sie gegrillte Hühnchen?« fragte ich die Wirtin. »Gut, dann drei Portionen bitte. Mit Sojasauce.« Zu Hadji Moeloek gewandt, sagte ich: »Fahren Sie fort.«

»Es ist so, Herr. Die Einheimischen Ostindiens übernehmen alles Europäische durch die Indos. Dort, wo keine Indos leben, kann sich der europäische Einfluß nicht weiter ausbreiten. Meiner Meinung nach, die nicht unbedingt richtig sein muß, sind die Indos trotz ihrer geringen Zahl, diejenigen, die die Kultur Europas in das Leben der Einheimischen eingeführt haben. Habe ich nicht recht?«

»Sie haben sich lange darüber Gedanken gemacht. Wenn Sie es sagen, wird es wohl richtig sein«, antwortete ich.

Er lachte zufrieden.

»Ich wage es nicht, weiterzureden, bevor Sie mir darin recht geben. Stimmen Sie ebenfalls zu, Herr Doktor?«

»Wie kann ich Ihnen recht oder unrecht geben?« erwiderte Sadikoen. »Ich habe noch nie darüber nachgedacht. Fahren Sie fort.«

»Sie gehören selbst zu den Indos. Sie wissen sicher mehr über deren Leben.«

»Nehmen wir doch die Musikinstrumente als Beispiel. Die Europäer brachten ihre Instrumente nach Ostindien. Die Indos lernten, sie zu spielen, und sangen dazu ihre Lieder, danach lernten die Einheimischen von den Indos und verbreiteten sie innerhalb ihres Volkes. Oder denke ich da falsch?«

»Nein. Sie haben recht«, pflichtete ich ermutigend bei.

»So war es auch in vielen anderen Dingen. Ob es um handwerkliches Können oder Kleider geht, alles haben sich die Einheimischen von den Indos abgeguckt. Die Fachausdrücke beim Nähen. Die Indos haben sie von den Holländern übernommen, und die Einheimischen haben sie dann von den Indos gelernt. Auch das Wort ›pisak‹.«

»Was ist das, ›pisak‹?«

»Das ist der Zwickel, dort wo beide Hosenbeine aufeinandertreffen.«

Plötzlich brach Sadikoen in schallendes Gelächter aus. Ich wußte nicht, was daran so komisch sein sollte.

»Das kommt vom *Pieszak*«, erklärte Hadji Moeloek. »Außerdem waren es die Indos, die als erste Fenster in ihre Häuser gesetzt hatten. Die Einheimischen haben es dann nachgeahmt. Ich hoffe, Sie fühlen sich nicht beleidigt.«

Um ehrlich zu sein, es war wirklich unangenehm. Als ob die Einheimischen überhaupt nichts hätten, auf das sie stolz sein könnten. Aber ich wußte wirklich nicht, was ich ihm entgegnen sollte.

»Sogar der Scheitel stammt von den Indos. Auch wenn sie nur die Europäer nachgeahmt haben.«

Langsam wurde er unverschämt! Noch nicht einmal einen Haarscheitel sollten die Einheimischen gehabt haben!

»Auch die Stirnlocke, meine Herren.«

Langsam wurde es mir zu bunt.

»Aber auch in anderen wichtigen Dingen haben die Indos ungewollt die Vermittler zwischen den Europäern und den Einheimischen in Ostindien gespielt. Eines Tages, wenn Ostindien genauso fortschrittlich ist wie Europa, werden sie vielleicht ein Denkmal aufstellen, zur Erinnerung an die Verdienste der Indos als Vermittler zwischen zwei Kulturen, vielleicht sogar als diejenigen, die die Einheimischen zivilisiert haben.«

Er lachte fröhlich. »Was meinen Sie, meine Herren?«

»Um ehrlich zu sein, ich habe noch keine Meinung darüber«, sagte ich ärgerlich. »Sind Sie nun fertig?«

»Noch nicht. Im Augenblick haben viele Einheimische mit dem Malen angefangen. Ihre unbezahlten Lehrer sind niemand anders als die Indos. Die Einheimischen kannten ursprünglich nur fünf Farben. Durch ein wenig Mischen kennen sie nun an die zwanzig Farben, Hauptfarben und Mischfarben. Außerdem spielen die Indos eine führende Rolle bei der Gründung von allerlei sozialen Organisationen. Natürlich, eines Tages wird meine Gruppe ihre Rolle als Vermittler verlieren, aber das wird erst in einigen zig Jahren der Fall sein, wenn die Einheimischen in der Lage sind, direkt mit den Europäern Kontakt aufzunehmen, weil die europäische Ausbildung sich immer mehr innerhalb der Bevölkerung ausbreitet. Wissen Sie, daß man die Lippen auch für etwas benutzen kann, das die Einheimischen vorher nicht kannten?«

Was sollte das nun wieder sein?

»Es ist so. Als es hier noch keine Indos gab, konnten die Einheimischen nicht pfeifen.«

Mas Sadikoen lachte gequält, und ich kicherte verärgert. Er selbst lachte zufrieden, als er merkte, daß seine Worte uns reizten.

Angespornt fuhr er fort: »Eigentlich möchte ich gerne über die Zeit reden, als die Indos noch als freiwillige Kulturüberbringer fungiert haben. Sie haben niemandem etwas aufgezwungen, alle ihre Schüler und Anhänger sind freiwillig gekommen. Langweile ich Sie?«

»Ach, was wollen Sie denn trinken? Nduk! Nduk! Möchten Sie Kaffee, Tee oder Limonade?«

»Für mich Tee bitte. Und zwar stark«, antwortete Hadji Moeloek.

»Ich denke, ich nehme das gleiche«, fügte Sadikoen hinzu. »Dreimal Tee, Nduk! Dauert es noch lang, bis die Hühnchen fertig sind?«

»Noch etwa eine Stunde, Herr.«

»Haben Sie Zigarren?«

»Natürlich, Herr«, sagte die Frau und bot uns drei verschiedene Marken an.

Sadikoen rauchte keine Zigarren und verlangte deshalb nach Zigaretten.

»Fahren Sie bitte fort, Herr Hadji.«

»Die Einheimischen haben ihren Wortschatz auch dank der Indos vergrößern können, mit Namen von allerlei Werkzeugen, die sie vorher nicht kannten. Und was noch wichtiger ist: Die Indos haben damit angefangen, Malaiisch mit lateinischen Buchstaben zu schreiben. Auch waren sie die ersten, die malaiische Zeitungen und Zeitschriften herausgegeben haben. Es gab wohl mal eine malaiische Zeitschrift, die nicht von einem Indo herausgegeben wurde, aber das war nicht hier in Ostindien, sondern in Singapur. Und zwar von einem Araber und in arabischer Schrift. Die Malaien selbst haben hier in Ostindien praktisch noch nichts unternommen. Sie sind der erste Einheimische, der in Malaiisch für die Einheimischen publiziert hat. Ich muß Ihnen dazu gratulieren.« Darauf schüttelte er mir die Hand.

»Deshalb finde ich Sie ja auch so interessant. Sie sind Javaner und fingen mit einer malaiischen Zeitung an, dabei ist Malaiisch doch vor allem die Sprache der Indos. Darf ich fragen, warum Sie keine Zeitung und Zeitschrift auf javanisch herausgeben? Und daß Sie Batavia und Bandung gewählt haben, war bestimmt auch kein Zufall, oder?«

Ich erzählte ihm vom Vielvölkerstaat Ostindien. Er hörte aufmerksam zu, schaute nachdenklich, nickte hier und dort, wie ein erfahrener Schauspieler.

»Sie werden jetzt nicht behaupten, daß diese Idee auch von den Indos stammt, oder?« fragte ich.

»Ich habe mich tatsächlich geirrt. Ich hätte nicht gedacht, daß Sie solch eine Weitsicht haben. Es war also kein Zufall, daß Sie Malaiisch gewählt haben, und Sie haben uns nicht nachgeahmt. Wenn das so ist, haben Sie bestimmt auch eine andere Meinung über die B.O.?«

Ich sagte ihm, was ich über diese Organisation dachte.

»Ich habe versucht, mein Problem der Führung der Organisation vorzutragen. Die Antwort war: Sie müssen erst mal darüber nachdenken. Aber nachdem ich Ihre Erklärung gehört habe, bin ich froh, daß ich Malaiisch spreche. Ich bin ganz auf Ihrer Seite und ganz Ihrer Meinung.« Wieder schüttelte er mir die Hand.

»Lassen Sie uns zurück zum Thema kommen.«

»Also gut. Die erste malaiische Zeitung in Ostindien erschien in Surabaya. Sie hieß ›Bintang Timoer‹ und wurde von einem Indo geleitet. Das war der Anfang der malaiischsprachigen Zeitungen. Vor dreißig Jahren! Damals konnten die Einheimischen noch nicht einmal lateinische Buchstaben lesen. Und das alles geschah nur aus Liebe zur Sprache. Ich selbst finde, daß Malaiisch viel schöner klingt als alle anderen Sprachen, die ich kenne und spreche. Es ist eine sehr freie Sprache, man kann sie in jeder Situation verwenden, ohne würdelos zu wirken.

Es waren ebenfalls die Indos, die angefangen haben, Geschichten auf Malaiisch zu schreiben, während die Malaien selbst noch nicht so weit waren. Die Indos sind wahrhaftig die Pioniere Ostindiens, und ich denke, ich übertreibe nicht. Sie schreiben aus Liebe, scheuen keine Mühe, verlangen keinen Lohn und erwarten keinen Gewinn. In letzter Zeit haben einige Chinesen angefangen, ebenfalls aus Liebe zur Sprache, auf malaiisch zu schreiben, und immer noch fangen die Einheimischen selbst nicht damit an. Ich habe gehört, Sie selbst schreiben auch, aber auf holländisch. Dann wissen Sie ja auch, wie mühsam das Schreiben ist. Man gibt sich ganz, bis man leergepumpt ist.«

»So ungefähr, ja.«

»Es tut mir leid, Herr Doktor, daß ich nichts von Medizin verstehe.«

»Es ist alles sehr interessant, Herr Hadji.«

»Vielen Dank. Ich hoffe, Sie haben Verständnis für meine lange Rede über meine Volksgruppe. Sie wurde bis jetzt von den Europäern ignoriert, und die Einheimischen wollen auch nichts von ihr wissen. Bis jetzt gibt es noch keinen Schriftsteller, der an G. Francis herankommt. Was meinen Sie, meine Herren?«

»Das mag sein. Das letzte, was ich von Francis gelesen habe, war ›Nyai Dasima‹, als es im Jahr 1898 erschienen war. Deshalb kann ich mich nicht mehr an viel erinnern.«

»Er ist es wert, studiert zu werden, und nicht nur von den Indos. ›Nyai Dasima‹ war noch nicht einmal sein bestes Werk. Sie sind mir nicht böse, daß ich über Ihren Konkurrenten spreche?« Ohne meine Antwort abzuwarten, fuhr er fort: »Es waren schon immer nur wenige, die bereit waren, zu schreiben. Man bekommt keinen Lohn, und berühmt wird man davon auch nicht. Die Leute lesen gerne die Geschichten, ohne sich für die Schriftsteller zu interessieren, die sich soviel Mühe gemacht haben. Das war alles Pionierarbeit der Indos. Wenn Francis noch leben würde, wären Sie bereit, sein Werk als Buch oder als Fortsetzung zu publizieren?«

Da ich nicht sofort darauf antwortete, fügte er schnell hinzu: »Ich weiß, es ist nicht leicht, diese Frage zu beantworten. Sie haben nur eine begrenzte Möglichkeit in Ihrer Zeitung. Aber zumindest habe ich Ihnen die Idee nahegebracht. Es ist keine rein technische Frage. Es ist eine Frage von Einsicht: Es geht darum, die Verdienste der Indos zu würdigen, um die sich keiner geschert hatte. Sie als Pionier mit Weitblick werden sich sicherlich meiner Meinung anschließen. Zivilisierte Menschen wissen, daß man Ehrenschulden gebührlich zurückzahlen muß.«

Die ganze Zeit über waren wir die einzigen Gäste im Warung gewesen. Nun kamen zwei Männer herein, wohl Kaufleute. Sie setzten sich neben uns und hörten andächtig zu, was Hadji Moeloek erzählte.

Aus der Küche drangen die herrlichen Düfte der gegrillten Hähnchen, die bald fertig sein mußten. Den starken Tee hatten wir inzwischen ausgetrunken. Sadikoen begann, Kekse zu knabbern. Er vergaß, daß er ein verehrter Herr Doktor war. In Kroya hätte er sich bestimmt niemals in solch einen kleinen Warung gesetzt.

»Ich sehe, Sie runzeln die Stirn«, fuhr Hadji Moeloek fort. »Was ich meine ist, ich hoffe im Namen der Indos, daß Sie bereit sind, hin und wieder das Werk eines Indos zu veröffentlichen. Von Francis vielleicht, auch wenn er nun tot ist, oder vielleicht von anderen Schriftstellern wie Makarena, die *Melati* von Java, Don Ramon, Hendriksen de Baas, Barellino ...«

Er nannte einige weitere Namen, von denen ich noch nie etwas gehört hatte. Ich sah ihn aufmerksam an. Vielleicht hatte er einfach nur ein paar Namen genannt, die ihm gerade so in den Kopf kamen, vielleicht gab es diese Schriftsteller gar nicht wirklich.

»... und wenn Sie deren Werke nicht finden können, vielleicht sind Sie dann ja bereit, meines zu publizieren. Ach, ich bin ja wie ein Kaufmann«, sagte er über sich selbst lachend.

»Warum geben Sie Ihres nicht als Buch heraus?«

»Um es als Buch zu veröffentlichen, müßte ich mindestens ein oder zwei Häuser verkaufen. Ich habe aber nur eins, und dafür habe ich sehr lange sparen müssen.«

»Für Sie bedeutet doch Ruhm viel mehr als ein Haus?«

»So ist es nun auch wieder nicht. Für mich ist das Haus wirklich nicht so wichtig, aber mein Sohn wird es später brauchen. Mit einem Hektar Land darum herum könnte er später ein kleines Geschäft aufmachen. Was auch für meine Enkelkinder von Bedeutung wäre.«

»Sie hatten noch gar nicht erwähnt, daß Sie auch schreiben.«

»Hiermit habe ich es ja getan. In der Geschichte geht es um das Leben auf den Zuckerrohrplantagen und um die Zuckerfabrik; wie die Indos dorthin gekommen sind, wie ihr Umgang mit den Europäern und Einheimischen war, wie sie sich ihre eigene Welt aufgebaut haben, wie sie lieben ...«

Plötzlich mußte ich an Troenodongso denken.

»Über der Aufstand der Bauern ...«

»Genau. Darüber steht ebenfalls etwas drin.«

»Und über die Konkubinen ...«

»Na, und ob!« Er brach in schallendes Gelächter aus. Sadikoen hörte auf zu kauen, nahm die Hand vor den Mund und konnte sich ebenfalls das Lachen nicht verbeißen.

»Sie schreiben auf arabisch?«

»Ich kann es lesen, sprechen und schreiben.«

»Warum übersetzen Sie es nicht ins Arabische und veröffentlichen es in Djidda?«

»Die Araber lesen nur Geschichten über sich selbst, über die Araber.«

»Und warum übersetzen Sie es nicht ins Holländische?«

»Natürlich geht das. Aber dann muß ich es hier in Ostindien publizieren, und das bedeutet, ich müßte mein Haus doch verkaufen.«

»Ich werde Ihr Werk durchlesen. Wenn es gut ist, kann ich es vielleicht veröffentlichen.«

»In Form einer Fortsetzung können Sie es über zwei Jahre hinaus publizieren«, redete er mir zu.

»Es ist also ein größeres Werk.«

»Es heißt *Hikayat* Siti Aini. Egal wo ich hingehe, ich habe es immer bei mir, um es zu verbessern. Ich sehe es auch mehr als das Werk eines Indos und nicht als das Werk des unbedeutenden Hadji Moeloek.«

Er wechselte das Thema und sprach über das Leben der Indos, das überhaupt keine Ähnlichkeit besaß mit dem Leben, das Mama geführt hatte. Ein Leben voller Fröhlichkeit, ohne große Tiefen, ohne das Auf und Nieder und ohne die Verwirrungen auf der Bühne des Lebens.

»Lassen Sie mich schnell das Manuskript holen«, sagte er dann.

»Aber die Hühnchen werden gleich fertig sein«, versuchte ich ihn aufzuhalten.

»Es dauert nur zehn Minuten«, beharrte er. »Ich bin gleich wieder da.«

Kaum war er fort, da kamen auch schon die gegrillten Hühnchen. Knusprig, goldgelb von der Sojasauce und glänzend vom Fett. Aus den Löchern, in denen die Gabeln steckten, strömte herrlicher Duft, noch betäubender als Weihrauch.

»Natürlich ist ihm sein Manuskript wichtiger als dieses Hühnchen«, schnaubte ich.

»Ich glaube, Höflichkeit ist wichtiger. Verzeih meinem Freund«, sagte Sadikoen, »es tut mir leid, daß du nun warten mußt, bis dein Hühnchen kalt wird.«

Der dampfende Reis brachte meine Gedärme zum Tanzen. Und die Würmer in meinem Bauch, sie schimpften sicherlich auch über diese Verzögerung.

»Warum warst du nicht auf dem Kongreß?« fragte ich Sadikoen.

»Ich habe weiter über die Bewegung von minus nach plus nachdenken müssen, von denen du zuvor gesprochen hast. Alle Bewegungen, die zu einer Verbesserung führen, sind Bewegungen von minus nach plus, sei es Gebet, Handel ..., aber das mit dem Boykott ...«

»Ach, das?«

»Du hättest trotz allem nicht darüber schreiben sollen. Was wird wohl van Heutsz dazu meinen. Hast du ihn in letzter Zeit getroffen?« fragte er mich eindringlich. Als er sah, daß ich den Kopf schüttelte, fuhr er fort: »Ich glaube nicht, daß er sich darüber gefreut hat. Er wird sicherlich meinen, du wärst zu weit gegangen. Zumindest wird er dich tadeln.«

»Darauf warte ich schon die ganze Zeit. Aber ich finde, das ist seine Sache. Die Menschen entwickeln sich weiter, und meist kehren sie nicht mehr zum Ausgangspunkt zurück. Das müßte er eigentlich wissen.«

»Du wirst Schwierigkeiten bekommen.«

Um ehrlich zu sein, machte Sadikoen mir mit seinen Warnungen ein wenig Angst. Man fing tatsächlich an, darüber zu reden. Ich hatte auch einige Briefe bekommen, die nach weiteren Erklärungen verlangten. Und ein Mädchen war in Begleitung seiner Dienerin in mein Büro gekommen. Auf holländisch hatte sie angefangen, mich über den Boykott auszufragen, schließlich wollte sie wissen, ob ich irgendwann Zeit für sie hätte. Sie hatte ihren Namen nicht genannt, sich aber als Prinzessin von *Kasiruta* vorgestellt. Eine Prinzessin! Eine Schönheit besonderer Art! »Was den Boykott betrifft, Prinzessin«, so sagte ich zu ihr, »werde ich eines Tages mehr darüber schreiben.« Ob es ihr gefallen würde, wenn ich das Schreiben der Prinzessin von Kasiruta widmen würde. Sie lächelte süß, geschmeichelt von dem Angebot. Sie glich keinem javanischen Mädchen, sie war so frei in ihrer Art und Rede. Und nun kam ein javanischer Arzt namens Sadikoen und warnte mich vor Schwierigkeiten.

»Was nun die B.O. angeht. Ich bin absichtlich nicht hingegangen. Alles wird wie immer planmäßig laufen. Die B.O. will ja nicht die

Schlechten, sondern die Guten erhalten. Wir müssen die Grenzen unserer Möglichkeiten nicht überschreiten. Wir werden unter den bestehenden Bedingungen arbeiten und nichts Unmögliches zu erreichen versuchen, also keinen Illusionen nachrennen.«

»Meinst du, daß die B.O. eine realistische Strategie verfolgt?«

»Ich glaube schon.«

»Aber die Menschen können auch neue Bedingungen stellen, neue Ideen schöpfen und nicht nur zwischen den bereits vorhandenen Tatsachen schwimmen.«

»Wir sind keine Träumer, keine Phantasten.«

»Alles im menschlichen Handeln, was Bedeutung hat, entstammt nicht nur Träumen und Phantasien, sondern wird auch von ihnen geleitet. Oder glaubst du, daß das Automobil und die Lokomotive aus vorhandenen Tatsachen entwickelt wurden? Nein! Aus Träumen und Phantasien!«

Hadji Moeloek kam mit einem großen Paket unter dem Arm zurück. Sein Gesicht war gerötet, als hätte er gerade einen Dauerlauf hinter sich. Schnaufend entschuldigte er sich: »Ich hoffe, die Hühnchen sind noch nicht kalt geworden.«

»Laßt uns jetzt erst einmal essen«, sagte ich einladend.

Und drei Hühnchen, die vor zwei Stunden noch herumgetrippelt waren, ihre Federn gereinigt und miteinander gestritten hatten, wurden nun von unseren Zähnen zermalmt, um, vermischt mit Sojasauce und Speichel, am Ende die Würmer in unseren Bäuchen zu nähren.

Während ich das Hühnchen genoß, erinnerte ich mich an einen Spruch aus der Zeit auf der STOVIA: Kein Genuß ist länger als fünfzehn Zentimeter. So war es auch hier. Sobald es die Kehle passierte, war der Genuß vorbei.

»Es ist gut geworden, nicht wahr?« erkundigte sich die Wirtin.

Hadji Moeloek streckte den Daumen hoch. Sadikoen nickte zustimmend, während er das restliche Essen verschlang, und ich knurrte nur wie ein Kater, der sich von einem Konkurrenten belauert fühlte.

Nach dem Essen breitete Hadji Moeloek seine »Ware« vor mir aus. Ein hoher Stapel Schulhefte. Die Hefte waren mit schwarzer Tinte in einer schönen großzügigen Schrift vollgeschrieben, die von der durchdrungenen Tinte bräunlich umrandet war. Ich konnte nirgends eine Korrektur entdecken. Er war sicherlich ein erstklassiger Schreiber.

»Sie können dieses Manuskript studieren. Ich bin sicher, Sie werden nicht enttäuscht sein.«

»Ich nehme es auf jeden Fall mit.«

»Dies hier wird die Hinterlassenschaft meines Lebens sein. Nächste Woche werde ich verreisen. Geben Sie mir eine Empfangsbestätigung. Falls Sie es publizieren, schicken Sie mir ein paar Exemplare über das Holländische Konsulat in Djidda.«

So kompliziert und umständlich auch der Eindruck war, den er anfänglich auf mich gemacht hatte, er entpuppte sich schließlich als ein einfacher und angenehmer Mensch. Er sagte alles, was er auf dem Herzen hatte. Vielleicht war er gereift durch den Umgang mit den vielen Menschen. Ich gab ihm seine Empfangsbestätigung.

»Wer weiß, eines Tages wird man daran denken, daß die Indos viel für die Einheimischen getan haben.«

»Aber hier benutzen Sie keinen Indo-Namen. Man wird Sie für einen Einheimischen halten.«

»Eines Tages wird man wissen, daß es ein Indo war, und nicht einfach nur so ein Hadji, der nicht weit vom Grab des Propheten entfernt beerdigt sein möchte. Ich bedauere es nicht, daß ich kein Mitglied bei der B.O. werden kann, weil ich ein Indo bin. Die Leute von der B.O. werden niemals das schreiben können, was ich geschrieben habe.«

»Mir scheint, Sie sind im Schreiben geübt.«

Er lachte. Sein verrunzeltes Gesicht strahlte.

»Das stimmt. Ich habe mit vielen Pseudonymen gearbeitet.«

»Sie wären wahrscheinlich schon berühmt, wenn Sie nicht so viele Namen benutzt hätten.«

»Leider habe ich eine Vorliebe dafür, von der Oberfläche zu verschwinden. Nein, keine Vorliebe, eher eine Neigung«, lächelte er höflich. »Ich bin schon glücklich, wenn ich andere mit meinem Werk glücklich machen kann. Das ist genug für mich.«

»Aber Sie wollten doch Mitglied der B.O. werden?« fragte Sadikoen.

»Genauer gesagt wollte ich in der B.O. untertauchen«, antwortete er.

»Sie mögen es offensichtlich, Rätsel zu hinterlassen«, fügte ich hinzu.

»Mag sein. Aber von dieser Geschichte Hikayat Siti Aini werden die Leute nur wissen, daß der Schriftsteller Hadji Moeloek hieß. Sie beide sind Zeugen, daß ich das bin. Die anderen werden es niemals erfahren.«

Das Treffen endete und hinterließ tiefe Eindrücke von einem merkwürdigen Menschen, der der Welt unerkannt etwas hinterlassen möchte …

Kommer sah ich bis zum Ende des Kongresses nicht mehr. Ich wurde nicht zum Hauptredakteur der B.O. gewählt. Douwager aber auch nicht. Meine Zweifel wuchsen.

Yogya verlassend, nahm ich mir die Zeit, nach Solo zu fahren, um zu hören, wie es mit den Leuten aus Mangkunegaran stand. Einige Offiziere waren verhaftet worden, mehr war nicht geschehen. Auch hier hatte die B.O. fruchtbaren Boden gefunden, sich weiter auszubreiten. Auch hier gaben die einheimischen Unternehmen ihre Unterstützung.

Von Solo aus fuhr ich nach B. Die Reise war langweilig und staubig. In B. geschah dann ein Wunder. Vater verlangte nicht, daß ich mich auf den Boden setzte. Er bot mir einen Stuhl an. Er war älter geworden, aber auch ruhiger, und schien viel von seiner patriarchalischen Mentalität eingebüßt zu haben.

»Ich werde wahrscheinlich in eine schwierigere Gegend versetzt werden«, beschwerte er sich. »Dorthin, wo der Aufstand der Samin-Anhänger gerade in vollem Gange ist.«

»Aber der Aufstand der Samin ist doch schon längst zerschlagen, Vater?«

»Das stimmt, aber das Ergebnis ist das gleiche. Daß die offene Rebellion zu Ende ist, bedeutet nicht, daß die Finanzlage der Gegend dadurch besser geworden wäre. Im Gegenteil. Sie stiften überall Unruhe und provozieren Gefängnisstrafen. Das wiederum bedeutet mehr Kosten für das Gouvernement, nicht für die Gefangenen.«

»Sie haben jetzt doch keine Anführer mehr, Vater?«

»Ja. Es hieß, diese wären alle nach Bangkahulu verbannt worden. Aber das ändert nichts. Die Lehren, die sie hinterlassen haben, werden von ihren Anhängern weiter verfolgt.«

»Warum machen Sie sich denn solche Sorgen darüber?«

»Das ist doch gerade die Aufgabe, die ich erledigen soll.«

»Warum lassen Sie sie nicht machen, was sie wollen? Sie sind doch keine Verbrecher, oder? Sie stehlen nicht, sie rauben nicht.«

»Das ist ja gerade das Problem. Sie tun niemandem etwas Böses und wollen es auch nicht. Sie wollen nur in Ruhe gelassen werden und so leben, wie sie möchten.«

»Dann lassen Sie sie doch machen, Vater.«

»Aber der Ungehorsam gegenüber dem Gouvernement wird als Verbrechen angesehen«, er schwieg eine Weile und sah mich dabei an. »Man erzählte mir, daß du öfters zum Generalgouverneur gerufen wirst. Kannst du ihm dieses Problem nicht einmal vortragen?«

»Sie wollen doch nur leben, wie sie es gerne möchten, Vater. Es gibt nichts, was ich vortragen könnte.«

»Das bedeutet aber, daß ich nicht länger Regent sein kann.«

»Das meine ich nicht, Vater. Lassen Sie die Samin, wie sie sind, und Sie können weiterhin Regent bleiben.«

Vater richtete sich auf und sagte: »Weißt du eigentlich, daß das, was du da sagst, einer Auflehnung gegen das Gouvernement gleichkommt?« Seine Stimme wurde laut.

»Ich sehe das anders. Solange sie keine Unruhe machen, brauchen Sie sie auch nicht zu melden.«

»Du hast ja keine Ahnung! Indem ich sie walten lasse, wie sie wollen, bekomme ich die ärmste Gegend der Welt.«

»Erwarten Sie eine Auszeichnung von dem großen Herrn?«

»Welcher Regent träumte nicht davon?«

»Träumen Sie auch davon, den Titel *Pangeran* zu bekommen?«

»Das ist der größte Wunsch aller Regenten.«

»Und von einem goldenen Schirm?«

»Jetzt machst du dich über deinen Vater lustig.«

»Der Generalgouverneur braucht das alles nicht«, sagte ich behutsam.

»Das sind die Maßstäbe für einen guten Regenten. Auch für dich, falls du später zum Regenten ernannt werden solltest. Schau, wieviele

Regenten auf ganz Java haben jemals den Titel Pangeran verliehen bekommen? Höchstens fünf!«

»Deshalb möchte ich auch kein Regent werden.«

»Nur durch Gottes Berufung wird man Regent. Wenn Gott dich erwählt, dann wirst auch du ein Regent. Du wirst nicht die Kraft haben, es abzulehnen, weil es Rebellion wäre. Ich finde es seltsam, daß du nicht Regent werden möchtest. Regieren über Zehntausende von Menschen, verehrt und gehuldigt werden ...«

Es klang wie ein Fragment aus Multatulis Rede vor dem Regenten Kartawijaya von Lebak. Er wurde von seinem Volk verehrt und ihm wurde gehuldigt, aber gleichzeitig verfluchten und haßten sie ihn.

»Ein Glück, daß Gott mich nicht zum Regenten erwählt hat«, sagte ich leise.

»Habe ich richtig gehört? Was wäre, wenn der Generalgouverneur deine Ernennung anordnen würde?«

»Ich würde es ablehnen.«

»Woher nimmst du den Mut, abzulehnen?«

»Von meinem Wissen, daß ich keine Auszeichnungen, keinen Pangeran-Titel, keine Verehrungen und Huldigungen brauche«, antwortete ich nochmals vorsichtig.

Vater seufzte, rief einige Male Gottes Namen und flüsterte dann: *»Mrojol selaning garu!* Du bist schon immer aus der Reihe getanzt! Geh jetzt zu deiner Mutter!«

Ich verließ ihn, ohne mich zu verbeugen. Ich spürte seinen Blick in meinem Nacken. Ich ging langsam und ohne zu zögern ins hintere Zimmer. Ich traf Mutter auf einem Stuhl sitzend beim Betelkauen an. Sie hatte mich nicht kommen sehen. Ich kniete mich seitlich von ihr auf den Boden, küßte ihr die Knie und schwieg.

»Wer bist denn du, daß du mich so erschreckst?«

»Ich bin es, Mutter. Ihr Lieblingssohn.«

Sie faßte mich am Kopf und zwang mich, sie anzuschauen.

»Willkommen, mein Sohn. Ich hatte schon eine Ahnung, daß du kommst.«

»Verzeihen Sie mir, daß ich keine Nachricht geschickt habe.«

»Bist du mit dem Zug gekommen?«

»Ja, Mutter.«

»Dann geh jetzt erst einmal baden.«

Ich ging, um zu baden. Als ich frisch gekleidet aus meinem Zimmer kam, warteten schon meine Geschwister in Reih und Glied vor meiner Tür, um begrüßt zu werden.

»Ach, ihr seid es«, sagte ich, »warum steht ihr dort so herum? Kommt her. He, du, wann heiratest du nun?«

»Ach, Bruder, kaum bist du da, schon mußt du mich wieder necken.«

»Das ist doch nur ein Zeichen dafür, daß du meinen Segen hast. Oder muß ich erst noch einen Bräutigam für dich suchen?«

Sie schaute verlegen weg und rannte fort.

»Und du, wie steht es mit der Schule?«

»Danke der Nachfrage, Bruder, ich mache Fortschritte.«

Ich ging zurück zu Mutter. Sie gab mir einen Wink, mich hinzusetzen. An einem ihrer Mundwinkel hing ein wenig Tabak heraus. Auch Mutter sah älter aus. Sie hatte nun viel mehr weiße Haare als schwarze.

»Ich habe die ganze Zeit über an dich denken müssen. Bist du nun zufrieden mit deinem Leben?«

»Dank Ihrem Segen, Mutter.«

»Deine Stimme ist nun klarer als das letzte Mal. Gott sei Dank. Die Leute hier erzählten, daß du Journalist geworden bist und Tausende von Zeitungen herausgibst, verteilt über ganz Java, und überall steht dein Name drauf. Ich bin froh darüber. Erst wolltest du Arzt werden, aber daraus wurde nichts. Dann wolltest du Dalang werden, und es ist dir ebenfalls nicht gelungen. Jetzt bist du ein Journalist. Ist das so etwas wie ein Kaufmann?«

»So ungefähr, Mutter.«

»Es gibt also niemanden, der dir huldigt, außer deinem Diener?«

»Auch mein Diener huldigt mir nicht, Mutter.«

»Du regierst also über niemanden?«

»Nein, Mutter.«

»Bist du zu den *Sudras* übergewechselt oder bist du ein *Brahmane* geworden?«

»Beides, Mutter. Ich diene und lehre zugleich, durch meine Zeitung.«

»Wirst du es später auch nicht bereuen, kein *Ksatria* geworden zu sein?«

»Nein, Mutter. Wirklich nicht.«

»Reue ist eine Qual, mein Sohn. Wenn du nur nicht wieder falsch gewählt hast. Willst du sonst noch etwas werden?«

»Ich habe kein Verlangen mehr, Arzt zu werden. Aber Dalang möchte ich immer noch werden, Mutter. Verzeihen Sie mir.«

»Du willst zu viel. Jetzt willst du doch noch Dalang werden. Hast du überhaupt genug zu erzählen?«

»Eins fehlt mir noch, Mutter«, und ich erzählte ihr vom Vielvölkerstaat Ostindien und daß ich vorhatte, eine Organisation zu gründen, die dem Rechnung trug, den gemeinsamen Nenner aber noch nicht gefunden hätte. Auch erzählte ich ihr von Thamrin Mohammad Thabrie und der Stärke der chinesischen Kaufleute, denen es gelungen war, einige europäische Unternehmen lahmzulegen, indem sie die Waffe der Schwachen benutzt hatten.

»Deine Geschichte ist also noch nicht vollständig?«

»Geben Sie mir Ihren Rat, Mutter, und Ihren Segen.«

»Du weißt doch besser darüber Bescheid. Meinen Segen aber hast du. Geh an die Arbeit und werde ein guter Dalang.«

»Tausend Dank, Mutter.«

»Hast du mal die *Kedasih*vögel gehört, wenn sie sich gegenseitig rufen?«

»Ja, Mutter.«

»Auch die *Cocakrawa*vögel?«

»Ja, Mutter.«

»Sie rufen sich die ganze Zeit. Manchmal passiert es, daß der eine durch ein Unglück oder eine Verwundung den Partner verliert, dann fliegt er einsam umher und ruft weiter nach dem anderen, der ihm nie mehr antworten kann. Wenn man die Rufe dieses einsamen Vogels hört, dann macht einen das traurig. Und du, mein Sohn, werde nicht so ein einsamer Vogel, der allein vor sich hin zwitschern muß. Du sollst die anderen nicht traurig machen. Als Kind habe ich beobachtet, wie ein Kedasihvogel zwei Monate jeden Tag zwei Stunden lang auf einem ausgetrockneten Kapokbaum nach seinem Freund gerufen hat. Danach war er verschwunden, und ich habe ihn nie mehr gesehen. Das war sehr traurig.«

»Sie haben mir die Geschichte schon einmal erzählt.«

»Du erinnerst dich also noch daran. Werde nicht so ein Kedasihvogel, der immer nur ruft und keine Antwort bekommt. Werde kein Dalang ohne Geschichte. Ein Dalang kann ohne seine Puppen auskommen, aber nicht ohne Geschichte.«

Ich verließ B. mit frischem Herzen, mit dem Segen meiner Mutter und ihrem Rat: Zwitschere nicht alleine in deinem Haus, eine Frau sollte zumindest da sein, um dir Antwort zu geben, auf deine Worte und auf die Stimme deines Herzens …

In meinem Koffer hatte ich das Manuskript von Hadji Moeloek. Ich studierte es während der Reise. Es belebte meine Gedanken und erfrischte mein Herz.

Eine weiteres nahm ich mit nach Hause: das Wissen, daß sich die einheimischen Unternehmer in Solo und Yogya, die für ihren Geiz berühmt waren, in große Spender verwandeln konnten, bereit, ihren Beitrag an eine Organisation zu leisten, der Institution für ein fortschrittlicheres Leben in der Zukunft.

Und einen Namen, der aus der B.O. herausstrahlte: Mas Ngabehi Dwidjosewojo …

12

Auf meinem Tisch in der Redaktion der *Medan* in Bandung wartete bereits ein Stapel Briefe auf mich. Drei davon waren von der Prinzessin von Kasiruta. Ihr hochtrabendes Holländisch gab mir den Eindruck, daß sie nicht gewohnt war, Briefe zu schreiben, oder sie war dazu erzogen worden, immer höflich und formell zu sein.

In allen drei Briefen bat sie mich um eine Unterredung. Vielleicht wollte sie mehr über den Boykott erfahren. Aber vielleicht hatte sie auch andere Sorgen auf dem Herzen.

Ich ließ ihr durch einen Diener eine Antwort zukommen. Er war noch keine Minute weg, als vor mir ein kräftiger junger Mann, etwa zwei Zentimeter kleiner als ich, auftauchte. Er trug ein geschlossenes Jackett, einen fein plissierten Kain und ein hübsches Kopftuch. Auf den ersten Blick sah er wie ein Priyayi aus einem Verwaltungsbüro aus. Bei genauerem Hinschauen aber, und von seiner Art her, entpuppte er sich als ein Bauernjunge, der seine besten Kleider trug.

»Ich heiße Marko, *Ndoro*«, sagte er mit ehrfürchtig gefalteten Händen und gesenktem Kopf. »Wenn es Euch beliebt ... möchte ich Euch dienen.«

»He, Marko. Ich habe schon lange auf dich gewartet. Komm her. Stell dich aufrecht, Kinn hoch, Brust raus. So sieht doch kein *Pendekar* aus.«

Er lächelte und reckte das Kinn nach vorne. Sein Gesicht strahlte und seine Augen glänzten. Er sah richtig gut aus.

Ich stand auf und ging auf ihn zu. Plötzlich schlug ich nach seinem Gesicht. Er wich aus, indem er den Kopf zurückzog. Ich trat nach seinem Bauch, und er sprang zur Seite. Wardi hatte eine gute Wahl getroffen. Er konnte geschmeidig allen Schlägen ausweichen, als ob er tanzte. Seine Hände und Füße schienen sich kaum von der Stelle zu bewegen.

Ich hatte lange nicht mehr trainiert. Nachdem ich mehrmals erfolglos versucht hatte, ihm einen Schlag zu versetzen, hörte ich außer Atem auf.

»Gut«, sagte ich. Ohne ihn zu fragen, wo er herkam und wo er wohnte, ordnete ich an: »Du bist von nun an für die Sauberkeit der Büroräume zuständig.«

Einige Minuten später glich nichts mehr an ihm einem Priyayi. Er hatte sein Jackett und seinen Kain ausgezogen, ebenso seine Sandalen, die ihm wahrscheinlich nicht einmal gehörten. Er trug nun ein Hemd und eine Unterhose aus gelbem Drillich, genau wie ein Dorfjunge, der gerade in die Stadt gekommen war. Mit großem Geschick säuberte er Wände, Möbel und Fußboden.

»Was noch, Ndoro?«

»Zieh dich wieder an und komm her.«

Ich hatte noch keinen Brief zu Ende gelesen, da stand er schon wieder mit ehrfürchtig gefalteten Händen vor mir, den Kopf tief gesenkt.

»Setz' dich«, sagte ich und wies auf einem Stuhl vor mir.

Er setzte sich ohne zu Zögern.

»Das Büro darf niemals schmutzig aussehen.«

»Ja, Ndoro.«

»Sag *Tuan* zu mir. Und benutze Malaiisch. Kannst du das?«

»Ja, Tuan.«

»Deine Aufgabe ist es, für die Sicherheit im Büro zu sorgen. Extraaufgaben bekommst du nur von mir. Woher kennst du Wardi?«

»Welcher ist Ndoro Wardi?«

»Dummkopf! Na der, der dich hergebracht hat!«

»Ich habe ihn nicht gekannt, Tuan. Ich kenne nur Sandiman.«

»Kennst du Sandiman schon lange?«

»Die letzten drei Monate bin ich überall mit ihm gewesen.«

»Kannst du lesen und schreiben?«

»Javanisch, Tuan, in lateinischer und arabischer Schrift.«

Ich warf ihm eine *Medan* hin und befahl ihm, laut vorzulesen. Er las einen Bericht über den Kongreß der B.O. mit sehr genauer Intonation. Trotzdem klangen sein D und B schwer, wie bei allen Javanern.

»Was meinst du zu dem Bericht?«

»Die Sprache ist ungenau, Tuan, es paßt nicht alles richtig zusammen.«

»Auf welcher Schule bist du gewesen?«

»Ich habe es mir selbst beigebracht, Tuan.«

»Du hast nie eine Schule besucht?«

»Nur die Dorfschule, Tuan.«

»Mit Abschluß?«

»Ja. Wollen Sie mein Zeugnis sehen?«

In diesem Augenblick kam Prinzessin Kasiruta zur Tür rein, gefolgt von ihrer Dienerin. Ich stand auf und schickte Marko weg. Mit einem Sprung war er verschwunden.

»Guten Tag, Prinzessin, nehmt bitte Platz.«

Sie trug einen seidenen Rock. In der Hand hielt sie einen gelb geblümten, seidenbespannten Schirm. Ungezwungen nahm sie vor mir Platz, während ihre Bedienstete vor dem Büro wartete. Sie hakte den Schirm an die Lehne des Stuhles und atmete tief aus.

Sie war groß, von schlankem Wuchs und hatte ein hübsches Gesicht. Ihre Haut war dunkel. Bis auf die Hautfarbe ähnelte sie der Blume, mit der das Jahrhundert Abschied nahm. Vielleicht hatte sie portugiesisches Blut.

»Wie ist es nun mit dem Artikel über den Boykott?« fragte sie sehr höflich auf holländisch.

»Braucht Ihr ihn wirklich so dringend?«

»Ich werde ihn mit nach Kasiruta nehmen.«

Ich betrachtete ihr schmales Gesicht und ihr scharfes Profil.

»Was für ein Nutzen wird er in Kasiruta haben?«

Sie lächelte, ich wußte nicht, warum.

»Ich werde ihn in den nächsten Tagen drucken lassen. Wann verreist Ihr?«

»Das ist der eigentliche Grund, warum ich hergekommen bin. Ich möchte Sie um Ihre Hilfe bitten. Man verbietet es mir.«

»Wer ist ›man‹?«

»Der Resident-Assistent von Priangan.«

»Der Resident-Assistent?« Plötzlich fiel mir ein, daß Miriam mich einmal gefragt hatte, ob der Bericht über die Verbannung eines Fürsten nach Sukabumi oder Cianjur auf Wahrheit beruhten.

»Prinzessin, Ihr seht wie eine Inderin aus.«

Sie lächelte und entgegnete meinen Blick. Erst als sie merkte, daß ich ihr Gesicht und ihren Körper betrachtete, schaute sie verlegen zur Seite.

»Lebt Ihr mit Eurer Familie in Sukabumi?«

»Ja.«

»Aber Ihr seid nun in Bandung?«

»Nicht mehr lange. Mein Stipendium endet, wenn ich die *MULO* absolviert habe. Danach muß ich bestimmt zu meiner Familie zurück. Im Augenblick bemühe ich mich um eine Erlaubnis, nach Kasiruta zurückkehren zu dürfen. Der Herr Resident-Assistent hat es bereits dreimal abgelehnt. Deshalb komme ich jetzt zu Ihnen, ich brauche Ihre Hilfe. Eigentlich bin ja nicht ich es, die verbannt wurde.«

»Wartet einen Augenblick«, sagte ich und ging, um Frischboten zu holen. Er war aber nicht in seinem Zimmer. »Unser Rechtsberater ist leider zur Zeit nicht im Haus. Aber erzählt, womit der Resident-Assistent die Ablehnung begründet hat.«

»Er hat einfach gesagt: ›Im Augenblick ist es nicht möglich.‹ Das war alles.«

»Gut. Ich werde ihm einen Besuch abstatten.«

»Vielen Dank, Herr.«

»Wie lange seid Ihr schon in Priangan?«

»Drei Jahre. Gleich nach der Grundschule kam ich her.«

Fast wäre es aus mir herausgeplatzt: Dann könnt Ihr erst in zwei Jahren zurückkehren. Aber ich brachte es nicht über's Herz. Außerdem war es nur eine Vermutung. Es wurde erzählt, daß es nur zwei Arten der Verbannung gäbe: entweder für fünf Jahre oder lebenslänglich.

»Sprecht Ihr Sundanesisch?«

»In den drei Jahren habe ich es sprechen gelernt.«

»Könnt Ihr Malaiisch?«

»Natürlich. Schulmalaiisch aus der Grundschule und Umgangsmalaiisch.«

»Warum wollt Ihr den Artikel über den Boykott nach Kasiruta mitnehmen?«

Einen Augenblick lang sah sie mich mißtrauisch an. Ihre Hände tastete nach dem Schirm an der Stuhllehne. Vielleicht handelte sie auf Befehl ihrer Familie und wußte selbst nicht so genau, wozu.

Sie wechselte ganz plötzlich das Thema.

»Was geschieht, wenn der Resident-Assistent weiterhin bei seiner Ablehnung bleibt?«

»Wäre es Euch recht, wenn ich die Sache vor den Generalgouverneur bringe?«

»Man sagte mir, nur Sie könnten so etwas tun.«

»Aber wenn er ebenfalls ablehnt, werdet Ihr dann nicht Euer Vertrauen in mich verlieren?«

»Auch dann stehe ich in Eurer Schuld, und das werde ich Ihnen mein Leben lang nicht vergessen.«

»Wie kommt es, daß die Leute glauben, nur ich hätte Zugang zum Generalgouverneur?«

»Verzeihen Sie mir, aber die Leute sagen, Sie seien sein Favorit.«

Diese Gerüchte hatten mich schon lange gestört. Aber ich konnte nichts dagegen unternehmen. Sie verbreiteten sich immer mehr. Ich sagte ihr einfach die Wahrheit, daß dem nicht so sei.

Das Gespräch ging von einem Problem zum anderen. Ich genoß es, mich mit einem Mädchen unterhalten zu können, das ungezwungen und frei sprechen konnte, ohne jeglichen Argwohn. Auch als Frau war sie vollkommen: ihr Gesicht, ihre Brüste, ihre Hüften, ihre Waden und Füße, ihre ganze Erscheinung war perfekt. Ihre beherrschte Art zeugte von hohem Selbstbewußtsein. Sie hatte wohl eine strenge europäische Erziehung genossen, die ihr in Fleisch und Blut übergegangen war. Sie war eine Blume unter allen Frauen. Dies war mein allererster Eindruck von ihr. Plötzlich meldete sich mein altes Ich wieder; der Philogyn, der Frauenkenner! Daß ich vor allen anderen auf dieser Welt als einziger das Recht hatte, diese Blume zu pflücken. Mutter, ich habe Ihren Rat nicht vergessen. Ich werde diese Blume pflücken!

»Ihr solltet Euch keine allzu große Hoffnung machen, daß Ihr in der nächsten Zeit nach Kasiruta werdet fahren können. Ihr sprecht Malaiisch und Sundanesisch. Ihr könntet uns in der Zwischenzeit behilflich sein.«

»Was kann ich tun?«

»Ich habe bereits seit langem vor, eine Frauenzeitschrift herauszugeben. Nur konnte das bis jetzt nicht verwirklicht werden, weil es mir an Arbeitskräften gefehlt hat. Was haltet Ihr davon, in der Redaktion mitzuarbeiten?«

Sie sah mich fragend an. Dann sagte sie: »Ich habe noch nie gearbeitet. Wie sollte ich so etwas führen können?«

»Seid Ihr damit einverstanden? Das ist im Augenblick das Wichtigste.«

»Aber ich habe doch von nichts eine Ahnung.«

»Natürlich werden wir Euch am Anfang einarbeiten.«

Sie sagte nichts und dachte nach.

»Natürlich könnt Ihr nicht gleich antworten. Laßt mich das für Euch tun. Ihr seid damit einverstanden, uns zu helfen, und Ihr habt nichts dagegen, daß Ihr eine Anleitung bekommt.« Dabei schaute ich sie fest an.

Einen Augenblick lang hielt sie meinem Blick stand, dann senkte sie den Kopf.

»Geht jetzt erst einmal nach Hause. Heute Nachmittag werde ich mit der Antwort unseres Rechtsberaters zu Euch kommen.«

Zögernd stand sie auf und verbeugte sich. Ich brachte sie zur Tür und übergab sie ihrer Bediensteten, die inzwischen in der Ecke eingenickt war.

»Bi«, sagte ich auf Sundanesisch zu ihr, »bring die Prinzessin gut nach Hause.«

»Jawohl, Herr.«

Da gingen sie nun, die Prinzessin mit ihrem Schirm voraus, gefolgt von ihrer Dienerin. Keine der beiden schaute sich noch einmal um.

Zurück im Büro suggerierte mir mein Herz: Ja, ja, triumphiere du nur! Sie hat deine bewundernden Blicke verstanden. Du weißt auch, daß du sie in der Hand hast. Dann hörte ich plötzlich Ter Haar sagen: Benutze deine Zeitung niemals für persönliche Ambitionen! Mein Ich widersprach: Das hier hat mit Ambitionen nichts zu tun. Es ist eine Sache zwischen Mann und Frau!

Aus der Tür zur Druckerei kam Wardi mit einem Indo ins Büro.

»Mas, ich habe einen Freund mitgebracht. Darf ich vorstellen?«

Es war niemand anders als Douwager. Flüchtig dachte ich an Mir Frischboten.

»Sie waren in Südafrika und dann in England?«

»Woher wissen Sie das?«

»Es wurde nur nicht erwähnt, an welcher Stelle Sie verwundet wurden. Kommen Sie direkt aus England?«

Ohne Aufforderung setzten wir uns alle. Beide schauten beunruhigt drein.

»Nein. Ich komme nicht direkt aus England. Ich bin erst noch herumgereist. In Indien haben sie mich dann für längere Zeit in Haft genommen. Schließlich ließen sie mich frei, nahmen mir aber das Versprechen ab, niemals mehr einen Fuß auf englische Kolonialgebiete zu setzen und nach Ostindien zurückzukehren.«

Fast hätte ich ihm doch noch gesagt, daß Mir auch in Bandung war. Aber ich konnte mich zurückhalten. Was hätte es schon für einen Sinn gehabt?

»Ich habe Edu hierher gebracht, weil wir vielleicht in vielen Dingen Gemeinsamkeiten finden können. Fang mal an, Edu.« Wardi sprach ihn mit seinem Rufnamen an.

»Von Wardi habe ich gehört, daß Sie grundlegende Ideen über eine Organisation mit ostindischem Charakter haben. Sie sind nicht mit der B.O. einverstanden, so wie Wardi auch. Ich bin ebenfalls gegen jede Organisation, die sich nur auf ein Volk stützt. Darf ich Ihre Meinung darüber hören? Und wie Ihre Ideen aussehen?«

Die Frage behagte mir nicht. Ich spürte eine Arroganz hinter der Art, wie er sie stellte. Er war doch derjenige, der behauptete, Einheimische könnten keine Zeitung führen. Er war sicher mit dem Hintergedanken hergekommen, mich zu belehren. Außerdem, was hatte ein Indo mit einer einheimischen Organisation zu tun? Er sollte sich besser der großen Indo- Organisation *Soerja Soemirat* anschließen.

Ich sah Wardi fragend an. Er beeilte sich, die Sachlage zu erklären. »Mas«, sagte er besänftigend, »laß mich erstmal die Lage erklären.« Er sah Douwager an, um ihn zum Schweigen zu bringen. »Nachdem er die Situation in Südafrika mit eigenen Augen gesehen hat, hat Edu eine Idee, die uns eventuell von Nutzen sein kann. Dort gibt es hauptsächlich drei Völker; die Engländer, die Holländer und die Einheimischen. Dazu kommen noch die eingewanderten Asiaten, aus Java verbannte *Slameier*, Inder und Araber. Den Krieg um die Vorherrschaft in Südafrika zwischen Engländern und Holländern haben die Engländer vielleicht mit ihrer Armee gewonnen. Aber die Holländer haben nach wie vor die Vorherrschaft über die Einheimischen und die farbige Bevölkerung. Die Einheimischen bleiben weiterhin unterdrückt.«

»Das weiß doch jeder, Wardi, daß die Einheimischen immer unterdrückt werden.«

»Ja, das ist das Schicksal unterentwickelter Völker.«

»Das ist es nicht. Sie lassen den Einheimischen keine Gelegenheit, sich weiter zu entwickeln. Sie geben ihnen keine Ausbildung. Das sind zwei völlig verschiedene Dinge, sowohl dem Wesen als auch dem Schein nach«, entgegnete ich.

Wardi schwieg, und Douwager übernahm das Wort. Vielleicht wollten die beiden Südafrika mit Ostindien vergleichen. Ich kannte Wardi gut. Er kam immer wieder auf das eine zurück, auf die Macht. Seine Verbundenheit mit Douwager hatte bestimmt auch etwas damit zu tun. Ich hatte bereits Geschichten über die dortigen holländischen Bauern anhören müssen, die die Republiken Oranje Vrijstaat und Transvaal errichtet hatten, der Macht der Engländer und der Macht ihrer Heimat zum Trotz.

»In Südafrika haben die Holländer tatsächlich eine Kolonie errichtet. In Ostindien nicht. Das ist vielleicht der größte Unterschied«, er war zum Ende seines Anlaufes gekommen, »aber die Gemeinsamkeit ist viel ausschlaggebender; sowohl in Südafrika als auch in Ostindien haben die Holländer eine Autorität aufgebaut, in einem Fall unabhängig vom Mutterland, im anderen Fall nicht ...«

Wardi und Edu hatten sich ihre Meinung über die beiden unterschiedlichen Spielarten von Autorität gebildet. In Südafrika war es eine unabhängige, in Ostindien eine an das Mutterland gebundene Macht. Es war einfacher für die Holländer, in Südafrika eine Republik zu errichten, weil sie dort viele waren, in Ostindien waren sie nur wenige. Aber es gab außer ihnen noch eine größere Gruppe von Leuten, die fast genau so fortschrittlich waren wie sie selbst: die Indos. Wenn man die intellektuellen Einheimischen noch dazu zählte ...

Ich mußte unwillkürlich an Multatuli denken, der damals von vielen Kolonialzeitungen als Träumer verspottet wurde, der Weißer Kaiser über die Völker Ostindiens werden wollte, unabhängig von Holland.

»Ich bin noch nicht fertig, Mas.«

»Gut, dann fahren Sie fort.«

Sie schienen zu merken, daß ich mich ärgerte. Vorsichtig sagte Wardi: »Deshalb, Mas, wäre es sinnvoll, die Fehler, die wir damals mit der Syarikat gemacht haben, durch eine Idee zu korrigieren, die Edu bereits entwickelt hat. Du bist doch bereit, sie dir anzuhören?«

»Bitte.«

»Erzähl du jetzt, Edu!«

»Nun«, ergriff Douwager abermals das Wort, »ich habe von Wardi schon vom Scheitern der Syarikat gehört. Wir sind beide der Meinung, daß es daran lag, daß die Syarikat nicht versucht hat, die Gruppe der Intellektuellen, der gut Ausgebildeten, mit einzubeziehen. Die Syarikat hat versucht, jene Gruppe von Leute zu vereinigen, die eh schon für das Gouvernement arbeiteten, also diejenigen, die mit der bestehenden Situation eigentlich ganz zufrieden waren. Für sie lag der Sinn der Organisation doch nur darin, ihre Privilegien zu erhalten und zu verteidigen. Sobald die Organisation dies nicht mehr garantieren konnte und nur zusätzliche Verpflichtungen schaffte, wurde sie fallengelassen.«

»Die Syarikat hatte ursprünglich tatsächlich vorgehabt, die Gruppe der Intellektuellen einzubeziehen«, erklärte Wardi, »nur hat es sich dann anders entwickelt, als wir gehofft haben.«

Sie warteten offensichtlich darauf, daß ich mich verteidigen würde, aber ich schwieg.

»Auch wenn die Syarikat die richtige Zielsetzung hatte, so blieb doch die Frage der Umsetzung. Außerdem, wer gehört wirklich zur Gruppe der Intellektuellen? Jedenfalls nicht die Priyayis. Hier in Ostindien, mein Herr, habe ich die Beobachtung machen können, daß ein Intellektueller in dem Augenblick aufhört, ein Intellektueller zu sein, in dem er ein Amt bekommt. Er wird auf der Stelle Opfer der typischen Priyayi-Mentalität. Er wird stur, gierig, ehrsüchtig und korrupt. Mit anderen Worten: Es sind nicht die Priyayis, die man organisieren sollte, sondern Leute, die nicht beim Gouvernement angestellt sind. Die Gruppe von ›freien‹ Menschen, die keine Sklaven des Gouvernements sind, deren Gedanken und Aktivitäten nicht durch ihr Amt Grenzen gesetzt werden.«

Eine Gruppe von unabhängigen und freien Menschen – dies weckte ein neues Bewußtsein in mir. Die beiden hatten tatsächlich recht.

»Fahren Sie fort.«

»Je weniger jemand mit dem Gouvernement zu tun hat, desto freier ist sein Geist, desto mehr Bewegungsfreiheit hat er, weil er viel flexibler, produktiver und kreativer in seinen Gedanken sein kann. Er kann mehr Initiative entwickeln, ohne von der Angst vor seiner Entlassung gelähmt zu werden.«

»Es gibt nur wenige Indos, die nicht für das Gouvernement arbeiten.«

»Entschuldigen Sie, aber ich finde, das Wort ›Indo‹ klingt rassistisch. Warum benutzen wir nicht den Ausdruck ›Indisch‹? Für alles, was ostindisch ist. In dem Wort ›Indo‹ steckt keine politische Bedeutung, wohl aber in dem Wort ›Indisch‹.«

»Ich verstehe Sie nicht ganz.«

»Gerade darüber wollen wir uns ja unterhalten. Vielleicht teilen Sie ja unsere Meinung. Soweit ich von Wardi gehört habe, sind Sie schon der Ansicht, daß Ostindien ein Vielvölkerstaat ist.«

»Ja. Ich habe mal darüber gesprochen.«

»Ich finde, unsere Ansichten driften ein wenig auseinander. Ostindien hat nicht viele Völker, Ostindien hat nur ein Volk: das indische Volk. Nach dieser These ist jeder indisch, der in Ostindien wohnt, egal welcher Nationalität er ist, ob Araber, Javaner, Inder, Holländer, Chinese, Malaie, Buginese, Aceher, Balinese, Indo oder Europäer. Alle, die hier leben und sterben und Ostindien treu bleiben, gehören zum indischen Volk.«

Ich war überrascht, so etwas zu hören! Noch dazu von einem Indo! Eine Art Verschmelzung! Ein weiterer Fall von Aufgabe der Identität! Wie zuvor Hadji Moeloek. Aber es waren alles nur Ideen. In Wirklichkeit würde dies nicht in den nächsten hundert Jahren geschehen. Wer wäre bereit, seine eigene Identität zu verleugnen, um in einem indischen Volk aufzugehen? Die Einheimischen? Die Indos? Oder gar die anderen Fremdlinge?

»Was für eine Sprache würde Ihr indisches Volk sprechen?«

»Jeder, der eine Ausbildung hat und fortschrittlich ist, spricht Holländisch«, antwortete Douwager ohne zu zögern, »nicht nur als Umgangssprache und als Sprache für die Organisationen, sondern auch als Sprache für die Wissenschaft, die in der Welt anerkannt wird.«

»Sie wollen also die Sprachen von fünfundzwanzig Millionen Javanern, zwei Millionen Malaien und wer weiß wie vielen anderen Völkern, die ihre eigene Sprache noch benutzen, einfach ignorieren?«

»Sicher, der Anfang wird schwer werden. Aber es muß sein, da muß man durch. Nur die Intellektuellen und Gebildeten sind in der Lage zu führen, alle anderen werden geführt werden müssen.«

»Was halten Sie von den Samin?«

»Die Samin? Es gibt tatsächlich ein, zwei Intellektuelle in Europa, die sie bewundern, aber ohne einen intellektuellen Führer werden sie nichts erreichen können. Sie werden die am meisten zurückgebliebene Gruppe bilden.«

»Inwiefern zurückgeblieben?« fragte Wardi verwundert.

»Die Lehre der Samin ist eine Mischung aus fast religiösem Glauben und Politik.«

»Glaube und Politik?« rief ich erschrocken.

»Europa macht eine scharfe Trennung zwischen Glaube und Politik.«

»Aber die Lehre der Samin ist keine Religion!«

»Bevor die Menschen die Form von Politik kannte, wie sie jetzt ist, waren Religion und Politik eins, wie es hier bei der Samin-Gruppe der Fall ist. Die Samin halten Politik für ihren Glauben und umgekehrt.«

»Aber die Lehre der Samin ist keine Religion!« beharrte ich.

»Es ist tatsächlich keine Religion. Aber die Entwicklung wäre in diese Richtung gegangen, hätten sie nicht so früh ihren geistigen Führer verloren. So war es schon immer, so haben die Menschen seit jeher ihre Macht aufgebaut und benutzt. Deshalb stehe ich voll hinter der Meinung der Leute, die behaupten, daß solch eine Gruppe den Anschluß an die neue Zeit nicht findet.«

»Ich finde Ihre Meinung sehr gewagt. Allein Ihre Zustimmung zu dieser Behauptung ist schon dreist.«

»Hat die Welt nicht schon längst den Mut der europäischen Intellektuellen übernommen? Auch Multatuli? War Multatuli nicht auch bereit, schmachvoll in der Verbannung zu sterben, um seines intellektuellen Gewissens willen? Sie sind doch selbst ein Bewunderer Multatulis, wenn ich mich recht entsinne?«

»Das bedeutet aber, daß man den Feind herausfordert, bevor man fest auf eigenen Beinen steht!« rief ich. »Sie ignorieren die soziale Wirklichkeit Ostindiens!«

»Aller Anfang ist schwer! Keine Ideologie basiert auf der Wirklichkeit. Die Wirklichkeit muß sich der Ideologie anpassen, sonst würde die Realität eben jene vernichten.«

»Das ist nicht die beste Art, etwas zu vereinigen. Das provoziert einen endlosen Krieg«, widersprach ich voller Überzeugung. »Was Sie über die Organisation gesagt haben, ist nicht richtig. Sie werden sich vielmehr von der realen Entwicklung isolieren. So etwas ist vielleicht in Europa möglich, wo man schon viel weiter fortgeschritten ist, aber hier ist Ostindien, mein Herr. Was meinst du, Wardi?«

»Deine Einsichten sind wahrhaftig etwas übertrieben«, antwortete er. »Du hast sie mir nie so dargestellt, Edu.«

»Worüber wollen wir eigentlich reden? Über persönliche Meinungen und Ansichten oder über mögliche Organisationsformen?« fragte ich. »Wenn es um Persönliches geht, sollte man lieber ein Buch über diese Theorien schreiben, natürlich auf eigene Verantwortung. Wenn wir über Organisationen sprechen, dann müssen wir über gemeinschaftliche Belange reden und nicht darüber, wie man ein Prophet über oder unter unseren Mitmenschen werden kann. Welche gemeinschaftlichen Interessen könnten die Völker Ostindiens zusammenbringen?«

»Alles Neue ruft Widerstand hervor«, fuhr Douwager fort. »Er ist meist eine Reaktion auf das Vorhandene, mit all seinen Unzulänglichkeiten. Was wir brauchen, ist nicht eine Organisation mit zehntausenden Mitgliedern, die nichts ausrichten können. Was wir brauchen, ist eine kleine Organisation, die die Führung übernehmen kann, weil sie unwiderlegbare Ideen hat, die jeder widerspruchslos akzeptieren muß. Eine Organisation, die das Hirn des indischen Volkes darstellt.«

»Wenn das so ist, dann genügt es doch, einen intellektuellen Salon zu gründen, Herr Douwager. Dann braucht man überhaupt keine Organisation, wie es in Europa bereits Tradition ist. Die Welt bewundert immer noch die europäischen Intellektuellen, die bereit waren, für ihre Ideen zu sterben. Aber ist einer von uns dreien so ein Intellektueller? Oder existiert unter der Bevölkerung Ostindiens überhaupt so ein Intellektueller?«

Ein Mitarbeiter der Druckerei kam mit dem Andruck meines Artikels. Ich entschuldigte mich bei Douwager und studierte ihn ausführlich, bevor ich meine Zustimmung gab, damit er sofort in Druck gehen konnte. Ich bat den Mann, mir Sandiman zu schicken.

Er ging, und kurz darauf erschien Sandiman.

»Wie sind die Vorbereitungen für die Sonntagsausgabe?«

»Ist alles schon im Druck. Sie können morgen frei nehmen, auch Montag und vielleicht sogar Dienstag.«

»Danke, Man. Ist Herr Frischboten schon zurück?«

»Ja. Sie können jetzt gleich gehen.«

»Gut, dann gehe ich jetzt. Wenn du mich also nicht mehr siehst, bin ich weg.«

»Schöne Ferien, Herr.«

Als Sandiman gegangen war, entschuldigte ich mich bei Douwager, daß ich das Gespräch nicht fortsetzen könne. Als er fort war, ging ich zu Frischboten.

Er erklärte mir ausführlich, daß es für die Prinzessin von Kasiruta unmöglich sei, ohne Ausnahmegenehmigung des Generalgouverneurs Java zu verlassen. Dafür brauche er keine Begründung. Der Generalgouverneur besaß Sonderrechte und mußte sich dem Gesetz nicht immer unterordnen. Der Fürst von Kasiruta war ebenfalls aufgrund von Sonderrechten verbannt worden. Daß die Tochter nichts damit zu tun hatte, tat nichts zu Sache. Diese Behandlung gründete auf der rückschrittlichen Sitte der ostindischen Völker selbst, nach der Blutsbande persönliche Verantwortung bedeuteten.

So wie der Fall sich nun darstellte, brauchte ich also gar nicht erst zum Resident-Assistenten zu gehen, sondern mußte direkt beim Generalgouverneur vorsprechen.

Gerade als ich das Büro verlassen wollte, kam Hadji Moeloek herein. Er zeigte mir seine unvollständigen Zähne und schien sich zu freuen.

»Sie sehen, ich habe es für nötig gehalten, hierherzukommen. Mein Schiff wird übermorgen auslaufen. Haben Sie vielleicht noch ein Abschiedsgeschenk für mich. Ich meine Ihre Ansicht über das Manuskript?«

»Ach ja, Ihr Manuskript. Ich habe es gelesen. Es war sehr erfreulich, sehr erfrischend. Sie können sehr gut schreiben und haben offensichtlich sehr viel Routine.«

Er lächelte zufrieden, diesmal ohne mir seine Zähne zu zeigen.

»Ich verspreche Ihnen, daß ich es als Fortsetzungsroman herausgeben werde. Es wird tatsächlich an die zwei Jahre dauern.«

»Das macht nichts.«

»Wie steht es mit ihrem Honorar?«

»Die erschienenen Ausgaben würden mir genügen.«

»Dürfte ich Ihren richtigen Name erfahren?«

»Hadji Moeloek ist mehr als genug, mein Herr.«

Ich sah ihn verwundert an. Er zeigte mir noch mal seine schiefen Zähne, geschwärzt vom Rauchen. Aber sein Lachen kam nicht von Herzen.

»Ich bin froh zu hören, daß Sie es herausgeben werden.«

»Bei Gott, Herr Hadji, vielleicht sogar als Buch.«

»Das ist ein großes Geschenk. Alhamdulillah! Gelobt sei Gott! Mit so einer guten Nachricht kann ich Ostindien mit Freude verlassen. Ich werde heute noch nach Batavia zurückfahren. Wenn Sie die gleiche Richtung haben, kann ich Sie mitnehmen. Ich habe ein Auto gemietet.«

»Ein Taxi?«

»Direkt aus Batavia bestellt.«

Er schien ein reicher Mann zu sein. Erst in diesem Augenblick erfuhr ich, daß es nicht nur in London Taxis gab, sondern auch in Batavia. Dem ersten Auto waren inzwischen also weitere gefolgt.

Ich sagte ihm, daß ich sein Angebot gerne annähme, aber noch eine Kleinigkeit zu erledigen hätte. Er versprach zu warten, wenn nötig, würde er mich sogar hinfahren. Und so brachte er mich zum Haus der Prinzessin von Kasiruta.

Es war halb fünf am Nachmittag. Die Prinzessin wohnte bei einer holländischen Familie namens Doornenbos. Ich sagte ihr alles, was Frischboten mir erklärt hatte. Im Unterschied zu ihrem Besuch in meinem Büro sah sie nun die ganze Zeit nachdenklich zu Boden, als ob sie mich gar nicht sehen mochte.

Sie trug ein braunes seidenes Nachmittagskleid, das mit ihrer dunklen Hautfarbe harmonierte.

»Es hat keinen Sinn, den Resident-Assistenten zu besuchen. Ich werde versuchen, direkt beim Generalgouverneur vorzusprechen, morgen oder übermorgen. Also, verliert nicht den Mut. Jetzt gleich fahre ich nach Buitenzorg.«

Nun erst hob sie den Kopf, um mich anzuschauen und einen Blick auf Hadji Moeloek zu werfen.

»Und denkt an meine Bitte bezüglich Eurer Mitarbeit«, fügte ich hinzu.

»Sie fahren mit dem Auto nach Buitenzorg? Wäre es möglich, über Sukabumi zu fahren, falls ich mitfahren dürfte?«

»Natürlich!« rief Hadji Moeloek väterlich. Es war das erste Mal, daß ich ihn Holländisch sprechen hörte. »Lassen Sie uns gleich losfahren.«

»Kann ich noch schnell meine Sachen packen? In zehn Minuten?«

Hadji Moeloek nahm seine goldene Uhr aus der Tasche, schaute kurz darauf und antwortete munter: »Warum nicht? Bitte. Wir werden warten.«

Als das Mädchen verschwunden war, flüsterte er mir zu: »Indokinder sind normalerweise nicht so feinfühlig.«

»Sie ist keine Indo. Sie ist eine Einheimische. Sie ist die Prinzessin von Kasiruta.«

»Ach, es ist das erste Mal, daß ich eine einheimische Prinzessin sehe«, murmelte er. »Ich dachte, sie wäre eine Indo.«

»Sie wurde zusammen mit ihrer Familie nach Priangan verbannt.«

»So etwas Ödes. Alle Geschichten, in denen es nicht um das freie Leben geht, sind langweilig. Als gäbe es in dieser Kolonie nichts besseres zu tun, als seine Mitmenschen in die Verbannung zu schicken. Überall auf der Welt laufen die Menschen fröhlich und lachend herum. Und hier, hier werden die Leute in ihrem eigenen Land verbannt.«

Die Prinzessin kam mit einem Lederkoffer in der Hand zurück. Hadji Moeloek nahm ihn ihr sofort ab. Wir machten uns auf den Weg.

Der Fahrer war ein junger Indo. Er hatte einen Buckel und einen Kropf. Hadji Moeloek saß neben ihm, die Prinzessin und ich hinten.

Als die Sonne unterging, hielt der Fahrer an, um die Karbidlampen anzuzünden. Danach fuhren wir weiter, in etwas langsamerem Tempo.

»Warum sagt Ihr nichts, Prinzessin?«

»Worüber soll ich denn sprechen?«

»Ach, über vieles, wenn Ihr Lust habt. Wie oft seid Ihr schon mit einem Auto gefahren?«

»Dies ist das erste Mal.«

»Gefällt es Euch? Unsere Vorfahren haben dies nicht genießen können.«

Sie lachte, statt zu antworten.

Hadji Moeloek drehte sich zu uns um und fragte: »Erinnern Sie sich noch an das, was ich über die Indos gesagt habe? Finden Sie nicht auch, daß die Indos gute Dienste geleistet haben, ohne daß dies entsprechend gewürdigt wurde?«

»Wenn Sie Ihre Meinung ausführlich niederschrieben, würden sie sicherlich die allgemeine Aufmerksamkeit der Leute wecken. Dann könnten auch sie ihre Meinung dazu äußern. Sie sollten wirklich darüber schreiben.«

»Vielleicht ist das tatsächlich der beste Weg. Vielleicht bin ich ein wenig aufdringlich. Entschuldigen Sie.« Er sah wieder nach vorn.

»Also, falls der Generalgouverneur Euren Antrag ablehnen sollte, wärt Ihr dann bereit, uns zu helfen?« versuchte ich, sie zu beeinflussen. »Aller Anfang ist schwer, aber mit der Zeit wird es Routine. Und nicht vergessen, alles auf malaiisch, Prinzessin.«

»Ich denke, ich würde es mit Vergnügen tun. Natürlich muß mein Vater erst noch sein Einverständnis geben.«

»Gut. Ihr könnt ihn ja gleich darauf ansprechen.«

Nach einer Stunde Fahrt hielten wir vor einem einfachen Haus an der großen Straße. Augenblicklich wurde das Auto von Menschen umschwärmt. Auch die Einwohner des Hauses kamen heraus und waren erstaunt darüber, daß bei ihnen ein Auto anhielt.

Die Prinzessin nahm ihren Koffer, lief ins Haus und kam nicht wieder. Ein älterer Herr, mit einem Kopiah auf dem Kopf, bekleidet mit einem Wollhemd und einer schwarzen Wollhose, kam auf uns zu und bat uns herein. Er trug eine Brille und stützte sich auf einen Stock.

Mein Freund hörte nur zu, als ich uns auf malaiisch vorstellte. Der alte Mann nickte und lud uns mit einer Handbewegung zum Sitzen ein. Danach ging er ebenfalls ins hintere Zimmer und kam lange nicht mehr heraus. Hadji Moeloek sah mich fragend an, vielleicht weil wir so lange warten mußten. Ich tat, als ob ich ihn nicht verstünde. Manchmal lohnt es sich, lange zu warten.

Der alte Mann kam wieder heraus, immer noch auf den Stock gestützt, nur sein Kopiah war nach hinten gerutscht. Er schien sich verändert zu haben. Er strahlte über das ganze Gesicht und sagte direkt auf malaiisch: »Du bist also der Chefredakteur der *Medan*? Vielen Dank, Nak, vielen Dank. Meine Tochter erzählte mir, daß du morgen oder übermorgen seiner Exzellenz einen Besuch abstatten wirst. Frag ihn doch bitte auch, warum wir verbannt wurden. Ich hoffe, es macht dir nichts aus?«

»Ich werde es versuchen, Hoheit.«

»Sag ruhig *Bapak* zu mir. Und wer ist dieser andere Herr?«

»Ich bin Hadji Moeloek, Hoheit«, antwortete er.

»Wie wäre es, wenn ihr hier übernachtet?«

Ich sah Hadji Moeloek an, und unsere Blicke trafen sich zufällig. Das Licht der Öllampe wurde von seinem müden Gesicht reflektiert.

»Schade, Hoheit. Aber mein Schiff legt übermorgen ab, und ich muß bis morgen alles geregelt haben.«

»Wo wollen Sie denn hin?«

»Nach Djidda, Hoheit. Es tut mir leid, daß wir so wenig Zeit haben. Wir müssen jetzt weiter.«

»Das ist wirklich schade. Und wohin willst du gehen, mein Junge?«

»Nach Hause, Hoheit, nach Buitenzorg.«

»Gib mir bitte deine Adresse.« Ich gab sie ihm.

Kurz darauf fuhr das Auto schnell in Richtung Norden. Hadji Moeloek, der nun neben mir saß, versuchte, wieder über die Verdienste der Indos zu sprechen. Aber als er merkte, daß mein Interesse nicht allzu groß war, sprach er über die Zuckerindustrie. Ich erfuhr, daß er viele der Zuckerbarone kannte.

»Sicherlich alles Herren mit Geld. Sie eingeschlossen?«

»Ich nicht. Die anderen schon. Kein Wunder. Zucker aus Java wird auf der ganzen Welt verlangt. Auch wenn in Europa inzwischen Zucker aus Rüben gewonnen wird, so verlangt man doch weiterhin nach javanischem Zucker. Anfang 1909 war der Export bereits um zehn Prozent gestiegen. Nicht mal der Zucker aus *For-*

mosa kommt dagegen an. Das kommt daher, daß die holländische Administration unvergleichlich ist. Sie rechnen alles bis ins kleinste Detail aus.«

»Es ist nicht leicht, durch Handel reich zu werden.«

»Nur durch Handel kann man reich werden!«

»Das glaube ich nicht. Die Kaufleute sind reich geworden, weil sie Steuern hinterziehen, spekulieren, andere Menschen erpressen und betrügen. Sie werden ja nicht vom Finanzamt kontrolliert. Jeder, der reich ist, hat Steuern hinterzogen.«

»Und die vielen Millionäre in Amerika, was ist mit denen?«

»Ich denke, es gibt keine Ausnahme auf dieser Welt. Es ist alles das Ergebnis von Steuerhinterziehung, Spekulation, Erpressung und Betrug.«

»Das sind schwerwiegende Vorwürfe.«

Ich erzählte ihm, was Ter Haar mir auf dem Schiff, im Dokar und im Club Harmonie erzählt hatte, auch die Schlußfolgerungen, die er aus van Kollewijns Rede gezogen hatte.

»Das ist kein Handel, das ist Politik!«

»Ja, politisches Handeln und Handelspolitik. Eine Allianz, die den unterdrückten Völkern das Elend brachte. Haben Sie schon einmal etwas von ›Ethischer Politik‹ gehört? Darum geht es dort. Die Opfer dieser Politik sind die Einheimischen, sie leben immer noch vernachlässigt und in Armut.«

»Ich habe noch nie von solchen Dingen gehört.«

»Bei den Zuckerunternehmen sind es Indos, die direkt mit den Einheimischen zu tun haben. Es tut mir leid, dies sagen zu müssen, aber es sind die Indos, denen die Unternehmer vertraut haben und mit deren Hilfe sie dafür sorgen, daß die Einheimischen nicht mehr verdienen können.«

»Ich fühle mich direkt angesprochen.«

»Das mag sein. Deshalb, wenn Sie etwas über die Verdienste der Indos schreiben, vergessen Sie die Kehrseite der Medaille nicht.«

»Warum haben Sie dies in Ihrer Zeitung nie ans Licht gebracht?«

«Die Zeit wird kommen, mein Herr. Und Sie werden es in Djidda verfolgen können«, sagte ich voller Überzeugung.

»Sie meinen es wirklich ernst? Sie werden der erste sein, der ein halbes Jahrhundert nach Gründung der Zuckerindustrie darüber schreibt. Sie werden die Aktien der Firmen in Bewegung bringen. Sie werden sich viele Feinde machen.«

»Lassen Sie uns den richtigen Moment abwarten.«

»Bevor wir uns verabschieden, möchte ich Ihnen die Hand reichen für den Mut, den Sie noch aufzubringen haben. Aber vergessen Sie nicht, die Zuckerunternehmen Javas sind die mächtigsten von allen in Ostindien.«

Das Auto hielt vor meinem Haus. Er lehnte ab, mit hineinzukommen, und verabschiedete sich. Ich sagte ihm, daß es mir leid täte, ihn nicht zum Hafen bringen zu können. Das Auto brummte davon.

An der Tür blieb ich wie festgenagelt stehen. Vor mir stand Mir Frischboten im Abendkleid.

»Ich werde in meinem alten Zimmer schlafen«, sagte sie.

In Bandung hatte Hendrik nichts darüber verlauten lassen. Sie schienen sich gestritten zu haben.

»Warum schaust du so verwundert? Hast du Hendrik nicht getroffen?«

»Er hat nicht gesagt, daß du hierher kommst«, antwortete ich zögernd. Ich zögerte noch mehr, als ich bemerkte, daß sie auffälliger geschminkt war als sonst. »Zu Hause ist doch nichts passiert, oder?«

»Nein.« Sie sah mich mit glänzenden Augen und einem Lächeln auf den Lippen an, das mich in immer größere Verwirrung brachte.

»Hast du ihm überhaupt erzählt, daß du hierher kommst?«

»Natürlich. Du brauchst dir keine Sorgen zu machen.« Sie ging in die Küche und kam mit einem Tablett zurück, auf dem ein Glas Kaffee und eine Dose mit meinen Lieblingssnacks, *Emping*, lagen. Schweigend stellte sie es auf den Tisch und verschwand wieder.

Normalerweise trank ich meinen Kaffee gleich aus, aber diesmal zögerte ich. Ich legte mich erst mal auf den Liegestuhl und versuchte, dieses neue Rätsel zu entwirren.

»Du bist sehr müde«, sagte sie, während sie einen Rattanstuhl holte und sich neben mich setzte.

»Wem gehörte das Auto eben? Dem Generalgouverneur?«

»Nein, es war ein Mietauto, von Hadji Moeloek.«

»Er muß sehr reich sein. Warum hast du deinen Kaffee nicht

getrunken?« Sie holte den Kaffee und reichte ihn mir. Danach nahm sie mir das Glas wieder ab und stellte es auf den Tisch zurück. »Bist du aus Bandung direkt hierher gekommen?«

»Ich werde deinen Mann nachher vom Bahnhof abholen. Er kommt mit dem letzten Zug«, sagte ich.

»Macht dir keine Mühe. Er wird nicht kommen.«

»Du bleibst also alleine hier?«

»Für ein paar Tage vielleicht. Meine Nerven.«

»Ruh' dich aus. Ich gehe erst einmal baden.«

Als ich später zurückkam, las sie gerade. Sie sagte freundlich: »Komm, das Abendessen ist fertig.«

Wir gingen zu Tisch. Sie verhielt sich, als ob wir frisch verheiratet wären.

Plötzlich, während des Essens, sagte sie: »Vielleicht liegt es daran, daß ich schon als Kind indisches Essen gewohnt war, daß ich so heißblütig bin. Alle Einheimischen scheinen heißblütig zu sein. Ich esse viel lieber indisch.«

»Was eßt ihr zu Hause, indisch oder europäisch?«

»Das hängt von Hendrik ab. Er mag lieber europäisches Essen, weil es praktischer ist und schnell geht, nicht so viel drum herum.«

»Du willst doch nicht damit sagen, daß Hendrik kalt ist?«

»Wie ist Hendrik so? Mag er seine Arbeit?« sagte sie, plötzlich das Thema wechselnd.

»Er mag sie nicht nur. Er versinkt darin.«

»Das habe ich mir gedacht. In Holland war es auch so. Er kannte keinen Urlaub. Er arbeitete auch zu Hause weiter. Manchmal war ich deswegen verärgert. Aber das macht nichts. Deswegen leben wir trotzdem in Harmonie, wir streiten uns nie.«

Mir wurde immer klarer, daß etwas in ihrer Ehe nicht stimmte, wie damals, als ich ihren Mann kennenlernte. Europäische Frauen, Männer schon gar nicht, reden nie über ihr Eheleben. Mir mußte wohl etwas loswerden.

Ich aß schnell auf. Sie machte es mir nach.

Als ich dann wieder auf meinem Liegestuhl lag, kam sie bald darauf und nahm wieder auf dem Rattanstuhl Platz.

»Wir sind nun seit neun Jahren gute Freunde. Ich muß mit jemandem reden. Wirst du mir zuhören?«

»Wenn es um einen Streit mit deinem Mann geht, möchte ich es nicht hören, Mir. Tut mir leid, das kann ich nicht.«

»Wir haben uns nicht gestritten, wirklich nicht. Worüber sollten wir uns denn streiten?«

»Was für Schwierigkeiten habt ihr, Mir?«

Langsam hob sie den Kopf. Sie sah mich zögernd an, dann sagte sie leise und bedächtig: »Die Schwierigkeit begann ein Jahr nach unserer Hochzeit.«

»Doch nichts finanzielles?«

»Nein. Das Problem kam von Hendrik. Er arbeitete wie ein Pferd. Ohne Unterlaß, als ob arbeiten und studieren der einzige Lebensinhalt wären. Er kümmerte sich nicht um seine Gesundheit. Er arbeitete über seine Kräfte.«

Sie schwieg einen Augenblick und sah mich erwartungsvoll an. Ich wartete, bis sie weitersprach. Doch sie schüttelte den Kopf, biß sich auf die Unterlippe und wischte sie dann mit einem Taschentuch ab.

»Warum zögerst du jetzt, Mir?«

»Ich bin tatsächlich etwas verunsichert«, antwortete sie weich.

»Soll ich dich einen Augenblick alleine lassen?«

»Nein, das ist nicht nötig. Laß mich weiter erzählen. Eines Nachts fand ich ihn vor seiner Arbeit sitzend. Beide Hände lagen auf dem Schoß, seine Augen waren geschlossen. Er schlief nicht, war auch nicht in Gedanken versunken. Er war einfach total ausgelaugt. ›Du bist müde, geh' schlafen‹, sagte ich zu ihm. Er sah mich aus hoffnungslosen Augen an und sagte: ›Geh' du schlafen, Mir.‹ Dann ging er weg, vielleicht spazieren. Er kam erst im Morgengrauen zurück.«

»Dann hat er wohl ein Problem, das er mit dir nicht besprechen kann, Mir.«

»Er braucht es mir nicht zu sagen. Ich weiß Bescheid. Er hat sein Selbstvertrauen verloren. Er fühlt sich mir gegenüber minderwertig. Ich habe versucht, ihm Mut zu machen, damit er sein Selbstvertrauen wiederfand, aber es wurde nur noch schlimmer, und er vertiefte sich immer mehr in seine Arbeit und Studien.«

»Warst du mit ihm beim Arzt?«

»Wir waren bei vier Ärzten, aber keiner konnte ihm helfen.«

So, wie sie die Geschichte erzählte, verstand ich nun, daß Hendrik impotent war. Aber ich tat, als ob ich es nicht begriffen hätte.

»Schau, ich bin jetzt dreißig, wahrscheinlich so alt wie du.«

Mein Verdacht, sie sei drei oder vier Jahre älter als ich, war also falsch.

»Ich habe zu spät geheiratet. Mein Mann hätte gerne Kinder gehabt, aber jetzt hat er die Hoffnung aufgegeben. Er glaubt nicht mehr daran. Zweimal schon hat er mir die Scheidung angeboten. Aber das kommt nicht in Frage. Ich liebe ihn. Er ist sehr nett und bescheiden. Er glaubt an das Gute seiner Arbeit und liebt sie. Auch mich liebt er von ganzem Herzen.«

»Sag mir bitte klar und deutlich, Mir. Welche Art von Hilfe erwartest du von mir?«

»Vielleicht kennst du einen *Dukun*, der seine Krankheit heilen kann.«

»Den Verlust seines Selbstvertrauens, meinst du?«

»Ja, er ist so ein ehrlicher und rechtschaffener Mensch. Wenn es jemand anders wäre, hätte ich genauso großes Mitleid mit ihm.«

»Einen Dukun also?«

»Oder Heilkräuter. Kennst du vielleicht welche?«

»Du willst mir sagen, daß dein Mann impotent ist?«

Sie schaute zur Seite und nickte.

»Du verstehst vielleicht. Nicht nur er leidet darunter, ich auch.«

»Ich verstehe, Mir. Über diesen Dukun oder Heilkräuter ... ich habe nie darüber nachgedacht. Es dauert bestimmt eine Weile, bis ich Informationen darüber habe. Wie stark wirkt es sich bei ihm aus?«

»Total!«

»Total? Das bedeutet, daß du nie ein Kind von ihm haben wirst?«

»Du weißt das besser als ich.«

»Ich werde versuchen, mich in den nächsten Wochen kundig zu machen. Geh jetzt schlafen, Mir. Gute Nacht.«

Ich ging hinaus, um die Hoftür zu schließen. Danach ging ich hinein und verriegelte Fenster und Tür. Mir war nicht mehr im Wohnzimmer. Ich schaltete das Licht aus und ging in mein Zimmer. Morgen ist Sonntag, ich werde zum Palast gehen. Vielleicht ist der Generalgouverneur nicht in Batavia. Plötzlich hörte ich ein Rascheln. Schnell drehte ich den Schalter hinter der Tür.

Mein Gott! Mir stand mitten in meinem Zimmer.

»Du bist im falschen Zimmer, Mir«, ermahnte ich sie.

»Nein. Bin ich nicht«, sagte sie fest entschlossen.

»Ich werde mir Mühe geben, Mir. Hab Geduld. Geh bitte in dein Zimmer. Du bist die Frau meines Freundes.«

»Ich glaube nicht an den Dukun oder die Heilkräuter. Deshalb komme ich zu dir. Verzeih.«

»Mir!«

»Gib du mir bitte, was mein Mann mir nicht geben kann.«

»Mir Frischboten!«

»Hast du nicht das Herz, einer Freundin zu helfen?«

»Ich verstehe dein Problem, Mir. Aber dies ist nicht die richtige Lösung.«

»Ich werde nicht aus diesem Zimmer gehen. Ich bleibe hier!«

»Dann gehe ich.«

Sie sprang auf mich zu und hielt meine Hand fest.

»Du kannst mich nicht so stehenlassen. Wir sind gute Freunde, schon seit langem.«

»Warum gerade ich, Mir? In Bandung gibt es doch so viele Europäer?«

»Lieber sterbe ich, als daß ich mich blamiere. Du kannst mich jetzt gleich umbringen. Oder ich tue es selbst. Was macht das schon für einen Unterschied?« Sie atmete hastig, ihr Gesicht war aschfahl und ihre Hände zitterten. Schweiß bedeckte ihr Gesicht, ihren Hals und durchdrang langsam ihr Nachthemd, trotz der frischen Brise.

»Mir, nicht so. Was werden denn die Leute sagen?«

»Nur von dir würden die anderen es erfahren.«

Ich schüttelte sie an der Schulter und ermahnte sie: »Mir, komm wieder zu dir.«

»Ich habe es mir lange und sorgfältig überlegt. Ich komme nur zu dir«, sie sah mich mit Tränen in den Augen an. »Du bist mein bester Freund. Wenn du nicht willst, heißt das, daß du mich auf den Friedhof schickst.«

»Du läßt mir überhaupt keine Zeit, darüber nachzudenken.«

»Wenn du aus dieser Tür gehst und mich hier stehenläßt, dann beleidigst du mich.« Sie hielt mich weiterhin fest. Ihr Blick war ängstlich und gespannt zugleich.

In meinem Kopf tauchte Hendrik Frischboten auf. Er war immer so gut zu mir gewesen, zu allen, die seine Hilfe brauchten. Und vor mir stand meine beste Freundin, die ich seit neun Jahren kannte.

»Du hast Angst.«

»Ja, ich habe Angst«, sagte ich.

»Auch ich habe Angst«, antwortete sie.

»Du hast keine Angst, Mir. Du machst mir Angst.«

»Du respektierst meine Offenheit nicht. Ich glaube nicht, daß du mich beleidigen willst.«

»Das habe ich nie im Sinn gehabt.«

Sie schmiegte sich an mich, zitterte dabei vor Angst vor der Ablehnung, die ihr immer noch möglich schien. Ihr schneller Atem raubte mir fast die Sinne.

»Halte mich bitte nicht für ein billiges Straßenmädchen. Das bin ich nicht. Bin ich schlecht in deinen Augen?«

»Nein, Mir, ich finde, du bist sehr mutig.«

»Aber du zögerst immer noch. Als wäre ich eine ehrlose Frau.«

Fast hätte ich ihr erzählt, daß Douwager in Bandung war. Aber ich ließ es sein. Ich wollte ihr lieber etwas Schönes erzählen, um sie auf andere Gedanken zu bringen. Aber mir fiel nichts ein. Ich versuchte, sie aus dem Zimmer zu ziehen, aber sie blieb hartnäckig: »Schick mich nicht fort. Mach mich nicht lächerlich.«

Nun brach sich ein Aspekt des Lebens Bahn, der bis dahin unter der Oberfläche geblieben war; die körperliche Lust, die nur jene kennen, die etwas für einander empfinden. Sie war mutig und offen auf mich zugekommen. Ich war immer noch ganz in Gedanken versunken …

»Mir! …« Weiter kam ich nicht.

Am folgenden Nachmittag empfing van Heutsz mich in der Laube, inmitten des Grüns einer weiten Wiese.

»Sie haben lange keine Kurzgeschichten mehr geschrieben«, ermahnte er mich. »Das wäre wertvoller als die Artikel, die nur temporäre Bedeutung haben, wie der über den Boykott. Wollen Sie, daß Ihr Schriftstellername für immer verschwindet?«

»Die Zeitung raubt mir all meine Zeit und Kraft, Exzellenz. Die täglichen Geschehnisse lassen mir keine Möglichkeit, in Ruhe über sie nachzudenken.«

»Das verstehe ich. Aber halten Sie Ihren Artikel über den Boykott wirklich für notwendig? Na ja, natürlich! Sonst hätten Sie ihn ja nicht geschrieben und veröffentlicht. Sie scheinen etwas auf dem Herzen zu haben.«

»Ich möchte nur etwas fragen.«

»Haben Sie Schwierigkeiten bekommen wegen des Boykotts?«

»Nein.«

»Nein oder noch nicht?«

»Ich hoffe nie«, antwortete ich.

»Ja. Wollen wir hoffen, daß er kein neues Chaos sät. Was möchten Sie nun von mir wissen?«

Ich trug ihm den Wunsch der Prinzessin von Kasiruta vor, in die Heimat zurückzukehren. Er lauschte ernsthaft und sah mich unverwandt an. Es mochte sein, daß die Bestie verärgert war. Aber er war es, der mir die Freundschaft angeboten hatte. Er würde mich nicht anfallen, zumindest nicht sofort.

Plötzlich klatschte er in die Hände. Ein Adjutant kam herbei, in weißer Uniform mit goldenen Tressen.

»Herr Henricus soll kommen.«

Der Adjutant salutierte und ging.

Ich wußte genau, wo Herrn J.T. Henricus wohnte, nur einige Häuser von mir entfernt. Er konnte also innerhalb weniger Minuten da sein.

»Warum will die Prinzessin zurück? Für sie ist es doch auf Java viel schöner als in ihrer Heimat. Ich bin erstaunt, daß Sie wegen dieser Sache zu mir kommen. Wissen Sie nicht, daß so etwas nur den Generalgouverneur persönlich angeht?«

»Sie möchten, daß ich die Frage zurücknehme?«

»Ich hoffe, daß so etwas nicht mehr vorkommt. Erinnern Sie sich an das, was ich in ›De Harmonie‹ gesagt habe? Es geht um die Einheit Ostindiens, und wenn es nur eine kleine Insel so groß wie eine Kokosnuß betrifft.«

»Es tut mir leid, Exzellenz.«

»Es wäre gut, wenn Sie ihre Grenzen kennen würden. In einigen Monaten wird meine Amtsperiode zu Ende sein. Ein neuer Generalgouverneur wird kommen. Vielleicht ist er besser als ich. Vielleicht aber auch nicht. Dann werden Sie viele Schwierigkeiten bekommen.

Was Sie für harmlos halten und worüber Sie dann schreiben, könnte sich für meinen Nachfolger als wichtig erweisen. Würden Sie bitte daran denken?«

»Natürlich.« Mir war klar, dies war nichts anderes als eine ernstzunehmende Warnung.

»Es ist sehr wichtig, die Grenzen zu kennen. Ein einfacher Mann kann zum Säufer werden, nur weil er die Grenze nicht kennt. Nebenbei, wo haben Sie die Prinzessin kennengelernt?«

Ich erzählte ihm, daß sie mich eines Tages im Büro besucht hatte, um mich um Hilfe zu bitten. Ich bekam immer mehr das Gefühl, daß er mich aushorchen wollte.

»Ach, so ist das. Aber was halten Sie persönlich von ihr? Ich meine, als unverheirateter Mann. Haben Sie Interesse?«

»Die Prinzessin ist tatsächlich sehr anziehend.«

»Warum heiraten Sie sie dann nicht? Haben Sie das schon mal in Erwägung gezogen?«

Erst jetzt glaubte ich den Gerüchten, daß Generalgouverneur Rooseboom das gleiche mit dem Mädchen aus Jepara gemacht hatte. Auch van Heutsz wollte die Prinzessin zum Schweigen bringen, indem er sie in ein Ehebett brachte.

»Warum sagen Sie nichts? Sie hat eine gute Ausbildung. Sie wäre eine gleichwertige Lebensgefährtin für Sie. Man erzählte mir, daß Sie nur gebildete Frauen mögen.«

»Die Frage kommt zu plötzlich und unerwartet. Außerdem ist dies eine Sache für zwei Menschen und nicht nur meine.«

»Aber Sie wären damit einverstanden, nicht?«

»Ich habe noch nicht darüber nachgedacht.«

»Natürlich. Natürlich haben Sie schon darüber nachgedacht und es erwogen. Sonst wären Sie nicht mit dieser Angelegenheit zu mir gekommen. Nicht einmal ein Resident würde so etwas auf sich nehmen, nicht einmal, wenn er Mitleid mit der Familie hätte.«

In der Ferne sah ich Herrn Henricus auf uns zukommen, begleitet von dem Adjutanten.

»Sie wollen nicht nur etwas Gutes tun. Sie haben bestimmt noch etwas anderes im Sinn.«

»Aber wenn das der Fall sein sollte, dann nicht auf Befehl eines Generalgouverneurs.«

Er lachte fröhlich und stand auf, um die Huldigung von Herrn Henricus und seinem Adjutanten entgegenzunehmen. Der Adjutant trat einige Schritte zurück, während van Heutsz und Herr Henricus noch ein Weilchen im Stehen miteinander flüsterten. Danach wandte sich van Heutsz an mich und sagte: »Entschuldigen Sie mich einen Augenblick«, und setzte sein Gespräch fort, ohne daß ich ein Wort davon verstehen konnte.

Es dauerte keine drei Minuten. Herr Henricus verbeugte sich ehrerbietig und nickte mir zu, dann ging er. Van Heutsz setzte sich wieder zu mir.

»Na, was habe ich gesagt?« fragte er plötzlich lächelnd. »Es besteht bereits eine Bindung zwischen Ihnen und der Familie des Fürsten?«

Es klang wie eine Anklage, die man nicht leugnen könnte.

»Es besteht keine Bindung«, wehrte ich mich.

»Wie ist das möglich! Warum warten dann die Prinzessin und der Fürst zu Hause auf Sie?«

»Auf mich warten?« fragte ich erstaunt.

»Wollen wir wetten?« forderte er mich heraus.

»Wetten!« stieß ich hervor, noch erstaunter.

»Warum nicht? Ich sage, der Fürst und die Prinzessin warten auf Sie. Es ist doch möglich, daß er und seine Tochter auf eine Antwort von mir warten? Ach, Sie wissen doch, daß sowohl der Vater als auch die Tochter nicht in ihre Heimat zurück können, solange ich im Amt bin. Auch mein Nachfolger wird dabei bleiben. Gehen Sie jetzt nach Hause. Lassen Sie sie nicht noch länger warten. Außerdem gebe ich Ihnen noch einmal den Rat, um die Hand der heimwehkranken Prinzessin anzuhalten.« Er stand auf und gab mir die Hand. »Guten Tag. Und viel Erfolg mit Ihrem Antrag. Sie werden es schon schaffen. Sie wissen, was Ihr Freund von Ihnen erwartet.«

Auf militärische Art drehte er sich um und schaute nicht mehr zurück.

Ich stand ebenfalls auf und verbeugte mich vor seinem Rücken. Nachdem er sich einige Schritte von mir entfernt hatte, verließ ich ebenfalls den Palast.

Sobald ich außerhalb des Palastes war, tauchte mein Haus schon vor mir auf. Ich entschied mich für einen Umweg und ging in Richtung Markt. Ich dachte an das Problem, das die Frischbotens hatten.

Wie auf einer Bühne, wie wenn alles geplant gewesen wäre, geschah folgendes: Ein junger Chinese in gestreiftem Pyjama sprach mich an: »Herr!«

Ich blieb stehen und sah ihn fragend an. Der Junge lächelte.

»Sie waren doch mit Frau Lehrerin Ang befreundet?«

Der Gedanke an die Auseinandersetzung zwischen der Jungen und Alten Generation ließ mich augenblicklich auf der Hut sein.

»Haben Sie mich vergessen? Ich bin Pengki!«

»Pengki?«

»Ich habe Sie vom Bahnhof Kota abgeholt, als Frau Lehrerin Ang so krank war.«

»Ach, du bist es, Pengki. Du bist ja nicht wiederzuerkennen!«

»Wo ist die Frau Lehrerin jetzt?«

»Sie ist heimgegangen, Pengki, vor drei Jahren schon. Du bist auch nicht mehr in Batavia?«

»Nein, Herr. Ich bin seit zwei Jahren hier.«

»Mit was handelst du denn?«

»Ich handele nicht, Herr«, sagte er, während er zu einem Schild aufsah, auf dem etwas in chinesischen Schriftzeichen geschrieben stand, und darunter als Erklärung ganz groß *Sinse* in lateinischen Buchstaben.

»Ich arbeite hier als Lehrling.«

Sinse! Vielleicht wußte er einen Weg, um Hendrik zu heilen.

»Kommen Sie doch bitte herein«, bat er mich.

Im stillen betete ich, daß ich etwas hinter dieser Glaswand finden würde. Ich wurde von einer Reihe Tongefäße empfangen, deren Etiketten chinesisch beschriftet waren.

Er bat mich, auf einer hölzernen Bank Platz zu nehmen, und setzte sich neben mich.

»Wie lange lernst du hier schon, Pengki?«

»Zwei Jahre, Herr. Brauchen Sie vielleicht etwas?«

»Ja, Pengki. Deshalb komme ich hierher, vielleicht kennst du eine Medizin für einen Freund von mir.«

»Am besten bringen Sie Ihren Freund hierher, dann kann der Sinse ihn untersuchen. Was hat er denn?«

Ich flüsterte es ihm zu. Im Dämmerlicht der Öllampe konnte ich keine Reaktion auf seinem Gesicht erkennen.

»Lassen Sie mich den Sinse holen.«

Er ging hinein und kam mit einem alten Chinesen mit langem weißen Bart zurück.

»Natürlich, Herr«, sagte der alte Sinse. »Aber ich kann nicht einfach so etwas zusammenmischen. Ich muß vorher die genaue Ursache kennen. Ich kann Ihnen aber einen Brief schreiben, und Ihr Freund muß sich erst mal untersuchen lassen, soweit er nichts dagegen hat.«

Sie haben also auch ihre Regeln, dachte ich.

»Gut, geben Sie mir den Brief.«

Der Sinse ging in das kleine Zimmer, schrieb etwas auf und kam mit einem Zettel für mich wieder.

»Kennen Sie das Bambushaus vor dem großen Tor?« Ich nickte. »Dorthin muß Ihr Freund gehen. Egal an welchem Tag, aber vor fünf Uhr Nachmittag.«

»Was ist das für eine Untersuchung, Sinse? Sind viele geheilt worden?«

»Diese Art von Krankheit kann man meistens heilen, Herr. Es ist nur eine Schwäche. Es sei denn, irgend etwas ist endgültig kaputt. Auch eine Schwäche, die schon lange andauert, ja … Wenn Ihr Freund sich zu fein fühlt, um sich in dem Bambushaus untersuchen zu lassen, dann können wir auch nichts tun.«

Was für eine Art Untersuchung konnte man wohl in einem Bambushaus machen, ohne jegliche Garantie für die Sauberkeit einer Praxis? Sicherlich eher eine Art Dukun oder Hokuspokus. Aber gerade so etwas brauchte die Familie Frischboten ja. Ein Verdurstender in der Wüste würde nach jedem Tautropfen greifen, wie schmutzig er auch sein mochte, selbst wenn es nur eine Fata Morgana wäre.

Mit dem Brief des Sinse eilte ich zur Post und schickte Hendrik ein Telegramm, daß er so schnell wie möglich nach Buitenzorg kommen solle.

Van Heutsz hatte nicht gescherzt. Mir Frischboten leistete im Wohnzimmer dem Fürsten und der Prinzessin Gesellschaft. Sie war sehr froh über mein Kommen. Sie stand auf, brachte mich zu meinen Gästen, entschuldigte sich und ging ins hintere Zimmer.

Vater und Tochter erhoben sich, um mich zu empfangen.

»Verzeih uns, daß wir unangemeldet kommen, Nak«, begann der Fürst.

»Das macht nichts. Ihr werdet doch hier übernachten?«

»Vielen Dank. Ja. Wir hatten das tatsächlich vor.«

»Es ist mir eine Ehre, Bapak. Frau Frischboten wird die Zimmer vorbereiten. Sie ist die Frau eines Freundes, die zufällig auch hier übernachten wird.«

Ich hatte mich kaum gesetzt, als der Fürst mich direkt fragte: »Du kommst gerade vom Generalgouverneur?«

»Das ist richtig.«

Seine Augen leuchteten, angestachelt von dem Drang, die Antwort zu erfahren.

»Dürft Ihr weg von Sukabumi?« fragte ich vorsichtig.

»Mit der Erlaubnis des Regenten, ja.«

Nun begriff ich, warum Herr Henricus über ihren Besuch bei mir informiert war.

Ich sah die Prinzessin an, die die ganze Zeit mit gesenktem Kopf dasaß.

»Seid Ihr müde, Prinzessin?«

»Oh, nein, nein«, antwortete sie nervös.

»Ich werde nachschauen, ob die Zimmer bereit sind. Ihr entschuldigt mich.« Dann ging ich nach hinten.

Mir hatte mit Hilfe zweier Hausmädchen zwei Zimmer zurechtgemacht. Sie hatten auch ihr Gepäck bereits ins Haus gebracht. Sie erzählten, daß die Besucher einen Korb voller Goldfische und einen weiteren mit *Nangka* mitgebracht hätten. Zusammen mit Mir ging ich wieder nach vorne und bat meine Gäste, sich ein wenig auszuruhen. Nur die Prinzessin folgte dieser Einladung. Der Fürst blieb auf seinem Stuhl sitzen.

»Seid Ihr nicht müde?« fragte Mir auf malaiisch.

»Nein. Wie weit ist schon Sukabumi?« lächelte er gezwungen, dann preßte er seine Lippen wieder zusammen.

Er wollte zeigen, daß er keine Europäer mochte.

Mir sah mich fragend an. Ich nickte. Sie stand auf und entschuldigte sich damit, sich um das Abendessen kümmern zu müssen.

»Ist sie deine Frau, Nak?«

»Nein, Pak, ich habe vorhin schon erwähnt, sie ist die Frau eines Freundes. Sie übernachtet hier, weil sie Medizin für ihren Mann sucht.«

»Ich bin noch nie von einer Frau empfangen worden, schon gar nicht von einer europäischen.«

»Das tut mir leid. Aber das ist Sitte bei den Europäern. Sie machen keinen Unterschied zwischen Männern und Frauen. Für sie sind beide gleichwertig.«

Er war nach wie vor verstimmt, auch wenn er sich Mühe gab, seine Gefühle nicht zu zeigen. Er trommelte mit dem Zeigefinger auf seinem Knie, und seine Augen schweiften unruhig umher. Die ganze Zeit hatte er seine Gefühle vor Mir verbergen müssen.

Kurz darauf kam die Prinzessin wieder. Sie trug nun sundanesische Kleidung. Sie setzte sich wieder auf ihren Platz und sah unverwandt zu Boden. In diesem Augenblick war ich mir sicher, ich würde es nicht bereuen, sie zur Frau zu haben. Aber warum war ihre offene Art in der Anwesenheit ihres Vaters verschwunden?

Der König sah unschlüssig zwischen seiner Tochter und mir hin und her und fragte schließlich: »Du hast die ganze Zeit also keine Frau gehabt?«

»Ich war viel zu sehr mit der Arbeit beschäftigt. Ich habe sogar Eure Tochter schon gefragt, ob sie mir bei der Herausgabe einer Frauenzeitschrift helfen könnte.«

»Ja, das hat sie mir erzählt.«

»Ihr seid also einverstanden?«

»Was für einen Nutzen soll das für eine Frau haben?«

»Natürlich hat es einen Nutzen, sonst hätte ich doch nicht gefragt.«

»Du meinst es gut, aber die Umstände sind nicht gut.«

»Damit die Umstände besser werden, muß es jemanden geben, der sie verbessert. Deshalb bat ich Eure Tochter um ihre Mitarbeit. Es hat keinen Sinn, den schlechten Zustand beibehalten zu wollen, auch für andere nicht. Man muß etwas tun, um ihn zu verbessern.«

»Sich mit jedermann abgeben zu müssen …«

»Bin ich auch so ein jedermann?«

»Das meine ich nicht«, sagte er schnell. »Sei nicht verärgert. Wer kennt dich nicht? Als Mensch und deine Taten. Aber die anderen?«

»Niemand wird sich erdreisten, eine Prinzessin zu belästigen.«

»Ja, in Kasiruta ist das so. Aber Bandung ist nicht Kasiruta. Hier sind allerlei Völker zusammengemischt, wie ... wie soll ich das sagen?«

»Ihr meint, wie ein Haufen Müll?«

Er hüstelte.

»Zumindest ist Sukabumi ruhiger, Kind. Die Leute erweisen uns noch die Ehre. Es ist fast wie auf Kasiruta. Was ich dort vermisse, ist die vTifa$, die höre ich dort nie.«

Mir kam, um uns zu Tisch zu bitten.

Das Abendessen verlief schweigend. Auch während wir zum Nachtisch Obst aßen.

Anschließen gingen wir wieder ins Wohnzimmer, nur Mir blieb hinten. Die Prinzessin schwieg beharrlich und sah unaufhörlich zu Boden, wie es sich für eine Frau in Ostindien gehörte, in der Nähe eines Mannes, der kein Blutsverwandter war. Auch der Vater ermutigte sie nicht, sich am Gespräch zu beteiligen.

»Also, darf ich nun fragen, wie die Antwort des Generalgouverneurs ausgefallen ist?« fragte er vorsichtig.

»Kennt Ihr einen Herrn Henricus?«

»Nein.«

»Er ist ein hoher Beamte beim Algemenee Secretarie.«

»Nein, ich kenne ihn nicht.«

»Als ich bei dem Hohen Herrn war, kam er und flüsterte ihm zu, daß Ihr und die Prinzessin Euch hier im Hause befindet.«

»So schnell erfährt der Hohe Herr solche Dinge?« sagte er leise, das Gesicht voller Wachsamkeit. »Wie konntest du wissen, was sie sich zuflüsterten?«

»Nachdem Herr Henricus gegangen war, erzählte mir Seine Exzellenz davon.«

»Um Gottes Willen! Ist Seine Exzellenz böse auf mich?«

»Nein, bestimmt nicht. Er mußte sogar lachen.«

Die Wachsamkeit in seinem Gesicht ließ nach. Er atmete erleichtert aus. Die Prinzessin saß weiterhin wie ein Häufchen Elend auf ihrem Platz. Es war ihr wohl schon zu Hause klargemacht worden, wie sie sich zu verhalten hatte.

»Meine Tochter dürfte also nach Hause fahren?« flüsterte er seiner Tochter zu.

Erst da hob sie den Kopf und sah mich an.

»Hast du das gehört, Mädchen!« sagte er zu seiner Tochter.

»So ist das leider nicht, Bapak«, fügte ich schnell hinzu. »Seine Exzellenz hat keine Erlaubnis erteilt.«

»Er hat doch über uns gesprochen, oder nicht?«

»Nein.«

»Über unsere Fehler vielleicht?«

»Auch nicht.«

»Schade, daß du ihn nicht gefragt hast, was wir denn falsch gemacht haben.«

Ich erzählte ihm das eine oder andere über die »Korte Verklaring« und van Heutsz' Vorhaben, Ostindien zu vereinigen. Alle Sultane, Fürsten, Stammesoberhäupter, die er nicht mochte, vor allem jene, die sich eindeutig gegen ihn auflehnten, wurden hart angefaßt. Nur Gott könnte ihn von seinem Vorhaben abbringen. Dann erzählte ich ihm noch von den exorbitanten Rechten des Generalgouverneurs, den allerhöchsten Befugnissen des allerhöchsten Machthabers Ostindiens.

Er hörte andächtig zu, ohne mich zu unterbrechen oder Fragen zu stellen.

»Dieses Jahr wird van Heutsz abgelöst. Vielleicht vertritt der Neue andere Ansichten. Dann habt Ihr mehr Grund zur Hoffnung.«

»Dieses Jahr noch? Ach, es wird sich doch nichts ändern.« Er sagte etwas zur Prinzessin, in einer Sprache, die ich nicht verstand, schnell und in hoher Stimmlage. Das Mädchen nickte mit gesenktem Kopf und sah nicht einmal auf.

»War das alles?«

»Wir haben auch über die Prinzessin gesprochen«, antwortete ich. Erneut traf mich ein kurzer Blick. »Über die Möglichkeit einer Heirat.«

»Über meine Hochzeit?« Ihre Augen weiteten sich.

»Was muß er sich da einmischen! Das ist nicht seine Sache!« zischte der Fürst wütend. »Wir sind Moslems.« Er umschlang den Stock mit aller Kraft und seine Augen funkelten voller Wut.

»Natürlich ist das Euer Recht. Seid nicht böse. Vor allem laßt niemals jemand anders von Eurer Wut erfahren. Es könnte zu neuen Problemen führen.«

»Ja, ja«, antwortete er, dann sprach er wieder hoch und schnell zu seiner Tochter.

Die Prinzessin stand auf, nickte mir zu und ging in ihr Zimmer.

»Mit wem wollte der Hohe Herr meine Tochter denn verheiraten?« fragte der Fürst vorsichtig. Als er sah, daß ich keine Anstalten machte, ihm zu antworten, nörgelte er weiter. »Sie haben uns die Tochter weggenommen und zu einer holländischen Familie in Bandung gegeben. Sie wollten eine Holländerin aus ihr machen, sie einen anderen Glauben lehren. Jetzt mischen sie sich auch noch in ihre Heirat ein. Es ist wirklich eine Frechheit! *Auzubillah!* Wirklich nicht zu glauben!«

»Nicht zu laut, Pak.«

Er schwieg. Seine Augen schweiften unruhig umher, dann flüsterte er: »Sag es mir, mein Junge, mit wem?«

»Das hat er nicht gesagt. Er hat nur gesagt, daß die Prinzessin von Kasiruta reif für die Ehe sei. Er wollte nicht, daß die Prinzessin nach Hause ginge. Das brächte nur Unruhe, sagte er.«

Der Fürst flüsterte ein Gebet. Ich senkte ebenfalls den Kopf, um ihm in seiner Sorge beizustehen. Plötzlich blickte er wieder auf und sah mich lange an: »Du bist doch Moslem, oder?«

»Natürlich, Bapak, wenn nicht, wäret Ihr doch nicht bereit, hier zu übernachten? Macht Euch keine Sorgen. Wir haben Zeit genug, um ausführlich darüber nachzudenken.«

»Ist so etwas schon einmal vorgekommen?« fragte er ängstlich.

»Es ist sicherlich nicht das erste Mal. Der Befehl zu heiraten, ist eine der Methoden des Gouvernements, die Söhne und Töchter der einheimischen Oberschicht unter Kontrolle zu halten.«

Ich erzählte ihm von dem Mädchen aus Jepara und seinem Vater, wie diese wunderbare Frau schließlich in jungen Jahren verschieden war. Er hing förmlich an meinen Lippen. Dann hörte ich seine Stimme, wie ein Stöhnen: »Ich werde nicht zulassen, daß meine Tochter das gleiche Schicksal ereilt. Oh, mein Gott, beschütze meine Tochter.«

»Wir besitzen nicht die Macht, uns dagegen zu wehren, Bapak. Wie auch immer, wir haben noch Zeit, darüber nachzudenken. Sie können Euch höchstens auffordern, Eure Tochter so schnell wie möglich zu verheiraten, oder sie können danach fragen, wer der zukünftige Mann sein soll. Ich werde Euch helfen, so gut ich kann. Kommt, es ist schon spät. Ich bringe Euch zu Eurem Zimmer.«

Er stand auf, stützte sich auf seinen Stock und humpelte dorthin.

Als ich vor meinem Zimmer stand, blieb ich zögernd stehen. Ich sah Mir vor mir, hinter ihr meinen guten und vertrauensvollen Freund, Hendrik Frischboten. Macht, daß ich kein schlechtes Gewissen haben muß, Mir, Hendrik. Danach öffnete ich die Tür und schaltete das Licht an. Und richtig! Mir lag in meinem Bett.

Sie stand auf um mich zu begrüßen.

»So geht das nicht weiter, Mir«, sagte ich. »Morgen kommt dein Mann. Ich habe ihm vorhin ein Telegramm geschickt. Ich hoffe, der Sinse wird ihn heilen können.«

»Ein Sinse auch noch«, sagte sie spöttisch.

»Du hast dein Selbstvertrauen verloren.«

»Ich habe noch nie davon gehört, daß man so eine Krankheit heilen kann.«

Ehrlich gesagt glaubte ich selbst auch nicht so recht daran.

»Trotzdem, dies habt ihr noch nicht probiert. Wer weiß, Mir, ein Volk mit solch einer alten Kultur, das alles schriftlich überliefert hat«, versuchte ich sie zu trösten.

»Das ist eine Frage von Hoffnung und keine Realität. Es ist spät.« Sie umarmte mich und küßte mich so heftig, daß ich nach Atem rang.

Am nächsten Nachmittag schleppte ich Hendrik Frischboten zu dem Bambushaus unweit des Marktes von Buitenzorg.

»Unserer ewigen Freundschaft wegen, werfen Sie bitte alles Mißtrauen über Bord«, sagte ich.

Er wollte ursprünglich wirklich nicht dorthin und hatte gar kein Vertrauen. Wir mußten ihn zwingen. Mir war auf meiner Seite, als sei ihr Vertrauen in den Sinse grenzenlos. Und so, ausgestattet mit einem dünnen Blatt Papier, völlig wertlos, auf dem irgendwelches unverständliches chinesisches Gekritzel stand, gingen wir in das Haus.

Ein alter Chinese wie aus dem Bilderbuch, mit langem dünnen weißen Bart, empfing uns. Er trug einen schwarzen Kopiah, war nicht größer als einssechzig, sehr robust, wenn auch spindeldürr. Seine Lippen waren bläulich, ein Zeichen, daß er Opium nahm.

Nachdem er den Brief des Sinse gelesen hatte, nickte er nur. In gebrochenem Malaiisch fragte er dann: »Um wen von euch beiden geht es?«

Ich wies auf Hendrik.

Ohne nach seinem Namen zu fragen, brachte er Hendrik in ein kleines stickiges Zimmer. Ich begleitete sie. Wie ein Arzt befahl der Sinse Hendrik, sein Hemd auszuziehen. Mit einer tiefen Verbeugung bat er mich, das Zimmer zu verlassen. Eine Dreiviertelstunde später kam Hendrik angezogen wieder zum Vorschein. Auf dem Heimweg gingen wir erst noch bei Pengki vorbei und gaben ihm den Brief, den der andere Sinse uns für ihn mitgegeben hatte.

Pengki nicke zustimmend, nachdem er den Brief gelesen hatte, und fing an, das Rezept zusammenzumischen.

»Wenn Sie sich nicht für zu fein halten, zu den festgelegten Zeiten zu dem Sinse zu gehen, werden Sie innerhalb eines Monats wieder gesund sein. Sie haben nur etwas schwache Nerven. Sie haben sich vernachlässigt.«

Er gab ihm eine Flasche mit Flüssigkeit und fügte hinzu: »Nehmen Sie davon dreimal täglich einen Eßlöffel. Diese Flasche wird reichen.«

Wie überzeugt dieser Junge doch von seinen eigenen medizinischen Kenntnissen war!

»Was bekommst du, Pengki?«

»Wenn Sie wieder ganz gesund sind, lassen Sie es uns wissen. Das ist alles. Wir verlangen keine Bezahlung.«

»Das geht doch nicht, Pengki!«

»Das ist bei uns Sitte, Herr. Aber, wenn Sie einen Brief an die Lehrerin Ang schreiben, grüßen Sie sie von mir. Ich denke oft an sie. Wenn ich eines Tages auch in die Heimat fahre, müssen Sie mir ihre Adresse geben.«

Wieder unterwegs fragte ich Hendrik, was der Arzt mit ihm gemacht hätte. Ihm schauderte.

»Hat er Sie akupunktiert?« fragte ich schließlich.

»Sie wissen also, wie sie das machen?«

»Ich habe davon gehört.«

»Er steckte Nadeln rund um meinen Nabel, dann neben dem Rückgrat um die Hüfte herum. Es waren insgesamt sechs Nadeln. Ich hatte solche Angst vor einer Infektion. Komischerweise spürte ich überhaupt keinen Schmerz, es war nur ein anderes Gefühl da, etwas Stechendes.«

»Wie tief hat er die Nadeln hineingesteckt?«

»Weiß ich nicht genau. Nur unter die Haut, denke ich, aber man spürte sie überall. Vielleicht auch einen Finger tief.«

»Verrückt!«

»Ja, wir werden ja sehen, was diese verrückte Art zu Heilen bewirken wird. Alle drei Tage muß ich hin, sagte er.«

»Das müssen Sie unbedingt machen.«

Am nächsten Morgen fuhren wir zu dritt mit dem Zug nach Bandung. Der Fürst und die Prinzessin waren schon früher abgereist. Als Mir in ihrer Ecke eingeschlafen war, flüsterte Hendrik mir zu: »Ich bin wirklich erstaunt über diesen verrückten opiumsüchtigen Arzt.«

»Sie wollen sich nicht mehr weiter behandeln lassen?«

»Das meine ich nicht. Ich fühle wirklich schon eine Verbesserung.«

»Wirklich? So schnell schon?« rief ich vor Erstaunen so laut, daß Mir wach wurde.

Hendrik sah seine Frau an und schwieg.

»Was ist mit euch?« fragte Mir immer noch erschrocken. »Worüber habt ihr denn gesprochen?« fragte sie unsicher.

Wir waren allein im Abteil. Hendrik warf mir einen verstohlenen Blick zu, dann setzte er sich neben seine Frau.

»Warum bist du denn so erschrocken, Mir? Wir haben nur über diesen exzentrischen chinesischen Arzt gesprochen.«

»Oh, Hendrik. Ich dachte, ihr habt Streit miteinander!« rief sie, während sie ihren Mann umarmte.

Ich stand auf und sah weg. Was sollte sein verstohlener Blick bedeuteten? Wußte er Bescheid? Täuschte er seine Ahnungslosigkeit nur vor? Meine Beine begannen dermaßen zu zittern, daß ich mich an der Banklehne festhalten mußte. Ich hatte mich noch nicht von meinem Schrecken erholt, als ich sah, wie Mir ebenfalls erschrak und nervös wurde.

Hendrik fing mich auf und setzte mich neben Mir. Er selbst nahm seinen ursprünglichen Platz wieder ein. Kalter Schweiß brach mir aus allen Poren.

Als er sah, wie wir schweigend dasaßen, lächelte er.

»Mir, warum bedankst du dich nicht herzlich bei ihm? Hat er uns nicht eine große Freude beschert?«

Nach kurzem Zögern küßte mich Mir mit feuchten Augen auf die Wange. Mit gemischten Gefühlen sagte sie: »Vielen, vielen Dank, Minke!«

Dann schaute sie zum Fenster hinaus und beachtete uns nicht mehr. Mein Kopf war voller unbeantworteter Fragen. Erst als wir fast in Bandung waren, sagte Hendrik: »Ich möchte alle drei Tagen bei Ihnen übernachten, damit ich es nicht so weit habe zum Sinse. Geht das?«

»Aber natürlich!« antwortete ich.

Vom Bahnhof aus gingen Hendrik und ich direkt ins Büro. Mir ging allein nach Hause. Wußte Hendrik, was in meinem Haus in Buitenzorg passiert war? Ich hatte ein schlechtes Gewissen meinen beiden Freunden gegenüber.

Fünfzehn Tagen später folgte ich der Einladung des Fürsten und seiner Familie nach Sukabumi. Ich übernachtete dort. Nachdem ich ein Bad genommen hatte, führte mich der Fürst zur hinteren Veranda, wo bereits die verschiedensten Kuchen nach Molukkenart aufgetischt waren. Ich wußte nicht, wie sie hießen, war mir aber sicher, daß mir keiner von ihnen schmecken würde.

»Mein Junge«, begann er, »der Herr Kontrolleur war schon da, um nachzufragen, wann ich meine Tochter verheiraten werde und ob ich bereits einen künftigen Schwiegersohn habe. Wenn das nicht der Fall wäre, sollte ich mich so schnell wie möglich darum kümmern. Was meinst du dazu?«

»Ihr habt sicher schon längst eine Meinung. Die Frage ist also, werdet Ihr die Prinzessin bald verheiraten, und habt Ihr schon den geeigneten Kandidaten dafür.«

»Ich würde sie am liebsten mit einem Volksgenossen aus Kasiruta verheiraten. Aber sie darf ja nicht nach Hause. Und wie lange wir hier in Java werden bleiben müssen, weiß ich auch nicht. Wir sind hier wirklich völlig isoliert.«

»Das ist wahrhaftig ein Problem. Und wenn die Prinzessin jemanden heiratet, der nicht aus dem gleichen Volk stammt?«

»Wer sollte das sein? Ich kenne keinen geeigneten Kandidaten. Ich fürchte, der Herr Kontrolleur wird in Kürze wiederkommen, um danach zu fragen.«

Jeder mit guter Ausbildung hätte sich so gefühlt wie ich in diesem Augenblick: Es gehörte sich nicht, daß ich mich in seiner Nähe aufhielt, da ich mir nichts sehnlicher wünschte, als sein Schwiegersohn zu werden. Es schien mir, als wäre ich an einer Erpressung beteiligt, um an seine Tochter herankommen zu können. Es wäre sehr unpassend gewesen, diese Situation auszunutzen.

»Vielleicht solltet Ihr die Prinzessin selbst fragen. Vielleicht hat sie sich bereits Gedanken darüber gemacht, wen sie als geeignet empfindet?« schlug ich vor.

»Ach, was versteht schon so ein Kind davon? Ein Mädchen noch dazu! Was für einen Wert hat ihr Urteil?«

»Zwei Jahre europäische Bildung in Bandung und sieben in Ambon. Ich glaube, die Prinzessin weiß inzwischen mehr als ihre Vorfahren.«

»Es mag sein, daß sie viel weiß, was die Vorfahren nicht gewußt haben, aber sie weiß auch vieles nicht, was die Vorfahren wußten. Sie weiß besser über die holländischen Sitten Bescheid als über die Sitten ihres Vaters.«

»Soweit ich es beurteilen kann, Bapak, ist die Prinzessin ein sehr gut erzogenes Kind, mit viel Wissen und vor allem gebildet. Sie weiß, sich zu benehmen, und wie ich bis jetzt gesehen habe, respektiert und verehrt sie ihren Vater.«

»Holländische Ausbildung! Sie betet nur, wenn ich da bin. Ich bin sicher, daß sie es nicht tut, wenn sie bei der holländischen Familie ist.«

»Gott ist allwissend, Bapak. Jeder tut, was in seiner Macht und seinen Möglichkeiten steht und wie er es braucht«, zitierte ich meinen Religionslehrer, *Sjeh* Ahmad Badjened. »Was zwischen einem Menschen und Gott für eine Bindung besteht, das weiß nur Gott allein, und der Betreffende selbst. Alle anderen wissen davon nichts, nicht einmal die Eltern. Der, den man beten sieht, hat nicht unbedingt eine Beziehung zu Gott und dieser zu ihm, und jemand, der nicht betet, kann trotzdem ein inniges Band zu Gott haben«, wiederholte ich die Worte Badjeneds.

Wie ein Gelehrter zitierte ich noch einige Namen aus der Geschichte des Islam, abschließend sagte ich dann: »Ich bin aber sicher, daß Ihr viel besser darüber Bescheid wißt.«

»Ja, das weiß ich schon seit meiner Kindheit«, sagte er.

»Das ist doch gerade der Sinn von solchen Geschichten, daß wir uns daran festhalten können, wenn das Schicksal uns zurückwerfen will.«

Wie ein braver Lehrling hörte er mir andächtig zu. Erst als ich eine Weile nichts mehr sagte, meinte er plötzlich: »Ich habe seit der Ankunft des Kontrolleurs nachgedacht. Ich habe hin und her überlegt, wer der geeignete Mann für meine Tochter wäre. Mir ist kein Name, kein Gesicht eingefallen. Bis auf eines, mein Junge, aber ich mache mir um eines Sorgen. Alles andere ist nicht wichtig. Ich sorge mich nur, daß er meine Tochter, ohne mein Wissen, zu seiner zweiten oder gar dritten Frau machen könnte.«

»Die Tochter eines Fürsten, eine Prinzessin, mit europäischer Ausbildung und so hübsch, verdient es wirklich nicht, die zweite, dritte oder gar vierte Frau zu werden.«

»Dann bist du meiner Meinung?«

»Mehr als das, ich halte es für selbstverständlich.«

Er sah fröhlich aus, schien ein wenig getröstet. »Schade«, fuhr er fort, »eigentlich gehört es sich, daß der künftige Schwiegersohn zu mir kommt und mich um die Hand meiner Tochter bittet. Wenn du an meiner Stelle wärst, wärst du bestimmt der gleichen Ansicht.«

»Aber natürlich«, antwortete ich schnell.

»Werden die Leute mich nicht auslachen, wenn ich als Vater und Fürst um die Hand meines Schwiegersohnes anhalte?«

»Das hängt immer von der jeweiligen Situation ab. In der Wüste benutzt man kein Schiff und auf dem Meer kein Kamel.«

Er schien wieder beruhigt. Nach einer Weile bat er mich, von den aufgetischten Leckereien etwas zu probieren. Er schaute in den dämmrigen Himmel. Dann ließ er seinen Blick umherschweifen, nahm die Tabakdose und begann, eine Zigarette zu drehen. Ich holte eilig die Schachtel Zigarren, die ich als Geschenk mitgebracht hatte.

Er lachte glücklich und bedankte sich vielmals. Er legte die Zigarette, die er aus einem Palmblatt gedreht hatte, auf den Tisch und versuchte, die Schachtel zu öffnen. Schnell nahm ich mein Taschenmesser heraus und öffnete sie für ihn. Er nahm einen tiefen Zug des herrlichen Duftes und strahlte. Jeder wußte, daß Zigarettenraucher keine Zigarren mögen. Sie waren nur ein Statussymbol.

»Ich habe eine Ewigkeit keine Zigarre mehr geraucht. Das letzte Mal bei dir zu Hause.«

»Wenn sie Euch schmecken, werde ich Euch welche schicken.«

»Vielen Dank, mein Junge, gerne.« Wieder sah er träumend zum Himmel hinauf.

Aus der Ferne hörte man den Gebetsgong der Moschee, der zum Abendgebet rief. Er hüstelte und sah mich an.

»Zeit für das Abendgebet«, sagte ich.

»Setz du dich nach vorne, Nak, ich möchte erst einmal beten.«

»Laßt uns gemeinsam beten, Bapak.«

Nach dem Abendgebet begaben wir uns in das enge Wohnzimmer. Alles in diesem Haus war viel zu schlicht für einen Fürsten, selbst für einen verbannten. Van Heutsz schien nicht sehr auf sein Wohl zu achten. (Später erst erfuhr ich, daß es ihm in der Verbannung viel besser ging als in seinem Heimatdorf.)

Lange sagte er nichts. Auch ich war in Gedanken versunken. Wie schon heute Mittag war mir klar, daß es nicht die richtige Zeit für einen Heiratsantrag war.

»Jeder weiß«, sprach er dann, »daß der Besuch des Kontrolleurs nur auf Befehl des Generalgouverneurs geschah. Ist das nicht so?«

»Ein Kontrolleur würde so etwas nie aus Eigeninitiative machen«, bestätigte ich. »Außerdem hat der Generalgouverneur ja zuvor davon gesprochen.«

»Ja. Seitdem habe ich nachgedacht …«, er hielt inne, zögerte, es schien, als würde er Mut sammeln, »ich dachte …«, wieder unterbrach er sich, »verzeih mir altem Mann, der nicht weiß, was dort oben geschah, mein Junge … ich dachte, verzeih mir, ich hoffe, du bist mir nicht böse. Ich dachte, es wäre das Beste, wenn du mein Schwiegersohn würdest.«

Das Glück der ganzen Menschheit schien sich für mich aufzutun. Ich bekam kein Wort heraus. Träumte ich? Welche guten Taten hatte ich denn vollbracht, daß mir solch ein Geschenk zuteil wurde?

»Warum sagst du nichts? Ich hoffe, du bist nicht beleidigt?«

»Sjukur alhamdulillah – gelobt sei Gott, Bapak, Ihr habt sehr großes Vertrauen zu mir. Bin ich es wirklich wert, Hoheit?« fragte ich verwirrt.

»Ich wüßte keinen besseren Schwiegersohn. Außerdem kennst du sie schon und sie dich. Und nicht nur das, sie schätzt und verehrt dich.«

»Was werden die Leute sagen, Bapak? Ihr wurdet von van Heutsz verbannt, während ich als der Liebling des Generalgouverneurs betrachtet werde.«

»Auch darüber habe ich bereits nachgedacht. Was du mit deiner Zeitung erreicht hast, wie sehr du den Leuten geholfen hast, die von ihren eigenen Herren mißhandelt wurden, das kann man nicht durch deine Freundschaft mit van Heutsz wegwischen. Ich habe über alles nachgedacht. Es hängt jetzt nur von dir ab. Ich war in deinem Haus und habe gesehen, daß du nicht verheiratet bist und daß du gottesfürchtig und bescheiden lebst.«

Seine letzte Worte eröffneten mir ein neues Leben. Der Fürst wollte, daß die Hochzeit so schnell wie möglich vollzogen wurde.

Als ich eine Woche später van Heutsz traf, wurde ich mit folgenden Worten begrüßt: »Keiner ist glücklicher als ich, zu hören, daß Sie die Prinzessin von Kasiruta zur Frau haben werden, noch bevor ich Ostindien verlasse. Meinen herzlichen Glückwunsch. Sie ist Ihnen ebenbürtig.«

Eine weitere Woche später wurde die Hochzeit groß gefeiert. Vater und Mutter kamen zur Zeremonie. Einige Regenten und ihre Untergebenen waren ebenfalls anwesend. Ein Adjutant van Heutsz' kam in einem Automobil und brachte im Namen des Generalgouverneurs einen großen Blumenkranz und andere Geschenke. Alle meine Freunde waren da, auch Mir und Hendrik Frischboten.

Es gibt nichts, was ich noch von dem Fest erzählen könnte. Nichts Aufregendes und Eindrucksvolles für einen, der schon mehrmals verheiratet war. Als ob alles schon Routine wäre. Trotzdem, drei Dinge hinterließen tiefe Eindrücke in mir: Erstens, mein Schwiegervater, der Fürst, war untröstlich, weil niemand von seinem Volk anwesend war. Die Prinzessin ebenfalls. Selbst eine Woche danach fühlten sie immer noch die unendliche Leere in sich. So weit fort von ihrem Land und Volk, vom Meer und seiner Brise, vom Klang der Tifa.

Zweitens: Durch diese Ehe bekam ich viel Spott und Hohn zu hören; sogar die Frau bekam er von van Heutsz geschenkt – ein Hohn, der schmerzte. Schlimmer noch, der Spott verbreitete sich, ohne daß ich etwas dagegen tun konnte. Die Zeitung war auch nicht die richtige Ort, um dagegen zu protestieren. Und so schluckte ich alles still und leise hinunter. Aber damit nicht genug: Um das Maß vollzumachen, bekam ich den Spitznamen »Prinz von Kasiruta«. Dieser Spitzname hielt am längsten, nach »Nasalona«, Hundeherz, später von einem Freund in »Nalawangsa«, Herz der Nation, verbessert, oder »Haantje Pantoffel«, der Pantoffelheld, van Heutsz' Pantoffeln natürlich; und viele andere Namen mehr.

Das dritte Geschehen, das ich niemals im Leben vergessen würde, war folgendes: Mir und Hendrik kamen, um uns zu gratulieren, als wir auf dem Brautsitz saßen. Sobald wir alle Gäste begrüßt hatten, ging ich hinunter, um sie zu treffen. Sie standen auf, als ich zu ihnen trat.

Hendrik sah frisch und strahlend aus. Er schüttelte mir zum zweiten Mal die Hand. Er ließ sie gar nicht mehr los und legte noch seine andere Hand auf meinen Arm.

»An diesem für Sie so glücklichen Tag, möchte ich Ihnen etwas Erfreuliches von uns beiden erzählen«, er sah zu seiner Frau und sie nickte zustimmend. »Ihre Hilfe hat bereits Früchte getragen«, er sah wieder zu seiner Frau, diesmal aber sah sie zur Seite. Seine Worte waren wie ein Donnerschlag mitten am Tag. Hat Früchte getragen? Welche?

»Wie geholfen?« fragte ich.

»Eines Tages werde ich diesen verrückten opiumsüchtigen Arzt besuchen und ihm Opium mitbringen als Zeichen unserer Dankbarkeit. Auch für Pengki, Ihren Freund. Nicht nur zwei oder fünf *Tahil.* Nein. Ein Kilo werde ich ihnen schenken.«

Ich schüttelte ihm glücklich die Hand.

Noch einmal sah er zu seiner Frau, die mir nun statt seiner die Hand gab. Gerührt sah sie mich an.

»Vielen Dank für all deine Hilfe.«

»Schade, daß so viele Leute um uns sind, Mir. Eigentlich hätte Minke einen Dankes-Kuß verdient.« Hendrik lächelte offen und ehrlich.

Ein Lächeln, das mich von meinem schlechten Gewissen befreite.

13

Ich gehörte zu den wenigen Einheimischen Ostindiens, die die offizielle Berichterstattung des Gouvernements über die wirtschaftliche Situation in Ostindien verfolgten. Diese Informationen halfen mir, das Geschehen in diesem Land besser zu verstehen.

Der Großhandel befand sich nach wie vor fest in europäischer Hand, während der Einzelhandel entlang der Küste Javas allmählich in die Hände der Chinesen überging. Erst wurden die einheimischen Händler verdrängt, dann in noch kürzerer Zeit die arabischen. Die Chinesen drangen immer tiefer ins Landesinnere vor. Schließlich blieben nur noch wenige Städte auf Java übrig, die dem Druck der Chinesen standhalten konnten: Solo, Yogya, Kudus, Tasikmalaya.

Je mehr ich über diese neue Entwicklung nachdachte, desto besser begriff ich, weshalb die Kaufleute in Yogya und Solo, berühmt für ihren außerordentlichen Geiz, plötzlich so bereitwillig der Boedi Oetomo größere Mengen Geldes spendeten. Hätte es die B.O. nicht gegeben, hätten sie irgendeine andere Organisation unterstützt, von der sie sich Hilfe gegen die Chinesen erhofften.

Der Batik-Handel in Solo und Yogya blieb aber nach wie vor in einheimischen Händen. Jedes Jahr erreichten sie einen Umsatz von mehreren hunderttausend Gulden. Dann waren da auch noch Einnahmen aus dem Gold- und Silberschmiedehandwerk. Die einheimischen Kaufleute würden mit aller Kraft dafür kämpfen, daß der Batik-Handel weiterhin in ihren Händen bliebe und daß es ihnen nicht wie den Kaufleuten in Tangerang erginge, deren Handel mit geflochtenen Hüten völlig in chinesische Hände übergegangen war. Sie exportierten bis nach Lateinamerika, vor allem nach Mexiko, ebenso nach Frankreich, insbesondere Marseille. Solo und Yogya wollten nicht das gleiche Schicksal erleiden wie Tangerang.

Was nun aufblühte, war die Produktion von *Kretek*-Zigaretten. Da viele in Heimarbeit hergestellt wurden, gab es darüber keine genaue Angaben. Jedenfalls entstand in jeder größeren Stadt eine Kretek-Fabrik. Die Leute bevorzugten immer mehr den Geschmack der Nelken, die sie aus Sansibar bezogen, da die heimischen Nelken zu viel Öl enthielten und für die Zigarettenproduktion ungeeignet waren.

Ich mußte meinem Religionslehrer Sjeh Ahmad Badjened recht geben, der einmal gesagt hatte: »Der Handel ist die Seele eines Landes. Selbst wenn es so dürr und karg ist wie Arabien, sobald der Handel blüht, kann die Bevölkerung trotzdem wohlhabend sein. Ihr Land ist zwar fruchtbar, aber weil der Handel instabil ist, bleibt die Bevölkerung arm. Kleine Länder können groß rauskommen, wenn der Handel floriert, große Länder verkümmern, wenn der Handel stagniert.«

Sjeh Ahmad Badjened war Araber und hatte keine europäische Ausbildung genossen, trotzdem hatte er große Kenntnisse von praktischen Dingen. Es lohnte sich, auf ihn zu hören und über seine Ideen nachzudenken. Seine Söhne schickte er in die Türkei auf die Universität, wo sie viele moderne Sprachen erlernten. Thamrin Mohammad Thabrie bestätigte Badjeneds Aussage und fügte hinzu: »Kaufleute sind die aktivsten Menschen. Sie sind sehr clever und gewieft. Nur Dumme träumen davon, Beamte zu werden, weil sie sowieso keinen Verstand haben. Schauen Sie mich an, ich bin Beamter und werde nur hin und her geschickt wie ein Sklave. Es ist kein Zufall, daß der Prophet Mohammed ursprünglich auch Kaufmann war. Kaufleute haben breitgefächerte Kenntnisse über das Leben, dessen Bedürfnisse und wie die Dinge zueinander stehen. Beim Handeln interessiert man sich nicht für Ränge und Stände. Man macht keine Unterschiede zwischen Herren und Untertanen oder gar Sklaven. Ein Kaufmann denkt schnell, er bringt Leben in die Erstarrten und die Erlahmten in Bewegung.«

Mein Hauptinteresse galt nach wie vor der Batikindustrie und ihrem Handel in Solo und Yogya. Bedarf an Batik bestand nicht nur auf den großen Sundainseln, sondern auch auf den Molukken, den kleinen Sundainseln, in Singapur, *Malaya*, Indo-China, sogar in *Siam* – dort lebten nicht weniger als dreißigtausend Malaien – und in Südafrika! Ceylon nicht zu vergessen. Ich dachte an Jean Marais, der die schönsten Dingen herzustellen vermocht und trotzdem in Armut gelebt hatte, weil er nicht zu handeln wußte.

In den letzten Jahren hatten Europa und Amerika viele Rohstoffe aus Ostindien bezogen. Der Handel florierte und weckte die verschlafenen Gebiete auf. Immer mehr Geld floß in die Dörfer. In den oberen Kreisen wurde bereits leise über die Möglichkeit diskutiert, die Herrendienste abzuschaffen und sie durch eine Kopfsteuer zu ersetzen, vor allem in jenen Gebieten, in denen bereits genügend Geld in Umlauf war.

Der Wohlstand hatte in den vergangenen fünf Jahren deutlich zugenommen. Die Fabriken versuchten, die Bauern zu überreden, ihre immer kleiner werdenden Reisfelder zu verlassen und ihre Arbeitskraft an sie zu verkaufen. Wer konnte sich schon dem Handel entziehen? Niemand! Vom Mutterleib bis zum Greisenalter, wenn der Mensch dem Tod gegenübersteht, hat er mit dem Handel zu tun. Von der Windel bis zum Leichentuch.

Ein Gedanke ließ mich nicht los. Sollte es nicht möglich sein, eine Organisation aufzubauen, in der alle vereinigt würden, die aktiv waren im Handel, die am meisten fortgeschrittenen und freien Menschen in dieser Gesellschaft? Solch eine Organisation würde das ganze Leben bestimmen. Sie würde den Dorfsekretär ebenso wie den Generalgouverneur mit Handelswaren vollstopfen, vom Gemüse bis zum Zucker. Und zum Boykott aufrufen!

Ich ging deshalb oft zu Hendrik, um mit ihm darüber zu sprechen. Er war ein guter und geduldiger Lehrer. In der wenigen Zeit, die er hatte, war er bereit, mir Grundkenntnisse über Wirtschaft und Gesetze beizubringen. Als es ihm nach zwei Monaten doch zu viel wurde, riet er mir, einige Bücher aus Holland kommen zu lassen.

Ob die Bücher nun kommen würden oder nicht, meine Überzeugung stand fest: die, die nicht an ein Amt gebunden waren, die freien Handel trieben, die versuchten, aus eigener Kraft tätig zu sein und auf eigenen Beinen zu stehen, dynamische Menschen mit praktischen Kenntnissen – das waren diejenigen, die organisiert werden müßten.

Eines Abends empfing mich Thamrin Mohammad Tabrie auf seiner Veranda.

»Sie sind also damit einverstanden, eine Organisation zu gründen, die multinationalen Charakter hat, Malaiisch als Hauptsprache hat und sich nicht für die Priyayis, sondern für die Kaufleute einsetzt, freie und unabhängige Menschen, die dem Islam angehören?« fragte ich ihn.

»Natürlich bin ich einverstanden. So eine Organisation hat eine breitere Basis als die Syarikat. Die Frage ist nur, ob man ehrliche

Leute finden kann, die sich um das Finanzielle kümmern, weil dies das Herz einer Organisation ist, wie es auch das Herz eines jeden Haushalts ist.«

»Wie wäre es, wenn Sie das selbst in die Hand nähmen? Dann können wir sicher sein, daß es keine Probleme geben wird.«

»Gut, ich werde das übernehmen.«

Somit war die Syarikat Dagang Islamiyah geboren, eine islamische Handelsorganisation, mit Statuten und Haushaltssatzungen auf malaiisch, die aber auch ins Holländische und Sundanesische übersetzt wurden, mit Hauptsitz in Buitenzorg. Mein Religionslehrer, Sjeh Ahmad Badjened, wurde Vorsitzender, der sich vor allem um Probleme, die mit Handel und Religion zu tun hatten, kümmern sollte. Einige seiner Familienangehörigen saßen ebenfalls in führenden Positionen, unter anderem sein Sohn, der die Universität in der Türkei absolviert hatte.

Der Resident-Assistent von Buitenzorg begrüßte die Gründung. Ein Lager wurde gemietet, Möbel wurden gekauft. Das Hauptquartier war errichtet.

Nur halbherzig übernahm Sandiman den Auftrag, in Solo und Yogyakarta Propaganda zu machen – denselben Gebieten, die er vor kurzem schon bearbeitet hatte, allerdings für die Syarikat. Wie er damals bei der Gründung der Syarikat Priyayi gefragt hatte, ob er nun auch ein Priyayi sei, fragte er nun: »Gehöre ich nun zu den Kaufleuten?«

»Ach du. Einer, der handelt, muß nicht gleich Kaufmann sein«, erklärte ich ihm. »Jeder, der nicht vom Gouvernement lebt, sondern von seinen eigenen Bemühungen, handelt. Es könnte auch in Form von Dienstleistungen sein, als Privatmann, als freier und unabhängiger Mensch. Begreifst du jetzt?«

»Also gut, und kann ich mich nun Moslem nennen?«

»Du hast dich doch nie zu einer anderen Religion bekannt als dem Islam, oder?«

»Zumindest bekannte sich meine Familie seit Generationen zu dieser Religion, ich ebenfalls.«

»Also bist du auch Moslem.«

»Und das reicht?«

»Warum nicht?«

»Es ist nämlich so, Herr. Als Propagandist werde ich sicherlich solch knifflige Fragen gestellt bekommen. Meine Familie lebt seit Generationen in Solo. Ich kenne fast alle, die dort wohnen, wenn auch manche nicht persönlich.«

»Sie werden natürlich besser über den Islam Bescheid wissen als du. Aber du sollst Propaganda für eine Organisation machen, nicht für den Islam. Was die Religion angeht, könntest du noch von ihnen lernen. Wie du aber deine Propaganda betreibst, das mußt du selbst herausfinden.«

Sobald die Syarikat Dagang Islamiyah, abgekürzt SDI, vom Gouvernement anerkannt und ihre Gründung im Staatsblatt publik gemacht worden war, reiste Sandiman für unbestimmte Zeit mit unbekanntem Ziel ab. Der *Medan* legten wir eine Broschüre bei, die unsere Leser in ganz Ostindien, Malaya, Singapur, Indochina und Europa erreichte, selbst Hadji Moeloek in Djidda, auch wenn ich seine Geschichte »Hikayat Siti Aini« immer noch nicht veröffentlicht hatte. Siebentausend Werbeblätter verstreut über ganz Ostindien, Asien und Europa. Neben der Zeitung *De Lokomotief* war die *Medan* die größte Zeitung in Ostindien. Im Schnitt wurde jedes Exemplar von mindestens drei Menschen gelesen.

Douwager kam voller Zweifel ins Büro.

»Haben Sie sich das auch wirklich gut überlegt mit der Gründung dieser Syarikat Dagang Islamiyah? Ist das Konzept des ›Indischen‹ auch reif genug?«

»Der Begriff ›indisch‹ würde viele Leute abschrecken«, antwortete ich.

»Aber nur, weil er nicht genügend erklärt wird.«

»Die Leute würden bei dem Wort an *Peranakan*, die europäischen Mischlinge, und an die Christen erinnert.«

»Fürs Weitere nennen wir die Peranakan nun Indos. Und alles ostindische indisch.«

»Der Islam und der Handel haben eine viel breitere Basis und erzeugen eine tiefere Verbundenheit unter den Leuten. Natürlich habe ich über Ihre Idee nachgedacht, aber ich finde, sie besitzt keine

Grundlage und ist noch viel zu vage. Zumindest sehe ich das so. Sie ist ein Ideal und keine Realität. Natürlich können Ideale eines Tages Wirklichkeit werden, aber im Augenblick ist unsere Grundlage die momentane soziale Wirklichkeit.«

»Es ist nicht so, daß ich mit der Gründung der SDI nicht einverstanden wäre, und ich bin schon gar nicht dagegen. Aber all die Gespräche, die wir bis jetzt geführt haben – es waren doch nicht weniger als fünfzehn –, waren nicht ausreichend, um zu der Überzeugung zu kommen, daß alle Völker in Ostindien in Wirklichkeit ein Volk sind, das indische Volk. Und daß die Realisierung dieser Tatsache erkämpft werden muß, eben mit Hilfe einer neu errichteten Organisation.«

»Natürlich ist das notwendig, aber nicht auf die Art, die Sie versucht haben, mir nahezulegen. Ob es nun das Volk von Nusantara heißen soll oder das ostindische Volk oder die Insulaner, wie Ihr Onkel es nennt, das ist für mich zur Zeit noch unwichtig. Daß dieser Vielvölkerstaat früher oder später ein Volk haben wird, steht für mich auch außer Frage. Nur, mein Herr, dies erreichen wir nicht nur mit der Leitung einer Organisation. Wir müssen erst einmal die Bedingungen dafür schaffen und entwickeln. Eine davon ist der Handel.«

»Handel!« Douwager lächelte spöttisch.

»Handel bringt die Völker näher zueinander.«

»Die Europäer kommen hierher, um zu handeln, mein Herr, aber sie halten sich von den Einheimischen fern. Sie treiben gar Handel mit den Einheimischen.«

»Die Europäer kamen nicht hierher, um Handel zu treiben. Sie kamen mit Gewehren und Kanonen.«

»Was auch immer sie mitbrachten, sie kamen, um Handel zu treiben.«

»Wenn ich Ihnen nun ein Gewehr vorhalte und Ihnen all Ihre Kleider wegnehme, so daß Sie nur noch ein Taschentuch besitzen, mit dem Sie Ihr Geschlecht bedecken können, und Ihnen dann eineinhalb Sen überlasse, dann ist das kein Handel. Und das ist genau das, was die Europäer hier machen.«

»Sie vergessen, daß Kanonen und Gewehre in manchen Zeiten zum Handeln notwendig waren«, widersprach Douwager. »Und so wird es bis jetzt an vielen Orten noch gehandhabt. Ist ein Volk erst einmal unterworfen, wie zum Beispiel Ostindien, dann wird es gezwungen, Handelswaren zu liefern oder wird selbst zu Handelsware.«

»Das ist das Gleiche, mein Herr. Ein Handel kommt nur zustande, wenn beide Seiten dies wollen. Wenn das nicht der Fall ist und trotzdem ein Austausch stattfindet, dann ist das kein Handel, sondern Raub.«

»Aber in dieser modernen Zeit gibt es viele Mittel und Wege, die Leute dazu zu bringen, zu kaufen oder zu verkaufen, selbst in den fortschrittlichsten Ländern wie zum Beispiel Amerika. Riesengroße Werbeplakate schlagen wie Brecher auf die Menschen nieder, drohen und hinterlassen den Eindruck, etwas zu vermissen, wenn man dies oder jenes nicht kaufen würde. Schließlich sind sie so zermürbt, daß sie anfangen, der Werbung zu glauben und dies oder jenes kaufen. Nehmen wir die Textilindustrie. Den Menschen wird eingetrichtert, diese oder jene Kleidung zu kaufen und zu tragen. Wenn sie es nicht tun, gelten sie als altmodisch.«

Als er sah, daß ich nachdenklich schwieg, dröhnte er weiter: »Wir müssen das indische Nationalgefühl wecken. Wir brauchen eine politische Partei und nicht nur eine soziale Organisation oder eine Handelsvereinigung. Ostindien hat noch keine politische Partei. Das habe ich die ganze Zeit gemeint.« Er schwieg, um mir Gelegenheit zu geben, das zu verdauen.

Vor meinem inneren Auge sah ich Ter Haar, den ersten Menschen, der mir das Wort »Nationalismus« unterbreitet hatte. Nur damals verstand ich es noch nicht. Und nun benutzte Douwager diesen Begriff mit voller Überzeugung.

»Ich kann jetzt noch keine Antwort darauf geben«, sagte ich. »Aber was den Handel und Nationalismus Ostindiens angeht, so werde ich gern ein anderes Mal mit Ihnen darüber reden.«

Dann erzählte ich ihm meinerseits von den Handelsproblemen in Solo, Yogya und Tasikmalaya und vom Untergang des Handels mit Flechtwaren in Tangerang. Von Zucker und Grundstücken und daß alles mit dem Handel stand und fiel, sogar in den entlegensten Berggebieten. Daß das Geld durch den Handel immer mehr in den Dörfern in Umlauf kam, daß die Herrendienste deshalb voraussichtlich abgeschafft werden würden und welche Erleichterung dies für die Einheimischen bedeutete. Und daß man dies alles in die richtige

Richtung lenken sollte, um den Einheimischen Wohlstand zu bringen, der ihnen wiederum Fortschritt und Wissen brächte, so daß sie schließlich zu sich selbst finden.

»Und der Islam«, fügte ich hinzu, »hat von Anfang an gegen die Kolonisierung Ostindiens durch die Europäer gekämpft und wird es auch weiterhin tun. Sie benutzten die sanfteste Methode: Sie lehnten die Zusammenarbeit ab und handelten. Diese Tradition muß man am Leben erhalten, lenken, damit sie nicht ziellos Amok läuft. Solch eine gewaltige und ausgezeichnete Tradition ist ein Kapital, das viel Gutes für alle Völker Ostindiens bringen kann.«

Wir hätten diesen Gedankenaustausch wahrscheinlich noch in der gleichen Woche zu Ende gebracht, wenn nicht diese Aufregung in Bandung gewesen wäre. Die Quelle der Aufregung war die *Medan* selbst. Marko hatte ohne mein Wissen allerlei Berichte veröffentlicht. Einer davon hatte eine Sensation ausgelöst.

Innerhalb weniger Monate hatte Marko außergewöhnliche Fähigkeiten entwickelt. Er hielt das Büro sauber und sorgte für die Sicherheit, er konnte ohne Hilfe die Lettern setzen, erst nur die Schlagzeilen, später dann auch den Text in passabler Geschwindigkeit. Er würde ein guter Setzer werden. Aber er lernte auch ohne mein Wissen, Berichte zu schreiben. Er ließ sie ohne mein Wissen drucken, auch Wardi und Sandiman informierte er nicht.

Es fing damit an, daß er mir eines Tages einige seiner Artikel überreichte. Sie schienen in großer Eile geschrieben zu sein. Sie waren nicht schlecht, aber zu gefährlich, um veröffentlicht zu werden. So bewahrte ich sie auf. Er fragte niemals danach. Vielleicht merkte er selbst, daß seine Artikel doch nicht für die Öffenlichtkeit bestimmt waren. Fünf, sechs Mal schrieb er Artikel im gleichen Stil und mit dem gleichen gefährlichen Inhalt. Seinen siebten Artikel nahm ich ebenfalls an mich. Diesmal kam er und fragte nach, warum denn seine Artikel nicht veröffentlicht würden.

»Ich respektiere deinen Mut, deine Einstellung, deinen Geist und dein Wissen, Marko. Aber weißt du, wenn wir deine Geschichten drucken würden, dann könnten wir innerhalb kürzester Zeit unsere

Koffer packen, es würde nicht das Ergebnis bringen, das wir erhoffen. Es wird die Zeit kommen, in der wir deine Berichte veröffentlichen werden, aber nicht jetzt.«

»Kann ich die Artikel dann wiederhaben?«

»Nein. Sie könnten auch für dich gefährlich sein.«

»Dann lassen Sie mich sie vor Ihnen verbrennen.«

»Nein. Deine Berichte sind gut und sind es wert, von anderen gelesen zu werden.«

»Was dann, Herr?«

»Ich werde sie für dich aufbewahren. Und ich sage dir dies: Wenn Generalgouverneur van Heutsz noch im Amt wäre, dann hätten wir eine Chance, durch seine Intervention aus manchen gefährlichen Situationen zu entkommen. Aber von dem jetzigen Generalgouverneur Idenburg wissen wir noch zu wenig. Ich habe gehört – wenn auch nur gerüchteweise –, er hätte vor, die Einnahmen aus Ostindien zu erhöhen. Er hat mich nie zu sich gerufen. Das weißt auch du. Noch nicht mal zur Übergabezeremonie wurde ich eingeladen. Weißt du, was das bedeutet?«

»Nein, Herr.«

»Dann will ich es dir sagen: Wenn die Gerüchte stimmen, dann wird er harte Maßnahmen gegen alles ergreifen, was der Erhöhung der staatlichen Einnahmen im Wege steht. Man sagt, van Heutsz hätte zu viel Geld für Kriege ausgegeben. Diese Verluste müßten nun durch erhöhte Einnahmen wieder wettgemacht werden, außerdem müsse man die Anzahl der Soldaten verringern, die nichts bewirken und nur Geld verschlingen. Verstehst du das?«

»Natürlich, Herr. Aber die Berichte haben doch nichts mit den Einnahmen Ostindiens zu tun. Ich schwöre, Herr.«

Über seine Art, die Dinge zu sehen, mußte ich schallend lachen. Marko war Gott sei Dank nicht beleidigt. Es lag mir auch gar nicht im Sinn, ihn zu beleidigen.

»Aber dein Schreiben weckt Haß und Mißtrauen gegen die Beamten.«

»Aber dieses Gefühl herrscht doch schon längst überall in Ostindien. Man kann es beweisen.«

»Es stimmt, daß überall das Gefühl des Unbehagens zu spüren ist, du kannst es aber nicht beweisen. Ich sage nicht, daß du dich irrst, aber das Gouvernement wird auf der Seite derjenigen sein, die für ihren Machterhalt in Ostindien sorgen. Du wirst dir wie eine Schildkröte in der Brandung vorkommen. Was wärst du in diesem Fall lieber? Eine große Welle oder die Schildkröte, die von der Welle hin und her geworfen wird?«

»Muß ich die Frage beantworten?«

»Nur wenn du willst.«

»Dann möchte ich lieber die Welle sein, Herr.«

»Das ist einfach«, sagte ich, »arbeite fleißig in der Organisation. Verwandle dich und deine Freunde in eine riesengroße Welle.«

Danach stürzte er sich auf die Arbeit in der Organisation wie eine unermüdliche Ameise. Aber sein Haß auf die Beamten saß offensichtlich sehr tief. Vielleicht war er als Kind ein Opfer der Bürokratie gewesen, ohne daß er sich hatte wehren können. Und so erschien sein Artikel in der *Medan*, ohne mein Wissen:

Abdoel Moeis, ein junger Mann aus nichtadeliger, aber bemittelter Familie absolvierte die H.B.S. Anschließend fand er sehr bald Arbeit in einem Privatbüro. Zweimal wöchentlich ging er aus. Ganz in weiß gekleidet, vom Filzhut über Hemd und Hose bis zu den Schuhen, schwang er sich auf sein englisches Fahrrad, um mit seinen Freunden, Europäern und Mischlingen, Tennis zu spielen, wobei sein Benehmen sich nicht von dem seiner Freunde unterschied. Mit zunehmender Mißgunst beobachtete ein einheimischer Beamter den jungen Mann, der seiner Meinung nach zu europäisiert war. Abdoel Moeis, der davon nichts ahnen konnte, behielt seine Gewohnheiten bei. Er schien von dem Verbot, das einheimische Beamte an manchen Orten erlassen hatten, nichts wissen zu wollen. Es verbot den Einheimischen selbst dann, europäische Kleidung zu tragen, wenn sie zum Christentum konvertiert waren. Sie sollten sich weiterhin traditionell kleiden. In Bandung aber bestand solch ein Verbot nicht.

Eines Tages konnte der obenerwähnte Beamte sich nicht mehr zurückhalten und erteilte einem Untergebenen den Befehl, dem »unverschämten jungen Mann« eine Lektion zu erteilen.

Eines Abends, als dieser vom Tennisplatz nach Hause fuhr, zwangen ihn einige Männer zum Anhalten. Es folgte ein Dialog auf sundanesisch: »Wer hat dir erlaubt, Schuhe zu tragen?«

»Das ist nicht verboten!« antwortete der junge Mann hitzig.

»Nicht einmal der Regent und der Patih von Bandung tragen Schuhe.«

»Das ist doch deren Sache! Wenn sie wollten, könnten sie auch Schuhe tragen.«

Diese Antwort erzürnte die Männer so sehr, daß sie ihm Prügel androhten. Einer plusterte sich besonders auf: »Wage es nicht noch einmal, schlecht über unsere Herren zu reden!«

Abdoel Moeis zeigte keine Furcht und antwortete prompt: »Jetzt bin wohl auch noch ich daran schuld, daß sie keine Schuhe tragen, oder was?«

»Halt's Maul!« schrien sie und begannen, auf ihn einzuschlagen.

So endet nun diese Geschichte: Mit zerrissenen Kleidern, einem verbogenen Fahrrad am Straßenrand, der Schuhe verlustig, schleppte sich der junge Mann im Halbdunkel zum nächsten Polizeiposten. Die Beamten dort sahen keinen Handlungsbedarf. Kriechend verließ er den Posten und wurde schließlich von Passanten ins Krankenhaus gebracht.

Markos Artikel war Ausdruck seines Hasses auf die Beamten, wie schon seine früheren Artikel. Die Mißhandlung des jungen Mannes war für ihn zweit- oder drittrangig, wenn nicht gar völlig unwichtig.

Die Polizei fühlte sich beleidigt. Sogleich tauchte Adjunkt-Kommisar Lambert in unserer Redaktion auf und knallte mir die *Medan* auf den Tisch. Er zeigte auf den rot markierten Artikel und fragte: »Sie haben die Veröffentlichung von so einem Artikel genehmigt?«

»Das stimmt.«

»Wer hat ihn geschrieben?«

»Das brauchen Sie nicht zu wissen.«

»Also gut. Sie wissen, daß Sie damit die Polizei beleidigt haben?« Sein Gesicht glühte vor Wut. Er lehnte ab, als ich ihm einen Stuhl anbot. Beide Hände zu Fäusten geballt und in die Hüfte gestemmt, stand er breitbeinig da, als hätte er einen Dieb vor sich.

»Sie glauben also nicht, daß der Bericht auf Wahrheit beruht?«

»Ich wiederhole, Sie haben die Polizei beleidigt.«

»Und Sie wissen ganz genau, daß der Vorfall wirklich stattgefunden hat.«

»Sie besudeln unseren Namen«, beschuldigte er mich.

»Und Sie verachten die Wahrheit«, gab ich zurück. Ich stand auf und stemmte ebenfalls meine Hände in die Hüfte. »Sie kommen ohne Einladung hierher und zeigen keine Manieren. Verschwinden Sie!«

Er stockte. Ein Einheimischer, der sich traute, ihm, einem Europäer, Diener des Gesetzes von Rang, die Stirn zu bieten. Aber er hatte sich schnell wieder im Griff und brüllte: »Wollen Sie auch noch eine Tracht Prügel?« Gleichzeitig hob er seine rechte Faust.

»Ein Kampf, auch gut für einen Bericht in der *Medan*«, entgegnete ich, während ich schnell nach einem Lineal aus Hartholz griff.

Das Geschrei des Adjunkt-Kommissars lockte die Arbeiter aus der Druckerei heran. Auch Marko kam heraus und ging zu dem Europäer, bis er ganz dicht vor ihm stand, dann sagte er auf malaiisch: »Ich war einer von denen, die Abdoel Moeis ins Krankenhaus getragen haben. Ich habe selbst gesehen, wie er von der Polizei behandelt wurde. Was also wollen Sie hier?«

»Sorge dafür, daß auch dieser Vorfall in die *Medan* kommt«, sagte ich zu Marko.

»Natürlich, Herr«, antwortete er mir, ohne sich umzudrehen.

»Es hat keinen Sinn, hier eine Schlägerei anzufangen«, sagte ich. »Gehen Sie lieber in Ihr Büro und klagen Sie uns an. Das ist das richtige Vorgehen.«

Als er die vielen Leute kommen sah, verließ Lambert mein Büro. Jauchzend und jubelnd begleiteten die Leute ihn zur Straße. Danach gingen sie mit gewachsenem Selbstbewußtsein zurück an die Arbeit. Der Besuch von Lambert wurde dann doch nicht in der *Medan* erwähnt, denn wir hatten schon einen fertigen Artikel von Marko, der den Vorfall vertiefte: das Ergebnis seiner eigenen Recherchen.

Markos Artikel beschuldigte klar und deutlich den Patih von Bandung, den Befehl gegeben zu haben, den jungen Abdoel Moeis zu verprügeln. Weiterhin hatte Marko herausgefunden, daß der Patih von Bandung nur auf Befehl des Regenten von Bandung handelte. Allerdings wurde dieser in dem Bericht nicht erwähnt. Die Reaktionen auf den Artikel waren unterschiedlich. Einige gaben Abdoel Moeis die Schuld, einige dem Patih von Bandung. Es bereitete mir Übelkeit zu sehen, wie die Priyayis sich vorbehaltlos auf die Seite des Patih schlugen. Einige Leser aus den Dörfern waren der Meinung, daß Abdoel Moeis nicht schicklich gehandelt hatte, auch wenn sie nicht auf der Seite des Patih waren. Für sie bedeutete das Tragen von europäischer Kleidung, die eigene Tradition, das Erbe der Vorfahren abzulegen. Und dies mußte verhindert werden.

Die Gruppe hinter Abdoel Moeis bestand hauptsächlich aus Intellektuellen. Es waren nur wenige. Was bedeuteten schon Schuhe? Und welchen Nutzen hatten sie? Sie waren nichts anderes als etwas zum Anziehen. Wenn einer nun etwas anderes anziehen würde, wäre er innerlich und äußerlich dann plötzlich ein anderer Mensch? Oder wenn einer nun nackt im Fluß badete, ohne Kleidung und nicht nach der Religion der Vorfahren, hatte er deswegen keine Vorfahren und keine Religion? Was er auch trug, blieb er nicht doch innerlich nackt?

Die Polizei erhob keine Anklage gegen die *Medan*, statt dessen wurde eine Untersuchung eingeleitet. Die drei Männer, die Abdoel Moeis mißhandelt hatten, wurden verhaftet. Wider Erwarten verklagte der Patih von Bandung die *Medan*. Mit dem Recht »Forum privilegiatum«, das ich als Raden Mas und Nachkomme eines Regenten besaß, lehnte ich die Vorladung vor das Gericht für Einheimische ab.

Bei der Gerichtsverhandlung gaben die drei Männer zu, daß sie auf Befehl des Patih von Bandung gehandelt hatten. Die Sitzung mußte vertagt werden. Denn den Patih von Bandung konnte man als hohen Beamten und Adligen genauso wenig vors Gericht bringen. Er besaß ebenfalls das »Forum«-Recht.

Auf Anraten von Hendrik Frischboten wurde die Berichterstattung über diesen unglaublichen Vorfall fortgeführt.

Durch die Berichte erfuhren nun die Einheimischen Ostindiens, daß Schuhe kein erhabener Gegenstand, kein Zeichen Gottes oder eines Priesters waren, wie oft in den Wayang- Geschichten dargestellt, kein heiliger Gegenstand, den man verehren mußte. Sie waren zu nichts anderem da, als die Füße vor Würmern, Glasscherben, Dornen, scharfen Steinen und Hundekot zu schützen. Jeder durfte sie besitzen. Es gab kein Gesetz in Ostindien, das verbot, sie zu kaufen, solange man das Geld dafür hatte. Schuhe waren kein Privileg der Europäer oder Christen. Sie waren auch kein Symbol für die holländische Herrschaft. Kein Beamter oder Adliger brauchte sich beleidigt zu fühlen, wenn ein Einheimischer Schuhe trug, von Prügeln als Sanktion ganz zu schweigen.

Ein kleiner Vorfall! Ein sehr kleiner Vorfall! Mit sehr großen Folgen. Als ob man sie ermutigt hätte, stürmten die Leute die Schuhgeschäfte, um sich ein Paar Schuhe zu kaufen, noch bevor der Rechtsstreit zu Ende geführt war. Provozierend liefen die jungen Leute mit ihren neuen Schuhen auf den Straßen herum. Mit Blasen an den Fersen, bereit, das Messer zu ziehen, um sich gegen den Angriff eines Adligen zu verteidigen. Aber es geschah nichts.

Die drei Männer wurden jeder zu drei Monaten Gefängnis verurteilt. Der Patih bekam eine Ermahnung von oben, also vom Regenten, der ihm selbst befohlen hatte, Abdoel Moeis eine Lehre zu erteilen.

Marko war fuchsteufelswild, daß die Gerechtigkeit in Ostindien nicht weiter reichte. Der Dorfjunge, der erst einige Monate bei der *Medan* arbeitete, hatte nicht nur sein Vertrauen in das Gouvernement verloren, sein Haß wuchs ins Unermeßliche.

Noch bevor der Rechtsstreit zu Ende war, hatte ich ihm geraten, Holländisch zu lernen. Er brauche die richtige Waffe, die er jederzeit im richtigen Moment einsetzen könnte. Ohne Holländischkenntnisse würde er zu einem feuerspeienden Vulkan, der Freunde und Feinde gleichzeitig vernichten könnte. Auch sich selbst. Daraufhin fing er an, bei Wardi Unterricht zu nehmen.

Es war ein rührender Anblick zu sehen, wie die beiden, die sich von Geburt und Ausbildung her wie Himmel und Erde unterschieden, sich gegenübersaßen. Der eine lehrte, der andere lernte. Sie hatten die Tradition ihrer Vorfahren hinter sich gelassen. Der Dorfjunge kniete sich nicht hin, und Wardi, ein Raden Mas, fühlte sich nicht beleidigt, in gleicher Höhe wie Marko zu sitzen. Sie waren gleichgestellt, wie Brüder, nach europäischem Vorbild. War es nicht in der Tat die Aufgabe der *Medan*, die dummen Unterschiede, die von den Dienern der Dummheit hervorgehoben wurden, zu vernichten? Viel Erfolg, Marko!

Der Patih von Bandung zog plötzlich seine Klage gegen die *Medan* zurück. Aber die *Medan* würde niemals ihre Beschuldigung gegen ihn zurücknehmen.

Douwager kam, um uns zu gratulieren und um weiter über die Angelegenheit zu diskutieren.

»Schauen Sie, draußen in der Welt hat man es geschafft, sich den

Blitz und den Wasserdampf dienstbar zu machen. Man benutzt sie, um Elektrizität zu erzeugen, um Lokomotiven, große Schiffe und gigantische Maschinen in Gang zu setzen. Auch mit der Elektrochemie kann man bereits wunderliche Sachen machen. Währenddessen sitzen sie hier, in Bandung, der Stadt mit den meisten Europäern, und veranstalten einen Aufruhr und diskutieren darüber, ob ein Einheimischer Schuhe tragen darf oder nicht! Was sind schon Schuhe? Nichts als ein Stück Leder mit Fäden! Mit ihrem Nationalismus stehen sie wahrhaftig noch weit hinter den Sternen.«

»Sie sind jetzt also auch der Meinung, daß es doch noch zu früh für eine nationalistische Partei ist?«

»Wir werden noch härter arbeiten müssen, um die nötigen Voraussetzungen zu schaffen.«

»Sie lassen sich also nicht von dem Gedanken abbringen. Wie wäre es, wenn Sie uns helfen würden, die Syarikat Dagang Islamiyah weiter aufzubauen?«

»Aber ich bin doch kein Moslem!«

»Als Organisation versucht die SDI, auch die Grundlagen für den Nationalismus zu schaffen.«

»Aber Nationalismus kann nicht allein auf einer Religion basieren. Die Religion ist universal, für jeden Menschen. Der Nationalismus aber konzentriert sich auf das eigene Volk und bildet dadurch eine Grenze zu den anderen Völkern.«

»Aber all das geschieht nicht von selbst. Für unsere Ideale müssen wir erst einmal die Voraussetzungen schaffen. Was kann daran falsch sein, wenn so viele Leute damit einverstanden sind? Das ist doch auch eine Bildung in Richtung Demokratie, die wiederum die Menschen dazu erziehen würde, frei zu wählen, welcher Vereinigung sie sich entsprechend ihrer Interessen und Bedürfnisse anschließen möchten.«

»Aber Sie sind doch trotzdem meiner Meinung?«

»Natürlich, Herr Douwager, nur ist die Zeit noch nicht reif dafür.«

Es war Zeit zuzugeben, daß ich mich all die Jahre den Indos gegenüber nicht gut und fair benommen hatte. Durch meine Vorurteile, weil europäisches Blut in ihnen floß, hatte ich nie viel für sie übrig gehabt. Daß die Nachkommen einheimischer Frauen aus der niedrigsten Schicht der Gesellschaft einen sozialen Stand in der Hierarchie der Macht erreichen konnten, der für Einheimische unerreichbar war, hatte ich nie akzeptieren können. Erst Hadji Moeloek hatte mich milder gestimmt. Aber Douwager gegenüber war ich nach wie vor skeptisch.

In den Städten entlang der Nordküste Westjavas waren Ortsgruppen der SDI mit durchschnittlich vierzig bis hundert Mitgliedern entstanden. Im Hochland klappte es nicht so gut. In Tasikmalaya, Garut und Sukabumi dagegen entwickelten sich bewundernswerte Aktivitäten. Garut ging in die Geschichte ein: Hier fand die erste allgemeine Propagandaversammlung der SDI statt. Die erste allgemeine Versammlung, auf Antrag des Resident-Assistenten.

Die Prinzessin, meine Frau, half mir fleißig im Sekretariat der SDI-Zentrale. Sie war sehr flink. Bis spät in die Nacht korrigierte sie mein Manuskript über den Boykott, das an die Zweigstellen auf ganz Java verteilt werden sollte. Auf ganz Java! Außerhalb Javas gab es erst in Palembang, Pangkal Pinang, Medan, Banjarmasin, Poso und Benteng auf der Togian-Insel Ortsgruppen.

Sandimans Leistung war nicht weniger vortrefflich. In Solo angekommen, fing er sofort an, jene Gebiete zu beackern, die er vorher schon gepflügt und auf denen er schon einmal gesät hatte. Innerhalb von fünfzehn Tagen konnte er einen der prominenten Batik-Kaufleute in Lawean, Hadji Samadi, von unserer Sache überzeugen. Und wie aus dem Erdinneren herausschleudert, entstand in Solo unser größter Ortsverband.

Danach setzte Sandiman seine Propaganda in Yogya fort. Auch dort hatte er gute Erfolge. Anschließend fuhr er in die anderen großen Städte Mitteljavas und versuchte, die einheimischen Händler, seien es Javaner, Maduresen oder Bandjaresen für die Sache zu gewinnen. Von dort aus ging er nach Surabaya, wo er ebenfalls gute Resultate erzielte. Auch wenn die Ortsgruppe Surabaya nicht ganz so groß wurde wie die in Solo, so war sie immer noch die fünftgrößte nach Madiun und Tulungagung, die ohne sein Zutun entstanden waren.

Aus Bali war kein Zuspruch zu erwarten. Mit dem Islam als Bestandteil des Organisationsnamens konnte man das heldenhafte und tapfere Volk der Balinesen nicht ansprechen. Die Kanonen und

Gewehre waren eben erst zum Schweigen gebracht worden. Der Geruch von Schießpulver war noch lange nicht vom Winde verweht. Der Klang ihrer Gamelans hatte noch nicht wieder die kühlen und stillen Nächte aufgeheitert. Das Volk, das eben gerade besiegt worden war, hatte nichts mehr, was es noch opfern konnte. Aus den Kasernen war nur Hohn und Gelächter über die Besiegten zu hören.

Aus den Städten, in denen einheimische Kaufleute operierten, strömten Gesuche, als Ortsverband anerkannt zu werden. Die schwindelerregende Menge an Korrespondenz erledigte natürlich die Prinzessin. Der Besuch von Thamrin Mohammad Thabrie zog nur noch mehr Arbeit nach sich.

»Wir müssen eine Konferenz einberufen, um die weiteren Aktivitäten zu koordinieren, Herr Thamrin«, sagte ich, kaum daß er sich gesetzt hatte.

Er schien sich bereits eine Antwort überlegt zu haben.

»Sehen Sie, ich wohne in Batavia, das ist zu weit von Buitenzorg entfernt. Dies wird die Arbeit der Organisation nur verzögern. Was halten Sie davon, wenn ich mich um den Ortsverband Batavia kümmere und die Finanzangelegenheiten wieder der Hauptverwaltung übergebe?«

So gingen die Finanzen in andere Hände über.

Auf Rat und Bemühen des Vorsitzenden Sjeh Ahmed Badjened wurde in Buitenzorg eine Ortsgruppe aufgebaut. Er lehrte nicht nur Religion, sondern trat auch als Propagandist für den Bezirk Buitenzorg in Erscheinung. Ich selbst war für den Bezirk außerhalb Buitenzorgs zuständig.

Dann wurden wir zum ersten Mal auf die Probe gestellt. Es ging um die Araber. Nach den Regeln der Organisation konnten sie tatsächlich Mitglied werden. Sie waren Moslems, lebten in Ostindien, und was das Wichtigste war, sie waren freie Menschen, Unternehmer, Händler. Eine Lücke in unserem Regelwerk war gerade das, was Douwager frühzeitig als das »indische« Volk bezeichnet hatte: wohnhaft in Ostindien, egal welcher Nationalität, verdient sein Geld in Ostindien und ist loyal gegen das Land und das Volk Ostindiens. Die Araber erfüllten all diese Kriterien, bis auf die letzte. Ich bezweifelte, daß die Araber, aber auch die Indos, selbst wenn sie sich einverstanden erklärt hatten, dem indischen Volk zuzugehören, sich auch wirklich dem Land gegenüber loyal verhalten würden.

So ging die Geschichte weiter: Im Programm der kommenden Konferenz wurde erwähnt, daß die SDI den Handel der Einheimischen Ostindiens vorantreiben werde, daß sie die kleinen Händler vor der Willkür der Zwischenhändler und Wucherer schützen werde und daß sie Kapital sammeln wolle, um neue Betriebe aufzubauen. Dies alles zu dem Zweck, die einheimischen Händler vor dem Druck der nicht-einheimischen Händler zu schützen. Die Gewinne aus all diesen Unternehmungen sollten dafür benutzt werden, den Handel, das Handwerk und die Ausbildung zu fördern.

Noch vor der Konferenz kam ein einheimischer Lederhändler zur SDI-Zentrale mit der Klage, daß der Lederhandel in Westjava hauptsächlich in den Händen der Mitglieder der SDI Buitenzorg lagen. Er selbst habe seinen Marktanteil verloren, weil er kein Mitglied war, und könne seine Ware nur mit Verlust verkaufen.

»Herr, haben Sie die SDI gegründet, um mich und meine Familie zu töten?« fragte er mich auf sundanesisch. »Alle meine Freunde aus der Branche haben die gleichen Schwierigkeiten.«

»Wie kommt es, daß die Leute, die nicht Mitglied der SDI sind, durch die SDI in Schwierigkeiten geraten?«

»Die Mitglieder der SDI boykottieren uns, Herr. Es sind die arabischen Lederhändler.«

»Was meinst du mit boykottieren?«

»Sie wollen uns unsere Lederwaren nicht abnehmen. Auch weigern sie sich, Waren an uns zu verkaufen. Sie gehen nun selbst in die Dörfer und kaufen ihr Leder direkt von den Herstellern. Sie bezahlen ein wenig mehr als wir. Für uns bleibt kein Leder übrig.«

Ich ging zu Sjeh Ahmad Badjened, um mit ihm über die Sache zu sprechen. Aber ich kam gar nicht erst ins Haus, geschweige denn zu ihm. Das Portal blieb verschlossen, nicht einmal den Vorhof konnte ich sehen.

Danach kam ein Händler für landwirtschaftliche Erzeugnisse zu uns, auch ein Einheimischer.

»Herr, ich komme in Namen meiner Freunde, alles Händler für landwirtschaftliche Erzeugnisse«, sagte er auf sundanesisch. »Wir können keine Karren mehr mieten, auch können wir unsere Ware nicht mehr auf Waggons verladen. Alle Karren und Waggons sind schon von den Mitgliedern der SDI en gros gemietet worden. Es sind die arabischen Händler. Wir sind gern bereit, ebenfalls Mitglieder zu werden, zwei unserer Freunde sind es sogar schon. Diese Vermietung en gros, haben Sie die angeordnet? Wie sollen wir nun unser Geld verdienen?«

Es machte mich nervös, vor diese neuen Probleme gestellt zu werden. Die SDI war gegründet worden, um den Handel zu fördern. Das Ergebnis war genau das Gegenteil. Schuldgefühle wuchsen in mir. Einmal mehr stand ich vor dem verschlossenen Portal von Badjened. Ohne zu erfahren, wo er nun schon wieder war.

Mit einigen führenden Mitgliedern der SDI fuhr ich in einem Mietwagen nach Batavia, um Thamrin Mohammad Thabrie zu treffen. Kein Badjened war dabei. Wir redeten bis in die Nacht hinein, ohne zu einem Ergebnis zu kommen. Wir mußten zurückfahren, da jeder von uns am nächsten Tag wieder zu arbeiten hatte. Wir beschlossen, das Problem in Buitenzorg bei den nächsten Ortsversammlungen zu lösen, vorher wollten wir versuchen, die Zahl der nicht-arabischen Mitglieder zu erhöhen. Sollte die SDI diese erste Prüfung nicht bestehen, dann war sie zum Scheitern verurteilt.

Die Gruppe der Propagandisten war nicht stark genug, so ging ich ebenfalls in die Dörfer. Schließlich hatten wir aber doch noch Erfolg. Die Ortsgruppen außerhalb Buitenzorgs machten die Leute auf die Aktivitäten der arabischen Händler aufmerksam. In Scharen kamen sie, um Mitglieder zu werden.

Außerhalb der Organisation war man zu der Vermutung gekommen, daß die arabischen Händler die SDI benutzen wollten, um sich gegen die chinesischen Händler behaupten zu können, vorerst aber nahmen sie die einheimischen Händler als Versuchskaninchen. Sie entnahmen ihre Taktik der Broschüre über den Boykott, die ich veröffentlicht hatte: worin seine Bedeutung besteht, wie und wozu man ihn anwendet. Ich wurde mit meinen eigenen Waffen geschlagen. Natürlich mußte etwas dagegen unternommen werden. Wir mußten die arabischen Händler daran hindern, weiter gegen die einheimischen vorzugehen. Ostindien gehörte nicht nur den Arabern. Es war fragwürdig, ob sie Ostindien überhaupt die Treue halten würden. Vielleicht kehrten sie in ihre Heimat zurück, wenn sie erst einmal reich geworden waren. Wie die Europäer und die anderen Asiaten.

Auf der Konferenz der Ortsgruppe Buitenzorg war tatsächlich eine

Mehrheit der Einheimischen anwesend. Aber die Vertreter der Araber waren sehr zungenfertig. Auch mit Verstand kam man nicht gegen ihre Argumente an. Die Konferenz dauerte von fünf Uhr nachmittags bis zum folgenden Morgen um neun Uhr und wurde nur für die Abendgebete unterbrochen, ohne daß wir zu einem brauchbaren Ergebnis gekommen wären.

Was für eine Art Arbeit war das hier? Ob ich dies auf Dauer aushielt? Ging es in allen anderen modernen Organisationen auch so zu? So etwas hatte ich von der Boedi Oetomo nie gehört. Der Theorie nach ist eine Organisation eine Vereinigung von Gleichgesinnten, die das gleiche Interesse haben und das gleiche Ziel verfolgen. In der SDI hatten zwar alle Mitglieder ein gemeinsames Interesse, aber daneben schien jeder einen geheimen Sonderwunsch zu haben. Alle Menschen waren auf unterschiedliche Weise für das Leben gerüstet, auch wenn sie aus derselben Familie kamen. Erst recht, wenn sie aus verschiedenen Gebieten, Ländern und Völkern stammten. Jeder hatte seine eigenen Träume.

Ich hatte mich bereiterklärt, als Organisator zu wirken. Ich war ein Dalang geworden, der die Geschichte vom Aufbau einer Organisation erzählte, die die Voraussetzungen für die Zusammenführung der vielen Völker Ostindiens zu einem Volk schaffen sollte. Ich war Brahmana und Sudra zugleich. In meinem Kopf sah ich deutlich, wie es weitergehen sollte, was mich erwartete und was ich vorbereiten und tun sollte. Aber es war nicht einfach, wie alles auf dieser Erde. Die Wayangfiguren, die ich zur Verfügung hatte, waren nicht aus toten Lederstücken, die ich nach Belieben bemalen und verzieren konnte. Sie waren lebendig und reagierten auf ihre eigene Weise. Ich hatte die Arbeit eines Brahmanen und eines Sudras verschmolzen, ich war gleichzeitig Lehrer und Schüler, Sprecher und Zuhörer, Ausrufer und Propagandist, einer, der Zukunftsträume verkauft, ich war Arzt und Patient zugleich, ein Psychologe und Psychiater ohne Ausbildung, ein Organisator und ein Anfänger, der noch lernen mußte, sich einzuordnen. All dies tat ich in meinem eigenen Land, unter den Menschen, die von der gleichen Erde aßen und tranken. Auch diesmal hatte ich das Gefühl, zum Scheitern verurteilt zu sein. Mein Respekt vor allen, auch Fremden, denen es gelang, eine Organisation zu führen, wuchs.

Die SDI war gegründet worden, um den Handel der Einheimischen zu stützen und zu fördern. Und nun war in diesem Körper, der eigentlich noch der eines Säuglings war, eine Gruppe entstanden, die gerade die Belange der Einheimischen verdrängen wollte. Sogar der Islam als Einigungsgrundlage ließ noch Freiräume für Streitigkeiten und Uneinigkeit. Thamrin Mohammad Thabrie konnte keinen anderen Rat geben, als sich in Frieden zu beratschlagen, bis man zu einem Kompromiß käme, der alle Seiten befriedigt. Aber hier waren zwei Parteien aneinandergeraten, die nicht bereit waren, zu teilen und gemeinsame Sache zu machen.

Wir steckten in einer Sackgasse. War der einzige Ausweg, die Ortsgruppe Buitenzorg zu schließen und eine neue aufzubauen? Wäre das aber kein schlechter Präzedenzfall für den künftigen Verlauf der Organisationsentwicklung?

Ein Mitglied der Ortsgruppe Banten, das langsam ungeduldig wurde – die Konferenz dauerte nun schon eine Woche –, kam schließlich zu mir, um seine Meinung zu äußern.

»*Sudara* ...« Ehrlich gesagt, ich war erstaunt, daß er mich mit Sudara, Bruder, ansprach. Dies war mir noch nie passiert.

»Sie sind mir doch nicht böse, daß ich Sie so anspreche? In Banten ist es üblich, diese Anrede zu benutzen.«

»Eine gute Form«, sagte ich und begann gleich damit, sie selbst zu verwenden.

Er nickte zufrieden.

»Mein Name ist Hasan.« Als ich seinen Familiennamen hörte, wurde ich aufmerksam. Er bemerkte die Veränderung meines Gesichtsausdruckes.

»Es stimmt, ich bin ein Bruder des Regenten, der Sie einst enttäuscht hat. Ich selbst war nicht seiner Meinung und mit seinem Benehmen auch nicht einverstanden. Ich bedauere den Vorfall vor drei Jahren. Ich habe leider erst später davon erfahren. Ich komme, um meine Meinung zu äußern, natürlich nur, wenn Sie nichts dagegen haben.«

»Jeder Rat ist willkommen, erst recht, wenn er von einem unserer Mitglieder kommt. Bitte.«

»Unsere Organisation ist eine einheimische Organisation«,

begann er seine Rede, als stünde er vor der Konferenz, die kein Ende nehmen wollte. »Nach der Grundlehre des Islam sind alle Moslems Brüder. Das bedeutet, daß ein Moslem einem anderen Moslem keine Schwierigkeiten bereiten darf. Ich weiß gar nicht, was für eine Strafe dafür vorgesehen ist. Aber so etwas ist wohl nicht zu vermeiden. Sogar Geschwister liegen sich manchmal in den Haaren. Dies war bereits bei den ersten Nachkommen des Propheten Adam der Fall. Auch wenn Moslems sich untereinander nicht einigen können, bleiben sie Brüder im Sinne des Islam. Aber wir haben eine Richtlinie: dies ist eine einheimische Organisation ...«

Ich nahm ihn zur Konferenz mit und stellte ihn als einen Vertreter aus Banten vor, der seine Meinung vortragen wollte. Mit lauter Stimme und in fließendem Malaiisch brüllte er wie ein Löwe in der Wüste: »Diese Organisation wurde auf ostindischem Boden gegründet, als eine Organisation für Einheimische, und nicht für allerlei Völker, die den Einheimischen schaden wollen. Niemand hat das Recht, egal welche Nationalität er hat und ob er Mitglied der SDI ist oder nicht, den Einheimischen zu schaden, weder den Händlern noch den Bauern, auch nicht den Handwerkern. Wenn eine Ortsgruppe bewußt und absichtlich den Einheimischen Schaden zufügt, dann ist sie keine Gruppe der SDI mehr, weil sie sich nicht an die Regeln hält, die gemeinsam festgelegt wurden. Die Führung der SDI hat das volle Recht, sie aufzulösen, auch alle Ortsgruppen der SDI können gemeinsam diese Ortsgruppe ausschließen. Ich bin sicher, die Führung der Organisation würde ohne Zögern diesen Befehl erlassen.«

Die Proteste wurden leiser, um schließlich ganz aufzuhören. Diese Erfahrung war eine einfache, aber sehr wichtige Lehre für mich: In einer Organisation muß man nicht immer nur versuchen, Konflikte zu vermeiden und Kompromisse zu schließen, man muß notfalls auch handeln, wenn die Gefahr besteht, daß der Grundsatz untergraben wird. Wir dürfen keine Angst haben, Mitglieder zu verlieren, Brüder zu verlieren, sogar ganze Ortsgruppen zu verlieren!

Die erste Prüfung hatten wir gut überstanden. Alle Badjened traten aus der Organisation aus. Wie damals Wardi, Tjipto und ich aus der Boedi Oetomo ausgetreten waren.

Die Auflage der *Medan* stieg weiterhin. Auch der Import von Papier und Schreibbedarf nahm zu. Der Vorfall mit der Reservierung der Waggons durch SDI-Mitglieder beschleunigte die Herausgabe der Spezialzeitschrift für die Bahnarbeiter. Die Abonnenten zeigten sich als treue, gute und kritische Leser, reich an Erfahrung, somit auch an Ratschlägen.

Auch die Zeitschrift für die Lehrer wurde gut aufgenommen. Sie nutzten ihre freie Zeit, um zu lesen und zu schreiben, so daß diese Zeitschrift in Schulmalaiisch verfaßt werden mußte. Auszüge über die Theorie und Praxis der Ausbildungssysteme in der modernen Welt gaben den Lehrern ein Bild, wie fortgeschrittene Völker geformt wurden und sich selbst formen konnten, wie der jüngeren Generation ein nationales Bewußtsein gegeben werden und wie sie auf die Zukunft vorbereitet werden konnte, wie Wissenschaft gelehrt und praktiziert wurde, in der Schule und im täglichen Leben, wie Form und Inhalt einer Gesellschaft unter dem Einfluß des Fortschritts in der Wissenschaft und der Industrie verändert wurden …

Die Zeitschrift für die Frauen war bereits vorher erschienen. Es war die erste ihrer Art, und darauf konnten wir stolz sein. Als die Königinmutter Emma uns ein Geschenk überreichte, wie groß war da die Wut derer, die den Zug verpaßt hatten. Mit vereinten Kräften versuchten sie nun, gegen uns anzugehen, uns Steine in den Weg zu legen und uns ein Bein zu stellen. Das war nicht anders zu erwarten gewesen. Erfolg hat schon immer die Dummen dazu gebracht, sich mit vereinten Kräften gegen ihn zu stellen. Die Prinzessin und drei weitere Frauen halfen mit. Sie scheute sich nicht mal davor, persönlich nach Bandung zu fahren, um in der Druckerei mitzuhelfen. So übernachteten wir öfters bei den Frischbotens. Die Prinzessin freundete sich sofort mit Mir an, ohne etwas von den Problemen der Frischbotens zu ahnen, auch ohne zu wissen, was zwischen Mir und mir vorgefallen war. Einige Male hatte Mir auch kurze Artikel verfaßt, um der Prinzessin zu helfen.

Während der Betrieb sich weiter entwickelte und ausbreitete, wurden Mir und ich dauernd von einer Unsicherheit gequält: mit wessen Kind war sie nun schwanger? Wie würde das Kind später aussehen? Wem würde es ähneln? Ihr, Hendrik oder mir? Würde es wie ein Einheimischer, ein Indo oder ein Europäer aussehen?

Ich bemerkte, wie Hendrik oft seine Frau oder mich heimlich beobachtete. Warum? Oder bildete ich es mir alles nur ein? Mir war ihre Unruhe in den Augen anzusehen, oft sah sie uns heimlich abwechselnd an. Meine eigene Nervosität drückte mir aufs Herz. Und die Prinzessin? Nichts deutete darauf hin, daß sie die Frucht unserer Liebe trug. Sie versenkte sich jeden Tag in die Arbeit, und sie genoß es. Vor ihren Papieren tauchte sie voll in eine abstrakte Welt ab und vergaß völlig, was um sie herum geschah. Manchmal vergaß sie gar, daß sie meine Frau war. Wenn sie voller Konzentration versuchte, alles, was sie wußte und all ihre Ideale einzusetzen, dann runzelte sie die Stirn, und ihre offenen Augen nahmen nichts wahr. Nur ihr Inneres versuchte, die Bedeutung dieser wunderlichen Welt zu erahnen. Wenn sie nach einer Weile tief Luft holte und einen tiefen Seufzer hören ließ, dann war das ein Zeichen, daß es ihr wieder einmal nicht gelungen war, die hohe Mauer um sich herum zu durchbrechen. Dann schaute sie sich mit großen Augen um, um ihren Mann zu finden. Wenn sie mich erblickte, dann sagte sie schnell mit weicher Stimme: »Mas, ich weiß nicht, wie ich dies machen soll.«

Dann ging ich zu ihr, und sie erzählte mir ihr Problem. Während der Diskussion war ich mehr von der Harmonie fasziniert, die ihre großen Augen, ihr feines Gesicht, ihre Nase und ihre vollen Lippen bildeten.

»Du hörst wieder mal nicht zu!« klagte sie auf holländisch, das unsere Familiensprache war.

Wenn ich ihre vollen Lippen küßte, erwiderte sie das mit einem Kniff.

»Das ist eine schlechte Angewohnheit.«

Man sagte, volle Lippen wären ein Zeichen dafür, daß die Besitzerin für körperliche Wonne anfällig sei. Und wie sind die anderen, die mit dünnen Lippen? Über sie erfuhr ich nichts.

Sie wußte, daß ich wieder mal nicht zuhörte. Mein Herz klopfte vor Lust. Erst nachdem sie mich mehrmals gekniffen hatte, konnten wir unsere Diskussion weiterführen.

Eines Tages, besser gesagt eines Abends, hatten wir folgendes Gespräch: »Hier ist ein merkwürdiger Artikel, Mas. Hier steht etwas völlig anderes, als das, was du mir mal erklärt hast. Hier wird behauptet, daß die Syarikat Priyayi nicht die erste einheimische Organisation in Ostindien sei, sondern Tirtajasa, die noch im letzten Jahrhundert in Karanganyar gegründet worden ist. Bis jetzt haben sie eine Schule für Mädchen, eine Kooperation und eine Bank eröffnet.«

Ich erklärte ihr den Unterschied zwischen einer modernen Organisation und einer traditionellen Vereinigung. Tirtajasa wurde tatsächlich vor Ende des letzten Jahrhundert vom Regenten von Karanganyar, Tirto Koesoemo, gegründet. Allerdings bestand ihre Mitgliederschaft nur aus seinen Untertanen, sie gründete nicht auf gemeinsamen Interessen und Belangen, sondern auf der Autorität des Regenten. Nun war er Präsident bei der B.O. Eine moderne Organisation zeichnete sich durch Individuen aus, die bewußt Verantwortung übernahmen und nicht auf Befehl von oben. Individuen, die autonom in der Gesellschaft existierten und die Gesellschaft mitbestimmten, nicht nur als ein Element, das die Gesellschaft vervollständigte ... ein weit ausschweifender Vortrag, eher an mich selbst gerichtet. Sie hörte in gebeugter Haltung zu, wie ein braver, unwissender Schüler einem Lehrer, der nicht weniger brav und unwissend als sein Schüler war.

Diese Unterhaltungen wurden immer ausschweifender und arteten meist zu einem Vortrag aus. Dies geschah nun immer öfter. Allmählich veränderte sich die Prinzessin. Aus einer gehorsamen Schülerin vor einem strengen Lehrer wurde sie zu einer Gesprächspartnerin; erst stellte sie Fragen, dann widersprach sie. Diskussionen wurden unvermeidbar. Aber das Ergebnis blieb das Gleiche: Ihr Mann blieb überlegen. Sie ergab sich freiwillig, nicht einem strengen Lehrer, sondern einem liebenden Mann, der immer nach ihr verlangte. Wir führten ein süßes Zusammenleben, als ob Liebe, Arbeit, Begierde und Diskussionen Glieder einer unendlich langen Kette wären. Die Monate glitten unbemerkt dahin.

Eines Abends, als ich zufällig in Bandung war, ging ich die Frischbotens besuchen. Ich traf Hendrik nervös hin- und herlaufend im Wohnzimmer an.

»Was ist los, Hendrik?« fragte ich ihn, inzwischen duzten wir uns.

»Komm«, sagte er und führte mich tiefer ins Haus. Wir gingen in ein Zimmer, in dem ein Vorhang aus weißem Baumwollstoff in Schulterhöhe gespannt war.

»Bist du das, Hendrik?« hörte ich Mirs Stimme.

»Ja, und Minke ist zufällig gekommen.«

»Bist du es, Minke?« hörte ich sie wieder.

»Ja, Mir, guten Abend.«

»Setzt euch bitte. Und bleibt hier.« Sie schwieg, dann hörte ich sie keuchen, gefolgt von schwachem Stöhnen. Warum mußte Hendrik mich auch in das Wochenzimmer seiner Frau bringen?

»Nicht die Hüfte heben, *Mevrouw*«, hörte ich eine Frauenstimme, »sonst reißt die Scheide. Seien Sie vorsichtig, bewegen Sie die Beine nicht, dann bekommen Sie auch keine Krampfadern.«

Wieder ein Keuchen und Stöhnen. Dann hörte ich Mir rufen: »Seid ihr noch da? Oh Gott!«

»Nur Geduld, Mevrouw«, sagte wieder die andere Frau. »So ist es besser. Und jetzt, tief einatmen, damit Sie mehr Kraft haben und sich besser konzentrieren können, um zu pressen.«

Und plötzlich: »Minke, ist deine Frau schon schwanger?«

»Es gibt noch kein Anzeichen dafür, Mir.«

Ich schaute verstohlen zu Hendrik, der offensichtlich sehr nervös war. Wieder tauchten die Fragen auf, die ich nicht beantworten konnte.

»Warum sagst du nichts, Hendrik?« fragte sie und stöhnte wieder.

»Ich bin noch hier, Liebste, mit Minke zusammen.«

Der große Raum war erfüllt von Keuchen und Stöhnen. Die weiße Leinwand und das Metall des geblümten Himmelbetts, grün gestrichen, schienen sich durch die Stimme zu bewegen.

»Kannst du dir meine Schmerzen vorstellen, Hendrik?«

»Mehr als du denkst, mein Schatz. Sei tapfer.«

Hendrik selbst war nicht so tapfer wie in seinem Büro als Rechtsanwalt, der Einheimischen bei der Lösung ihrer Probleme, durch Beamte und einheimische Machthaber verursacht, half. Vor der Geburt seines Kindes aber war er sehr nervös. Sein Kind? Wessen Kind? Mein Kind oder sein Kind? Der männliche Instinkt in mir hoffte im stillen, daß es mein Kind sei, von meinem Samen, mein Fleisch und Blut.

»Die Wehen kommen jetzt öfter, nicht wahr?« fragte die Frau in einem Holländisch, das darauf hindeutete, daß sie erst seit kurzem in Ostindien war. »Ja, sie kommen jetzt alle zehn Sekunden. Sie können jetzt tief einatmen, Kraft sammeln und jetzt, pressen! Pressen Sie, Mevrouw!«

»Oh, Gott!«

»Weiter, Mevrouw, weiter. Nicht die Hüfte und Beine heben!«

Das Keuchen, Stöhnen und das Ringen um Atem hörte plötzlich auf.

»Nein, nicht die Hüfte heben, sonst reißt es. Tief einatmen, Mevrouw, es dauert nicht mehr lange!«

»Hendrik!«

»Ich bin hier, Liebste.«

»Warum sagst du nichts, Minke?«

Sie wußte nicht, daß ich selbst fast keine Luft mehr bekam, weil ich ihren Schmerz nachfühlte.

»Ich bete für deine Sicherheit und die deines Kindes, Mir.«

»Betest du nicht für mich, Hendrik?«

»Natürlich tue ich das, Liebling.«

Schweigen hinter dem Vorhang.

»Ja, so ist gut, Mevrouw. Jetzt nicht mehr sprechen. Konzentrieren Sie sich aufs Pressen. Halten Sie es nicht mehr zurück. Pressen Sie, Mevrouw, weiter, weiter!«

Ich wußte, daß Mir sich nun vor Schmerzen wand und krümmte. Frauen müssen unter Schmerzen Leben gebären. Ich versuchte mir vorzustellen, wie Mutter mich auf die Welt gebracht hatte. Sie hatte bestimmt das Gleiche durchgemacht. Ach, die Frauen müssen so viel Schmerzen erleiden, um neues Leben auf die Welt zu bringen. Sie setzen ihr Leben aufs Spiel für das Kind, das sie neun Monate in sich getragen und erwartet haben. Mutter, vergib all meine Sünden. Segne die Geburt dieses Kindes. Verflucht sollen die sein, die den Tod der Mutter wünschen, damit sie als Geister mit zig Namen herumspuken. Verflucht sollen sie sein. Ich verfluche sie. Wie erbärmlich ist ein Kind, das seine Mutter nicht respektiert, die es unter Schmerzen, dem Tod ins Gesicht sehend auf die Welt gebracht hat. Ach, Mir, ein Teil deines Körpers wird bei der Geburt aufreißen, du wirst deine Schönheit verlieren, du schwitzt vor Schmerzen, du stöhnst und bist außer Atem, alles für dein Kind. Oh, Gott, rette sie, vergib all ihre Sünde. Vergib all ihre Träume, die niedrigsten und die prächtigsten. Ohne Frauen gäbe es die Menschen nicht. Ohne die Menschen gäbe es keinen, der Deine Größe priese. All die Lobpreisungen für Dich wurden nur durch Blut, Schweiß und Schmerzensschreie der Frauen ermöglicht, denen ein Teil des Körpers aufgerissen wurde, um Leben zu schenken.

Ich verneigte mich noch tiefer, als ich an die Worte des Mädchen aus Jepara dachte, das vor seinem Tod noch den Auftrag erteilte, den Sohn so zu erziehen, daß er die Frauen achtete. Und du, Mir, du darf nicht sterben, das Leben ist schön. Preß dein Kind ins Leben. Du darf nicht sterben! Nein!

Das Geschrei des Kindes hinter den Vorhang riß mich aus meinen Gedanken. Ein neuer Mensch war geboren. Ich stand auf und atmete die frische Morgenluft von Bandung. Hinter dem Vorhang hörte ich ein Keuchen.

»Ein Junge!« hörte ich die Hebamme sagen.

»Oh Gott!« rief Mir. »Lebt mein Kind?«

»Gesund wie ein Fisch im Wasser, Mevrouw!«

»Ist er vollständig?«

»Vollkommen, Mevrouw.«

»Danke, Gott sei Dank!«

»Seien Sie beruhigt, Mevrouw, jetzt ist alles vorbei.«

Das Neugeborene weinte noch, einfach so, so daß jeder, der es hörte, ihm seine Liebe geben konnte. Ich hörte nur sein Weinen ... Wie sah das Kleine aus, das so von Herzen schreien konnte? Kalter Schweiß brach mir aus.

Hendrik stand auf. Überlegte es sich anders, sah zu mir und setzte sich wieder.

Dies waren die wichtigsten Sekunden meiner Freundschaft mit Hendrik und seiner Frau.

Wessen Kind bist du? hätte ich am liebsten geschrien, um das Kind zu fragen.

»Tuan«, plötzlich redete Hendrik mich wieder mit Tuan an. »Sie weinen auch?« In seinen Augen waren Tränen.

»Ja, Hendrik, für alle Frauen, die gebären, und für alle Säuglinge, die geboren werden.«

Er nahm sein Taschentuch heraus und wischte sich die Tränen ab. Ich machte es ihm nach.

»Möchten Sie auch Kinder haben?«

Ein Blitz am hellen Tag hätte mich nicht mehr erschrecken können. Ich wurde unsanft aus meinen Gefühlen und Gedanken gerissen und antwortete schnell: »Was eine Frau wert ist, kommt unverhüllt bei der Geburt zum Vorschein, Hendrik. Das ist sehr ergreifend. Schau nach ihr, Hendrik. Ich warte hier.«

Er sah mich kurz an, dann stand er auf und ging zu seiner Frau hinter den Vorhang. Ich blieb sitzen und horchte.

»Hendrik«, hörte ich Mir sagen, »dies ist dein Kind, das Kind, das du dir so gewünscht hast.«

»Weiß wie Watte, Herr!« fügte die Hebamme hinzu, »meine Glückwünsche, an Sie beide. Nein, Herr, fassen Sie seine Nase nicht so an, die Knochen sind noch zu weich. Eine echte römische Nase, keine klassische griechische Nase.«

Ich fühlte mich leer und verlassen. Nur zwei Wesen wußten weshalb. Es war also nicht mein Kind. Die Erde wurde mir heiß unter den Füßen. Am liebsten wäre ich fortgerannt, raus aus diesem Zimmer.

»Minke, warum kommst du nicht her?«

»Natürlich komme ich, wenn du fertig bist.«

»Komm doch, ich bin fertig.«

Zögernd trat ich hinter den Vorhang. Eine europäische Hebamme badete gerade das Kind in einer großen Schüssel. Ihre Gehilfin sammelte die blutbefleckten Tücher zusammen. Das Kind schrie. Mir war mit einer Decke zugedeckt. Hendrik kämmte seiner Frau die Haare. Ein Geruch, den ich nicht identifizieren konnte, schlug mir entgegen und erdrückte mich fast.

Mir winkte mich schwach herbei. Ich nahm ihr warme Hand und sagte:

»Meine Glückwünsche, Mir, ich bin glücklich über die Geburt deines Kindes.«

»Auch Hendriks Kind.«

»Auch dir meine Glückwünsche, Hendrik.« Ich reichte ihm die Hand.

»Vielen Dank, Minke.«

»Alles ist jetzt gut. Ich muß wieder ins Büro.« Ohne auf eine Antwort zu warten, verließ ich das Zimmer.

Sobald ich aus dem Haus war, rannte ich los, die Leere und die Einsamkeit in mir tragend. Es war nicht mein Kind. Wie ich mich gerade in diesem Augenblick nach einem Kind sehnte. All die Qualen, die Hendrik die ganzen Jahre in sich getragen hatte, gingen nun auf mich über.

»Schnell!« befahl ich dem Kutscher. Wir fuhren in hoher Geschwindigkeit zum Büro.

Später saß ich gebeugt hinter meinen Schreibtisch, die Gedanken immer noch bei dem Säugling, Mir und Hendrik, arbeitete ich mich durch den Stapel Briefe, die eingegangen waren. An dem obersten Brief kam mir das »r« bekannt vor. Wessen Schrift war das wieder? Mein Gedächtnis ließ mich in Stich. Ich riß den Umschlag auf, Wieder das gleiche »r«, das ich schon lange kannte.

»Herr Minke«, stand dort, »Generalgouverneur van Heutsz ist nun in Rente gegangen. Sie sind also ohne Beschützer auf Java. Sie sind kein goldenes Kind des Generalgouverneurs mehr. Seien Sie vorsichtig und tun Sie nichts Unüberlegtes. Hören Sie mit Ihren Aktivitäten auf. Lösen Sie die SDI auf. Tun Sie, was wir Ihnen sagen. Wenn nicht, wird Ihnen etwas zustoßen.«

Der Brief war nicht unterschrieben, dafür stand darunter in dicken Buchstaben: DE KNIJPERS – Die Kneifer.

Ich war nicht gerade in der Stimmung, auf solche anonymen Briefe zu reagieren. Ich rief Marko zu mir und gab ihm den Brief.

»Lies das!« sagte ich. »Verstehst du ihn?« Er nickte. »Kein anspruchsvolles Holländisch, nicht wahr?«

»Zumindest verstehe ich, was drin steht.«

»Gut. Was sagst du dazu?«

»Kein Problem, Herr. Sie brauchen sich keine Sorgen zu machen.«

»Und wenn sie nun bewaffnet sind?«

»Das sind sie nicht. Wenn sie bewaffnet wären, bräuchten sie keinen anonymen Brief zu schreiben.«

»Wie willst du das wissen?«

»Sie wären direkt hergekommen.«

»Wie kannst du das wissen?«

»Aus Erfahrung, Herr. Wenn sie bewaffnet sind, dann sind sie vom Gouvernement oder stehen ihm nahe. Und sie tragen Uniform.«

»Du kümmerst dich jetzt darum, Marko?«

»Natürlich, Herr.«

»Auch wenn sie bewaffnet sind?«

»Kein Problem, Herr.«

Ich las weiter in meiner Post. Nichts Interessantes. Ich fühlte mich leer. Ich wußte nicht, was ich eigentlich wollte. Ich überließ die Arbeit Wardi und fuhr mit der Bahn nach Buitenzorg zurück.

Die Leere und Einsamkeit ergriffen mich immer mehr. Sie schienen mich zu ermahnen: »Mir hat dir kein Kind gegeben. Auch Mei nicht. Und sie, sie auch nicht.«

Ich biß mir auf die Lippen. Sollte ich unfruchtbar sein? Ich war nie krank gewesen, kaum einmal eine Erkältung. Und nun diese erschrekkende Unfruchtbarkeit ... War ich wirklich unfruchtbar? Sollten nun alle Leiden Hendriks auf mich übergehen?

Ich fand die Prinzessin bei der Durchsicht der eingegangenen Post der SDI.

»Du bist schon zurück? Bist du krank?«

Ohne zu antworten, griff ich nach ihrem Kopf und küßte sie, daß sie fast keine Luft mehr bekam. Ich war voller Einsamkeit und einer Leere, die gefüllt werden wollte. So sehr wünschte ich mir ein Kind.

Die Prinzessin wehrte sich.

»Was ist mit dir los?« protestierte sie. »Laß mich los. Da war ein Brief für dich.«

»Interessiert mich nicht!«

»Hör jetzt erst mal zu!« sagte sie immer noch widerstrebend. »Vorhin waren drei Männer da. Es waren Indos. Sie haben dich gesucht. Sie nannten ihre Namen nicht. Sie haben gedroht. Sie nannten sich De Knijpers.«

»De Knijpers können mir gestohlen bleiben«, erwiderte ich. »Und jetzt hörst du zu!«

»Was ist denn?« fragte sie unter meinen Küssen.

»Schenk mir ein Kind, Prinzessin«, und nahm sie in den Arm.

»Wen hast du denn getroffen, daß du jetzt so verrückt bist?«

»Schenk mir ein Kind.« Ich zog sie ins Schlafzimmer.

14

Die Syarikat Dagang Islamiyah breitete sich explosionsartig aus, bis an die Küstengebiete außerhalb Javas. Die Anzahl ihrer Mitglieder wuchs auf über fünftausend. Mehrmals kamen Journalisten ins Büro oder nach Hause, um mich über die Organisation zu befragen. In den größten Städten Europas wurde über die Entstehung einer Organisation der Bourgeoisie auf Java berichtet, als Anfang einer nationalen Bewegung in Ostindien, die sicherlich bald darauf folgen würde.

Ich habe von deinen Aktivitäten gehört, schrieb Mama aus Paris. *Du wirst immer wichtiger für dein Volk. Sei vorsichtig. Und bleib bescheiden. Dein Leben gerät immer mehr in Gefahr. Vergiß nicht, was ich dir einst geraten habe, besorg dir Leute, die dich beschützen. Vergiß das nicht, mein Sohn, ich mache mir Sorgen um dich.*

Marko hatte einige seiner Freunde aus dem Dorf geholt, die ihm bei seiner Arbeit halfen. Es ging nicht anders. Wir bekamen immer mehr Drohungen, seit die SDI in der internationalen Berichterstattung erwähnt wurde. Aber es kamen auch immer mehr Reiche aus Solo und Yogya in die Zentrale, um uns größere Mengen Geldes zu spenden, die wir gut gebrauchen konnten.

Ich kaufte ein zweistöckiges Haus aus Teakholz in der Kramatstraße in Batavia und ließ es zu einem Hotel umbauen, dem Hotel Medan, um die Pilger zu beherbergen, die nach Mekka fahren wollten. In der unteren Etage richteten wir einen Schreibwarenladen ein, der außerdem unsere zentrale Vertriebsstelle für die *Medan* in Batavia wurde.

Manchmal hielt sich Thamrin Mohammad Thabrie auch dort auf und erledigte allerlei Sachen für die Organisation. Aber schon nach zwei Wochen wurde er von seinem Vorgesetzten ermahnt, mit seinen Aktivitäten für die Organisation aufzuhören. Er wurde vor die Wahl gestellt: sein Amt oder die Organisation. Er war seit fünfundzwanzig Jahren im Dienste des Gouvernements, und so entschied er sich, ein gewöhnliches Mitglied der SDI zu werden. Traurig entschuldigte er sich und zog sich von seinen Aktivitäten zurück. Es war ein großer

Verlust für uns, aber es war nicht zu ändern. Die Organisation durfte nicht von einzelnen abhängen.

Die Führung der Organisation plante, ein Schiff zu kaufen oder zu pachten. Aber das Gouvernement machte sehr bald deutlich, daß es nicht damit einverstanden war. Sogar die Schiffahrtsgesellschaften der Araber und Chinesen, die in ihren goldenen Zeiten die Kompeni-Soldaten transportiert und ihr bei ihren Eroberungszügen geholfen hatten, wurden nun selbst von der Kompeni überrollt. Sie mußten ihre Schiffe billig verkaufen, in Hongkong und in Singapur. Die staatliche Schiffahrtsgesellschaft *K.P.M.* entwickelte sich allmählich zu einer Monopolgesellschaft ohne Konkurrenz in den Gewässern Ostindiens.

Es kamen Vorschläge, weitere Druckereien zu kaufen. Aber ich wußte am besten, daß in Ostindien der Sättigungspunkt an Lesematerial fast erreicht war und daß sehr viele Betriebe sehnsüchtig auf Aufträge warteten.

Der Vorschlag, Schulen zu errichten, führte ebenfalls in eine Sackgasse. Ein Teil wollte religiös ausgerichtete Schulen, der andere Teil wollte Allgemeinwissen vermitteln. Zwischen diesen beiden Gruppen konnte man keine Einigkeit erzielen. Was nutzte das Wort »Islamiyah«, wenn die Kinder nicht nach der Lehre des Islam erzogen wurden? Aber das Allgemeinwissen war nicht weniger wichtig, wenn nicht sogar viel wichtiger. Es bereitete die Kinder nicht nur auf eine Welt vor, die höhere Anforderungen stellte, sondern auch darauf, den Islam besser verstehen zu können. Man kam schließlich zu keiner Einigung, und die Spenden, die hereinkamen, wurden privaten Schulen zur Verfügung gestellt, die hier und da von den Einheimischen selbst errichtet und betrieben wurden, unter anderem der Mädchenschule, die von Nyi Dewi Sartika in Cicalengka, Bandung, gegründet wurde, der Schule der Boedi Oetomo und der Schule der Jamiatul Khair. Ein Teil verwandten wir für juristischen Beistand. Die SDI selbst war nicht in der Lage, eine Schule zu errichten.

In den großen Städten ereigneten sich immer öfter Schlägereien zwischen einer Indogruppe, die sich De Knijpers nannte, und jungen

SDI-Mitgliedern, die hinter Marko standen. Er selbst war einmal bei solch einer Schlägerei dabeigewesen. Die von De Knijpers hatten Schlagringe dabei, und so endete es damit, daß einer von Markos Leuten mit gebrochenen Rippen auf der Straße lag. Die Knijpers verschwanden spurlos.

Keine einzige Zeitung berichtete darüber, auch die *Medan* nicht, in der Hoffnung, daß nicht noch mehr solche Schlägereien stattfanden.

Die Führung der Organisation war der Meinung, daß diese Gruppe Indos nicht allein aus Haß handelte. Es steckte mehr dahinter; sie wollten nicht zusehen, wie die Einheimischen immer mehr Fortschritte machten.

Bei seinem nächsten Besuch bedauerte Douwager diese blödsinnige Schlägereien zutiefst.

»Das hier ist die Realität, Herr Douwager«, antwortete ich. »Wenn die Indos sich vereinigen, so wie Sie es sich erhofft haben, dann ist ihr erster Schritt, die Einheimischen zu unterdrücken, genau wie es in den Republiken Transvaal und Oranje Vrijstaat in Südafrika geschehen ist. Sie unterdrücken die Einheimischen, weil sie im Grunde genommen nicht anerkennen wollen, daß in ihnen auch einheimisches Blut fließt. In ihren Herzen bedauern sie, keine Totok, keine reinrassigen Europäer zu sein.«

»Das ist stark übertrieben«, sagte er gereizt. »Die Welt ist sicherlich kein Paradies. Es wird immer dumme Menschen geben, auch unter den Indos. Aber wir wollen sie die indische Gruppe nennen. Wir haben doch ausgemacht, daß wir den Begriff ›indisch‹ für aller Völker Ostindiens benutzen wollen ...«

»Ich meine hier aber speziell die Indos.«

Das Treffen führte zu nichts, wir konnten keine Einigung erzielen.

Ich selbst war völlig unwissend und ahnungslos. Ich wußte nicht, was in den oberen Kreisen, in der Nähe von Generalgouverneur Idenburg gesprochen wurde. Die Beamten des Allgemeene Secretarie besuchten mich nicht mehr zu Hause. Und Idenburg hatte mich noch nie zu sich gerufen.

Diese Unwissenheit durfte nicht andauern. Deshalb beauftragte ich Sandiman, der gerade von seiner Propagandafahrt aus Mittel- und Ostjava zurückgekehrt war, zu versuchen, eine Stelle als Diener oder

Gärtner beim Allgemeene Secretarie zu finden. Ohne Erfolg. Markos Versuch, die Stelle zu bekommen, war genauso erfolglos. So stellte der Patih von Meester Cornelis seinen Neffen zur Verfügung. Nach drei Monaten wurde er aber dabei ertappt, wie er in Papieren herumschnüffelte. Als sie erfuhren, daß er auch noch Holländisch konnte, wurde er entlassen. Der Patih wurde ebenfalls in Rente geschickt und kehrte in sein Dorf zurück.

Über Wardi ließ ich Douwager fragen, ob er nicht bereit wäre, mit den Knijpers Kontakt aufzunehmen, um die Situation zu beruhigen. Er schien es bereits von sich aus versucht zu haben, ohne daß ich ihn darum gebeten hatte. Und von ihm erfuhr ich letztendlich, daß der Führer dieser Terrorgruppe niemand anders war als Robert Suurhof. Ebenso erfuhr ich, daß die Gruppe nicht nur von rassistischen Motiven und Haß getrieben wurde, wie ich es vermutet hatte, sondern daß sie von einem Verein finanziell unterstützt wurden, dessen Name und Sitz unbekannt blieb, mit der Aufgabe, jeden in Ostindien, welcher Volksgruppe er auch angehörte, ausgenommen Europäer, daran zu hindern, sich zu einem Großhändler zu entwickeln. Außerdem war offensichtlich, daß bei Auseinandersetzungen immer nur die Einheimischen verhaftet und ins Gefängnis gesteckt wurden.

Die Knijpers operierten auf ganz Westjava, überall dort, wo die SDI ebenfalls aktiv war. Je kleiner die Stadt, desto größer war die Angst vor ihnen. Sie kamen aus Batavia und Bandung, mit Dolchen und Schlagringen bewaffnet. Unter ihnen nicht selten Holländer aus Ambon, Menado und auch aus Java.

In Mittel- und Ostjava war die Lage noch ruhig. Die Ortsgruppe Solo hatte erklärt: Wenn die Knijpers dort aktiv würden, würde die Legion Mangkunegaran gnadenlos zurückschlagen. Sie wären bereit, ihr Leben zu opfern, um sie zu vernichten. Schließlich schickten sie uns einige ihrer Soldaten, um die Bekämpfungsaktion zu leiten. Und so nahm die Zahl der Schlägereien immer weiter zu, ohne daß auch nur eine einzige Zeitung davon berichtete. De Knijpers blieben in der Minderheit, egal wie viele Leute sie einsetzten. Als schließlich einige Soldaten der Kompeni in Zivil auf das Schlachtfeld gingen, um sich mit den Indos zu solidarisieren, blieb mir nichts anders übrig, als eine Audienz beim Resident-Assistenten zu beantragen. Ich legte ihm eine Liste der Ereignisse vor, mit Daten, wann und wo was stattgefunden hatte.

»Exzellenz, wie es in den Statuten und Haushaltsvorschriften steht, hat die SDI niemals beabsichtigt, Unruhe zu stiften. Indem wir die Sicherheit und den Wohlstand der Einheimischen verbessern, unterstützen wir schließlich auch das Gouvernement, wir helfen ihm, die Staatskasse wieder aufzufüllen. Deshalb bitten wir Exzellenz darum, einzugreifen und den Knijpers das Handwerk zu legen. Wir versprechen, daß wir keine Schlägerei anfangen werden. In der Tat haben wir niemals damit angefangen. Wir haben uns nur verteidigt!«

Der Resident-Assistent von Priangan hörte zu und nickte nur. Er sagte kein einziges Wort. Er gab mir nur die Hand, als ich kam, und noch einmal, als ich ging.

Da das Gouvernement uns nach wie vor nicht helfen wollte, mußten wir selbst eine Lösung finden und etwas unternehmen. Die SDI führte überall Selbstverteidigungskurse ein, vor allem Pencak silat, eine Fechtkunst, zu deren Kodex gehörte, sie ohne Waffen auszuüben.

Eines Tages war ich Ursache für eine Schlägerei in der Nähe des Bahnhofes in Bandung. Ich stieg gerade aus dem Zug aus, als Marko mir auf dem Bahnsteig entgegenkam und mich aufforderte, hinter den Waggons zu bleiben und zum hinteren Ausgang zu gehen. Die Knijpers erwarteten mich am Haupteingang und schrien wie verrückt: »Wo ist Minke! Wo ist seine Schnauze! Her mit ihm!«

Die Bande war über die Lage nicht gut informiert; sie wußten nicht, daß ich sehr gute Kontakte zu den Bahnarbeitern unterhielt, dank der Zeitschrift, die wir für sie herausgaben. Deshalb versuchten sie, die Bande zu verjagen. Die aber weigerte sich nicht nur zu gehen, sondern wehrte sich obendrein, und so brach die Schlägerei los. Mit Eisenteilen von der Bahn verteidigten sich die Bahnarbeiter nicht nur, sie griffen auch an. Überall war Blut. Eine Gruppe von Polizisten kam und umzingelte das Schlachtfeld, ohne sich entscheiden zu können, gegen wen sie vorgehen sollte. Gegen die Knijpers wollten sie nicht und gegen die Bahnarbeiter konnten sie nicht, da diese ja nur ihr Arbeitsterrain verteidigten. Und so ging die Schlägerei weiter, bis die Knijpers einer nach dem anderen zu Boden gingen, getroffen von einem Brecheisen oder einem Schraubenschlüssel. Am Ende wurden die Verwundeten abtransportiert.

Auch über diese Schlägerei wurde nicht berichtet, aber es war das

Ende der Aktivitäten der Knijpers. Die SDI konnte wieder freier atmen. Wir beschlossen, keine größeren Aktionen mehr zu unternehmen, die als Versuch aufgefaßt werden konnten, die Europäer aus ihrer Position verdrängen zu wollen.

In ruhigeren Augenblicken versuchte ich zu begreifen, warum Mamas Unternehmen keine solchen Störungen erdulden mußten. Lag es daran, daß die SDI eine große Bewegung darstellte, während Mama als Einzelperson ans Werk ging und die Europäer nicht so erschreckt hatte?

Hendrik konnte die Frage auch nicht beantworten.

»Es ist etwas völlig Neues«, sagte er. »Es steht nirgendwo in den Büchern. Wir müssen die Ereignisse und die Motive gründlich studieren. Falsche Schlußfolgerungen können uns nur noch mehr gefährden.«

Schon mehrmals hatte er mich zu sich eingeladen; Mir habe Sehnsucht nach mir. Ich war in der letzten Zeit tatsächlich nicht mehr dort gewesen. Ihre Begrüßung glich einem Schwert, das mir mitten durchs Herz schnitt. Ich wußte, daß sie es nicht böse meinte, aber für mich wurde es fast unerträglich, als sie auch noch fragte, ob die Prinzessin nun endlich schwanger wäre.

Meine Frau zeigte immer noch keine Anzeichnen einer Schwangerschaft. Ich stand vor einem großen Fragezeichen: Hatte ich nun als Mann versagt? Ich Frauenheld?

Nur die zunehmende Menge Arbeit lenkte mich von meinem Problem ab. Die SDI war ein weiteres Kind geworden, das endlos versorgt, gepflegt und beschützt werden mußte.

Die SDI wurde zwar nicht mehr in der internationale Berichterstattung erwähnt, aber sie wuchs zu einem riesigen Baum, mit mehr als fünftausend Mitgliedern. Größer, als es jede europäische Organisation in Ostindien jemals war …

Die Kunst der Selbstverteidigung breitete sich in Westjava weiter aus, um sich weiterhin gegen die Knijpers zu wappnen. Die SDI half nach wie vor den privaten Schulen der Einheimischen. Die Bitten um Rechtsbeistand überfluteten Hendriks Schreibtisch. Die Auflage der

Medan stieg weiter, wenn auch nicht mehr in so großen Sprüngen. Das Gefühl der Solidarität fing an, bei den Mitgliedern innerhalb der Syarikat Wurzeln zu schlagen. Überall, wo sie aktiv war, blühte der Handel der Einheimischen. Der Konkurrenzkampf unter den Einheimischen machte der Zusammenarbeit Platz.

Die Aktivitäten der Knijpers hatten schlagartig aufgehört, als wären sie von einem Orkan weggeblasen worden. Das bedeutete aber nur, daß sie in einer anderen Form wieder auftauchen würden.

Wie auch immer, auch die zweite Prüfung hatten wir unbeschadet überstanden.

Einige Male schon hatte ich Fahrten durch Java gemacht, um die Entwicklung der Organisation aus der Nähe zu betrachten. Sandiman oder Marko begleiteten mich abwechselnd, da sie nicht wollten, daß ich alleine verreiste. Ich fühlte mich wie ein Fürst auf Inspektionsreise. Überall wurde ich scheinbar mit großen Ehren empfangen. Scheinbar! Multatuli hatte mal davon geträumt, der weiße Kaiser von Ostindien zu werden. Wenn er nun sehen könnte, wie die Leute mich empfingen. Überall!

Verliere nur nicht dein Gleichgewicht! warnte ich mich selbst. Hinter jeder Huldigung lauert die Vernichtung. Hinter dem Leben lauert der Tod. Hinter jeder Größe verbirgt sich der Untergang. Hinter jeder Einheit die Zersplitterung. Hinter Verbeugungen Flüche. Die sicherste Weg ist der Mittelweg. Akzeptiere niemals die vollkommene Verehrung oder die vollkommene Vernichtung. Der Mittelweg ist der Weg zur Kontinuität.

Diese Organisation mußte eine neue Basis legen für die weitere Entwicklung. Sie sollte nicht das Ziel sein, sondern nur das Werkzeug. Sie sollte nicht der Endpunkt sein, sondern der Beginn. Überall mußte ich Huldigungen, Ehrentitel und Verbeugungen ablehnen. Wir waren auf dem Weg zu einer Gesellschaft, in der jeder Mensch gleichwertig sein soll.

»Warum trägst du dann immer noch deinen Titel ›Raden Mas‹?«

»Nur um das Recht des ›Forum privilegiatum‹ behalten zu können. Damit ich nicht so leicht vor das Gericht für Einheimische geschleppt werden kann, wo kein Einheimischer eine Chance hat, sich zu wehren.«

Die Anrede Sudara, Bruder, die nach Hasans Erklärung von sedara, vom gleichen Blut, se-susu, sepenyusuan, von der gleichen Brust getrunken zu haben, kommt, setzte sich immer mehr durch und ersetzte alle anderen Anredeformen. Alle Moslems waren nun Brüder.

Die Prinzessin begleitete mich nicht auf meinen Touren. Einige Male hatte sie den Wunsch geäußert, mich zu begleiten, aber Sandiman und Marko waren dagegen. Unser Haus in Buitenzorg wurde immer von sieben Fechtern aus Banten bewacht. Sie sorgten für unsere Sicherheit.

Bei jeder Fahrt gab es immer den einen oder anderen, der mir seine hübsche Tochter zur Frau anbot. Der Grund: neue Erbanlagen in die Familie zu bekommen. Und so übernahm ich auch noch die Funktion eines Lehrers, der erklären mußte, daß nicht das Blut oder die Herkunft ein erfolgreiches Leben garantierten, sondern Ausbildung und Standfestigkeit. Und daß der Erfolg kein Geschenk Gottes war, sondern das Ergebnis harter Arbeit und Studien. Der Irrglaube, daß die Herkunft und das Blut den Erfolg fürs Leben garantierten, war tief in der javanischen Literatur und im alltäglichen Leben verwurzelt. Es war sehr deprimierend. Die großen Epen Ramayana und Mahabharata hatten den Menschen keinen Leitfaden mitgegeben, wie sie in die moderne Welt eintreten konnten. Sie wurden gar zur schweren Hindernissen. Ihre jahrhundertealten Lehren hatten den Bezug zum wirklichen Leben verloren. Sie gaben keine Antwort mehr auf die Fragen: Wie soll der Reis gepflanzt werden? Wie wird die Säule für das Haus gesetzt? Wie kann man die Erzeugnisse verkaufen? Sie lehrten nur, wie man kämpfen mußte und wie man zum Liebling der Götter werden konnte, sich somit immer weiter davon entfernte, Mensch zu sein.

Ein bemitleidenswertes Volk, hatte Herbert de la Croix einmal gesagt. Dies empfand ich nun auch. Dieses Volk träumte von einem Gong, einem Messias, einem Imam Radi – dem Wegbereiter, einer Ratu Adil –, der Göttin der Gerechtigkeit. Aber die, auf die sie warteten, kamen nicht. Die Kraft, die den Inhalt und Gang ihrer Gedanken verändern könnte, wollte nicht erscheinen. Jedesmal, wenn der ein oder andere in der Maske der Ratu Adil auftauchte, egal aus welchem Dorf er stammte, mit allen möglichen Roben und Kappen verkleidet, wurde er willkommen geheißen und bejubelt, um nach kurzer Zeit fallen gelassen zu werden, in Erwartung auf den nächsten Ratu Adil, die weniger langweilig wäre. Die augenblickliche Ratu Adil hieß sicherlich nicht Minke, auch seine Arbeit war es nicht. Ich glich höchstens einer Trommel, die sich lärmend rührte.

Überall, wo ich während meiner Fahrten auch hinkam, traf ich auf solch wunderliche Gedankengänge, die kein bißchen mit der Realität zu tun hatten.

»Sudara, ich denke, es ist besser, wenn diese Ortsgruppe keine Mitglieder mehr aufnimmt, die Anzahl überschreitet bereits die Zahl ...«

»Warum darf man diese Zahl nicht überschreiten?«

»Die Zahl neun ist vollkommen, Sudara. Eins mehr, und wir würden wieder bei der Leere der Zahl Null ankommen, um dann wieder bei eins anfangen zu müssen.«

Oder: »Wir können unsere Mitgliederversammlung unmöglich nächsten Monat abhalten. Wir konnten nach unseren Berechnungen keinen geeigneten Tag finden. Das Unglück lauert überall.«

»Hast du schon mal was von den Römern gehört?« fragte ich.

»Nein, nur von *Rum*, in einem Theaterstück.«

»Das Rum, das du meinst, ist Konstantinopel oder das jetzige Istanbul. Früher hieß es auch das oströmische Reich. Das römische Reich hatte seinen Ursprung in dem Land, das man heute Italien nennt, Rom war und ist die Hauptstadt. Also, die Römer spielten etwa achthundert Jahre lang eine glorreiche Rolle in der Weltgeschichte der Menschheit. Sie haben nie die Tage und Unglückstage gezählt wie die Javaner«, vielleicht irrte ich mich, aber das hatte ich den Leuten zumindest erzählt. Und ich kam nicht umhin, etwas über die Römer und Julius Caesar zu erzählen, der so großartig war, daß die Machthaber auf der ganzen Welt seinen Namen als Titel benutzten: Kaiser oder Zar.

In anderen Ortsverbänden fand ich eine weitere Spielart von Javanismus, den Glauben an die Mystik: »Hier hätten die Knijpers keine Chance gehabt. Wir haben mehrere Mitglieder, die unverwundbar sind. Sie hätten die verfluchte Bande unmittelbar zu Brei geschlagen.«

Mit großer Geduld und Vorsicht mußte ich ihnen erklären, daß sich in dieser modernen Zeit eigentlich niemand mehr für Unverwundbarkeit interessierte. Daß wir uns auf dem Weg zu einer demokratischen Lebensweise befänden, in der jeder Mensch gleich sei. Keiner sei mehr außergewöhnlich und keiner stünde den Göttern näher oder sei gar ihr Liebling.

»Schaut, wenn diese unverwundbaren Leute wirklich so großartig wären, dann hätten wir nicht gegen die Kompeni verloren. Nicht, daß ich nicht an die Unverwundbarkeit glaube. Es sind Menschen, die mehr wissen als andere. Aber in diesem modernen Zeitalter haben sie bestenfalls den Rang eines Zauberers. Wie unverwundbar jemand auch sein mag, er ist an diese Erde gebunden, an die Natur, an seine Mitmenschen. Diese Organisation ist eine Vereinigung zum Wohle aller, sie vereinigt alle für eben dieses Ziel.«

Solche Reden hörten sie natürlich nicht gerne, sie beinhalteten nichts großartiges. Aber so gearteter Javanismus war für die Schaffung einer modernen Demokratie eben gefährlich. Jede Neigung zum göttlichen Menschen stellte ein Hindernis in dieser Richtung dar. So mußte man sie mit viel Feingefühl aufklären, da Form, Struktur und Inhalt des Javanismus' berührt wurden, die jahrhundertelang tief und fest in ihren kolonialen Herzen verwurzelt waren.

Verzeihen Sie mir den Ausdruck »Javanismus«, der nicht so glücklich gewählt ist. Aber ich weiß kein anderes Wort dafür. Nicht jeder Javaner ist Javanist, aber jeder Javanist ist Javaner. Es stellte sich heraus, daß ebenfalls viele Indos Javanisten waren.

In jedem Aspekt des Lebens steckte ein Quentchen Javanismus. Nehmen wir die Worte als Beispiel. Der Javanismus behandelt sie wie Mantras. Schreibt ihnen übernatürliche Kräfte zu, die mit dem sozialökonomischen Leben nichts zu tun haben, als wären sie etwas anderes als der gesellschaftliche Konsens, einen Gegenstand, eine Situation so und nicht anders zu benennen. Jedes Wort ist ein Sinnbild. Die Worte werden als Zusammensetzungen der Anfangsbuchstaben magischer Sätze betrachtet, losgelöst von ihrer Bedeutung, entblößt ihres Ursprungs, weit entfernt von der eigentlichen Bedeutung des einzelnen Wortes. Mein Volk wurde durch die Sieger aus Europa von der wissenschaftlichen Entwicklung ausgeschlossen, wie die Bewohner einer Art kolonialen Naturschutzgebietes.

Einmal beschwerte sich der Leiter einer Ortsgruppe wie folgt: »Stellen Sie sich vor, Sudara. Wir konnten uns kaum gegen den Witz wehren, der behauptet, daß das Wort Syarikat aus zwei javanischen Wörtern zusammengesetzt wäre, aus sare, was schlafen heißt, und jepat, was steif bedeutet. Daraus folgern sie, daß die Bewegung der Syarikat eine Form von Bett- und Frauentausch sei. Sie behaupten, Syarikat wäre eine Teufelsvereinigung. Was sollen wir denn darauf antworten?«

Während der Fahrten erntete ich nicht nur Ehrenbezeugungen und Respekt, ich betrat gleichzeitig den Dschungel des Javanismus. Trug ich eine Fackel? Wenn ja, dann nur eine kleine und schwache. Nur ich wußte, daß mein Wissen für diese Art von Arbeit nicht unbedingt ausreichend war. Manchmal fragte ich mich, wer denn bereit sein würde, diese seltsame Art von Arbeit zu übernehmen. Bis jetzt war ich der einzige. Und es bestand die Möglichkeit, daß ich mich in diesem Dschungel verirrte, weil meine Fackel ausging. Wenn ich trotz meines begrenzten Wissens mit dieser Arbeit fortfuhr, dann hatte sie einen eher sehr privaten Charakter. Die größte Gefahr bestand darin, daß ich Sympathie und Vertrauen der Menschen verlor, weil ich sie in ihrem Javanismus beleidigte.

Sjeh Ahmad Badjened konnte mir kein Ratgeber sein, was die Religion betraf. Er kannte diese Art Javanismus nicht. Er kannte nur Glaube und Aberglaube, Frömmigkeit und Unglaube. Er hatte mir einmal von einer Bewegung innerhalb des Islam erzählt, die die Religion von Aberglauben, Mystik und der Last der Geschichte befreien wollte. Irgendwo im Orient. Aber bis jetzt hatte ich noch keine Gelegenheit gehabt, mich genauer danach zu erkundigen.

Bei dieser Art von Arbeit konnte man sich nur vorsichtig vorantasten. Ohne Vorbild war es reine Pionierarbeit, die mit vielen Fehlern behaftet sein mußte. Das war unvermeidlich.

Zahlen, Tage, ja sogar Stunden, die Silben in den Namen von Leuten, Jahre und Monate, die Windrichtung, alles bekam im Javanismus eine Bedeutung, die kombiniert und nach bestimmten Regeln berechnet zu einer Vorhersage führte. Niemand machte sich die Mühe festzustellen, inwieweit die Vorhersagen zutrafen. Und so wurden weitere Vorhersagen gemacht. Und all dies nur, um der Realität zu entkommen und nicht nachdenken zu müssen. Wie Sastro

Kassier, der sich immer wieder in Schwierigkeiten hineinmanövrierte und sich auf das Geheimnisvolle verließ. Hauptsache, er mußte nicht nachdenken. Den Verstand einer Zauberhand überlassend, wie ein falsches Gebiß, das man rausnehmen konnte, damit es sich nicht abnutzte.

Wie sollte man jemanden führen, in dessen Kopf sich diese Art von Javanismus festgesetzt hatte wie Rost, wenn er doch darüber hinaus noch diesen Rost verherrlichte? Was blieb einem übrig, als sie höflich und vorsichtig von ihrer Dummheit zu befreien. Schicht für Schicht. Wie lange würde es wohl dauern? Ich wußte es nicht.

Den Leiter der Ortsgruppe Pemalang kannte ich schon seit meiner Kindheit. Er war zwei Jahre älter als ich.

»*Dik*«, redete er mich an, »warum benutzen wir eigentlich immer Malaiisch?«

»In den Versammlungen der Ortsgruppen, wo die meisten Javanisch können, ist das natürlich nicht notwendig. Aber bei Kongressen und den Versammlungen der Zentrale ist Malaiisch unumgänglich.«

»Warum wird Malaiisch dem Javanischen vorgezogen?«

»Wir müssen das von der praktischen Seite sehen, Mas. Javanisch ist nicht praktisch. Die verschiedenen Höflichkeitsstufen in der Sprache stellen eine Betonung der sozialen Unterschiede dar. Im Malaiischen ist dies nicht der Fall. Die Organisation hat kein Bedürfnis nach einer Demonstration des sozialen Standes. Alle Mitglieder sind gleichgestellt, keiner ist höher oder niedriger.«

»Aber Javanisch hat einen viel üppigeren Wortschatz und ist prachtvoller durch sein umfangreiches literarisches Erbe.«

»Das ist richtig. Als die Javaner diese Inselwelt beherrschten, war Javanisch auch die Sprache der Diplomatie. Aber diese Zeit ist nun vorbei, auch haben die Bedürfnisse sich geändert. Nun beherrschen Fremde die Inselwelt, und Malaiisch ist die Sprache der Diplomatie. Unsere Organisation ist keine javanische Organisation, sondern eine ostindische ...«

»Aber die meisten Mitglieder sind doch Javaner?«

»Für die Javaner ist es kein Aufwand, Malaiisch zu lernen, während die anderen Völker jahrelang bräuchten, um Javanisch zu lernen. Wir sollten wirklich praktisch denken. Warum sollten denn die Javaner nicht nachgeben und sich von der Größe und dem Reichtum ihrer Vergangenheit lösen, die nicht mehr dem Zeitgeist entsprechen? Für die Einheit Ostindiens.«

»Aber die Staaten außerhalb Javas haben überhaupt keine historische Hinterlassenschaft!«

»Ach, die hat wahrhaftig jedes Volk. Außerdem wollen wir uns nicht um die Vergangenheit kümmern, sondern um die heutige Zeit, die moderne Zeit. Eine Zeit, in der nur der Nutzen oder das Nutzlose, der Fortschritt oder der Stillstand zählen.« Im stillen bat ich, er möge mich nicht fragen, was »modern« genau bedeutete.

Es folgte eine endlose Diskussion. Seine Überzeugung von Java war so stark, daß ich nachgeben mußte. Warum auch nicht? Solange er die Regeln der Organisation befolgte. Wie sollte es sonst weitergehen? Der einzige Weg war, Kompromisse zu schließen, um die Organisation zu retten.

Meine Besuche in Pemalang wurden fast zur Gewohnheit. Bei jeder Gelegenheit setzten wir unsere Diskussion fort. Dieser Freund hatte zwar eine europäische Erziehung genossen, aber er weigerte sich, sich von der Last der Geschichte zu befreien. Diese Last sollte gar die Größe und der Stolz eines Volkes sein. Eines Volkes, das jahrhundertelang in jeder Beziehung als Verlierer dagestanden und alles verloren hatte: das Meer, das Land und sich selbst. Übriggeblieben war nur die Last der Geschichte. Und dies letzte wollte ich ihm auch noch rauben.

Nicht alles, was ich unternahm, war von Erfolg gekrönt. Auch manches, das wie ein Erfolg aussah, entwickelte sich nicht so, wie ich es mir vorstellte. Die Herzen der Menschen haben Millionen Facetten.

Ein kleiner Vorfall brachte eine Lawine ins Rollen. Die Geschichte war diese: »Schau, Mas«, sagte die Prinzessin an einem ruhigen Abend, »da ist eine Anfrage, ob wir nicht einen Artikel über Dewi Sartika schreiben könnten.«

Da erinnerte ich mich an den Brief des Mädchen aus Jepara an Mei, in dem sie Dewi Sartika erwähnte: »Ich bewundere dieses sundanesische Mädchen. Sie hat nicht so viele Hindernisse zu überwinden und benutzt ihre Freiheit, um in ihrer Umgebung zu wirken und zu helfen. Du, meine Freundin, hast gesagt, daß ich ebenso frei sein könnte, wenn ich nur wollte. Es klingt zu schön, um wahr zu sein.«

Dies hatte sie geschrieben, bevor Mei und ich sie besuchten. Sehr lange davor. Doch der Inhalt des Briefes war nach wie vor aktuell: Welchen Werdegang, welche Möglichkeiten und welchen Charakter mußte jemand haben, um diesen Dschungel durchdringen zu können, bis er das moderne Zeitalter erreichte? Mei stürzte sich sofort auf eine Organisation, während das Mädchen aus Jepara mit all seiner Unsicherheit alles aufschrieb, was Wert hatte, und dies der Nachwelt hinterließ. Dewi Sartika hatte eine Mädchenschule gegründet. Und die Prinzessin von Kasiruta? Sie war die erste einheimische Frau in Ostindien, die in der Redaktion einer Zeitschrift saß. Es war niemals ihr Ziel gewesen, eine Zeitschrift zu leiten, aber durch ihre Schönheit, ihre gute Ausbildung und dadurch, daß sie meine Frau geworden war, war sie in diese Rolle hineingeschlittert. Man sagt, das Leben einer Frau beginnt im Ehebett. Die Generalgouverneure Ostindiens waren der Meinung, daß Frauen zum Schweigen gebracht werden konnten, indem man sie ins Ehebett führte. Die Prinzessin folgte scheinbar dieser alten Matrize, allerdings ohne die übliche Formel heiraten, sich scheiden lassen, Witwe sein, um zu werden, was man sich vorgenommen hatte.

»Was meinst du dazu?« fragte ich.

»Du mußt das entscheiden.«

»Du mußt lernen, selbst Entscheidungen zu treffen.«

»Nein. Jetzt noch nicht. Ich habe noch nicht genügend Erfahrung.«

»Geh Dewi Sartika besuchen. Dann wirst du genügend Material bekommen.«

Noch nie hatte eine einheimische Frau ein Interview geführt. Sie traute sich nicht.

»Mach dir erst eine Liste mit Fragen«, riet ich ihr. Die Liste war schnell gemacht, aber sie zögerte noch.

»Was werden die Leute sagen? Eine fremde Frau, die einfach so eine vornehme Familie besuchen geht und allerlei persönliche Dinge fragt?«

Sie hatte recht. Es war riskant. Wir mußten uns etwas anderes überlegen. Wir schickten ein paar Jungs aus, um Informationen einzuholen. Aber was sie brachten, war unbrauchbar, übertrieben und aus den Fingern gesogen. Es war wie mit einer Figur aus dem Wayang: Wenn sie nicht mächtig, nicht gewaltig ist, ist sie es nicht wert, beachtet zu werden.

Der Gedanke, daß ihre Artikel mit diesen Informationen den Lesern nicht genügten, brachte die Prinzessin dazu, sich Vorwürfe zu machen. Sie bedauerte, nicht in der Lage zu sein, selbst zu recherchieren. Ein Vorwurf folgte dem anderen. Dazu kam noch die Belastung, daß sie immer noch nicht schwanger war. Ich beobachtete ihre seelische Entwicklung mit großer Sorge. Oft saß sie gedankenverloren und unruhig da. Meinen Vorschlag, für eine Weile nach Sukabumi zu gehen, lehnte sie immer mit der Ausrede ab, sie hätte noch zu arbeiten.

Um sie zu trösten, nahm ich sie mit zu Dewi Sartika. Deren Mann, Raden Tumenggung Sastrawinangun, schien ein bescheidener Mensch zu sein, allerdings machte er uns klar, daß er eher Sundanese war, kein Javaner. Während des Interviews hielt er sich sehr zurück. Kurz vor Ende des Interviews erzählte Dewi Sartika, daß sie gerne eine Webschule eröffnen wollte, um die Webkunst von Cicalengka, die in ganz Priangan bekannt war, zu fördern.

»Warum nicht, wenn die Gelegenheit und das Geld dafür da sind?« fragte die Prinzessin.

»Wir bemühen uns noch um die Finanzen.«

»Wir sind bereit zu helfen«, sagte ich.

»Meinen Sie das ernst?«

»Natürlich«, entgegnete die Prinzessin, »wenn wir auch nicht alles übernehmen. Nur den Teil, der wirklich nötig ist.«

»Vielen Dank im voraus. Die Mädchen brauchen wirklich eine Ausbildung. Sie sollen nicht nur lesen und schreiben lernen, sondern auch eine Lehre machen. Später sollen sie in der Lage sein, ihre Kinder selbst zu erziehen.«

Das Reizwort »Kinder« machte die Prinzessin ganz mürrisch. Als wäre es persönlich an sie gerichtet, die immer noch keine Anzeichen einer Schwangerschaft aufwies.

Wir gingen nach Hause, aber die Prinzessin schaffte es nicht, das Ergebnis des Interviews zu einem Artikel zu verarbeiten. Ich versuchte so gut wie möglich, nicht über Kinder zu sprechen, aber sie fing selbst damit an: »Wir unterstützen nun die Kinder von fremden Leuten, während wir selbst noch keines haben.«

»Was macht es schon für einen Unterschied? Kinder sind doch überall auf der ganzen Welt gleich.«

Sie sah mich an, als ob sie meine Gedanken abschätzen wollte, dann fuhr sie fort: »Ich wünsche mir so sehr, einen Sohn zu gebären, der so hübsch, tüchtig und intelligent ist wie du. Und überdies mutig. Der den Mut hat, sich zu irren und Fehler zu machen. Ich werde ihn dir jeden Tag in den Arm legen, daß du ihn nach Herzenslust wiegen kannst«, versprach sie mir, um mich zu trösten.

»Die Zeit wird schon noch kommen«, sagte ich immer wieder zu ihr. Manchmal fühlte sie sich von mir verspottet, dann kostete es mich allerlei Mühe, sie wieder zu beruhigen.

Für Außenstehende führten wir eine gute Ehe. Und ich versuchte mich immer wieder selbst davon zu überzeugen, daß ich glücklich verheiratet war. Meine Frau diente ihrem Mann, und dies mußte jedem Einheimischen, egal welcher Herkunft, genügen.

Die Tage vergingen, ohne daß ein Wort über Nyi Raden Dewi Sartika geschrieben wurde. Eines Nachmittags, als wir im Wohnzimmer saßen, kam das Kind der Lendermans in unseren Vorhof. Wie immer sah der Junge schmutzig aus, aber er besaß eine faszinierende Klugheit.

»Schau dir dieses Kind an. Es überlegt gerade, wie es zu einer Mandarine kommt, ohne auf den Baum klettern zu müssen.«

Sie wollte nichts davon wissen und sah weg.

»Warum schaust du so gekränkt drein?« fragte ich.

Sie saß steif auf ihrem Platz wie eine Statue. Schweigend sah ich sie an. Es folgte ein innerer Kampf, der nach einer Weile unerträglich wurde. Sie explodierte: »Wenn du so gern ein Kind haben möchtest, dann mußt du dir eine zweite Frau nehmen. Meine Zustimmung hast du.«

»Du wirst schon noch Kinder bekommen.«

»Es liegt nicht an mir, zu bestimmen, ob ich ein Kind bekomme oder nicht. Jetzt oder später.«

»Wir sind noch nicht mal zwei Jahre verheiratet, warum stört es dich, daß wir noch keine Kinder haben?«

»Aber du wolltest doch, daß ich dir so schnell wie möglich ein Kind gebäre?«

»Es tut mir leid. Laß uns jetzt deswegen nicht streiten.«

Sie sah mich an und flüsterte: »Du bist der Mann. Du bist derjenige, der die Entscheidungen trifft.«

»Ich habe nicht vor, noch einmal zu heiraten.«

»Von mir aus darfst du.«

»Warum müssen wir es soweit kommen lassen?«

»Jedes Mal, wenn du über Kinder redest, verspottest du mich. Ich halte es einfach nicht mehr aus.«

»Wenn das so ist, werden wir nie mehr darüber sprechen.«

»Manchmal redest du nicht nur mit deinem Mund, sondern auch mit deinen Augen.«

»Du bist müde, du arbeitest zu viel. Du solltest dich ausruhen. Aber nach Sukabumi wollest du ja nicht.«

Einige Male hatte ich versucht, sie zu überreden, uns untersuchen zu lassen. Vielleicht stimmte ja etwas an uns nicht. Aber jedes Mal weigerte sie sich. Sie meinte, Kinder wären Gottes Entscheidung.

Eines Tages ließ ich mich, bevor ich ins Büro ging, von einem deutschen Arzt untersuchen. Ich hatte Herzklopfen, weil ich Zweifel an meiner Fruchtbarkeit hatte. Als ich das Untersuchungszimmer verließ, wurde meine Befürchtung zur Gewißheit. Ich war derjenige, der unfruchtbar war. Zur Zeit, aber vielleicht auch für immer.

Ein Arzt kann sich irren, so folgte ich Frischbotens Fußspuren und suchte Pengki auf dem Markt von Buitenzorg auf. Sein Lehrer schrieb wieder einen kleinen Zettel für den Sinse und gab ihn mir mit wenig ermutigenden Worten mit: »Sie müssen entschuldigen, falls der Sinse Ihnen diesmal nicht helfen kann.«

Als ich in das Bambushaus eintrat, nahm mich der Arzt mit den von Opium bläulichen Lippen nicht sofort in sein Untersuchungszimmer mit. In gebrochenem und schwer verständlichem Malaiisch fing er an, mich zu befragen. Dabei sah er mir scharf in die Augen. Ohne sich vorher zu entschuldigen, untersuchte er mein Haar. Meine Haare! Er riß mir ein paar vom Kopf und auch von der Wade. Diese verrückte Untersuchung dauerte an, währenddessen befragte er mich ununterbrochen nach meiner Vergangenheit. Erst dann brachte er mich in das Untersuchungszimmer.

Der Boden des Zimmers war aus feuchtem Lehm. Die Wände aus Bambusmatten waren voller Löcher. Er befahl mir, alle meine Kleider abzulegen und ließ mich dann auf der Liege, ohne Matratze, ohne Matte liegen, nur mit einem Kissen, das weder schön anzusehen war noch angenehm roch. Nach eine Weile erschien er mit einem jungen Chinesen. Die beiden sprachen geschäftig miteinander. Ich verstand kein Wort.

Der Jüngere fing an, meinen *Iliopsoasmuskel* zu massieren. Plötzlich fragte er: »Haben Sie oft Rückenschmerzen?«

»Nein, nie.«

Er untersuchte die Innenseite der Oberschenkel bis zu den Hoden und dem Hodensack. Er riß mir einige Schamhaare aus und untersuchte die Haarwurzeln. Danach mußte ich mich auf den Bauch drehen, und er untersuchte meine Wirbelsäule. Die Untersuchung dauerte eine Ewigkeit. Endlich durfte ich mich wieder anziehen.

Mittlerweile hatten sie aufgehört, miteinander zu reden. Sie brachten mich zurück in das Vorzimmer, und der Sinse schrieb ein Briefchen für Pengkis Lehrer.

»Jah«, sagte Pengki seufzend. »Sie können nur noch den Schöpfer um Hilfe bitten, mein Herr.«

Nach diesem Blitzschlag wollte ich nicht nach Hause gehen. Das war es dann wohl. Ich hatte als Mann versagt. In den nächsten Jahren würde ich kein Wesen in die Welt setzen, das ich mein Kind nennen könnte.

Nun war ich derjenige, der meist unkonzentriert war. Ich fragte mich, für wen ich denn so hart arbeitete, wenn doch kein Kind da war, das die Frucht meiner Arbeit genießen konnte? Was bedeutete nun ein Volk oder ein Vielvölkerstaat, jetzt da ich wußte, daß mein Blut nicht weiter in ihm pulsieren würde?

Die Leere war trostlos. Hohl, sinnlos. Durch einen Liter Schweiß pro Tag nicht aufzufüllen. Ein Pfund Proteine und ein Pfund Minerale und Zucker pro Tag konnten nicht genug Energie produzieren, um diese Last zu tragen. Genieß dein Leben, solange dein Körper mitmacht, stöhnte es in meinem Kopf. Schweig! Schweig, du!

Oft fühlte ich mich einsam in der Nacht, dann kam mir in den Sinn, daß Millionen Blumen unbefruchtet verwelkten. Eine Woche lang fuhr ich nicht nach Bandung.

Hendrik und Mir kamen mit ihrem Kind zu Besuch, um zu sehen, ob ich krank sei. Sie übernachteten nicht bei mir, sondern fuhren mit dem letzten Zug zurück.

»Es ist wirklich besser, nicht zu früh schwanger zu werden«, sagte Mir zur Prinzessin, bevor sie zum Bahnhof fuhren.

Einige Minuten nachdem sie weggefahren waren, kam ein großgewachsener Indo mit vier seiner Freunde. Sein Gesicht war voller Haare, als ob die Haut jeden Tag gedüngt würde. Er stellte sich nicht vor. Erst als er saß, sah ich, daß es Robert Suurhof war.

»Was möchtest du diesmal?« fragte ich, ihm zuvorkommend.

Er sah mich nur mit großen Augen an.

»Sag es ihm schon«, drängte einer seiner Begleiter.

»Ich habe bereits deine Briefe bekommen. Ich kenne deine Schrift, dein R. Solche Briefe verdienen es wahrhaftig nicht, von mir beachtet zu werden.«

»Du hast damit angefangen«, warf er mich plötzlich vor.

»Es hat alles in Wonokromo angefangen. Wo willst du es beenden?«

In diesem Augenblick kam die Prinzessin mit einem Stapel Papiere.

»Deine Leute stören uns jetzt in Pameungpeuk.«

»Ich habe keine Leute. Wir sind keine wilde Bande. Unsere Organisation wurde vom Gouvernement genehmigt. Wenn du kein Analphabet bist, kannst du es im Staatsblatt nachlesen.«

»Wie auch immer, du belästigst die Indos.«

»Gut. Erzähl mir deine Gründe. Ich werde es vor den Resident-Assistenten bringen. Wenn nötig, vor den Generalgouverneur.«

»Angeber! Die Indos bestimmen seit eh und je alles in Ostindien. Gut oder schlecht, schwarz oder weiß, ob etwas gedeiht oder verfällt.«

»Prinzessin, du hast gehört, was er gesagt hat«, sagte ich zu meiner Frau, die immer noch dastand und die Gäste beobachtete. Sie hatte meinen Wink verstanden. Sie legte die Papiere auf den Tisch und ging ins Zimmer.

Wie viele Leiter von größeren Betrieben hatte ich mein Recht, eine

Waffe zu besitzen, genutzt und mir einen Colt samt Patronen besorgt. Ich hatte mit der Prinzessin vereinbart, daß einer von uns die Waffe benutzen sollte, wenn der andere es nicht konnte. Kurz danach kam sie wieder mit dem Revolver in der Hand. Sie setzte sich auf einen hohen Stuhl und beobachtete schweigend die Gäste.

»Diese Herrschaften haben vor, etwas zu beenden, Prinzessin«, sagte ich.

»Was wollen sie denn beenden?« fragte meine Frau.

»Frag sie doch selbst.«

»Was wollen Sie denn beenden, meine Herren?« fragte sie Robert Suurhof.

Die Aufmerksamkeit der Gäste war nun auf die Prinzessin gerichtet. Der Schreck hatte ihre Wildheit verjagt. Ich stand auf und entfernte mich.

»Das ist kein Spielzeug«, warnte Robert Suurhof.

»Was wollen Sie beenden?« wiederholte die Prinzessin.

»Wir können die gleiche Waffe benutzen«, warnte Robert Suurhof noch einmal.

»Mit was wollen Sie ein Ende machen?« wiederholte die Prinzessin zum dritten Mal. »Betreten Sie nicht mein Haus ohne meine Erlaubnis. Beenden Sie jetzt Ihren Besuch, oder ich werde schießen. Ich werde bis drei zählen. Eins …«

Die Gäste schauten aneinander an.

»Zwei …«

Sie standen auf.

»Drei!« Und die Prinzessin schoß.

Der Knall zerriß die Stille. Die fünf Männer begannen zu rennen. Sie traf keinen von ihnen. Sie schoß ein zweites Mal. Hals über Kopf flüchteten sie.

Als sie schon außer Sichtweite waren, standen wir immer noch verschreckt herum. Einige Wächter des Palastes kamen durch die Schüsse alarmiert und fragten, was geschehen sei. Sie untersuchten schnell die Räume und beschlagnahmten die Waffe. Dann gingen sie wieder und hinterließen uns die Bestätigung, daß sie unsere Waffe eingezogen hatten.

Der Schreck saß uns immer noch im Nacken. Wir sahen uns an wie zwei Kinder, die sich im Urwald verirrt hatten.

»Du hast dich getraut zu schießen?«

»Lieber sollen die tot sein als mein Mann.«

»Wo sind denn die Fechter aus Banten?«

»Einige sind nach Hause gegangen. Den anderen habe ich befohlen, die Gäste zum Bahnhof zu bringen.«

»Wir werden die Waffe vermissen.«

»Wir werden nichts vermissen«, antwortete sie.

Ich führte sie zu dem hohen Stuhl. Mit beiden Armen umarmte ich sie und flüsterte ihr ins Ohr: »Wann hast du denn schießen gelernt?«

Lange Zeit sagte sie nichts. Währenddessen bewunderte ich sie weiterhin. Im allgemeinen hatten die Einheimischen Angst vor Waffen. Sie würden sie nicht einmal anfassen. Dann begann sie zu erzählen: All ihren nahen Verwandten, von zehn Jahren aufwärts, sei von ihrem Vater befohlen worden, schießen zu lernen. Sie hätten jeden Sonntagnachmittag im Wald geübt. Eine Waffe zu besitzen, sei gar kein Problem. Mit einem guten Führungszeugnis von der Polizei dürfe man eine besitzen. Sogar mehrere, wenn man sich das leisten könne.

Es war eine einfache Geschichte. Aber deswegen waren ihre Eltern von van Heutsz verbannt worden. Ihre Eltern, meine Schwiegereltern, hatten wohl einen Plan gehabt.

Noch am gleichen Nachmittag verließen wir Buitenzorg und fuhren nach Sukabumi. Meine Achtung vor dem Schwiegervater wuchs. Er schien sich über mein Verhalten zu wundern.

»Die Prinzessin braucht Ruhe, Bapak. Sie arbeitet zu viel, und solange sie zu Hause ist, will sie nicht damit aufhören. Wir werden ein, zwei Wochen hier bleiben.«

Aber ich konnte nicht die ganze Zeit bei ihr bleiben. Die Palastwächter verhörten mich, ohne auch nur ein einziges Mal Robert Suurhof vorzuladen. Sie interessierte nur, daß die Schüsse in der Nähe des Palastes gefallen waren und daß ich im Besitz einer Waffe war. Immer wieder versuchten sie, ein Motiv zu finden, das mich überführen könnte, einen Anschlag gegen den Generalgouverneur versucht zu haben.

»Das ist doch unwahrscheinlich. Der ehemalige Generalgouverneur van Heutsz hat mich des öfteren zu sich gerufen und mir seine Freundschaft angeboten.«

»Gerade deswegen«, antwortete mir der Untersuchungsleiter. »Weil der neue Generalgouverneur sie nicht zum Freund haben wollte, waren Sie verstimmt.«

»Soll das eine Beschuldigung sein oder ist das nur Ihre Vermutung? Ich könnte das gleiche von Ihnen behaupten. Es würde keinen Unterschied machen.«

»Jeder, der in der Nähe des Palastes wohnt und im Besitz einer Waffe ist, muß dies dem Wachdienst melden.«

»Ich habe noch nie von so einer Verordnung gehört. Könnte ich sie mal sehen?«

»Wie auch immer, Sie haben in der Nähe des Palasts Schüsse abgegeben. Ihre Waffe ist hiermit beschlagnahmt.«

»Gut. Dann werde ich mich an die zuständige Behörde wenden. Ich besitze schließlich einen Waffenschein«, ich zeigte ihn ihm und auch die restlichen Patronen, die ich noch besaß. »Außerdem habe ich der Polizei gemeldet, daß ich zwei Patronen verschossen habe.«

Die Untersuchung wurde daraufhin abgebrochen. Über die Polizei bekam ich schließlich auch meine Waffe wieder zurück.

Das Bild wurde aber immer deutlicher: Nicht nur ich, auch andere Einheimische, besonders die, die sich nicht wehren konnten, wurden zur Zielscheibe der Bande von Robert Suurhof. Dagegen konnte man nur wenig tun. Aber der Vorfall brachte mir meine Freunde wieder näher, vielleicht auch andere, wovon ich aber nichts wußte. Die Zusammenhänge wurden immer klarer. De Knijpers waren verschwunden, dafür tauchte eine neue Bande auf, die T.A.I. Es war die alte Bande unter neuem Namen. Was das T bedeutete, wußte ich nicht, aber die beiden letzten Buchstaben hießen Anti Inlanders, Anti Einheimische. Es könnte sein, daß diese Abkürzung nur deshalb gewählt wurde, um auf die Initialen anzuspielen, die ich oft benutzte, um meine Artikel zu zeichnen, nämlich *T.A.S.*

Die Sorge um die Kinderlosigkeit verschwand. Es ging nun um die Gerechtigkeit, die in dieser Kolonie hergestellt werden mußte. Wer sollte dies tun, wenn nicht die Einheimischen selbst? Gerechtigkeit ist ein Bedürfnis des Menschen, nur er kann sie durchsetzen. In Ostindien garantierten die Gesetze zwar die Sicherheit und den Besitz jedes einzelnen, aber dies galt nur für diejenigen, die darüber Bescheid wußten und damit umgehen konnten. Die Ahnungslosen wurden zu Opfern.

Vorwärts mit dir, Syarikat Dagang Islamiyah, schreite voran! Achte nicht auf die kleinlichen persönlichen Empfindungen. Du hast den Anfang gemacht, nun mußt du es auch zu Ende führen …

15

Die Boedi Oetomo führte weiterhin ein ruhiges Dasein, unterstützt von der Ethischen Gruppe. Sie boten finanzielle Unterstützung für jede Schule, die sie gründeten, solange sie das offizielle Curriculum benutzte. Idenburg selbst gab das Versprechen. Da sie wenig Aktivität zeigte, erlebte sie auch kein Auf und Nieder wie die SDI.

Das Jahr 1911 versprach aber, ein aufregenderes Jahr zu werden. Es begann damit, daß Thamrin Mohammad Thabrie den Befehl bekam, aus der SDI auszutreten.

»Als Moslem muß ich mich natürlich mit der SDI solidarisieren«, entgegnete er.

Daraufhin verhängte das Gouvernement harte Maßnahmen; Thabrie wurde seines Amtes enthoben und in Rente geschickt. Alle holländischen Zeitungen in Batavia berichteten darüber.

»Was kann man dagegen tun?«, war sein Kommentar. »Das Gouvernement befürchtet, daß ich meine Autorität für die Organisation einsetze. Sie haben das Recht und die Macht, solche Maßnahmen zu ergreifen.«

Er verlor also sein Amt. Die *Medan,* die keine Rubrik »Versetzungen, Einstellungen und Entlassungen« hatte, berichtete nicht darüber. Thamrin wurde in Rente geschickt mit der Warnung, auf keinen Fall aktiv in der Organisation zu arbeiten. Eine Drohung, die ihm schwer zusetzte.

Die Boedi Oetomo hatte währenddessen drei Schulen aufgebaut. Die SDI keine einzige. Sie blieb aber bei dem Vorsatz, die privaten Schulen finanziell zu unterstützen, auch jene, die von der B.O. gegründet wurden.

Die B.O. wurde zum Vorbild und reizte viele, selbst eine Schule zu gründen, die sich an das offizielle Curriculum hielt. Die Lehrer mit unabhängigem Geist, die mit ihren Direktoren, natürlich alles Europäer, in Konflikt gerieten, gründeten ihre eigenen Schulen oder schlossen sich der B.O. an. Alle anderen Schulen, die nicht dem offiziellen Curriculum folgten und nicht auf holländisch unterrichteten, wurden mit Mißtrauen und Verachtung angesehen. Die Jamiatul Khair und die Tiong Hoa Hwee Koan wurden einfach ignoriert.

Der Drang nach Ausbildung kam wie eine Flutwelle. Die treibende Kraft war die Ethische Politik. Dann erschien das Buch des Mädchens aus Jepara: *De Zonnige Toekomst* – Die sonnige Zukunft. Zusammengestellt von van Aberon, einem Ethiker. Die Ethik wurde zur Modeerscheinung. Die intellektuellen Frauen der Oberschicht priesen das Buch in den Himmel, vor allem, nachdem ein Teil des Buches ins Englische und Französische übersetzt worden und in diesen Ländern auch erschienen war. Die Ethische Gruppe betrachteten das Mädchen aus Jepara als das beste Ergebnis ihrer Bemühungen. Ihre Gegner dagegen behaupteten, daß van Aberon Ambitionen hegte, in den Rijswijk-Palast einzurücken, und hielten es für nicht akzeptabel: van Aberon wäre zu sentimental und ein Schwächling. Außerdem wäre er noch nicht mal Mitglied im Oberhaus.

In europäischen Kreisen wurden bei offiziellen und inoffiziellen Treffen hitzige Diskussionen darüber geführt. »Was wollt ihr also mit dem Buch dieses Mädchens aus Jepara erreichen? Wollt ihr es nur loben, weil ihr selbst nicht in der Lage seid, so schön zu schreiben?« Andere wiederum meinten: »Vielleicht hat sie es nicht einmal selbst geschrieben! Vielleicht ist es das Werk von van Aberon! Es gibt ja gar keine Kommission, die dies kontrolliert! Aus wie vielen Briefsammlungen hat er das Buch zusammengestellt? Fünf oder sieben? Hat das Mädchen aus Jepara wirklich nur mit diesen fünf oder sieben Leuten korrespondiert?«

Das Motiv derjenigen, die das Buch lobten, war klar; sie waren die Befürworter der Ethischen Politik. Bei den Gegnern war überhaupt nichts klar.

Daß das Buch sich nur auf fünf oder sechs Briefsammlungen berief, war ein starkes Argument für die Gegner, die neidisch auf van Aberon waren. Die Briefe an das Ehepaar van Aberon waren voller Lobpreisungen für sie und bezeugten die vermeintliche Abhängigkeit des Mädchens aus Jepara von dem Ehepaar, von Europa, von Holland. Mit dem Buch *De Zonnige Toekomst*, so behaupteten die Gegner, wollte das Ehepaar van Aberon nur sich selbst schmeicheln und zeigen, daß sie von den einheimischen Intellektuellen geschätzt wurden.

Ich hatte das Buch gelesen und war der Meinung, daß van Aberon wirklich sehr einseitig ans Werk gegangen war. In meinem Schrank lagen beispielsweise etwa acht Briefe des Mädchens aus Jepara an Ang San Mei, und nicht alle klangen trübe. Einen solchen Ton schlug sie nur an, wenn sie von sich selbst erzählte, nicht aber, wenn sie sich über allgemeine Dinge des Lebens äußerte, da war sie sogar Feuer und Flamme. An Nyi Raden Dewi Sartika hatte sie meines Wissens nach mindestens zwei Briefe geschrieben. Als ich diese mit der Prinzessin interviewt hatte, erzählte sie, daß sie Briefe von dem Mädchen aus Jepara bekommen, sie aber nie beantwortet hätte. Nach meinen Informationen hatte sie meistens mit ihrem Bruder korrespondiert. Er war sogar ihr eigentlicher Lehrer gewesen. Auch von diesen Briefen hatte van Aberon nichts erwähnt. Wardi erzählte, daß er von seinen Freunden in Holland, sowohl jenen, die zur Indischen Studentenvereinigung, als auch jenen, die nicht dazugehörten, erfahren habe, daß sie sehr viele Brieffreundschaften gepflegt hatte. Ihre Briefe, die auf den Versammlungen der Frauen in Holland vorgelesen worden waren, wurden in dem Buch ebenfalls nicht vollständig erwähnt.

Ich konnte verstehen, warum mancher das Buch nicht mochte. Es wurde kaum etwas über das Mädchen aus Jepara berichtet, das ihre Stärke bewies. Dabei war sie eine unruhige Frau gewesen und hatte manches Mal tiefgreifende Gedanken gehabt. Es gab darin nur wenig Biographisches, was gerade interessant hätte sein können. Es war voll von unnötigen Klagen und Tränen, die dem Bild der Verfasserin überhaupt nicht entsprachen. Hatte van Aberon dies ganze Klagelied gar wirklich selbst komponiert? Aber weder die Befürworter noch die Gegner hatten Lust, eine Kommission zu bilden, um den Wahrheitsgehalt zu überprüfen.

Unter den Europäern und Indos formierte sich eine Bewegung, die die Ethische Politik unterstützte, mit Sitz in Semarang. Sie wollten realisieren, wovon das Mädchen aus Jepara geträumt hatte. Fast in jeder größeren Stadt auf Java entstand ein Jepara-Komitee. Innerhalb von zwei Monaten hatten sie genug gesammelt, um eine Schule finanzieren zu können. Sie entschieden sich für Rembang.

Eine Kommission wurde dorthin geschickt, um nach einer geeigneten Örtlichkeit zu suchen. Der Inspektor für das Bildungswesen Mitteljavas, R. Kamil, der höchste einheimische Beamte in diesem Bereich, weihte die Schule ein. Der Ethischen Gruppe war ein Monument errichtet worden. Nur war es hohl.

Es lebe das Mädchen aus Jepara! Lang lebe der Generalgouverneur! Dem Begriff »Ethik« wurden nun recht verschiedene Bedeutungen zugeordnet: Seht, wie blendend es nun in Ostindien zugeht! Die düstere Zeit Multatulis ist längst vorbei! Investiert euer Kapital in Plantagen, hier warten riesige Grundstücke auf euch! Schickt eure Arbeitslosen her! Selbst die intellektuellen Einheimischen haben sich nun dem Gouvernement auf den Schoß gesetzt! Ihr werdet keine Maschinen brauchen. Kommt nur! Es lebe Idenburg! Hipp, hipp, hurra!

Währenddessen hatte die Tiong Hoa Hwee Koan still und leise, ohne daß davon viel Aufhebens gemacht wurde, etliche Schulen auf ganz Java gegründet. In elf Jahren hatte die Organisation viele junge moderne Lehrkräfte ausgebildet, deren Sichtweise nicht auf Ostindien beschränkt war, sondern China und die internationale Welt mit einschloß. China gärte weiter, und es reizte eine kleine Gruppe, eine sehr kleine Gruppe von ein oder zwei Absolventen der THHK, diese Bewegung zu unterstützen.

Die Jamiatul Khair hatte sich kaum weiterentwickelt. Zweimal war deren Leiter, ein Araber namens Saggaf, zu mir nach Hause gekommen. Er berichtete, daß er keine weitere Unterstützung von der arabischen Bevölkerung mehr erwarten dürfe. Die einzige Unterstützung erhoffe er sich noch von der SDI. Er bedauerte diese Tatsache und schämte sich dafür.

Die Boedi Oetomo kroch währenddessen langsam aber sicher voran. Die SDI gründete nach wie vor keine Schulen.

Die Chinesen hatten die Araber und die Einheimischen in Handel und Fortschritt eindeutig in den Schatten gestellt. Die Indos, die lieber Soldaten und Beamte wurden, hatten sie ein halbes Jahrhundert hinter sich gelassen.

In den höheren Kreisen wuchs langsam die Sorge darüber, daß die Fortschritte der Chinesen das Gleichgewicht der ostindischen Gesellschaft zerstören könnten. Innerhalb SDI achteten wir sehr genau darauf, daß die Organisation nicht auf unfaire Weise gegen eine der Gruppen benutzt wurde, die sich im Augenblick in hartem Wettbewerb befanden. An einigen Orten waren bereits Spannungen zu spüren. Die von der SDI geförderten Selbstverteidigungsvereine wurden nun, da die Knijpers nicht mehr auftauchten, immer öfter gegen die Chinesen aufgehetzt. Dahinter standen einige Händler, die Mitglieder der SDI waren. Sie hofften, den Handel der Chinesen zu übernehmen, wenn diese erst mal ausgeschaltet waren. Der Wind, der diese Glut schürte, blies immer schärfer. Von Priangan aus wehte er bis nach Mittel- und Ostjava. Meine Aufrufe, mit den anderen ebenfalls unterdrückten Gruppen in Frieden zu leben, konnten die gefährliche Illusion wirtschaftlicher Vorteile nicht vertreiben. Immer mehr SDI-Verbände bildeten Selbstverteidigungsgruppen.

Diese Feindseligkeit stachelte die Geheimbünde der Chinesen an, die bislang scheinbar geschlafen hatten. Überall, vor allem in den Küstengebieten, erwachten sie wieder. Der stärkste von ihnen nannte sich Kong Sing.

Durch den Wettbewerb der verschiedenen Gruppen gerieten die Indos völlig in den Hintergrund. Der Schiedsrichter hinter den Kulissen aber blieb der gleiche: Generalgouverneur Idenburg, der höchste Machthaber Ostindiens. Die Gruppe der Araber schien sich vom öffentlichen Leben zurückgezogen zu haben und suchte indirekt immer mehr Kontakt zur SDI. Deshalb warnte ich die Ortsverbände unermüdlich, wachsam zu bleiben, damit die Macht, die sie nun hatten, nicht von anderen Gruppen ausgenutzt würde, um deren Gegner zu schlagen.

Dann geschah etwas Gewaltiges, alles Überrollendes. Etwas, das großen Einfluß auf das Leben in Ostindien nehmen sollte: 10. Oktober 1911. In Wuchang in der chinesischen Provinz Hubei brach der Aufstand der Jungen Generation aus. Dr. Sun Wen alias Sun Yat Sen, ein junger Gelehrter und Politiker, von dem berichtet wurde, daß er zuvor auf den Philippinen gelebt hatte und dort die Filipinos bei ihrem Aufstand gegen die Spanier unterstützt haben sollte, befand sich im Ausland, als die Revolution in Wuchang begann. Erst hatte er eine Weile in Tokio gelebt, doch wurde er auf Ersuchen des Kaisers von China von den Japanern des Landes verwiesen. Daraufhin ging er nach Amerika und unterrichtete dort an der Universität Denver in Colorado. Über England gelangte er nach China zurück, um die Leitung des Aufstands in Wuchang zu übernehmen. Die Revolution breitete sich über fast ganz China aus und brachte die Qing-Dynastie zur Fall. Kanton wurde zur Hauptstadt der daraufhin gegründeten Republik erklärt.

In Batavia erschien die *Sin Po*, um die Ideen und Aktivitäten der chinesischen Nationalisten in Ostindien zu koordinieren und sie zu vereinen. Nur drei Monate nach ihrem Erscheinen konnte sie der *Medan* bereits Konkurrenz machen. Wir verloren fünf Prozent unserer Leser. Im Galopp ritten die Chinesen. Im Handel drängten sie die Einheimischen immer mehr zurück. Eine unvermeidbare Tatsache. Sie war Ausdruck ihrer Überlegenheit in den Bereichen Organisation, Handel und Solidarität, ihrer Schlagfertigkeit und ihres bedingungslosen Vertrauens in ihre Organisation.

Dieses neue Kapitel wurde eindeutig von der Rolle der Zeitung als Meinungsführer geprägt. Die Organisation selbst blieb für die Allgemeinheit unsichtbar. Aber wenn die Zeitung von einer anderen verdrängt werden und verschwinden sollte, würde die Organisation ihre Führung ebenfalls verlieren.

Die *Medan* mußte am Leben bleiben. Denn es gab noch keine andere Zeitung, die die Einheimischen hätte führen können.

Die Redaktion schlug vor, wie die Sin Po in kleinerer Schrift zu setzen, damit sie kompakter würde. Aber ich lehnte das ab. Die Leser der Sin Po waren Chinesen mit Geld, die sich eine Brille leisten konnten, die der *Medan* nicht. Wir mußten andere Wege finden. Technische Verbesserungen kamen nicht in Frage, da die Druckerei optimal ausgerüstet war. Mehr war nicht möglich. Da die Sin Po zweisprachig erschien – auf malaiisch und auf chinesisch –, häuften sich die Anzeichen, daß sie die *Medan* weiter bedrängen würde. Immer mehr chinesische Abonnenten kündigten, einer nach dem anderen, manchmal aber auch eine ganze Stadt auf einmal. Die *Medan* geriet in immer größere Schwierigkeiten, und wir wußten bald keinen Rat mehr.

Frischboten meinte, kein Recht zu haben, sich in die Redaktion einzumischen. Trotzdem gab er uns den Hinweis, daß die Sin Po unsere Arbeitsweise übernommen hätte. Wenn wir einen europäischen Juristen eingestellt hatten, so nahm sie sich einen pensionierten europäischen Polizeikommissar, der sich nicht nur im europäischen, sondern auch im ostindischen Recht genau auskannte. Auch in den Bereichen Vertrieb und Informationsbeschaffung ahmte sie die *Medan* nach. Nur in einem Punkt kamen wir nicht gegen sie an: Sie konnte es sich leisten, Berichte aus dem Ausland zu besorgen. Sie hatte das nötige Geld. Wenn die Sin Po es schaffte, die nächsten fünf

Jahre regelmäßig zu erscheinen, hätte sie alle Chinesen in Ostindien zu chinesischen Nationalisten bekehrt, ausgenommen Angehörige der Alten Generation, die sich nicht mehr änderten.

Zur gleichen Zeit berichteten die holländischen Zeitungen unermüdlich über die Aktivitäten der Jepara-Komitees und verherrlichten nach wie vor die Ethische Politik. Die *Medan* und die Sin Po hielten sich da raus. Ich selbst war der Meinung, daß die Ethische Gruppe mit vereinten Kräften zu erreichen versuchte, daß van Aberon im Jahre 1914 zum nächsten Generalgouverneur ernannt würde. Zumindest wollten sie die Liberale Partei darin unterstützen. Ihre Gegner wiesen darauf hin, daß das Amt eines Generalgouverneurs kein soziales Amt sei, sondern ein politisches. Die Ethiker würden nur träumen. Mit einem Ethiker als Generalgouvernur erhofften sie sich nur mehr persönliche Annehmlichkeiten.

Mit der Prinzessin und in Begleitung Sandimans und einiger seiner Männer machten wir Ferien in Blora, um meine Verwandten zu besuchen.

Der Regent von Blora, ein Bruder meines Großvaters, platzte fast vor Stolz darüber, daß ich eine richtige Prinzessin geheiratet hatte.

Als wir im Hinterzimmer zusammensaßen, trugen die Verwandten ohne viel Umschweife ihr Dilemma vor: »Gus, der Resident-Assistent hat einige Stunden nach deiner Ankunft jemanden zu uns geschickt. Du errätst wahrscheinlich schon weshalb, sei also nicht überrascht: Er unterbindet alle Aktivitäten der Syarikat in dieser Regentschaft.«

»Ich bin nicht überrascht und verstehe vollkommen, *Nenenda.*«

»Gut. Wenn du trotzdem etwas unternehmen möchtest, müßt ihr in einem Gasthaus übernachten, und hier gibt es kein gutes Gasthaus. Und sobald du bei irgendeinem Beamten übernachtest, würde der die gleiche Mahnung bekommen.«

»Ich verstehe, Nenenda.«

»Das bedeutet ferner, daß du keinerlei Kontakte mit der hiesigen Syarikat aufnehmen darfst, solange du hier übernachtest.«

Seine Frau, die *Raden Ayu,* hörte schweigend und bewegungslos zu. Die Prinzessin lauschte aufmerksam. Sonst wurde niemandem erlaubt, dabei zu sein.

»Trotzdem möchte ich soviel wie möglich über die Syarikat wissen.«

»Aber das wäre Propaganda für die Syarikat«, protestierte ich, »lieber nicht.«

»Nein. Es wäre nur die Erzählung eines Enkels an seinen Großvater.«

»Es bleibt trotzdem Propaganda, weil ich nur Gutes über die Syarikat erzähle.«

»Ja ja, es bliebe Propaganda«, wiederholte er meine Worte. »Wenn das so ist, erzähl eben etwas anderes. Wenn die Syarikat nebenbei erwähnt werden muß, sollst du sie nicht loben und auch nicht als Hauptbeteiligten darstellen.«

Er lachte ironisch, so daß auch ich nicht an mich halten konnte. Es war das erste Mal, daß ich vor einem Regenten gelacht hatte. Zu unerwartet kam es, daß Nenenda in Gelächter ausbrach. Auch seine Frau lachte mit. Nur die Prinzessin blickte verständnislos. Wie früher für Ang San Mei, tat ich nun das Gleiche für die Prinzessin: Ich diente als Übersetzer.

Die Raden Ayu kicherte vergnügt, als sie mich beobachtete. Sie konnte ihre Belustigung darüber kaum zurückhalten, daß ich immer wieder Frauen hatte, die kein Javanisch verstanden. Ich verstand ihr Lachen völlig: kein Javanisch zu können, hieß für sie das gleiche wie keine Kultur zu haben.

Als sie sah, daß alle lachten, lachte auch die Prinzessin, trotz des Gefühls, daß sie als einzige nicht wußte, worum es ging.

Plötzlich wurde Nenenda wieder ernst, als er sah, daß eine Schwiegerenkeltochter es wagte, vor ihm zu lachen, ohne den Mund zu bedecken und ohne den Kopf und die Stimme zu senken. Mit gerunzelter Stirn sah er sie an.

Als ich die Veränderung seines Gesichtsausdruckes sah, mußte ich unweigerlich an eine Komödie denken, die die Leute nicht zum Lachen bringen konnte. Es war mitleiderregend.

Die Prinzessin hörte auf zu lachen und hörte meiner Übersetzung zu. Sobald sie wußte, worum es ging, lachte sie erneut schallend, ohne sich um die anderen zu kümmern.

Als sie sah, wie ihre Schwiegerenkeltochter sich vor Lachen wandt und die komischsten Grimassen schnitt, wurde die Raden Ayu von einem neuen Lachanfall übermannt. Ich lachte mit, und schließlich fiel auch der Regent mit ein.

Wir hörten erst auf zu lachen, als das Essen aufgetragen wurde. Diese Gelegenheit nutzte Nenenda aus, um das Gespräch fortzusetzen.

»Du kannst anfangen, zu erzählen«, sagte er.

So erzählte ich, wie sich der Zustand der verschiedenen Volksgruppen in Ostindien verändert hatte, seit die Tiong Hoa Hwee Koan gegründet worden war. Daß sie alle Volksgruppen, mit Ausnahme der Europäer, weit hinter sich gelassen hatte.

»Was hat die Syarikat vor, dagegen zu tun?«

»Verzeihung, aber in dieser Regentschaft werde ich nicht darüber reden«, erklärte ich hartnäckig, um meine Achtung vor seinem Amt und den Bestimmungen, die er aufgelegt bekommen hatte, zu bezeugen.

Er fragte dann, weshalb soviel Rummel um die Aktivitäten der Jepara-Komitees gemacht würde, selbst in Blora.

Ich erzählte ihm von dem allgemeinen Verdacht, daß die Kampagne dazu dienen sollte, van Aberon zum nächsten Generalgouverneur zu machen.

»Aber wer ist denn dieses Mädchen aus Jepara? War sie nicht die verstorbene Frau des Regenten von Rembang?«

»In der Tat, Nenenda.«

»Warum hat dann nicht ihr Ehemann die Schule gegründet, für seine Frau, die doch in seinen Armen gestorben ist?«

»Die Einheimischen, selbst ihr eigener Mann, verstehen ihre Ideale nicht, Nenenda. Nur die Europäer und die Ausländer wissen sie zu schätzen. Die Einheimischen selbst sind erst dabei, sich vorzutasten.«

»Wie kommt es, daß eine Frau von den Europäern mehr respektiert wird als ein Mann?«

Nun folgte Nenenda gespannt meinen Worten, wie ein braver Schüler denen des Lehrers, seine Neugierde bezüglich der Syarikat war vergessen. Als Regent hatte er fünfzigtausend Leute unter sich. Die Syarikat hatte nun siebzigtausend Mitglieder, wenn man die Angehörigen mitzählte. Von den fünfzigtausend in Blora gehorchten ihm aber nicht alle. Die Samin zum Beispiel stellte sich gegen alles, was vom Gouvernement kam.

Ich erzählte ihm von den Idealen und Träumen des Mädchens aus Jepara. Meine Großtante hörte voller Aufmerksamkeit zu. Am Ende meiner Geschichte berichtete ich, wie das Mädchen aus Jepara seiner Schwester aufgetragen hatte, den Sohn so zu erziehen, daß er Frauen respektieren könne, damit er nicht so würde wie die reichen oder einflußreichen Javaner es im allgemeinen waren, die ihre Frauen nur als Verzierung betrachteten, sie pflegten und streichelten, wenn sie sie brauchten, und sie vor die Tür setzten, wenn sie ihrer überdrüssig waren, gleichgültig wie sie endeten.

»Sie muß eine Göttin gewesen sein, Nak«, unterbrach mich der Regent, »und sie hat ihre Gedanken bis nach Holland getragen!«

»Das ist noch nicht alles, *Eyang*, nach ihrem Tod wurden ihre Schriften ins Englische und Französische übersetzt.«

»Und wo liegen England und Frankreich?« fragte Nenenda.

»England liegt westlich von Holland. Es ist das größte Königreich der Welt, es regiert über ein Achtel der Welt. Frankreich liegt im Südwesten von Holland und ist ebenfalls viel größer als Holland.«

Nenenda hörte genüßlich weiter zu. Er wollte noch mehr erfahren, über seinen Enkel, über die Welt und die allgemeine Lage. Die Syarikat hatte er völlig vergessen.

»Ich habe von der Schule gehört, die zu Ehren des Mädchens aus Jepara gegründet wurde und ihren Namen trägt. Warum hat der Regent das nicht schon zuvor getan?« fragte Nenenda.

»Wenn die anderen ihr nicht die Ehre erwiesen hätten, hätte der Regent wahrscheinlich schon längst vergessen, daß er sie jemals zur Frau hatte. Das war auch der Grund, warum er mit der Zeit zum Gespött der Leute wurde. Vor allem der Europäer und der einheimischen Intellektuellen.«

»Ein Regent, der zum Gespött der Leute wird! So etwas gab es noch nie, außer während des Krieges«, kommentierte Nenenda.

»Wie würden Sie sich fühlen, wenn Sie selbst das Ziel solchen Gespöttes wären, Nenenda?« wollte ich wissen.

»Was hätte es noch für einen Sinn, Regent zu sein, wenn man zum Gespött der Leute wird? Da ist es doch besser, abzutreten und in die Berge zu gehen, um dort zu meditieren.«

»Nenenda.«

»Was ist?«

»Wie wäre es, wenn auch Sie eine Mädchenschule errichten würde, um die Frauen zu ehren? Ohne die Hilfe der Europäer, nur Sie selbst? Wäre das nicht sensationell?«

»Du hast vielleicht Ideen«, entgegnete er.

»Keine Ideen, Nenenda, nur eine einzige Idee. Und wenn Sie diese umsetzen würden, dann wären Sie viel ehrwürdiger als der Regent von Rembang.«

»Ich habe deine Eyang nie im Leben so behandelt, wie der Regent von Rembang es seiner Frau angetan hat.«

»Und wenn Sie es nicht zu Ehren der Frauen tun möchten, wie wäre es, wenn Sie es für mich täten?«

»Du kannst sie selbst gründen, die Syarikat hat doch genügend Geld.«

»In diesem Gebäude werde ich nicht über die Syarikat reden, Nenenda. Aber wenn Sie eine Mädchenschule errichten würden, so wie das Mädchen es gewünscht hat, dann würde die höhere Gesellschaft Sie ehren, auch wenn es auf meinen Wunsch geschah.«

»Du hast wirklich die seltsamsten Ideen. Ich möchte sehen, ob auch du in der Lage bist, so eine Schule zu gründen.«

»Ich kann es, jederzeit. Die Frage ist, ob Sie es jetzt tun können?«

»Forderst du mich heraus?« ermahnte er mich lachend.

»So kann man das auch sehen.«

»Wo soll denn dein Nenenda das Geld hernehmen, um solch eine Schule zu gründen?« fragte die *Eyang putri*.

»Das Geld ist nicht das Problem, wenn der Wille da ist.« Und dann sagte ich auf malaiisch zur Prinzessin: »Ist es nicht so, Prinzessin?«

»Was ist nicht so? Ich verstehe kein Wort.«

So übersetzte ich alles für sie.

»Und, wie ist nun deine Meinung, Prinzessin?« fragte Nenenda auf malaiisch.

»Das Geld kann man organisieren, wenn der Wille da ist, Nenenda.«

»Ach, das sagst du nur, um deinen Mann zu unterstützen.«

»Ich wäre sehr froh und dankbar, wenn Sie mit der Idee einverstanden wären.«

»Ist das wahr? Und weshalb wärst du dankbar?«

»Jede, die eine moderne Erziehung genossen hat, so wie ich,

Nenenda, weiß, wie es ist, von den Männern nicht geschätzt zu werden. So etwas mit ansehen zu müssen, ist, wie selbst gedemütigt zu werden.«

»Dein Mann hat dich doch nie gedemütigt?«

»Nein, nie. Er hat mich immer respektiert, aus vollem Herzen.«

Schnell erzählte ich die Geschichte, wie die Prinzessin die T.A.I.-Leute verjagt hatte, die gekommen waren, um uns zu drohen. Wie sie ohne zu zögern mit dem Revolver auf sie geschossen hatte.

»Du hast mit einem Revolver geschossen?« fragte Nenenda erstaunt und bewundernd zugleich. »Du?«

»Sie sind weggerannt und nie wieder gekommen, Nenenda«, antwortete die Prinzessin.

»Meine Schwiegerenkeltochter schießt mit einem Revolver auf ein paar Rohlinge.« Er schüttelte den Kopf. »Du?«

»Nur um sie zu verjagen, Nenenda.«

»Du hast meinen Enkel gerettet, Prinzessin. Deine Großmutter hätte gezittert, allein beim Anblick eines Revolvers.« Er sah zu seiner Frau, die kein Malaiisch verstand. »Woher nimmst du nur deinen Mut?«

Die Prinzessin antwortete nicht. Sie lächelte nur. Sie sah zu mir herüber, in der Hoffnung, daß ich für sie antworten würde. Und so sagte ich: »Lassen Sie nur, Nenenda, das ist nicht so wichtig. Wichtig ist im Augenblick, werden Sie nun eine Mädchenschule gründen oder nicht? Wenn nicht zu Ehren der Frauen oder meinetwegen, dann vielleicht zu Ehren der ersten einheimischen Frau, die eine Zeitschrift herausgibt und das Leben Ihres Enkels gerettet hat?«

Eyang Putri schlug mir auf die Oberschenkel, was bedeutete, daß ich meiner Frau das übersetzen sollte.

Die Prinzessin hörte mir verlegen zu. Sie sah auf und sagte dann auf malaiisch: »Nicht meinetwegen und auch nicht für mich, Nenenda. Wenn es erlaubt ist, möchte ich eine Geschichte erzählen ...«

»Ja, erzähl nur, Prinzessin ...«

»Ich habe das Buch ›De Zonnige Toekomst‹ gelesen. Die interessanteste Stelle war, als sie beschrieb, wie der Regent von Rembang sie um ihre Hand gebeten hatte. Er erzählte ihr, daß seine Frau, bevor sie starb, ihm aufgetragen hatte, die Blume von Java, das Mädchen aus Jepara zu heiraten. Mein Mann erklärte mir, daß, wenn ein Regent

›meine Frau‹ sagt, damit die offizielle Ehefrau gemeint ist. Sie heirateten. Das Mädchen kam nach Rembang. Dort wurde sie von einem sechs Monate alten Säugling und einer Reihe von Nebenfrauen empfangen. Ich weinte, als ich dies las. Wie wurde das intellektuelle Mädchen doch hintergangen. Nein, nicht hintergangen. Es war etwas, wogegen sie machtlos war. Ich möchte nicht, daß noch mehr Frauen in eine solche Falle geraten. Deshalb wäre ich froh, wenn Sie diese Mädchenschule gründen würden.«

Nenenda lachte leise: »Eigentlich wollte ich etwas über die Syarikat hören. Jetzt haben wir doch über etwas anderes gesprochen. Dein Mann, Prinzessin, hatte schon als Kind die seltsamsten Sachen angestellt. Nun ist er erwachsen und trägt immer noch die seltsamsten Ideen mit sich.« Er sah zu seiner Frau und übersetzte seine eigenen Worte ins Javanische.

»Na ja, was ist daran verkehrt, wenn wir wirklich in der Lage sind, sie zu errichten?« antwortete sie. »Wenn nicht nur eines, das Mädchen aus Jepara, sondern viele Mädchen über mehr Wissen verfügen, wird man sie nicht mehr so leicht hereinlegen können.«

Wir hörten der Unterhaltung der beiden schweigend zu. Ich hatte mit Absicht nicht erzählt, daß das Mädchen aus Jepara sehr wohl gewußt hatte, daß der Regent von Rembang es betrügen wollte, auch hatte sie gewußt, daß das Gouvernement dahinter stand. Sie wußte, daß sie diese Erniedrigung ertragen mußte als Folge ihrer eigenen Unentschlossenheit. Sie betrat diese Hölle, weil ihre Liebe, ihr Respekt, ihre Hingabe für den Vater stärker waren als ihr Wille, die Ideale zu verwirklichen.

»Ich habe dich nie betrogen, nicht wahr?« fragte Nenenda zu seiner Frau gewandt, als fühlte er sich persönlich angesprochen.

Niemand antwortete. Aber das Gespräch führte zu keiner Entscheidung ...

Am nächsten Tag kam eine Nachricht von der örtlichen Syarikat mit der Bitte um ein Treffen. Um sicherzugehen, daß ich die Bestimmungen, die Nenenda auferlegt worden waren, nicht verletzte, antwortete ich, daß ich sie erst am nächsten Morgen um neun am Bahnhof von Cepu treffen könnte.

Am nächsten Morgen kamen nicht nur einer, sondern einundzwanzig, um mich zu treffen. Es waren auch Mitglieder der Unterabteilung Cepu dabei. Uns blieb nichts anderes übrig, als dort zu übernachten. Das Treffen wurde auf dem Fußballplatz veranstaltet, der gerade nicht in Gebrauch war. Es war das erste Mal, daß dort eine öffentliche Versammlung stattfand. Es gab eigentlich nichts Wichtiges zu besprechen. Sie wollten einfach einmal jemanden von der Zentrale treffen, außerdem verlangte die Unterabteilung Cepu, als Ortsverband anerkannt zu werden. Die Gespräche wurden auf malaiisch und javanisch geführt.

Die Prinzessin blieb im Gasthaus unter dem Schutz von Sandimans Leuten.

Bei dem Treffen betonte ich ausdrücklich, daß sie, auch wenn sie gut über den Boykott Bescheid wüßten, ihn nicht ohne Wissen und Erlaubnis der Zentrale anwenden dürften. Ebenfalls sollte die Samin-Gruppe nicht belästigt werden. Wenn sie schon nicht in der Lage seien, ihr zu helfen, sollten sie sie lieber in Ruhe lassen und sie nicht demütigen, wie es unter den Priyayis gang und gäbe war.

Aber ich hatte auf dieser Reise etwas viel Wichtigeres entdeckt. Als ich nach dem Treffen ins Gasthaus zurückkam, war es schon Mitternacht. Ich fand die Prinzessin schlafend vor. Sie lag auf dem Bauch und umarmte ein Kissen. Das Moskitonetz war offen. Unter dem Kissen entdeckte ich einige beschriebene Blätter. Vorsichtig zog ich sie heraus und versuchte, sie im Schein der Öllampe zu lesen. Sie hatte sie selbst geschrieben, auf holländisch. Es war ein Kommentar zu *De Zonnige Toekomst.*

Es war aber nicht nur ein Kommentar über das Buch selbst. Sie warf darin dem Regenten von Rembang auch vor, das Mädchen aus Jepara betrogen zu haben, als er um ihre Hand anhielt. Unter dem Schreiben stand der Name Prinzessin Dédé Maria Futimma de Sousa. Aber sie hatte den Namen wieder durchgestrichen. Ich legte die Papiere unter das Kissen zurück.

Als ich neben ihr lag, überlegte ich, ob meine Frau nicht vielleicht den einen oder anderen Artikel auf holländisch veröffentlicht hatte. Sie hatte nie etwas erwähnt. Vielleicht hatten ihre Erfahrungen in der Redaktion unserer Zeitschrift ihr Mut gemacht, dies ohne mein Wissen zu tun. Bevor ich einschlief, war ich zu der vorläufigen Schlußfolgerung gekommen, daß sie tatsächlich an die holländischen Zeitschriften geschrieben hatte. Das Buch des Mädchens aus Jepara hatte sie vielleicht dazu ermutigt.

Durch diese Schlußfolgerung wurde ich wieder hellwach. Warum hatte sie mir nie etwas erzählt? Schrieb sie vielleicht auch zu anderen Themen, die nicht zur Veröffentlichung gedacht waren? Ich stand wieder auf und suchte nach weiteren Papieren. Ich durchsuchte sogar den Koffer. Ich konnte nichts finden.

Hoffentlich hatte sie nie über interne Sachen der Syarikat geschrieben, absichtlich oder auch nicht. Ihre Geheimnistuerei war verdächtig. Was war ihr Motiv? Sie tat es bestimmt nicht nur, um ihr Holländisch zu trainieren! Hatte sie Angst, daß ich sie daran hindern würde? Unmöglich.

Ich würde diese Entwicklung heimlich beobachten.

Zwei Tage nach unserer Rückkehr las ich in einer holländischen Zeitung jenen Artikel, den die Prinzessin geschrieben hatte. Es war kein Name darunter. Einige Tage später hagelte es Vorwürfe auf den Regenten von Rembang.

Ich tat, als ob ich von nichts wußte. Aber nun verstand ich. Die Prinzessin war enttäuscht, daß die *Medan* nicht über das Mädchen aus Jepara berichtet hatte. Ich tat weiterhin ahnungslos, und sie selbst sagte kein Wort, als wäre nichts geschehen. Die Vorwürfe gegen den Regenten wurden immer schärfer.

Einmal versuchte ich mit ihr über den Artikel zu reden, der Ursache für diesen Aufruhr war. Sie sagte nichts, spielte weiterhin die Ahnungslose. Ich versuchte es ein zweites Mal. Diesmal antwortete sie: »Ich würde den Artikel gerne lesen.«

»Erzähl mir nicht, daß du ihn noch nicht gelesen hast.«

»Nein, habe ich nicht.«

Ich reichte ihr den Ausschnitt – wir führten unser Theater fort – und sagte: »Den Artikel hat sicher eine Frau geschrieben, und zwar nicht irgendeine. Ihrem Zorn gegen den Mann dieses Mädchens nach zu urteilen, ist sie selbst über ihren eigenen Mann erbost, falls sie überhaupt einen hat. Wie auch immer, sie ist bestimmt sehr intelligent. Soviel Intelligenz einer Frau vermehrt noch ihre Schönheit. Wenn sie eine schöne Frau ist, dann ist sie der Stern unter den Frauen.«

Sie las nicht, sondern hörte mir zu.

»Warum meinst du das?«

»Was glaubst du?« fragte ich zurück.

»Ich meine, der Verfasser ist ein alter Indo, der von seiner Heirat enttäuscht ist. Er lebt in einer Traumwelt, in der das Mädchen aus Jepara seine Frau ist, die er liebt und mit Respekt behandelt, ihrer Selbstachtung, Ausbildung und Ehre entsprechend.«

In ihrer Vorstellung verkörperte ich also diesen alten Indo, dachte ich.

»Ich bin doch noch nicht alt«, entgegnete ich.

»Ich wollte dich auch gar nicht als Beispiel nehmen.«

»Aber du hast den Artikel doch noch gar nicht gelesen?«

Sie stotterte, als ihr bewußt wurde, daß mir klar war, daß sie den Artikel schon gelesen hatte. Nicht nur gelesen, sondern selbst geschrieben.

»Ich habe mit dem Redakteur dieser Zeitung gesprochen«, sagte ich. »Er ist zufällig ein guter Bekannter. Ich fragte ihn, wer der Verfasser sei. Er wollte es mir nicht sagen. Da ging ich in die Druckerei. Einer der Setzer zeigte mir eine Kopie des Originaltextes, die er noch nicht vernichtet hatte. Leider stand kein Name darauf. Wann hast du diesen Artikel also gelesen?«

»Jetzt eben, auf diesem Zeitungsausschnitt.«

»Du hast nicht mehr als zwei Zeilen gelesen und konntest schon deine Meinung sagen.«

»Ich bin ein Schnelleser. Du hast nicht genau hingeschaut. Ich habe alles gelesen und nicht nur zwei Zeilen.«

»Du hast ihn noch nicht einmal auseinandergefaltet.«

Wieder war sie verunsichert.

»Prinzessin, warum willst du verheimlichen, daß du diesen Artikel schon vorher gelesen hast?«

»Ich darf wohl meinen Mann necken, wenn auch nur einmal?«

»Natürlich.«

»Ja, ich habe diesen Artikel tatsächlich schon gelesen.«

»Aber ich habe diese Zeitung nie nach Hause gebracht«, sagte ich lächelnd. »Und wir abonnieren sie auch nicht. Woher hast du also diese Zeitung?«

»Es war die Verpackung von gebratenen Erdnüssen.«

Weiter kam ich nicht. Wir hatten vorgestern tatsächlich gebratene Erdnüsse gekauft, die in Zeitungspapier verpackt waren. Ich konnte sie nicht dazu bringen, nachzugeben. Und ich hatte auch nicht das Recht, sie dazu zu zwingen. Es war ihr persönliches Recht, das Recht auf Privatsphäre. Sie wollte nicht als Verfasser dieses Artikel bekannt werden. Und ich respektierte ihr Verhalten und ihre Zurückhaltung.

Die Welle der Angriffe auf den Regenten von Rembang wollte sich nicht legen. Einer der Beschwerdebriefe, unterschrieben von drei Personen, landete in der Redaktion der *Medan*, und die drei verlangten seine Veröffentlichung. Sie selbst waren Beamte mittlerer Klasse aus Rembang. In ihrem Artikel listeten sie eine Tat nach der anderen auf, und wann und wo der Regent aus Rembang sie begangen haben sollte.

Was hätte die *Medan* davon, sich an diesen Angriffen zu beteiligen? Wer würde davon profitieren, wenn der Regent gestürzt war? Höchstens einer dieser kürzlich ernannten Kandidaten, die noch keine eigene Regentschaft hatten, und die allesamt von holländischen hohen Beamten gelobt und gefördert wurden.

Und er in Rembang, der diesen stürmischen Angriffen ausgesetzt war, ohne sich verteidigen zu können, wurde krank. Ach, es war nur ein Spiel der Ethikgruppe! Sie priesen das Mädchen aus Jepara. Und das Mädchen verhalf van Aberon bei seinem Aufstieg zum Generalgouverneur.

Die Knijpers waren wie von der Erdoberfläche verschwunden. Dafür trat die T.A.I. in Erscheinung, vorsichtig und etwas zögerlich. Überall entwickelte sich eine Antipathie gegen die Indos. Douwager hätte meine Gefühle vielleicht verstanden. Er hatte sich seit langem nicht mehr blicken lassen. Wardi war immer öfter mit ihm zusammen und kam dafür seltener in die Redaktion. Die Sin Po nagte weiterhin an unserem Kundenstamm. Wenn es so weiterginge, konnte die *Medan* bald dichtmachen.

Der Mitarbeiterstab der Redaktion entschloß sich, in die Flutwelle der Angriffe zu tauchen, und veröffentlichte einige Artikel über Rembang, wenn auch nicht besonders ausführlich und nicht in so scharfem Ton. Ich war damit nicht einverstanden. Es mußte einen anderen

Weg geben, um die weitere Abnahme der Auflage der *Medan* stoppen zu können.

Den richtigen Schlüssel bekam ich indirekt von meinem Schwiegervater überreicht. Bei einem unserer Besuche fragte er mich folgendes: »Wo ist dein Freund, der damals bei deinem ersten Besuch dabei war?«

»Bapak, Sie meinen den mit dem Auto?«

»Ja, denjenigen, der sagte, er sei auf dem Weg nach Djidda.«

»Ach, Hans Hadji Moeloek.«

»Ja ja, Hadji Moeloek. Wie geht es ihm?«

Diese kurze Unterhaltung erinnerte mich an den Indo-Schriftsteller, der so schlicht und interessant schreiben konnte. Ich schickte sofort ein Telegramm an Marko und bat ihn, sofort nach Buitenzorg zu kommen.

Zusammen mit meinem Schwiegervater begab ich mich ebenfalls dorthin. Zwei Stunden später kam Marko in einem Taxi. Ich überreichte ihm einen Teil des Manuskripts *Hikajat Siti Aini*.

»Setze das Ganze, Marko. Veröffentliche es als Fortsetzungsgeschichte. Sorge dafür, daß nichts davon verlorengeht oder beschädigt wird. Es ist das einzige Exemplar. Du bürgst für dieses Manuskript mit deinem Leben.«

»Gut, Tuan.«

»Hast du mich auch richtig verstanden?«

»Ich werde gut auf das Manuskript aufpassen, Tuan.«

»Gut. Kehre sofort nach Bandung zurück und bereite noch heute Nacht alles vor.«

Somit zeigte ich eine gute Seite der Indos, in einer Zeit, in der diese Gruppe uns bedrohte. Die Geschichte glich alle üblen Taten der Indos aus. So eine Geschichte war noch nie veröffentlicht worden, nicht einmal auf holländisch.

Meine Vermutungen waren richtig. Nachdem die Geschichte eine Woche lang erschienen war, waren die Leute verrückt danach. Die Zahl der Abonnenten nahm zwar nicht zu, aber sie nahm auch nicht mehr ab. Der Einzelverkauf an den Kiosken ging dafür in die Höhe, vor allem in den Städten nahe den Zuckerfabriken und Zuckerrohrplantagen. Als die Geschichte nach drei Monaten immer noch nicht zu Ende war, bekamen wir viele Zuschriften, die fragten, wer dieser

Hadji Moeloek eigentlich sei, seine Art zu schreiben hätte nichts Religiöses an sich. Es ging tatsächlich viel mehr um das alltägliche Leben der Indos auf den Zuckerrohrplantagen. Es war ein Jammer, aber Hadji Moeloek wollte eben unbekannt bleiben.

Eine der Kolonialzeitungen äußerte die Vermutung, daß Hadji Moeloek das Pseudonym eines Indos war, nach dem Hintergrund der Geschichte zu urteilen. Sie lobte die *Medan* dafür, daß sie Vertrauen eines Indo-Schriftsteller erlangen konnte. Er würde Francis in nichts nachstehen, der die ganze Zeit über als der große Lehrer der Indos gegolten hatte.

Solches Lob sorgte dafür, daß die T.A.I. weniger gegen die *Medan* agierte. Fürs erste konnten wir wieder freier atmen. Auch stieg die Zahl der Abonnenten wieder.

»Diese Indos geraten ständig aus dem Gleichgewicht«, kommentierte Hendrik Frischboten.

»Du bist doch selbst ein Indo, Hendrik«, erinnerte ich ihn.

»Ja, aber ich bin nicht wie sie als Gruppe, deren Leben vom Auf und Nieder der Wirtschaftssituation in Ostindien abhängt. Sobald die wirtschaftliche Lage den großen europäischen Unternehmen keinen Gewinn mehr bringt – damit auch nicht mehr dem Gouvernement –, werden sie bissig. Und wenn die Lage wieder günstig ist, werden sie wieder zahm. Minke, hast du den letzten Bericht über das Zuckersyndikat schon gelesen?«

Ein neues Problem baute sich vor mir auf. Das Zuckersyndikat plante, die Pachtgebühren für seine Grundstücke für die Dauer von achtzehn Monaten von einhundertdreißig auf neunzig Sen pro *Bahu* zu senken.

Das war nicht nur Arbeit für die Zeitung.

Ich rief die Leitung der SDI-Zentrale zu einem Gespräch zusammen. An Hand der Materialien, die ich vorher gründlich studiert hatte, erklärte ich ihnen die Katastrophe, die auf die Bauern in den Zuckergebieten zukommen würde. Meine Erzählung begann mit dem ersten Opfer des Zuckers: Nyai Ontosoroh. Danach erwähnte ich die vielen anderen wie Troenodongso, Painah, Sastro Kassier, Vlekkenbaaij oder Plikemboh. Nun würde das neue Problem aber die Allgemeinheit treffen. Die Zahlungen von einhundertdreißig auf neunzig Sen zu senken, und das in einer Zeit, in der Zucker durch zunehmenden Handel im In- und Ausland doppelten und dreifachen Gewinn einbrachte, war eine Unverschämtheit.

Sie würden neue Gesetze erlassen, um das Handeln des Zuckersyndikats ins Recht zu setzen, so wie Ter Haar es einmal beschrieben hatte. Die Grundstücke für Zuckerrohranbau würden ausgedehnt werden, während die Anzahl der Reisfelder immer geringer würde. Die Zuckerfabriken und -plantagen könnten allerdings nicht genügend Arbeitsplätze für die von den Reisfeldern verdrängten Bauern schaffen. Die T.A.I. würde bestimmt eingesetzt werden, um den Plänen des Zuckersyndikats zum Erfolg zu verhelfen.

Das würde einen neuen Kampf bedeuten. Ich mußte der Leitung der SDI diese Tatsache erklären und sie überzeugen. Sie wollten aber nicht einsehen, daß das Problem der Bauern auch zu ihrem Problem werden könnte. Sie meinten, die Verluste, die die Bauern zu erwarten hätten, beträfen sie nicht, sie, die Gruppe freier, unabhängiger Menschen, die Händler.

»Wenn die Bauern weniger Geld haben, werden die Händler auch weniger verdienen«, sagte ich während der Sitzung.

Sie wollten es nach wie vor nicht verstehen. Solange die Handwerker, die Arbeiter in den Werkstätten und Fabriken weiter arbeiteten, solange die Anzahl der Priyayis nicht abnähme, wären die Einnahmen der Händler nicht in Gefahr, meinten sie.

»Wir haben nichts mit den Bauern zu tun«, widersprachen mir andere.

»Aber die Bauern sind unsere Brüder, unsere Volksgenossen. Die großen europäischen, arabischen und chinesischen Unternehmen pressen sie rücksichtslos aus und reißen ihre Grundstücke und ihr Geld an sich. Wenn ihr dies zulaßt, dann seid ihr mit ihren Praktiken einverstanden, dann laßt ihr das Verbrechen zu. Entspricht das dem Islam? Als Moslems werden wir uns schämen müssen, daß wir so etwas dulden.«

»Die Europäer, die Araber und die Chinesen sind aber sehr mächtig! Wie können wir sie daran hindern?«

»Heißt das, nur weil sie mächtig sind, haben sie auch automatisch recht, und man darf ihnen nicht widersprechen?«

Die Versammlung endete mit etwas, was ich nie erwartet hatte: die Teilung der SDI in zwei Gruppen. Meine Gruppe nannte die andere

Gruppe »Heuchler«, die andere Gruppe nannte uns »Schwätzer«. Sie benutzten weiterhin den Namen Syarikat Dagang Islamiyah. Wir gaben nach und nannten uns »Syarikat Dagang Islam«.

Hendrik erklärte mir, daß Spaltung innerhalb einer Organisation eine normale Entwicklung sei. Keine Organisation könne dies vermeiden, wann und wo sie auch gegründet worden sei. »Es ist gleichzeitig eine natürliche und eine wissenschaftliche Auslese«, sagte er ohne zu zögern, »kein Grund, sich entmutigt zu fühlen.«

Ich versuchte mich selbst davon zu überzeugen, daß ich nicht entmutigt war. Die Spaltung bedeutete nichts anderes, als daß die SDI gegen den Beschluß des Zuckersyndikats und auf der Seite der Bauern arbeiten mußte. Die Spaltung entfachte sogar unseren Enthusiasmus. Wir ließen es uns etwas kosten und druckten Erklärungen und Anweisungen für alle Ortsverbände Ostindiens, die uns weiterhin als ihre Zentrale akzeptierten.

Sandiman, Marko und seine Leute wurden eingesetzt, um durch ganz Java zu reisen und alle Ortsgruppen zu besuchen. Die Berichte wurden nicht mit der Post versandt. Später erfuhr ich, daß sie eine lange gewundene Reise mit allen nur denkbaren Fahrzeugen hinter sich gebracht hatten: mit dem Fahrrad, zu Pferde, mit dem Zug, auf einem Karren und zu Fuß.

Wenn das Zuckersyndikat bei seinem Plan blieb, würde die »Schwätzer-SDI« mit einem sofortigen und totalen Boykott beginnen.

Ein Brief von Hadji Moeloek aus Djidda schien mir freundlich zuzuflüstern: *Tuan, ich mache mir große Sorgen um die Entwicklung um Sie herum. Das Syndikat steht mit seiner Macht hinter dem Gouvernement. Ich hoffe, Sie werden Ihr Vorhaben nicht in die Tat umsetzen. Ich kenne sehr viele Zuckerbarone. Ich bin nicht auf deren Seite, aber ich bezweifle Ihre Stärke.*

Ich war noch nie so glücklich, wie seit ich die Ehre hatte, die Hikayat Siti Aini *in Ihrer Zeitung zu lesen. Aber die neuen Schritte, die Sie da vorhaben, sind hoffentlich nur ein Scherz. Wenn es doch ernst gemeint sein sollte, dann bringen Sie bitte mein Manuskript in Sicherheit, da noch nicht alles publiziert wurde.*

Für den Fall, daß Sie Ihren Plan doch noch durchführen sollten, kann ich nur aus der Ferne für Ihre Sicherheit beten. Mehr kann ich nicht tun. Sie sind sicher auf der richtigen Seite, aber der Sieg hat seine eigenen Gesetze.

Ich hatte seinen Brief nicht beantwortet. Durch den Wind und die Wellen des Indischen Ozean flüsterte ich ihm zu: *Sie werden sehen, Tuan, in Ostindien besitzen die Schwachen inzwischen eine Waffe. Sie heißt Boykott. Sie werden Zeuge sein, wenn wir diese Waffe anwenden. Es ist nur eine Frage der Zeit, Tuan Hadji, und Sie werden von einem Aufruhr in diesem südlichen Weltteil hören, die Welt wird das Echo zu spüren bekommen: Zigtausende von SDI-Mitgliedern werden dem Syndikat das Handwerk legen. Die Welt wird Mangel an Zucker leiden.*

Der Sturm auf den Regenten von Rembang hatte an Bedeutung verloren. Wie auch immer, hier ging es nur um eine einzelne Person und seine Familie. Zigtausende von Bauern und deren Familien waren wichtiger. Die Glocke, die zum Boykott aufrufen sollte, würde läuten, sobald das Syndikat seinen Plan durchführte. Es würde das Glockengeläut zu seinem Tod. Die Armee Ostindiens würde das Syndikat auch nicht retten können. Idenburgs Plan, das Einkommen des Landes zu steigern, würde sich in einer tropischen Wolke verflüchtigen.

Aus Paris kam ein erfrischendes Geflüster: »Nak, du bist ein gutes Kind. Du nimmst für mich Rache am Zucker.«

Wie schön würde der Tag sein … Nein, ich und wir alle zögerten nicht mehr. Das Mädchen aus Jepara hatte uns gezeigt, welche Folgen Unentschlossenheit haben konnte. Man würde ihr selbst zum Opfer fallen. Und wenn man schon zum Opfer werden mußte, dann erst, nachdem man seine eigene Unentschlossenheit besiegt hatte.

16

Meine Mutter kam aufgeregt in die Redaktion. »Was geht jetzt schon wieder in dir vor, mein Sohn?«

Ich nahm sie mit zum Haus der Frischbotens.

»Dein Vater macht sich große Sorgen um dich und deine Sicherheit. Sag es nun ehrlich, Kind, bevor ich zu ihm zurückgehe!«

»Was macht Sie so unruhig und besorgt, als wäre ein Wirbelsturm hinter Ihnen her?«

»Du weißt es besser als ich. Du sollst es mir erklären.«

»Was hat denn Vater gesagt?«

»Er sagte, daß deine Gruppe ... dort, und überall, sehr aktiv ist. Er sagte, daß das alles auf deinen Befehl geschieht. Die Leute gehen in Scharen zum Leiter der örtlichen SDI, um zu hören, was du zu sagen hast. Kind, mein Sohn. Was hast du vor?«

Frischboten war in seinem Büro. Mir hielt sich fern, um uns nicht zu stören. Mutter vergaß, daß sie sich in einem europäischen Haus befand. Sie bemerkte nicht, wie es eingerichtet war. Sie achtete nicht darauf, wem das Haus gehörte. Sie nahm die Atmosphäre nicht wahr, die dort herrschte. Das einzige, was sie interessierte, war ihr Sohn.

»Sie haben mir doch Ihren Segen gegeben, Dalang zu werden? Nun habe ich eine Geschichte. Sie wissen auch, daß ich gleichzeitig ein Brahmane und ein Sudra bin, der es weder nötig hat, vor anderen niederzuknien, noch von anderen gehuldigt zu werden. Ich bin auch kein Kedasihvogel, der alleine vor sich hinsingt, ohne Antwort zu bekommen.«

»Aber diese Leute können doch gefährlich für dich werden?«

»Sie bringen mich nicht in Gefahr, Mutter. Ich bin derjenige, der sich selbst und sie alle in Gefahr bringen könnte. Sie gehen dieser Gefahr freiwillig entgegen. Und dies nicht meinetwegen, sondern ...« Ich erzählte Mutter, was den Bauern drohte.

»Kein Mensch macht sich Gedanken über das Schicksal der Bauern. Nur du beschäftigst dich damit. Nie hat jemand so etwas getan. Immer hieß es, man solle seinen Vorgesetzten gehorchen, schließlich ist das der Sinn, warum man Vorgesetzte hat, und Gehorchen ist in den Augen der Vorgesetzten der Sinn des Bauern.«

»Wer hat diese Bestimmung entworfen, Mutter?«

»Die, die mehr Macht haben als die anderen Menschen, die, die mehr Macht über die anderen Menschen haben. Hast du jemals Bauern in einer Wayanggeschichte gesehen? Nein. Weil sie dort nicht existieren. Es gibt nur Könige, Ritter und Priester. Je näher ein Mensch an der Erde arbeitet, desto weniger Ehre gebührt ihm, desto weniger nehmen die Leute ihn wahr.«

»Aber Mutter, Sie haben doch meine Geschichte von der Französischen Revolution gehört.«

»Ein schönes Märchen, Gus, mein Sohn.«

»In China haben sie die Kaiserin gestürzt, Mutter. Sie brauchen keine Könige mehr.«

»In China? Diese Chinesen! Was bedeutet China schon für uns? Diese Chinesen wissen doch nichts über Java! Sie wissen nicht einmal, wie sie sich zu benehmen haben!«

»Ach, Mutter, Mutter. Sehen Sie nicht so herablassend auf die anderen Völker. Unser Java ist nur ein kleiner Punkt mitten im Ozean. Jedes Volk hat seine eigene Größe.«

»Natürlich glaube ich dir, mein Sohn. Dein Fehler ist, daß du deinen hohen Rang in der Gesellschaft verlassen hast. Das ist der größte Fehler, den du jemals gemacht hast.«

»Ich kann doch die, die so nah an der Erde sind, nicht noch zusätzlich demütigen, Mutter.«

»Du selbst bist weit von der Erde entfernt.«

»Erinnern Sie sich, Mutter? Sie haben mir einst von dem Ritter *Bisma* erzählt. Er starb auf dem Schlachtfeld, Mutter. Sie haben erzählt, daß er immer wieder zum Leben erwacht, sobald er die Erde berührt. Er lebt wieder, kämpft wieder, stirbt wieder und lebt erneut, sobald er die Erde berührt.«

»Und, was ist mit Bisma, mein Sohn?«

»Er lebt ewig, Mutter, solange er mit der Erde in Berührung bleibt. Und die Erde, das sind die Bauern, Mutter, einzig und allein die Bauern.«

»Das hat nichts mit Bisma zu tun. Hör zu, ich bin gekommen, um dir eine Botschaft von deinem Vater zu überbringen.«

Ich hörte schweigend zu, während ich meinen Blick durch das Zimmer schweifen ließ, das mit einfachen europäischen Möbeln eingerichtet war. In einem Glasschrank waren chinesische Lackarbeiten ausgestellt, neben Kupferarbeiten und Matten. Mirs Kind schrie in der Wiege, die in der Sonne stand. Nichts von all dem nahm Mutter wahr.

»Denk' nicht an die Dinge, die deine Mutter einmal von dir gehört hat, denk' nicht an deine Mutter. Aber nimm bitte die Sorge deines Vaters ernst.«

Ich wollte sie mit nach Buitenzorg nehmen, aber sie lehnte ab. Sie wollte lieber gleich nach Hause, um Vater meine Antwort zu überbringen.

»Lassen Sie mich einen Brief an Vater schreiben.«

»Ja, schreib ihm. Trotzdem, sag mir, was du zu sagen hast. Damit ich dein Gesicht betrachten kann, während du es sagst.«

»Um wen sorgen Sie sich eigentlich mehr, Mutter? Um mich oder um Vater?«

»Um euch beide. Ihr beide könnt durch all dies in Schwierigkeiten geraten, Kind.«

»Hat Vater eine Anweisung von oben bekommen?«

»Woher soll ich das wissen? Du weißt es sicher besser als ich.«

Ich hatte keine Lust, ihr zu antworten.

»Du hast mich nie ernst genommen, Gus. Und jetzt willst du mir noch nicht einmal etwas sagen.«

Ich stand auf, ging zum Fenster und atmete tief ein. Meine Mutter fühlte sich von mir ignoriert.

»Kind, setz dich zu mir, laß mich nicht so alleine.« Ich ging wieder zu ihr und setzte mich neben sie. »So, und nun erzähle mir, was du vorhast.«

»Da Vater nun Anweisungen von oben erhalten hat, gibt es für mich nichts mehr zu sagen, Mutter.«

»Noch nicht einmal zu deiner Mutter?«

»Nur, daß Ihr Sohn bei seinem Vorhaben bleibt, Mutter. Nur das.«

»Gut. Dann schreib diesen Brief.«

»Das ist nicht mehr nötig, Mutter. Das reicht doch.«

Nun schwieg sie. Sie sah mich an. Große Enttäuschung breitete sich plötzlich über ihrem Gesicht aus. Langsam nahm sie meine Hand in die ihre und sagte: »Ich verstehe, mein Sohn. Wie sehr hast du die ganze Zeit davon geträumt, du selbst zu sein. Es macht dir nichts aus, wenn dein Vater seine Position verliert?«

»Es hat nichts mit mir zu tun, Mutter. Wenn Vater entlassen wird, dann nicht meinetwegen. Bestimmt nicht.«

»Weswegen dann?«

»Weil sein Vorgesetzter die Macht hat, ihn zu entlassen.«

»Bleibst du bei deiner Entscheidung?«

»Wie Sie sehen, Mutter.«

»Du zögerst nicht mehr?«

»Nein, Mutter.«

»Du wirst es später nicht bereuen?«

»Nein, Mutter.«

»Du bist wirklich ein Kedasih, der Antwort bekommt?«

»Das bin ich, Mutter.«

»Irrst du dich wirklich nicht, Gus, mein Sohn?«

»Nein, Mutter.«

»Deine Beine werden nicht zittern? Und deine Stimme wird nicht beben?«

»Ich werde entschlossen bleiben, Mutter.«

»Du wirst mit keiner Wimper zucken, wenn dein Vater seine Position verliert?«

»Ich werde nicht mit der Wimper zucken.«

»Morgen fahre ich zurück. Ich werde weiter für deine Sicherheit beten, mein Sohn.«

Und wie schon so oft, kniete ich mich nieder und küßte ihr das Knie.

»Gus, mein Sohn.«

»Mutter.«

»Du erinnerst dich? Ich habe dir nie etwas verboten.«

»Das ist mein Talisman geworden, Mutter.«

»Du hast schon genug vor mir gekniet, mein Sohn. Das brauchst du nicht mehr zu tun, nie mehr. Steh jetzt auf.«

»Warum darf ich nicht mehr vor Ihnen knien, Mutter?«

»Du bist nun du selbst geworden. Deine Kinder werden später vor dir knien.« Sie sprach langsam, mit einer schweren, rauhen Stimme, aus ihr klang die Besorgnis der ganzen Menschheit um die Sicherheit der eigenen Kinder.

Als ich aufstand und hochsah, sah ich Mir die Treppe herauf und ins Haus kommen. Sie überlegte es sich aber anders und ging mit dem Tablett in der Hand wieder in die Küche zurück.

Wir saßen schweigend beieinander. Mutters Worte schnitten mir ins Herz: Deine Kinder werden später vor dir knien. Sie werden nie vor mir knien müssen, Mutter. Ich wollte es ihr sagen, aber ich tat es nicht. Das Bild von Hendrik und Mir, als sie sich auf dem Gipfel ihrer Einsamkeit befanden, weil sie keine Kinder hatten, tauchte plötzlich vor mir auf. Gefolgt von den Worten des deutschen Arztes in Bandung: Sie haben zu wenig Samen, und die wenigen sind zu schwach. Danach folgte die Szene im Untersuchungszimmer des Sinse im Bambushaus vor dem Tor des Marktes in Buitenzorg ... Nein, Mutter, es wird niemals ein Kind vor mir niederknien. Und wenn da jemals Kinder sein sollten, werde ich sie nicht zwingen, es ihnen nicht einmal erlauben, vor mir zu knien, weil sie schon sie selbst sein werden, weil sie meine Freunde in der Tugend und meine Feinde in der Untat sein werden.

Am nächsten Tag reiste Mutter nach Hause, begleitet von Marko.

Am Abend zuvor, als ich mit Marko und Sandiman über Mutters Bericht gesprochen hatte, konnten sie mich davon überzeugen, daß die Berichte, die Leute hätten in Massen die Leitung der SDI aufgesucht, nicht glaubwürdig waren. Näher an der Wahrheit war, daß das Gouvernement und das Syndikat erfahren hatten – aus welcher Quelle auch immer –, was die Syarikat vorhatte.

1911. In der SDI und in meinem Herzen herrschten viel Lärm und Aufregung. Draußen war das Gouvernement auch nicht untätig

Die Auflage der *Medan* stieg wieder dank der Geschichte von Siti Aini. Markos und Sandimans Vermutung, daß Mutters Bericht nicht wahr sei, entpuppte sich als falsch. In den Gebieten, in denen Zuckerplantagen und -fabriken standen, gingen Hunderte von Leuten zur SDI, um sich als Mitglieder einschreiben zu lassen. Nicht nur Kaufleute, sondern auch Bauern, Beamte, Handwerker, Seeleute, Apotheker und Laboranten aus dem Krankenhaus. Dann kamen noch die Bahnarbeiter. Die Syarikat hatte ihre Mitgliederzahl verdreifacht.

Die T.A.I. zeigte keine Aktivität. Aber etwas Neues entstand aus ihren Überresten.

Buitenzorg in der Abenddämmerung.

Die Prinzessin und ich saßen im Vorgarten. Etwas entfernt saß einer der Pendekars aus Banten auf einer Bank mit Blick auf die Straße. Am Tor hielt eine Mietkutsche an. Ein kräftig gebauter Mann, Brillenträger, gekleidet mit weißer Jacke, weißer Hose, schwarzen Schuhen und ohne Hut, stieg aus. In der Hand hielt er einen Rattanstock.

Aufrecht kam er auf uns zu, verbeugte sich und fragte auf holländisch: »Guten Abend. Kann ich Sie kurz sprechen?«

Ich bat ihn, Platz zu nehmen, und sah verstohlen auf den Wächter, der mit baumelnden Beinen in der Ecke unseres Vorgartens saß und uns genau beobachtete. Er nickte uns zu, schob die Bank näher an uns heran und setzte sich wieder.

»Darf ich mich vorstellen, mein Name ist Pangemanann, mit zwei N am Schluß.«

»Freut mich, Sie kennenzulernen«, erwiderte ich.

Die Prinzessin stand auf, verbeugte sich und zog sich ins Haus zurück.

»Ich wollte Sie schon seit langem kennenlernen«, sagte er sehr höflich.

Ich nahm ihn in näheren Augenschein. Er war wahrscheinlich Menadoneser. Etwa fünfzig. Für einen Menadoneser, die ja den Holländern gleichgestellt waren, war er übertrieben höflich. Das fand ich bemerkenswert. Noch interessanter war das Doppel-n am Ende seines Namens, das er für erwähnenswert hielt.

»Ich bin einer Ihrer Bewunderer«, fuhr er fort, »wie viele andere auch. Ich lese die *Medan* nicht nur Ihrer Dossiers halber, sondern in der letzten Zeit vor allem wegen der *Hikayat Siti Aini.* Das hat die *Medan* unschlagbar gemacht. Ich werde aber nicht wie all die anderen danach fragen, wer dieser Hadji Moeloek ist.«

Er sprach flüssig, schnell und ohne malaiischen Akzent. Ich mußte mich gedulden, um zu erfahren, was er eigentlich von mir wollte. Ich sah ihn aufmerksam an. Er hatte den Rattanstock an seinen Oberschenkel gelehnt. Sein bartloses Gesicht war von der Sonne braungebrannt. Er schien viel außer Haus zu sein. Vielleicht arbeitete er auf einer Plantage.

»Wann wird die Geschichte von Hadji Moeloek zu Ende sein?«

»Vielleicht in sechs oder acht Monaten.«

»Für ein malaiisches Buch ist es ganz schön dick.«

»Sie scheinen sich sehr dafür zu interessieren.«

»Ich gehöre zu der Gruppe von Leuten, die jeden bewundern, der in der Lage ist, seine Gedanken und Gefühle schriftlich auszudrükken. Wenn diese Geschichte in offiziellem Malaiisch geschrieben wäre, wie die *Nyai Dasima* von Francis, dann wäre sie nicht halb so lebendig.«

»Sie sind mit dem offiziellen Malaiisch des Gouvernements also nicht einverstanden?«

»Darum geht es nicht. Kein Mensch spricht offizielles Malaiisch. Nicht einmal das Gouvernement selbst. Deshalb bin ich ganz auf Ihrer Seite, wenn Sie Umgangsmalaiisch für die *Medan* benutzen.«

»Vielen Dank, Herr Pangemanann mit Doppel-n.«

»Eigentlich komme ich wegen einer anderen Angelegenheit. Es ist vielleicht nicht wichtig für Sie, aber für mich ist es das.«

So, jetzt würde ich erfahren, worum es eigentlich ging. Ich hörte ihm mit größter Wachsamkeit zu. Wer konnte es wissen. Vielleicht gehörte er zu der Bande der Indos ...

»In meiner Freizeit schreibe ich auch Geschichten, nur nicht in Umgangsmalaiisch, sondern in Schulmalaiisch, dem offiziellen Malaiisch.«

Er ist also vom Gouvernement, dachte ich und sagte: »Ach! Wo haben Sie sie denn schon veröffentlicht?«

»Nirgends, Tuan. Ich habe immer gezögert. Ich war nie mit dem zufrieden, was ich geschrieben habe. Jetzt habe ich nur noch eine Geschichte, die ich mir aufgehoben habe.«

»Warum haben Sie gezögert? Warum waren Sie unzufrieden?«

»Es war nicht nur das. Ich schämte mich vor Francis. Ich kannte ihn gut, all die Jahre ... diesen König der Erzähler! Es war Gottes Wille, daß er vor uns ging. Nun, da er nicht mehr ist, taucht ein neuer König der Erzähler auf. Ich habe den Stil und die Wortwahl studiert, auch das Hauptthema, die Hikayat ist nicht Ihr Werk.«

»Natürlich nicht.«

»Es ist so, Tuan. Wenn die Hikayat fertig ist, wären Sie dann bereit, meine Geschichte zu veröffentlichen? Sie ist natürlich nicht so gut wie die von Hadji Moeloek.«

»Das kann ich nur schwer versprechen.«

»Natürlich, das verstehe ich. Sie haben sie noch nicht einmal gelesen. Ich meine, nachdem Sie sie gelesen und gründlich darüber nachgedacht haben?«

»Haben Sie Ihr Manuskript dabei?«

»Ich werde es Ihnen ein anderes Mal nach Bandung mitbringen.«

»Darf ich wissen um was es geht?«

»Über *Pitung*, Tuan.«

»Sie meinen, es ist ein Stück für Lenong, für das Volkstheater?«

»Um es zu verbessern.«

»Verbessern? Wie wollen Sie das denn machen, wo doch die Schauspieler des Lenongs weder lesen noch schreiben können? Ja, auch Francis wollte das Lenong-Stück *Nyai Dasima* verbessern. Es war auch ihm nicht gelungen.«

»Solange die Schauspieler nicht lesen können, werden meine Bemühungen bestimmt auch scheitern. Aber zumindest haben wir beide es versucht.«

»Es ist sicher sehr interessant. Einen Schriftsteller zu treffen, ist immer interessant. Erst recht, sein Manuskript zu lesen. Ich freue mich darauf.«

Er wirkte zufrieden. Plötzlich aber wechselte er das Thema: »Tuan, es ist sehr beunruhigend, diese Geschichte mit den Knijpers. Wirklich! Man erzählt, sie wären als die T.A.I. wieder aufgetaucht. Und jetzt ist wieder eine neue Gruppe erschienen. Diese Unruhestifter nennen sich nun *De Zweep*, die Peitsche. Es heißt, es sind immer dieselben Leuten. Nur daß sie keine große Bande bilden wollen. Es sind immer nur einige. Es heißt auch, sie haben ihr Angriffsfeld eingeschränkt und wollen nur bestimmte Leute angreifen.«

»Das ist aber interessant«, kommentierte ich.

»Sehr uninteressant, finde ich.«

»Wen haben sie zum Ziel ihrer Angriffe gemacht?«

»Woher soll ich das wissen? Natürlich die Leute, die sie nicht mögen.«

»Und wie schon früher wird keiner von ihnen je von der Polizei verhaftet werden, oder sie erwischen sie und lassen sie wieder laufen.«

»Das kann sein. Oh, es ist schon spät. Sie entschuldigen mich. In ein paar Tagen werde ich Sie in Bandung besuchen.« Er stand auf, reichte mir die Hand, wünschte mir eine gute Nacht und verließ aufrecht wieder unser Grundstück.

Am selben Abend las ich noch die Meldungen, die aus den Zuckergebieten kamen, sowohl die der Ortsgruppen als auch die der Leser. Anhand dieser Meldungen schrieb ich schnell einen Artikel über die rechtliche Situation dort. Dieser Artikel sollte der erste Stein unserer Festung gegen das Syndikat sein.

Er enthielt nichts Wichtiges, er sollte die Leser, die überhaupt nichts vom Leben auf den Zuckerplantagen wußten, nur darüber aufklären, wie es dort zuging. Daß dort Kinder, die Zuckerrohr aus der Fabrik nahmen und dabei erwischt wurden, von den Aufpassern mißhandelt und erst dann freigelassen wurden, wenn die Eltern ein Bußgeld von einhundert Sen an die Zuckerfabrik bezahlt hatten. Dabei verdienten die Eltern, die auf den Plantagen arbeiteten, höchstens fünfundsiebzig Sen. Das Bußgeld war noch nicht einmal das Schlimmste an der Sache, sondern daß die Kinder mißhandelt wurden, weil sie aus Hunger und Zuckermangel Zuckerrohr von den Feldern ihrer Vorfahren genommen hatten. Vielleicht sogar von den Feldern ihrer eigenen Eltern, die diese zwangsweise an die Zuckerfabrik hatten verpachten müssen.

Ich war noch nicht ganz fertig, als die Prinzessin mich zum Abendessen rief. Am Tisch fragte sie mich dann: »Wer war das eben, Mas?«

»Pangemanann mit Doppel-n«, antwortete ich.

»Er ist mir unsympathisch. Auch sein Name ist eigenartig, mit zwei N. Was wollte er? Hat er gedroht?«

»Mir scheint es so, ja. Jetzt nennen sie sich *De Zweep*.«

»Wenn sie uns noch einmal belästigen, erschieße ich sie.«

»Hältst du das für nötig?«

»Besser, als daß sie uns zuvorkommen.«

Ich vermutete, daß sie dies nur aus Frustration gesagt hatte.

Drei Tage später wurde der Artikel, der die Macht des Zuckersyndikats antastete, veröffentlicht. Noch am gleichen Tag, nur wenige Stunden nach Erscheinen der Zeitung, saß Pangemanann wieder vor mir, diesmal mit seinem Manuskript *Si Pitung*. Ich beobachtete ihn und sah, wie er auf den Brief schielte, der auf dem Tisch lag. Die Ecken des Briefumschlages waren mit roten Strichen gekennzeichnet.

Es war möglich, daß er den Brief kannte. Mit einem scharfen Blick sah er mich an, gab mir sein Manuskript und sagte höflich: »Ich hoffe, es gefällt Ihnen so, daß Sie es publizieren werden.«

»Haben Sie zu Hause eine Kopie davon?«

»Leider nicht, Tuan. Ich bin sicher, daß es bei Ihnen sicher ist.« Er sah wieder verstohlen auf den Briefumschlag und beobachtete mich weiter.

Ich erwiderte seinen Blick mit einem tapferen Lächeln. Es war ein Drohbrief von der Zweep, die ankündigte, Schritte gegen uns zu unternehmen, wenn die *Medan* ihren Artikel über die Bußgelder und die Mißhandlung der hungernden Kinder nicht zurücknehmen würde. Die *Medan* solle erklären, daß dies alles nur erfunden und niemals wirklich geschehen war. Der Brief war unterschrieben mit De Zweep und einem europäischen Namen.

Mir schien, daß Pangemanann über den Brief sprechen wollte, es sich aber anders überlegt hatte, denn plötzlich sagte er: »Ich sehe, Sie sind wirklich sehr tapfer.«

»Was gibt es zu befürchten? Und was ist es, vor dem ich Angst haben soll?«

»Nein, ich meine, Sie sind sehr tapfer bei der Arbeit. Tapfere Menschen mußt man respektieren. Das ist auch der Grund, warum ich Sie respektiere.«

»Woran wollen Sie erkennen, daß ich tapfer bin?«

»Aus Ihrem Verhalten.«

»Mir scheint, daß Sie mich in Gefahr wähnen. Oder sind Sie gar selbst eine Gefahr für mich?« fragte ich scherzend.

Er lächelte falsch. Heute hatte er keinen Stock dabei. Er trug nach wie vor weiß, nur diesmal waren seine Schuhe braun. Er trug auch diesmal keinen Hut, so daß man sein rötliches Haar sah, das übrigens noch nicht ergraut war und vom Haaröl glänzte.

»Es gefällt mir, wie Sie sich ausdrücken, voller Mut und Kraft. Ohne ein Blatt vor den Mund zu nehmen.«

»Sie sind wirklich ein Literat«, sagte ich lobend. »Sie beobachten jedes gesprochene Wort und wie es gesprochen wird.«

»Das ist mein Hobby, Tuan. Kann ich eine Empfangsbetätigung für mein Manuskript bekommen? Ich habe noch andere Dinge zu erledigen.«

Ich schrieb ihm eine. Er nahm sie und verabschiedete sich mit den Worten: »Ich wünsche Ihnen viel Erfolg.«

Ich brachte ihn nicht zur Tür. Ich begann, die eingegangenen Briefe zu studieren, als ich plötzlich eine brummende Stimme hörte.

»Wirst du nun den Artikel zurücknehmen oder nicht?«

Ich sprang auf. Vor mir standen drei Indos. Sie hielten die Hände hinter dem Körper versteckt. Ganz vorn jemand, den ich seit dem vergangenen Jahrhundert kannte: Robert Suurhof.

Bevor ich Gelegenheit hatte zu antworten, hörte ich einen Knall, mir wurde schwarz vor Augen und ich sah Sterne. Die Peitschen trafen mein Gesicht, meinen Körper, meinen Mund. Ich hatte einen süßlichen Geschmack im Mund: Blut.

Ich weiß nicht, wie oft und von wie vielen Peitschenhieben ich getroffen wurde. Ich spürte noch, wie ich stürzte und gegen die Stuhllehne krachte, dann … wußte ich nichts mehr. Das einzige, was ich hörte, war meine innere Stimme, die schrie: Ich werde ihn nicht widerrufen! Nein! Nie!

Als ich wieder zu mir kam, hörte ich Stimmen. Ich konnte sie aber nicht erkennen. Vielleicht waren es die von Robert Suurhof und seinen Freunden. Ich versuchte, sie zu identifizieren und erkannte als erstes Hendriks Stimme: »Wie steht es mit seinen Augen, Doktor? Sie sind doch in Ordnung, oder?«

»Sie werden lange Zeit behandelt werden müssen.«

Ich versuchte zu sprechen, aber ich konnte meine Lippen nicht bewegen. Automatisch griff ich nach meinen Lippen. Sie waren nicht da. Was ich spürte, war nur ein naßer Verband. Erst dann roch ich die Medizin.

»Minke!« Ich erkannte Mir an ihrem Schrei. Ihre Stimme klang schrill. Ich bewegte meine Hand, und diese Hand wurde von einer weichen Hand gestreichelt. Ich fühlte die Glätte eines Ringes. Ich konnte nichts sehen. Auch meine Augen waren verbunden.

»Tuan«, hörte ich Markos Stimme, »es ging alles so schnell. Ich war in der Druckerei, als es passierte. Sandiman hat den Lärm als erster gehört und ist ins Büro gelaufen. Die hatten Sie schon angegriffen. Sandiman hat den Setzhammer genommen und ihn auf sie geschleudert, er traf einen von ihnen an der Schulter, und sie rannten weg. Sandiman hinterher. Aber sie sprangen auf ihre Pferde und waren im Nu verschwunden.«

Ich nickte schwach, als Zeichen, daß ich seine Bitte um Verzeihung akzeptierte. Dann bewegte ich meine Hand und signalisierte ihnen, mir Papier und Bleistift zu bringen. Als jemand mir beides in die Hand gab, schrieb ich folgendes: »Setze die Arbeit fort. Lies die Berichte aus den Zuckergebieten ausführlich. Wenn sie auf Wahrheit beruhen, bring sie heraus. Sorg für Sicherheit. Bring mich heim nach Buitenzorg.«

»Und was ist mit dem Überfall, Minke? Willst du nichts dagegen unternehmen?« fragte Hendrik. »Ich meine, es wäre nicht richtig, darüber zu schweigen. Wir sollten nun anfangen.«

»Ja, berichte darüber«, schrieb ich. »Und sorge bitte für mehr Sicherheit. Auch für deine und die von Mir.«

»Danke, Minke.«

Mir und Sandiman brachten mich in einem Taxi nach Buitenzorg. Mir setzte sich neben mich, um auf mich aufzupassen, Sandiman saß vorn beim Fahrer.

»Ist der Fahrer ein Indo?« schrieb ich auf ein Stück Papier.

»Ja«, flüsterte Mir in den Verband, der mein Ohr bedeckte.

»Sei vorsichtig, Mir«, schrieb ich wieder.

»Mach dir keine Sorgen«, flüsterte sie erneut, dann küßte sie mich auf den Teil meines Gesichts, der nicht verbunden war. »Sandiman ist bewaffnet.« Sie sagte nichts mehr, streichelte aber weiter meine Hand.

Während dieser Fahrt dachte ich an Mutter, an Mama und die Prinzessin, drei außergewöhnliche Frauen, denen ich in meinem Leben begegnet war. Dann tauchte Ang San Mei vor mir auf, blaß, dünn, mit Mandelaugen. Als wäre sie absichtlich jetzt zu mir gekommen, wo ich so hilflos hier saß, hilfloser als ein Regenwurm. Als würde sie mir sanft zuflüstern: Daß du es nur weißt, Minke, dies ist erst der Anfang. Ich nickte. Dann erschien Khouw Ah Soe mir zuwinkend und verschwand wieder. Aber die SDI hatte in der Welt Widerhall gefunden. Sie sagten: Die Bourgeoisie Ostindiens wäre im Aufschwung. Nun aber lag der Dalang verwundet, hilflos darnieder, gepflegt von einer europäischen Frau.

Plötzlich schlug mein Herz heftiger. Der Gedanke, daß das Syndikat nun fröhlich und zufrieden lachte, machte mich wütend. Ich konnte mir die abstrakten Gesichter gar nicht vorstellen.

»Dein Puls rast ja, Minke, an was denkst du?«

Ich schüttelte nur den Kopf.

Ich spürte, wie das Taxi anhielt. Wir mußten im Vorhof in Buitenzorg sein.

Mir half mir langsam aus dem Auto und führte mich die Treppe hoch.

»Prinzessin! Prinzessin!« rief Mir.

Kurz danach hörte ich eilige Schritte und Rufe: »Was ist passiert, Mas? Was ist mit dir?«

Ich fühlte, wie ihre Hände meine ergriffen, dann führte sie mich ins Haus.

»Er kann nicht sprechen, Prinzessin. Auch seine Augen kann er vorläufig nicht benutzen. Es war ein Angriff der Zweep.«

»De Zweep«, flüsterte Prinzessin an meinem verbundenen Ohr. »Ich hätte diesen Pangemanann doch erschießen sollen.«

»Werd nicht jähzornig, Prinzessin.«

»Ich bin sicher, eines Tages werde ich sie alle erschießen.«

»Denk nicht an so was, Prinzessin, um Gottes Willen. Mach ihm nicht noch mehr Sorgen«, bat Mir.

Sie brachten mich zu Bett.

Draußen hörte ich, wie Sandiman den Pendekars aus Banten den Befehl gab, niemanden den Vorhof betreten zu lassen, es sei denn, mit Erlaubnis der Prinzessin. Wer dennoch darauf bestand, dem sollten sie eine Lektion erteilen.

Nachmittags kam Hendrik mit einer Bediensteten, die sich um seinen Sohn kümmerte. Er eilte sofort zu mir und berichtete, daß die Arbeit weitergeführt würde, so wie ich es befohlen hatte. Auch brachte er aus dem Büro die Nachricht für Sandiman, daß dieser sofort nach Bandung zurück müsse.

Der Bericht über den Angriff, erzählte mir die Prinzessin, war von den Zeitungen in Batavia und Bandung übernommen worden. Sie erwähnten die Namen der Angreifer. Die SDI kochte und verlangte

Vergeltung. Ich schickte der Leitung der SDI eine schriftliche Nachricht, daß keine der Ortsgruppen etwas gegen die Bande De Zweep unternehmen solle. Sie waren nur unwichtige Werkzeuge. Das Hauptproblem blieb nach wie vor der Kampf gegen das Zuckersyndikat, und den mußten wir gewinnen.

Hendrik Frischboten hatte an der Anklage gearbeitet. Der Angreifer wurde verhaftet, und die Verhandlung sollte beginnen, sobald ich wieder gesund war.

Eines Abends kam Douwager mich besuchen, um zu sagen, wie leid ihm der Vorfall tat. Inzwischen war mein Mund schon nicht mehr verbunden, selbst wenn meine Lippen sich noch dick anfühlten.

»Wo ist Wardi?«

»Er ist die ganze Zeit nicht in Bandung gewesen.«

»Er ist vermutlich auf Propagandareise für diese Partei, die ihr neu gründen wollt.«

Er bestritt es nicht, bestätigte es aber auch nicht.

»Wenn er wüßte, was passiert ist, wäre er bestimmt gleich gekommen.«

»Das macht nichts. Die Propaganda ist auch wichtig.«

Erst da wurde mir klar, obwohl meine Augen noch verbunden waren, daß er und Wardi sich nicht am Kampf gegen das Syndikat beteiligen wollten. Weder mit Taten noch mit ihren Herzen. Der Nationalismus Ostindiens war ihnen wichtiger.

Ich durfte mich davon nicht entmutigen lassen.

Die Gerichtsverhandlung verlief schnell und ohne Komplikationen. Als Motiv für die Mißhandlung wurde Robert Suurhofs Mißfallen an einem bestimmten Artikel in der *Medan* angegeben. Und warum mißfiel er ihm? Dafür gab es keinen besonderen Grund. Er mißfiel ihm einfach.

Ich versuchte, den Fall ein wenig breiter anzulegen, aber das Gericht war bestrebt, ihn auf die Mißhandlung zu beschränken, und wollte davon kein bißchen abweichen.

Robert Suurhof und seine Kumpane wurden für schuldig befunden, einen Überfall geplant und durchgeführt zu haben. Robert wurde zu vier Monaten, seine Freunde zu je drei Monaten Gefängnisstrafe verurteilt. Damit, so wurde verkündet, sei die Sache erledigt.

Für mich aber war sie das noch lange nicht.

Solange sie im Gefängnis saßen, veröffentlichten wir immer mehr Artikel über die Zuckergebiete. An manche Orten wurden die Leute aktiv und brannten die Zuckerfelder ab. Die Bewegung begann in Sidoarjo, wo Mama geboren war, wo meine Geschichte angefangen hatte. Ein Laborant, Mitglied der SDI, hatte ihnen die Methode beigebracht: Sobald die Trockenzeit auf ihrem Höhepunkt war, reichte es, wenn eine einzige Person sich in der Nacht auf das Feld schlich und Phosphorpulver auf die vertrockneten Blätter streute, die bei der Ernte vom Zuckerrohr abgestreift wurden. Am nächsten Tag, wenn die Temperatur stieg, würde der Phosphor sich entzünden und die trockenen Blätter in Brand setzen. Wenn die Aufpasser nachlässig waren, breitete sich das Feuer sehr schnell aus. Aber auch wenn sie schnell reagierten, wären mindestens ein Viertelhektar vernichtet und ein weiterer Hektar zum Mahlen untauglich. Um das Feuer zu löschen, müßten sie alle Kulis einsetzen. Der Verlust, den sie von solch einem kleinen Feuer erlitten, betrug nicht weniger als die Kosten, die sie zum Eindämmen einer Bauernrebellion benötigten.

Am Anfang verstanden die Zuckerbarone nicht, was geschah. Aber als innerhalb eines Monats zwanzig solcher Brände in Mittel- und Ostjava ausgebrochen waren, beriefen sie eine Konferenz ein. Das Ergebnis: Die Wachen wurden verstärkt. Die Brände hörten zwar auf, aber nicht deshalb, sondern weil die Regenzeit einsetzte.

Immer mehr Berichte über die Zuckergebiete füllten die Zeitungen. Vor allem die malaiischen. Die Indo-Bande tauchte nicht mehr auf. Vielleicht weil ihre Führer immer noch im Gefängnis saßen.

Dann kam die nächste Prüfung, die schwerste von allen: Eines Mittags kam ein Mann mittleren Alters zu mir. Seine Kleider waren schmutzig und zerknittert. Er trug einen Kopiah aus schwarzem geflochtenem Gras, so daß man seine Haare kaum sah. Er war ein Aceher namens *Teukoe* Djamiloen.

»Ich hatte keine andere Wahl, als hierher zu kommen«, sagte er auf malaiisch mit einem fremden Akzent. »Nachdem ich in der letzten Zeit ohne Gewißheit gelebt habe, habe ich hier und da gehört, daß Sie wahrscheinlich der einzige sind, der mir helfen kann. Deshalb bin ich hierher gekommen. Wer weiß, vielleicht hat Gott mir den Weg gezeigt.«

Ich betrachtete seine trockene Haut. Seine Bewegungen waren sehr kontrolliert. Er sah aus, als stamme er aus dem Süden Indiens. Er mußte etwa fünfundvierzig Jahre alt sein. Er hatte sich wohl eine Woche lang nicht rasiert.

»Was kann ich für Sie tun?« fragte ich ungeduldig, weil er so übertrieben höflich und umständlich sprach.

»Am Anfang habe ich mich damit getröstet, daß es nicht so schlimm sei, hier in Priangan zu sein, schließlich sitzt *Tjoet Nja Dhin* ja auch hier in der Verbannung. Aber allmählich reicht mir dieser Trost nicht mehr. Das Gefühl, daß ich ungerecht behandelt werde, nagt immer mehr an mir. Tag und Nacht.«

»Um was geht es hier eigentlich?«

»Es ist so, Tuan. Bevor der Aceh-Krieg zu Ende ging, hat mich die Kompeni auf einem Blang gefangengenommen.«

»Was ist das, ein Blang?«

»Ein Feld, Tuan. Sie haben mich gefangengenommen, nachdem sie mich umzingelt und mißhandelt haben. Einige meine Freunde sind daran gestorben. Ich wurde schwer verletzt, aber lebte zumindest noch. Zu der Zeit war Tjoet Nja Dhin auch schon in einem Wald gefangen worden. Sie haben sie hierher verbannt. Mich und einige andere steckten sie ins Gefängnis. Fünf Jahre lang. Nach der Entlassung lebte ich etwa vier Jahre in Kotaraja. Ich habe wieder geheiratet und habe ein Kind. Eines Tages bekam ich eine Vorladung in das Büro des Kontrolleurs von Kotaraja. Alles, was er fragte, war: ›Sind Sie Teukoe Djamiloen?‹ Dann wurde ich zum Hafen und auf ein Schiff gebracht. Ohne alles haben sie mich nach Java verschleppt. Hierher und mich einfach wieder laufen lassen.«

Ich nahm ihn mit zu Hendrik Frischboten und bat ihn, seine Geschichte zu wiederholen.

»Barbaren!« schnaufte Hendrik, der seine Wut kaum zurückhalten konnte. Seine Augen glühten.

»Wie haben Sie danach gelebt?«

»Alle Wege, die ich einschlug, alle Wege, Tuan, führten ins Gefängnis.«

»Sind Sie schon einmal verurteilt worden?«

»Mehrmals.«

»Wurde bei den Verhandlungen nie erwähnt, daß Sie ohne Gerichtsbeschluß hierher verbannt wurden?«

»Nie.«

»Können Sie beweisen, daß Sie die Wahrheit gesagt haben?« fragte ich.

»Ich bin ein Aceher, Tuan, ein Teukoe, ich habe mehr als fünfzehn Jahre auf dem Schlachtfeld gelebt. Schickt es sich für mich zu lügen?«

»Verzeihen Sie. Seien Sie uns nicht böse.«

»Was nützt mir lügen und betrügen, wenn ich noch meine Muskeln und meinen Kopf habe? Sicher, ich habe geplündert, gekämpft, mißhandelt und gestohlen. Aber Lügen und Betrügen, Tuan, das gehört nicht zu meinem Charakter. Ich bin ein echter Aceher.«

»Gut«, sagte Hendrik. Er nahm ein Blatt Papier und fragte den Aceher nach Einzelheiten.

Zwei Stunden vergingen, bis sie endlich mit den Fragen durch waren. Er bat Teukoe Djamiloen, am nächsten Tag wiederzukommen, um das Interview fortzusetzen.

»Haben Sie Tjoet Nja Dhin persönlich getroffen?« fragte ich.

»Ich konnte nicht herausfinden, wo sie wohnt. Außerdem, wie kann ich in meiner Situation sie suchen gehen?«

»Also gut. Für heute reicht es. Sie können gehen.«

Er zögerte.

»Wo gehen Sie jetzt hin?«

»Wenn Sie es erlauben, könnte ich nicht Türwächter vor Ihrem Büro werden?«

Er hatte keinen Platz, wo er hingehen konnte.

Hendrik sah zu mir und nickte. Er war von der Richtigkeit Teukoe Djamiloens Geschichte überzeugt. Er folgte seiner Bitte, und so wurde er Marko unterstellt.

Als er hinausgegangen war, fragte ich Hendrik: »Kann ein Kontrolleur jemanden ohne Gerichtsbeschluß verbannen?«

»Das ist doch schon passiert, oder? Nicht nur in Ostindien, auch in anderen Kolonien. Dies ist nicht der einzige Fall.«

»Und der Betroffene hat gar keine Möglichkeit, sich zu wehren?«

»Er könnte, wenn jemand da wäre, der sich um seine Sache kümmert.«

»Heißt das, daß er sich nur deshalb nicht wehren kann, weil er kein Geld hat?«

»Nein, das ist es nicht. Schau, Minke, nach dem Gesetz ist die einzige Person, die das Recht hat, willkürlich, nach Gutdünken zu handeln, der Generalgouverneur. Du weißt von den exorbitanten oder außerordentlichen Rechten, die nur der Generalgouverneur besitzt. Aber da gibt es einige örtliche Beamte, die machtgierig sind, die nicht wissen, wo die Grenzen ihrer Autorität liegen, oder die von örtlichen Fürsten bestochen werden, die meinen, daß diese Rechte auch automatisch für sie gelten und sie sie anwenden dürften. Sie nehmen sich diese Rechte, ohne den zu fragen, der sie als einziger hat: der Generalgouverneur. Und so war es schon immer.«

»Wir werden einen Fall daraus machen, nicht?«

»Das können wir. Der Kontrolleur wird den Fall verlieren, aber ihm wird nichts passieren. Er wird nicht bestraft werden.«

»Obwohl er schuldig ist?«

»Obwohl er schuldig ist. Weil er auch das Recht hat, von seinem Vorgesetzten Schutz zu beantragen, den er meistens auch gewährt bekommt.«

»Wenn das so ist, veröffentlichen wir einfach die Geschichte.«

»Das ist wohl der beste Weg.«

Und so wurde der Fall Teukoe Djamiloen von der *Medan* ins Rollen gebracht. Unmittelbar darauf wurden wir von den zuständigen Behörden vorgeladen. Eine Voruntersuchung wurde eingeleitet. Weniger, um den Wahrheitsgehalt des Falles des Acehers festzustellen, als zu ergründen, warum wir den Fall veröffentlichten. Noch bevor die Voruntersuchung abgeschlossen war, wurde ich zum Residenten gerufen.

»Wie können Sie glauben, daß so etwas wirklich geschehen ist?«

»Der Betroffene ist jetzt bei mir, Tuan. Ich kann ihn hierher bringen lassen. Das wird wohl das Beste sein.«

»Was für ein Nutzen soll es haben, einen Verrückten hierher zu bringen?«

»Verrückte werden nicht verbannt, Tuan.«

»Sie sind bereit zu bezeugen, daß dieser Mann nicht verrückt ist?«

»Warum nicht, Herr Resident-Assistent?«

»Seien Sie vorsichtig! Ihr Bericht ist schon zum Gespräch bei den Vorgesetzten geworden. Es wäre besser, Sie ziehen ihn wieder zurück, bevor es zu spät ist.«

»Die *Medan* wird einen noch umfangreicheren Bericht veröffentlichen«, sagte ich.

»Besser nicht, mein Herr. Die Welt geht nicht heute unter. Wir haben noch so viel Zeit, und das Leben ist doch schön.«

Er brachte mich zu Tür.

Wir führten den Fall Teukoe Djamiloen weiter.

Alle Mitarbeiter der Redaktion, auch Frischboten, waren durch den Sieg, den die *Medan* in der letzten Zeit errungen hatte, Feuer und Flamme. Es schien klar zu sein, daß das Syndikat sein Vorhaben, seine Pachtzahlungen zu senken, nicht in die Tat umsetzen würde. Der Resident-Assistent hatte uns nur leicht gerügt. De Zweep saßen immer noch im Gefängnis. Die SDI blühte, ihr Mitgliederzahl hatte sich verdreifacht.

Für mich öffnete sich die ganze Welt. Alle Hindernisse wichen mir aus und rannten verschämt davon. All die Publikationen der *Medan*, der Zeitungen als auch der Zeitschriften, die sich immer mehr verbreiteten, gingen nun in die Köpfe und die Herzen der Leser und hinterließen dort Samen, die eines Tages keimen würden.

Die Geschichte von Hadji Moeloek nahte ihrem Ende. Ich hatte angefangen, eine neue Geschichte vorzubereiten, die *Nyai Permana*. Es ging darin ebenfalls um die Verluste der Bauern und um das ungehörige Verhalten der einheimischen Beamten. Einige Jahre zuvor hatte das Gouvernement eine Neuverteilung der Ländereien an die Bauern unternommen. Aber die korrupten einheimischen Beamten hatten die Ländereien für sich behalten und sie zum eigenen Vorteil weiterverkauft. Diese Geschichte hatte ich selbst geschrieben, und sie beruhte auf Tatsachen, kombiniert mit den Träumen des Mädchens aus Jepara, vor allem über die Rechte, die den Frauen eigentlich zustanden, wie zum Beispiel das Recht, sich scheiden zu lassen. Nicht nur die Männer sollten dieses Recht haben, wann immer es ihnen paßte.

Ich schrieb so enthusiastisch an meiner Geschichte, daß ich ganz vergaß, wie viele große Probleme noch ihrer Lösung harrten.

Dann kam die größte Prüfung, die ich ja bereits erwähnt habe.

Als ich in Bandung aus dem Zug ausstieg, wurde ich schon von Sandiman und Teukoe Djamiloen erwartet. Beide sahen erschöpft aus. Sandiman hatte ein großes Paket bei sich. Seine Augen zeigten Unruhe.

»Das ist alles, was ich retten konnte, Tuan«, sagte Sandiman unmittelbar.

»Was ist das?«

»Die Papiere aus Ihrem Schrank.«

»Warum bringst du sie hierher?«

»Wir sind aus der Druckerei vertrieben worden.«

De Zweep geht wieder in Aktion, dachte ich. »Gab es eine Schlägerei?«

»Wie soll das gehen, Tuan. Sie waren alle bewaffnet. Die Polizei!«

»Die Polizei hat uns vertrieben?« fragte ich ungläubig. »Wozu? Was für einen Grund hatten sie?«

»Sie haben uns einfach rausgeworfen. Sie haben keine Gründe angegeben. Sie haben das Büro abgeschlossen und versiegelt. Ich konnte nur diese Unterlagen hier retten.«

Wir fuhren in die Naripan 1. Das Redaktionsbüro war versiegelt. Marko saß auf der Treppe, den Kopf zwischen den Knien.

»Geht ihr nur nach Hause. Bringt die Unterlagen in Sicherheit«, befahl ich.

Ich sprang auf den Dokar und fuhr zum Büro des Resident-Assistenten. Obwohl niemand mehr in das Zimmer des Resident-Assistenten hineinging, wurde ich nicht vorgelassen. Ich konnte meine Hände und Füße nicht mehr ruhig halten. Mein Geduld war am Ende. Der Resident-Assistent kam aus seinem Zimmer und tat, als hätte er mich nicht gesehen. Er ging wieder hinein, dabei sah er mich an und tat, als ob er mich nicht kannte. Das genügte. Der Befehl, die Redaktion zu versiegeln, kam von ihm. Direkt von ihm!

Ohne gerufen zu werden, klopfte ich an die Tür. Er nickte mir zu, lächelte süß und bat mich, Platz zu nehmen. Er selbst blieb stehen. Ich setzte mich, während er Geschäftigkeit vortäuschte und wieder aus dem Zimmer ging. Als ob ich nicht wüßte, wie beschäftigt ein Resident-Assistent war.

Nun wartete ich an seinem Schreibtisch. Es lagen keine Papiere dort. Auch keine Gesetz- oder Wörterbücher. Nichts. In einem Glasschrank waren einige Porzellanstücke und eine Pfeifensammlung ausgestellt. Erst als ich diese Dinge sah, fiel mir auf, daß das ganze Zimmer nach Rauch roch.

Wollte er mich nun bestrafen, weil ich an die Tür geklopft hatte, ohne das Protokoll zu beachten? Zum Teufel noch mal. Meine Angelegenheit war auch wichtig. Wenn die *Medan* nicht mehr erschiene, würde das die Syarikat in Verwirrung bringen und den Ruf nach Gerechtigkeit verebben lassen, weil nur die *Medan* in der Lage war, dies alles zu tun, auf eigenes Risiko.

Fünf Minuten waren vergangen, und er war immer noch nicht zurück. Verflucht! Warum weichst du aus? Ich habe doch überhaupt keine Macht. Hast du etwa Angst, Herr Resident- Assistent?

Ein Bediensteter kam herein und brachte ein Glas Wasser. Er schob das Glas von mir weg. Dann ging er und verschwand hinter der Tür. Erst nach weiteren fünf Minuten erschien der Resident-Assistent von Priangan wieder. Kein noch so kleines Schweißtröpfchen war zu sehen, weder am Hals noch im Gesicht. Seine Beschäftigung hatte wohl nur darin bestanden, seine Pfeife aus dem Mund zu nehmen und wieder hineinzustecken. Und nun, mit der Pfeife im Mund, sagte er: »Sie entschuldigen, Tuan.«

Bevor er sich setzte, legte er die Pfeife beiseite, ergriff das Glas Wasser und trank es aus. Er war derjenige, der nervös war. Er brauchte etwas, um sich zu beruhigen.

Er setzte sich, sagte aber noch immer nichts. Langsam kratzte er die Asche aus der Pfeife und stopfte sie mit frischem Tabak. Nachdem er zwei, drei Streichhölzer gebraucht hatte, um sie anzuzünden, sog er genüßlich den Rauch ein und ließ ihn betont langsam wieder ausströmen. Erst dann sagte er: »Es ist sicher etwas Wichtiges.«

»Mehr als wichtig«, antwortete ich. »Warum wurde die Redaktion der *Medan* versiegelt, Herr Resident-Assistent?«

»Warum fragen Sie nicht schriftlich nach?«

»So ist es besser. Die Versiegelung ging auch nicht schriftlich vonstatten. Jetzt können wir uns direkt unterhalten.«

»Wann hat diese Versiegelung stattgefunden?« fragte er mit den Wimpern klimpernd, wie ein Clown ohne Zuschauer.

»Ich glaube, just nachdem Sie es angeordnet haben.«

»Ach ja? Hat man Ihnen das gesagt?«

»Ich habe das gesagt, Tuan.«

»Ach so. Sie möchten also ...?«

»Ich möchte den Grund für die Versiegelung erfahren.«

»Ach so. Sie möchten nur den Grund wissen? Nur das?«

»Wenn der Grund akzeptabel ist, ja, dann nur das.«

»Erinnern Sie sich an den Bericht über Teukoe Djamiloen?«

»Sie meinen, dies ist ein Versuch, einen Teukoe Djamiloen aus Priangan aus mir zu machen?«

»Nein«, antwortete er nervös. »Ich meine, ich habe Sie damals gewarnt. Das war doch deutlich genug?«

»Das war deutlich genug, ja. Aber der Bericht war überhaupt nicht falsch. Kein bißchen. Niemand hat ihn dementiert.«

»Noch nicht, Tuan.«

»Also gut, noch nicht. Und trotzdem wurde die *Medan* versiegelt?«

Einen Augenblick lang sagte er nichts. Er nahm das Glas in die Hand, stellte es wieder hin, es war ja schon leer. Er sog an seiner Pfeife, sie war ausgegangen. Er nahm ein Streichholz und zündete sie wieder an. Er paffte schnell ein paar Mal hintereinander.

»Also, was ist der Grund, den ich akzeptieren kann?«

»Daß ich Sie gewarnt habe.«

»Das ist kein Grund. Zehn anonyme Briefe, die mich warnten, waren ebenfalls kein Grund.«

»Wollen Sie einen Resident-Assistenten mit zehn anonymen Briefen vergleichen?«

»Wir beide wissen, daß niemand anderer als Sie selbst diesen Vergleich angestellt hat.«

»Gut. Was dachten Sie, als Sie diese Warnungen bekamen?«

»Was ich dachte? Ich dachte, das Gouvernement würde den Kontrolleur vernehmen und eine Untersuchung einleiten.«

»Sie wollen also das Gouvernement gegen den Kontrolleur ausspielen?«

»Das ist Ihre Frage und nicht meine Antwort. Außerdem kam ich hierher, um Sie zu sehen, und nicht, um ohne Vorladung ausgefragt zu werden. Ich kam, um eine Erklärung von Ihnen zu verlangen, warum die *Medan* versiegelt wurde.«

»Sind Sie sicher, daß die *Medan* versiegelt wurde?«

»Etwa nicht?«

»Haben Sie es selbst gesehen?«

»Das brauche ich nicht.«

»Wenn das so ist, schauen Sie doch erst mal nach. Vielleicht haben Sie sich ja geirrt?«

»Es ist mir klar, daß Sie mir keinen Grund angeben können. Auch gut. Dann erlauben Sie mir, zu einer höheren Instanz zu gehen, Tuan.«

»Wo wollen Sie hin?«

»Das ist, glaube ich, meine Sache. Die höchste Instanz ist drei Stufen über Ihnen.«

»Meinen Sie nicht, daß das leichtsinnig ist?«

»Nein.«

»Seien Sie nicht gleich verärgert, mein Herr. Sehen Sie, ich bekam den Auftrag, all Ihre Aktivitäten in meinem Bezirk zu unterbinden.«

»Sehen Sie, das meine ich. Sie handeln nur auf Befehl von Dritten. Wer gab Ihnen den Befehl?«

»Das darf ich Ihnen nicht sagen. Wenn ich eine Frage stellen darf, wie sieht Ihre Finanzlage bei der Handelsbank aus?«

Er suchte nach Ausreden. Unsere Finanzen standen gut. Aber diesem Mann mußte man eine Lehre erteilen. So antwortete ich: »Hat die Bank uns zuviel Kredit gegeben?«

Er lachte vergnügt und nickte. Klopfte mit seiner Pfeife auf dem Tisch.

»Das ist also die Antwort?«

»So ungefähr. Prüfen Sie es doch bitte bei der Bank nach.«

»Die Bank hat aber kein Recht, eine Versiegelung zu beantragen, bevor sie mit uns gesprochen hat. Wir sind ihr Kunde, und sie ist unser Kunde. Unser Konto ist nicht immer ausgeglichen, aber das ist normal.«

»Dann gehen Sie erst auf die Bank, Tuan.«

Mit ihm konnte man nicht mehr reden. Ich ging zu den Behausungen der Angestellten der *Medan.* Auch dort waren die Häuser versiegelt. Die Bewohner und ihre Habe hatten sie auf die Straße gesetzt. Sie saßen unter den Bäumen versammelt. Sie standen alle auf, als sie mich kommen sahen. Ich konnte ihnen nichts Eindeutiges versprechen. Ich riet ihnen, vorläufig bei ihren Verwandten oder Freunden unterzukommen.

Der Resident-Assistent wollte die *Medan* aus dem Verkehr ziehen und das Vertrauen der Massen in sie zerstören. Sobald ich gegangen war, hatte er bestimmt die Handelsbank angerufen, um Anweisungen zu erteilen, was sie unternehmen sollten, wenn ich dort auftauchte. Wenn er das tat, dann würde er vor einem Spiegel stehen und seine eigene Dummheit zu sehen bekommen.

Bevor ich auf die Bank ging, fiel mir Hendrik Frischboten ein. Ich ging zurück zu den Leuten und riet ihnen, sich vorläufig bei ihm einquartieren zu lassen. Alle!

Als ich die Bank betrat, hörten die Leute sofort auf zu arbeiten, nur um mich zu sehen. Einer von ihnen kam mir entgegen und brachte mich zum Direktor, Herrn Termaaten. Er bat mich, Platz zu nehmen, dann sagte er: »Herr Minke, unsere Bank bedient nur ihre Kunden. Die Bank ist neutral und beteiligt sich nicht an privaten Auseinandersetzungen zwischen den Kunden und Dritten, einschließlich der Behörden. Sie verstehen, was ich meine?«

»Mehr als das, Herr Termaaten.«

»Wir schützen unsere Kunden, die uns vertraut haben, vor Einmischung von außerhalb, egal woher. Außer, ja natürlich, außer es gäbe ein Gesetz, das etwas anderes besagt. Aber auch dann würden wir erst darüber nachdenken, ob es akzeptabel ist oder nicht. Wenn nicht, muß das Gesetz eben nachgeben, oder wir schließen unsere Bank und eröffnen sie in einem anderen Land.«

»Vielen Dank, Herr.«

»Wir möchten auch nicht wissen, was wirklich zwischen der *Medan* und dem Resident- Assistenten vorgefallen ist.«

Er hielt einen Augenblick inne und winkte einen Angestellten herbei.

Der Angestellte kam und gab ihm ein Buch. Er nahm es, blätterte darin und ließ es dann offen auf dem Tisch liegen.

»Hier, Sie können es selbst sehen, die *Medan* hat ein Guthaben von fast zehntausend Gulden. Nur die Bank und Sie wissen das. Außenstehende haben kein Recht, dies zu erfahren, außer mit Ihrer ausdrücklichen Erlaubnis.«

Nachdem ich die Bank verlassen hatte, ging ich erst in einen einfachen Warung, um etwas zu essen. Ich setzte mich in eine Ecke und beobachtete den Mann, der mein Essen zubereitete. Da setzte sich jemand zu mir.

Er hüstelte einmal.

Meine Gedanken waren immer noch bei den Verwicklungen der Macht, die der Resident- Assistent versucht hatte, in Bewegung zu setzen. Es war mir klar geworden, daß er keine rechtliche Macht über die Bank hatte. Wie schön!

Der Mann neben mir hüstelte noch einmal.

Als ich ihn ansah, war es niemand anders als Pangemanann mit Doppel-n. Ich erschrak und war sofort auf der Hut. Nicht weit von uns saß sicher die Zweep-Bande. Ich bereute schon, daß ich mich nicht von Sandiman oder Marko hatte begleiten lassen. Da war nichts mehr zu machen. Ich mußte der Gefahr, überfallen zu werden, alleine entgegentreten.

»Oh, Herr Pangemanann.«

»Guten Tag, Tuan. Ich habe Sie von weitem gesehen, da bin ich Ihnen gefolgt. Leider habe ich schon gegessen und kann Ihnen nicht Gesellschaft leisten. Sie haben doch nichts dagegen, wenn wir ein wenig plaudern, bis das Essen fertig ist?«

»Bitte, bitte.«

»Was denken Sie nun über Si Pitung?«

»Ihre Art zu schreiben, ist der von Francis wirklich ähnlich.«

»Er war mein großer Lehrer«, erklärte er. »Werden Sie es veröffentlichen?«

»Natürlich«, sagte ich. »Nur es dauert noch ein bißchen. Nach der Hikayat von Hadji Moeloek gibt es eine weitere Geschichte, die ich zuvor veröffentlichen möchte.«

Er gab sich enttäuscht. Schurke!

»Die Geschichte ist sicher interessant«, sagte er, wohl um mich auszuhorchen.

»Ach, das hängt von Geschmack und Bedürfnis der Leser ab«, antwortete ich, während ich überlegte, worauf das Geplauder abzielte.

»Ihr Bericht über Teukoe Djamiloen war wirklich interessant. Wenn Sie nicht darüber berichtet hätten, hätte ganz Ostindien nicht gewußt, daß es hohe europäische Beamte gibt, die außerhalb des Gesetzes und der Bestimmungen handeln. Ich weiß ganz genau, daß so etwas gegen ihre Gewissen ist.«

»Warum meinen Sie das?«

»Ich habe lange in Europa gelebt, Tuan, lange genug, um selbst

Europäer zu werden. Ich weiß, daß Europa ohne Gesetze nicht überleben kann. Schon im Säuglingsalter wird der Europäer zur Unterordnung unter Regeln erzogen. Sicher, es gibt viele Theorien über Gesetze, aber zumindest haben die Gesetze Europa zu dem Ansehen verholfen, das es jetzt hat. Aber sobald jemand Europa verläßt, vergißt er offensichtlich seine Erziehung und die Gesetze, mit denen er aufgewachsen ist.« Einen Augenblick schwieg er. Dann tat er, als wunderte er sich. »Warum über Gesetze reden, auch noch vor dem Essen? Ach, Ihr Essen ist fertig. Einen Kaffee mit Milch für mich, bitte.«

Er beobachtete, wie der Warungbesitzer mich bediente.

»Guten Appetit, Tuan. Bitte.«

Ich aß langsam. Der Appetit war mir durch die Anwesenheit dieser Person vergangen. Außerdem wollte ich nicht viel essen, nur soviel, um die eventuell kommende Schlägerei zu überstehen. Während ich aß, überlegte ich, wie ich nach draußen sehen konnte, ohne sein Mißtrauen zu wecken.

Er schlürfte seinen Kaffee, ohne auf mich zu achten. Als spräche er mit sich selbst, murmelte er: »Von so einem einfachen Warung kann man schon anständig leben. Jeden, der kommt, bedienen, jeden mit Geld in der Tasche. Warum machen sich die Leute so viel Mühe, ihren Lebensunterhalt zu verdienen? Aber, ist das Auskommen allein so wichtig? Huh!« schnaufte er vor sich hin, »da gibt es viel wichtigere Dinge, vor allem für die, denen Ideale viel wichtiger sind, natürlich. Es gibt aber nicht viele von dieser Sorte. Nicht viele! Fast niemanden! Aber eben doch welche.«

Er beobachtete mich wieder.

»Warum essen Sie nicht auf, Tuan? Haben Sie keinen Appetit?«

»Ich kann nicht viel essen, Tuan.«

»Haben Sie vielleicht Ihren Appetit verloren wegen der Gesetze?«

»Nein«, sagte ich, während ich aufstand und auf die gegenüberliegende Sitzbank zuging, von der aus ich die Straße überblicken konnte. Pangemanann schaute automatisch hinter sich auf die Straße.

»Sie beobachten wohl gern den Verkehr?«

»Ja. Alles, was lebendig ist, zieht immer mein Interesse auf sich.«

»Es langweilt Sie doch nicht, über die Gesetze zu reden?«

»Sie scheinen ein Experte auf diesem Gebiet zu sein.«

»Nur ein wenig.«

»Wie lange haben Sie in Europa gelebt?«

»Ungefähr neun Jahre, in Paris.«

»Ein schönes Land, ein Märchenland. Kein Wunder, daß Sie die Gesetze mögen. Ist das auch der Grund, warum Sie ihren Namen mit Doppel-n schreiben?«

»Sie haben es erraten. Mit einem n würden die Franzosen die letzte Silbe meines Namens ›nang‹ aussprechen, mit Doppel-n sagen sie ›nan‹.« Er lachte fröhlich, mehr in sich hinein.

»Vielleicht mögen Sie die Gesetze nicht nur, sondern setzen sie auch gerne um.«

Er lachte wieder. Er bejahte es nicht, bestritt es aber auch nicht. Plötzlich fragte er: »Was ist Ihre persönliche Meinung über das Verhalten des Kontrolleurs von Kotaraja?«

»Über die Gesetze wissen Sie ja besser Bescheid. Es ist einfach ein wenig seltsam: Die Holländer haben selbst die Gesetze gemacht, und es sind ebenfalls Holländer, die sie übertreten. Ein ziemlich teurer Spaß.«

»Ich denke schon, daß das ein teurer Spaß war«, sagte er kopfschüttelnd. »Was ist also Ihre persönliche Meinung über die Sonderrechte des Generalgouverneurs?«

»Das ist es also, was Sie letztendlich wissen wollen? Diese Rechte stellen ihn außerhalb der Gesetze, oder genauer gesagt über die Gesetze, wie einst die Könige auf Java. Diese Rechte machen ihn den einstigen Königen gleich. Ja, und das bedeutet doch, daß es in Ostindien seit der Vorzeit keinerlei Fortschritte gegeben hat.«

»Aber unter dem Generalgouverneur gibt es die Gesetze. Unter den Königen nicht, da war nichts, da war eine Leere wie … ja, wie was?«

»Es ist etwas übertrieben zu sagen, daß es eine Leere war.«

»Das glaube ich nicht, Tuan. Es gab keine positiven Rechte, kein geschriebenes Gesetz, das als absoluter Maßstab galt und an das die Leute sich halten konnten. Jeder Fürst konnte schalten und walten, wie er wollte.«

»Ja, wie der Kontrolleur von Kotaraja«, gab ich zurück.

Was er darauf sagte, löste sich plötzlich in nichts auf. Auf der Straße ging eine junge Frau, die einen schwarzen Schirm trug. Sie war mit einer langen seidenen Bluse, einem Batiktuch und samtenen Sandalen bekleidet. Sie ging alleine, ohne Begleitung. Ein merkwürdiger Anblick. Ich dachte, zu ihren Schritten und ihrer Gangart würde eigentlich ein bunter, schöner, leichter Schirm besser passen. Am Arm trug sie eine mittelgroße Ledertasche. Sie ging ganz gemächlich. Ich sah, wie sie anhielt, als ein Fahrrad sie überholte. Kein Zweifel, der Fahrradfahrer war Sandiman. Aber er hielt weder an, noch stieg er ab, obwohl die Frau stehengeblieben war. Er fuhr weiter und verschwand. Die Frau setzte ihren Weg fort, mit geschmeidigen Schritten.

Diese geblümte Ledertasche kam mir bekannt vor. Ich beobachtete sie weiter und versuchte, mir die Kontur ihres Körpers hinter dem Schirm vorzustellen. Mein Puls begann zu rasen. Warum hatte Sandiman nicht angehalten, um sie zu grüßen? Es war doch die Prinzessin. Meine Frau!

Ich hörte nicht mehr, was Pangemanann sagte. Wenn die Frau wirklich meine Frau war, was tat sie hier in Bandung, ohne Begleitung? Und nun war sie aus meinem Blickfeld verschwunden.

Ich stand auf, rief den Warungbesitzer und entschuldigte mich bei meinem unerwünschten Freund. Der stand ebenfalls auf. Genau in dem Augenblick, als ich dem Warungbesitzer das Geld in die Hand drücken wollte, hörte ich Schüsse aus einem Revolver. Danach war Stille. Das Geld, das ich noch in der Hand hatte, fiel automatisch in die des Warungbesitzers.

»Schüsse«, flüsterte Pangemanann.

Mich ignorierend, legte er fünfundzwanzig Sen auf den Tisch und verschwand, ich konnte nicht sehen, wohin.

Ich ging ebenfalls hinaus. Schnell lief ich in die Richtung, aus der die Schüsse gekommen waren. Die Frau, die ich für meine Frau hielt, war nicht mehr zu sehen. Neben der Straße sah ich drei Körper liegen. Zwei lagen in ihrem eigenen Blut. Einer schien unverletzt. Pangemanann war schon da und untersuchte die Verletzten. Als ich dort ankam, war der eine schon tot. Er war genau ins Herz getroffen worden. Der andere versuchte gerade, sich aufzurichten. Ich sah, daß es Robert Suurhof war.

Ich verbarg mein Gesicht, da mir klar wurde, daß die Zweep in der Nähe war. Es konnten außer den Dreien noch andere da sein.

Der Mann, der unverletzt schien, zuckte mit den Füßen.

Erst als Pangemanann um Hilfe rief, kamen die Leute herbei. Er befahl ihnen, eine Trage zu organisieren. Einen anderen schickte er nach der Polizei. Danach untersuchte er den Mann, der unverletzt schien. Er öffnete sein Hemd, erst dann sah man, daß ein Wurfmesser in seiner Hüfte steckte. Es steckte bis zum Griff in dem Mann, der aber anscheinend kaum Blut verloren hatte.

Ich verschwand schnell. Meine Augen suchten nach diesem schwarzen Schirm. Oder einem Fahrrad mit Sandiman darauf. Keines von beiden war zu sehen. Etwas entfernt von der Stelle, an der der Überfall stattgefunden hatte, hockte ein Mann neben der Straße, bis auf das Gesicht von einem Sarong verhüllt. Wie konnte ein Mann hockenbleiben, nachdem er zwei Schüsse gehört hatte, die nur wenige Meter von ihm abgegeben wurden? Ich sah ihn nur von der Seite. Dieses Profil kannte ich: Es war Marko! Er schaute weg. Als ich ihn ansah, stand er auf und ging, immer noch von dem Sarong verhüllt, zu einem Straßenverkäufer und setzte sich an den Tisch.

Gut. Ich weiß, wo du bist. Aber wo sind der schwarze Schirm und Sandiman? Ich lief und lief. Ich war schweißgebadet. So ging das nicht weiter. Ich betrat einen Taxiverleih. Das Büro befand sich rechts von der Garage, die Platz für neunzehn Autos bot. Ich kannte den Besitzer, Herrn Meyerhoff.

»Brauchen Sie ein Auto, Tuan?«

»Ja, bitte.«

»Nehmen Sie irgendeines. Sie können es auch die ganze Woche behalten, solange Sie den Fahrer bezahlen.«

»Ich sehe, Sie haben schon fünf vermietet?«

»Es ist wenig los heute.«

»Wurde eins in Richtung Batavia gemietet?«

»Ja, drei sogar. Eins am frühen Morgen. Ein, zwei oder drei Stunden her. Und eins gerade eben.«

»Ach, vielleicht ist Herr Helferdink schon vorausgefahren.«

»Ja, nach Herrn Helferdink war ein Einheimischer da. Er hat das Auto für fünf Stunden gemietet.«

Das Taxi stand am Straßenrand bereit, und ich verabschiedete mich.

»Viel Vergnügen, Tuan.«

Der Fahrer war ein Indo in den mittleren Jahren. Ich befahl ihm, durch die ganze Stadt zu fahren. Der schwarze Schirm war nach wie vor nirgends zu sehen. Ich ging beim Resident- Assistenten vorbei, aber die Tür war bereits verschlossen. Ich fuhr zu den Frischbotens, aber sie waren ebenfalls außer Haus. Danach ließ ich an einem großen Laden anhalten. Ich stieg eilig aus und kaufte mir ein Jagdmesser. Ich steckte es an meinen Gürtel.

»Jetzt nach Buitenzorg«, befahl ich den Fahrer. »Wie heißen Sie?«

»Botkin, Tuan.«

»Sind Sie russischer Abstammung?«

»Sie haben sich nicht geirrt.«

Ich bot ihm eine Zigarette an. Er nahm sie an, ohne sich umzudrehen, nickte, murmelte irgendetwas und steckte sie in den Mund. Ich gab ihm Feuer. Schon qualmte er aus Mund und Nase.

Du kannst es mit mir versuchen, wenn du willst, Botkin. Ich saß in der Ecke und beobachtete ihn wachsam. Das Taxi fuhr ohne anzuhalten bis vor meine Haustür. Wenn es unterwegs gehalten hätte, hätte das Gefahr bedeutet.

Die Fahrt, die nicht sehr lange gedauert hatte, war voller Anspannung. Botkin brachte mich aber direkt zu meinem Haus. Ich ließ ihn vor dem Tor halten und gab ihm ein wenig Trinkgeld. Er fuhr weiter.

Ich untersuchte noch den Boden um das Tor herum. Es waren keine Abdrücke von Autoreifen zu sehen. Auch nicht in der Einfahrt. Als ich den Vorhof betrat, hörte ich viele Stimmen. Ich sah hoch, viele Leute waren im Wohnzimmer: Hendrik und Mir Frischboten, ein Einheimischer und eine Frau, vielleicht die seine, die ich nicht kannte. Und Kinder.

Meine Frau kam heraus und begrüßte mich mit einem Tadel: »Ach, die vielen Leute warten schon auf dich, Mas. Gut, daß du kommst.« Sie lächelte süß, wie immer. Sie klopfte unsichtbaren Staub von meinem Hemd, wie immer.

Ich sah ihr scharf in die Augen, aber sie wich meinem Blick aus. Das war nicht normal. Schnell setzte ich ein fröhliches Gesicht auf und begrüßte meine Gäste. Wer war aber dieser Einheimische mit seiner Frau und Kindern?

»Hast du mich vergessen?« fragte er. »Pandji Darman.«

Er stürzte sich auf mich und wir umarmten uns.

»Das hier ist meine Frau, Und schau, vier Kinder habe ich schon.«

Seine Frau war eine Indo, die schon ein wenig dick geworden war, nachdem sie vier Kinder zur Welt gebracht hatte. Vielleicht war sie früher hübsch und anziehend gewesen.

Ein Glück, daß Pandji Darman sich wieder gefangen hatte. Er setzte sich wieder. Seine Frau gab mir die Hand, nickte und lächelte mich an.

Ich entschuldigte mich bei meinen Gästen, um mich frisch zu machen.

Ich ging ins Schlafzimmer und öffnete sofort den Garderobenschrank. Ich untersuchte die Sandalen und Schuhe, die zuunterst lagen, nacheinander. Ein Paar ihrer Sandalen wiesen einen Hauch von Staub auf. Ja, es waren diese samtenen Sandalen! Und die schwarze Ledertasche mit den Rosen darauf. Es war die, die ich gesehen hatte. Ich roch hinein, und es roch verdächtig – nach Schießpulver! Konnte es sein, daß ich mir dies alles nur einbildete? Und wo war dieser schwarze Schirm? Er war nicht an seinem Platz in der Ecke des Schrankes. Ich schloß die Tür und fand den Schirm auf dem Schrank.

Ich untersuchte ihn. Er hatte drei Löcher.

Ich öffnete den Schlüsselkasten. Mit einem von ihnen öffnete ich den Kleiderschrank. Der Revolver war da. Nur lag er nicht an seinem gewohnten Platz. Und es war nur noch eine Patrone übrig!

Ich ließ mich auf das Bett fallen. Meine Frau, die Prinzessin von Kasiruta ist eine … Nein, ich habe nicht das Recht, sie anzuklagen.

Die Prinzessin kam herein und auf mich zu.

»Wir haben viele Gäste, bist du krank, Mas?«

Ich sah ihr wieder in die Augen. Wieder wich sie mir aus.

»Wo warst du vorhin, Prinzessin?«

»Auf dem Markt.«

»Ist es üblich, daß du auf den Markt gehst?«

»Nein. Ich hatte einfach Lust dazu. Warum? Verdächtigst du mich?« fragte sie sanft wie immer.

Ihre Ruhe vertiefte nur noch meinen Verdacht.

Sie nahm mich am Arm und brachte mich hinaus. Erst als ich mich gesetzt hatte, fiel mir ein, daß ich mich noch gar nicht umgezogen und die Schranktür auch nicht wieder verschlossen hatte. Ich wollte ins Zimmer, aber die Prinzessin war noch nicht wieder zurück.

»Wann seid ihr von Bandung weggefahren?« fragte ich das Ehepaar Frischboten.

»Wir haben nicht auf die Uhr geschaut. Gleich nachdem die Leute der *Medan* kamen, sind wir hierher gefahren. Es war kein Platz mehr für uns.«

»Es ist etwa vier Stunden her«, fügte Mir hinzu.

Meine Frau kam wieder und erklärte den Gästen, daß die Zimmer bereit seien. Sie gingen, um sich auszuruhen und sich umzuziehen.

Ich ging ebenfalls. Ich wiederholte meine Untersuchung. Nun lag der Schirm wieder auf dem richtigen Platz. Die samtenen Sandalen waren wieder sauber. Die Anzahl der Patronen stimmte auch wieder, nicht mehr und nicht weniger. Hatte ich mich vorhin etwa verzählt?

Die Prinzessin hegte offensichtlich auch einen Verdacht. Sie kam gleich nach mir ins Zimmer. Ich sah, wie sie flüchtig auf den Garderobenschrank, und anschließend auf den Kleiderschrank blickte.

»Ich bin sehr müde, Prinzessin«, sagte ich.

»Wie wäre es mit Orangensaft? Ich mache gleich welchen.«

Ich setzte mich aufs Bett, während die Prinzessin ein wenig abseits stand.

»Mir wäre lieber, du würdest mir den Nacken massieren. Ich fühle mich so steif.«

Sie kam näher.

»Leg deine Beine ganz auf das Bett. Ich werde dich von hinten massieren.«

Ich tat, was sie sagte, und sie fing an, mich zu massieren.

»Bist du vorhin allein nach Hause gegangen oder hat dich Sandiman begleitet?«

»Sandiman? Ist Sandiman denn in Buitenzorg?«

»Ach ja, er ist ja in Bandung. Wie vergeßlich ich doch heute bin.«

»Ja, du bist zu müde. Dein Nacken fühlt sich warm an. Schlaf einfach. Ich werde dich bei unseren Gästen entschuldigen.«

Ich legte mich hin. Als sie gehen wollte, hielt ich sie am Arm zurück. Da sah ich eine Schnittwunde von etwa zwanzig Zentimetern Länge an der Rückseite ihres Armes.

»Was ist mit deinem Arm?«

Sie lächelte, so süß sie konnte, als wollte sie mich liebkosen.

»Von einem Nagel auf dem Markt.«

»In welchem Teil des Marktes ist ein Nagel, der meine Frau so verletzen darf? Du hast die Wunde noch nicht mal behandelt. Du warst wohl sehr in Eile in den letzten Stunden.«

»Du verdächtigst mich ja immer noch.«

Sie umarmte mich und hielt mich fest. In ihr Ohr flüsterte ich: »Wo hast du die drei Patronen her?«

»Ich habe keine drei Patronen. Ich habe keine Schnittwunde an meinem Arm. Und ich war nicht in Eile.«

Ich drückte sie so fest an mich, daß ich sie stöhnen hörte.

»Was ist mit dir?«

»Was mit mir ist, ist mein Mann, mein Vorbild. Und ich dulde nicht, daß jemand seinen Körper verletzt, schon gar nicht die Augen und den Mund, das ganze Gesicht.«

»Du hast sie tatsächlich umgebracht?«

»Es bedeutet nichts«, sie atmete immer schwerer. »Nur mein Mann bedeutet etwas. Laß mich los.«

»Nicht, bevor du mir antwortest.«

»Muß ich schreien: Es gibt für mich nur meinen Mann? Ach du, Mas, du heiratest eine Frau aus Kasiruta und weißt nichts über ihren Charakter.«

Ich hob sie ins Bett.

»Und, wie ist ihr Charakter?«

»Sie würde ihren Mann töten, wenn er sie verriete, und sie würde den Verräter ihres Mannes, den sie liebt, töten.«

»Du hast sie deswegen umgebracht?«

»Ich weiß von nichts. Ich weiß nur von meinem Mann. Frag mich nicht mehr danach.«

Sie befreite sich aus meiner Umarmung, sprang aus dem Bett und verließ das Zimmer.

Für den Rest des Tages blieb die Prinzessin unnahbar.

Am Abend saßen alle Gäste im Wohnzimmer versammelt. Die Freude über das Wiedersehen mit Pandji Darman wurde durch die

Anwesenheit der Frischbotens ein wenig gedämpft. In seinen Augen sah ich, daß er mir viel zu erzählen hatte.

Frischboten selbst schien ebenfalls einige Dinge auf dem Herzen zu haben, über die er nicht reden konnte, weil die Familie Darman anwesend war.

Bis spät in die Nacht, als schließlich alle in ihr Zimmer gingen, hatte keiner etwas Wichtiges oder Persönliches gesagt.

Erst jetzt hatte ich die Prinzessin ganz für mich alleine. Als wir Seite an Seite lagen, außer Hörweite der anderen, während der Wind draußen pfiff, war ich von allen Zweifeln befreit.

»So, nun erzähl mir alles«, sagte ich.

»Ich habe dir schon alles erzählt«, antwortete sie, Müdigkeit vorschützend. »Darf ich jetzt schlafen?«

»Noch nicht. Erst jetzt weiß ich, daß du ein Dickkopf bist.«

Sie lachte vergnügt.

»Deswegen liebt mein Mann mich aber doch nicht weniger, oder?«

Sie wollte nichts davon wissen, daß ihr Mann sehr beunruhigt war, neben einer Mörderin schlafen zu müssen.

»Du hast jemanden erschossen, der sich nicht wehren konnte.«

»Ich habe nur einen Mann. Mein Mann kümmert sich um viele Dinge. Meine Hauptaufgabe besteht darin, mich um meinen Mann zu kümmern. Sie wollten angreifen, als ich sie erschoß. Sie wollten gerade angreifen. Sie hätten wissen müssen, wie sie sich zu verteidigen hatten. Ich möchte meinen einzigen Mann nicht verlieren.«

Meine Frau wußte in der Tat, wie man kämpfen mußte: Sie wurde von Kindesbeinen an von ihrem Vater darauf vorbereitet, sich gegen die Soldaten von van Heutsz zu verteidigen. Deshalb war es sonnenklar, warum der Generalgouverneur ihren Antrag abgelehnt hatte, in die Heimat zurückkehren zu dürfen. Auch verstand ich jetzt, warum sie damals mehr über den Boykott wissen wollte. Es sollte ein Souvenir sein für ihr Heimatland.

Für ein, zwei Sekunden leuchtete die Erinnerung an meine beiden verstorbenen Frauen auf: die Blume, mit der das Jahrhundert Abschied nahm, und Ang San Mei. Sie hatten beide ihre Vorzüge. Je weiter sie sich von mir entfernten, desto prachtvoller erschienen sie mir. Erst nachdem sie gestorben war, hatte ich erfahren, daß Ang San Mei farbenblind war. Auch die Prinzessin, meine jetzige Frau, hatte ihre Qualitäten. Ich sollte sie besser kennenlernen und mehr über sie erfahren. Bevor es zu spät war, wie bei Mei. Ich müßte sie noch mehr lieben als die vorherigen. Aber der Gedanke, daß sie eine Mörderin war und eines Tages nicht davor zurückschrecken würde, wieder jemanden zu ermorden, von dem man jetzt noch nicht sagen konnte, wer es sein würde, hielt mich davon zurück, mich ihr näher zu fühlen.

Meinen Gewissenskonflikt mußte ich schnell beenden. Ich mußte ihren Standpunkt akzeptieren, ihre Haltung respektieren.

Ich umarmte sie und streichelte ihren Kopf. Flüsternd sagte ich: »Liebst du deinen Mann so sehr?«

»Man sagt, das Ei sei ein vollkommenes Ganzes«, flüsterte sie, das Gesicht an meinen Hals geschmiegt. »Das sagen die Leute von Kasiruta. Im vollkommenen Ganzen steckt immer das Wesen des Lebens.«

Ich wußte nicht, ob diese Weisheiten wirklich aus dem Land und von den Einwohnern Kasirutas stammten oder ob sie ihrem eigenen Kopf entsprungen waren.

»Und das Wesen des Lebens bedeutet drei Patronen!« sagte ich entschieden.

»Und was ist mit der *Medan*, die sie geschlossen haben?«

Damit war das Bedürfnis nach Zärtlichkeit wie weggeblasen. Ein furchterregendes Bild tauchte in meinem Kopf auf: die Prinzessin versteckt, hinter einem Baum und zielte mit dem Revolver auf den Resident-Assistenten von Priangan.

»Ich werde mich morgen darum kümmern.«

»Ich glaube, das wird das Beste sein. Du hast Angst, daß ich mich einmische.«

Sie war überhaupt nicht verstört über das, was sie getan hatte. Sie war die Ruhe selbst, als wäre nichts geschehen. Vielleicht hatte sie zuvor schon einmal gemordet. Ich bekam Gänsehaut. Hatte ich die ganze Zeit über eine Mörderin zur Frau? Und ich wußte nichts davon?

»Ich habe Kopfschmerzen, Prinzessin.«

Sie stand auf, holte ein Glas Wasser mit Aspirin. Ich nahm es ihr sofort ab und trank es aus. Ich verkroch mich unter der Decke und gab vor zu schlafen. Ich war gescheitert! Ich spürte, wie der Abstand zwischen uns immer größer wurde, gerade weil sie mich so liebte, immer inniger, immer bedingungsloser.

Pandji Darman fuhr nach Surabaya zurück, ohne die alte Freundschaft wieder aufleben lassen zu können.

Die Prinzessin, die Frischbotens und ich fuhren wieder nach Bandung. Ich ging sofort zum Büro des Resident-Assistenten, nur um zu erfahren, daß er die ganze Woche keine Besuche empfänge. Ich ging weiter zum Sekretariat des Residenten. Dort tat man so, als ob man mich nicht kannte. Auch wollten sie nie von einer Zeitung namens *Medan* gehört haben.

An diesem Tag berichtete keine einzige Zeitung über die Schüsse auf die Bandenmitglieder der Zweep. Und natürlich taten die Prinzessin und ich ebenfalls, als wüßten wir nicht, was geschehen war. Wie auch der Resident-Assistent von Priangan und die Leute des Sekretariats des Residenten. Alle spielten Theater! Sie und wir!

Also gut. Wir würden weiterspielen!

Sobald Sandiman im Büro auftauchte, fuhr ich mit ihm in einem Taxi nach Lembang. Unterwegs unterhielten wir uns flüsternd: »Die Prinzessin hat mir alles erzählt. Wie konntest du dich nur auf so etwas Gefährliches einlassen?«

Er antwortete nicht. Er blickte ruhig nach vorne. Und das machte mich rasend.

»Wenn es nur du und deine Männer wären, könnte ich das ja noch verstehen. Was ist, wenn die Polizei es herausfindet?«

Er schwieg weiter.

»Warum antwortest du nicht?«

»Was soll ich denn sagen, Tuan? Ich weiß nicht, wovon Sie sprechen.«

Erst die Prinzessin und nun auch Sandiman. Beide spielten Theater. Meine Kopfschmerzen kamen wieder. Ich konnte die dicke Mauer um mich herum nicht durchbrechen. Alle wollten sie die Wahrheit von mir fernhalten.

»Wo warst du, als die Schießerei stattfand?«

»Was für eine Schießerei denn, Tuan?«

»Wo warst du an dem Tag, als die *Medan* geschlossen wurde?«

»Ich habe Sie vom Bahnhof abgeholt. Danach habe ich den Arbeitern geholfen, in das Haus der Frischbotens zu ziehen, bis abends.«

»Und Marko?«

»Er hat mit mir den Arbeitern geholfen. Mir hat Herrn Frischboten die Schlüssel für das Haus und die Zimmer gegeben, bevor er ging. Erst wußte ich nicht, wohin. Später erfuhr ich, daß sie nach Buitenzorg gegangen waren. Ich verstehe Ihre Fragerei wirklich nicht. Ich habe von der Schießerei gehört, ja. Aber ich weiß nicht, worum es ging.«

Dumme Antwort eines schauspielernden Journalisten!

»Ich höre zum ersten Mal von einem Journalisten, der aufgehört hat, neugierig zu sein«, nörgelte ich.

Das Taxi war in der Zwischenzeit wieder von Lembang nach Bandung und wieder nach Lembang zurückgefahren. Ich konnte Sandiman keine weiteren Informationen entlocken. Also gut. Ich hatte versagt, für den Augenblick!

Ich versuchte es auch bei Marko. Das Ergebnis war das gleiche.

Warum mußte ich mir deswegen den Kopf zerbrechen? Wenn sie die Sache für ihre Privatangelegenheit hielten und mich nicht darüber informieren wollten, dann brauchte ich eben auch nichts darüber zu wissen. Zumindest hatten sie es getan, weil sie mich liebten und mein Leben retten wollten.

Seitdem nahm ich aber den Revolver immer mit. Ich ließ ihn nicht mehr im Schrank liegen. Denn seit diesem Vorfall würde ich vielleicht gezwungen sein, selbst zu schießen …

17

Robert Suurhof war nicht tot. Die Kugel hatte sein Schulterblatt durchschlagen und sich unterhalb seines Schlüsselbeins eingenistet. Dem Arzt war es gelungen, die Kugel herauszuholen. Seine beiden Freunde hatten nicht überlebt. Der eine war an Ort und Stelle gestorben, die Kugel hatte ihn genau ins Herz getroffen. Der andere starb zwei Tage später durch das Messer, das ihn in die Hüfte getroffen hatte. Das Messer war aus Messing, mit Kupfer galvanisiert. Es war offensichtlich extra zu dem Zweck hergestellt worden, jemanden zu verletzen, ohne daß viel Blut floß. Es konnte sein, daß Sandiman das Messer geworfen hatte, während die Prinzessin geschossen hatte. Marko hatte, glaube ich, nur die Aufgabe gehabt, zusammen mit seinen Leuten das Feld zu beobachten.

Es war vorauszusehen, daß die Polizei ihren Verdacht auf mich richten würde. Ich würde von nun an wohl immer beobachtet werden.

Sandiman hatte mich gewarnt, Pangemanann sei ein Polizeikommissar aus Batavia- Zentrum. Wenn das wahr war, dann wußte er wenigstens, wo ich gewesen war, als die Schießerei stattfand – mit ihm zusammen. Und wenn Sandiman recht hatte, dann stand fest, daß eine Beziehung zwischen der Polizei, De Knijpers, T.A.I. und De Zweep bestand. Das hieß nichts anderes, als daß das Gouvernement nicht nur die Macht hatte, Gesetze durchzusetzen, sondern auch die Macht, außerhalb des Gesetzes zu agieren.

Diese Wahrheit mußte ich zumindest vorläufig akzeptieren. Ich mußte wachsam und mir darüber im klaren sein, daß ich dauernd in Gefahr war. Jegliche Kontakte mit den offiziellen Machthabern mußten mit Gesprächen und Lächeln geführt werden, während den Machthabern außerhalb des Gesetzes mit Tat und Härte zu begegnen war.

So konnte das Theaterstück fortgesetzt werden. Ob ich nun wollte oder nicht. In der Schule war mir nie beigebracht worden, daß die Welt der Menschen so ist. Sie war so, bevor ich geboren wurde, so wird sie sein, wenn sie explodiert. So ist wohl das Gesetz des Lebens, und der Mensch muß damit umgehen.

Daß die Herausgabe der *Medan* für zehn Tage unterbrochen wurde, hatte zur Folge, daß die Anzahl der Abonnenten um fünfundzwanzig Prozent zurückging. Mein Fortsetzungsroman, Nyai Permana, konnte die Aufmerksamkeit der Leser nicht zurückgewinnen.

Die Syarikat aber hatte nach wie vor stetigen Zulauf. Ihre Mitgliederzahl überschritt bereits die Fünfzigtausend. Wieder erschienen in der internationalen Presse Berichte über diese riesige Organisation in Südostasien.

Während dieser neuen Entwicklungen hatte die Ortsgruppe Solo es für nötig befunden, die Aufmerksamkeit der Zentrale auf sich zu lenken. Die Zentrale! Wer saß denn nun in der Zentrale? Alle hatten sie Angst bekommen und waren einer nach dem anderen zurückgetreten. Übrig blieb nur ich mit einer Sekretärin ohne Ernennung: der Prinzessin.

Wir konnten nichts dagegen tun. Die Zeit würde zeigen, wie es nun weitergehen sollte.

Unter starker Bewachung war ich diesmal gezwungen, die Prinzessin mit nach Solo zu nehmen.

Wir betraten den Vorhof von Hadji Samadi in Lawean, der von hohen Mauern umzäunt war. Eine große Gruppe von Leuten saß herum, ohne irgendwas zu tun.

Hadji Samadi selbst war noch im Haus beschäftigt. Sie baten uns, Platz zu nehmen.

Ein Schreiber notierte gerade die Namen der Leute, die offensichtlich gekommen waren, um der Syarikat beizutreten.

Hadji Samadi war sehr erschrocken, als er erfuhr, daß eine größere Gruppe aus Buitenzorg gekommen war und daß der unerwartete Gast, der nun vor ihm stand, niemand anders war als ich persönlich. In schwer verständlichem Malaiisch fing er an zu sprechen. Ich antwortete auf javanisch, um es ihm leichter zu machen, so sprach er dann ebenfalls Javanisch.

»Raden Mas, warum haben Sie mir keine Nachricht zukommen lassen, daß Sie kommen? Wir haben nichts vorbereiten können. Aber das macht nichts. Gott sei Dank, daß Sie und Ihre Frau gut angekommen sind.«

Die Prinzessin wurde gleich gebeten, ins hintere Zimmer zu gehen, so wie es bei den Einheimischen üblich war. Sie ging mit einem süßen Lächeln, den Blick auf den Boden gerichtet, wie eine Frau aus adeligen Kreisen, aber mit Widerwillen. Sie spielte immer noch Theater.

Nachdem ich ihn ermahnt hatte, weil er mich mit meinem Adelstitel angesprochen hatte, benutzte er die Anrede *Tuan*: »Tuan«, begann er, »Sie sehen es selbst, jeden Tag kommen die Leute, um sich als Mitglieder der Syarikat eintragen zu lassen. Gott hat ihnen den Weg gewiesen, sich mit ihren moslemischen Brüder zu vereinen.«

Wir gingen zum Schreiber. Er notierte Namen, Adresse, Alter, Beruf, Ausbildung und Geschlecht der künftigen Mitglieder und nahm einen Eintrittsbeitrag von einem Benggol, zweieinhalb Sen, pro Person entgegen. Ein Benggol! Das war ein Hundertstel von dem, was die Boedi Oetomo nahm. In den Statuten der Syarikat war der Beitrag auf fünfundzwanzig Sen festgelegt. Hadji Samadi hatte also auf eigene Faust den Betrag gesenkt.

Als wir wieder saßen, begann er mit seiner Erklärung: »Es tut mir leid, daß ich den Eintrittsbeitrag eigenmächtig gesenkt habe«, sagte er tapfer. *»Sudara«* – jetzt nannte er mich Sudara – »werden mich bestimmt abmahnen.«

Ich ging nicht darauf ein. Jeder, der viel mit Händlern und Unternehmern zu tun hat, wird wissen, daß sie sich an ein bestimmtes Schema halten, nämlich auf einem möglichst sicheren Weg so viele Kunden wie nur möglich an sich zu binden. So dachte ich das gleiche vom Leiter dieser Ortsgruppe. Er hatte gegen die Statuten der Syarikat verstoßen. Setali, fünfundzwanzig Sen, waren viel. Seringgit, zweieinhalb Rupiah, waren noch mehr. Aber gerade das sollte eine Prüfung für die künftigen Mitglieder sein. Waren sie bereit, einen Tageslohn zu opfern oder nicht. Es war nichts anderes als eine Prüfung ihrer Ernsthaftigkeit.

Ich hegte den Verdacht, daß der Leiter der Ortsgruppe hier vor mir offen und legal die Syarikat dazu benutzte, die Menschen enger an sein Geschäft zu binden.

»Wenn die Syarikat mit dieser Handlung nicht einverstanden ist, dann bin ich bereit, die Differenz aus meiner eigenen Tasche zu bezahlen«, fügte er hinzu, als er sah, daß ich nicht darauf einging. »Sie scheinen mir noch nicht darauf antworten zu wollen.«

»Natürlich sind Sie in der Lage, die Differenz zu bezahlen«, sagte ich, »aber dies bliebe ein Verstoß.«

»Sie sind nicht in der Lage, Setali zu bezahlen. Dürfen sie deswegen nicht Mitglied werden? Ist es nicht ungerecht, daß einer von seinen Brüdern abgesondert wird, nur weil er arm ist?« antwortete er.

»Schauen Sie, Sudara Hadji, wenn jede Ortsgruppe einzelne Teile der Bestimmungen ändern könnte, nach eigenem Willen und Gutdünken, dann würden die Bestimmungen allmählich ganz verschwinden und damit auch die Organisation.«

»Die Bestimmungen stellen aber nicht für jede Ortsgruppe die gleiche Belastung dar«, antwortete er, »für Solo jedoch sind sie eine sehr schwere Belastung. Für die ärmeren Gegenden sind sie dann noch schwerer.«

Tatsache war, daß für das Gebiet um Solo Setali als Beitrag überhaupt nicht zu viel verlangt war. Diese Gegend war wohlhabend, und es war genügend Geld im Umlauf. Die Unternehmen befanden sich in den Händen der Einheimischen selbst. Das Handwerk blühte und gedieh. Der Landwirtschaft ging es nicht weniger gut.

»Wir müssen lernen, die Bestimmungen auch durchzusetzen, denen wir freiwillig zugestimmt haben.«

Ein Händler und Unternehmer versteht in der Regel, gut zu reden. Hadji Samadi war da keine Ausnahme. Mit viel Lächeln und Lachen, flinken Handbewegungen, verschmitzten Augen und ohne ein einziges Mal sein *Destar*, sein Kopftuch, zu berühren, fuhr er in seiner Verteidigung fort.

»Auf ganz Java ist es vor allem Solo gelungen, den Handel in einheimischer Hand zu halten. Und damit dieser Zustand nicht nur erhalten bleibt, sondern sich auch noch weiter entwickeln kann, muß man die Beziehungen zwischen den Konsumenten, den Produzenten und den anderen Kaufleuten mit allen erlaubten Mittel verbessern … Wir dulden es nicht, daß auch nur ein einziger mehr Vertrauen zu einem nicht einheimischen Händler hat. Jeder einzelne, der uns nicht traut, wird auch in anderen das Vertrauen zu uns zerstören.«

Weiter: »Auch unsere eigenen Kaufleute sollten sich am besten nicht an fremde Rohstofflieferanten wenden. Wir haben schon eine Sonderkommission gebildet, die keine Rohstoffe mehr von den chinesischen Händlern kauft, sondern direkt von den europäischen

Großhändlern in Surabaya. Wir überlegen uns gerade einen Weg, um Farbe direkt aus Deutschland, Wachs direkt von der B.P.M., Baumwollstoffe direkt aus England und Kupferplatten und *Canting* direkt aus Japan zu beziehen. Auf diese Weise werden wir in der Lage sein, den Preis selbst zu bestimmen. Und was noch wichtiger ist: Wir werden den einheimischen Unternehmen mehr Selbstvertrauen geben und den Spekulationen auf ihrer und unserer Seite ein Ende setzen.«

Je länger er sprach, desto klarer wurde der Eindruck, daß seine Gedanken sich hauptsächlich um den kommerziellen Aspekt drehten. Dabei ging es noch nicht mal um den Handel im allgemeinen, sondern speziell um den Handel mit Batik.

»Wir haben den Beitrag für die Allgemeinheit tatsächlich mit Wohlbedacht gesenkt. Aber die kleinen Händler bezahlen nach wie vor fünfundzwanzig Sen. Die mittleren und Großhändler zahlen nach unserem Ermessen zwischen fünf bis fünfzig Gulden. Ich bin nach wie vor der Überzeugung, daß der Sen in verschiedenen Händen ein anderes Gewicht hat. Nicht jeder hat die gleiche Geschwindigkeit und Schrittlänge, um sich einen Sen zu verdienen.«

Seine Zungenfertigkeit war wirklich bewundernswert.

»Sie können jederzeit unsere Buchführung überprüfen. Wir können jeden Sen nachweisen.«

Ohne auf meine Zustimmung zu warten, klatschte er in die Hände.

Ein Mann, der ein fein gestreiftes Hemd und einen Kain trug, der so lang war, daß er über den glänzenden Boden schleifte, kam auf Hadji Samadi zu. Immer noch Javanisch sprechend, nahm ihm mein Gastgeber das Kassenbuch aus der Hand.

Mit noch größerer Fertigkeit erklärte er mir die Zahlen, die wie Soldaten in Reih und Glied standen. Die Ortsgruppe hatte laut Kassenbuch ein Guthaben von siebenundzwanzigtausend Gulden.

Ich wunderte mich, wie der Hadji die Zahlen so schnell entziffern konnte. Ohne Brille. Ich wies auf irgendeine Zeile und fragte: »Was für Einnahmen sind das, Sudara?«

»Das hier?« Er schwieg einen Augenblick. Er las es nicht. Er rief seinen Schreiber, um es ihn erklären zu lassen.

Der Schreiber las es vor, und der Leiter der Ortsgruppe nickte zustimmend.

»Das hier ist übrigens unser Sekretär, Raden Ngabehi Sosrokoornio.«

Wir gaben uns die Hand.

»Wo ist das Geld jetzt?«

»Wir haben alles in den Handel investiert.«

»Um Gottes Willen!« rief ich. »Was bekommen denn die Mitglieder, wenn sie nur als Geldquelle fungieren sollen? Ist das alles auch wahr?«

»Am Anfang können die Mitglieder alle Produkte der Unternehmen, die sich der Syarikat angeschlossen haben, zu ermäßigten Preisen kaufen.«

»Gott bewahre!« rief ich wieder.

»Was ist los, Sudara?«

Die Zweigstelle Solo hielt die Syarikat für eine Handelsgesellschaft mit freiwilligen Aktionären, die nicht einmal eine Aktie als Beweis ihres Eigentums besaßen.

»Das ist ja ein Handelsunternehmen und keine Organisation, wie es in den Statuten und im Haushaltsplan steht.«

»Schauen Sie, Sudara, das hier ist das, was die meisten Leute wollen. Sie haben selbst gesehen, wie die Leute in wahren Scharen beitreten. Und das jeden Tag. Haben wir etwas falsch gemacht? Wir sind überzeugt, daß alles sich noch besser entwickeln wird. Wenn die Zentrale nicht damit einverstanden ist, was sollen wir mit den Leuten tun? Der Handel liegt den Leuten aus Solo im Blut. Sie wissen, was sie wollen.«

»Sie wollen also, daß unser Besuch als Zeichen für unser Einverständnis gewertet wird?«

»Nicht ganz. Wir möchten, daß Sie die Tatsachen sehen, wie sie sind, um später darüber nachdenken zu können. Bis Ende 1912 werden wir nicht weniger als fünfundzwanzigtausend Mitglieder vorweisen können. Das kann man nicht auf die leichte Schulter nehmen. Und es wird zweifellos eines Tages Wirklichkeit werden.«

Die Ortsgruppe Solo hatte mich vor vollendete Tatsachen gestellt, mit denen sie begonnen hatten, ohne die Zentrale zuvor davon in Kenntnis zu setzen. Wie auch immer, diese Sache war zu groß, um nicht beachtet und gründlich studiert zu werden. Fünfundzwanzigtausend Mitglieder – nur in Solo. Sie erwarteten Führung und nicht einfach nur niedrigere Preise und Verbrüderung mit den Moslems. Vielleicht erwarteten sie sogar mehr als nur Führung.

Ein so schwerwiegendes Problem konnte man unmöglich in ein, zwei Stunden aus der Welt schaffen. Ich zögerte absichtlich mit der Entscheidung und meinte, die Sache könne nur auf einer Sitzung mit allen Führungsmitgliedern der Ortsgruppe Solo entschieden werden.

Ich rief einen von jenen, die beitreten wollten, zu mir. Er war zufällig Bauer. Man sah es an seiner halblangen Hose und seinem Caping, dem aus Bambus geflochtenen Hut. Seine Füße waren trocken und verhornt von der täglichen Arbeit im Schlamm und hatten wohl nie die Bekanntschaft mit Seife gemacht. Er kam, sich tief verneigend, und setzte sich auf den Fußboden.

Ich sah meinen Gastgeber an. Der Anblick störte ihn nicht. Er winkte dem Mann sogar, näher zu kommen. Ich wollte dem Bauern sagen, daß er sich auf einen Stuhl setzen solle, aber es war nicht mein Stuhl, es war nicht mein Haus. Ich würde eine Gelegenheit finden müssen, um über diese Gewohnheit zu sprechen, ohne Gefühle zu verletzen.

»Wie heißt du?«

»Krio, Ndoro.«

»Krio, setz dich nicht auf den Boden. Steh auf.«

Seine Augen wurden unruhig. Er bewegte nervös seine Finger und blieb letztendlich auf dem Boden sitzen.

»Entschuldigung, Ndoro, aber so ist es besser.«

»Du möchtest Mitglied der Syarikat werden?«

»Richtig, Ndoro.«

»Steh auf«, befahl ich.

Er hörte meine laute Stimme und stand auf. Händeringend.

»Was für eine Arbeit machst du?«

»Ich bin Bauer, Ndoro, manchmal arbeite ich auch als Kuli«, antwortete er mit immer noch unruhigen Fingern.

»Nenn mich nicht Ndoro, sondern Sudara.«

Er ging nicht darauf ein.

»Warum willst du der Syarikat beitreten?«

»Alle meine Nachbarn sind schon Mitglied, oft sitzen sie zusammen mit der Syarikat ...«

»Worüber reden sie?«

»Ich darf nicht daran teilnehmen, darum weiß ich es nicht. Deshalb will ich ja auch Mitglied werden.«

Ich winkte ihn fort, und er ging.

Die Anwort genügte mir; die Menschen brauchten einen Platz, wo sie sich treffen und als Teil einer großen Gemeinschaft fühlen konnten. Es ging nicht um den Preisnachlaß. Sie suchten tatsächlich Schutz in einer großen Gemeinschaft. Sie brauchten tatsächlich eine Führung.

Hadji Samadi bat uns nachdrücklich, bei ihm zu übernachten. Wir nahmen seine Einladung an.

Am selben Abend noch fand die Sitzung aller führenden Mitglieder statt. Es waren insgesamt zehn. Einer nach dem anderen wurde mir vorgestellt. Ein junger Mann mit einer Hadji-Kappe saß einige Meter von uns entfernt. Er sah kurz herüber, dann wieder auf den Vorhof. Sein Körper schien aufgebläht, obwohl er groß gebaut war. Und weil er so dick war, wirkte er gedrungen. Seine Hände hatte er in den Schoß gelegt. Er trug kein Batiktuch wie die anderen, sondern einen Sarong.

So sanft wie nur möglich versuchte ich ihnen zu erklären, daß die Syarikat nicht gegründet worden war, um Spenden von den Leuten zu bekommen, die sich organisieren oder lernen wollten, sich zu organisieren, auch nicht, um Kapital zum Nutzen irgendeiner bestimmten Gruppe innerhalb der Organisation zu sammeln. Daß das, was die Ortsgruppe getan hatte, indem sie das Kapital zum Kauf von Rohmaterialien für Batik benutzte, zwar richtig, aber nicht das Ziel der Syarikat wäre. Die Ziele blieben die gleichen und stünden in den Statuten: Solidarität, Vertrauen in das eigene Unternehmen, Zusammenarbeit gleichartiger Unternehmen, gemeinsame Bewältigung von Schwierigkeiten und gemeinsame Kapitalbildung für gemeinschaftliche Zwecke. Deshalb sei das Auftauchen einer kleinen Gruppe, die sich über die gemeinsam beschlossenen Statuten hinwegsetzte, ohne Einverständnis der anderen nicht korrekt.

Sie waren noch nicht weit genug, um den Nationalismus verstehen zu können, weshalb ich vorläufig nicht darüber sprach. Sie wurden immer noch ausschließlich von ihren Geschäften beansprucht und hatten noch keinen Blick für die Welt darüber hinaus. Um mit ihnen über Nationalismus reden zu können, mußte ich sie noch einige Zeit ausbilden.

Von einer Sache hatten sie zumindest eine Ahnung, und zwar vom Boykott. Aber in Solo brauchten sie ihn nicht. Alle wichtigen Lebensgrundlagen lagen in den Händen der Einheimischen.

Erst als die Uhr neun zeigte, fing ich an, ihnen die Grundlagen des ostindischen Nationalismus auseinanderzusetzen, ohne das Wort direkt zu erwähnen. Auf der Grundlage dessen, was unsere Ahnen uns hinterlassen hatten, nicht der Träume von ein oder zwei Personen, wie das bei Douwager der Fall war. Und diese Grundlage waren die mittelständischen Einheimischen, die das Leben in Ostindien bestimmten, der Islam als Grundlage der Brüderlichkeit, das freie Unternehmertum und der Handel als Grundlage des Zusammenlebens. Daß die Einheit, die zum Nationalismus Ostindiens führen würde, nicht ausschließlich auf Java, auf Ostindien begrenzt war, sondern alles einbezog, wo Leute lebten, die Malaiisch sprachen, den Islam als Religion hatten und unabhängig waren.

Sosrokoornio schrieb auf, was ich sagte. Der junge Mann mit der Hadji-Kappe und dem Sarong, der in einigem Abstand von uns saß, hob seinen Stuhl und setzte sich näher zu uns, um besser hören zu können.

»Ja, kommen Sie nur her«, winkte ich ihn herbei.

Aus der Nähe wirkte er noch aufgedunsener. Er war groß, sein Körper war voller Muskeln. Seine Finger waren so riesig wie Bananen.

»Wie heißen Sie?« fragte ich.

»Hadji Misbach.«

Wir grüßten uns, danach stellte ich ihn meiner Gruppe vor. Mit seinen kräftigen Fingern hätte er unsere Hände zermalmt, hätten wir uns auf europäische Art die Hände geschüttelt. Aber wir begrüßten uns nach islamischer Art, bei der sich die Hände nur leicht berühren und dann zur eigenen Brust geführt werden.

Ich erklärte ihnen, daß allein in Thailand dreißigtausend Menschen lebten, die Malaiisch sprachen. In Malaya sprach es fast die ganze Bevölkerung, außer den Chinesen, dann noch die, die in Singapur und auf den Philippinen lebten. Und in Ostindien könnte man sagen, daß alle Malaiisch verstünden.

»Deshalb, meine Brüder, besteht unser Volk nicht nur aus Javanern, sondern noch aus anderen Volksgruppen, dic die eben erwähnten Voraussetzungen erfüllen. Es ist also viel größer als das, was man unter dem Begriff des indischen Volkes oder des Volkes Ostindiens zu beschreiben versucht. Wie das Volk heißen soll, weiß ich noch nicht, aber es bedarf wahrscheinlich eines neuen Namens. Und die Javaner werden ein Teil dieses großen Volkes sein.«

Ich wußte, daß sie an solchen Geschichten nicht sonderlich interessiert waren; Geschichten, die keinen Gewinn versprachen! Deshalb mußte ich ein wenig Öl ins Feuer gießen: »Hier in Solo haben sich die Unternehmen und der Handel schon sehr gut entwickelt. Ihr alle führt mit Gottes Segen ein gutes Leben. Wie wird das erst sein, wenn unser Volk so groß wird und alle Völker außerhalb Ostindiens miteinbezieht und alle Unternehmen und der Handel weiterhin in Händen der Einheimischen bleiben? Könnt ihr euch vorstellen, welchen Wohlstand ihr mit Gottes Segen dann ernten werdet? Und das ist alles möglich, wenn die Syarikat sich bis in die entferntesten Gebiete ausbreitet. Ohne die Bemühungen der Syarikat wird das alles nur ein Traum bleiben. Die Syarikat wird versuchen, eine Armee von Agitatoren auszubilden, und sie überall hinschicken.«

Ihr Interesse war geweckt. Einer unterbrach mich und fragte, ob ich über die Sache mit dem Nationalismus nicht genauer und ausführlicher schreiben könnte, damit sie sie besser studieren und verbreiten könnten.

Ich versprach ihm, dies zu tun.

»Wenn Ostindien erst einmal geformt ist, werden unsere Fabriken, die jetzt nicht größer sind als fünf Häuser zusammen, sich weiter entwickeln, entsprechend der Größe unseres Volkes. Sie werden so groß sein wie Städte, wie es in Europa und Amerika bereits der Fall sind.«

Eine Diskussion folgte, und es war etwas eigenartig: hier, wo es um die Vereinigung der Völker Ostindiens ging, erwähnte kein einziger die Tatsache, daß Ostindien unter der Kolonialherrschaft der Holländer stand.

»Und seht, wenn alles in den Händen der Einheimischen wäre, dann kämen auch keine Banden mehr wie De Knijpers, die T.A.I. oder De Zweep, weil wir alles selbst bestimmen. Auch das Gouvernement wird von unserem Wohlwollen abhängig sein.«

Ich sah, wie in ihren Augen der Idealismus glänzte, als ob sie mich überzeugen wollten, daß sie den Kern meiner Worte verstanden hätten: Das Gouvernement würde sich uns unterwerfen müssen, ohne Waffengewalt, wie auf Bali oder in den Kriegen gegen *Diponegoro, Imam Bondjol, Troenodjojo* und *Troenodongso* oder *Surapati.* Unsere Einheit, eine starke und entschlossene Syarikat, würde genügen.

Zum Abschluß riet ich ihnen, die Unstimmigkeiten in der Art, wie die Ortsgruppe Solo bis jetzt geführt wurde, zu beseitigen. Damit sie nicht das Vertrauen der Mitglieder verlören. Sie bräuchten eine klare Führung.

Die Uhr schlug zwölf, als die Versammelten endlich auseinandergingen.

Aus Solo zurück, entwarf ich sofort ein neues Programm, um die Syarikat auf alle Gebiete auszudehnen, in denen Malaiisch gesprochen wurde, innnerhalb und außerhalb Ostindiens. In dem Artikel erwähnte ich noch zusätzlich die malaiischsprechenden Völker in Ceylon und Südafrika. Vorläufig nannte ich sie das Große Malaiische Volk.

Sobald ich fertig war, wurde der Artikel gedruckt und an alle Ortsverbände und Untergruppen verteilt.

Die Entscheidung der Syarikat, die *Medan* als Orientierung zu nehmen, vergrößerte die Auflage. Trotzdem konnten wir die Sin Po nicht einholen, die eine Orientierung für die ausgewanderten jungen chinesischen Nationalisten darstellte.

Juristische Probleme wurden nun nicht mehr alleine von Frischboten in Bandung angenommen, sondern auch von den Ortsgruppen, die sie dann an uns weiterleiteten. Hendrik mußte einige juristische Gehilfen einstellen.

Die Leitung der Zentrale, in diesem Falle ich, hatte ein festes Programm für das Jahr 1913 ausgearbeitet. Weil es nun keine Auseinandersetzungen mehr gab, ob die Schulen modernen oder islamischen Unterricht erteilen sollten, wurde für das folgende Jahr festgelegt, daß alle Ortsgruppen, die es sich leisten konnten, ihre eigene Schule gründen sollten. Vormittags sollte allgemeiner moderner Unterricht stattfinden und am Nachmittag der religiöse. Ich stellte den Lehrplan selbst zusammen, mit dem Lehrplan der E.L.S. als Grundlage. Ich strich den Geschichtsunterricht über Holland und ersetzte ihn durch ostindische Geschichte. Den Holländischunterricht verminderte ich um zwei Stunden in der Woche zugunsten von Malaiisch.

In Buitenzorg wurden zwei Monate lang Propagandisten ausgebildet. Teilnehmer waren Vertreter der Ortsverbände aus ganz Java. Sandiman, ich, manchmal auch Frischboten unterwiesen sie in Recht und Gesetzen. Nach zwei Monaten kehrten sie frisch gerüstet nach Hause zurück.

Sechzig Propagandisten fingen sofort mit der Arbeit an. Sie waren auch voller Ideen zur Verbesserung der Organisation. Das Ergebnis war, daß die Mitgliederzahl weiter stieg. Nicht nur in Solo, sondern überall! Auch außerhalb Javas. Daraus konnte ich schließen, daß die Grundlinie der Organisation nun richtig war und daß sie das Bedürfnis aller Völker, sich zu organisieren, befriedigte. Eine große, eine sehr große Bewegung, die Zehntausende der Bevölkerung Ostindiens und der malaiischsprechenden Menschen außerhalb Ostindiens umfaßte, war allerdings nur möglich, wenn Propagandisten die entsprechenden Länder besuchten.

Ich habe mir nie erträumt, daß es so groß und gewaltig sein würde, mein Junge. Du bist noch größer, als ich dachte. Du machst mein Leben hier in der Ferne sehr schön, schrieb Mama aus Paris.

Onkel, schrieb Maysaroh, *zweimal las ich in der Zeitung über die große Bewegung, die du führst. Dein Volk braucht dich wirklich. Oft war ich gerührt, wenn ich dachte, daß du nun alle Gipfel erreicht hast, die du dir als Ziel gesetzt hattest. Laß Ostindien nun strahlen, Onkel. Mögest auch du strahlen unter Seiner Gnade.*

Ich trete in kleinen Kreisen in Paris als Sängerin auf.

Ich denke oft an dich, mein guter Onkel. Papa ist nun öfter krank.

Jeanette, meine kleine Schwester, wächst zu einem süßen und angenehmen Kind heran. Mama ist gesund und arbeitet eifrig, wie immer.

Ich bin noch nicht verheiratet und habe es in der nächsten Zeit auch nicht vor.

Von Rono Mellema erhielt ich nie eine Nachricht.

Mein Sohn, schrieb Vater, zum ersten Mal, seit ich Surabaya verlassen hatte. *Die ganzen Jahre habe ich im stillen überlegt, was ich mit dir machen und wie ich mich dir gegenüber verhalten soll. Deine Antwort, die Mutter mir überbracht hat, hat mich damals zutiefst erschreckt. Lange Zeit konnte ich nicht schlafen und essen, weil ich darüber nachdenken mußte. Es war nicht einfach, deine Gedanken und dein Verhalten zu verstehen, ebenso deine Ideale und deine Arbeit. Jetzt aber habe ich mich entschieden: Ich bin auf deiner Seite, mein Sohn, von ganzem Herzen. Du bist mein Lehrer. Im stillen bin ich nun der Beschützer der Syarikat in meinem Bezirk.*

Mein Sohn, möge Gott dich segnen, für immer und ewig.

Tuan, schrieb Hadji Moeloek aus Djidda, *aus Holland bekam ich die Nachricht, daß das Syndikat gezwungen wurde, sein Vorhaben, die Pachtzahlung zu senken, aufzugeben. Ich habe dies aus zuverlässigen Quellen. Ich gratuliere Ihnen. Noch nie ist es bisher einem Einheimischen gelungen, sich gegen die Europäer zu wehren. Sie haben bewiesen, daß es geht. Ignorieren Sie aber nicht, was ich Ihnen als Freund sagen möchte: Sie werden diese Niederlage nicht stillschweigend hinnehmen. Nicht wegen der Pachtzahlung, sondern Ihretwegen. Seien Sie vorsichtig, sogar sehr vorsichtig.*

Es ist wahr, je größer der Sieg, desto nachlässiger wird man, und dies wäre der Anfang vom Ende. Ich sollte mich mit der Hälfte dieses Sieges begnügen.

Der Fortsetzungsroman Njai Permana war abgelaufen. Es kamen viele Briefe von Männern. Im allgemeinen fragten sie folgendes: Wenn die Frauen ermutigt würden und das Recht erhielten, sich von den Männern scheiden zu lassen, was für eine Position hätten die

Männer dann noch? Ob die Geschichte nicht eine Irreführung wäre? Ob dies nicht gegen die Religion verstieße?

Es waren alles wichtige Fragen, die aber erstmal zurückgestellt werden mußten. Zu dem Landproblem, das ich in die Geschichte eingebaut hatte, gab es weniger Reaktionen, als ich erwartet hatte. Das machte nichts.

Die Probleme in der Organisation erforderten dringend eine kompetente, ehrliche und vor allem mutige Führung. Ich hatte beschlossen, Propagandist der Zentrale zu werden. Ich würde von Land zu Land, innerhalb und außerhalb Ostindiens reisen.

Ich rief die Leiter der Ortsgruppen Solo, Yogyakarta und anderer Städte, in denen der Handel der Einheimischen entwickelt und gehalten werden konnte, nach Buitenzorg. Eine kleine Versammlung fand statt, um über das Problem der zentralen Führung und die Pläne für eine Langzeitpropaganda zu diskutieren. Er wäre müßig, über den Verlauf der Konferenz im einzelnen zu berichten. Wichtig war der Beschluß: Die Konferenz war einverstanden, daß ich die Propagandaarbeit übernahm und daß meine Frau mich begleitete. Auf meinen eigenen Vorschlag hin wurde die zentrale Führung der Syarikat an Hadji Samadi in Solo übergeben.

Die Übergabe des Mandats wurde noch am gleichen Abend vollzogen, nachdem ich den Text geschrieben hatte und er von der Konferenz genehmigt worden war. Von dem Moment an, in dem die Übergabe unterschrieben wurde, war die Führung der Syarikat von Buitenzorg nach Solo verlegt.

Nach Ende der Konferenz, auf der ebenfalls über die Länder gesprochen worden war, die ich besuchen würde – Singapur, Malaya und die Philippinen gehörten dazu –, reisten die Abgesandten zurück.

Sandiman und Marko, unterstützt von Frischboten, würden die *Medan* weiterführen.

Es wäre nicht ehrlich, wenn ich an dieser Stelle nicht berichten würde, aus welchen privaten Gründen ich die Arbeit als Propagandist außerhalb Javas und sogar außerhalb Ostindiens gewählt hatte. Die Schüsse auf die Zweep hatten mich all die Zeit nicht in Ruhe gelassen. Wenn es stimmte, daß dieser Anschlag von denen ausgeführt worden war, die mir nahestanden, dann würden sie einen Weg finden, um Vergeltung zu üben, öffentlich und durch das Gesetz oder außerhalb des Gesetzes, offen oder auch nicht. Wenn sie das Gesetz benutzten, würden sie vielleicht die Gelegenheit ergreifen, die Syarikat zu zerstören.

Indem ich außerhalb Javas und Ostindiens Propaganda machte und mein Mandat der Organisation in die Hände von Hadji Samadi übergeben hatte, bliebe die Syarikat unversehrt, auch wenn ich oder mir Nahestehende verklagt würden.

Mit Frischboten traute ich mich nicht, über die Sache zu sprechen. Er durfte nicht erfahren, was ich glaubte, herausgefunden zu haben. Die Betreffenden waren nicht einmal bereit, mir die Sache zu offenbaren. Ich hatte keinen festen Halt. All die Routinearbeit und die Gedanken, die ich mir machte, konnten mir nicht über meine Unruhe hinweghelfen.

»Prinzessin«, rief ich sie eines Abends zu mir, nachdem ich Marko und Sandiman Bescheid gesagt hatte, daß sie die *Medan* in der nächsten Zeit allein führen mußten. »Wir werden eine weite Reise machen.«

»Du meinst wir beide?«

»Natürlich. Du bist doch meine Frau.«

»Wird man mir erlauben, Java zu verlassen?«

Ich stutzte. Daran hatte ich überhaupt nicht gedacht.

»Ach, Mas, du hast es vergessen.«

»Wir müssen dich ja nicht unbedingt als Prinzessin angeben. Es reicht, wenn wir dich als meine Frau angeben. Wir können es versuchen, wenn du damit einverstanden bist.«

»Was brauchst du mein Einverständnis?« fragte sie. »Ich habe doch immer getan, was du von mir verlangt hast?«

»Du bist keine Puppe, Prinzessin«, sagte ich. »Du bist meine Frau, die ich so respektiere wie mich selbst. Ich brauche dein Einverständnis.«

»Natürlich bin ich einverstanden, Mas. Nimm mich überall hin mit, wohin und solange du willst.«

»Nein, das ist nicht die Antwort, die ich haben möchte, auch wenn ich für eine so selbstlose Antwort dankbar bin. Ich brauche deine Antwort als Persönlichkeit.«

»Ich bin einverstanden«, sagte sie ernsthaft.

Ich sah ihr ins Gesicht. Kein verspieltes Lächeln war zu sehen. Ihre Lippen waren nicht gespannt und die Augen waren ruhig. Sie sah mir nicht in die Augen. Sie saß aufrecht auf ihrem Stuhl. Ihr Blick war fest auf die Tür gerichtet.

Wieder einmal wurde mir bewußt, daß diese gehorsame Frau seit ihrer Kindheit zum Kampf erzogen und auf ihn vorbereitet worden war. Wenn ihr Vater nicht verbannt und von seinem Volk getrennt worden wäre, wäre sie bestimmt in den Krieg gezogen. Sie hätte verloren oder wäre gestorben.

»Kannst du reiten, Prinzessin?«

Sie lächelte. Sie schien sich daran zu erinnern.

»Wir mußten alle reiten lernen, über die Felder, ins Gebüsch und durch den Wald ...«

»Wer zwang euch dazu?«

»Mein Lehrer natürlich. Kannst du reiten, Mas?«

»Bestimmt nicht so gut wie du. Ich habe es einmal versucht.«

Sie lachte fröhlich, nahm meine Hand und küßte sie plötzlich. Ich entzog ihr meine Hand und stellte richtig: »Eigentlich sollte ich deine Hand küssen.«

»Ich bin keine europäische Frau, Mas, ich bin deine Frau. Ich habe nicht das Bedürfnis, von einem Mann angebetet zu werden, auch nicht von meinem eigenen. Aber du bist der Ehemann einer Frau von den Molukken.«

»Und was bedeutet das für eine Frau von den Molukken?«

»Ihr Mann ist ihr Stern, ihr Mond und ihr Sonnenschein. Ohne ihn würde ihre Welt untergehen und sie selbst mit.«

»Die Frauen von Kasiruta haben vielleicht Ideen«, unterbrach ich. »Du gibst mir also dein Einverständnis als du selbst und nicht nur als meine Frau?«

»Ja.«

»Dann bereite alles vor.«

So fing sie an, Vorbereitungen für die Abreise zu treffen.

Während ich damit beschäftigt war, die nötigen Reisepapiere zusammenzubekommen, übernahmen Sandiman und seine Freunde ganz die Leitung der *Medan*. Hendrik Frischboten blieb ihr rechtlicher Berater.

Dann geschah etwas. Ich erfuhr von der Sache, als ich bei Herrn Meyerhoff war.

»Es tut mir leid, Tuan, diesmal kann ich Ihnen leider nicht helfen. Sie sehen selbst. Die Garage ist leer. Alle Autos sind für eine Woche vermietet.«

»Das muß eine große Sache sein«, sagte ich.

»Es hätte auch keinen Sinn, zu Herrn Hilverdink zu gehen. Seine Taxis sind auch alle vermietet. Heute müssen Sie mit dem Zug nach Hause fahren.«

»Fünfundzwanzig Taxis vermietet! So etwas gab es ja noch nie! Wer ist denn der ominöse Mieter, Tuan, wenn ich fragen darf?«

Meyerhoff lachte nur.

Als ich in Buitenzorg ankam, hörte ich, daß dort ebenfalls alle Taxis vermietet waren. Sowie die besten Taxis aus Bandung und Batavia. Sie wurden in eine Werkstatt gebracht und überholt. Die besten Mechaniker aus Bandung und Batavia wurden eingesetzt. Danach wurde die Sache klarer: Das Allgemeene Sekretarie hatte achtzig der besten Taxis gemietet. Seine Exzellenz Generalgouverneur Idenburg begab sich auf Reisen …

Diese Nachricht telegraphierte ich sofort nach Bandung. Wohin die Reise gehen sollte, war allerdings noch unklar. Niemand wußte, welche Orte er besuchen würde. Alles, was wir wußten, war, daß er für eine ganze Woche die Taxis gemietet hatte.

Diese Geschäftigkeit, ohne Feiertag als Anlaß, war verdächtig. Aber niemand konnte sagen, wozu diese ganzen Vorbereitungen dienten.

Am nächsten Tag in Bandung traf ich Sandiman und Marko heftig über einen Text diskutierend, den Marko geschrieben hatte: Der Konvoi des Generalgouverneurs, bestehend aus achtzig Taxis und zehn Privatautos, hatte sich in Richtung Osten in Bewegung gesetzt, immer nach Osten.

Erst am Mittag wurden die Meldungen deutlicher: Generalgouverneur Idenburg fuhr nach Rembang, begleitet von einigen Hundert hohen Beamten und ihren Leibwächtern.

Am Abend war dann klar, worum es ging: Sie gingen zu einer Beerdigung.

Ein Generalgouverneur ging samt seiner großen Gruppe von Begleitern zu einer Beerdigung! Wer war gestorben in Rembang?

In jener Nacht ging ich nicht nach Hause, ich wollte mir ein vollständiges Bild machen: Der Regent von Rembang war gestorben. Der Regent Djojodiningrat, der Ehemann des verstorbenen Mädchens aus Jepara.

Am frühen Morgen des nächsten Tages geriet die Presse in Aufruhr, vor allem jene Journalisten, die die Ethische Gruppe unterstützten. Sie mokierten sich darüber, daß ein Generalgouverneur eine so lange Reise auf sich nahm, nur um an der Beerdigung eines einheimischen Beamten teilzunehmen, der in jüngster Vergangenheit so heftiger Kritik ausgesetzt gewesen war. Sie hatten den Eindruck, daß dies eine politische Aktion war, um die Ethische Gruppe um van Aberon von ihrer Illusion bezüglich des Gouverneurspostens zu befreien.

Da der Generalgouverneur persönlich an der Beerdigung teilnahm, fühlten sich alle anderen Regenten aus Java verpflichtet, ebenfalls zu erscheinen, und machten sich auf den Weg nach Rembang. Die Journalisten nahmen Taxis zweiter und dritter Wahl und fuhren ihnen nach. Rembang, eine einfache Stadt, in der noch nie ein Automobil gesehen worden war, wurde nun auf einmal von mehr als hundert Autos überfallen. Die Leute versammelten sich auf dem Paradeplatz, um die Beerdigung zu feiern und um die vielen Autos zu bewundern. All diese Fahrzeuge, die sich ohne Pferde bewegten! Alle spien sie Rauch aus und wirbelten Staub auf! Alle konnten sie brummen und heulen. Alle waren mit Karbidlampen aus goldgelbem Messing ausgestattet.

Die Redaktion der *Medan* war nicht weniger beschäftigt. In den Diskussionen war es Marko, der darauf bestand: »Wir können dieses Ereignis nicht unkommentiert lassen.«

»Der Generalgouverneur versucht, den Namen des Regenten aus Rembang zu rehabilitieren«, fügte Sandiman hinzu, »wir dürfen dies tatsächlich nicht ignorieren, aber wir sollten es auch nicht überbewerten.«

Ich hörte nur zu, wie sie debattierten.

»Wir haben den Regenten ebenfalls angegriffen, wenn auch nicht direkt. Wir haben nicht ihn persönlich angegriffen, sondern sein Verhalten. Wir dürfen nicht den Schwanz einziehen, nur weil der Generalgouverneur zu seiner Beerdigung geht.«

»Ja, wir sollten es trotzdem nicht übertreiben.«

»Der Generalgouverneur benutzt das Steuergeld der Bevölkerung, um den Regenten von Rembang ins Recht zu setzen. Wieviel kostet allein schon die Miete für die achtzig Taxis? Und die anderen Kosten erst, sie betragen wahrscheinlich das zehnfache der Miete für die Taxis. Und selbst wenn er sie aus seiner eigenen Tasche bezahlen würde, müßten wir uns trotzdem beschweren.«

Die Teilnahme an dieser Beerdigung war tatsächlich ein politischer Akt. Nur wenige Leute von sehr schlichter Denkweise konnten irregeleitet werden und glauben, daß der Generalgouverneur dem Verstorbenen lediglich die letzte Ehre erweisen wollte. Er wollte die Ethische Gruppe desillusionieren. Er wollte den Status quo wahren, ohne viel Aufruhr. Diese Reise war außerdem natürlich auch gegen die Syarikat gerichtet. Er wollte ihr zeigen, daß das Gouvernement Ostindiens seine Beamten ehrte. Die Syarikat sollte ihre Hände von ihnen lassen. Sie sollte vorsichtig sein!

An jenem Tag mußte ich mich auch verabschieden. Drei Tage später würden wir abreisen. Die Leitung für die Zeitung und Zeitschrift hatte ich den beiden ja schon übergeben. Sie bestimmten in Zukunft, wie es weiterging. Auch wie die Sache mit dem Generalgouverneur gehandhabt werden sollte, überließ ich ganz ihnen.

Als ich nach Buitenzorg kam, lag im Zimmer eine Nachricht von der Prinzessin. Sie entschuldigte sich tausendmal, aber sie würde vor der Abreise gerne noch einmal in Sukabumi übernachten. Sie würde zwei Tage dort bleiben und hoffte, daß ich nachkäme.

In zwei Tagen würde ich kommen, Prinzessin. Ich wollte diese letzten beiden Tagen nutzen, um mich von meinen engsten Freunden zu verabschieden. Vor allem von Thamrin Mohammad Thabrie.

Sie hatte alle Koffer gepackt und unter das Bett geschoben. Alle waren abgeschlossen. Wir planten eine wirklich lange Reise. Wenn es möglich wäre, sogar bis nach Europa.

Es war tief in der Nacht, als ich mich von allen Freunden in Buitenzorg verabschiedet hatte. Ich ging sofort zu Bett, mit einem Gefühl der Erleichterung und Sicherheit.

Um neun Uhr des nächsten Tages kam ein Junge und brachte mir die *Medan.* Ich hatte mich noch nicht gewaschen. Meinen Kaffee hatte ich auch erst zu einem Viertel getrunken. Die *Medan* dieses Tages interessierte mich nicht so sehr. Vielleicht weil sie nicht mehr das Ergebnis meiner Arbeit war. Die Auswahl der Artikel und der Geschmack würden anders sein.

Ich setzte mich lustlos hin. Lustlos nahm ich die *Medan* in die Hand und schlug sie auf. Langsam folgten meine Augen einem Artikel, als plötzlich meine sämtlichen Sinne in Aufruhr gerieten. Ich sprang auf. Meine Augen waren aufgerissen, und ein unkontrollierter Schrei entrang sich meiner Kehle, wie von einem Affen, der von einem Pfeil getroffen wurde: »Diese Dummköpfe!«

Die Pendekars aus Banten kamen eilig angerannt. Mit zitternden Händen hielt ich die *Medan.*

»Herr!« meldete sich der Anführer der Männer.

Ich winkte ab, und sie verschwanden.

Meine Füße bewegten sich automatisch, und ich ging im Wohnzimmer auf und ab wie ein Bär in seinem Käfig. Ich versuchte, mich zu beruhigen, aber es gelang mir nicht. Meine Hände zitterten. Während ich auf und abging, las ich den Artikel noch einmal. Ich hatte richtig gelesen.

»Dummköpfe! Idioten!«

Die beiden hatten in gröbstem Vokabular den Generalgouverneur Idenburg direkt angegriffen. Es war alles schon gedruckt und in Umlauf gebracht. Man konnte es nicht mehr stoppen. Was wollten sie damit nur erreichen?

»Diese Idioten!« schrie ich vor Schmerzen, als würde ich von einem Pfeil durchbohrt.

Ich rannte nach hinten, um mich hastig zu waschen. Dann ging ich in mein Zimmer und zog die Kleider wieder an, die ich schon gestern getragen hatte. Alle anderen waren bereits gepackt oder im Schrank eingeschlossen. Der Schlüsselkasten war ebenfalls abgeschlossen. Den Schlüssel dazu hatte die Prinzessin mitgenommen. Wie ich wohl aussah? Mein Kopftuch legte ich ohne große Sorgfalt an. Und meine eine Sandale ... ach, wo steckte sie nur? Warum ärgerte sie mich auch noch? Wahrscheinlich hatte der Nachbarshund sie versteckt oder mitgenommen.

»Piaaaaah!«

Das Hausmädchen kam angerannt, die Haare noch ganz wirr.

»Meine Sandale! Wo ist meine Sandale!«

Sie kroch unter das Bett, konnte sie aber auch nicht finden. Sie rannte raus und suchte im Vorhof, dann im Hinterhof. Sie war nicht auffindbar.

Von der Anspannung ermüdet, legte ich mich schließlich auf die Liege. Der Lärm vor dem Haus hätte meine Aufmerksamkeit nicht auf sich gezogen, wenn er nicht immer lauter geworden wäre. Während ich immer noch bedauerte, daß die *Medan* den Generalgouverneur so scharf angegriffen hatte, weil er zur Beerdigung des Regenten von Rembang gefahren war, und daß sie Titel und Würden weggelassen und ihn *kyaine*, den Heiligen, genannt hatten, schaute ich zum Fenster hinaus.

Ich saß wie festgenagelt auf der Liege.

Eine Gruppe von Polizisten trieb gerade die Pendekars aus Banten zusammen. Rufe auf malaiisch waren zu hören: »Wo sind die anderen? Wehe, ihr habt gelogen! Es sind fünfzehn insgesamt, stimmt das? Wehe!«

Die Pendekars standen in Gruppen unter dem Baum, von drei bewaffneten Polizisten in Schach gehalten.

Ich sah, wie der Polizeichef, begleitet von sechs seiner Leute, in Richtung Haus marschierte. Außerhalb des Zaunes standen weitere Polizisten in Reih und Glied.

Na gut, sie kommen, um mich festzunehmen.

Ich hörte ihre Schritte immer näher kommen. Der Polizeichef stieg die Veranda hoch, klopfte ans Fenster und trat ein, ohne meine Erlaubnis abzuwarten.

Ich saß immer noch auf der Liege.

Ein Zivilbeamter trat vor mich und grüßte. Dann sagte er: »Im Namen der Königin und im Namen der Gerechtigkeit nehme ich Sie hiermit fest!«

Er zückte den Haftbefehl und gab ihn mir.

Das Gericht befahl meine Festnahme aufgrund nicht getilgter Schulden. Schulden! Vielleicht am Ende gar noch die Schulden meines Volkes. Alles mir aufgebürdet. Noch schlimmer als bei Teukoe Djamiloen.

Als ich zu Ende gelesen hatte, sah ich mir den Polizeichef genauer an.

»Haben Sie alles verstanden?« fragte er.

Ich betrachtete seine Augen, seine Nase, seine Wangen. Ja, es war niemand anders als Pangemanann mit Doppel-n.

Ich nickte.

»Seien Sie mir nicht böse, Tuan. Sie besitzen eine Pistole, nicht wahr?«

»Keine Pistole, nur einen Revolver.«

»Ja, Revolver.« Ohne seine Leute anzusehen, signalisierte er ihnen, mich zu durchsuchen.

»Wo haben Sie Ihre Waffe versteckt?«

»Im Schlafzimmer. Unter dem Kopfkissen.«

»Geh und hol die Waffe«, befahl er einem seiner Leute auf malaiisch.

»Sie kennen mich noch?« fragte er mich auf holländisch.

»Pangemanann«, antwortete ich, während ich mich aufrichtete.

Er salutierte, reichte mir die Hand und begrüßte mich.

»Eine unangenehme Aufgabe, die ich gegen einen Menschen durchführen muß, den ich bewundere und achte«, sagte er, »einen Menschen, der anfing, Ostindien zu verändern.«

Ich spie aus.

»Es ist unausweichlich, Tuan, Sie haben recht, mich zu verachten. Und es ist ebenso unausweichlich, daß ich Sie weiter verehre und bewundere.« Er wandte sich zu seinen Leuten und befahl auf malaiisch: »Geht raus.«

»Ich werde Sie heute von hier wegbringen, und Sie werden nicht hierher zurückkehren.«

»Heute geht es nicht. Ich erwarte meine Frau.«

»Ihre Frau? Ja, die Prinzessin wird Sie nicht begleiten. Sie darf Java noch nicht verlassen.«

»Werden Sie mich aus Java herausbringen?«

»Nein, jetzt noch nicht. Packen Sie, was Sie für nötig halten. Jetzt gleich.«

Der Polizist, der in mein Zimmer gegangen war, kam mit dem Revolver zurück und gab ihn ab.

Pangemanann holte den Waffenschein heraus und las ihn durch. Dann zählte er die Patronen nach.

»Es sind keine Patronen benutzt worden«, sagte er laut wie zu sich selbst. »Das bedeutet: keine weiteren Probleme. Warum fragen Sie nicht, warum Sie verhaftet werden?«

Ich schüttelte nur den Kopf.

»Weil Sie Ihre Schulden nicht bezahlt haben.«

»Schulden?«

»Sie haben mehrere Mahnungen bekommen und haben nie darauf geantwortet.«

»Mahnungen?«

Er nahm einige Empfangsbestätigungen heraus. Sie waren von meinem Buchhalter, Dolf Boompjes, unterschrieben. Das Kind, das ich aus der Gosse geholt hatte. Aber auch wenn die Mahnungen nicht gekommen wären, wäre es mir unmöglich gewesen, die Schulden zu bezahlen.

Er blickte auf mich und flüsterte: »Die Schulden Ihres Volkes, auf Ihre Rechnung.« Er hüstelte. »Ich sage dies nicht, um Sie zu trösten. Aber Sie haben getan, was Sie konnten.«

Seine Stimme brachte mich dazu, meinen Kopf zu senken. Unbewußt tastete meine Hand nach einem Taschentuch, mit dem ich mir über das Gesicht fuhr. Er sah weg.

»Ja, die Macht hat ihr eigenes Herz und Gesicht. Sie besteht aus mehreren Schichten von Moral, die man ganz nach Bedarf ablegen kann. Bitte vergeben Sie mir, Tuan. Ich weiß, Sie werden mir nie vergeben können, aber ich bitte Sie trotzdem darum.«

»Wo bringen Sie mich hin?«

»Oh, vergessen Sie bitte nicht, mir mein Manuskript *Si Pitung* zurückzugeben, wenn ich Sie höflichst darum bitten dürfte. Schade, daß Sie keine Gelegenheit hatten, es zu veröffentlichen.«

Ich öffnete meinen Büroschrank, in dem ich meine Unterlagen aufbewahrte. Ich zog sein Manuskript aus einem Stapel heraus, klopfte es ab, für den Fall, daß Staub auf dem Päckchen lag. Ich legte es auf den Tisch und untersuchte es Seite für Seite.

»Geben Sie mir bitte die Empfangsbestätigung zurück.«

Er zog ein Blatt Papier aus der Tasche und gab es mir.

»Schauen Sie bitte nochmal nach«, bat ich ihn. Ich las die Bestätigung und zerriß sie. »Es ist kein einziger Tintenfleck darauf gekommen.«

Ich ließ ihn stehen und setzte mich an meinen Schreibtisch, um meiner Frau einen Brief zu schreiben. Ich sah verstohlen auf und sah, daß Pangemanann sich gesetzt hatte, ohne daß ich ihn aufgefordert hätte.

Prinzessin, der Augenblick, daß wir uns trennen müssen, ist schließlich doch noch gekommen. Jetzt bist du noch meine Frau, deshalb mußt du auf mich hören. Alles, was ich aufgebaut habe, ist zusammengestürzt. Du wirst es selbst noch erleben, wie sie dich von vorne stechen und von hinten durchbohren werden. Du brauchst dein junges Leben nicht mehr für deinen Mann aufs Spiel zu setzen. Meine Zukunft ist ungewiß. Vielen Dank für deine Liebe und deine Opfer. Vielen Dank für das Glück, das ich als dein Mann erfahren durfte. Die Erinnerung an dieses kurze Glück werde ich mit mir nehmen, egal wohin ich gehe. Nimm diesen Brief als gültige und rechtmäßige Scheidung. Heirate einen Mann, der nicht so viele Opfer von dir verlangt. Du bist noch sehr jung, hübsch, flink, gebildet, tapfer und mutig. Du bist noch nicht einmal zwanzig.

Jetzt bist du noch meine Frau. Tu, was ich dir gesagt habe. Nimm diesen Brief zu einem Penghulu als Bestätigung für den Talak, für die Scheidung. Leb wohl, meine Liebe, trink aus deinem Leben, bis du den Boden des Bechers siehst. Sorge dafür, daß du deine Ideale, so hoch wie der Himmel, erreichst. Nimm dir alle Rechte, die dir zustehen. Viele Grüße an Hendrik und Mir. Meine Verehrung an deinen Vater, den König. Dies alles kommt von ganzem Herzen. Grüße auch Sandiman, Marko, Djamiloen, Wardi, Douwager, Tjipto und alle Ortsgruppen und Mitglieder der Syarikat.

Pangemanann hat mir gesagt, daß ich nie mehr hierher zurückkehren und Java verlassen werde. Sei nicht traurig über diese Trennung. Das Leben hat mich hart getroffen. Aber ich bin auch hart gegenüber dem Leben. Trag all dies mit Fassung, damit dein Schlaf nicht von bösen Träumen gestört wird.

Morgen, wenn du dieses Haus betrittst, wirst du erfahren, daß dein Mann sich an einem unbekannten Ort befindet. Alles, was mir gehört hat, gehört jetzt dir. Hiermit gebe ich dir auch die Vollmacht, das bißchen Geld, das ich auf der Bank habe, abzuheben. Hoffentlich hat die Bank es nicht konfisziert. Prinzessin, lebe dein Leben weiter, ohne Trä-

nen, denk nicht mehr an deinen Mann, denn wenn du diesen Brief liest, ist dein Mann nur noch dein ehemaliger Mann. Viel Glück, Prinzessin. Lebewohl.

»Piaaaah!« rief ich.

Das Dienstmädchen kam aus einer entfernten Ecke des Hauses. Vor Angst am ganzen Körper zitternd.

»Komm her, komm näher zu mir!« Ihr Zittern nahm zu, aber schließlich kam sie.

»Hör' zu, ich werde gehen, ich weiß nicht wohin, weit weg, weit weit weg. Du bleibst hier, bis deine Herrin wieder da ist.«

»Ja, Herr.« Ihre Stimme war kaum zu hören.

»Die Leute aus Banten sollen nach Hause gehen. Richte ihnen meinen Dank aus. Auch dir möchte ich danken. Hol nun bitte den Koffer aus dem Lagerraum.«

»Den verbeulten Koffer, in dem der Reis drin ist, Tuan?«

»Da ist Reis drin?« Ich verdrängte meine Überaschung. »Ja, hol ihn.«

Sie rannte fast, als sie den Raum verließ. Als sie wieder auftauchte, zitterte sie nicht mehr so heftig. In der Hand hielt sie den alten braunen Koffer. Er hatte noch mehr Beulen und Druckstellen, noch mehr Rost, der ihn verdeckte.

»Bleib da, Piah, ich brauche dich noch.«

»Ja, Herr.«

Ich legte die Papiere aus dem Schrank in den Koffer.

»Hol mir bitte ein Handtuch, Zahnbürste und Zahnpasta, Piah.«

Sie rannte nach hinten. Als sie wiederkam, zitterte sie nicht mehr. Sie hatte alles dabei, worum ich sie gebeten hatte. Außerdem noch etwas Unterwäsche und ein Handtuch der Prinzessin.

»Warum hast du mir das Handtuch deiner Herrin gebracht?«

»Nehmen Sie es mit, Tuan. Das ist doch das einzige, was Sie von meiner Herrin mitnehmen können.« Sie brach mitten im Satz ab und begann zu schluchzen.

Wortlos legte sie das Handtuch in den Koffer.

»Weine nicht, Piah. Hör zu, bitte geh hier nicht weg, bevor deine Herrin wieder da ist, und laß keinen herein.«

»Ich werde nicht gehen, Herr.«

»Trotzdem möchte ich, daß du es mir schwörst, vor diesen Herren hier.«

Plötzlich fiel sie mir zu Füßen. Mit weicher Stimme, aus der Trotz zu hören war, sagte sie: »Wie konnten Sie nur einen Schwur von mir verlangen? Ein Schwur für meinen Herrn, ein Schwur für meinen Anführer? Reicht es nicht, daß ich Mitglied der Syarikat bin?«

»Piah!« Ich konnte meine Tränen nicht mehr zurückhalten. Piah, mein Dienstmädchen, ein Mitglied der Syarikat! Die zweite Frau, unter fünfzigtausend Männern. Ich stand auf und zog sie hoch: »Warum kniest du, ein Mitglied, vor deinem Anführer?«

»Ich fühle, daß Sie weit weg gehen und nicht mehr zurückkommen werden.«

»Gut, Piah, ich verlange keinen Schwur von dir. Bleib jetzt stehen. Morgen gibst du diesen Brief deiner Herrin.«

»Gut, Herr.«

»Wenn du deine Herrin liebst, bleib für immer bei ihr.«

»Halten Sie das Handtuch meiner Herrin in Ehren, Herr. Es ist Ihre Pflicht, immer an sie zu denken. Die Frau meines Führers ist auch meine Führerin.«

»Ich werde immer an sie denken, Piah.«

Ich sah verstohlen zu Pangemanann, er wischte sich gerade die Augen. Als er merkte, daß ich ihn aus den Augenwinkeln beobachtete, veränderte er sofort seine Haltung. Er fragte: »Sind Sie bereit?«

»Piah, ich kann dir nichts hinterlassen. Alle Schlüssel hat deine Herrin. Ich habe nur ...« Ich suchte in meinen Taschen, konnte aber nur ein wenig Kleingeld finden, etwa drei Gulden. Ich nahm sie und streckte sie ihr entgegen. »Für dich, Piah, nimm.«

Sie nahm sie und steckte sie wieder in meine Tasche.

»Sie werden sie unterwegs brauchen.«

»Nein.«

»Doch, Sie werden sie brauchen.«

»Dann gib sie den Leuten aus Banten.«

»Nein, eigentlich müßten wir Ihnen helfen. Hinterlassen Sie uns ein paar Worte, an die ich mein Leben lang denken kann.«

»Gut, Piah, werde Propagandistin für die Syarikat. Rufe alle Frauen auf, einzutreten und führe sie.«

»Ich werde daran denken und es tun, Tuan.«

»Ich gehe jetzt, Piah.«

»Sie werden immer in unseren Herzen sein.«

Als ich die Treppe hinunterging, konnte ich nicht anders als zurückzuschauen. Sie, eine Perle, die ich all die Zeit nicht erkannt hatte. Die Prinzessin hatte sie ausgebildet.

Ich merkte nicht einmal, daß ich keine Sandalen trug.

Buru, 1975.

Aceh-Krieg 1873–1913, der erbitterte Widerstandskampf der Aceher gegen die niederländische Kolonialregierung in Ostindien
Adat Väterbrauch, Landessitte, Gewohnheitsrecht
Allgemeene Secretarie das Sekretariat des Generalgouverneurs
Alte Generation der konservative Teil der organisierten Chinesen
Ambon Stadt auf der gleichnamigen Insel der Molukken
Angka satu-Schule »Nummer eins«-Schule; malaiische Grundschule
Arya Titel für männliche Adlige
Assalamu … von assalam »alaikum, alaihi assalam« (Friede sei mit Euch)
Auzubillah nicht zu glauben
Babad javanische Chronik
Bahu Maßeinheit für Land, entspricht 7096,5 m2
Bandung nach Jakarta/Batavia die zweitgrößte Stadt West-Javas
Bandung Bondowoso eine Figur aus der Volksmythologie, soll die Tempelanlage Prambanan in einer Nacht erbaut haben
Bang Kurzform von Abang = größerer Bruder; auch als familiäre Anrede
Bapak Vater; Anrede für ältere Männer
Batak Sammelbezeichnung für mehrere altindonesische Gruppen im zentralen Norden Sumatras
Batavia das heutige Jakarta
Bendi leichter zweirädriger Einspänner
Bi Kurzform von Bibi = Tante; Anrede für ältere Frauen
Bintang Hindia »Stern Ostindiens«
Bisma Figur aus dem Epos Mahabharata
Blambangan umfaßte einst das Gebiet von Malang (Stadt im zentralen Ostjava) bis zur Ostküste
Boedi Oetomo Edles Streben, Hohes Ziel; wurde 1908 von Dr. Wahidin gegründet und von Priyayis (Beamten) und Studenten unterstützt, um Ausbildung und Sozialreform der Einheimischen zu fördern. Sie ist die erste moderne Organisation, die den indonesischen Befreiungskampf einleitete
Brahmane die höchste der vier Hindukasten; die Priester, Lehrer
Bu Kurzform für Ibu = Mutter; Anrede für ältere Frauen

Bugis Südcelebes

Buitenzorg das heutige Bogor

Buleleng Bezirk in Nordbali

Buto Dämon, Riese

Canting ein Gerät, um Wachs auf das Tuch aufzutragen (bei der Batikherstellung)

Caping geflochtener spitzer Bambushut

Champa mittelalterliches Reich im Gebiet des heutigen Vietnam. Die Cham, ein Seefahrervolk indonesischer Abstammung, besiedelten die Zentral- und Südküste Vietnams seit neolithischer Zeit

Ci Liwung Fluß durch Batavia

Cianjur Stadt in Westjava, südöstlich von Bogor

Cocakrawa eine Art Drossel

Cokek Tanzvorführung mit Gamelanmusik

Cupido's Boog Cupido = römischer Liebesgott (Amor; Amors Bogen); hier = die Oberlippe

Daendels, Herman W. Generalgouverneur (1808–1811), führte eine neue Verwaltungsstruktur ein, führte ein Justizwesen ein, das das holländische Rechtsverständnis auf Java übertrug. Indem er alles Land auf Java zum Staatsbesitz der Niederlande erklärte, schuf er die Legimitation für Zwangsarbeit und Zwangsabgaben. Zu Tausenden starben die zur Zwangsarbeit gepreßten Javaner beim Bau der Straße von Anyer an der Sunda-Meerenge zwischen Java und Sumatra bis nach Pasuruan in Javas Osten

Dalang Puppenspieler bei einer Wayangvorführung

Delman zweirädrige Pferdekutsche

Denmas Kurzform von Raden Mas, javanischer Titel für Fürstensöhne; Anrede

Deus ex machina lat. »Gott aus der (Theater)maschine«, unerwarteter Helfer

Die Blume, mit der das Jahrhundert Abschied nahm Titel des Porträts von Annelies *Mellema,* Minkes verstorbener erster Frau, gemalt von Jean Marais. Siehe auch Nyai Ontosoroh

Dik Kurzform von Adik = kleiner(e) Bruder oder Schwester; Anrede für Jüngere

Diponegoro, Imam Bonjol, Troenodongso, Troenodjojo, Surapati Helden bei den Kämpfen gegen die Holländer

Divide et impera lat. teile und herrsche! (legendäres Prinzip der altrömischen Außenpolitik)

Doger Vorführung von Volkstänzen in Westjava

Dokar zweirädriger Einspanner

Douwes Dekker (1879–1950); hier handelt es sich um den Großneffen des streitbaren Autors von *Max Havelaar.* Er war Mitgründer der »Indische Partei«, die als erste indonesische Organisation die Unabhängigkeit von den Holländern forderte

Dukun Schamane, Medizinmann

Durian Stachelfrucht, eine sehr stark aromatische Frucht des Zibetbaums, Durio zibethinus

E.L.S. Europeise Lagere School, holländische Grundschule für europäische Kinder und die Kinder der einheimischen Beamten

Eduard Douwes Dekker siehe Multatuli

... eine Ansammlung von Leuten mit der gleichen »Laus« ist ... Wortspiel mit den Worten »persekutuan« (= Vereinigung) und »kutu« (= Laus). A.d.Ü.

Emping Chips aus gestampften Früchten des Gnemonbaums (Gnetum gnemon, eine Lianenart), die zuvor gekocht wurde, nach dem Trocknen werden sie im Fett schwimmend gebacken

Ethische Politik ein liberales Politikkonzept aus dem Jahr 1899, das der holländischen Regierung empfahl, größere Verantwortung für das Wohlergehen der einheimischen Bevölkerung zu übernehmen; steht auch im Zusammenhang mit einer Reduzierung der staatlichen Rolle in der Wirtschaft und der Förderung privater Initiative und Investitionen

Eyang Großvater, -mutter, -eltern; Anrede für Ältere

Eyang putri Großmutter; Anrede

Formosa das heutige Taiwan

Forum privilegiatum Adlige Javaner sowie Kinder und Enkel von Regenten hatten ein Anrecht darauf, daß ihre anhängigen Prozesse vor den europäischen Gerichtshof kamen, während gewöhnlichen Javanern nur das einheimische Gericht zur Verfügung stand, das keine Rechtsgelehrten im eigentlichen Sinne beschäftigte

Francis G. siehe Nyai Dasima

Gajah Mada Premierminister von Majapahit (1331–1364), unter seiner Verwaltung dehnte sich das Königreich über ein Gebiet aus, das praktisch die gesamte Fläche des heutigen Indonesien und einen Großteil Malaysias umfaßte. Er führte Reformen in Heer, Verwaltung, Rechtswesen und Wirtschaft durch. Das von ihm eingerichtete Verwaltungssystem blieb in seinen Grundzügen bis ins 19. Jahrhundert bestehen

Gamelan traditionelles (javanisches) Percussionsorchester

Gambang kromong Gamelan-Orchester aus Jakarta

Gelar Toh Pati Gelar = Arena und Taktik des traditionellen Krieges; Toh Pati = unter Einsatz des Lebens

Grobak Frachtwagen

Gulai kambing Ziegenfleisch mit einer Art Currysauce

Guling Rollkissen

Gus Kurzform von Bagus = hübsch, schön; Anrede der javanischen Oberschicht für Söhne

Gusti kanjeng Eure Exzellenz; Gusti = Anrede für Adlige; kanjeng = Anrede für Personen von hohem Rang

Hadji Hadschi, Mekkapilger; Ehrentitel für jemanden, der nach Mekka gepilgert ist

H.B.S. Hohege Burgerschool, holländische Oberrealschule

Hikayat Geschichte, Erzählung

Hurgronje, Christiaan Snouck 1857–1936, Professor für Islam an der Universität Leyden, verbrachte einige Zeit in Mekka, wo er viele indonesische Pilger kennenlernte, wurde von der holländischen Regierung nach Ostindien als Ratgeber eingeladen (er war Ratgeber van Heutsz')

Ibu Mutter, Anrede für ältere Frauen

Indo europäisch-asiatischer Mischling

Iftitah-Gebet Gebet während des Fastenmonats Ramadan

Iliopsoasmuskel Lendenmuskel, verläuft zwischen den Lendenwirbeln und dem Schambein

Inna lillahi wa inna ilaihi rojiun arabisch: »Wir sind wahrlich Gottes und kehren zu ihm zurück«; spricht man bei den Moslems aus, wenn jemand gestorben ist

Jamiatul Khair arab.: von gutem Charakter; Jamiatul = Charakter, Khair = gut, schön

Jati Petamburan islamischer Friedhof in Batavia

Junge Generation der fortschrittliche Teil der organisierten Chinesen

K.P.M. Koninklijk Pakketvaart Maatschappij, Königliche Schiffahrtsgesellschaft für den Verkehr zwischen den Inseln in Ostindien

Kain langes Batiktuch, das um die Hüfte geschlungen wird

Kaiserin Cixi oder Tz'u Hsi (1835–1908), als streng konservative Herrscherin vereitelte sie die Modernisierungsversuche von 1898, die sogenannte Hunderttagereform, und unterstützte anschließend den fehlgeschlagenen Boxeraufstand, in dem sie eine Möglichkeit sah, dem Vordringen der Fremdmächte ein Ende zu setzen. Ab 1902 gab *Cixi* ihren früheren Konservatismus auf, förderte die Modernisierung Chinas und sagte die Einrichtung einer konstitutionellen Regierung bis zum Jahr 1916 zu

Kartini Raden Ajeng Kartini (1874–1904), heute als Nationalheldin verehrt, in diesem Buch wird sie als das »Mädchen aus Jepara« bezeichnet

Kasiruta eine kleine Insel in den nördlichen Molukken, südwestlich der Insel Halmahera

Kebaya langärmlige Bluse, damals bis an die Oberschenkel reichend

Kedasihvogel Rotbauchkuckuck

Kemajuan Fortschritt

Keris Dolch mit geschwungener Klinge

Ki Sekar Sandat heiliger Gong des Königreichs Klungkung

Kliwon erster Tag der fünftägigen Woche des javanischen Kalenders

Kompeni Damit ist die VOC gemeint; mit Kompeni-Soldaten werden sowohl die Söldner der VOC als auch diejenigen der nachfolgenden niederländischen Regierung in Ostindien bezeichnet

Kopiah traditionelle indonesische Kopfbedeckung

Korte Verklaring kurze Erklärung; ein Ultimatum an die kleinen freien Staaten und Enklaven, sich Ostindien zu unterwerfen

Kota Stadt; Batavia kota: Stadtzentrum von Batavia

Kraton fürstlicher Palast

Kretek-Zigaretten dem Tabak sind Gewürznelken beigemischt

Keroncong volkstümliche indonesische Musik; adaptiert von der Musik der portugiesischen Eroberer

Ksatria Ritter, Held, Edelmann; Kaste unterhalb der Brahmanen

Lalap Beigericht aus Obst und jungem Gemüse

Lampung südlichste Spitze der Insel Sumatra, durch die Sundastraße von Java getrennt

Landau Landauer, viersitziger Pferdewagen mit zusammenlegbarem Verdeck

Lenong Volksstück, im Freien aufgeführt

Londo Godong javanisch; Londo = Holländer, Godong = Blatt (von Pflanzen); übertragene Bezeichnung für einen Javaner, dem der selbe rechtliche Status wie einem Holländer zuerkannt wurde

Mädchen aus Jepara siehe unter *Kartini*

Mak Kurzform von Emak = Mutter; Anrede für ältere Frauen

Malaya die Malacca-Halbinsel

Mama in Surabaya siehe *Nyai Ontosoroh*

Mandarin Berater, Minister; europäische Bezeichnung für höhere chinesische Staatsbeamte der alten Dynastien. Sie sprachen einen eigenen Dialekt, der heute die chinesische Amtsprache ist

Mandschurei Region im Nordosten Chinas. 1644 übernahmen die Mandschu in China die Macht und gründeten die Qing-Dynastie, die China bis 1912 regierte. Wegen Rohstoffvorkommen kämpften China, Rußland und Japan um die Herrschaft über das Gebiet. Nach der Niederlage Chinas im Chinesisch-Japanischen Krieg (1894–1895) beherrschte Japan für kurze Zeit die Liaodong-Halbinsel. Von 1900 bis zu seiner Niederlage im Russisch-Japanischen Krieg (1904–1905) besetzte Rußland die Mandschurei

Mangkunegaran niederes Königshaus von Surakarta, Mitteljava. Siehe auch Sultan Agung

Mantri Beamter, Vorsteher

Marais, Jean ein Nachbar Minkes während dessen Oberschulzeit; Franzose und Maler. Er führte mit Minke zusammen eine Werkstatt für Möbel- und Holzschnitzerei. Minke besorgte ihm außerdem Aufträge für seine Malerei. Marais diente im Aceh-Krieg als Söldner und verlor ein Bein. Mit einer Aceherin hatte er eine Tochter, Maysaroh Marais.

Mas Adelstitel (niedriger als Raden); javanische Anrede für erwachsene Männer

Maysaroh siehe *Marais, Jean*

Mat Anrede für Männer

Max Havelaar siehe *Multatuli*

Medan Terrain, Arena, Kampfbahn; außerdem Name einer Stadt im Norden Sumatras

Meester Cornelis das heutige Jatinegara, ein Stadtteil in Jakarta
Melati Jasmin
Mevrouw holländisch, Frau; Anrede
Muallaf einer, der dem Islam beitritt, ohne wirklich zu glauben
MULO Meer Uitgebreid Lager Onderwijs; zweijährige Weiterbildung nach der Grundschule, ab 1914 dreijährig
Multatuli Pseudonym von Eduard Douwes Dekker (1820–1887); lateinisch für: ich habe viel gelitten. Er trat 1838 in den Kolonialdienst ein, bis er aus Protest gegen die niederländische Kolonialpolitik in Java zurücktrat. 1860 veröffentlichte er den teilweise autobiographischen Roman »Max Havelaar oder die Kaffeeversteigerung der niederl. Handelsgesellschaft«, in dem er die Unterdrückung der Einheimischen in Ostindien beschrieb. Der Roman trug zu Reformen in der Kolonialverwaltung bei
Nak Kurzform von Anak = Kind; familiäre Anrede
Nangka Jackfrucht (Artocarpus integrifolia)
Ndoro javanisch, Gebieter(in); diese Anredeform kann für Personen beiderlei Geschlechts benutzt werden
Nduk Kurzform von Genduk; jav. = Mädchen, junge Dienerin
Nenenda Großvater; höfliche Anrede für ältere Leute
Neuguinea 1793 beanspruchte die Britische Ostindische Kompanie die gesamte Insel für Großbritannien. 1828 nahm die Niederländische Ostindische Kompanie die Westhälfte in Besitz. Die Osthälfte wurde zunächst zwischen Deutschland und Großbritannien aufgeteilt. 1883 wurde der südöstliche Teil von Australien für Großbritannien annektiert, um eine Annexion durch Deutschland, das das nordöstliche Viertel der Insel für sich beanspruchte, zu verhindern. Australien übernahm 1901 die Verantwortung für die Verwaltung des südöstlichen Teils, die formelle Übergabe an die australische Rechtsprechung wurde 1906 erwirkt
Nordost-Neuguinea siehe *Neuguinea*
Nyai Anrede für Konkubinen
Nyai Ontosoroh Sie wurde von ihrem Vater an Herman Mellema, den Prokuristen der Zuckerfabrik, verkauft, der sie zu seiner Konkubine machte. Er brachte ihr Malaiisch und Holländisch bei und lehrte ihr Lesen und Schreiben sowie Betriebsführung. Zusammen bauten sie die Boerderij Buitenzorg in Wonokromo auf. Sie hatten

eine gemeinsame Tochter, Annelies, die spätere erste Frau von Minke. Da sie von Mellema als rechtmäßige Tochter anerkannt wurde, unterstand sie dem europäischen Recht, und ihre Mutter verlor alle Rechte an ihr. Annelies wurde nach dem Tod ihres Vaters gegen ihren Willen nach Holland gebracht und starb dort an »gebrochenem Herzen«. Annelies wurde nach einem Porträt von Jean Marais auch »Die Blume, mit der das Jahrhundert Abschied nahm« genannt. Nach dem Tod von Herman Mellema leitete Nyai Ontosoroh die Boerderij alleine. Sie forderte Minke auf, sie »Mama« zu nennen, da er sich schämte, sie »Nyai«, der Bezeichnung für Konkubinen der Holländer, nennen zu müssen. Als Konkubine war Ontosoroh gesellschaftlich verachtet, wurde aber wegen ihrer ungewöhnlichen Bildung und ihres Geschäftssinns dennoch bewundert.

Nyai Dasima Titelfigur eines Dramas nach G. Francis, erschienen 1896; D. war eigentlich keine Konkubine, sie lebte lediglich über längere Zeit bei Engländern. Als sie nach Hause zurückkehren wollte, fiel sie Wegelagerern in die Hände

Nyi eine Variation von Nyai oder Ni; Anrede für verheiratete Frauen

Nyo Kurzform von Sinyo; Anrede für europäische oder Indo-Jungen

Pak Kurzform von Bapak = Vater; Anrede für ältere Männer

Paku Alam niederes Königshaus von Yogyakarta, Mitteljava. Siehe auch *Sultan Agung*

Pangeran Prinz

Pasopati magische Waffen Arjunas aus dem Epos Mahabharata

Pasuruan liegt ca. fünfzig Kilometer südlich von Surabaya

Patih Assistent eines Regenten; Wesir, Premierminister

Peci schwarze Samtkappe

Pendekar Kämpfer, Krieger, gewandt in der malaiisch-chinesischen Kampfart Silat

Penghulu Imam, geistliches Oberhaupt einer Moschee

Pieszak Hoden; von pissen = urinieren und zak = Sack

Pitung eine legendäre Figur aus Batavia Ende des 19. Jahrhunderts. Die Kompeni bezeichneten ihn als Räuber und Unruhestifter. Für das Volk aber war er der Beschützer des kleinen Mannes. Er beraubte nur die Reichen

Priangan Gegend um Bandung in Westjava

Pribumi Einheimischer, Eingeborener
Priyayi Staatsbeamter oder Mann in gehobener Stellung
Qing-Dynastie chinesisches Herrscherhaus; auch als Mandschu- oder Ching-Dynastie bekannt (1644–1912)
Raden Titel für Angehörige des mittleren javanischen Adels
Raden Ajeng Titel unverheirateter adliger Frauen
Raden Ayu Titel verheirateter adliger Frauen
Raden Mas Titel eines höherrangigen Adligen
Raffles Thomas Stamford Raffles, 1811–1816 war er Militärgouverneur in Batavia, als Ostindien britisch wurde. Reformierte die Verwaltung der Kolonie und erwarb sich bei der Wiederentdeckung der altjavanischen Kultur anerkannt große Verdienste, wie z. B. bei der Wiederentdeckung der Tempelanlage von Borobudur
Ramayana indisches Epos, das in adaptierter Form das indonesische Geistesleben befruchtet hat
Ringgit = 10 Talen = 2,5 Rupiah
Roorda van Eysinga Journalist, 1825–1887, wurde seiner kritischen Artikel wegen 1864 aus Ostindien ausgewiesen
Rooseboom, W. Generalgouverneur in Ostindien von 1899 bis 1904
Rujakpolo magische Waffen, um den Feind vollständig zu vernichten
Rum klassisch indonesische Bezeichnung für Byzanz, kann man hier nicht ersetzen, da sonst die Zusammenhänge aus dem Wortklang nicht deutlich wird; Rum-Rom-Römer
Rupiah indonesische Währung, 100 Sen
S.D.I. Syarikat Dagang Islamiyah; wurde 1909 in Batavia gegründet. Mitbegründer war unter anderem Tirto Adhi Soerjo, ein Journalist, von Pramoedya als »Vater der nationalen indonesischen Presse« gerühmt und von ihm als historisches Vorbild für seinen Helden Minke aufgegriffen
S.I.B.A. School voor Inlansche Bestuuraambtenaren; Schule für einheimische Beamte
S.S.Bond Vereinigung der Eisenbahnarbeiter
Sabda Pandita Ratu javanisches Sprichwort; einmal ausgesprochen, zieht man seine Worte nicht wieder zurück, sondern führt sie durch
Sado zweirädriger Kutschwagen, in dem man Rücken an Rücken sitzt

Samarinda Stadt in Ostborneo

Sambal scharfes Gewürz aus zerstoßenen Pfefferschoten

Sanur liegt an der Südküste Balis

Sarong zusammengenähtes Tuch, das um die Hüfte geschlungen wird

Sasangka Purnama Vollmond; sasangka (altjavanisch)= Mond; purnama = vollkommen, ganz

schwarzer Holländer Spitzname für Ambonesen, viele der Ambonesen waren Söldner bei den Holländern

Sen indonesische Währung; 100 Sen = 1 Rupiah = 1 Gulden

Setali = ein Tali / Talen = 25 Sen = 1/4 Rupiah; (Se = »ein«)

Siam das heutige Thailand

Sidoarjo Kabupaten (Regierungsbezirk) in Ostjava

Silat chinesischer Verteidigungssport

Singaraja liegt in Nordbali

Sin Po »Neue Zeitung«

Sinse chinesischer Arzt

Sinyo Anredeform für junge Europäer oder Mischlinge mit europäischer Erziehung; aus dem portugiesischen »senhor«

Sjeh Scheik oder Scheich; Ehrentitel, mohammedanischer Hauptprediger einer Moschee

Slameier Afrikaans; zusammengesetzt aus Islam und Malaie

Soerja Soemirat eine Vereinigung der Indos

Solo oder Surakarta Stadt in Mitteljava

STOVIA School tot Opleiding van Inlandsche Artsen, Schule zur Ausbildung von einheimischen Ärzten (gegründet 1851); die STOVIA war die einzige höhere Ausbildungsstätte, die von der holländischen Kolonialverwaltung zu Beginn des 20. Jahrhunderts eingerichtet wurde

Sudara Bruder; auch Anrede (heute: Saudara)

Sudra zweitniedrigste der Hindukasten; dazu gehören die Bauern und Handwerker

Südost-Neuguinea siehe *Neuguinea*

Suurhof, Robert ein Indo und Schulkamerad Minkes. Er stellte Minke bei Annelies vor, die Tochter von Herman Mellema und Nyai Ontosoroh (siehe *Mama*), die als »unnahbar« galt. Minke und Annelies fanden jedoch schnell zueinander und heirateten.

Robert, der selbst heimlich in Annelies verliebt war, schenkte ihr zur Hochzeit einen wertvollen Diamantring, den er einem chinesischen Grab entwendet hatte. Dies wurde entdeckt, und er mußte deshalb fliehen. Er gelangte nach Holland, wurde dort verhaftet und wieder nach Ostindien gebracht.

Sukabumi eine Stadt ca. 100 km südlich von Batavia/Jakarta

Sultan Agung Herrscher von Mataram zwischen 1613 und 1645. Mataram liegt im südlichen Teil Mitteljavas, von Senopati gegründet. 1613 erbte sein Enkel Nyokro Kusumo Thron und Expansionsideen des Großvaters. Er gab sich den Namen »Susuhan«, »der über allen Stehende«. 1629 griff er die zehn Jahre zuvor gegründete holländische Niederlassung Batavia an und verlor. 1638 wurde ihm der islamische Titel eines Sultans verliehen. In den Geschichtsbüchern lebt er fortan als Sultan Agung. Er starb 1645. Danach war das Reich zerstritten. 1755 erreichten die mörderischen Intrigen ihren Höhepunkt. Die Holländer verloren die Geduld und teilten das Reich. Pakubuwono behielt den Kraton von Surakarta, aber sein Reich wurde von seinem Vetter Mangkunegoro als Regent beherrscht. Mangkubumi wurde der erste Sultan von Yogyakarta. Später, nachdem Yogyakarta den Engländern unter Raffles unterlag, wurde das vierte Fürstentum Paku Alaman gegründet

Sumbawa Insel neben Lombok

Syndikat für allgemeine Landwirtschaft Handelsvereinigung der Landwirte

Tahi-l Gewichtseinheit für Gold und Opium, entspricht 37,5 g

Tai-Ping-Aufstand Volksaufstand in China mit religiösem, sozialem und wirtschaftlichem Hintergrund. Hong Xiuquan, ein erfolgloser Anwärter für den öffentlichen Dienst, hielt sich selbst für den jüngeren Bruder von Jesus, von Gott ausersehen, die Mandschu-Herrschaft in China zu beseitigen und eine christliche Dynastie aufzubauen

Talak ein moslemischer Scheidungsprozeß, wobei der Mann seiner Frau mündlich die Scheidung erklären kann

Tali (auch: Talen) siehe *Setali*

Tapanuli nördlicher Teil Nordsumatras

Tape vergorener Maniok

T.A.S. Initialen, von Minke als Pseudonym zur Zeichnung seiner Artikel in der Medan benutzt. Könnte stehen für Tirto Adhi Soerjo, Pramoedyas historisches Vorbild für Minke

Teuku Titel der Aceher für einen einheimischen Führer oder Fürst

Thong-Bande chinesische Organisation, deren Anführer nach dem mißlungenen Tai-Ping-Aufstand gegen die Qing-Dynastie geflüchtet waren

Tifa kleine Trommel, hat eine längliche Form, ist auf den Molukken gebräuchlich

Tirtayasa eine örtliche Organisation in Karangayar, gegründet Ende der 19. Jahrhundert, bildete später mit anderen Organisationen die P.B.I. (Persatuan Bangsa Indonesia – Indonesische Volkspartei); 1936 in Parindra zur Partai Indonesia Raya (Gesamtindonesische Partei) umgewandelt

Tjoet Nya Dhin auch Cut Nya'Dien, Frau des Aceh-Führers Teuku Umar (1854–1899). Auch sie war als eine energische Widerstandskämpferin in die Annalen des Aceh-Krieges eingegangen. Von den Holländern verbannt, starb sie 1908 in Sumedang, Westjava

Tsushimastraße Meerenge zwischen Korea und Japan, wo im Russisch-Japanischen-Krieg große Teile der russischen Flotte zerstört oder erbeutet wurden

Tuan Herr; Anrede: »mein Herr«

V.O.C. Ostindische Handelsgesellschaft (Vereenigde Oost Indische Compagnie, 1602–1799), siehe auch *Kompeni*

van der Wijck, Jhr. C. H. A. Generalgouverneur in Ostindien von 1893 bis 1899

van Deventer ein Vorkämpfer der Ethischen Politik

van Heutsz, J.B. 1898–1904 Militärgouverneur in Aceh, später zum Generalgouverneur Ostindiens ernannt, 1904–1909

van Zeggelen, Marie schrieb einige Bücher, um ihre Sympathie für die Freiheitsbewegung der Einheimischen zu bekunden; unter anderem die »Biographie von Kartini« (1908), »Die Unterworfenen« (über den Kampf der Buginesen), »Der goldene Keris« und »Vergangene Glorie« über die glorreiche Zeit von Aceh im 16. und 17. Jahrhundert (erst 1935 erschienen)

Victoria leichter Einspänner

Vrijzinnig Demokratische Partij Liberaldemokratische Partei, von der Allgemeinheit oft als die »Radikale« bezeichnet, weil sie sich früher »Radicale Bond« nannte

Waringin Ficus benjamina

Warung kleiner Laden oder Eßlokal am Wegrand

Wedana Distriktoberhaupt

Weltevreden die Gegend um den Senen-Markt

... wenn genug Würze dran ist, wird es später auch gut schmecken, oder? ein Wortspiel: »perasaan tidak enak« bedeutet: ungutes Gefühl. »tidak enak« bedeutet aber auch: schmeckt nicht.

West-Neuguinea das heutige Irian Jaya, bis 1963 unter holländischer Hoheitsgewalt, siehe *Neuguinea*

Yi He Quan chinesischer Geheimbund, 1899 begann er Aktionen gegen christliche Missionare in den nordöstlichen Provinzen und löste 1900 den Boxeraufstand aus. Die Boxer wurden offen vom chinesischen Herrscherhaus der Kaiserin Cixi anerkannt. Der fremdenfeindliche Aufstand wurde unter anderem von der wirtschaftlichen Ausbeutung und politischen Unterdrückung Chinas durch einige Westmächte verursacht

Zuckersyndikat Handelsvereinigung der Zuckerproduzenten

Zweite Kammer der Teil des holländischen Parlaments, der alle vier Jahre direkt vom Volk gewählt wird. Die Mitglieder der Ersten Kammer werden alle vier Jahre von den Provinzparlamenten gewählt (ähnlich wie Bundestag und Bundesrat in Deutschland)

Hinweis zur Aussprache von indonesischen Eigennamen: Sie werden in der Regel so ausgesprochen, wie geschrieben. Ein »oe« (wie in Pramoedya oder Moeloek) wird nicht als »ö« gesprochen, sondern – wie im Holländischen – als langes »u«.

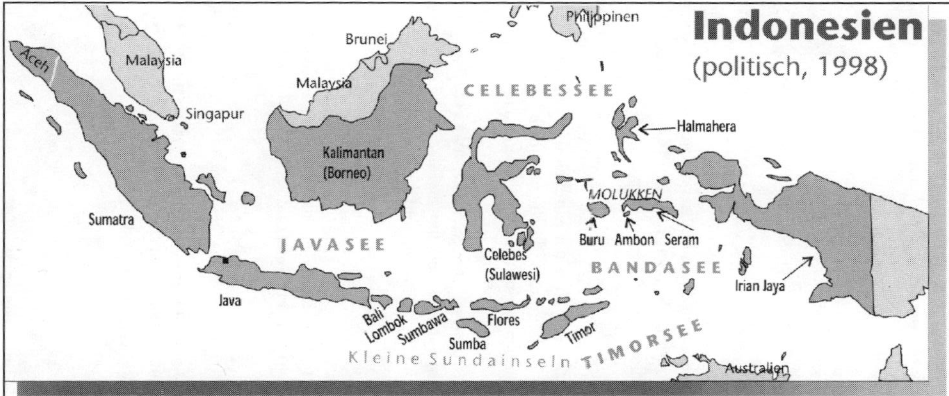
Indonesien
(politisch, 1998)
Philippinen
Brunei
Malaysia
Malaysia
Aceh
Singapur
Kalimantan
(Borneo)
Sumatra
CELEBESSEE
Halmahera
MOLUKKEN
Buru
Ambon
Seram
JAVASEE
Celebes
(Sulawesi)
BANDASEE
Irian Jaya
Java
Bali
Lombok
Sumbawa
Sumba
Flores
Timor
TIMORSEE
Kleine Sundainseln
Australien

Java / Bali
Batavia
Serang
Buitenzorg
Bandung
Sukabumi
Semarang
Surabaya
Cilacap
Solo
Yogyakarta
Pasuruan
Singaraja
Denpasar